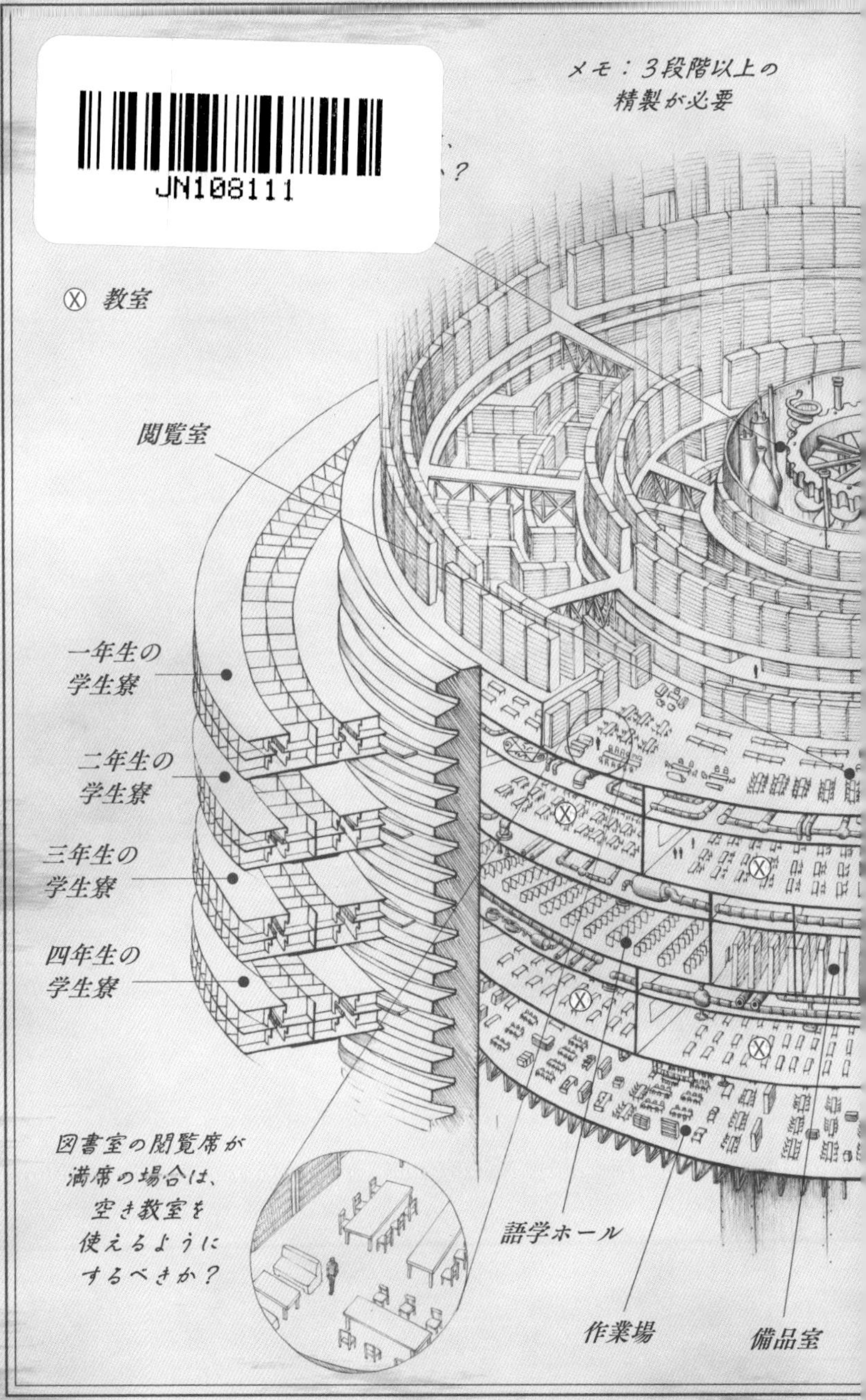
メモ：3段階以上の
精製が必要
ⓧ 教室
閲覧室
一年生の
学生寮
二年生の
学生寮
三年生の
学生寮
四年生の
学生寮
図書室の閲覧席が
満席の場合は、
空き教室を
使えるように
するべきか？
語学ホール
作業場
備品室

ナオミ・ノヴィク　井上里 訳

闇の魔法学校

死のエデュケーション

Lesson 1

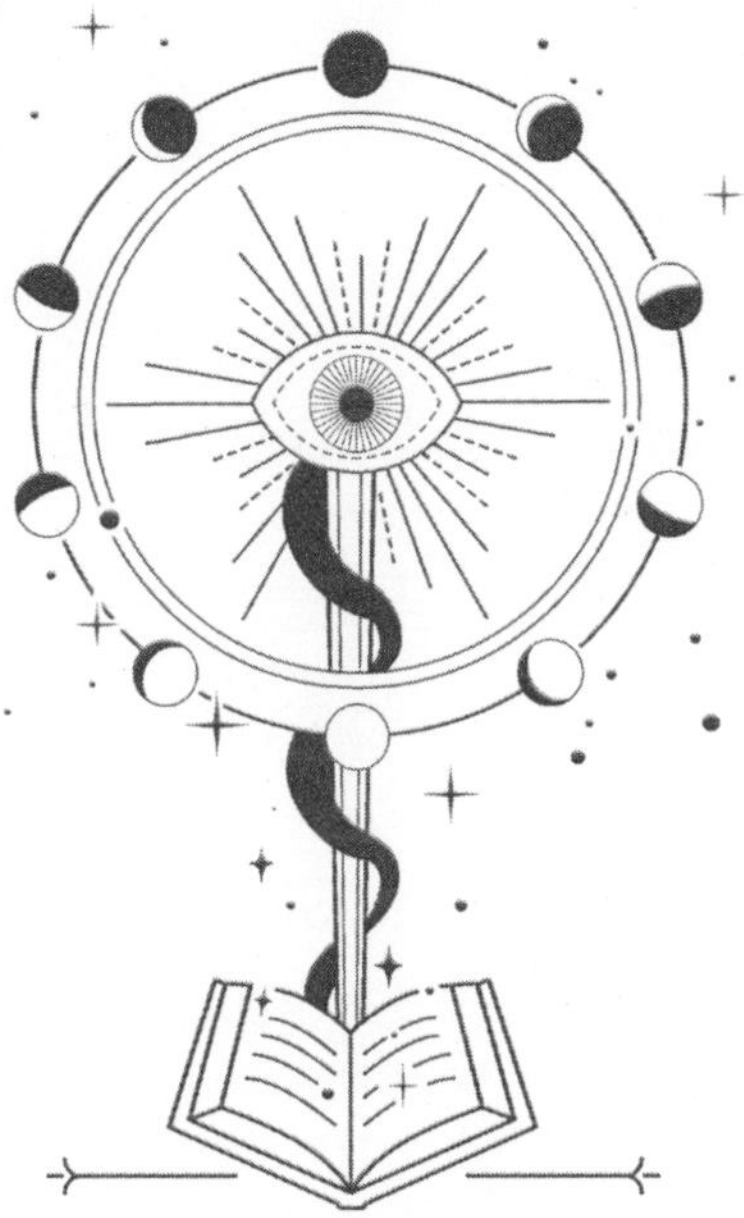

A DEADLY EDUCATION

NAOMI NOVIK

静山社

闇の魔法学校

死のエデュケーション

Lesson1

リムへ。闇を照らしてくれるあなたへ。

第1章 霊《たま》喰《ぐ》らい

オリオンが二度目にわたしを助けたとき、こいつには死んでもらわなきゃ、と思った。こんなやつのこと、それまではなんとも思ってなかったけど、わたしにだって限界がある。数えきれないくらい何度も命を救われていれば、話はちがっていたかもしれない。十回とか、十三回とか――十三は縁起《えんぎ》のいい数字だし。オリオン・レイクがわたし専用のボディガードなら、わたしだって気にしない。でも、わたしたちが〈スコロマンス〉に入学してもう三年がたつというのに、あいつはいきなりわたしを特別あつかいするようになった。

自己中なやつ、と思われるかもしれない。わたしがその死を願っているのは、同級生の四分の一の命を救ってきた英雄《えいゆう》なんだから。だけど、こいつの助けがなきゃ生きのびられないやつらのことなんて、知ったこっちゃない。そもそも、全員が生きのびるなんて不可能だ。学校だって栄養が必要なんだから。

自分のことは棚《たな》にあげるのか、って言われるかもね。自分だって、オリオンに助けられたじゃないか、って。しかも、二回も。そう、だからこそ、オリオンには死んでもらわなきゃいけない。一度目は去年。あいつはキメラをやっつけようとして錬金術《れんきんじゅつ》の研究室を爆破《ばくは》した。おかげでわたしは、キメラの火を噴《ふ》くしっぽを追いかけまわすあいつの横で、がれきの下から這《は》いださなくちゃいけなかった。二度目は〈霊喰《たまぐ》らい〉がわたしの部屋に入ってきた五秒後に、オリオンが飛びこんできたときだ。あいつは〈霊喰《たまぐ》らい〉を追って、廊下《ろうか》を走ってきたにちがいない。怪物《かいぶつ》はオリオンから逃《に》げまどって、わたしの部屋に迷いこんだんだろう。

でも、わたしがいくら必死になって真相を話したって、だれが聞く耳を持つだろう？　キメラのときは、実験室に三十人以上いた同級生のだれが標的になってもおかしくなかった。だけど、わたしの部屋で繰《く》りひろげられた救出劇に関しては、オリオンがだれを助けだしたのか一目瞭然《りょうぜん》だ。学校の連中から見れば、わたしもオリオン・レイクに救われた惨《みじ》めな凡人《ぼんじん》どものひとりに名を連ね、あいつの輝《かがや》かしい戦歴のために一役買ったってことになるんだと思う。最悪だ。

わたしたちの寮《りょう》の部屋はあまり広くない。いま、オリオンはわたしの椅子《いす》からすこし離《はな》れたところにいる。〈霊喰《たまぐ》らい〉の体から流れだしてきた、ぶくぶく泡立《あわだ》つ紫色《むらさきいろ》のへどろのそばで体を折りまげ、肩《かた》で息をしている。へどろは、床《ゆか》のタイルのあいだに流れこみ、部屋中に広がっていきつつあった。オリオンの両手から放たれた白い炎《ほのお》は、すこしずつ弱くなりながら、その顔を照らしていた。これといって特徴《とくちょう》のない顔。大きなかぎ鼻は、目や口も同じくらい大きかったら長所になるのかもしれないけど、そうじゃないから、ただ大きすぎるってだけ。汗《あせ》の光る額には、灰色がかった銀色の髪《かみ》が張《は》りついている。たっぷり三週間は散髪《さんぱつ》してなさそうだ。オリオンはいつも大勢の取りまきたちの陰《かげ》に隠《かく》れてるから、こんなに間近でその顔を見るのは初めてだった。オリオンは背中を伸《の》ばし、額の汗《あせ》を腕《うで》でぬぐった。「平気？　ガル、だよね？」オリオンの言葉はわたしの傷口に塩を塗《ぬ》った。三年間、同じ実験室で授業を受けてたっていうのに。

「あんた、うざいんだけど。学校中の怪物《かいぶつ》に片っぱしからちょっかい出すのはやめてくれない？」わたしは冷たい声で言った。「それから、わたしはガルじゃない。ガルなんて呼ばれたこと、一度もない。わたしの名前はガラドリエル」言っておくけど、こんな名前をつけたのはわたしじゃない。「息が続かないならエルでいい」

心持ちうつむいていたオリオンは、わたしの返事にはっと顔をあげ、呆気《あっけ》にとられたように目をしばたたかせた。「あ、えーと、ご……ごめん？」語尾《ごび》を上げながら言う。まるで状況《じょうきょう》が理解できていないみたいに。

「ちがうちがう」わたしは言った。「わたしこそごめん。普通《ふつう》の女の子っぽい感じでリアクションできてなかったもんね」わたしは大げさな感じで額に手を当てた。「オリオン、わたし、とってもこわかったの」息を飲んでオリオンに抱《だ》きつく。オリオンはすこしよろめいた——身長は同じくらいだ。「助けにきてくれて、本当に、本当に、ありがとう。〈霊喰《たまぐ》らい〉なんて、ひとりじゃ絶対にやっつけられなかったもの」オリオンの胸に顔をうずめ、弱々《よわよわ》しくしゃくりあげてみせる。

信じがたいことに、オリオンはわたしの体に腕《うで》を回し、肩《かた》を軽く叩《たた》いた。こいつにとっては、ただの条件反射なのだ。わたしはみぞおちに肘鉄《ひじてつ》を食らわせ、オリオンを押《お》しのけた。オリオンは、犬みたいな低いうめき声をもらしてよろよろ後ずさり、ぽかんとわたしを見た。「わたしのことはほっといて、気取り屋。わたしにかまうと痛い目見るよ」わたしはオリオンを廊下《ろうか》へ押《お》しだし、叩《たた》きつけるようにして扉《とびら》を閉めた。あいつのかぎ鼻の数センチ先で。オリオンが視界から消える直前、その顔にはうろたえたような表情がありありと浮《う》かんでいて、ほんのすこし胸がすっとした。こうしてわたしは、寒々《さむざむ》しい金属の扉《とびら》のこちらがわで、ひとりきりになった。扉《とびら》と、ドアノブと、鍵《かぎ》が溶《と》けたあとに残った大きな穴のこちらがわで。英雄《えいゆう》オリオン、あんたのおかげだよ。わたしは穴をにらみ、机を振《ふ》りかえった。ちょうどそのとき、〈霊喰《たまぐ》らい〉がうずくまるようにして床《ゆか》に崩《くず》れおちた。おんぼろの蒸気パイプみたいな音を立てて、苦しそうに息を荒《あら》げている。部屋いっぱいに、なにかが腐《くさ》ったような悪臭《あくしゅう》が立ちこめていた。

頭に血がのぼっていたせいで、部屋を掃除《そうじ》する魔術《まじゅつ》を手にいれるまで、六回も頼《たの》まなくちゃいけなかった。四回目の失敗のあと、わたしは椅子《いす》から立ちあがり、机のむこうに広がる真っ暗な闇《やみ》に向かって、崩《くず》れかけた古い書物を力いっぱい放った。怒《いか》りにまかせてわめき散らす。「スキュバラの軍隊なんかいらない！　死の業火もいらない！　部屋をきれいにしたいんだってば！」

　わたしのわめき声に応えて真っ暗な虚空《こくう》から飛んできたのは、かさかさした薄茶《うすちゃ》の革表紙の、大きな書物だった。すべての角に釘《くぎ》が打ちこまれ、金属製の机をわたしのほうへすべってきながら、寒気がするほど不快な音を立てる。表紙に使われているのはたぶん豚革《ぶたがわ》だと思うけど、この本を装丁しただれかは、人間の皮を使ってあると思わせたいらしい。なんていい趣味《しゅみ》。ひとりでに開いたページには、大勢の人間たちを奴隷《どれい》にして言いなりにする方法が書かれていた。そいつらに命令して部屋の掃除《そうじ》をさせればいい、ということらしい。

　追いつめられたわたしは、柄《がら》にもなく、母さんにもらった水晶《すいしょう》をひとつ取りだし、窮屈《きゅうくつ》なボロいベッドに腰《こし》かけ、十分間瞑想《めいそう》することさえした。〈霊喰《たまぐ》らい〉の悪臭《あくしゅう》は部屋中に充満《じゅうまん》し、服の中にも、シーツの中にも、紙のあいだにも染みこんでいく。もしかしたら、こう思う人もいるかもしれない。この部屋はいっぽうがぽっかり空いていて、そこから先には不気味で真っ暗な虚空《こくう》が広がっているから眺《なが》めは最高で、まるでブラックホールに向かって一直線に飛んでいくすてきな宇宙船に乗っているような気分になれるんだから、どんな悪臭《あくしゅう》もその虚空《こくう》へ消えていくんじゃないか、って。だとしたら、それは思いちがいだ。収拾がつかないほど大暴れしていた怒《いか》りをやっとのことですこしだけ鎮《しず》めることに成功すると、豚革《ぶたがわ》の本を机の端《はし》から暗い虚空《こくう》に押《お》しもどし——念のため、手ではなくペンを使った——できるかぎり落ちついた声で頼《たの》んだ。「めちゃくちゃ汚《よご》れてくさい部屋をきれいにできる、簡単な家事魔法《まほう》が知りたい」

陰気《いんき》な音——どさっ——とともに、『アムナン・ハムウェイロード』というタイトルのずっしりした本が飛んできた。どのページにも古英語——死語の中でも一番苦手な言語だ——でびっしり呪文《じゅもん》が書いてある上に、今回は、本のほうから役にたつページを開いてはくれなかった。

いつだってこうだ。天気魔法《まほう》と相性のいい魔法使《まほうつか》いもいれば、変身呪文《じゅもん》が得意な魔法使《まほうつか》いもいるし、親愛なるオリオンみたいに、すてきな戦闘魔法《せんとうまほう》と相性のいい魔法使《まほうつか》いもいる。そしてわたしはといえば、大量殺戮魔法《さつりくまほう》との相性が抜群《ばつぐん》にいい。それもこれも、みんな母さんのせいだ。もちろん、わたしに最低な名前をつけたのも母さんだ。母さんは、お花とかロザリオとか水晶《すいしょう》とか、月の光を浴びながら女神さまのためにするダンスとか、そういったものを心から愛している。世界には愛すべき人しかいなくて、理解されなかったり不幸だったりする人がいるとしたら、それはその人が悪いのだと信じて疑わない人たち。

母さんは、非魔法界《まほうかい》の人たちを対象としたマッサージセラピーまでしていて、その理由は

「ダーリン、みんなが元気になると、わたしもとっても癒《い》やされるの」ということらしい。大半の魔法使《まほうつか》いたちは、非魔法界《まほうかい》の仕事になんか興味がない――そういう仕事はちょっと下に見られている――し、仮にそんな仕事を選ぶとしても、働かなくていい仕事を見つけてくる。たとえば、四十六年間働いて退職したけど、どんな仕事をしていたのかだれにも思いだせないような会社員とか、図書館に行くと時どき見かける、ぼんやりした顔で棚《たな》のあいだをさまよっているけど特になにもしていない図書館員とか、三人いるマーケティング部の責任者のひとりだけど幹部ミーティングにだけ顔を出す人とか、そういった人たちの仕事だ。そういう仕事を見つけたり、作りだしたりする魔法《まほう》があるのだ。それを使えば、生きていくために必要なお金を稼《かせ》ぎながら、空き時間でマナをたくわえることができるし、安アパートじゃなくて、魔法《まほう》自治領の中の部屋が十二もある豪邸《ごうてい》に住むことができる。でも、母さんはちがう。母さんはただみたいな値段でセラピーをしている。でも、最高のマッサージをただでしてあげる人は変わり者だと思われるし、そう思われたとしても自業自得だ。

　必然的にわたしは、母さんとは正反対の性格を持って生まれてきた。釣《つ》り合いの原理について基本的なことがわかっていれば、だれだってそれが必然だということはわかるはずだ。だから、部屋を掃除《そうじ》したいと思っているときに学校がわたしに送ってくる魔法《まほう》は、部屋を丸ごと燃やしてしまうようなものばかりだった。学校はしきりにそそのかしてくるけれど、そういうすてきな呪《じゅ》文《もん》を実際に唱えて大惨事《だいさんじ》を引きおこせるかというと、そうじゃない。意外に思われるかもしれないけれど、魔法使《まほうつか》いだって、指をぱちんと鳴らすだけで悪魔《あくま》の軍隊を召喚《しょうかん》できるわけじゃないのだ。それには力《マナ》がいる。たくさんのマナが。そして、自分専用の悪魔《あくま》の軍隊を召喚《しょうかん》したいからって、だれかがマナを集めるのを助けてくれるわけじゃない。だから、ここはひとつ現実的になって、盗《マリア》んだ力を使うことになる。

だれだって——まあ、大方は——あっちこっちでマリアを盗《ぬす》んでいるし、それを悪いことだとさえ思っていない。マナが足りていないのに一切れのパンを魔法《まほう》でケーキに変えるとか、その程度のズルなら、だれも犯罪だなんて思わない。でも、マナはどこかから取ってこなくちゃいけないし、マナが足りていないのに魔法《まほう》を使ったのなら、生きている物からマリアを吸いとったということだ。自力でマナをたくわえるより、生き物からマリアを奪《うば》うほうがずっと簡単だ。だから、だれかがケーキを手にいれたら、近くの裏庭では巣の中のアリたちが動きを止め、息絶え、砂のように崩《くず》れていっている可能性が高い。

母さんは魔法《まほう》でお茶を温めるときさえ、絶対にマリアを盗《ぬす》もうとはしない。でも、普通《ふつう》の魔法《まほう》使《つか》いたちは母さんほど細かくないし、望めば毎日だって、アリの巣と引きかえに三段重ねのケーキを手にいれて、百五十歳《さい》まで生きて、眠《ねむ》ったまま穏《おだ》やかに息を引きとることだってできる。コレステロール値の異常で早死にしなければ。でも、たとえば、街を丸ごと壊滅《かいめつ》させるとか、軍隊をひとりでやっつけるとか、わたしがそのやり方を熟知している大量破壊魔法《はかいまほう》をかけたいのなら、マリアだけでは足りないから、マナをたくわえなくちゃいけない。マナ——生命力、神秘のエネルギー、妖精《ようせい》の粉、好きな呼び方をすればいいけれど、マナというのは、力の流れのことだ——を手にいれるには、面倒《めんどう》でやる気が起きなくて、つい後回しにしたくなるようなことをすればいい。だけど、だれかのマリアを力ずくで奪《うば》ったら、やがてその力は腐ちていき、手にいれた者は徐々《じょじょ》に肉体を蝕《むしば》まれていく。そして、たいていの場合、最後にはマリアを盗《ぬす》まれた者に復讐《ふくしゅう》されるのだ。

でも、そういうことは、わたしには関係ない。その気になればものすごく上手にマリアを吸いとることができるけど、わたしはバカじゃないし、そこまで追いつめられたこともない。この点に関しては、母さんの教えのおかげだ。母さんは、どうかしてるんじゃないかと思うくらい娘《むすめ》のことを溺愛《できあい》しているから、わたしをきらめく清らかなオーラで包みこみ、結果的にわたしは、若いうちからマリアに手を染めるようなことをせずにすんだ。わたしがマリアをするためにアマガエルを何匹《びき》か家に連れかえってくると、母さんはこれ以上ないくらい優しい声で「だめでしょダーリン、生き物を傷つけたりしちゃいけないのよ」と言って、わたしを村の小さな雑貨屋へ連れていき、カエルを逃《に》がすかわりにアイスクリームを買ってくれた。わたしは五歳《さい》で、そもそもマリアを吸いとろうと思ったのはアイスクリームがほしかったからだった。ということで、当然ながらそれからは、小さな生き物を見つけるたびに母さんのところへ持っていくようになった。母さんの言いつけに耳を貸さなくなるころにはもう、マリアを盗《ぬす》んだ魔法使《まほうつか》いたちがどんな末路をたどるのか、しっかり理解できるようになっていた。

たいてい、マリアをやりはじめるのは、卒業が間近に迫《せま》って追いつめられた四年生だけど、わたしと同じ三年生の中にも、すでに手を染めた子たちがいる。イ・リューがふとした時にぱっと振《ふ》りかえると、一瞬《いっしゅん》、その目は真っ白に見える。爪《つめ》が真っ黒になっているのも、どう考えてもネイルを塗《ぬ》っているからじゃない。ジャック・ウェスティンは一見まともに見えるし、金髪《きんぱつ》で、いつも笑っていて、典型的なアメリカ人の少年という感じがする。たいていの人たちは、ジャックのことを気のいいやつだと思っている。だけど、ジャックの部屋の前を通るときに深呼吸してみると、遺体安置所みたいな臭《にお》いがかすかにする。わたしに言わせれば、だけど。ジャックの三つとなりの部屋にいたルイーザは、今年の初めに行方がわからなくなった。なにがあったのかはだれも知らないし、消えること自体は別に珍《めずら》しいことでもない。だけどわたしは、ルイーザの遺体はジャックの部屋にあると確信している。望むと望まざるとにかかわらず、この手の事件に関しては、わたしの勘《かん》はよく当たるのだ。

もし、最後の一線を越《こ》えてマリアを盗《ぬす》みはじめたら、それは言ってみれば――そして間違《まちが》いなく――コウモリの翼《つばさ》を持つ魔物《まもの》に身を落としたようなもので、この学校で暮らすのはずっと楽になるはずだ。どんな翼《つばさ》であれ、翼《つばさ》であることには変わりないのだから。そうして生まれた黒魔術《くろまじゅつ》師《し》たちを、スコロマンス魔術《まじゅつ》学校は、わざと野放しにする。あいつらを捕《つか》まえることはまずしない。いっぽう、黒魔術《くろまじゅつ》を使わないわたしたちは、真昼間に扉《とびら》のすき間から飛びこんでくる〈霊喰《たまぐ》らい〉を倒《たお》し、シャワーを浴びたり、目玉が溶《と》けそうになるほど必死に課題をしたりしているときに排水《はいすい》口から忍《しの》びこんできてかかとに噛《か》みつく〝ワウリア〟を仕留めなくちゃいけない。オリオンだって、全員を救ってきたわけじゃなかった。毎年、卒業まで生きのびることができるのは、学年の四分の一足らずだ。十八年前――それから数年後にオリオンがこの世に生を受けたのは偶《ぐう》然《ぜん》じゃないと思う――の四年生は、ぶじに卒業した生徒がたった十二人しかいなくて、その全員が黒魔術師《くろまじゅつし》だった。彼《かれ》らは十二人で手を組み、残りの四年生を皆殺《みなごろ》しにしたのだ。大量のマナを吸いとるために。

もちろん、当時の在校生たちの家族は、なにがあったのか気付き――それも当然だ。そのまぬけな十二人は、よほどのことがないかぎりぶじに卒業する、魔法《まほう》自治領出身の生徒たちまで殺したのだから――、その十二人の黒魔術師《くろまじゅつし》たちの行方を追った。翌年、母さんが卒業するころには、十二人の最後のひとりも捕《つか》まって殺された。これが〝死の手先〟事件のあらましだ。あの十二人は別の呼び名を使っていたかもしれないけれど。

たとえ、ずる賢《がしこ》く、抜《ぬ》け目なくマリアを盗《ぬす》み、だれにも見つからないように慎重《しんちょう》に標的を選んだとしても、一度マリアに手を染めたら、あとは坂道を転がりおちるみたいにして堕《お》ちていく。ジャックは、別の魔法使《まほうつか》いからマナを吸いとりはじめているから、ここを卒業したら、五年とたたずに内側から体が腐《くさ》りはじめるだろう。黒魔術師《くろまじゅつし》たちの例にもれず、ジャックも体の分解を食いとめるための大がかりな計画を立てているはずだけど、自分がどれだけ危険なことをしているか本当に理解しているとは思えない。体の腐敗《ふはい》がはじまってから十年以内に──学校の外へ出て十五年以内に──決定的な解決策を見つけられなかったら、体がどんどん崩《くず》れていって、目を覆《おお》いたくなるほどグロテスクな最期を迎《むか》えるしかない。ジャックが死んだら、彼《かれ》の家の地下室からは大量の死体が見つかるだろう。みんなはきっと舌打ちしながらこう言うのだ。おい嘘《うそ》だろ、いいやつだと思ってたのになあ、と。

だけど、読みにくい手書きの古英語で書かれた家事魔法《まほう》の詳細《しょうさい》な手順を、一ページまた一ページと判読していきながら、いまだけは、マリアを手にいれられたら最高なのにと思わずにはいられなかった。殻《から》つきのオーツ麦をリープウィンクたちに食べさせれば──わたしにもなんのことかわからない──魔法《まほう》の準備は完了《かんりょう》するらしい。そうしているあいだにも、わたしの背後では、〈霊喰《たまぐ》らい〉の体から流れでてきたへどろが、ちらちらと燃えながら泡立《あわだ》っていた。あぶくは、小さな稲光《いなびかり》のようにぱっと燃えあがったかと思うと、ぱちんと弾《はじ》け、それとともに悪臭《あくしゅう》がひときわ強くなった。

今日は朝から、期末試験のために猛勉強《もうべんきょう》をしていた。三年生が終わるまでたった三週間しかない。シャワー室の壁《かべ》に片手を当てると、すでに、カタカタというかすかな振動《しんどう》が感じられる。中くらいの大きさの歯車が回って、わたしたちのいる階を一段下げるための準備をしている。教室のあるエリアは学校の中心部にあって、そこから動くことはない。だけど円形の学校の外側に位置するわたしたちの寮《りょう》は、一年目は食堂と同じ階にあって、そこから毎年、一階ずつ下がっていく。ボルトのまわりを回転するナットみたいに、卒業に向かってゆっくりと下りていく。来年は、わたしたちの学年の寮《りょう》が一番下の階へ行く。楽しみでもなんでもない。とにかく試験に全部パスして、落第した上に追試まで受けるようなことだけは絶対に避《さ》けないと。

午後いっぱいを使って古英語を読みつづけていたせいで、腰《こし》もお尻《しり》も首も痛かった。おまけに、電気スタンドまでパチパチ音を立てたかと思うと、ふっと明かりが弱くなった。わたしは古い本にぐっと顔を近づけ、読みにくい文字をにらんだ。古英語辞典を持っているほうの腕《うで》がだんだんしびれてくる。いっそのこと、死の業火で、〈霊喰《たまぐ》らい〉も辞典も机も全部燃やしてしまいたい。

黒魔術師《くろまじゅつし》としてずっと生きていくことだって、絶対に不可能というわけじゃない。イ・リューはだいじょうぶだと思う――彼女《かのじょ》はジャックにくらべればずっと慎重《しんちょう》だ。ハムスターかなにかを規定量ぎりぎりまで持ちこんでいて、計画どおりにマリアを吸いとっているはずだ。それはたとえば、タバコを週に二本くらいは吸うけど、一日四箱も吸うようなことはしないことに似ている。

でも、やろうと思えばそれくらいできるはずだ。援助《えんじょ》を頼《たの》むあてがあるんだから。リューの家族は力があるし──自分たちの魔法《まほう》自治領を持つほどではないにしろ、外界との塀《へい》をだんだん厚くしつつある──、しかも噂《うわさ》によれば黒魔術師《くろまじゅつし》をたくさん雇《やと》っているらしい。それがリュー家の戦略なのだ。リューには従兄弟《いとこ》がふたりいて、来年、ふたりともスコロマンスにやってくる。リューはマリアを使って、一年目が終わるまで従兄弟《いとこ》たちを守ってやれるだろう。卒業したら、リューには選択肢《せんたくし》がいくつかある。マリアを盗《ぬす》むことにうんざりしていれば、しばらく魔法《まほう》から距離《きょり》をおいて、生活のために退屈《たいくつ》な非魔法界《まほうかい》の仕事に就いて、魔法《まほう》や庇護《ひご》が必要なときは家族を頼《たよ》ればいい。十年かそれくらいすれば体も完全に回復するだろうから、またマナを使えるようになるはずだ。あるいは、熟練の黒魔術師《くろまじゅつし》を目指すこともできる。魔法《まほう》自治領から高い給料をもらって、あいつらのためにキツい仕事をして、暗黙《あんもく》の了解《りょうかい》のもと、どこからそんなに強い魔力《まりょく》を得ているんだという質問はだれからもされない。限度を超《こ》えるようなことさえしなければ──たとえば、わたしが得意な破壊魔法《はかいまほう》を使うようなことをしなければ──たぶんマズいことにはならない。

でも、わたしの家族は母さんしかいないし、どの魔法《まほう》自治領も、わたしなんて絶対に雇《やと》ってくれない。わたしたちの家があるのは、ウェールズのカーディガンのそばにある、〈晴れやかな心《ラディアント・マインド》〉という名のコミューンだ。そこにはシャーマンがひとりと、スピリット・ヒーラーがふたりと、ウィッカ信者がひとりと、モリスダンサーの舞踏団《ぶとう》がいて、みんな魔力《まりょく》の強さは同じくらい。つまり、ゼロだ。わたしたちが本物の魔法《まほう》を使っているところをコミューンの人たちが見たら、仰天《ぎょうてん》して気絶すると思う。少なくとも、わたしの魔法《まほう》を見たら。母さんの魔法《まほう》は、マナを作るためにダンスをするくらいだし、そんなときも、一緒《いっしょ》に踊《おど》りたい人たちをよろこんで受けいれる。お金を取りなよ、と何回も母さんに言ったけれど、母さんは絶対に料金を取ろうとしない。母さんは、ダンスで作ったマナを、幸せでできた星くずみたいに惜《お》しみなくばらまく――ララ、ラ。コミューンのみんなは母さんのことが大好きだから――だれだってそうだ――時どきわたしたちを食事に招いた。スコロマンスを卒業したとき、母さんはわたしを身ごもって三ヶ月目で、まっすぐラディアント・マインドに向かった。コミューンのみんなは、母さんのために、広々《ひろびろ》としたユルト（訳注：柱と梁《はり》を使った円形の広いテント。ゲル、パオとも）を建ててくれた。でも、あの人たちは、わたしに魔法《まほう》の使い方を教えてくれることもできないし、あちこちに潜《ひそ》んでいる怪物《かいぶつ》からわたしを守ってくれることもできない。たとえできたとしても、絶対にわたしを助けたりしない。わたしのことが嫌《きら》いだから。わたしのことを好きなやつなんていない。母さんをのぞけば。

父さんはスコロマンスで死んだ。卒業式のときに、母さんを外へ逃《に》がすために。わたしたちはあの儀式《ぎしき》を卒業式と呼んでいるけれど、それはアメリカ人たちがそう呼ぶからだ。七十年かそれくらい前から、スコロマンスが問題なく運営されているのは、アメリカ人たちのマナのおかげだ。

いつだって、一番多くを与《あた》える者が、いちばん大きな発言権を手にいれる。でも、あの儀式《ぎしき》はめでたくもなんともない。卒業のときがくると、四年生はひとり残らず、はるか下の最下層にある卒業ホールに放りこまれ、そこで待ちぶせている獰猛《どうもう》な怪物《かいぶつ》たちから逃《に》げきらなくちゃいけない。四年生のだいたい半数が――それまで生きのびることのできた四年生の半数が――卒業に成功する。父さんは失敗した。

父さんには家族がいた――ムンバイの近くに住んでいる家族だ。母さんはどうにかして家族の居場所をつきとめたけれど、そのときにはもう、わたしは五歳《さい》になっていた。母さんも父さんも、外の世界ではどんなふうに暮らしていたか話すこともしなければ、卒業してそれぞれの家に帰ったあとのことについて話しあうこともしていなかった。ふたりとも、すこし賢《かしこ》すぎたのかもしれない。ふたりがスコロマンスで付きあっていたのはたった四ヶ月だったけど、ふたりはお互《たが》いにとって運命の相手だったし、愛さえあれば、つぎに取るべき行動はおのずと決まった。特に、母さんの場合は。

ともかく、母さんが父さんの家族を探しだしてみると、父さんは裕福《ゆうふく》な一族の出身だったことがわかった。宮殿《きゅうでん》、宝石、かしずく精霊《せいれい》。母さんがなにより喜んだのは、彼《かれ》らが、古代に存在した、マナ原理主義をかかげるヒンドゥー教系魔法《まほう》自治領にゆかりのある一族だったことだ。その魔《ま》法《ほう》自治領自体は、イギリスの魔《ま》法《ほう》自治領に統治された時代に亡《ほろ》ぼされた。父さんの一族はいまも、むかしの魔法《まほう》自治領の決まりを厳格に守って暮らしていた。肉は食べないし、マリアは絶対に盗《ぬす》まない。母さんは父さんの親族の家に移りすむことにした。一族も母さんとわたしを大歓迎《かんげい》した。あの人たちは、父さんの身になにがあったのかさえ知らなかった。父さんからの連絡《れんらく》は、三年生の学期末を最後に途絶《とだ》えていたからだ。スコロマンスでは、卒業式の一週間前に、四年生が生徒全員の手紙を集める。今年の手紙はもう書きおえて、写しを何枚か作り、ロンドン魔法《まほう》自治領に帰る予定の数人の四年生に託《たく》しておいた。短い、要点を絞《しぼ》った手紙だ――『まだ生きてるよ。勉強は順調。』手紙はものすごく小さく折りたたんでおいた。相手の四年生が、大きすぎることを理由に封筒《ふうとう》に入れてくれないと困るから。実際、すこしでも大きい手紙は封筒《ふうとう》に入れてもらえない。

父さんも、学期末の手紙を家族に送っていたから、みんなは父さんがまだ生きてるんだとわかった。でも、父さんがスコロマンスの外に出ることはなかった。何百という死体の山に加わった、もう一体の亡骸《なきがら》になったのだ。母さんがなんとか父さんの家族を見つけだしてわたしのことを話すと、みんなはまるで、父さんの分身と会えるみたいに感じた。父さんの家族が飛行機の片道チケットを二枚送ってくれると、母さんはコミューンのみんなに別れを告げ、わたしに荷造りをさせて、全財産をまとめて出発した。

ところが、一族のもとに到着《とうちゃく》したわたしをひと目見るなり、曾祖母《そうそぼ》は膝《ひざ》から崩折《くずお》れた。恐《おそ》ろしい未来を予知して発作を起こしたのだ。そして、わたしは悩《なや》める霊《たましい》で、止めら、い、れるまで、世界中の魔法《まほう》自治領に死と崩壊《ほうかい》をもたらすだろう、と言った。祖父とおじたちは、文字通りわたしを止めようとした。母さんが大量破壊魔法《はかいまほう》を使おうとしたのは、あれが最初で最後だ。あのとき母さんは、寝室《しんしつ》でわたしの前に立ちはだかり、親族の男たちが気まずそうな顔で母さんを押《お》しのけてわたしを連れていこうとしても、頑《がん》として動かなかった。祖父たちがわたしになにをしようとしていたのかはわからない。祖父もおじも、虫も殺さないような人たちだった。だけど、曾祖母《そうそぼ》の起こした発作は、よほど深刻なものだったんだと思う。

母さんと祖父たちはすこしのあいだ言いあらそっていたけれど、だしぬけに、寝室《しんしつ》が目もくらむような閃光《せんこう》に照らされた。と思った瞬間《しゅんかん》、母さんはわたしを毛布に包んで抱《だ》きあげ、迷いのない足取りで一族の邸宅《ていたく》から飛びだした。パジャマ姿で、裸足《はだし》のまま。一族のみんなは沈痛《ちんつう》な面持ちでわたしたちを見ていたけれど、母さんに近づこうとはしなかった。母さんは一番近くの車道まで行くと、親指を立てて待った。通りがかった一台の車がわたしたちを拾って、空港まで送ってくれた。空港に着くと、プライベートジェット機でロンドンまで帰ろうとしていたテック業界の億万長者が、空港の入り口でわたしを連れて立ちつくしていた母さんに気付き、送っていきましょうかと申しでてくれた。その億万長者は、いまでも年に一回はコミューンに来て、一週間のスピリチュアル・クレンジングを受けていく。

母さんはだれにでも親切にされる。でも、わたしはちがう。わたしと目が合い、ほほえみ、次の瞬間《しゅんかん》にはわたしがひと言も発しないうちから顔をこわばらせる人たちは大勢いる。曾祖母《そうそぼ》は、わたしがその後の人生で出会うことになる、そういう大勢の人たちのひとり目にすぎなかった。

わたしは、車に乗っていくかと声をかけてもらったこともないし、マナをたくわえるために森の中の魔法《まほう》円で踊《おど》ろうと誘《さそ》ってもらったこともないし、食事に招待してもらったこともないし、そして——これがなにより重要だけど——腹をすかせて襲《おそ》いかかってくる怪物《かいぶつ》たちを撃退《げきたい》するときにだれかが一緒《いっしょ》に戦ってくれたこともない。母さんみたいな母親じゃなかったら、自分の家にだって温かく迎《むか》えいれてもらえなかったと思う。コミューンの〝親切な〟人たち——政治家に長い手紙を書いて真剣《しんけん》に訴《うった》えるとか、社会の平等やコウモリの保護みたいなことのためにデモをする人たち——は、わたしが十四歳《さい》になると、寮《りょう》での生活は本当に楽しいと思うぞ（冗談《じょうだん》キツいけど）とか、学校を卒業してもここにはもどってこないで、世界中を見て回ったほうがいいんじゃないかとか、そういうことを明るい口調で何度も繰《く》りかえした。

別にコミューンが恋《こい》しいわけじゃない。経験のない人には想像できないと思うけど、レプラコーン（訳注：アイルランドの妖精《ようせい》）とか発汗小屋《スウェット・ロッジ》の儀式《ぎしき》（訳注：ネイティヴ・アメリカンの儀式《ぎしき》で、ストーヴ等で熱したロッジの中で心身を浄化《じょうか》する）とかイエス・キリストの誕生とか、そういった眉唾《まゆつば》ものの話は心の底から真実だと思いこんでいるくせに、わたしが本物の魔法《まほう》を使えるということとは頑《がん》として信じようとしない人と毎日顔を突《つ》き合わせて暮らすのは、本当に最悪なのだ。コミューンの人たちの目の前で、魔法《まほう》が使えるってことを証明したこともある――少なくとも、証明しようとした。非魔法族《まほうぞく》に見られていると、火をおこすような初歩的な魔法《まほう》でも、マナを余計に消耗《しょうもう》する。とりわけその見物人たちが、こいつはただのバカな子どもで、袖《そで》に隠《かく》しもったライターを使って下手な手品を見せようとしているだけだと信じこんでいるようなときは。でも、たとえあいつらの目の前で強力な魔法《まほう》を使ってみせたって、そのときだけは、すごい、とか、こいつは驚《おどろ》いたとか言うだろうけど、次の日になれば、なあ、あそこで採れたキノコは最高にうまかったぞ、みたいなことしか話題にのぼらなくなっている。そして、わたしのことを、もっとあからさまに避《さ》けるようになるのだ。ここにはいたくないけれど、あそこにもいたくない。

うううん、やっぱりそれは嘘《うそ》だ。わたしはしょっちゅう家に帰る想像をしている。一日に五分までと時間を決めて、壁《かべ》の通風孔《つうふうこう》の前に立つ。できるだけ安全な距離《きょり》を取って、でも、流れこんでくる風を感じられる位置に。目を閉じ、両手で顔をおおって、焦《こ》げた油と染み付いた汗《あせ》のにおいをしめ出し、湿《しめ》った土や、乾燥《かんそう》したローズマリーや、バターでこんがり焼いた人参の香りを想像し、通風孔《つうふうこう》からの風は森を吹《ふ》きぬけてくるそよ風なのだという振《ふ》りをする。わたしはいま、草原で仰向《あおむ》けに寝《ね》そべっていて、目を開けたら、雲のうしろに隠《かく》れようとしている太陽が見えるのだと思いこむ。叶《かな》うなら、この部屋と、森の中の広々としたユルトを交換《こうかん》したい。二週間降りつづく雨でユルトの中の持ち物全部にカビが生えはじめたっていい。カビのにおいは、〈霊喰《たまぐ》らい〉のにおいにくらべればはるかにマシなんだから。コミューンの人たちのことさえ恋《こい》しかった。むかしは、あの人たちを恋《こい》しく思う日が来るなんて考えもしなかった。でも、ここで暮らして三年がたったいまなら、いつ見ても不機嫌《ふきげん》そうに口を引きむすんでるフィリパ・ワックスにだって、ハグをしてもいい？　とたずねてしまいそうだ。

ううん、やっぱり嘘《うそ》。そんなことするはずない。それに、これは間違《まちが》いないけど、わたしのこういう感傷なんて、家に帰れば一週間もたたずに消えてしまうはずだ。とにかく、わたしがコミューンで歓迎《かんげい》されていないことはずっとわかっていた。あるのはお情けだけだった。コミューンに帰ってもう一度あそこに住みつこうとしたら、そのお情けだって消えうせる。コミューンの委員会は――フィリパは書記を務めている――なにか適当な理由をでっちあげて、わたしを追いだそうとするだろう。〝暗い霊《たましい》の持ち主〟という表現は、つねにわたしにつきまとってきた。幾《いく》度《ど》となくそう言われてきたし、そんなふうに陰口《かげぐち》を叩《たた》かれたことは、それこそ数えきれないくらいあるのだろう。わたしがコミューンから追いだされてしまえば、それこそ母さんの人生は台なしになってしまう。母さんは、ためらうことなくコミューンを去って、わたしについてくるだろうから。

スコロマンスに入学する前から、自分がそれなりに幸せな生活をするには――生きてここを出て、生活が続いていくのだとすれば――どこかの魔法《まほう》自治領に入るしかないのだとわかっていた。それはわたしだけじゃなくて、ほかの生徒たちだって同じだ。だけど、ふつうの魔法使《まほうつか》いたちはたいていグループを作って、お互《たが》いを守りあったり、一緒《いっしょ》にマナを作ったり、なにかと協力しあっている。たとえ、わたしを気に入って一緒《いっしょ》に行動してくれる魔法使《まほうつか》いがいたとしても――いまのところ、ひとりもいないけど――わたしは相手にとって足手まといでしかない。ふつうの人が掃除《そうじ》用具にしまっておきたいのは便利なモップであって、わたしみたいなロケット発射装置じゃない。そしてわたしはといえば、二時間も古英語と悪戦苦闘《くとう》して、床《ゆか》を掃除《そうじ》するための呪文《じゅもん》を、いまだに見つけられずにいる。

だけど、もしも自分が、二、三百人くらいの魔法使《まほうつか》いたちが暮らす緑豊かな魔法《まほう》自治領で暮らしているとして、近くの洞窟《どうくつ》の暗い陰《かげ》から死の竜《りゅう》が這《は》いだしてくるとか、別の魔法《まほう》自治領から宣戦布告をされるとか、そんな非常事態が起こったとしたら、竜《りゅう》の首を掻《か》き切ったり、死の業火を呼びだしたりできるわたしみたいな魔法使《まほうつか》いが、ひとりくらい味方にいてほしいと願うはずだ。そして、そういう魔力《まりょく》を持つ魔法使《まほうつか》いがいるという噂《うわさ》が広まれば、そもそもその魔法《まほう》自治領が攻《こう》撃《げき》されることもなく、ひいては竜《りゅう》も殺されずにすみ、わたしも霊《たましい》に重傷を負って五年間休まなくちゃいけなくなる憂《う》き目にあわずにすむ。なにより、そんな目にあって母さんを泣かせることもない。

でも、そういう存在になるには、それくらいタフな魔法使《まほうつか》いだと知ってもらう必要がある。わたしを自分たちの魔法《まほう》自治領に招待しようとする人はいないし、卒業チームに誘《さそ》おうとする同級生もいない。英雄《えいゆう》に助けてもらわなきゃやっていけないような、頼《たよ》りない姫君《ひめぎみ》だと思われていたら当然だ。嫌《きら》われ者は、誘《さそ》われない。なのに、オリオンのほうはといえば、だれかに自分を売りこむ必要さえない。あいつは魔法《まほう》自治領出身であるばかりか、母親はニューヨーク自治領の有力な次期総督《そうとく》候補だと言われている。ニューヨークは、むかしもいまも、世界でも比類のない強大な自治領だ。そしてオリオンの父親は、巨匠《きょしょう》と呼ばれる魔工家《まこうか》だ。オリオンはそう望みさえすれば、適当に怪物の攻撃《こうげき》をかわし、落第しない程度に課題をこなすだけで、ここを出ていくことだってできた。それからあとは、優秀《ゆうしゅう》な魔法使《まほうつか》いたちと一流の魔工品《まこうひん》が集結するニューヨークで、贅沢《ぜいたく》で安全な暮らしを死ぬまでつづけることができるのだ。

だけどあいつは、スコロマンスに入学して以来、騒《さわ》ぎが起こるたびに首を突《つ》っこんでいる。わたしのうしろで死んでいる〈霊喰《たまぐ》らい〉は、今週に入ってオリオンが鮮《あざ》やかに倒《たお》してみせた四頭目の獲物《えもの》のはずだ。あいつは、スコロマンスの泣き虫と弱虫を片っ端《ぱし》から助けてまわっているけれど、だれがそのツケを払《はら》うことになるのか考えてみたことはないらしい。だけど、もちろん、助けてもらった子は、いつかそのツケを払《はら》うことになる。毎日毎分、家に帰りたいとばかり思っているけれど、わたしだって、この学校にいられるのは信じがたいほど運がいいんだとわかっている。なぜそんな幸運に恵《めぐ》まれたかというと、この学校ははるかむかしのエドワード王時代に、主にマンチェスター魔法《まほう》自治領によって建てられ、それ以来イギリス国内の魔法《まほう》自治領は、大勢のイギリスの子どもたちをここに送りこむ権利をどうにか死守してきた。でも、これからの数年間で状況《じょうきょう》が変わる可能性もあるらしい。上海《シャンハイ》とジャイプールの魔法《まほう》自治領が、スコロマンスの生徒割当数が大幅《おおはば》に改変されないならアジアに新しい学校を建てる、となかば脅迫《きょうはく》めいた主張をしているのだ。だけど、少なくともしばらくは、魔法《まほう》自治領出身じゃない子どもでも、イギリス内で生まれていれば、自動的にスコロマンスの入学リストに載《の》せてもらうことができる。

母さんは入学リストからわたしの名前を削除《さくじょ》してもらいたがっていたけど、わたしも母さんの望みどおりにするほどバカじゃない。いくつかの魔法《まほう》自治領が協力してこの学校を作ったのは、学校の外のほうがはるかに**危険**だからだ。怪物《かいぶつ》たちは通風孔《つうふうこう》から、配管から、扉《とびら》の下のすき間から忍《しの》びこんでくるけれど、あいつらはスコロマンスのどこかから湧《わ》いてくるわけじゃない——スコロマンス**に向かって**きているのだ。あいつらの狙《ねら》いは、新鮮《しんせん》なマナであふれんばかりの、やわらかくて若い魔法使《まほうつか》いたちだ。マナの使い方を躍起《やっき》になって学ぼうとしている、未熟な魔法使《まほうつか》いたち。一年生のときに『怪物学《かいぶつがく》』の教科書で学んだ内容によると、若い魔法使《まほうつか》いというのは、十三歳《さい》から十八歳《さい》まで、六ヶ月ごとにおいしさが飛躍《ひやく》的に増していくという。成長しきった魔法使《まほうつか》いは歯ごたえのある固い皮に守られているけれど、わたしたちを包んでいるのはもろい砂糖の殻《から》のようなもので、たやすく噛《か》みやぶることができるらしい。これはわたしが考えた比喩《ひゆ》じゃない――教科書に、そのとおりに書いてある。あの教科書は、明らかに楽しんでいる感じで、怪物《かいぶつ》たちがどれだけわたしたちを食べたがっているのか、微《び》に入り細を穿《うが》って書きつらねている。怪《かい》物《ぶつ》たちは、ものすごく、ものすごく、ものすごく、わたしたちを食べたがっているのだ。

　そういうわけで、一八〇〇年代後半に、高名な魔工家《まこうか》のサー・アルフレッド・クーパー・ブラウニングが――この人の名前は色んなところで目にするから、スコロマンスにいれば嫌《いや》でも覚える――スコロマンス建設の構想を練りはじめた。いたるところに貼《は》ってある構内図はうっとうしいけど、それによると、この学校の設計はかなりしっかりしている。学校と外界は、たったひとつの場所でかろうじてつながっている。卒業ゲートだ。卒業ゲートは結界とバリアで何重にも囲まれ、守られている。冒険《ぼうけん》好きな怪物《かいぶつ》がどうにかしてその防御《ぼうぎょ》の網《あみ》をくぐりぬけて入ってきたとしても、大半は、卒業ホールの中に入りこむのが関の山だ。ホールは、必要最低限の配管と通風《つうふう》孔《こう》をのぞけば、学校のほかの部分からほぼ完全に切りはなされている。そして、その配管と通風《つうふう》孔《こう》さえ、結界とバリアで守られているのだ。

　だから、怪物《かいぶつ》たちは卒業ホールの中でひしめき合い、配管や通風孔《つうふうこう》からどうにかして学校の中に入りこんだり、お互《たが》いにケンカをしたり、共食いをしたりする。大きくて特に危険なタイプの怪物《かいぶつ》たちは、そもそも細い配管の中にはもぐりこむことができない。そいつらは長いあいだ卒業ホールの中に閉じこめられ、仲間を食べてどうにか命をつなぎながら、若い魔法使《まほうつか》いたちを貪《むさぼ》りくうことができる卒業式の日を待ちわびる。だから、わたしたちのような若い魔法使《まほうつか》いは、この学校の中にいたほうが、無防備な外界で——たとえば、森の中のユルトとか——暮らすよりはるかに安全なのだ。魔法《まほう》自治領で暮らしていた子どもたちでさえ、学校ができる前は怪物《かいぶつ》の餌食《えじき》になることがしょっちゅうあったし、魔法《まほう》自治領の子どもでもスコロマンスの生徒でもなければ、怪物《かいぶつ》に食われずに思春期を迎《むか》えることができるのは、最近だと二十人にひとりしかいない。それにくらべれば、四人にひとりが生きのびられるスコロマンスの生徒は、かなり恵《めぐ》まれている。

でも、学校に守ってもらう借りは、学校に返さなくちゃいけない。わたしたちは、キツい仕事をしたり、苦しんだりおびえたりすることで、学校に借りを返す。そうしたことのすべてがマナを生みだし、学校の燃料になるのだ。一番の燃料は、生きのびる力を付けられなかった生徒たちだ。なのに、オリオンは自分がいいことをしているとでも思っているんだろうか。みんなは、あいつがしていることをどう思ってるんだろう？　人助けをしているとでも？　助けてあげたツケは、いずれ自分たちにまわってくるのに？

でも、こんなふうに考えている生徒はわたしくらいだ。今年になって命を落とした三年生は二十人もいない。ふつうは、百人以上の生徒が死んでしまう。だから、学校中の生徒たちが、オリオンのことを英雄《えいゆう》あつかいして、あいつを最高にいいやつだと思ってる。ニューヨーク魔法《まほう》自治領には、例年の約五倍の申込《もうしこ》みがあったらしい。ニューヨーク魔法《まほう》自治領のことは考えないようにしている。ロンドン魔法《まほう》自治領も受けいれてもらえる確率は絶望的だ。自分には力があるとわかっているから、なおさらわたしはもどかしかった。荒廃《こうはい》と支配の魔法《まほう》なら、今年の卒業生たちが知っていることを全部合わせても、わたしの知識の十分の一にもならないはずだ。それも当然だった。今日みたいに、血まみれの床《ゆか》をモップがけしようと思うたびに、荒廃呪文《こうはいじゅもん》を五つは新たに仕入れるのだから。

いいほうに考えるなら、今日は古英語で書かれた便利な家事魔法《まほう》を九十八個も知ることができた。九十九個目にようやく、床《ゆか》を掃除《そうじ》できる魔法《まほう》に行きついたからだ。本のほうも、わたしがめあての魔法《まほう》を見つけるまで、勝手に消えることはできない。こんなふうに、時どき学校は墓穴を掘《ほ》って、わたしの望みを叶《かな》えてしまうことがある。たいていそれは、学校がいつにも増して意地悪で、癇《かん》に障って、ケチになるときだ。だけど、臭《くさ》いガスを部屋に充満《じゅうまん》させている〈霊喰《たまぐ》らい〉の死骸《しがい》を横目にみながら、古英語で書かれた九十九個の呪文《じゅもん》を訳すという災難に見舞《みま》われたのも学校のせいなんだから、便利な家事魔法《まほう》をいくつか手にいれたのは当然の権利だ。

一週間か二週間は、学校にそこそこ感謝していられると思う。さしあたり、わたしがしなくちゃいけないのは、椅子《いす》から立って、完ぺきなフォームでジャンピング・ジャックを五百回連続でやること。そのあいだ水晶《すいしょう》に意識を集中していれば、そこにマナがたまっていく。十分にマナがたまったら、うっかりなにかを殺してしまわないように気をつけながら、床を掃除する。ほんのすこしのズルもする勇気はない。部屋にはマリアを吸いとれるようなアリもゴキブリも見当たらないし、ほかのみんなと同じように、わたしの魔力《まりょく》は日毎に強くなっている。生まれもった特《とく》殊《しゅ》な能力のせいで、掃除魔法《そうじまほう》に足りないマナをマリアで補おうとしたら、左右それぞれ三部屋分の同級生の命を吸いとったあげく、この階を丸ごと破壊《はかい》して、完全除菌《じょきん》済みの遺体安置所に作りかえてしまう恐《おそ》れがあった。もちろん、マナは余計にためてある。母さんが、魔法《まほう》円で作った水《すい》晶《しょう》をいくつか渡《わた》してくれたおかげで、わたしは将来のためにマナをたくわえておくことができる。いままで、暇《ひま》さえあればマナを水晶《すいしょう》にためてきた。でも、たくわえたマナを部屋の掃除《そうじ》なんかに使うつもりはない。水晶《すいしょう》のマナは緊急《きんきゅう》用だ。急に魔力《まりょく》が必要になるときだってあるはずだし、そしてなにより卒業式がある。

床《ゆか》がすっかりきれいになると、わたしはさらに追加で腕《うで》立《た》て伏《ふ》せを五十回して——この三年間で、かなり健康になった——母さんの大好きな、いぶしの呪文《じゅもん》を唱えた。この魔《ま》法《ほう》をかけると燃やしたセージのにおいが部屋に立ちこめるけど、少なくともそれは嫌《いや》なにおいじゃない。それがすむと、もう夕食の時間が迫《せま》っていた。シャワーを浴びたくて仕方がないけれど、排水《はいすい》口から忍《しの》びこんでくるだろう怪物《かいぶつ》のことを考えると気が重い。シャワー室に入れば、ほぼ間違《まちが》いなくなにかが襲《おそ》ってくる。わたしはTシャツを替《か》え、三つ編みをほどいて編みなおし、水差しの水で顔を拭《ふ》くだけで満足することにした。水差しに残っていた水でTシャツをすすぎ、乾《かわ》かすためにハンガーに吊《つ》るす。Tシャツは二枚しか持っていないから、あちこちがほつれかけている。一年生のときに、持ってきた服の半分を燃やさなくちゃいけなかったのだ。名もない怪物《かいぶつ》がベッドの下から這《は》いだしてきたのは、ここに着いて二日目の夜で、マナを得る方法はほかになかった。服を燃やすというささやかな犠牲《ぎせい》を払《はら》うだけで、そいつをかりっとフライに揚《あ》げるだけの十分なマナを得られたし、ほかの生き物から命を吸いとってしまうことにもならなかった。わたしは、オリオン・レイクの助けなんていらないのだ。

せいいっぱいがんばっても、わたしの身なりは最高なままだった。わたしはあきらめて部屋を出て、夕食の待ちあわせ場所へ向かった。もちろん、食堂には数人ずつのグループで向かうことになっている。ひとりで行くなんて、襲《おそ》ってくれと言ってるようなものだ。リューは、わたしの身なりをひと目見るなり言った。「エル、あんたどうしちゃったの?」

「われらが英雄《えいゆう》レイクがわたしの部屋で〈霊喰《たまぐ》らい〉を溶《と》かしたから、わたしがどろどろの片付けをする羽目になったわけ」

「**溶《と》かした**? うえ」リューはマリアを使う魔女《まじょ》だけど、輝《かがや》けるオリオンに媚《こ》びへつらったりしない。黒魔術師《くろまじゅつし》だろうとそうじゃなかろうと、わたしはリューが好きだった。わたしと気軽に話してくれる生徒はほんの数人しかいない。リューはそのひとりだ。わたしより話し相手の選択肢《せんたくし》は多いのに、いつも感じがいい。

だけど、待ちあわせ場所にはイブラヒムもいて——いつも、自分の友だちがくるまでわたしたちには背を向け、おまえらは仲間じゃないからな、と無言で伝えてくる——、わたしに気付くなり、上気した顔をこっちに向けた。「おまえ、オリオンに〈霊喰《たまぐ》らい〉から助けてもらったってな!」イブラヒムは言った。いや、叫《さけ》んだ。オリオンのほうこそ、三回も命拾いしたのだ。だから、あいつはそんなことをむやみに吹聴《ふいちょう》しないほうがいいのに。

「オリオンのせいで、わたしの部屋に〈霊喰《たまぐ》らい〉が迷いこんできて、そいつのべっとりした残《ざん》骸《がい》で部屋中めちゃくちゃになったんだよ」歯ぎしりしながら言ったって、意味はなかった。アアディヤとジャックが到着《とうちゃく》し、五人一緒《いっしょ》に階段を上りはじめたころにはすでに、オリオンは勇ましくもわたしを〈霊喰《たまぐ》らい〉から救いだしたことになっていたし、夕食の時間が終わるころには——食事の最中に吐《は》いてしまった三年生はふたりだけだった。みんな、保護魔法《まほう》と解毒魔法《まほう》が上達している——学校中のだれもがオリオンの新たな英雄譚《えいゆうたん》を知っていた。

怪物《かいぶつ》の多くには名前がない。種類が多すぎるし、どの怪物《かいぶつ》もやってきては消える。でも、〈霊《たま》喰《ぐ》らい〉には注意が必要だ。ある学年では、たった一匹《ぴき》の〈霊喰《たまぐ》らい〉に十人以上の生徒が仕留められた。あの怪物《かいぶつ》にやられるのは最悪なのだ。ショーみたいに派手な閃光《せんこう》が走り（〈霊喰《たまぐ》らい〉から）、耳をつんざくような悲鳴が響《ひび》く（犠牲者《ぎせい》たちから）。わたしも〈霊喰《たまぐ》らい〉を一匹《ぴき》やっつけていれば評判も変わっていただろうし、やってできないことはなかった。枕《まくら》の下には手彫《てぼ》りの白檀《びゃくだん》の小箱が隠《かく》してあって、そこにはマナを満タンにした水晶《すいしょう》が二十六個入っているのだから。それに、半年前、かぎ針編みというおぞましい最終手段に訴《うった》えることなくセーターのほつれを繕《つくろ》うために、裁縫魔法《さいほうまほう》を探していたら、霊《たましい》を解きほぐす魔法《まほう》を手にいれた。その魔法《まほう》があれば、〈霊喰《たまぐ》らい〉を完全にばらばらに解きほぐすことができたし——くさい残骸《ざんがい》に煩《わずら》わされることもない——、光り輝《かがや》く霊《たましい》の糸を一房《ひとふさ》手にいれることさえできた。そうしたら、アアディヤと取引をすることができた。アアディヤは魔工《まこう》コースの専攻《せんこう》で、風変わりな素材をあつかう魔法《まほう》が得意だ。アアディヤに頼《たの》めば、夜のあいだ霊《たましい》の糸を廊下《ろうか》に漂《ただよ》わせることだってできたはずだ。たいていの怪物《かいぶつ》は光が苦手なのだ。そうすれば、卒業式までなにかと楽に過ごせたのかもしれない。だけど、そうしたすべては現実のことにはならず、不本意ながらわたしは、オリオンに救われたその他大勢のひとりになった。

たいしてドラマチックでもなかった救出劇を経験したおまけとして、夕食ではいい席にすわることができた。たいていは、人気ゼロのはみ出しものたちがぱらぱらと集まったテーブルの端《はし》っこにひとりですわるか、同じテーブルにすわっていた生徒たちが次々《つぎつぎ》とグループを作って別のテーブルに移っていき、最後にはわたしがひとりで残されるか——こっちのほうが最低——のどちらかだ。今日は太陽灯の真下にすわり、（ビタミンサプリメントを別にすれば）この数ヶ月間で一番多いビタミンDを体内で生成しながら、イブラヒムとアアディヤと、そこそこ人気のある生徒たち六人と一緒《いっしょ》に同じテーブルについた。マウイの小さな魔法《まほう》自治領出身の女の子もいた。でも、同じテーブルの子たちがオリオンの救出劇のことを感に堪《た》えて話しつづけているのを聞かされながら、わたしは怒《いか》りをつのらせていった。あいつがどんなふうに戦ったのか教えてくれ、と頼《たの》んでくるやつらまでいた。「まあ、まずはわたしの部屋に〈霊喰《たまぐ》らい〉を追いこんできて、それから部屋の扉《とびら》をぶち壊《こわ》して、止めようとしたのにあの怪物《かいぶつ》を燃やしちゃって、くさい残骸《ざんがい》を床《ゆか》の上にぶち撒《ま》けた」わたしは冷たい声でひと息に言った。だけど、どうなったかはご想像のとおりだ。わたしがなにを言ったって、みんな、オリオンこそは輝《かがや》ける英雄《えいゆう》で、英雄《えいゆう》が自分たちをここから救いだしてくれると信じたがっている。最悪なことに。

第2章 ミミック

夕食のあと、わたしは作業場まで一緒《いっしょ》に行ってくれる人を見つけなくちゃいけなかった。壊《こわ》れた扉《とびら》を修理する材料がいくつか必要だ。部屋の鍵《かぎ》を閉めずに夜を明かすなんて自殺行為《こうい》だし、言うまでもなく、扉《とびら》にぽっかり穴が開いているのもかなりマズい。わたしはできるだけ何気ない口調で声をかけた。「だれか作業場に用がある人いない？」用がある子はいなかった。さっきの話を聞いていたんだから、わたしが階下の作業場に行かなくちゃいけないのはわかっているはずだ。

でも、ここではだれもが、自分の得になることしかしない。得という得を片っぱしから手にいれていかないと、ここで生きのびることはできない。それに、貸しのひとつでもないかぎり、親切心から頼《たの》みを聞いてくれるほどわたしを好きな子もいない。

「一緒《いっしょ》に行こうか」ジャックが、椅子《いす》から心持ち身を乗りだしてわたしの視線を捉《とら》え、白く輝《かがや》く歯を見せてにこっと笑った。

暗がりから這《は》いだしてくる怪物《かいぶつ》より、ジャックのほうがよっぽど危険だ。わたしはまっすぐに彼《かれ》の目をにらみ、こわばった声で言った。「へえ、いいの?」

ジャックは身構えたように一瞬《いっしゅん》口をつぐみ、肩《かた》をすくめた。「いや、悪い。そういや新しい占《うらな》い棒を完成させなきゃいけないんだった」そう言った声は明るかったけれど、目には警戒《けいかい》の色が浮《う》かんでいる。あんたのしてることは知ってるからねとほのめかすつもりはなかった。でも、もう遅い。これで、なにかしたらバラすから、とわたしがジャックを脅《おど》すか、ジャックがわたしを襲《おそ》って永遠に口を封《ふう》じるか、結末はふたつにひとつになってしまった。なんにしても、ジャックはなんらかの手を打つだろう。こんなドジを踏《ふ》んだのもオリオンのせいだ。

「それ、お礼はどれくらいもらえる?」アアディヤが言った。アアディヤは、頭の回転が早くて、合理的な性格だ。わたしと普通《ふつう》に交渉《こうしょう》しようとする数少ない生徒で、もっと正確に言うと、わたしと普通《ふつう》に話をしようとする数少ない生徒でもある。だけど、取引をするとなると、冷酷《れいこく》なほど押《お》しが強くなる。いつもなら、回りくどい言い方をしないアアディヤに好感を持つところだ。だけど、わたしが本当に困っていると見抜《みぬ》いた彼女《かのじょ》は、作業場へついてくるという危険を冒《おか》すかわりに、相場の二倍以上は謝礼をふんだくるつもりでいるようだった。それに、危ない目にあったら、絶対にわたしを盾《たて》にするにちがいない。わたしは眉《まゆ》を寄せた。

「ぼくが行くよ」となりのテーブルからオリオンの声が聞こえた。ニューヨーク魔法《まほう》自治領の子たちがすわっているテーブルだ。夕食のあいだじゅう、オリオンはうつむいて食事をかきこみ、こっちのテーブルのみんながオリオンのすばらしさを大声で称《たた》えても、反応ひとつよこさなかった。これまでにもオリオンは、ほかの子たちを勇猛果敢《ゆうもうかかん》に救いだしたあと、今夜と同じようにじっと押《お》しだまっていることがあった。謙虚《けんきょ》なふりをしてみせているのか、本当に病的なほど謙《けん》虚《きょ》なのか、不器用すぎて、褒《ほ》められるとどう返していいのかわからなくなるだけなのか、いまいちわからない。オリオンはまだ顔を上げようとしない。伸《の》びすぎてぼさぼさの髪《かみ》で顔を隠《かく》したまま、空になった皿に目を落としている。

最高だ。ただで作業場までついてきてもらえるなら断るつもりはないけれど、またか、とみんなは思うに決まっていた。また、オリオンがエルを助けてやっている、と。「じゃ、行こう」わたしはそっけなく返事をして、すぐに席を立った。いつもとちがうことをするのなら、この学校ではできるだけすぐ行動に移したほうがいい。

スコロマンスは、厳密に言うと実在する場所じゃない。壁《かべ》や床《ゆか》や天井や配管は紛《まぎ》れもなく本物だし、本物の鉄や鋼鉄や銅やガラスを使って外の世界で作られ、学校のあちこちに貼《は》ってある緻《ち》密《みつ》な設計図をもとに組みたてられている。だけど、もしも同じ建物をロンドンのど真ん中に建てようとしたら、完成する前に倒壊《とうかい》してしまうのは間違いない。この学校を設計図のとおりに建てることができたのは、スコロマンスが場所ではなく虚空《こくう》だからだ。虚空《こくう》とはなんなのか説明したいけど、わたしにも全然わからない。たとえば、洞窟《どうくつ》に暮らしていた人類の祖先たちが、星明かりが一面に散った夜空を見上げながら、あの暗い空にはなにがあるのだろう、あの闇《やみ》はなんなのだろうと首をかしげていたのだとしたら、スコロマンスの寮《りょう》の部屋から真っ暗な虚空《こくう》を見つめるのも、それとよく似た感じだと思う。ここで報告させてもらうと、そういう感じって、べつに爽《そう》快《かい》でもなければ快適でもない。

でも、虚空《こくう》に建っているおかげで、この学校は古くてしょうもない物理の法則に縛《しば》られずにすむ。だから、この学校を建てた魔工家《まこうか》たちは、楽々《らくらく》と、好みの機能どおりに動くようにスコロマンスを説得《い》することができた。設計図が校舎のあちこちに貼《は》られているのは、学校ってこういう造りなんだとわたしたちが確認するたびに、学校の造りが設計図どおりに補強されていくからだ。果てしなく続く階段や廊下《ろうか》を重い足取りでたどりながら、教室はここにある、蛇口《じゃぐち》からは水が出る、この通気孔《こう》からは新鮮《しんせん》な空気が入ってくる、と確認すればするほど、学校は生徒たちの期待するとおりに機能するようになる。数千人もの生徒たちの要望に応えるために、配管工に水道や通気孔《こう》を管理させるなんて不可能だから。

サー・アルフレッドたちは、このスコロマンスを首尾《しゅび》よく、すばらしく、すごく賢《かしこ》いやり方で造ったわけだけど、〝説得できる〟建物で実際に暮らすとなると、建物が簡単に説得されてしまうという問題にも直面する。たとえば、同じ教室に急いでいる生徒が六人いて、全員が同じ階段を駆《か》けあがっていると、いつもの半分の時間で教室に着くことができる。そのいっぽう、不気味な予感に震《ふる》えながら、じめじめして蜘蛛《くも》の巣がびっしり張った暗い地下室に下りていくはめになって、絶対になにかおそろしい怪物《かいぶつ》が飛びかかってくるはずだという妄想《もうそう》にとりつかれてしまうと、まさにそのとおりになってしまう。怪物《かいぶつ》たちは、そういう不穏《ふおん》な妄想《もうそう》には、大喜びで協力してくれる。たとえば夕食のあと、作業場までついてきてくれる相手も見つけられず、たったひとりで階下へいかなくちゃいけないときみたいに、とにかく、普段《ふだん》とはちがうことをしようとすると、階段や廊下《ろうか》が勝手に動いて、設計図に載《の》っていない場所へ連れさられてしまう危険がある。そんな場所で待ちかまえているようななにかとは、絶対に会いたくない。

だから、いつもとはちがう場所へ行こうと決めたら、自分か周囲のだれかが余計な想像をしてしまう前に、できるだけ早く出発したほうがいい。わたしはさっさと近くの階段へ向かった。オリオンとふたりでしばらく階段を下りていき、ここまでくればだれかに話し声を聞かれる心配もないと確信が持てると、わたしはオリオンにかみついた。「ほっといてって言ったはずだけど、どの単語が理解できなかった？」

オリオンは両手をポケットに入れて、心持ちうつむきながらわたしのとなりを歩いていたけれど、はっとして顔を上げた。「けど――そっちが言ったんじゃないか。じゃあ行こう、って――」

「みんなの前であんたをどなりつけろって？　みんな、あんたはわたしの命の恩人だって思ってるのに？」

オリオンは階段の途中《とちゅう》でぴたりと足を止めた。「じゃあ、ぼくやっぱり……」上の階にも下の階にも距離《きょり》がある。近くにある明かりといえば、二十歩くらいうしろでいまにも消えそうになっているガス燈《とう》ひとつだ。ふたりの影《かげ》が落ちて、足もとの階段も見えない。千分の一秒でもぐずぐずすれば、なにかよからぬものを引きよせてしまうにちがいなかった。

わたしはバカじゃないから、また歩きはじめた。階段を二段下りたとき、オリオンがついてきていないことに気付いた。手を伸《の》ばしてオリオンの手首をつかみ、ぐっと引っ張る。「いまさら遅《おそ》い。なに考えてんの？　もしかして、新種の怪物《かいぶつ》を発見したい？」オリオンは真っ赤になり、またわたしと並んで階段を下りはじめた。さっきよりも深くうつむいている。バカみたいな皮肉を言っただけなのに、まるで図星をつかれたみたいだ。「あんたにちょっかいかけてくる怪物《かいぶつ》だけじゃ足りないってわけ？」

「それはない」オリオンはそっけなく言った。

「え？」

「怪物《かいぶつ》はぼくを襲《おそ》ったりしない！　これまでだって、一度もなかった」

「どういうこと？　あんただけ攻撃《こうげき》されないってわけ？」わたしはイライラして言った。オリオンが片方の肩《かた》をすくめる。「じゃあ、なんで〈霊喰《たまぐ》らい〉がわたしの部屋に来たわけ？」

「なんのことだよ。ぼくはあのときシャワー室から出てきたところだった。そしたら、〈霊喰《たまぐ》らい〉のしっぽが、きみの部屋の扉《とびら》の下からのぞいてたんだ」

　ということは、オリオンは本当にわたしを助けにきたのだ。そっちのほうが余計に嫌《いや》だった。

わたしは階段を下りながら、オリオンの言ったことについて考えた。たしかに、話の筋は通っている。怪物《かいぶつ》の立場になれば、適当な一撃《いちげき》で自分をこてんぱんにやっつける輝《かがや》ける英雄《えいゆう》を、わざわざ襲《おそ》おうとは思わないはずだ。筋が通らないのは、オリオンのほうだった。「じゃあ、わたしたちの命を救って回れば人気者になれるとでも思ったわけ？」オリオンはうつむいたまま、また肩《かた》をすくめた。答えはノーらしい。「怪物《かいぶつ》と戦うのが好きってこと？」わたしはしつこくたずねた。

オリオンがまた赤くなる。「だとしたら、相当な変態だね」

「じゃあ聞くけど、自分の特性を伸《の》ばしたいとは思わない？」オリオンはムッとしたように言った。

「わたしの特性は敵を全滅《ぜんめつ》させる魔法《まほう》だから、なかなか練習する機会がないんだよね」

　わたしが冗談《じょうだん》を言っているとでも思ったのか、オリオンは鼻を鳴らした。別に信じなくてもいい。自分こそは最強の魔法使いだと名乗ることくらい、だれにでもできる。確実な証拠《しょうこ》を見せて証明するまで、だれも信じようとはしない。「だいたい、そんなに強い魔力《まりょく》をどこから手にいれてるわけ?」わたしはたずねた。ずっと不思議だったのだ。戦闘魔法《せんとうまほう》に特性があるなら、魔法《まほう》をかけるのはかなり楽になるけど、だからってマナがいらないわけじゃない。

「あいつらから。怪物《かいぶつ》から、ってことだけど。一匹倒《ぴきたお》せば、そいつの魔力《まりょく》が手にはいるから、つぎに魔法《まほう》をかけるときはその力を使う。マナが足りなくなったら、マグナスかクロエかデイヴィッドから借りる」

わたしは歯ぎしりした。「なるほどね」オリオンは、ニューヨーク魔法《まほう》自治領の生徒たち全員の名前を挙げていた。当然、あいつらはマナ・シェアをしているに決まっているし、自分たち専用のシェア・マナをどこかにためているに決まっている。わたしだって水晶《すいしょう》にマナをためているけど、自治領がたくわえているマナの量は桁違《けたちが》いだ。一世紀も前から、ニューヨーク出身の生徒たちが魔力《まりょく》をためつづけてきたのだから。オリオンの勇ましい戦いぶりは、その巨大《きょだい》なマナのバッテリーに支えられているわけだ。それに、怪物《かいぶつ》を倒《たお》すたびにマナを手にいれられるなら——でも、どうやって?——、シェア・マナさえほとんど必要ないのかもしれない。

しばらくすると、作業場のある階が近づいてきた。四年生の学生寮《りょう》は、そこからさらに下にある。手すりから下をのぞくと、四年生の階からもれたかすかな明かりが見えた。だけど、作業場と教室へ続く廊下《ろうか》は真っ暗だ——明かりが完全に消えている。わたしはその闇《やみ》を憂鬱《ゆううつ》な気分でにらみながら、残る数段を下りていった。オリオンが見せたわずかなためらいが、わたしたちを厄《やっ》介《かい》な状況《じょうきょう》に追いこみつつあった。それに、怪物《かいぶつ》たちがオリオンを襲《おそ》わないのなら、暗闇《くらやみ》でうごめくものがなんであれ、そいつらはわ、た、し、を襲《おそ》うのだ。

「ぼくが先に行くよ」オリオンが言った。

「じゃあ、自分の言葉には責任持ってよ。あと、明かりを点けるの忘れてる」

オリオンは言いかえすこともなく黙《だま》ってうなずき、左手から光を出した。〈霊喰《たまぐ》らい〉に使った発火魔法《まほう》の小規模バージョンといったところだ。まぶしくて目がちかちかする。階段から真っ暗な廊下《ろうか》に入っていこうとしているオリオンを、わたしは乱暴に引っ張った。天井と床《ゆか》をよく調べたあと、近くの壁《かべ》を何度か叩《たた》いてみる。〝ダイジェスター〟たちは、しばらく獲物《えもの》にありついていないと、体が透明《とうめい》になる。ダイジェスターが平面の上で思いきり体を薄《うす》く伸《の》ばしていると、たとえ目の前にいても絶対にわからないし、ようやく気付いたときにはもう、ダイジェスターは平たい体をばたばたさせながら間近に迫《せま》ってきている。この踊《おど》り場は生徒たちの行き来が多いから、あいつらのお気に入りの場所だ。今年のはじめ、教室に急いでいた二年生の男の子がダイジェスターに捕《つか》まって、脚《あし》を一本と左腕《ひだりうで》の大部分を失った。当然だけど、その事件のあとまもなくして、その子は死んでしまった。

だけど、踊《おど》り場をくまなく点検しても、怪物《かいぶつ》の影《かげ》はなかった。唯一《ゆいいつ》見つかったのは、ガス燈《とう》の陰《かげ》にくっついていた〃アグロ〃が一匹《ぴき》だ。小指より小さいし、さすがのわたしも収獲《しゅうかく》する気にはなれなかった——殻《から》にくっついているのも、ネジが二本にのど飴《あめ》のかけらがひとつ、ペンのキャップだけだ。アグロはあわてて壁《かべ》を這《は》って逃《に》げていき、通気孔《こう》の中に隠《かく》れた。アグロの動きに誘《さそ》われて出てくる怪物《かいぶつ》もいない。いまが夜で、ここが作業場へ続く真っ暗な廊下《ろうか》だということを考えれば、これはマズい兆候だった。なにかがいるはずなのだ。ここになにもいないのなら、向かう先には本当にヤバい怪物《かいぶつ》が待ち構えていて、ほかの雑魚《ざこ》たちはそいつにおびえて逃《に》げていったということだ。

わたしはオリオンのうしろに回ると、その背中に手のひらを置き、首をひねって背後を見張った。そのままの体勢で作業場の一番大きい入り口へ向かう。マズい状況《じょうきょう》をふたりで切りぬけなきゃいけないなら、これが一番安全な歩き方だ。廊下《ろうか》の左右に並ぶ教室の扉《とびら》は、ほとんどがすこしだけ開いている。ドアノブが回る音を聞いて危険を察知することもできないし、すき間が細すぎて、通りすぎながら中をのぞくこともできない。教室はどこまでも続いた。この階には作業場とジムのほかに小さな教室もたくさんあって、普段《ふだん》は四年生たちがそこで特別授業を受けている。だけど、その授業も前期で終わった。この時期の四年生は、卒業式に向けてひたすら予行演習を重ねている。だから、無数の空き教室は、怪物《かいぶつ》たちがひと眠《ねむ》りするのに絶好の場所なのだ。

オリオンに行き先をゆだねなくちゃいけないなんて最悪だった。オリオンは、真っ暗な廊下《ろうか》にいるとは思えないほど気楽な感じで歩いていき、作業場の前までくると、並んだ扉《とびら》の中から適当にひとつ選んで開け、止めるまもなくさっさと中に入っていった。わたしは仕方なくあとに続いた。さもないと、真っ暗な廊下《ろうか》で、ひとり立ち往生するしかない。

中に入ると、わたしは奥《おく》へ行こうとするオリオンのシャツをぐっとつかんで引きとめた。扉《とびら》のすぐ前に立ち、作業場の中を見回す。オリオンの手で燃えている火が、きらめくのこぎりの歯や、万力のくすんだ鉄や、つややかな黒曜石の金づちや、広々《ひろびろ》とした部屋に整然と並ぶ、くもったステンレス製の作業台や椅子《いす》に反射していた。ガス燈《とう》の明かりは絞《しぼ》られ、誘導灯《ゆうどうとう》のような青い炎《ほのお》が小さく揺《ゆ》れている。作業場の端《はし》に並ぶどっしりしたかまどを見ると、吸気口の奥でオレンジや緑の炎《ほのお》がちらちら燃えて、作業場に弱々《よわよわ》しい光を投げかけていた。自分たちのほかにはだれもいないというのに、人で混《こ》みあっているような気配を感じてならない。テーブルや椅子《いす》の数が妙《みょう》に多いような感じがして、椅子《いす》が勝手に増殖《ぞうしょく》したんだろうかとわたしはいぶかしんだ。作業場を好きな生徒はいない。錬金術《れんきんじゅつ》の実験室のほうがまだマシだ。

長いあいだ息を潜《ひそ》めて立っていても、なにかが起こる気配はなかった。わたしは歩きはじめるついでに、わざとオリオンのかかとを踏《ふ》んでやった。仕返しだ。「うわ！」オリオンが声をあげる。

「ごめん」わたしはまったく悪びれていない声で言った。

オリオンがわたしをにらみつける。救いようのないお人好しってわけでもなさそうだ。「ほら、必要なものを取りなよ。さっさともどろう」オリオンは、なんでもないことみたいに言った。適当に材料箱をあさればいいみたいに。警戒《けいかい》する必要なんてこれっぽっちもないみたいに。壁《かべ》に向きなおり、作業場の電気を点ける。怪物《かいぶつ》は見当たらない。

「こっち」わたしはそう言うと、半端《はんぱ》な金属が入っている箱に近づいた。箱のわきにかかっている長いトングを手にとり、それを使って箱の蓋《ふた》を開ける。トングを箱の中に差し入れて、大きな金属の板を四枚取りだした。金属板を一枚ずつ思いきり振《ふ》り、手近な作業台のわきに力いっぱい叩《たた》きつける。こんなにたくさんの金属を持ち帰ったことはないけれど、今日はオリオンがいる。あまった金属は、そのうちだれかとの取引に使えるだろう。

金属板を確保したあと、わたしは針金の箱には行かなかった。学校に行動を読まれることはさけたい。かわりにオリオンに言って別の箱を開けさせ、ネジやナットやボルトを両手にそれぞれひとつかみずつ取らせた。扉《とびら》の修理には必要ないけど、けっこう役にたつ。アアディャは針金を持っていたから、ネジと交換《こうかん》してもらって、残った分は取っておけばいい。わたしはネジやボルトを、カーゴパンツのファスナー付きのポケットにしまった。それがすむと、とうとう腹をくくるしかなくなった——ペンチを取るときだ。

道具箱はどっしりしていて、だいたい死体ひとつ分くらいの大きさがある。実際、わたしがここへ来てから最低でも二回は、本当に死体が入っていたことがあった。授業中に使った道具を持っておくことは禁止されているから――なにが起きるかは、試しにやってみればわかる――個人的な用事のために道具を使いたいなら、放課後に取りにくるしかない。そして、道具箱の中に潜《ひそ》んでいるのは、怪物《かいぶつ》たちの中でもとりわけ知恵《ちえ》のある連中だから、授業外の時間に道具を取りにくるのは、命を落とすのにうってつけの方法だった。なにも考えずに箱を開ければ――。

　そのときオリオンが、作戦を練っているわたしにかまわず、さっさと道具箱に手を伸《の》ばしてあっさり蓋《ふた》を開けた。怪物《かいぶつ》の影《かげ》はない。あるのは、整然と並んだ金づち、大小様々《さまざま》なねじ回し、スパナ、弓のこ、ペンチだけだった。信じがたいことにドリルまである。道具のどれかがいきなり飛びだしてきてオリオンの頭を殴《なぐ》りつけたり、指をもぎ取ったり、目を突《つ》いたりするようなこともなかった。「ペンチとドリルを取って」平気な顔で道具箱を開けられるオリオンが妬《ねた》ましくてたまらなかったけれど、いまはこの状況《じょうきょう》を最大限に利用しなくちゃいけない。ドリル。学生寮《りょう》にはドリルを持っている生徒なんてひとりもいない。上級魔工家《まこうか》を別にすれば、ドリルを一度か二度見かけたことがあるだけでも運がいい。

　その瞬間《しゅんかん》、オリオンが金づちをつかんで大きく振《ふ》りかぶり、わたしの頭の真横に振《ふ》りおろした。金づちが、いつのまにか迫《せま》っていた怪物《かいぶつ》の額を打ちくだく。くすんだ金属製の椅子《いす》だと思ったものは、〝ミミック〟だったのだ。金属が溶《と》けたような灰色の怪物《かいぶつ》は、椅子《いす》の座面と背もたれのあいだにある口をがばっと開け、びっしり生えた銀色の歯をむき出しにしていた。わたしはオリオンの腕《うで》の下をくぐってうしろに回りこみ、道具箱の蓋《ふた》を叩《たた》きつけるように閉めて錠《じょう》をかけた。なにが飛びだしてくるか、わかったもんじゃない。ぱっとうしろを振《ふ》りかえると、椅子《いす》の怪物《かいぶつ》がさらに四匹《ひき》、脚《あし》を交互《こうご》に上げながらわたしたちのほうへ向かってこようとしていた。道理で椅子《いす》が多すぎると思った。

オリオンは金属を溶《と》かす呪文《じゅもん》を唱えていた。すぐそばまで迫《せま》ってきていたミミックが熱で真っ赤になったのを見計らってハンマーで殴《なぐ》りつけ、その体に大穴を開ける。怪物《かいぶつ》が、のこぎりみたいな歯が生えた口から耳障りな悲鳴をあげ、床《ゆか》に崩《くず》れおちる。その横で、四匹《ひき》の怪物《かいぶつ》たちは、ナイフの刃《は》みたいな手を振《ふ》りかざしながら反撃《はんげき》の姿勢になり、わたしに襲《おそ》いかかってきた。

「気をつけて！」オリオンの叫《さけ》び声がうっとうしい。気をつけたってどうしようもないのに。使おうと思えば、敵の体をどろどろに溶《と》かすグロテスクな魔法《まほう》を使うことだってできた。敵を一網《いちもう》打尽《だじん》にするにはぴったりの魔法《まほう》だ。だけど、そのためにはマナを大量に使わなくちゃいけないし、いますぐ倒《たお》さなくちゃいけない三匹《びき》の敵と一緒《いっしょ》に、いますぐには倒《たお》さなくてもいいオリオンまでどろどろの液体に変えてしまうことになる。いま使える魔法《まほう》はひとつだけだ。わたしは床掃除《ゆかそうじ》の魔法《まほう》を古英語でどなると、ぱっと横に飛びすさった。四匹《ひき》の怪物《かいぶつ》たちは、石鹸《せっけん》水でぬるぬるになった床《ゆか》の上でバランスを崩《くず》し、わたしの横を勢いよく通りすぎて、オリオンめがけて猛《もう》スピードですべっていった。わたしは怪物《かいぶつ》たちと戦うオリオンを尻目《しりめ》に金属板を二枚つかみ、作業場の出口へ走った。ペンチがないなら仕方ない。針金は素手で巻こう。

だけど、その必要はなかった。オリオンは階段のところでわたしに追いついた。肩《かた》で息をし、手には残りの金属板と、ペンチと、そしてドリルを持っている。「助けてくれてありがとな」オリオンは腹立たしげに言った。片方の手首の上に小さな切り傷があるだけで、ほかにケガはない。

「あんたなら、あれくらい楽勝でしょ」わたしはそっけなく言った。

　階段を上って学生寮《りょう》にもどるには、たっぷり十五分かかった。わたしたちはひと言もしゃべらず、怪物《かいぶつ》には一匹《ぴき》も出くわさなかった。部屋にもどる途中《とちゅう》でアアディヤの部屋に寄り、針金とネジを交換《こうかん》して、ドリルを持っていることを伝えた。わたしと取引をしたがらない生徒はたくさんいるけれど、そいつらだってアアディヤとなら取引をする。アアディヤは、彼女《かのじょ》が持っていないものをわたしが持っていることがあると、利益をすこし分けることを条件に、わたしをその生徒に紹介《しょうかい》してくれるのだ。自分の部屋にもどると、オリオンに見張りをさせながら、扉《とびら》の修理に取りかかった。楽しい作業じゃない。金属板にドリルでいくつか穴を開け、オリオンのせいで開いた穴をふさいでしっかりと針金で固定する。床《ゆか》にすわりこんで細い針金と太い糸を撚《よ》りあわせて頑丈《がんじょう》な紐《ひも》を作り、それを使ってドアノブと錠前《じょうまえ》の残骸《ざんがい》をもとの位置に固定した。部屋に入って扉《とびら》を閉めると、内側にも同じ作業を繰《く》りかえした。

「修繕《しゅうぜん》魔法《まほう》を使えばいいんじゃない？」拷問《ごうもん》みたいに退屈《たいくつ》な作業が半分くらい終わったとき、オリオンがおそるおそるといった感じで口を出してきた。いったいなにに時間をかけているのか怪《あや》しんでいるらしい。

「言われなくても使うけど」わたしは低い声で言いかえした。ペンチとドリルを使ったのに指が痛い。オリオンの困惑《こんわく》顔を尻目《しりめ》に、わたしは針金をねじる作業を終えた。それから、穴をふさいだ二枚の金属板のそれぞれに手のひらを当て、目を閉じた。修繕《しゅうぜん》魔法《まほう》と魔工《まこう》魔法《まほう》は、作業場で受ける必修授業だ。基礎《きそ》的だけど重要な魔法《まほう》を学ぶには、授業に出る以外に方法がない。修繕《しゅうぜん》魔法《まほう》が必修になっているのは当然だった。入学式の日に持ってくることが許可されているわずかな荷物をのぞけば、この学校には私物を持ちこむことができないからだ。そして、修繕《しゅうぜん》魔法《まほう》はかなりむずかしい部類の魔法《まほう》でもあった。数十種類の魔法《まほう》を、あつかう素材や、修理しようとしているものの仕組みに応じて、使い分ける必要がある。修繕《しゅうぜん》魔法《まほう》を本当に使いこなしているのは魔工家《まこうか》だけだし、彼らでさえ、修繕《しゅうぜん》には特定の素材しか使わない。

でも、少なくとも、修繕《しゅうぜん》魔法《まほう》をかけるときには、自分の母語を使うことができる。「直れ、もどれ、よみがえれ。鉄は貫《つらぬ》き、鋼は伸《の》びる」わたしは呪文《じゅもん》を唱え——スコロマンスの生徒なら〝直れ〟と〝もどれ〟の韻《いん》をいくらでも踏《ふ》むことができる——、言葉と言葉のあいだに金属板を十七回叩《たた》いた。金属板用の呪文《じゅもん》は単語が二十三個、針金用の呪文《じゅもん》には単語が九つ使われる。それから、細々《こまごま》とした手仕事で地道にためてきたマナを扉《とびら》に叩《たた》きこんだ。魔法《まほう》がふつふつと泡立《あわだ》ちながら、ゆっくりと素材の中へ染みわたっていく。二枚の金属板がだんだん分厚いパテのようにやわらかくなっていくと、わたしはそれを、扉《とびら》に開いた穴の中に押《お》しこんでいった。手の下で、やわらかな金属の表面がなめらかになり、次第に固さを取りもどしていく。外側と内側のドアノブは、それぞれゲップのような大げさな音をひとつ立て、元どおりに固定された。錠前《じょうまえ》も、がちゃん、と頼《たの》もしい音を立てて、もとの場所にしっかりはまった。わたしはようやく扉《とびら》から手を離《はな》すと、荒《あら》い息をつきながらオリオンを振《ふ》りかえった。

オリオンは部屋の真ん中に立ちつくし、珍《めずら》しい動物標本でも見るような目つきでわたしを見つめていた。「もしかして、マナ原理主義者?」

カルト教の信者なのかとたずねるような口調だ。わたしはオリオンをにらんだ。「あんたみたいに怪物《かいぶつ》からマナを吸いとれない魔法使《まほうつか》いもいるんだよね」

「けど――じゃあ、空気とか、家具とか、そういうものからマナを取ればいいじゃないか。ベッドの脚《あし》にマナを吸いとった跡《あと》がないやつなんていないと思うけど――」

オリオンの言うことは間違いじゃない。スコロマンスでマリアをするのはかなり厳しい。ここでは、アリとかゴキブリとかネズミとか、そういった小さな生き物が全然見つからないし、どうしてもマリアがしたいなら自分で生き物を持ちこまなくちゃいけない。でも、ここへ持ちこめるのは、入学式の瞬間《しゅんかん》に身につけているものに限られるから、実際は相当むずかしい。でも、普通《ふつう》の魔法使《まほうつか》いは、無生物からマナをすこしだけ引きだすことができる。空中から熱をしぼり取ったり、木片を粉々《こなごな》にすればいいのだ。生きている人間から――ましてや、ほかの魔法使《まほうつか》いから――マナを吸いとることにくらべれば、そっちのほうがはるかに簡単だ。普通《ふつう》の魔法使《まほうつか》いなら。

「わたしがそれをやったら、マズいことになるから」わたしは言った。

オリオンはわたしを見つめたまま、眉間《みけん》にぐっとしわを寄せた。「なるほどね」どことなく、なだめるような口調だった。わたしのことを気がふれているとでも思っているのだろうか。表向きは普通《ふつう》でも、頭がおかしくなってしまった女だと思っているのだろうか。今日はオリオンのせいで散々《さんざん》な一日だったけれど、そのひと言で、わたしはとうとう我慢《がまん》の限界を超《こ》えた。オリオンをつかみ、ぐっと力をこめる。だけど、手を使ってつかんだわけじゃない――わたしはオリオンのマナを、命をつかみ、念をこめて思いきり引っ張った。

生き物から力を盗《ぬす》むのは、普通《ふつう》は簡単なことじゃない。儀式《ぎしき》をしたり、念じたり、ブードゥー教の人形を作ったり、生贄《いけにえ》を――たくさんの生贄《いけにえ》を――殺したり、そういうことをしなくちゃいけない。でも、わたしにとって、それは息をするようにたやすい。オリオンの霊《たましい》から生命力を吸いとるのは、釣《つ》り針にかかった魚を水中から引きあげるようなものだった。このまま引っ張りつづけていれば、オリオンの命が手にはいる。オリオンがたくわえてきたみずみずしい生命力《マナ》が、すべてわたしのものになる。やろうと思えば、シェア・マナの経路をたどってニューコーク魔法《まほう》自治領のマナを吸いとることだってできるのだ。あいつらが干からびるまで、すべてのマナを一滴《てき》残らず吸いつくしたっていい。

オリオンが青ざめて目を白黒させるのを見て、わたしは霊《たましい》を引っ張るのをやめた。ゴム紐《ひも》から手を離《はな》したときのように、マナが勢いよくオリオンの霊《たましい》の中にもどっていく。オリオンはよろめきながら後ずさり、ボクシングでもはじめるときみたいに、両手を体の前に上げて身構えた。でも、わたしはオリオンに目もくれず、ベッドにどしんと腰《こし》をおろした。泣きそうだった。こんなふうに怒《いか》りを爆発《ばくはつ》させたあとは、きまって最低の気分になる。怒《いか》りはいつだって、さっさと爆《ばく》発《はっ》させて楽になってしまえばいい、とわたしに誘《さそ》いかけてくる。

オリオンは両手を上げて身構えたまま、さっきと同じ場所で立ちつくしていた。だれも襲《おそ》ったりしないのに、バカみたいだ。「エルって、黒魔術師《くろまじゅつし》だったのか!」すこしためらったあと、オリオンは言った。黒魔術《くろまじゅつ》をはじめるようにわたしをけしかけているみたいな口調だ。

「あんたにはむずかしいってわかってるけど」わたしは涙《なみだ》をこらえて奥歯《おくば》を噛《か》みしめながら、絞《しぼ》りだすように言った。「五分でいいからバカなこと言うのやめてくれないかな。わたしが黒魔術《くろまじゅつ》師《し》だとしたら、下に行ったときにあんたの命を吸いつくして、みんなにはあんたは作業場で死んだって言ってたはずだよ。だれも疑わないだろうし」そう聞いたところで、オリオンは納得できないようだった。わたしはすすで汚《よご》れた手の甲《こう》で頬《ほお》をこすった。「とにかく」うんざりして付けくわえる。「わたしが黒魔術師《くろまじゅつし》だったら、あんたのマナを全部もらって、学校を自分の物にしてもおかしくないでしょ」

「こんな学校、だれがほしがるんだよ」オリオンがぽつりと言った。

わたしは鼻を鳴らして笑った。たしかに。それは間違《まちが》いない。「黒魔術師《くろまじゅつし》ならほしいんじゃない？」

「黒魔術師《くろまじゅつし》だっていらないだろ」オリオンの言い分はもっともだった。ようやくオリオンはそろそろと両手を下ろした。だけど、わたしがベッドから立ちあがると、すかさずうしろに下がった。わたしは呆《あき》れて天井をあおぎ、両手の指をかぎ爪《づめ》みたいな形にすると、オリオンに飛びかかる振《ふ》りをして、シューッと脅《おど》かすような声を出した。

オリオンが顔をしかめる。わたしは、オリオンが床《ゆか》に置いた工具やネジの山を片付けにかかった。金属板やボルトはマットレスの下に入れておく。そこなら、眠《ねむ》っている隙《すき》に、なにかゾッとするようなものにすり替わる心配もない。ドリルとペンチは、収納箱の蓋《ふた》の裏に紐《ひも》でしっかり固定した。ナイフ二本と、貴重な小型ねじ回しもそこにくくりつけてある。蓋《ふた》の裏に道具を結びつけておけば、万が一道具が消えてしまっても、蓋《ふた》をすこし開けただけでほどけた紐《ひも》に気付くことができる。手入れにかけてはかなり几帳面《きちょうめん》なほうだから、道具をだめにしてしまったこともない。

スコロマンスでは、道具をおじゃんにしている余裕《よゆう》なんかないのだ。

　わたしは洗面器を使って両手を洗い、わずかな水でもう一度顔も洗った。水差しにはもうほとんど水が残っていない。「感謝の言葉を待ってるなら、まだけっこうかかるかもね」わたしは手と顔を拭《ふ》いてから、オリオンに言った。オリオンは部屋の隅《すみ》にぐずぐず残ってわたしのほうを見ている。

「ああ。だと思ったよ」オリオンは棘《とげ》のある口調で言った。「得意分野が全滅魔法《ぜんめつまほう》っていうのは、あながち冗談《じょうだん》じゃないんだな。てことは、きみは――マナ原理主義の黒魔術師《くろまじゅつし》ってことか?」

「そんなのあり得ないでしょ。わたしは黒魔術師《くろまじゅつし》なんかじゃない。でも、わたしのことを黒魔術《くろまじゅつ》師《し》に変身させたくなかったら、**さっさと帰れば?**」はっきり言ってやらないとわからないらしい。

「だいたい、そろそろ消灯時間だけど」

　消灯時間を過ぎてもほかの生徒の部屋にいると、マズいことが起こる。当然といえば当然で、もしそういう決まりがなかったら、ふたりとか三人で一組になって、交代で怪物《かいぶつ》の見張り番をすることができるようになるし、もっと言うと、四年生が最上階に押《お》しかけて新入生たちを追いだしてしまい、一年か二年くらい卒業を先延ばしにすることだって可能になってしまう。聞いたところによると、以前はそういう違反《いはん》をする生徒が跡《あと》を絶たなかったらしい。みんなが、卒業ホールには怪物《かいぶつ》たちがひしめいているということに気付いたからだ。学校を建てた設計士たちがなにをしたのかはよく知らない。ひとつ確かなのは、消灯時間を過ぎてもひとつの部屋にふたり以上でいると、強力な磁石にでもなったみたいに怪物《かいぶつ》たちが引きよせられてくる、ということだ。マズい状況《じょうきょう》になったと気付いても、絶対に、廊下《ろうか》に飛びだして自分の部屋にもどろうとしちゃいけない。一年生のとき、近くの部屋の女の子ふたりが、それをやろうとした。ひとりは、わたしの部屋の扉《とびら》のすぐむこうで長いあいだ悲鳴をあげていたけれど、やがてその声も聞こえなくなった。もうひとりの子は、扉《とびら》を開けた瞬間《しゅんかん》に仕留められた。まともな頭があるなら、そんな危険は冒《おか》さないことだ。

オリオンはしばらく黙《だま》ってわたしの顔を見ていたけど、だしぬけにこう言った。「ルイーザになにがあったんだ?」

なぜそんなことを聞かれたのかわからずに、わたしは眉《まゆ》をひそめてオリオンを見返し、そして気付いた。「わたしがあの子になにかしたって思ってるわけ?」

「あれは怪物《かいぶつ》の仕業じゃない。ぼくの部屋はルイーザのとなりにあるんだ。なのに、ルイーザはたった一晩のうちに姿を消した。怪物《かいぶつ》に襲《おそ》われたんなら絶対に気付いた。ルイーザの部屋に押《お》しかけた怪物《かいぶつ》を倒《たお》したことだって二回ある」

わたしは急いで選択肢《せんたくし》を検討した。事実を話せば、オリオンはジャックを問いつめるだろう。そうなれば、ジャックはわたしを狙《ねら》わなくなるかもしれない。だけど、ジャックがわたしの話を否定する可能性はあるし、そうなればジャックとオリオンのふたりともがわたしの敵になるかもしれない。証拠《しょうこ》がないうちは、いちかばちかの賭《か》けには出られなかった。「わたしはなにもしてない」わたしは答えた。「黒魔術師《くろまじゅつし》見習いなら何人かいる。少なくとも、四年生には四人いるはず」本当は六人いるけれど、表立って黒魔術《くろまじゅつ》の練習をしているのはそのうちの三人だけだった。だから、あえて四人いると言っておけば、黒魔術《くろまじゅつ》に関連することにはたいしてくわしくないという印象を与《あた》えられるかもしれない。もっともらしく聞こえるだろうし、かといって、あれこれ問いただす価値があるほどの事情通にも見えないはずだ。「そいつらを問いつめてみれば？　弱虫と腑抜《ふぬ》けのお守りをしても、まだ暇《ひま》を持てあましてるみたいだし」

オリオンは顔をこわばらせた。「あのさ、ぼくはそっちの命を二回救ったんだし……」

「三回だよ」わたしはオリオンをさえぎって訂正《ていせい》した。

オリオンは口ごもった。「そうだっけ――」

「キメラのとき。前期の終わりごろに」思いっきり嫌味《いやみ》な声を出した。どのみちこいつの記憶《きおく》に残ってしまうなら、せめて正確に記憶《きおく》させてやりたい。

「わかったよ、じゃあ三回だ。それなら、すこしくらい――」

「無理」

オリオンは赤くなって口をつぐんだ。怒《おこ》ったオリオンを見るのはこれが初めてだった。たいていは、とまどったような顔でうつむいているか、決意の表情を浮《う》かべているかのどちらかだ。「助けてくれなんて頼《たの》んだ覚えはないし、助けてもらうなんてまっぴら」わたしは言った。「千人以上の同級生がまだ生き残ってて、あんたのことを崇《あが》めたてまつってるじゃん。ちやほやしてもらいたいなら、そういう連中のなかから適当に見繕《みつくろ》ってくれれば?」廊下《ろうか》からベルが聞こえてきた——消灯まであと五分。「どっちでもいいから、さっさと帰って!」わたしはドアノブをつかみ、ピカピカの——まあ、それなりに——錠前《じょうまえ》をかちっと鳴らして扉《とびら》を開けた。

オリオンは立ちさる前に鋭《するど》いひと言を返したかったみたいだけど、思いつけなかったらしい。普段《ふだん》は、だれかに言いかえさなくちゃいけないことなんてないんだろう。一瞬《いっしゅん》ためらったあと、渋《しぶ》い顔のまま、おおまたで廊下《ろうか》に出ていった。

最高だった。あいつのかかとぎりぎりのところで、修理したての扉《とびら》を、華麗《かれい》にばたんと閉めてやれたんだから。

第3章 黒《くろ》魔《ま》術《じゅつ》師《し》

くたくたに疲《つか》れていたけれど、三十分腹筋運動をしてマナを作ると、ベッドの上に防護バリアを張った。毎晩こんなことをする余《よ》裕《ゆう》はないけれど、今日みたいに疲《ひ》労《ろう》困《こん》憊《ぱい》しているときは、怪《かい》物《ぶつ》の恰《かっ》好《こう》の標的になるようなまねは避《さ》けたい。バリアができるとベッドにもぐりこんで死んだように眠《ねむ》った……と言いたいところだけど、夜中に三度、扉《とびら》のまわりに張りめぐらせた仕《し》掛《か》け魔《ま》法《ほう》が引っ張られた衝《しょう》撃《げき》で目を覚ました。珍《めずら》しいことじゃないし、結局、部屋まで入ってこようとした怪《かい》物《ぶつ》はいなかった。

翌朝、アアディャがシャワーと朝食に行こうと誘《さそ》いにきてくれた。どういう風の吹《ふ》きまわしだろう。ドリルはたしかに貴重だけど、こんな親切に見合うほどの価値はない。アアディャが一緒《いっしょ》にいてくれたおかげで、今週に入ってはじめてシャワーを浴びることができたし、食堂へ向かう途中《とちゅう》で水差しをいっぱいにすることもできた。アアディャは、見返りを求めることさえしなかった。シャワーを浴びているあいだ、わたしに見張りを頼《たの》んだだけだった。

親切の理由がわかったのは、廊下《ろうか》を歩きはじめたときだった。「それで、ゆうべは作業場でオリオンといい感じになった？」雑談しているふうをよそおっているけど、口調がわざとらしい。ぎょっとして、思わず足を止めそうになる。「デートじゃないって！」

「だって、見返りを求められたりした？　分け前をくれって頼《たの》まれたの？」アアディャは横目でわたしを見た。

わたしは歯ぎしりした。デートをする関係なのか協力しあう関係なのか、それを区別する方法は、たしかに、見返りがあるかどうかだ。だけど、今回はちがう。「あいつはわたしに借りがあっただけ」

「そっか、なるほど。オリオン、朝食に行くの？」アアディャが廊下《ろうか》の先に声をかけた。ちょうど部屋から出てきたオリオンが、扉《とびら》を閉めようとしている。わたしは、ふと思いあたった。アアディャは、オリオンの部屋の扉《とびら》に仕掛《しか》け魔法《まほう》を張ったにちがいない。オリオンが歯磨《はみが》きをしにシャワー室へ行ったら、自分の部屋に合図がくるように。アアディャは、よりによってわたしを利用して、オリオンと仲良くなろうとしているのだ。こんな展開、笑うしかない。実際は、笑うどころか、アアディャの顔をぶん殴《なぐ》ってやりたかったけど。わたしがなにより避《さ》けたいのは、オリオンがわたしを守っていると誤解されることなのだ。「食堂まで一緒《いっしょ》に行く？」

オリオンはちらっとわたしを見て——わたしはにらみ返し、一緒《いっしょ》に来るなと合図を送った——、なにを思ったのかこう言った。「もちろん」オリオンは、ひとりで歩いていたってなんの危険もないはずだ。だから、食堂まで一緒《いっしょ》に行こうとするなんて、あきらかにわたしへの嫌《いや》がらせだ。

アアディャを真ん中にして歩きながら、わたしは、どうすればオリオンに仕返しできるか、あれこれ頭をひねって考えていた。オリオンたちから離《はな》れて、ひとりで食堂へ行くわけにもいかない。ほかに待ちあわせをしているグループは見当たらないし、ひとりで歩けば怪物《かいぶつ》たちの標的になる。朝のこの時間は夕食時にくらべれば危険ではないけれど、それでも、単独行動はリスクが高い。

希望は、この学校ではなんの役にもたたない。

「ゆうべ、作業場でなにかおかしなことはなかった？」アアディャがたずねた。「午前中に金属加工の授業があるんだよね」

「いや、べつにだいじょうぶだったよ」オリオンが答えた。

「なに言ってんの？」わたしは声をあげた。自分の面倒《めんどう》は自分で見るのがここでのルールだし、わざわざほかの生徒に警告してあげる義務はない。だけど、わざと誤解を招いたり、罠《わな》にはめたりすると、かなりマズいことになる。大方の生徒たちが、そういう行為《こうい》は黒魔術《くろまじゅつ》よりひどいことだと思っているからだ。「ミミックが椅子《いす》に化けて隠《かく》れてたよ」わたしはアアディャに言った。

「もう倒《たお》しただろ！」オリオンが言い訳がましく反論した。

「一匹《ぴき》も残ってないって保証はない。もしかしたら、腹ペコでうろついてるかもしれないでしょ」わたしはうんざりして首を振《ふ》った。

　アアディャは顔をくもらせた。ミミックが一匹《ぴき》か二匹《ひき》待ち伏《ぶ》せしている作業場に入っていかなくちゃいけないんだから、暗い顔にもなるだろう。でも、少なくともアアディャはその情報を入手したんだから、一番に入っていくのを避《さ》けられるし、前もって盾魔法《たてまほう》かなにかで背中を守っておくこともできる。

「わたしがテーブル取っとくから、ふたりは朝食を取ってきて」食堂に着くと、アアディャが言った。ちょっと引いてしまうくらい抜《ぬ》け目がない。だけど、彼女《かのじょ》を責める気にはなれなかった。オリオンと友だちになれそうな機会がめぐってきたら、そのチャンスに飛びつこうとするのは、べつにバカなことじゃない。アアディャの家族はニュージャージーに住んでいる。彼女《かのじょ》がニューヨークの魔法《まほう》自治領に受けいれられたら、家族全員を呼びよせることだってできるかもしれないのだ。それに、いまだにわたしと普通《ふつう》に接してくれる数少ない同級生に、そっけない態度を取る勇気はなかった。わたしはむっつり押《お》しだまったまま列に並び、自分とアアディャの分の朝食をトレイに取っていった。心の隅《すみ》では、オリオンがニューヨークの仲間を見つけて、そっちのテーブルに行ってくれますように、とかすかに期待していた。かわりにオリオンは、自分のトレイにりんごをふたつのせ、それからだしぬけにわたしの体の前に手を伸《の》ばして呪文《じゅもん》を唱えた。

「この目がその目をとらえたとき、おまえの姿は溶けてなくなる《セ・トム・ディスオウド・パ・ク・ドゥ・フド》」次の瞬間《しゅんかん》、触手《しょくしゅ》のような形の怪物《かいぶつ》が炎《ほのお》を上げて燃えはじめた。やけにおいしそうな、できたてのスクランブルエッグの大皿の下から、そろそろと這《は》いだそうとしていたらしい。怪物《かいぶつ》は胸の悪くなるような悪臭《あくしゅう》とともに溶《と》けていき、大皿の下から漏《も》れでた緑色の煙《けむり》が、たちまちスクランブルエッグを包んでしまった。

「そんなバカみたいな呪文《じゅもん》、はじめて聞いた。それに、あんたのフランス語って下手くそすぎ」

わたしは鼻で笑った。悪臭《あくしゅう》を漂《ただよ》わせているスクランブルエッグはやめにして、ポリッジの大皿に向かう。

「『どうもありがとう、オリオン。〝血吸虫〟が近づいてたなんて気付かなかったわ』」オリオンが芝居《しばい》がかった口調で言う。「『いいんだよ、ガラドリエル。ほんとに、これくらいなんでもないって』」

「気付いてたし、触手《しょくしゅ》だってまだ二センチくらいしかのぞいてなかったんだから、先にスクランブルエッグを取ろうとしてただけ。あんたが、いきなりわたしの前に手を突《つ》きだしてなければ。三年生も終わろうってときに、まわりも確認しないでできたてのスクランブルエッグが山盛りのお皿に突進《とっしん》するようなバカなら、あんたがどれだけ世話を焼いたって生きのびるのはどのみち無理だよ。あんた、マゾかなにか？　なんで、まだわたしにかまおうとするわけ？」わたしはレーズンのボウルをつかむと、小皿で蓋《ふた》をしてすこしずらし、そのすき間から、二十粒《つぶ》くらいのレーズンを一粒《つぶ》ずつ振《ふ》りおとした。フォークで念入りにレーズンを突《つつ》いてからシナモンの瓶《びん》に手を伸ばす。だけど、鼻先に漂《ただよ》ってきたにおいだけで、今日はシナモンなしの朝食にしておいたほうがいいことがわかった。クリームもだめだ。光に透《す》かせば、表面に青い油の膜《まく》のようなものがうっすらと浮《う》かんでいるのが見えたはずだ。ブラウンシュガーはだいじょうぶだった。

カウンターをあとにすると、わたしは食堂を見回してアアディヤを探し、ふたり分のトレイを持って、彼女《かのじょ》がちょうどいい場所に取っておいてくれた席へ行った。アアディヤが選んだテーブルは、入り口から三列目にある。生徒たちを閉じこめようとして扉《とびら》が閉まりはじめたとしても、この近さなら脱出《だっしゅつ》に間にあうし、なにかが入り口から襲《おそ》いかかってきたとしても、あいだに二列分のテーブルがあるから、標的になることもない。アアディヤはテーブルの周囲に周縁《しゅうえん》バリアを張り、フォークには防御魔法《ぼうぎょまほう》をかけ、おまけに、ひとりにひとつずつ、水差しを持ってきてくれていた。透明《とうめい》で、そこそこ安全そうな水差しだ。「卵はないよ。こちらのミスター・ファンタスティックのおかげで」わたしはトレイを置きながらアアディヤに言った。

「血吸虫でしょ？　わたしたちが来る前に四年生がそいつにやられて、かなりヤバいみたい」アアディヤがあごでしゃくったテーブルに目をやると、ひとりの上級生の男子が、なかば意識を失い、ぐったりした体を友人ふたりに両わきから支えられていた。腕《うで》には、血を吸われた真っ赤な跡《あと》がぐるりと二重に残り、編み紐《ひも》の腕輪《うでわ》をはめているようにも見える。ふたりは、朦朧《もうろう》としているる友人になにか飲ませようとしていたけれど、その男子は青ざめて汗《あせ》をかき、いまにもショック状態に陥《おちい》りそうだ。ふたりの四年生は、友人の体の上で、あきらめと不安が浮《う》かんだ顔を見合わせていた。こんな場面に慣れる人なんかいないだろうけど、飛びぬけて繊細《せんさい》な子でもなければ、卒業が間近に迫《せま》ったこの時期に、友人の悲劇を悼《いた》んで大泣きするようなことはしない。このころには、チームの連携《れんけい》を深めて戦略を練っているのがふつうだし、血吸虫に噛《か》まれたあの男の子がチームにとってかなりの戦力になっていたのだとしても、あのふたりはこれからどうにかして、開いた穴を埋《う》める方法を見つけなくちゃいけない――卒業式まで残り三週間となったいま、それはかなり厳しいけれど。

やがて、四年生の退出をうながすベルが鳴った。生徒たちは学年別に時間をずらして食堂を出ることになっていて、最初に帰るのは四年生だ。ご想像のとおり、一番最初に出るのが一番危ない。介抱《かいほう》をしていたふたりの四年生は、襲《おそ》われたチームメイトの体を、テーブルにそっと寄りかからせた。三人のとなりのテーブルの端《はし》には、イブラヒムがヤーコヴと一緒《いっしょ》にすわっていた。金魚鉢《ばち》みたいに狭《せま》いこの世界では親友同士だけど、ふたりとも、いったん生きてここを出ていけば、二度と互《たが》いに話をすることはないのだとわかっている。四年生のひとりがイブラヒムたちに向かってなにか話しはじめた。息を引きとるまでそばにいてやってくれ、と交渉《こうしょう》を持ちかけているらしい。ジムを使う時間が迫《せま》っていて、それをむだにするだけの余裕《よゆう》はないのだろう。卒業間近で仲間をひとり失ったいま、演習時間までふいにするわけにはいかないのだ。イブラヒムとヤーコヴはちらっと顔を見合わせ、うなずいて四年生たちのテーブルに移った。賭《か》けに出ることにしたのだ。期末試験が近づいたこの時期に授業をサボるのだって危険だけど、通常の授業と卒業演習とでは重みがちがう。

「これでも、ぼくが血吸虫を退治したのは無意味だったたって？」オリオンがわたしに言った。むこうのテーブルを眺《なが》めながら、悲しげに顔をくもらせている。なにを賭《か》けたっていいけど、オリオンは犠牲《ぎせい》になった男の子の名前も知らないはずだ。ほかに、そのテーブルに目を向けている生徒はいない。この学校で生きていくには、同情も悲しみもむやみに使うわけにはいかないのだ。学用品をむやみに使うわけにはいかないのと同じように。マナをたっぷりたくわえた、魔法《まほう》自治領出身の英雄《えいゆう》でもないかぎり。

「これでも、スクランブルエッグを取らなかったのは無意味だったたって思ってるよ」わたしは冷たい声で言うと、ポリッジを食べはじめた。

イブラヒムの判断は間違っていなかったらしい——あの四年生は、わたしたち三年生の退出を知らせるベルが鳴る前に息を引きとった。イブラヒムとヤーコヴは、亡骸《なきがら》をテーブルに残して立ちさった。亡くなった男の子は、テーブルの上で組んだ両腕《りょううで》に、うつぶせに顔をのせている。うたた寝《ね》をしているだけのようにも見えた。昼食にもどってくるころには、亡骸《なきがら》も消えているだろう。わたしは、息絶えた男の子がいるテーブルの場所を、その周辺のテーブルの位置と合わせて、頭の中に書き留めた。亡骸《なきがら》を片付けるのがなんであれ、おかわりが近づいてこないか期待して、そのあたりにしばらく居すわっている危険は十分にある。

わたしは、どの曜日も午前中は語学の授業を受けることになっている。五ヶ国の言語を勉強中だ。まるで外国語マニアみたいに聞こえるかもしれないけど、この学校に専門的なコースは三種類しかない——呪文《じゅもん》コース、錬金術《れんきんじゅつ》コース、魔工《まこう》コースだ。三つのなかで、実験室や作業場に行くのは最低限でよく、基本的には自分の部屋で練習ができるのは、呪文《じゅもん》コースだけだ。将来のために錬金術《れんきんじゅつ》コースと魔工《まこう》コースを選んだほうがいいのは、その方面に特性のあるアアディヤみたいな生徒だ。自分の強みを活かすことができるし、呪文《じゅもん》コースにくらべれば選択《せんたく》する生徒が少ないという利点もある。ここを生きて出られさえすれば、アアディヤは訓練を受けた賢《かしこ》い魔法使《まほうつか》いになっているうえに、変わり種の素材のあつかいにも慣れていて、優秀《ゆうしゅう》な仲間たちとのつながりもたくさんあるから、ニューヨーク魔法《まほう》自治領に受けいれられる可能性だってある。ニューヨークが無理だとしても、ニューオーリンズやアトランタならまず間違《まちが》いない。入った魔法《まほう》自治領が豊かであればあるほど、魔法使《まほうつか》いは安定したマナを得られるようになる。たとえば、ニューヨークとロンドンの魔工家《まこうか》たちは、強い魔力《まりょく》があったからこそ、〈太平洋横断ゲートウェイ〉みたいなものを造ることができた。だから、仮にわたしがニューヨーク魔法《まほう》自治領へ行くことができたら、簡単にイギリスのバーミングハム・ニュー・ストリート駅に帰ってくることができる。電車旅行でもするみたいな気軽さで、ただゲートウェイをくぐるだけでいい。

当たり前だけど、なにかとんでもない偉業《いぎょう》を達成しないかぎり、わたしがニューヨーク魔法《まほう》自治領に受かることは、まずあり得ない。というか、あの自治領が生んだ輝《かがや》けるスターの抹殺《まっさつ》計画で頭をいっぱいにしているような魔法使《まほうつか》いが、あそこに受けいれられるはずがない。安定した魔《ま》法《ほう》自治領ならヨーロッパにもたくさんある。だけど、優秀《ゆうしゅう》な成績でここを卒業するとか、かなりの数の呪文《じゅもん》を自分のものにするとか、そういうことがないかぎり、ヨーロッパの魔法《まほう》自治領だってわたしを受けいれてくれないだろう。呪文《じゅもん》コースを専攻《せんこう》する場合、言語をたくさん勉強して、使える呪文《じゅもん》の数を大幅《おおはば》に増やすか、創作の授業を受けて新しい呪文《じゅもん》を創りだすか、どちらかを選ぶ必要がある。創作クラスも試しに受けてみたけれど、わたしの特性はあまりにも強すぎた。机に向かって、そこそこ役にたつ呪文《じゅもん》を書こうとしてみても、うまくいかない。魔法《まほう》が目の前で誤《ご》爆《ばく》してひやっとしたことは、数えきれないほどあった。一度だけ、意識の流れにしたがって文章を書く母さんのまねをして、思いつくままに言葉を書きつらねてみたことがあったけれど、そのときにできたのは、超巨大火山《ちょうきょだいかざん》を一撃《いちげき》で爆発《ばくはつ》させる呪文《じゅもん》だった。急いで燃やしたけれど、発明された魔法《まほう》がこの世から抹消《まっしょう》されることはない。だから、別のだれかがあの魔法《まほう》を手にいれてしまう恐《おそ》れはある。どうか、超巨大《ちょうきょだい》火山を爆発《ばくはつ》させる魔法《まほう》を探してくれ、と学校に頼《たの》むような大バカやろうがいませんように。とにかく、創作魔法《まほう》には二度と手を出したくない。

そういうわけで、珍《めずら》しい呪文《じゅもん》を手にいれたいなら、学校にリクエストを送るしかない。理屈《りくつ》のうえでは、大量の魔法《まほう》を立てつづけに送ってもらうことも可能だけど、届いた魔法《まほう》にちゃんと目を通しておかないと、もう一度同じ魔法《まほう》を送ってもらったとき、完全に意味をなさなくなっていたり、そもそも頼《たの》んだものとはちがう魔法《まほう》が届いたり、白紙になっていたりという憂《う》き目にあう。それに、大量の魔法《まほう》をきちんと習得しないで乱読していると、頭の中で魔法《まほう》がごちゃまぜになってしまって、いずれは自分自身を粉々《こなごな》に爆破《ばくは》してしまうことになる。よく似た掃除魔法《そうじまほう》を一日で大量に習得することならできると思うけど、本当に役にたつ魔法《まほう》を覚えようとしたら、一日に九つか十個くらいが限界だ。

ただし、大量破壊《はかい》の魔法《まほう》なら話は別だ。わたしは、あの種の魔法《まほう》ならひと目見ただけで覚えられるし、忘れることもない。たぶん、これはラッキーなことなんだと思う。めあての魔法《まほう》はいつも、大量破壊魔法《はかいまほう》を百個くらい習得したあとにようやく見つかるのだから。

創作をするのではなく、すでに存在している魔法《まほう》を収集するタイプの魔法使《まほうつか》いには、語学の習得が絶対に欠かせない。学校は、生徒が一度は齧《かじ》ったことのある言語で書かれた呪文《じゅもん》しか送ってくれないし、わたしが床掃除《ゆかそうじ》に手間取ったことからもわかるとおり、顧客《こきゃく》のニーズにもとづくきめ細やかなサービスを提供してくれるわけでもない。だから、たくさんの言語を習得したうえで学校にほしい魔法《まほう》を頼《たの》めば、本当に必要な魔法《まほう》が手にはいる可能性はぐっと高くなる。それに、知っている言語の数が多ければ多いほど、どうしても手にはいらない魔法《まほう》があったときに、ほかの生徒と取引をしやすくなる。

スコロマンスの共通言語は中国語と英語だ。どちらかが使えないとそもそも入学できないし、共通クラスはこのふたつの言語だけでおこなわれる。運よく両方の言葉を使えるなら、学内でしょっちゅう使われる呪文《じゅもん》の半分は簡単に習得できるし、必修授業の時間割も好きなように組むことができる。リューは、歴史と数学の授業を英語で受けることで同時に第二言語の単位も取得し、空いたスケジュールを使って、中国語と英語の両方でおこなわれる作文の授業を受けていた。ご想像のとおり、魔法使《まほうつか》いの親たちは、我が子が生まれた瞬間《しゅんかん》から、英語か中国語の家庭教師をつける。もちろん母さんは、母さんらしく、わたしに中国語ではなくマラーティー語を習わせた。それが父さんの母語だから。最高に役にたつ。どうか、ムンバイからきた子たちがわたしのことをヤバいやつを見るような目で遠巻きにするのが、ひいおばあちゃんの予言のことを聞いたせいじゃありませんように。

でも、全部が母さんのせいってわけじゃない。二歳《さい》のわたしにマラーティー語を習わせはじめたとき、母さんはまだ、父さんの家族と一緒《いっしょ》に暮らすつもりでいた。自分の家族とはすでに疎遠《そえん》になっていた。母さんがスコロマンスに行くすこし前に――そのあたりのことはあまり話題に出ないけど、それこそが、母さんがスコロマンスに入ることを決めた理由なんじゃないかと思う――、文字どおり悪魔《あくま》みたいな男が母さんの継父《ままちち》になった。ずる賢《がしこ》い、百戦錬磨《れんま》の黒魔術師《くろまじゅつし》で、かなりの年寄りだった。そいつが母さんの父さんを毒殺したことはほぼ間違《まちが》いない。証拠《しょうこ》はなかったけれど、祖父は偶然《ぐうぜん》とは思えないようなタイミングで死んだのだ。もともと祖母を狙《ねら》っていた黒魔術師《くろまじゅつし》は、母さんと同じように腕《うで》のいい治療《ちりょう》師だった祖母を、夫を失って悲しんでいるところにつけこんで手にいれてしまった。わたしは、ひとりに狙《ねら》いを定めた魔法《まほう》のことはあまりくわしくないけれど、人を誘惑《ゆうわく》する魔法《まほう》があることは知っている。それからずっと、祖母はそいつの世話をして過ごし、わたしが三歳《さい》のとき、心臓発作を起こして突然《とつぜん》死んでしまった。

　最後に来た手紙によれば、母さんの継父《ままちち》はいまだに元気で生きているみたいだけど、わたしたちの関係は、良好とはとても言いがたい。むかしは感傷的な手紙が時どき送られてきた。一見ごくふつうの封筒《ふうとう》を使って、今度は母さんを我が物にしようとしてきたのだ。だけど、六歳《さい》のとき、わたしは誤ってあいつからの手紙を開けてしまった。そのとたん、心をぐっと引っ張られる呪文《じゅもん》がかかりそうになったのを感じて、反射的に、その誘惑魔法《ゆうわくまほう》を黒魔術師《くろまじゅつし》めがけて跳《は》ねかえした。たぶんあいつは、大量の爆弾《ばくだん》の破片が目の中に飛びこんできたような衝撃《しょうげき》を受けたと思う。それ以来、手紙はぴたりと来なくなった。

父さんの家族と気まずくなってしまったあとでも、母さんは、わたしがマラーティー語を学んでいれば、いつか父親との絆《きずな》を感じられるかもしれない、と期待していた。当時のわたしにとって、マラーティー語は、自分はほかの子とちがうんだという違和《いわ》感をさらに強めるものでしかなかったし、そんなふうに感じることにはうんざりしていた。世界中が、イギリスのカーディフみたいに、多様性を大事にしているわけじゃない。わたしの通っていた小学校は、多文化主義とは真逆の校風だった。ある女の子はわたしに、あんたの肌《はだ》の色って薄《うす》いミルクティーみたいで変なの、と言ってのけた。その比喩《ひゆ》はちっとも正確じゃなかったけれど、それでも、その子に言われた言葉は、わたしの頭の片隅《かたすみ》に残っていつまでも消えなかった。しつこい〝取り憑《つ》きヒル〟みたいに。かといって、コミューンの人たちがマシだったというわけでもない。たしかに、公園で遊んでいるわたしを見て、人種差別的な陰口《かげぐち》を叩《たた》くような人はいなかった。だけど、いい年をした大人たちが、十歳《さい》のわたしに〝本物のインドヨガ〟を見せて意見を聞いてきたり、学んだこともないヒンディー語を訳してくれと頼《たの》んできたりした。

もちろん、コミューンの人たちには感謝しなくちゃいけない——あそこにいたから、マラーティー語よりヒンディー語のほうが人気なんだと気付けたのだから。大きくなって、語学を習得することは命を守ることなのだと理解すると、自分からすすんでマラーティー語のレッスンに行くようになり、ヒンディー語も勉強したいと母さんに頼《たの》んだ。おかげでスコロマンスに入るころには、どちらもそれなりに流暢《りゅうちょう》に話せるようになっていた。ヒンディー語は、使い勝手の良さには欠ける言葉だ。ヒンディー語を話せる生徒はたいてい英語も話せるから、学校に魔法《まほう》を教えてもらうときは英語を使うことのほうが多い。英語の魔法《まほう》をたくさん知っておいたほうが、取引の機会が増えるからだ。でも、たくさんの言語を習得しておいたほうが絶対にいい。少数言語や死語の魔法《まほう》は取引に使いにくいけれど、聞いたこともないような珍《めずら》しい魔法《まほう》を手にいれられるかもしれないし、学校がこっちの望みどおりの魔法《まほう》を送ってくれる可能性も高くなる。古英語の床掃《ゆかそう》除魔法《じまほう》を手にいれられたときみたいに。ヒンディー語はそこそこ人気の言語だから、ヒンディー語の魔法《まほう》を交換《こうかん》する相手もそれなりに見つけやすい。いっぽう、英語や中国語ほどメジャーな言葉じゃないから、ヒンディー語の魔法《まほう》を頼《たの》む生徒の数も、二大言語にくらべれば多くない。ヒンディー語の魔法《まほう》を手にいれたい生徒は取引に頼《たよ》ることが多いから、わりといい条件で取引ができる。アアディヤと知りあったのも、ヒンディー語の呪文《じゅもん》を取引したのがきっかけだった。

いまはサンスクリット語と、ラテン語と、ドイツ語と、中世英語と古英語の五つを勉強している。最後の三つはラッキーなことに似ているところがあった。去年はフランス語とスペイン語を勉強していたけれど、時間をかければ呪文《じゅもん》を理解できるようになったし、ヒンディー語と同じでまあまあ人気があったから、かわりに人気のないラテン語を学ぶことにした。ラテン語を知っていると、理解できる本の数が格段に増える。とびぬけて珍《めずら》しい言語も勉強しておきたいから、古ノルド語をはじめようかと思っている。でも、まだ手をつけていなかったのは運がよかった。一度でも古ノルド語の勉強をしていたら、昨日はひょっとすると、海賊《かいぞく》たちが使っていた古《いにしえ》の掃《そう》除呪文《じじゅもん》の本が送られてきたかもしれない。そうなれば、悪戦苦闘《くとう》して古ノルド語を解読し終わるまで、つぎの魔法《まほう》を送ってもらうわけにはいかなくなる。学校は、言語を知っているかどうかの基準を勝手に決めてしまう。新しい言語を勉強するなら、学年末試験の直前で面倒《めんどう》なことに時間を取られないように、学年が上がってすぐのうちにはじめておかなくちゃいけない。

オリオンは、語学ホールまでわたしについてきた。初めは、オリオンがついてきていることに気付いていなかった。午前の教室まで一緒《いっしょ》に行く子たちに置いていかれそうで、そのことで頭がいっぱいだったからだ。ンコヨと彼女《かのじょ》の親友のジョワニとコーラの三人だ。彼女《かのじょ》たちもわたしと同じように語学に力を入れていたから、ほぼ同じ時間割で授業を受けていた。わたしは彼女《かのじょ》たちの友だちではないけれど、わたしが三人と同じ時間に出発し、最後尾《さいこうび》を歩く役割を引きうけているかぎり、一緒《いっしょ》に教室に行く仲間に加えてくれた。それで十分だ。

食堂で見つけたとき、三人はすでに朝食を半分ほど食べおえていたから、わたしは彼女《かのじょ》たちに追いつこうと朝食の残りを急いでかきこまなくちゃいけなかった。「五分で食べないと」わたしはアアディヤにも警告した。だけど、アアディヤは、カウンターから朝食を取ってきた魔工《まこう》コースの友人たちを見つけて手を振《ふ》った。どのみちアアディヤは、今日はいつにも増して作業場が危険だということを知っているのだから、授業に急ぐ必要もない。

わたしはどうにかして、コーラと一緒《いっしょ》に食堂を出ることができた。コーラはあからさまに迷惑《めいわく》そうな顔をしながら、わたしが追いつくのを待ってから――天使みたいに親切な子だ――扉《とびら》を開けた。廊下《ろうか》に出ると、わたしをちらっと見たンコヨが、ぎょっとした顔でわたしの背後をもう一度見直した。そのときようやく、わたしはオリオンが自分の真うしろにいることに気付いたのだった。

「語学のクラスに行くんだけど」わたしはとがった声で言った。オリオンは錬金術《れんきんじゅつ》コースだ。わたしたちの学年で錬金術《れんきんじゅつ》コースを希望した生徒の数は、例年の二倍も多い。錬金術《れんきんじゅつ》に特性があろうがなかろうが、オリオンとお近づきになりたいのだ。わたしに言わせれば、あの実験室で過ごす時間を考えたら、そんな特典じゃ割に合わない。オリオンは時どき語学のクラスを受けているし、わたしたちも錬金術《れんきんじゅつ》のクラスを何回か取らなくちゃいけない。時間割の変更《へんこう》を希望する場合は、新しい学年がはじまる初日に、学校に申請《しんせい》を出すことになっている。でも、楽なクラスばかり選んだり、専攻《せんこう》に偏《かたよ》ったクラスばかり取ったりしていると、有無を言わさず、ほかの生徒が絶対に取りたがらないようなクラスを割りあてられてしまう。とにかく、月曜日の一時間目に語学ホールを使えるのは呪文《じゅもん》コースの生徒だけだし、三年生とか四年生になっても、比較《ひかく》的安全な上階のほうで授業を受けられるのはわたしたちの特権だった。

オリオンは厳しい顔でわたしを見返した。「備品室に行くんだよ」魔工《まこう》用の材料は下の作業場にあって、錬金術《れんきんじゅつ》用の道具は同じく階下の実験室にある。だけど、鉛筆《えんぴつ》とかノートみたいな平凡《へいぼん》な道具がほしいときは、語学ホールの先にあるでかい倉庫を探しまわらなくちゃいけない。

「一緒《いっしょ》に行ってもいい?」ンコヨがすかさず言った。コーラとジョワニは言葉もなくしてオリオンを見つめているというのに、ンコヨは抜《ぬ》け目がない。たしかに、オリオンの存在を差しひいても——文字どおり存在を差しひいてしまえたらいいのに——、五人で備品を取りにいけるなら、ぎりぎりで語学ホールに駆《か》けこむリスクを冒《おか》すだけの価値はあった。だからわたしは、胸の中で毒づきながら、オリオンたちについていった。備品室では紙とインク、取引用の水銀をすこし、そして穴あけパンチを手にいれた。増えつづける呪文《じゅもん》用の資料をまとめる大きなバインダーまで見つかった。天井の割れ目からは三つの目玉がこちらを見下ろしていたけど、ただの〝フリンガー〟にちがいなかった。襲《おそ》ってこようにも、こっちは五人もいるのだ。

備品室を出ると、オリオンは近くの語学ホールまでわたしたちを送りとどけた。送らなくちゃいけない理由なんてないのに。備品室のすぐとなりの階段は時どき消えてしまうけど——設計図には載《の》っていない階段で、魔工家《まこうか》たちがあとになって付けくわえた。備品室から五百メートルも歩かないと階段へたどり着けないのは不便だと気付いたのだ——、今日はちゃんとあったし、語学ホールの入り口は大きく開いているし、明かりも煌々《こうこう》と灯っている。

「なにがしたいわけ？」わたしは、廊下《ろうか》で足を止めるという危険を冒《おか》して、オリオンをにらみつけた。ほかの生徒たちは急ぎ足でホールに入っていき、なるべく安全な席を取りあっている。

「頼《たの》むから、わたしをデートに誘《さそ》ったりしないでよ」

そんなことはまず起こらない——男の子に誘《さそ》われたことなんて一回もない。魅力《みりょく》に欠けるせいかというと、そうでもない。それどころか、このところのわたしはどんどんきれいになっている。背も高いし、思わず目を惹《ひ》かれるタイプの美人だと思う。黒魔術師《くろまじゅつし》になる定めの女の子にはぴったりの容姿だ。年を取ったら、いかにも魔女《まじょ》って感じのお婆《ばあ》さんになるんだろうけど。男の子たちはわたしを見かけると、デートに誘《さそ》いたいと十秒くらい考え、わたしと目を合わせて話しかけ、そしてそのとたん、この女といると魂《たましい》を破滅《はめつ》させられるにちがいないという予感に打たれるらしい。わたしはオリオンに最初からめちゃくちゃつっけんどんな態度を取りつづけてきたし、ミックとの攻防《こうぼう》では殺してしまうところだった。

オリオンは鼻を鳴らした。「ぼくが黒魔術師《くろまじゅつし》とデートしたがってるって？」

猛烈《もうれつ》にムカついて、またこてんぱんに言いまかしてやろうかと思った。怒《いか》りを押《お》しころしながら、ふと思いあたった。「あんた、わたしを見張ってるわけ？　なにかよからぬことをたくらんでるんじゃないかって——え？　もしかして、わたしを殺すつもり？」

オリオンは腕《うで》を組み、自分の正義をみじんも疑っていない顔でわたしを見返した──返事としては十分だ。わたしはカッとなり、思わずオリオンのタマを蹴《け》りあげてやりそうになった。コミューンの人たちが大事にしていることは色々《いろいろ》あるけど、そのうちのひとつが、十七の型からなる西洋版護身術だ。わたしもコミューンにいたとき、内なる心がどうとか、心の平静を見つけろとか、霊的《れいてき》な力を善なる方へ向かわせろとか、意味のわからないたわ言を大量に聞かされながら、蹴《け》り技や突《つ》き技の稽古《けいこ》をつけてもらった。プロには程遠いにせよ、その気になれば、いますぐオリオン・レイクの顔を歪《ゆが》ませてやることくらい簡単《かんたん》にできる。警戒心《けいかいしん》ゼロで突《つ》っ立ってるんだから。

でも、うしろのホールからは大勢の生徒たちがわたしたちを見ているし、大半はわたしを完全に仲間外れにする恰好《かっこう》の理由を探しているような連中だし、それに、そろそろ一時間目の開始を知らせるベルが鳴るころだ。そのベルが鳴ると同時に、ホールの扉《とびら》は勢いよく閉まり、わたしは授業が終わるまで廊下《ろうか》に締《し》めだされてしまう。わたしのために扉を開けてくれるような同級生はいない。だからわたしは、肩《かた》を怒《いか》らせてオリオンに背を向け、空いていたブースを選んで中に入った。

スコロマンスに教師はひとりもいない。ここにいるのは大勢の生徒だけだ。入学を志願してもふたりにひとりは落ちるし、寮《りょう》の部屋は幅《はば》が二メートル足らずだ。スコロマンス入学を目指す子どもたちには、聞こえのいい動機づけなんて必要ない。怪物《かいぶつ》が苛性《かせい》アルカリを混入させたりんごジュースを飲んでしまったときのために、焼けただれた胃を治癒《ちゆ》する薬の作り方を学ぶだけでも、十分すぎるくらい報われるからだ。数学も応用秘薬学の実践《じっせん》には欠かせないし、歴史のレポートを書くために調べものをすれば、ほかの授業では手にはいらないような役にたつ呪文《じゅもん》や調合法がたくさん見つかる。

語学の授業を受けるには、三階に八つある語学ホールからひとつ選び、ブースのひとつに入ることになっている。ブースは慎重《しんちょう》に選んだほうがいい。トイレに近い場所を選んだり、十分足らずで食堂へ行けるように、階段のすぐそばにある場所を選んだりすると、空いたブースを見つけるのに時間がかかったり、最後まで見つけられなかったりするのだ。空きブースが見つかったら、中に入って席につく。ブースは繭《まゆ》のような形の防音室だ。背後から忍《しの》びよってくる足音を聞きのがさないことを祈《いの》りつつ、教科書を読んだりプリントの問題を解いたりする。そのあいだも、どこからか漂《ただよ》いきこえてくる声が、その日勉強している言語でささやきかけてくる。ささやき声が語るのは、血なまぐさい残酷《ざんこく》な物語か、その生徒が死ぬときの情景豊かな描写《びょうしゃ》だ。この時間、わたしは古英語を勉強する予定だった。家事魔法《まほう》の本で学んだ呪文《じゅもん》を、もっと使いこなしたい。でも、勉強はたいしてはかどらなかった。怒《いか》りでどうにかなりそうになりながら、背中を丸めてノートをにらみ、読んだばかりの箇所《かしょ》をまた読みなおす。そのあいだも、ささやき声は壮大《そうだい》な頭《とう》韻詩《いんし》を朗読し、〝影《かげ》が宿りし校舎の英雄《えいゆう》〟オリオン・レイクがどんなふうにわたしの寝首《ねくび》を掻《か》いたのか、穏《おだ》やかな声で描写《びょうしゃ》しつづけた。

オリオンがこっちの寝首《ねくび》を掻《か》く気なら、あいつを殺しても自己防衛ってことになる。わたしは改めてあいつの暗殺計画を真剣《しんけん》に練りはじめた――本気で、計画を実行に移さなきゃいけないんじゃないだろうか。まわりの人たちは、わたしのことを危険だとか邪悪《じゃあく》だとか決めつけるときに、その理由をたいして必要としないみたいだ。わたしがマナを吸いつくせばあいつの息の根は止まる。でも、黒魔術師《くろまじゅつし》に身を落とし、悲運という名の巨大《きょだい》な水晶《すいしょう》から孵《かえ》った蛾《が》の怪物《かいぶつ》よろしくスコロマンスから飛びだしていき、予言どおりに悲しみの種を世界に撒《ま》きちらす、みたいなことになるのはまっぴらだった。

元凶《げんきょう》はルイーザの一件なのだ。わたしはふと気付いた。ルイーザにはなにもしてない。そう答えたわたしの言葉を、オリオンは信用しなかったらしい。わたしが、マリアを吸いとる生徒や、マリアの犠牲者《ぎせいしゃ》になった生徒のことになると鼻が利くように、オリオンも妙《みょう》に勘《かん》が鋭《するど》くなることがあるみたいだ――でも、なんのために？　正義？　哀《あわ》れみ？　弱虫や腰抜《こしぬ》けを守るため？　ともかく、オリオンはルイーザの件でわたしが嘘《うそ》をついていることに勘付《かんづ》き、どうして嘘《うそ》をつかなきゃいけないのかわからなかったから、わたしがルイーザを殺したと考えることにしたのだろう。ただの思いこみであんな質問をしたのだと思っていたのに、そうじゃなかった。ルイーザのことはよく知らない。知っているのは、魔法使《まほうつか》いじゃない両親のもとに生まれつき、運悪くスコロマンスに紛《まぎ》れこんだということくらいだ。マナをたくわえる能力を持った赤んぼうが非魔法族《まほうぞく》のもとに生まれることは珍《めずら》しくないけれど、たいていは、スコロマンスにたどり着く前に怪物《かいぶつ》に食われてしまう。たぶん、本当はルイーザの近所に住んでいた子が入学することになっていたのに、入学式の前に食われてしまい、その子の両親がスコロマンスに連絡《れんらく》をしなかったから——正気を疑う——、かわりにルイーザがここへ送りこまれてきたんだと思う。だから、ある意味、ルイーザは運がよかった。だけど、彼女《かのじょ》にしてみれば、いつもの朝を過ごしていたら突然《とつぜん》吸いあげられ、なんの説明もなく、ブラックホールみたいな寮《りょう》生活に放りこまれたのだ。おまけに、まわりは知らない子ばかりで、家族とも連絡《れんらく》が取れず、逃《に》げだすこともできず、怪物《かいぶつ》たちが大挙して自分を殺しにくる。苦しむルイーザの存在は、オリオンのばっちり調律された心の琴線《きんせん》に触《ふ》れたのだろう。

そして、わたしがこのあいだ怒《いか》りを爆発《ばくはつ》させたおかげで、オリオンはわたしのことを、いずれ世界を破滅《はめつ》させる黒魔術師《くろまじゅつし》の卵だと思っている。そう考えたオリオンは、どうやら、来《きた》るべき恐怖《きょうふ》時代を食い止めるべく、生まれもった正義感を爆発《ばくはつ》させているらしい。

当然、そんなふうに考えていると、いますぐその〝恐怖時代《きょうふ》〟とやらをはじめてやろうかという気分になった。でも、まずは二時間の語学のクラスが終わるまでおとなしく机に向かうしかなかったし、それが終わると、みんなの大好きな怪物学《かいぶつがく》の授業が待っていた。怪物学《かいぶつがく》の授業は、食堂と同じ階にある巨大《きょだい》なホールでおこなわれる。講義はないから、使える言語にかかわらず、三年生全員が同じホールの中でひしめき合うことになる。四方の壁《かべ》には、卒業式の様子を詳細《しょうさい》に再現したアニメーションが大きく映しだされている。アニメーションの冒頭《ぼうとう》は、四年生の学生寮《りょう》がゆっくりと回転しながら下りてくる場面だ。フロアが近づいてくると、大理石の壁《かべ》には、饗宴《きょうえん》のはじまりに大喜びしている多種多様な怪物《かいぶつ》たちの姿が映しだされる。わたしたちは、それぞれの母語で書かれた教科書を参照しながら、怪物《かいぶつ》のことを一匹《ぴき》ずつ学んでいく。怪物《かいぶつ》たちは順番に壁《かべ》のアニメの中から飛びだしてステージに上がり、生徒を殺すやり方をひとつ残らず実演してみせる。ただ、アニメとして作られたはずの怪物《かいぶつ》たちは、いずれは消えてしまうただのキャラクターから本物の怪物《かいぶつ》になろうとして、前列にいる生徒に襲《おそ》いかかってマナを吸いとることがあった。

わたしは、ほぼ毎回のように前列にすわる羽目になった。おかげで、この授業で集中が途切《とぎ》れることは一瞬《いっしゅん》たりともない。

だけど、今日は真ん中あたりの列にすわることができたし、悪いけどそこは友だちの席なんだよね、と言ってくる同級生もいなかった。おかげで、沸騰《ふっとう》せんばかりだったわたしの怒《いか》りは、昼食へ行くころになると、むしゃくしゃした苛立《いらだ》ち程度に収まっていた。わたしがオリオンに助けてもらっているという噂《うわさ》には、もう十分すぎるほどの怒《いか》りのエネルギーを使っていた。そろそろ深呼吸をして、この状況《じょうきょう》をどうにかするときだ。自分にそう言いきかせると、入念な計画を練ってきたわたしの頭が、つぎに取るべき行動を自然と教えてくれた。

昼食をとりに食堂へ行くと、わたしは計画どおりにアアディヤのとなりの席にすわり、声を潜《ひそ》めてこう言った。「ねえ、オリオンが、わざわざわたしを語学のクラスまで送っていったんだけど！」仕上げにこう付けくわえる。「でも、わたしのことが**ほんとに**好きだなんて、絶対あり得ないよね」ちょうどそのとき、配膳《はいぜん》カウンターからもどってきたオリオンがわたしに気付き、まっすぐこっちのテーブルに歩いてきた。わたしの正面の席にすわり、なにか言いたそうな顔で目をすがめる。

オリオンはだれとも付きあったことがない。というか、だれかと付きあってたという噂《うわさ》を聞いたことがないから、そうなんだと思う。予想どおり、オリオンはガラドリエルのことが好きらしいという噂《うわさ》は、稲光《いなびかり》も顔負けのスピードで学校中に広まった。オリオンがわたしの命を救ったという噂《うわさ》が流れたときよりも速かった。この日最後の授業を受けようと錬金術《れんきんじゅつ》の実験室へ下りていくと、一度もしゃべったことのないミーカという名の男子が――たしかフィンランド人だったと思う――、最高の場所にある机に席をふたつ確保していて、わたしの姿を見るなり「エル、エル」と声をかけながら、自分のとなりの席を指差してみせた。

これは間違《まちが》いなく大きな変化だ。生徒がまばらな時間帯にこの実験室に来ると怪物《かいぶつ》たちの恰好《かっこう》の標的になってしまうけど、わたしはいつも、それを承知で早めに実験室に来る。安全な机が空いているうちに来ていないと、同級生たちが自分と友だちのためにいい席をみんな取ってしまい、残り物の危険な机につくしかなくなるのだ。通気孔《こう》の真下の机とか、入り口に近すぎる机とか。取引をして席をゆずってもらうようなことをすればプライドが傷つくし、だからといって席を脅《おど》しとるようなまねをすれば、虚勢《きょせい》を張っている自分を惨《みじ》めに感じて、やっぱり最低の気分になるだろう。だから、そこそこ混みあった安全な実験室へ入っていって、一番いい席につき、しかも見返りも求められないというのは最高なのだ。

もちろん、この最高な状況《じょうきょう》がどうなるかは、オリオンがどう出るかにかかっている。だけどオリオンは、ベルが鳴る直前にやってきて実験室をぐるっと見回すと、迷うことなくわたしのとなりの席にすわった。ミーカは、わたしの横からちょっと身を乗りだしてオリオンの顔をのぞきこみ、期待のこもった顔で笑いかけた。オリオンは気の毒なミーカの挨拶《あいさつ》に気付かなかった。わたしの手元にある錬金術《れんきんじゅつ》用の材料と化学反応を凝視《ぎょうし》していたからだ。

錬金術《れんきんじゅつ》の授業では、ふつう、解毒剤《げどくざい》とか予防薬の作り方とか、手近な材料から金を作る古き良き錬金術《れんきんじゅつ》とか、そういった課題を学校から与《あた》えられる。だけどわたしは、そういう役にたつ調合法は一度も手にいれたことがない。手にいれたいなら、ほかの生徒と交換《こうかん》してもらうしかない。今週も、学校から送られてきた課題をいくつか拒否《きょひ》した。鉛《なまり》を放射性パラジウムに変える魔法《まほう》も、致死性《ちし》の接触毒《せっしょく》を作る魔法《まほう》も、人肉を石に変える魔法《まほう》も。いま取り組んでいるのは、何度目かの拒否《きょひ》のあとでようやく手にいれた調合法で、超《ちょう》高温プラズマジェットを作りだす魔法《まほう》だ。そのうち、役にたつときが来るかもしれない。たとえば、人骨を灰になるまで燃やしたいときなんかに。こんなことを真っ先に思いつくなんておかしいのかもしれないけど、オリオンはちがった。わたしの手元を見たオリオンの第一声はこうだった。「人間の骨を燃やすにはちょうどいい温度だよな」明らかに警戒《けいかい》した声だ。

「あ、やったことある?」わたしはわざとらしい声で言った。「結末は言わないでよ。自分で見届けたいんだから」

オリオンは錬金術《れんきんじゅつ》の授業のあいだ、自分の課題はそっちのけでわたしを見張っていた。腹は立ったけど、わたしは怒《おこ》っているときほど魔法《まほう》が成功する。今回の材料は鉄と、金と、水と、つやつやしたラピスラズリ、それに塩をティースプーンに半分だった。それらをすべて、相対量に比例した距離《きょり》を空けて並べなくてはならない。一ミリずれただけでも悲惨《ひさん》な結果になる。でも、今日は一度目で完ぺきに並べることができた。授業中に筋トレをするわけにもいかないから、必要なマナをたくわえるために、長く複雑な歌を三つ、小さな声でうたった。ふたつは英語で、ひとつはマラーティー語で。おわん型にした両手の手のひらの中に、小さな炎《ほのお》が火花を飛ばしながら現れる。わたしは材料をのせた皿をこっそりオリオンのほうへ押《お》しやると、手のひらの炎《ほのお》を皿の上へすべらせ、ぱっとうしろへ飛びすさった。うす青い炎《ほのお》は、材料をひと息で飲みこんだかと思うと、轟音《ごうおん》とともに膨《ふく》れあがった。激しい熱波がうねりながら、教室全体を包みこむ。頭上の通気孔《こう》から甲高《かんだか》い鳴き声が聞こえ、なにかが一目散に逃《に》げていく音がかすかに聞こえてきた。

教室のみんなは反射的に机の下にもぐりこんだけど、オリオンだけはかくれようともしない。わたしが実験用の皿を近づけておいたせいで、材料を入れて両端《りょうたん》をひねっておいた紙の包みが残らず燃えてしまったのだ。必死で炎《ほのお》を消そうとしているオリオンを眺《なが》めているのは気分がよかった。

もうひとつ、気分がよくなることがあった。実験室からもどる途中《とちゅう》、ンコヨがわたしを夕食に誘《さそ》ってくれた。「いつも、六時十三分前に待ちあわせてるんだ。よかったら一緒《いっしょ》に行こう」オリオンに聞こえているか確かめる必要はない。抜《ぬ》かりないンコヨは、オリオンに聞こえるように話している。

「イ・リューも誘《さそ》っていいなら」うまくいけば、オリオンは、いっこうに黒魔術《くろまじゅつ》を使おうとしないわたしにそのうち興味をなくすだろう。急に友情をちらつかせてきたンコヨたちが、オリオンが現れなかったと知ったとたんに、わたしを置いてけぼりにしないとも限らない。それに、リューなら、人脈を広げられる機会ができて喜ぶはずだった。リューはわたしみたいな鼻つまみ者じゃないけれど、かといってジャックみたいに人気を独りじめしているわけでもない。マリア使いだということを隠《かく》すには、とことん愛想よくしていなくちゃいけないのだ。それに、チャンスさえあればわたしが彼女《かのじょ》のためにひと肌脱《はだぬ》いであげることを、リューはちゃんと覚えていてくれるはずだ。

廊下《ろうか》で、授業を終えて部屋に帰る途中《とちゅう》だったリューをつかまえ、夕食のことを話した。リューは午後のあいだ作文の授業を受けていたらしい。リューはわかったとうなずいた。物問いたげな顔でわたしをすこし見つめ、結局自分からたずねた。「オリオンが、ルイーザのことをあれこれ聞いてきたよ。ランチのあとの作文のワークショップが一緒《いっしょ》だったんだけど」

「だろうね」わたしは顔をしかめた。ジャックは、それもわたしのせいにするだろう。オリオンがわたしにつきまとっているのだから当然だ。「教えてくれてありがと。じゃあまた、六時十三分前に」

近くにジャックの姿はない。念のため、部屋の扉《とびら》に邪悪《じゃあく》な魔法《まほう》がかけられていないか確認し、部屋の中を隅《すみ》から隅《すみ》まで見回してから中に入った。ジャックが、なにか大掛《おおが》かりな罠《わな》を仕掛《しか》けているかもしれない。問題がないことを確かめると、わたしは夕食までトレーニングをして、マナをたくわえることにした。

三年生になってからというもの、緊急《きんきゅう》事態が発生するとか——あの〈霊喰《たまぐ》らい〉事件みたいな——すごいチャンスが舞《ま》い降りてくるとか、そういうことのために、わたしはすべての水晶《すいしょう》をマナで満タンにしようと努力してきた。三年生が終わるまでに、わたしの評判を一気に上げられるような機会をどうにか見つけて、たくわえたマナをすこし使うつもりだ。そうすれば、きっと優秀《ゆうしゅう》な卒業チームに入れる。スコロマンスの生徒は、いつ命を落としてもおかしくない毎日を過ごしながら、空き時間を見つけてはマナをためている。自治領出身の生徒でさえ、それは同じだ。たくわえたマナは、スコロマンスに持ちこむことができない物のひとつだった。たとえ、母さんの水晶《すいしょう》みたいに、マナを小さくまとめられるハコがあったとしても。

いや、マナをたっぷり詰《つ》めたハコを好きなだけ持ちこむことは、どちらかといえば大いに推奨《すいしょう》されている。だけど、そうして持ちこまれたマナは、わたしたちをここへ連れてくる入学呪文《じゅもん》によって、一滴《てき》残らず吸いとられてしまう。もっと厳密に言うと、そうして学校にマナを提供するかわりに、持ちこむ荷物の制限重量を増やしてもらえる。増えるといっても本当にすこしだから、ハコ三十個分のマナと引きかえに制限重量を二五〇グラムぽっち増やしてもらうような余裕《よゆう》のある自治領出身者でもなければ、そんなリスクを冒《おか》す価値はない。でも、わたしの知っているかぎり、母さんはマナを詰《つ》めた水晶《すいしょう》を十個以上持っていた試しがないし、ここ数年はもっと厳しかった。スコロマンスにやってきたときにわたしが持っていたのは、荷物を入れた小さなナップサックひとつと、空っぽの水晶《すいしょう》だけだった。

そしていま、マナのたくわえに関していえば、わたしはみんなの先を行っている。たいていのハコは母さんの水晶《すいしょう》よりずっとかさばって重いから、大半の新入生は空っぽのハコを持ちこむことができないし、持ちこめたとしてもそのほとんどはうまく機能しない。なぜかというと、みんなが持ってくるハコは、十四歳《さい》の子どもが自力で作ったガラクタだから。それにくらべればわたしの状況《じょうきょう》は悪くないけど、怪物《かいぶつ》たちにつねに喉仏《のどぼとけ》を狙《ねら》われているような状況《じょうきょう》では、マナをたくわえるのは一苦労だ。それに、トレーニングやストレッチでマナをためるのは、日増しにむずかしくなっていた。トレーニングを続ければそれだけ体力がついて、同じ運動を簡単にこなせるようになるからだ。マナの厄介《やっかい》な点はそこだった。ただ体を動かせばマナがたまるわけじゃない。マナをためるには、体を動かし、しっかりくたびれなくちゃいけない。

四年生になったら、だれかを頼《たよ》るしかなくなるだろう。怪物《かいぶつ》がやってこないか見張ってもらって、マナを作るのに集中できるように。卒業までに五十個の水晶《すいしょう》をマナで満タンにできたら、わたしひとりで怪物《かいぶつ》たちをなぎ倒《たお》し、チームを引きつれて出口までまっすぐ歩いていくことだってできる。複雑な戦略なんか必要ない。ひょっとすると、とうとう死の業火を召喚《しょうかん》するときが来るんだろうか。死の業火が実際に使われるのは、食堂の食器洗いと、年に二度、学校が校舎の大掃《そう》除《じ》をするときだけだ。でも、卒業式で死の業火を呼びだすつもりなら、とにかくこのままマナをためつづけることだ。つまり、いまのわたしが集中すべきなのは、夕食までに腕立《うでた》て伏《ふ》せを二百回こなすことだった。

オリオンのことなんかこれっぽっちも考えなかった、と言いたいところだけど、実際は腕立《うでた》て伏《ふ》せの最中にわたしの頭を支配していたのは、オリオンが夕食についてくる確率は何パーセントくらいだろうという無意味な計算だった。最終的に、オリオンが来る確率は六十パーセントだと結論づけてはみたけれど、正直に認める——部屋を出て待ちあわせ場所に目をやったとき、あいつの銀色がかった灰色の髪《かみ》の毛が見えなかったら、わたしはがっかりしていたにちがいなかった。そして、オリオンはわたしを待っていた。すでにンコヨもコーラも来ていて、視線を吸いよせられてでもいるかのように、オリオンのほうを見つめている。コーラの表情は嫉妬《しっと》とも困惑《こんわく》ともつかないし、ンコヨのほうはぎこちなく顔をこわばらせていた。待ちあわせ場所へ近づく途中《とちゅう》でリューもわたしと合流し、ジョワニはわたしたちが出発する直前に部屋から飛びだしてきた。

「だれか、古英語を勉強している人を知らない?」わたしは、歩きながらたずねた。

「二年生にいなかったっけ」ンコヨが言った。「名前を思いだせないけど。よさそうな魔法《まほう》でも見つけた?」

「掃除魔法《そうじまほう》を九十九個」わたしが言うと、ンコヨとコーラとジョワニは同情のこもったうめき声をあげた。大がかりな破壊魔法《はかいまほう》と引きかえに安全な水を探す魔法《まほう》を手にいれようとする生徒は、この学校でわたししかいないにちがいなかった。もちろん、わたしの知っている破壊魔法《はかいまほう》なんてだれにも使いこなせない。

「ジェフ・リンズ」オリオンがふいに口を開いた。「ニューヨークのやつだよ」わたしたちの視線をいっせいに浴びながら、オリオンは付けくわえた。

「そっか。古英語の魔法《まほう》で部屋を掃除《そうじ》する九十九とおりの方法が知りたくなったら、わたしのところに来てって言っといて」わたしは愛想よく言った。オリオンが怪訝《けげん》そうに眉《まゆ》をひそめる。

夕食がはじまると、オリオンの眉間《みけん》のしわはますます深くなった。わたしが妙《みょう》に感じよく振《ふ》るまったからだ。貴重な糖蜜《とうみつ》タルトをオリオンにゆずることさえした。たいした犠牲《ぎせい》じゃない。糖《とう》蜜《みつ》タルトは大嫌《だいきら》いだ。オリオンはできれば断りたかったみたいだけど、かといって、自分が十六歳《さい》の食べざかりで、それなのに、毒が混入していないか逐一《ちくいち》確認しないと食事もまともにとれないこの学校では、しょっちゅう空腹ですごさなくちゃいけないという事実を無視することもできないみたいだった。英雄《えいゆう》だからって、赤痢《せきり》菌《きん》や、ソースの隠《かく》し味にちょっぴり入った猛毒《もうどく》のストリキニーネから我が身を守れるわけじゃない。それにオリオンは、だれかを助けてあげても、見返りに食事のおかわりみたいなちょっとしたお礼を求めることさえしないのだ。だから、すこし迷ったあと、オリオンは渋々《しぶしぶ》言った。「どうも」糖蜜《とうみつ》タルトを受けとると、わたしの視線を避《さ》けるようにして食べはじめた。

食事がすむと、オリオンは、トレイをベルトコンベヤに持っていくわたしのあとをついてきた。コンベヤの上には、『トレイを片付けましょう』と書いた大きな札がかかっている。ここへ来て三年たったいまでも、そんな呑気《のんき》な文章を掲《かか》げておくなんて、正気の沙汰《さた》じゃないと思う。だけど、もっとどうかしてるのは、実際のトレイの片付け方だ。使用済みのトレイは、コンベヤに乗って流れてくる大きな金属ラックの、なにかが潜《ひそ》んでいそうな段のどこかに押《お》しこまなくちゃいけない。ラックはそのまま、ゆっくりと回転しながらベルトコンベヤに運ばれていく。一番安全なのはベルトコンベヤの一番端《はし》だ。そのすぐむこうでは、死の業火が皿やトレイを洗っているから、怪物《かいぶつ》たちもこわがって近づかない。だけど、そのあたりで空いた金属ラックを見つけるのは至難のわざだし、そんなことのためにコンベヤのそばをうろつく価値はない。わたしはたいてい、中間地点のそばを狙《ねら》う。そこならほとんど並んでいない。

オリオンは、ベルトコンベヤの前は内緒《ないしょ》話にぴったりの場所だと考えたらしい。「努力は認めるけど」オリオンはうしろからわたしに声をかけてきた。「もう手遅《ておく》れだからな。急に友だちの振《ふ》りをされたって、あの件に目をつぶるつもりはない。ルイーザになにがあったのか、本当のことを話す気になったか?」

オリオンは、こういうふるまいが、ガラドリエルとオリオンは付きあっているらしいという誤解を招いていることにさえ気付いていない。わたしは呆《あき》れて天井をあおいだ——心のなかで。金属ラックから一瞬《いっしゅん》でも目を離《はな》すほどまぬけじゃない。「そうそう、あんたに打ちあけたいことがたくさんあってうずうずしちゃう。あんたってほんとに頭がよくて、めちゃくちゃ勘《かん》が鋭《するど》いんだよね。ほんと、そうだよ」

「どういう意味だよ」オリオンがわたしを問いつめようとしたちょうどそのとき、触手《しょくしゅ》が六本ある、タコとイグアナを足して二で割ったような怪物《かいぶつ》が、近づいてきた空《から》の金属ラックの中から勢いよく飛びだし、悲しげな目をした一年生の女の子の顔に飛びつこうとした。オリオンはぱっと振《ふ》りかえってそちらへ走っていくと、女の子のトレイの上からナイフをつかみ取りながら怪物《かいぶつ》に膨張魔法《ぼうちょうまほう》をかけた。マズいことになるのは目に見えていたし、ついでに空《から》の金属ラックも見つけたから、わたしはトレイをラックに押《お》しこんでさっさとその場を立ちさった。急がないと、水死体さながらに膨《ふく》れあがった怪物《かいぶつ》が爆発《ばくはつ》し、食堂一面に飛びちった残骸《ざんがい》を浴びる羽目になる。

きれいな体のままぶじ部屋にもどると、わたしは、ロンドン魔法《まほう》自治領の三人に――これまでわたしのことを完全に無視してきた子たちだ――明日の朝食を一緒《いっしょ》にしようと誘《さそ》われたことや、ンコヨから、明日の語学の授業中に、わたしのラテン語の魔法《まほう》をなにかと交換《こうかん》してくれないかと頼《たの》まれたことを考えていた。そのとき、部屋の中まで悪臭《あくしゅう》が漂《ただよ》ってきて、オリオンが急ぎ足でシャワー室へ向かったらしいことがわかった。これくらいじゃ、まだおあいことは言えない。でも、仕返しは順調に進んでいる。だから、その十分後に、オリオンが洗いおとせなかった臭気《しゅうき》を漂《ただよ》わせながらわたしの部屋をノックしたとき、わたしは寛大《かんだい》な気分で扉《とびら》を開けてやった。「そう、秘密を教えてあげるかわりに、あんたはなにをくれるわけ?」

実際は、〝そうそう〟から先の言葉は続かなかった。なぜなら、扉《とびら》のむこうにいたのはオリオンではなかったから。そこにいたのはジャックだった。ジャックはにおいをつけるために——ずる賢《がしこ》いやつ——あの怪物《かいぶつ》の内臓をたっぷり体になすりつけてやってくると、オリオンがきたのだと勘違《かんちが》いして扉《とびら》を開けたわたしの腹に、鋭《するど》いテーブルナイフを突《つ》きたてた。わたしを床《ゆか》に突《つ》きとばしながら部屋に押《お》しいり、扉《とびら》を閉め、真っ白な歯を見せてにっこり笑う。わたしはあまりの痛みに喘《あえ》ぎながら、頭の中で自分をどなりつけていた——バカ、バカ、バカ！　寝《ね》る支度をすませていたから、マナを入れた水晶《すいしょう》はベッドの柱に下げてある。夜中にもしものことがあったときのためだ。そのせいで、いまいる位置からは手が届かない。ジャックは馬乗りになり、わたしの顔から髪《かみ》の毛を払《はら》いながら、両手でそっと頬《ほお》を包みこんだ。「ガラドリエル」甘《あま》い声で言う。

わたしは自分でも気づかないうちに、ナイフの柄《え》を両手でつかみ、刃《は》が動かないように押《お》さえつけていた。意志の力を振《ふ》りしぼってナイフから片手を引きはがし、半分くらいマナをためた別の水晶《すいしょう》があるあたりへ伸《の》ばす。今日の午後、腕立《うでた》て伏《ふ》せでマナをためるのに使った水晶《すいしょう》だ。ベッドのわきから吊《つ》るしてある。腕立《うでた》て伏《ふ》せをするときに頭が行く場所だ。床《ゆか》の上から数センチ上で揺《ゆ》れている。その水晶《すいしょう》に手が触《ふ》れさえすれば、これまでにたくわえたすべてのマナを使うことができるのだ。うっかりジャックの骨を液体にしてしまったって、いまなら後悔《こうかい》はない。

水晶《すいしょう》には、あとすこしのところで手が届かなかった。指がつりそうだ。体をほんのすこし動かそうとしただけでお腹に激痛が走る。ジャックは指先でわたしの頬《ほお》をなでつづけている。ナイフと同じくらい、その指がうっとうしい。「やめろ、このクソ野郎《やろう》」わたしは言った。絞《しぼ》りだした声は弱々《よわよわ》しかった。

「やめさせてみなよ」ジャックがささやき声で言った。「ほらほら、ガラドリエル。やってみなって。きみってほんとに可愛いよね。でも、もっと可愛くなれる。ぼくが力になってあげる。きみのためならなんだってしてあげる。ふたりでやればきっと楽しい」嫌悪《けんお》感で顔がくしゃくしゃに歪《ゆが》んだ。ぺらぺらのアルミ箔《はく》みたいに。耐《た》えがたかった。この期《ご》に及《およ》んで自分が力を使うことを拒《こば》もうとしているなんて、認めたくない。いやだと思っているなんて認めたくない。この腐《くさ》りきったクソ野郎《やろう》が、わたしの腹に突《つ》きたてたナイフのほうへゆっくりと指を這《は》わせ、ブタを解体するときみたいにわたしをめった刺《ざ》しにしようとしてるっていうのに。

思いとどまるのが当然だと、自分にずっと言いきかせてきた。黒魔術師《くろまじゅつし》に身を落とすことは、若くして無残な死を迎《むか》えるということなのだから。そんな未来だって、いますぐ死ぬことよりはマシなのかもしれないけど、でも、やっぱり、そうじゃない。そうじゃない。こんなときでさえ黒魔術師《くろまじゅつし》になることを選べないのなら、それはもう、それが選択肢《せんたくし》になる日は永遠に来ない、ということだ。仮に今夜を生きのびられたとしても、二度目に、あるいは三度目に似たようなことがあったらぶじではいられないだろう。わたしの頭の隅《すみ》には、いつも最後の手段があった。いつも自分に言いきかせてきた――万策尽《つ》きたらそのときは、と。でも、万策はすでに尽《つ》きた。そして、わたしは最後の手段を選ばなかった。

「ひいおばあちゃんの大バカ野郎《やろう》」わたしはかすれた声で言った。激しい怒《いか》りで泣きだしそうだった。水晶《すいしょう》をつかむため、ナイフが刺《さ》さった体を上に移動させようと覚悟《かくご》を決める。まさにそのとき、扉《とびら》をノックする音が聞こえた。平日の夜に、わたしの扉《とびら》をノックする者。まともな生徒なら、部屋にこもって勉強しているか、友だちと一緒《いっしょ》に勉強している時間だ――。

声が出ない。わたしは扉《とびら》に狙《ねら》いをさだめ、頭の中で念じた。ひらけゴマ。子どもでも使えるまぬけな魔法《まほう》。でも、それはわたしの扉《とびら》だったし、今夜はまだ、施錠魔法《せじょうまほう》をかけていない。扉《とびら》は勢いよく開き、オリオンが現れた。ジャックが弾《はじ》かれたようにうしろを振《ふ》りかえる。両手はわたしの血に濡《ぬ》れている。口のまわりにまで血がついていて、邪悪《じゃあく》さに拍車《はくしゃ》がかかっている。

わたしは、扉《とびら》のほうを見ようと起こしていた首から力を抜《ぬ》き、輝《かがや》ける英雄《えいゆう》にすべてをまかせた。

第4章 真夜中の怪物《かいぶつ》たち

部屋に漂《ただよ》う、死体が焼けた不自然なほど香ばしいにおいの中で、オリオンはわたしのそばで膝《ひざ》をついた。「だいじょ――」言いかけて口をつぐむ。だれが見ても、わたしはだいじょうぶじゃなかった。

「収納箱」わたしはやっとのことで言った。「左の下のほう。包み」

オリオンは収納箱の中をあさって――蓋《ふた》を開けたあと、中身に視線を走らせて時間をむだにするようなことはしなかった――白い封筒《ふうとう》を探しだした。封《ふう》を切り、中に入っていた薄《うす》い亜麻布《あまぬの》のパッチを取りだす。母さんがわたしのために作ってくれたパッチだ。母さんはパッチを作るために畑を耕すところからはじめる。亜麻《あま》を植え、手作業で収穫《しゅうかく》して、糸を紡《つむ》いで布を織り、そのすべての過程で治癒呪文《ちゆじゅもん》を唱え、パッチの中も外も治癒魔法《ちゆまほう》で包みこむ。「パッチの片面で、わたしの血をぬぐい取って」わたしはかすれた声で言った。オリオンはぎょっとしたように顔をこわばらせ、血まみれの床《ゆか》に目を落とした。「汚《よご》れても平気だから。ナイフを抜《ぬ》いて、パッチのもう片方の面を傷口に当てて」

ありがたいことに、オリオンがお腹からナイフを抜《ぬ》いたとき、わたしは気絶していた。意識が朦朧《もうろう》としたまま十分ほどが過ぎ、気がついたときには、すでに傷の上にはパッチが当てられていた。ジャックのナイフは、わたしの体を刺《さ》しつらぬくほど長くはなかったから、傷はそこまで深くなかったし、幅《はば》も狭《せま》かった。治癒魔法《ちゆまほう》のかかったパッチがかすかに発光していて、目が痛い。パッチの力が、切りさかれた内臓をすこしずつ修復していく。さらに十分ほど体を休めたあと、オリオンの手を借りてベッドの上に移動した。

わたしがベッドの上に体を落ちつけたのを確認すると、オリオンはジャックの黒焦《くろこ》げの死体を廊下《ろうか》へ押《お》しだした。洗面器を使って両手に付いた血を洗いながす。ベッドに腰《こし》を下ろしたオリオンを見ると、手が震《ふる》えていた。オリオンは自分の両手を見つめていた。「あいつ――あいつ、だれなんだ?」オリオンはわたしよりもショックを受けているようだった。

「あんたほどになると、他人の名前なんてわざわざ覚えないんだね」わたしは言った。「ジャック・ウェスティンだよ。ルイーザを食べたやつ、って言えば、すこしは気が楽になるんじゃない？　あいつの部屋をのぞいたら、犠牲者《ぎせいしゃ》の残骸《ざんがい》が残ってるかもね。信じられないなら行ってみなよ」

オリオンははっとして顔を上げた。「なんだって？　なんでそれを黙《だま》ってたんだよ」

「サイコパスの黒魔術師《くろまじゅつし》に刺《さ》されないか心配だったから。見てのとおりって感じだけど。ところで、ルイーザのことをめちゃくちゃ嗅《か》ぎまわってくれて、どうもありがとう。あんたのおかげで、ジャックはますますわたしに興味を持ってくれたみたい」

「あのさ、ほんと感心するよ」一拍《ぱく》置いて、おもむろにオリオンは言った。こころなしか、声に力がもどっている。「下手すりゃ死んでたのに、こんなときでもきみは世界一失礼なやつなんだな。ところで、どういたしまして」

「こうなったのは半分あんたのせいなんだし、お礼なんて言わないから」わたしはそう言って目を閉じた。ふいに、消灯五分前を知らせるベルが鳴りひびいた。気付かないうちに長い時間がたっていたらしい。両手をお腹にやり、パッチの上から傷の具合を確かめる。長時間起きているのはむずかしそうだ。一度流れでた血がすでに体内にもどったおかげで、気分はずっとマシだった。でも、いくら母さんが腕《うで》によりをかけて作った魔法《まほう》でも、ずたずたになった内臓をあっという間に治すことはできない。マナを詰《つ》めた水晶《すいしょう》を取り、首にかける。今夜は眠《ねむ》るわけにいかないし、本気で魔法《まほう》を使わなくちゃいけない。わたしは黒魔術《くろまじゅつ》に身を落とさなかったし、邪悪《じゃあく》なジャックは死んだ。つまり、この世界における善と悪のバランスが大きく崩《くず》れた、ということだ。そんなとき、怪物《かいぶつ》たちはいつにも増して凶暴《きょうぼう》になるのだ。

オリオンは、前からここに住んでたような顔でベッドに腰《こし》を下ろし、帰るそぶりもみせない。

「なんのつもり?」わたしは刺々《とげとげ》しい声で言った。

「なんのって?」

「ベルの音、聞こえなかった?」

「きみを置いていくつもりはない」当たり前のことを言うような口調だ。

わたしはオリオンの顔をじっと見た。「釣《つ》り合いの原則は理解できてる?」

「そもそも、あれは理屈《りくつ》の上の話だよ。原則どおりに行くとしても、ぼくはそんなものにおとなしく従ったりしない」

「いるよね、あんたみたいなやつ」わたしはありったけの軽蔑《けいべつ》をこめて言った。

「まあね、残念ながら。ぼくがいると邪魔《じゃま》かな。それとも、腹を裂《さ》かれた体で夜通し攻撃《こうげき》されるほうがいい?」わたしが皮肉を言いすぎたせいで、オリオンまで内なる皮肉屋の自分を発見したらしい。

「ううん、ゆっ、くりしていっ、て」状況《じょうきょう》はこれ以上悪くなりようがないのだ。部屋に一度に入ってこられる怪物《かいぶつ》たちの数には物理的な限度がある。でも、今夜のわたしは、あいつらにとっての特別メニューだ。オリオンがいれば怪物《かいぶつ》の数もすこしは減るかもしれない。思春期のあいだは学校の中にいたほうが外にいるよりはマシだということと、だいたい同じ原理だ。

五分後、時間どおりに消灯を知らせるベルが鳴った。怪物《かいぶつ》たちをオリオンから遠ざけているものがなんであれ、わたしが発散しているにちがいない血のにおいを消すことはできない。言うまでもなく、ひとつの部屋にふたりの生徒がいるから、あいつらはますます引きよせられてくる。扉《とびら》のむこうから、争うような音が聞こえた。ジャックの死体にむらがった怪物《かいぶつ》たちがパーティーを開いているのだ。もみ合う音と、骨をかじる恐《おそ》ろしい音がしばらく続く。オリオンは部屋の真ん中に立ち、そわそわと両手のストレッチをしながら、扉《とびら》のむこうの物音に耳をすませていた。

「エネルギーのむだづかいじゃない？　あいつらが入ってくるまでリラックスしてなよ」わたしは低い声で言った。

「お気遣《きづか》いなく」オリオンは言った。

しばらくして、扉《とびら》のむこうが静かになった。と思うまもなく、なにかが扉《とびら》を揺《ゆ》すりはじめた。ふいに、黒光りする液体が扉《とびら》の下のすき間から流れこんできた。タールのようにねっとりした液体だ。オリオンは十分な量の液体が流れてくるまで待ってから、体の前に出した両手をあわせてひし形を作り、液体の上にかざした。短い奔流呪文《ほんりゅうじゅもん》をフランス語で唱え、口をすぼめると、ひし形から勢いよく息を吹《ふ》きこむ。たちまち、両手のあいだから激流のような水が噴《ふ》きだした。消防ホースの水のように勢いが激しい。水が粘《ねば》つく液体を薄《うす》めていく。黒っぽい水は床《ゆか》のタイルのあいだを伝っていき、部屋の真ん中にある丸い排水口《はいすい》からこぽこぽと音を立てて流れていった。

「凍《こお》らせれば扉《とびら》のすき間をふさげたのに」すこしして、わたしは文句を言った。

オリオンは苛立《いらだ》たしげにわたしを見た。ところが、オリオンの反論を聞くより早く、耳にツンとした痛みを覚えた。気圧が急に変わったときに感じる違和《いわ》感だ。大型の怪物《かいぶつ》が、換気《かんき》口を伝ってこっちに向かっている。オリオンは床《ゆか》を蹴《け》ってベッドの前に立ちはだかり、盾魔法《たてまほう》でわたしたちを包みこんだ。その瞬間《しゅんかん》、どこからどう見ても人の形をした炎《ほのお》が、真っ暗な部屋の奥《おく》に現れた。数センチうしろには虚空《こくう》の闇《やみ》が広がっている。炎《ほのお》の怪物《かいぶつ》は机をなぎ払《はら》うとわたしたちに殴《なぐ》りかかり、ふたりを包む透明《とうめい》のバリアに、燃える火の染みを無数に残した。

わたしは急いでオリオンの腕《うで》をつかんだ。オリオンが、ほこりを採取しようと、ベッドのヘッドボードの縁《ふち》に指をすべらせていたからだ。ほこりを使った窒息魔法《ちっそくまほう》をかけるつもりだ。オリオンが声を荒《あら》げる。「いい加減にしてくれないと、きみを窒息《ちっそく》させるぞ！」

「うるさい。大事なことなんだってば！　あいつを窒息《ちっそく》させるのはムリ。燃えおちるまで燃やすしかない」

「前にも見たことあるのか？」

「こいつを一ダース呼びだす召喚魔法《しょうかんまほう》を知ってるだけ」わたしは言った。「アレクサンドリア図書館を焼きはらうのに使った魔法《まほう》らしいよ」

「なんでそんな呪文《じゅもん》を頼《たの》んだんだよ！」

「バカなの？　わたしが頼《たの》んだのは、部屋に明かりを灯す呪文《じゅもん》だよ。学校がよこしたのがその呪《じゅ》文《もん》だったってだけ」学校の名誉《めいよ》のために言っておくと、人型の炎《ほのお》はいま、文句のつけようがないほど部屋を隅々《すみずみ》まで明るく照らしていた。わたしの部屋は、二年生のときの再編成で天井の高さが倍になった。学年末がくるたび、学校は無人になった部屋を消去して、あまったスペースをほかの部屋に割りあてる。それ以来、ベッドにあおむけになっても、高すぎる天井の四隅《よすみ》は見えなかった。久々に見えた四隅《よすみ》にはアグロの幼虫が密集していて、できるだけ炎《ほのお》を避《さ》けようと体を小さく縮めている。ゆっくりと蒸発し、時おり青い炎《ほのお》を上げて弾《はじ》けるのは、害虫除《よ》けの布を仕掛《しか》けているからだ。まだ天井が見えていたころ、思いきり背伸《せの》びをして鋲《びょう》で打ちつけておいた。「このまま、あいつがバリアを破るまで言いあいを続けたい？」

オリオンは質問には答えず、文字どおりうなり声をもらすと、炎《ほのお》の怪物《かいぶつ》に向かって強力な焼却《しょうきゃく》魔法《まほう》を放った。たった四語の短い呪文《じゅもん》だ。オリオンの使う魔法《まほう》はどれも簡潔で、戦闘《せんとう》にぴったりだった。怪物《かいぶつ》は金切り声をあげ、火柱のように激しく燃えあがったかと思うと、そのまま自分の炎《ほのお》で燃えつきた。オリオンは、肩《かた》で息をしながら、崩《くず》れおちるようにベッドにすわりこんだ。全身が静電気のようにぱちぱち音を立てている。あふれんばかりに豊かなマナが体中を駆《か》けめぐっているのだ。

オリオンはそのあとも、部屋に入ってきた五匹《ひき》の怪物《かいぶつ》たちを、次々《つぎつぎ》とこともなげに倒《たお》した。オリオンがふさぎそこねた扉《とびら》のすき間からは霊魂《れいこん》がすべりこんできたし、ベッドの下からは、毛のないメクラネズミにも見える、キーキー声で鳴く肉塊《にくかい》のような怪物《かいぶつ》の群れが這《は》いだしてきて、わたしたちを生きたままかじろうとした。最後の一匹《ぴき》を仕留めたころには、オリオンの体はあふれたマナでうっすらと発光していた。

「マナがあまって困ってるなら、わたしの水晶《すいしょう》にちょっと入れてくれてもいいけど」そんな皮肉でも言わないことには、妬《ねた》ましさを持てあまして、オリオンと自分の顔を引っかいてしまいそうだった。

オリオンは、ベッドの柱からマナが半分たまった水晶《すいしょう》を涼《すず》しい顔で手にとり、そして、それをまじまじと見た。目を丸くして、わたしが首から下げている水晶《すいしょう》に視線を移す。「ちょっと待って――てっきりぼくは――きみ、どこの魔法《まほう》自治領出身だっけ？」

「どの自治領にも入ってない」

「じゃあ、なんで〈ラディアント・マインド〉の水晶《すいしょう》を持ってるんだ？　しかも、ふたつも」

わたしは下唇《したくちびる》を噛《か》み、こんな会話のきっかけを作った自分を呪《のろ》った。母さんは、ほかの魔法《まほう》使《つか》いにも、時どき自分の水晶《すいしょう》を分けてあげる。母さんが相手のことを優秀《ゆうしゅう》な魔法使《まほうつか》いだと感じたときに限られるけど、そういうことにかけて、母さんの勘《かん》はかなり鋭《するど》い。だから、水晶《すいしょう》をあげた魔法使《まほうつか》いの評判が上がるにつれて、母さんの水晶《すいしょう》の評判もおのずと上がっていった。ひとつの水《すい》晶《しょう》がたくわえられるマナの量は、正直に言って噂《うわさ》になっているほどじゃないけど。「二個じゃない。五十個」わたしはそっけなく言った。五十個の水晶《すいしょう》をナップサックに詰《つ》めるかわりに、服や必需品《ひつじゅひん》や道具をあきらめたのだ。そんなものは、なくても生きていける。「この水晶《すいしょう》は母さんのだから」

オリオンはぽかんと口を開けた。「きみのお母さんってグウェン・ヒギンズなのか？」

「そう。あからさまに信じられないって顔されても、もう慣れっこだよ。ほんとに。気にしてないから、秘密にもしてない」母さんは、典型的なイギリス美人《イングリッシュ・ローズ》だ。小柄《こがら》で、頬《ほお》はバラ色で、ブロンドで、中年に差しかかったいまはすこしぽっちゃりしている。父さんは――ムンバイの祖母が、スコロマンスに来る前の父さんの写真を一枚くれた――十四歳《さい》のときにはもう身長が百八十センチあった。ひょろっとしてて、髪《かみ》は石炭みたいに黒くて、黒い目には真剣《しんけん》な表情を浮《う》かべ、すこしかぎ鼻気味のせいか、人の記憶《きおく》に残る顔立ちだった。母さんはしょっちゅう、あなたがお父さんに似ててほんとにうれしい、こうしているとあの人を見てるみたいなんだもの、と熱のこもった調子で言った。言いかえれば、ほかの人たちはそう教えられないかぎり、わたしが母さんの子どもだと気付かない、ってことだ。一度なんて、わたしたちのユルトを訪ねてきた人が、たっぷり一時間くらい、さっさと帰れ、偉大《いだい》な治療師《ちりょうし》につきまとうな、とわたしにほのめかしてきたこともあった。わたしが娘《むすめ》だとは思いもしなかったのだ。

でもオリオンは、わたしと母さんの血のつながりを疑ったわけじゃない。人種のちがう両親を持つ魔法使《まほうつか》いはすごく多い。多感な思春期に人種も出自もばらばらな同級生と出会うわけだし、そもそも、ここでわたしたちを区別するのは、魔法《まほう》自治領出身かそうじゃないかという線引きだけだ。オリオンが驚《おどろ》いたのは、偉大《いだい》な治療師《ちりょうし》の娘《むすめ》が、なにを考えているのかもわからない、黒魔《くろま》術師《じゅつし》見習いみたいなわたしだったからだ。だれだって驚《おどろ》く。だから、オリオンにああ言ってはみたものの、母親がグウェン・ヒギンズだということは、自分からは言わないようにしている。

「そっか」オリオンは気まずそうにそう言うと、ぱっと立ちあがり、目の端《はし》に映った怪物《かいぶつ》を一撃《いちげき》で仕留めた。あまりの早技に、怪物《かいぶつ》の種類を確かめる暇《ひま》もなかった。それからオリオンは、わたしの水晶《すいしょう》にマナを詰《つ》めた。謝罪のつもりだったのかもしれないし、あるいは、そうでもしないとぱんぱんに詰《つ》まったマナで破裂《はれつ》しそうだったのかもしれない。オリオンは、一息で水晶《すいしょう》を満杯《まんぱい》にすると、ほっとしたように小さく息をついた。わたしは歯噛《はが》みしながらマナの詰《つ》まった水晶《すいしょう》を収納箱にしまい、空っぽの水晶《すいしょう》をもうひとつ取りだした。

夜が明けるすこし前、わたしは無理やり目を閉じて眠《ねむ》った。その三十分くらい前から、怪物《かいぶつ》たちが恐《おそ》れをなしたのか、オリオンが周辺の怪物《かいぶつ》を根こそぎ殺したのか、怪物《かいぶつ》たちの攻撃《こうげき》はぴたりと止んでいた。あれから、オリオンはさらにふたつの水晶《すいしょう》をマナでいっぱいにしてくれた。わたしは、しぶしぶその片方をオリオンにゆずった。悔《くや》しいけれど、罪悪感に負けたのだ。オリオンは、まともな人とはちがって、助けてやった見返りを求めようとはしなかったけど。

目が覚めたのは、起床《きしょう》をうながすベルが鳴ったからだった。夜は明け、わたしたちは生きていた。オリオンは一睡《いっすい》もしなかったみたいで、顔色が悪い。わたしはうんざりして歯ぎしりしながら、痛みをこらえて両足をベッドから下ろし、上体を起こした。「横になって。治すから」

「治す？　なにを？」オリオンはそう言いながら、大きなあくびをした。

「それを」わたしは言った。厳密には、眠《ねむ》れなかった夜の睡眠《すいみん》を取りもどすことはできない。でも、母さんは、ひどい不眠症《ふみんしょう》の人に使う魔法《まほう》をひとつ知っていて、その人の第三の目を閉じることができる――まあ、科学的に正しいのかどうかはわからない。そうすると、眠《ねむ》れなかった人たちは気分がよくなるらしかった。母さんの魔法《まほう》を完ぺきにまねるのはむずかしいけれど、この魔《ま》法《ほう》ならわたしにもできるくらい簡単だ。オリオンがベッドに横たわると、あげた水晶《すいしょう》を握《にぎ》らせ、両手を親指が眉間《みけん》の上にくるようにして彼《かれ》の目の上にかざした。母さんに教えてもらった『心眼のための子守唄《うた》』を七回唱える。魔法《まほう》はちゃんと効いた。母さんが作りだすふざけた魔法《まほう》は、なんだってすばらしくよく効く。オリオンは、たちまち深い眠《ねむ》りに落ちた。

オリオンが眠《ねむ》って二十分が過ぎたころ、朝食を知らせるベルが鳴った。起きあがったオリオンは、五時間の眠《ねむ》りから目覚めたように、すこし顔色がマシになっていた。「立ちたいから手を貸して」ベッドに腰掛《こしか》けていたわたしは言った。どんなに具合が悪くても、授業を休むわけにはいかない。自分の部屋に一日中いるということは、下の階から這《は》いあがってくる怪物《かいぶつ》たちの三時のおやつになるということだ。どのみち、昼間も部屋に残る勇気があるのは死体だけだ。わたしたちはしょっちゅう、風邪《かぜ》をひいたりインフルエンザにかかったりしている。無理もない。ここには四千人以上の生徒がいるし、新年度には、世界各地からやってくる新入生たちが、よりどりみどりのウイルスや感染性の病気を運んでくる。そして、流行《はや》り病がひととおり落ちついたと思った矢先、どういうわけか、また新しい病気が蔓延《まんえん》するのだった。もしかすると、病原菌《きん》は小さい怪物《かいぶつ》なのかもしれない。最高だ。

くたくたに疲《つか》れてぼうっとしていたせいで、くたくたに疲《つか》れてぼうっとした顔のわたしとオリオンが一緒《いっしょ》に部屋から出てくればみんながどう思うか、そこまで想像するだけの余裕《よゆう》がなかった。だけど、ベルの音で目を覚ました生徒がほかにもふたりいて、わたしたちと同じタイミングで廊《ろう》下《か》に出てきたから、言うまでもなく、食堂に着いたときにはもう、いたるところで、わたしたちが同じ部屋で一夜を明かしたことが噂《うわさ》になっていた。今回の噂《うわさ》はみんなを相当動揺《どうよう》させたらしい。

ニューヨーク魔法《まほう》自治領の女の子は、朝食がすむと、オリオンを食堂の隅《すみ》へ引っ張っていき、一体どういうつもりだと問いつめた。

「オリオン、あの子は黒魔術師《くろまじゅつし》なのよ」女の子がそう言っているのが聞こえた。「ゆうべ、ジャック・ウェスティンがいなくなって、ジャックの靴《くつ》の一部があの子の部屋の前にあったんだって。きっと犯人はあの子だわ」

「クロエ、ジャックをやったのはぼくだよ」オリオンが言った。「黒魔術師《くろまじゅつし》だったのはジャックだ。あいつがルイーザをやった」

女の子はその新事実で頭がいっぱいになったのか、恋人《こいびと》の選び方についてオリオンに講釈《こうしゃく》を垂れるのはやめにしたようだった。そういうわけで、一日が終わるころには、オリオンひとりをのぞく学校中の生徒が、わたしとオリオンのことを正真正銘《しょうめい》のラブラブのカップルだと思っていて、ついでに言えば、一夜を共にするという狂気《きょうき》じみたデートをしたカップルだと考えるようになっていた。その誤解は、おもしろいくらいの変化をもたらした。ニューヨーク魔法《まほう》自治領の三年生は急に不安になったのか、昼食のときにわざわざ四年生のテーブルへ行き、オリオンとわたしの件について相談をしているみたいだった。ロンドン魔法《まほう》自治領の子たちもわたしに愛想を振《ふ》りまきはじめた。そっちのほうでも話し合いがあったらしいのは間違いなかった。

言うまでもないけれど、ロンドンの子たちは、オリオンがわたしに恋《こい》しているなら、わたしと仲良くしておけばオリオンを仲間に引きこめるはずだと踏《ふ》んだのだ。ロンドン魔《ま》法《ほう》自治領の子たちには、そっちの魔《ま》法《ほう》自治領に入りたいという希望を何度か伝えてきた。もちろん、入れてほしいと直接頼《たの》んだわけじゃない。そんなことをすれば、鼻で笑って断られるに決まっている。ただ、母さんがロンドンのそこそこ近くに住んでいるということや、ロンドン魔《ま》法《ほう》自治領に応募《おうぼ》しようと思っているということを話しただけだ。卒業までまだ一年あるいまなら、そうやってほのめかしておくだけで十分だし、わたしの力はこれまでに何度か披露《ひろう》してきた。魔《ま》法《ほう》自治領は、候補者が絶対に来てくれるという確信があると、それだけ合格を出しやすくなる。

もちろん、二日前に三年生のカップルが誕生したらしいという噂《うわさ》だけで、こんなにもみんなが動揺《どうよう》したりわたしに媚《こび》を売りだしたりするのは、ものすごくバカらしい。オリオンのこととなると、みんなは見境のない熱狂《ねっきょう》に駆《か》られるのだ。もしかすると、わたしも、この状況《じょうきょう》をすこしはおもしろがってもよかったのかもしれない。もし、わたしひとりじゃなんの価値もないのだということを、だめ押《お》しのように痛感させられなかったら。もし、内臓に負った傷がほとんど治っていないせいで、どん底の気分じゃなかったら。

でも、だからって、いい席に誘《さそ》ってくれたり、ちょっとした手助けをしてくれたりするみんなからの好意をはねつけるようなまねはしなかった。その日を乗りきるにはそうした手助けの全部が必要だった。三年生がはじまってからずっと、わたしは課題をいつもすこし多めに片付けて、あまった時間は学年末試験の勉強に回そうと思っていた。だけど、先取り計画も今日でおじゃんだ。一日中、静かに体を休ませているしかなかったから。みんながゆずってくれた、いつもよりすこしだけ安全な席で。授業中は、課題に取りかかることさえしないで、ただじっとして、体力を温存した。夜になると、水晶《すいしょう》のマナを使って、いつもよりずっと丈夫《じょうぶ》な盾魔法《たてまほう》を張ってからベッドにもぐりこんだ。そうすれば、扉《とびら》をアイギスの盾《たて》（訳注：ギリシャ神話の中でゼウスが娘《むすめ》のアテネに与《あた》える強力な魔除《まよ》けの道具）で守っているみたいに、ぐっすり眠《ねむ》ることができた。

翌朝になるとパッチは剝《は》がれおちていて、ごくかすかな傷跡《きずあと》としつこい痛みだけが残った。そうなると、魔工《まこう》クラスの課題の締切《しめきり》が迫《せま》っていることが急に気になりはじめ、わたしは急いで作戦を練りはじめた。魔工《まこう》クラスの課題を期日どおりに仕上げないと、締切《しめきり》が過ぎたとたんに未完成の課題が動きだし、自分がかけた魔法《まほう》で攻撃《こうげき》してくる。それを避《さ》けようと課題に魔法《まほう》をかけなかったり、作り方をわざとまちがえたりすると、使わなかった材料がひとつずつ動きだし、やっぱり襲《おそ》いかかってくる。生徒に教訓を叩《たた》きこむにはもってこいの方法だ。魔工《まこう》クラスでは六週間おきに新しい課題が出る。三年生最後の課題は、三つのうちからひとつ選ぶことになっていた。ひとつ目は催眠宝珠《さいみんオーブ》で、大勢の人たちを逆上した暴徒に変え、つかみ合いの大乱闘《だいらんとう》をさせることができる。ふたつ目はかわいらしい時計じかけの虫だ。虫は、狙《ねら》った相手の想念の中にもぐりこんでつらい過去の記憶《きおく》を掘《ほ》りおこし、相手の気がふれるまで、夜ごとおぞましい悪夢を見せつづける。三つ目は魔法《まほう》の鏡で、鏡をのぞくと未来がすこし見えて、どうすればいいのかアドバイスをくれる。

鏡がどんなアドバイスをくれるのかは、わたしにもわからない。おまけにこの鏡の作り方は、ほかのふたつよりも十倍くらい複雑だ。でも、ほかのふたつのどちらかを完成させてしまったら、いずれ絶対に使われてしまう。わたしではなく、ほかの魔法使《まほうつか》いに。

鉄の型と裏当て板は鉄で作ってあるから、あとはそこに、魔法《まほう》をかけた銀を注入すればいい。でも、注入作業は、軽く見積もっても十回は失敗するに決まっていた。基本的には魔工《まこう》の分野に入る作業だけど、錬金術《れんきんじゅつ》と呪文《じゅもん》も使わなくてはいけないし、ふたつ以上の分野にまたがる作業をしようとすると、工程は一気に複雑になる。もちろん、それぞれの分野を専攻《せんこう》している生徒が助けてくれれば話は別だ。わたしを助けてくれる子なんていないけど。

今日は別だった。朝食のあと、アアディャが声をかけてくれたから、一緒《いっしょ》に階下の作業場まで歩いていくことができた。アアディャとわたしは長い作業台を選び、並んで席についた。「今日はくたくたで課題なんてムリ。でも、魔工《まこう》クラスの課題は絶対に進めておかないと」わたしはそう言って、アアディャに完成途中《とちゅう》の魔法《まほう》の鏡を見せた。

「ヤバい。そんなの選んだの?」アアディャは言った。「魔法《まほう》の鏡って、魔工専攻《まこうせんこう》の四年生が作るやつだよ」

「ほかの課題はもっとひどかったから」どうひどかったのかは伏《ふ》せておいた。催眠《さいみん》オーブなら、一回の魔工《まこう》クラスで仕上げられるし、ガラスの破片をひとつかみ用意すればいい。いや、ちがう、たしか同級生の生き血も必要だった。でもまあ、選りごのみさえしなければあてはある。「そっちの課題は？」

アアディヤは、ひとり用の盾魔法《たてまほう》ホルダーを作っていた。アクセサリーのチャームみたいな形で、ペンダントにしてもいいし、ブレスレットにしてもいい。ホルダーを通して盾魔法《たてまほう》をかけると、片手で盾《たて》を支えつづける必要がないから、両手をほかの魔法《まほう》に使うことができる。すごく便利だし、作るのも比較的《ひかく》簡単だった。道具箱の中身を見るかぎり、アアディヤは盾魔法《たてまほう》ホルダーをたくさん作るつもりらしい。有利な条件でほかのものと交換《こうかん》するつもりだ。アアディヤが魔工《まこう》専攻《せんこう》だということを差しひいても、わたしとは状況《じょうきょう》が大違《おおちが》いだ。

アアディヤは考えこむように眉《まゆ》を寄せて言った。「魔工専攻《まこうせんこう》と錬金術専攻《れんきんじゅつせんこう》の子に手伝ってもらえば、銀の注入もだいぶ楽になると思うけど」

「だれかに頼《たの》むのが苦手なんだよね」わたしは言った。これは嘘《うそ》じゃない。「学年末試験まで三週間だし、みんなそれどころじゃないと思う」

「わたしならすこし手伝えるけど。でも、錬金術《れんきんじゅつ》の子も見つけてこないと」もちろん、オリオンと一緒《いっしょ》に作業場で過ごせないか期待しているのだ。「魔法《まほう》の鏡ができたら使わせて」

「いつでも貸すよ」わたしは言った。アアディィヤの提示した交換《こうかん》条件はかなり太っ腹だ。だけど、たぶん、なにか別の方法でもお礼をしないと、アアディィヤは気を悪くするだろう。それに、あの鏡がどんなものなのか知れば、アアディィヤが喜んで使いたがるとは思えない。もちろん、耳当たりのいいことしか言わず、あなたの未来は信じられないくらいうまくいく、あなたは輝《かがや》くばかりに賢《かしこ》く美しいと言いつづけ、本人が破滅《はめつ》の一途《いっと》をたどるあいだひたすら褒《ほ》めちぎるような鏡なら、話は別だけど。

アアディィヤが手伝いを申しでてくれたとはいえ、オリオンにも助けを求める必要があった。わたしはその苦行を昼食のときに片付けることにした。いまのうちに、天から降ってきたチャンスを最大限利用しておきたい。いずれオリオンは、自分がわたしと付きあっていると噂《うわさ》されていることに気付き、騎士道《きしどう》精神にもとづく日課はやめにして、わたしを避《さ》けるようになるだろう。昨日は食事のたびに近づいてきて具合はどうかと小声でたずね、アアディィヤとイブラヒムから誘《さそ》われるがままに、わたしたちがすわっていたテーブルに加わった。わたしは苛立《いらだ》って押《お》しだまり、イブラヒムが夕食のあいだじゅうオリオンを質問攻《ぜ》めにするのも放っておいた——イブラヒムは、「ひとりで〈霊喰《たまぐ》らい〉をやっつけたなんてほんとに信じられないよ」とか「銀と金だと、どっちが錬金術《れんきんじゅつ》に向いてると思う？　アドバイスくれたらすごく助かるんだけど」とか、ひっきりなしにオリオンに向かってしゃべりつづけた。とうとう、オリオンの存在よりイブラヒムのおべっかのほうが癇《かん》に障りはじめたから、わたしはあいつをさえぎり、いますぐセレブのおっかけみたいなまねをやめられないなら別のテーブルに移って、と言った。イブラヒムはばつが悪そうな顔で口をつぐみ、あろうことかわたしをにらみつけた。わたしがにらみ返すと、どうやらイブラヒムは、だれであれわたしの逆鱗《げきりん》に触《ふ》れた者は口にするのもの恐《おそ》ろしいほどの悲運にさらされる、という天啓《てんけい》に打たれたらしい。たじろいで目をそらし、わたしのうしろを見ているだけだというう振《ふ》りをした。

それはさておき、昼休みになると、わたしはお腹を押《お》さえてあからさまに顔をしかめながら、配膳《はいぜん》カウンターの列に並んだ。目論見どおり、オリオンは列に割りこんできて――あれは割りこみとは言わないのかもしれない。わたしのうしろに並んでいた女の子たちは、オリオンがここに入ってもいいいかと聞くといいそいそと場所を空け、これ以上ないくらい愛想のいい声で『どうぞ、オリオン。気にしないで！』と言ったのだから――わたしに声をかけた。「だいじょうぶ？」「だいぶマシ。昨日よりは」わたしは答えた。嘘《うそ》じゃなかったし、必死で耳をそばだてている周りの生徒たちには、わたしたちがいちゃついているようにも聞こえるはずだった。「でも、魔工《まこう》クラスの課題がヤバくて。アアディヤが手伝ってくれるんだけど、錬金術《れんきんじゅつ》コースの子にも助けてもらわなくちゃいけないんだ。三つの分野にまたがる課題だから」

助けてほしいという気持ちを隠《かく》そうともしていない言い方に聞こえるかもしれないけれど――

というか、わたしもそう思った——駆《か》けひきはこの際必要ないような気がした。そして、実際のところ必要なかった。「ぼくが手伝うよ」オリオンはあっさり言った。

「よかった。今夜、夕食のあとは?」オリオンはうなずいた。またしても見返りは要求しようとしない。いつものように、相手の得になることだけを気前よく与《あた》えようとする。わたしは腹立たしいような、お返しに親切にしたいような、複雑な気分になって、こう付けくわえた。「ところで、あれ、ライスプディングじゃないから」オリオンはぱっと振《ふ》りかえり、金属の容器にこんもり盛られた、べとつく蛆虫《うじむし》の山に急ぎ足で近づいた。スプーンを差しこんだが最後、蛆虫《うじむし》たちがいっせいによじ登ってきて、骨がのぞくまで指をかじり尽《つ》くす。それを避《さ》けるには急いでスプーンを放りだすしかないけれど、そうすると、蛆虫《うじむし》は周辺にいる生徒たちの上にばらばらと降りそそぎ、肉という肉を食いつくし、みるみるうちに蛆虫《うじむし》の数は何倍にも増えていくのだ。

オリオンは、わたしがトレイを持ってカウンターをあとにした十分後に、配膳《はいぜん》カウンターからもどってきた。青みがかかった灰色の煙《けむり》をうっすら漂《ただよ》わせ、手にしたトレイはほとんど空っぽだ。オリオンのあとからもどってくるほかの生徒たちも、トレイに食べ物がほんのすこししかのっていない。蛆虫《うじむし》駆除《くじょ》のせいで、配膳《はいぜん》カウンターの食べ物は大方がだめになってしまったらしい。食べ物が補給されるのは、三年生の全員が食べ物を取りおえて、二年生の番が回ってきてからになる。わたしは無言で天井をあおぎ、オリオンがとなりの席に腰《こし》を下ろすと、そのトレイに、余分に取っておいたミルクと丸パンをのせた。背後で蛆虫騒動《うじむしそうどう》が起こっていたおかげで、余分な食べ物をくすねるのは簡単だった。

今日は、セアラとアルフィーから、ロンドン魔法《まほう》自治領のテーブルで一緒《いっしょ》に食べようと誘《さそ》いを受けていた。だけど、リューとアアディヤを放りだしてロンドンからの誘《さそ》いを優先するほど、わたしもバカじゃない。セアラとアルフィーは小声ですばやく相談し、かわりにわたしのテーブルに移ってきた。ふたりが思いがけず歩みよってきた結果、わたしは図らずも、飛びぬけて存在感のあるテーブルにすわることになった。ンコヨとコーラとジョワニは、西アフリカと南アフリカの生徒たちのほとんどとつながりがあるし、アアディヤには、なにかあったときに頼《たよ》りにできる、魔工《まこう》コースの知りあいが大勢いる。魔法《まほう》自治領出身の生徒を別にすれば、このテーブルにいるのは、スコロマンスでしっかりと足場を固めた生徒たちばかりだった。そこにいま、わたしを追ってきたロンドン魔法《まほう》自治領の生徒がふたり加わった。

オリオンがいつものようにわたしのとなりに腰《こし》を下ろすと——アアディヤはわざと自分の席を広めに取っておき、オリオンがテーブルに近づくと急いで席を詰《つ》めた。オリオンが本当にわたしのとなりを選ぶのか確かめるためだ——テーブルの存在感は段違《だんちが》いに上がった。同級生たちは、わたしの状況《じょうきょう》を観察して、こんなふうに解釈《かいしゃく》しているはずだ。ガラドリエルのやつはまずオリオンの懐《ふところ》に入りこみ、オリオンの彼女《かのじょ》という立場を利用して、これまでわたしをないがしろにしてきた生徒たちに取りいって権力を手にいれ、オリオンの人気を餌《えさ》に、ふたり一緒《いっしょ》に有力な魔法《まほう》自治領に入ろうとしている。実際、ロンドン魔法《まほう》自治領がオリオンとガラドリエルに熱い視線を向けているじゃないか、と。仮にわたしがそこまで考えをめぐらせていたとしたら、われながらたいした戦略家だと思う。

すこしして、ニューヨーク魔法《まほう》自治領のクロエとマグナスが、配膳《はいぜん》カウンターからテーブルエリアへ歩いてきた。いつものように、五、六人の取りまきたちに囲まれ、さらに四人の腰巾着《こしぎんちゃく》が、一番いいテーブルを確保してクロエたちの到着《とうちゃく》を待っている。ところが、クロエたちは、オリオンがまたしてもわたしと一緒《いっしょ》にすわっているのを見て、予定を変更《へんこう》したらしい。小声で言葉を交わすと、いつものテーブルを素通りしてわたしたちのテーブルに近づき、空いていた四つの席にすわった。外側の椅子《いす》にすわったのは、もちろん取りまきたちだ。残してきたテーブルには、不安そうな顔のお仲間たちが、ぽつぽつとまばらにすわっている。

「セアラ、お塩を取ってもらえる？」クロエが甘《あま》ったるい声で言った。その言葉の本当の意味は、地獄《じごく》の火に焼かれて死んでしまえ、あんたたちにオリオンを渡《わた》すつもりはないからね、だ。それから、わたしに声をかけてきた。「ガラドリエル、具合はどう？　オリオンに聞いたんだけど、ジャックに殺されそうになったんですってね」

最高の状況《じょうきょう》、と言うべきなんだろう。でもわたしは、この状況《じょうきょう》を楽しむかわりに、オリオンの役たたずの頭にトレイを叩《たた》きつけ、セアラとアルフィーとクロエとマグナスにあっち へ行けとどなりつけ、できることならその全員に火をつけてやりたかった。アアディヤとンコヨとリューだって、この連中と大差はない。少なくともアアディヤたちは、明日からもわたしと同じテーブルにすわるだろう。できるかぎり借りを返すことを証明してきたし、あの子たちは賢《かしこ》いから、信《しん》頼《らい》できる取引相手のことはちゃんと大事にする。でもオリオンが、もっと普《ふ》通《つう》の、黒《くろ》魔《ま》術《じゅつ》を使いだす心配のないだれかに興味を移したら、アアディヤたちだって、わたしには最低限のお情けをかけるだけになるだろう。そうなれば、魔《ま》法《ほう》自治領出身の連中は、わたしにこう思いしらせようとするに決まっている——あんたなんてわたしたちの靴《くつ》の裏についた泥《どろ》みたいな存在で、ほんの少しでも、そうじゃないのかもしれないと夢想することができただけでラッキーだったんだよ、と。

「具合は最高だよ。聞いてくれてどうも」わたしはそっけなく言った。「クロエ、だよね？　ごめん、話すのは初めてじゃないっけ」

ンコヨがテーブル越《ご》しにちらっとわたしを見た。どうかしてる、と言いたげな顔だ。普《ふ》通《つう》は、魔《ま》法《ほう》自治領出身の子に冷たくするなんてあり得ないし、全員の名前を知っていて当然だ。だけど、オリオンははっとしたように顔を上げた。「悪い——こっちはクロエ・ラスムセンとマグナス・ティーボウ。ふたりともニューヨーク魔《ま》法《ほう》自治領から来たんだ」わたしを友人たちに紹《しょう》介《かい》しそびれたことを本気で反省しているようだ。「みんな、こっちはガラドリエル」

「はじめまして」わたしは言った。

アルフィーは、わたしの無愛想な態度はニューヨークよりロンドンに興味があるからだと決めつけ、こっちに向きなおってにっこり笑った。「エル、実家はロンドンの近くなんでしょ？　もしかしたら、親同士が知りあいかも？」

「うち、めちゃくちゃ辺鄙《へんぴ》なところにあるから」わたしは固い表情でそう言ったきり、口をつぐんだ。わたしの母さんの名前は、もちろんアルフィーたちだって知っている。グウェン・ヒギンズの名を知らない魔法使《まほうつか》いはいない。でも、母さんの名前を利用するようなまねはしたくない。オリオンのニセ彼女《かのじょ》の振《ふ》りをするほうがまだマシだ。みんな、グウェン・ヒギンズの娘《むすめ》となら喜んで友だちになりたがるだろう。でも、それが**わたし**なら話は別なのだ。

そこでわたしは、人気と権力をほしいままにしているグループに昼休みのあいだじゅう嫌味《いやみ》を言いつづけるかわりに、連中のことは無視して、アアディャとオリオンと魔法《まほう》の鏡の作り方について話し、ンコヨとラテン語のことを話した。このあいだは、ンコヨとすごくいい取引ができた。わたしは死の業火を呼びだす呪文《じゅもん》を紙に書き、ンコヨに渡《わた》した。そう言うとヤバそうに聞こえるかもしれないけど、厳密に言えば、その呪文《じゅもん》は**死の業火を**召喚《しょうかん》するためだけのものではなくて、魔法《まほう》の炎《ほのお》を呼びだす変容魔法《まほう》だ。この魔法《まほう》は、基本的に失敗しようがないから、わりと人気がある。どんな魔法《まほう》になるかは、かけた本人の持つ特性とか、マナをどれくらい使ったかとか、そういう要素によって変わってくる。手元のおぼつかない子どもでも、この魔法《まほう》を使えば小さな火を灯せるし、練習次第でもっといろんな使い方ができるようになる。あるいは、その子がわたしみたいなやつだとしたら、まわりのお友だちの命を全部吸いとって、自分のいる校舎を半分爆破《ばくは》することだってできる。便利な魔法《まほう》だ。

だけど、ンコヨの特性を考えれば、使い勝手のいい炎《ほのお》の壁《かべ》を呼びだすことができるはずだった。ンコヨはちゃんとお返しをしなくちゃと思ったのか――わたしも嫌《いや》な気持ちはしなかった――、好きな魔法《まほう》をふたつ選んで、と申しでてくれた。わたしは小規模魔法《まほう》をふたつ選んだ。どちらもほとんどマナを消費しない。ひとつ目は、汚水《おすい》からきれいな水を蒸留する魔法《まほう》だ。これがあれば、水をくみにしょっちゅうシャワー室へ行く必要がなくなる。もうひとつは、空気中に浮遊《ふゆう》している電子を集めて、敵に強い電気ショックを与《あた》える魔法《まほう》だ。呪文《じゅもん》の一行目を読んですぐ、わたしの特性にぴったりだとわかった。たぶん、拷問《ごうもん》するときに便利だからだと思う。これがあれば、戦いの最中に敵のふいを突《つ》き、そのあいだに逃《に》げたり大規模魔法《まほう》をかけたりできるだろう。

大規模魔法《まほう》と引き換《か》えに小規模魔法《まほう》を手にいれる生徒はわたしくらいだと思う。大規模魔法《まほう》と小規模魔法《まほう》の線引きはあいまいだ。ふたつのちがいは授業で学ぶものではなく、わたしたち生徒が強い魔法《まほう》なのか弱い魔法《まほう》なのかを判断して、勝手にそう呼んでいる。だから、そこそこ強い魔《ま》法《ほう》を大規模と呼ぶべきか小規模と呼ぶべきか、激しい議論が巻きおこることだってあり得るし、実際にケンカになることさえある。でも、炎《ほのお》の壁《かべ》を召喚《しょうかん》する魔法《まほう》は間違いなく大規模だし、水を蒸留する魔法《まほう》と、マナをほとんど使わずに電気ショックを与《あた》える魔法《まほう》は、こちらも間違いなく小規模だ。わたしがそのふたつを選ぶと、ンコヨは身だしなみ呪文《じゅもん》までいくつかおまけとして付けてくれた。三つ編み魔法《まほう》と、ちょっとセクシーになる魔法《まほう》と、体臭《たいしゅう》を消す魔法《まほう》だ。最後の魔法《まほう》をくれたのは、もしかすると、もうすこしがんばってシャワーの回数を増やしたほうがいいよと遠回しに伝えてくれたのかもしれない。遠回しに伝えてもらうまでもなく、自分でもわかっていた。でも、におうか死ぬかどちらかを選ばなくちゃならないのなら、わたしはにおうほうを選ぶ。ここに来てから、シャワーは週に一度しか浴びていないし、もっとあいだが空くこともしょっちゅうある。

友だちがいないのはそのせいだと思われるかもしれないけど、それは卵が先かニワトリが先かという話だ。周囲を見張っていてくれる友だちがいなければ念入りに体を洗うなんて不可能だし、ろくに体を洗っていなければ、周囲を見張っていてくれる友だちがいないということがみんなにバレてしまって、あいつは協力相手として信頼《しんらい》できそうにないという評判が立ってしまう。でも、そもそも、ここではゆっくりシャワーを浴びることなんて、だれにもできない。シャワーを浴びたくなったら、そろそろ体を洗ったほうがよさそうなだれかに声をかけて、貸し借りを作らないようにするのがふつうだ。でも、わたしに声をかける子なんていない。とにかく、身だしなみを整える手段がちょっと増えたのは悪くなかった。セクシー呪文《じゅもん》は絶対使わないけど。そんなものを使ったら、頭の悪い男たちがうつろな目をしてぞろぞろ付いてきて、きみの使いっぱしりになることだけが望みなんだと泣きついてくるに決まっている。

わたしたちはふたりとも満足して取引を終え、またなにか交換《こうかん》しようと約束した。でもンコヨはわたしとちがって、ロンドンとニューヨークの子たちにケンカを売るつもりはないらしい。アディヤもそれは同じのようだった。わたしがロンドンとニューヨークの連中を無視してンコヨたちとばかり話していると、ふたりは気がかりそうな視線を魔法《まほう》自治領の子たちにちらちら投げた。クロエたちにしてみれば、どうしてわたしが自分たちに媚《こび》を売らないのか、不思議に思っているはずだ。もちろん、おもしろくないだろう。だけど、わたしのとなりにはオリオンがすわっている。当の本人は、ぼさぼさの頭でお皿の上にかがみこむようにして、わたしがあげたミルクとパンを口に押《お》しこんでいた。

セアラとアルフィーは、特権階級育ちのイギリス人らしく振《ふ》るまうことで、この場を乗りきることにしたらしい。どうするかというと、どの科目でもほとほと課題に手を焼いているとか、これじゃとうてい学年末試験には合格できないとか、わざと自虐《じぎゃく》的なことを言って嘆《なげ》いてみせるのだ。でも彼女《かのじょ》たちは、世界有数の規模を誇《ほこ》る魔法《まほう》自治領に生まれ、赤んぼうのころから訓練を受けてきたのだから、ほかの生徒とは比べものにならないくらい有利なはずだ。いっぽうクロエは防御《ぼうぎょ》に終始することにしたらしく、オリオンを相手に、ニューヨーク魔法《まほう》自治領の楽しい思い出のことをしゃべりまくっていた。オリオンは食べ物を飲みこみながら、気のない調子で相槌《あいづち》を打っている。

マグナスはむっつり押《お》しだまっていた。訓練が足りていないのか、行儀《ぎょうぎ》をわきまえていない相手との気まずい時間を、わざとらしい礼儀《れいぎ》正しさで切りぬけることができないらしい。たぶん、グループの中でいつも脇役《わきやく》あつかいされることも、おもしろくないのだ。オリオンさえいなければ、この学年で注目を浴びるのは自分だったのかもしれないのだから。鬱憤《うっぷん》がたまっているのはわかったけれど、わたしは自分の鬱憤《うっぷん》で手一杯《ていっぱい》だった。あなたの怒《いか》りは厄介《やっかい》なお客さんみたいよね——母さんはいつも、おかしそうに言う。急に来て、なかなか帰らないんだから、と。わたしは深呼吸をして心を落ちつけ、こういうときにぴったりな礼儀《れいぎ》正しさを取りもどそうと努めた。テーブルを囲む魔法《まほう》自治領の子たちに、なんでもいいから、なにか感じのいい言葉をかけなくては。そのとき、限界に達したらしいマグナスが、テーブルに身を乗りだして、わたしのほうを見た。「なあ、ガラドリエル。**死ぬほど**気になってるんだけどさ——どうやって、朝まで怪物《かいぶつ》たちを部屋から締《し》めだしておけたんだ?」

つまりマグナスはこう言いたいのだ。わたしがオリオンの懐《ふところ》に入りこんだのは、なにか特殊《とくしゅ》な盾魔法《たてまほう》を手にいれて自分の部屋を安らぎの場所に変え、そうして夜が明けるまでヤリつづけたからだ。オリオンがおまえに親切にしているのは、その見返りなんだ、と。たしかに、根拠《こんきょ》のない話のわりに、完ぺきに筋が通っている。でも、だからって、マグナスの発言が気に入ったわけじゃない。おまけに、マグナスの声は、まわりのテーブルの子たちにまで聞こえるくらい大きかった。鎮《しず》めようとしていた怒《いか》りをふたたび燃えあがらせ、わたしはマグナスを真正面からにらんで、刺《さ》すように鋭《するど》い声で言った——本気で怒《おこ》っているときは、いくら落ちつき払《はら》った声で話しても、声の鋭《するど》さが何倍も増すのだ。「**べつに締《し》めだしてないけど**」

わたしの声には、真実を話しているときの強さがあった。そして、だからこそ、わたしたちはただ、一晩じゅう怪物《かいぶつ》たちとたわむれていたんだ、と言っているように響《ひび》いた。たしかにオリオンは、怪物《かいぶつ》たちと遊んでいたようなものだし、そういう意味ではかならずしも間違《まちが》いじゃない。まわりにすわっていた子たちは、わたしから離《はな》れようと反射的にのけぞった。マグナスは、わたしの激しい怒《いか》りを眉間《みけん》にまともに食らったせいで、うっすら青ざめている。

本当に、なんて最高のランチ。

第5章 鐘《かね》つき蜘《ぐ》蛛《も》

昼休みにわたしがあれだけ感じよく振《ふ》るまったことを考えれば、ニューヨークの連中がオリオンをわきへ引っ張っていき、わたしと付きあうのは絶対にやめろとかき口説くのも時間の問題だった。さすがのオリオンも、自分はガラドリエルと付きあっていたのかと気付くだろう。怒《いか》りはまだ収まっていなかったけれど、わたしはこの有利な状況《じょうきょう》が終わりつつあることに気付いた。そこで、トレイを片付けにいく途中《とちゅう》でアアディヤを隅《すみ》へ引っ張っていってたずねた。「魔法《まほう》の鏡を手伝ってもらう件だけど、これからお願いしていい？　魔工《まこう》クラスの時間を使えばいいし」アアディヤが了承《りょうしょう》したのは、わたしみたいな変人は下手に刺激《しげき》しないほうがいいと思ったからだろう。オリオンは肩《かた》をすくめてあっさり了解《りょうかい》した。「べつにいいよ」そこでわたしたちは、そのまま階下の作業場へ向かった。ニューヨークのやつらに邪魔《じゃま》をされる前に。

　日中は、階下へ行くのが格段に楽になる。学年末試験が近づいたこの時期になっても、大半の生徒はできるだけ作業場には近づかない。でも、昼間なら階段にも廊下《ろうか》にも明かりがついていて安全だ。それに、作業場に着いてみると先客があった。三人の四年生が作業場の奥《おく》にいた。昼休みを返上して、卒業式で使うらしい武器のようなものを夢中で作っている。わたしたちは前のほうにある作業台を使うことにした。オリオンとわたしは、製作中の課題を入れておくロッカーへ行き——オリオンに鍵《かぎ》を渡《わた》した。開けるときが一番危険なのだ——、なにも飛びかかってこないのを確認してから、作りかけの鏡の型と必要な材料を取りだして作業台へ運んだ。アアディヤは、すでに小型のカセットコンロに点火していた。わたしなら十分はかかる作業だ。

　アアディヤは、わたしに優秀《ゆうしゅう》さをひけらかすことはしない。でも、オリオンの存在は明らかにアアディヤのやる気を引きだしていた。そうして垣間見《かいまみ》えた彼女《かのじょ》の能力は、わたしが思っていたよりずっと高かった。アアディヤは、大掛《おおが》かりな魔法《まほう》を使おうとはしなかった。そのためにはたくわえてあるマナを使わなくちゃいけないから、ふつうは、ちゃんとした見返りがないかぎり、そんな犠牲《ぎせい》は払《はら》わない。かわりにアアディヤは、鏡の枠《わく》に周縁《しゅうえん》バリアを張ってあげると申しでてくれた。銀の注入が成功するかどうかは、バリアの張り方にかかっている。アアディヤが枠《わく》の周りにバリアを張ると、オリオンが銀と材料を混ぜあわせはじめた。手慣れた感じで、ちっとも緊《きん》張《ちょう》していない。オリオンが次々《つぎつぎ》と手にとっていくのは、どれも入手がむずかしい貴重な材料ばかりだ。何週間もかけて、錬金術《れんきんじゅつ》の実験室にある材料棚《だな》からすこしずつ集めてきた。どれくらい楽しかったかというと、作業場で危険を冒《おか》しながら材料を集める楽しさといい勝負だ。オリオンの気楽な手付きを見ていると、月光を養分にするヨモギも、袋《ふくろ》いっぱいのプラチナの削《けず》り屑《くず》も、必要なら棚《たな》へ行って好きなだけ取ってくることができるみたいに思えてくる。たぶん、オリオンにとっては本当にそうなんだろう。

「オリオン、いい感じ。じゃあ、型の中心めがけて銀を流しこんで。できるだけ高いところから」アアディヤが言った。それからわたしのほうを向き、子どもに説明するような口調で——腹立たしいけど仕方がない——続けた。「エルは型を持って。二十度以上かたむけちゃだめだよ。銀が中心に向かって流れるように、枠《わく》を揺《ゆ》らして。ゆっくり渦《うず》を作る感じ。呪文《じゅもん》を唱えるときがきたら合図するから」

　魔法《まほう》を物質の中に入れこむ作業は——そうすると、魔力《まりょく》が物質の中で守られて、表面にだけ魔《ま》法《ほう》をかけるよりも安定する——魔工《まこう》でなにか作るときに、たいていの人が苦労する工程だ。物質の実体が干渉《かんしょう》して、魔法《まほう》がうまくかからないのだ。だから、いつもよりたくさんのマナを使わなくちゃいけない。それはいいとして、悪魔は細部に宿る。わたしの魔法《まほう》が触《ふ》れたとたん、銀は泡《あわ》立《だ》ちはじめるだろう。あぶくを中に閉じこめたまま銀が固まってしまったら、それはもう鏡としては使い物にならない。そうなれば、型から銀を削《けず》りとり、材料をいちから集めなおして、優秀《ゆうしゅう》な助っ人なしで初めからやり直さなくちゃいけない。物質の中に、魔法《まほう》を切れ目なくすこしずつ入れこんでいくのが、正しいやり方だ。腕《うで》のいい魔工家《まこうか》はそうする。同時に、それぞれの物質がどんなふうに反応するのか予測して、反発する物質をあやして落ちつかせなくちゃいけない。わたしは相手が物であれ人であれ、あやすのが苦手だ。

だから、わたしはかわりに、わからずやの物質を魔力《まりょく》で殴《なぐ》って黙《だま》らせるつもりだった。ローマ時代の黒魔術師《くろまじゅつし》が作りだしたすてきな魔法《まほう》を使うのだ。その魔法使《まほうつか》いは、それを使って、大勢の標的を一撃《いちげき》でこっぱみじんに爆破《ばくは》していたらしい。わたしと同じく、生きた人間から生命を引きずりだすなんて、心が痛んでできなかったのだろう。爆破《ばくは》はさておき、鏡の表面に強い圧力をかけるには、その魔法《まほう》が最適に思えた。古ラテン語で書かれた百二十行もある魔法《まほう》で、信じられないくらいマナを消費する。でも、鏡はどうにかして仕上げなくちゃいけない。それに、アアディヤにわたしの力を知ってもらうために、涼《すず》しい顔で魔法《まほう》を成功させてやると心に決めていた。

いずれはオリオンもわたしに飽《あ》きるだろうし、そのときは、〝男好き〟というレッテルよりマシなものを手にして、このゴタゴタにさよならしたかった。理想は、アアディヤとしっかりした協力関係を結ぶことだ。アアディヤはどの学年にもコネを作っている。出自のばらばらなアメリカの子たちとも、ヒンディー語を話す子たちやベンガル語を話す子たちとも、魔工《まこう》コースの同級生たちとも。そのネットワークは広がりつづけ、彼女《かのじょ》となら喜んで交渉《こうしょう》をしたいという生徒たちが大勢いた。去年アアディヤは、魔法《まほう》自治領出身で錬金術専攻《れんきんじゅつせんこう》の子たちのグループと、魔工専攻《まこうせんこう》のグループと、修理コースの子たちを集めて、大きなプロジェクトを成功させた。錬金術《れんきんじゅつ》の広々《ひろびろ》とした実験室の天井が一年足らずで修理されたのは、アアディヤのおかげだ。実験室の天井は、オリオンがキメラと戦っていたときに崩《くず》れ、わたしたちの頭上に落ちてきたのだ。わたしとチームになれば卒業式は楽に切りぬけられることを証明できれば、アアディヤはわたしを協力者だと認めて、いい評判を流してくれるはずだ。そうすれば、ほかの生徒たちにも、わたしがバカでも、無能でも、嘘《うそ》つきでもないことがわかるだろう。ふたりで手を組めば、絶対に大きいチームから誘《さそ》いがくる。

オリオンが銀の注入をはじめると、わたしは、円を描《えが》くように型を回して銀色の液体を全体へ均等に広げていった。アアディヤが型のぐるりに張った周縁《しゅうえん》バリアのおかげで、銀は一滴《てき》もこぼれない。型の赤色が見えなくなると——型の底を赤く塗《ぬ》って、銀が全体を覆《おお》ったらすぐにわかるようにしておいた——間髪《かんはつ》をいれずにアアディヤが言った。「いまだよ！」わたしは型を作業台に置き、まずは鏡の魔法《まほう》を唱えた。たちまち、銀色の表面が半分ほど透明《とうめい》に変わる。それから、鏡の真ん中を開けて、端《はし》と端《はし》に手のひらを置く。咳払《せきばら》いをして、破壊魔法《はかいまほう》をかけようと呼吸を整える。

嫌《いや》な予感は的中した。まさにその瞬間《しゅんかん》、チリン、と音がしたのだ。風鈴《ふうりん》のような物寂《ものさび》しい音だ。音はわたしの背後で鳴っていた。〈鐘《かね》つき蜘蛛《ぐも》〉が、金属の作業台にするすると下りてきている。作業場のうしろにいた四年生たちは、蜘蛛《くも》が下りてくるのに気付いていたにちがいない。ちょうど、作業中の武器を抱《かか》えて出ていこうとしているところだった。わたしたちに警告しないなんて、なんて気がきくんだろう。アアディヤがはっと息を飲み、「うそでしょ！」と叫《さけ》んだのと、二回目のチリンという音が聞こえたのは、同時だった。ふたつの音は別々《べつべつ》のところから聞こえていた。〈鐘《かね》つき蜘蛛《ぐも》〉が二匹いるのだ。運が悪いにもほどがある。ふつう、後期のあいだ〈鐘《かね》つき蜘蛛《ぐも》〉に出くわすことはない。この時期、蜘蛛《くも》たちは三度目か四度目の脱皮《だっぴ》を終えたところで、たいていは卒業ホールへ下りている。そこで蜘蛛《くも》の巣を張って小型の怪物《かいぶつ》を捕食《ほしょく》しながら、もっと大きなごちそうが来るのを待ちかまえる。

わたしは、破壊魔法《はかいまほう》の標的を蜘蛛《くも》に変えようと振《ふ》りかえった。鏡は作りなおすしかない。このまま鐘《かね》の音を聞きつづければ、恐怖《きょうふ》で体が凍《こお》りつき、動かなくなった体からゆっくりと血を吸われる。そのとき、オリオンが、そばの作業台にだれかが置きっぱなしにしていた大鎚《おおづち》をつかみ、わたしたちの背後の台に飛びのって〈鐘《かね》つき蜘蛛《ぐも》〉に殴《なぐ》りかかった。オリオンなら当然そうするに決まっている。アアディヤは悲鳴をあげて台の下に飛びこみ、耳をふさいだ。わたしは歯を食いしばり、呪文《じゅもん》にすべての神経を集中させた。うしろでは、オリオンに反撃《はんげき》する〈鐘《かね》つき蜘蛛《ぐも》〉

たちの立てる、チリンチリン、カランカランという音がたえまなく続き、まるで六台のパイプオルガンがいっせいに崩壊《ほうかい》しているようにやかましい。

鏡の表面は熱した油のようにちらちら光っている。わたしは、ほとんど息もつかずに呪文《じゅもん》を唱えながら、鏡の表面をつややかに整えていった。〈鐘《かね》つき蜘蛛《ぐも》〉のごつい脚《あし》がわたしの頭上を飛んでいって壁《かべ》に叩《たた》きつけられ、跳《は》ねかえった脚《あし》がすぐとなりの作業台に落ちてきても、呪文《じゅもん》を唱えつづけた。脚《あし》はぴくぴく痙攣《けいれん》しながら、死後の恐怖《きょうふ》のことをうたった曲の数節を、きれぎれに奏でつづけている。オリオンが蜘蛛《くも》を倒《たお》し、もつれる足でうしろに下がり、肩《かた》で息をしながら「ふたりとも、だいじょうぶか?」とたずねたときには、作業のすべてが終わっていた。銀はしっかりと固まり、緑がかった黒い池のような光沢《こうたく》に、あぶくはひとつも交じっていない。不吉《ふきつ》な予言を何十と吐《は》きだしたくて、うずうずしているようだった。

アアディヤは作業台の下からおそるおそる這《は》いだしてくると、感動に打ちふるえながら、儀式《ぎしき》かと見紛《みまが》うほど大げさに感謝の気持ちをオリオンに伝えた。わたしはそれを横目にガラクタ同然の鏡を布でくるみ、ふたりと一緒《いっしょ》に作業場をあとにした。アアディヤはオリオンの腕《うで》に抱《だ》きつくようなまねはしなかったけれど、できることならそうしていたと思う。彼女《かのじょ》の名誉《めいよ》のために言っておくと、階段を半分ほど上ったところで、アアディヤは冷静さを取りもどし、わたしにこうたずねた。「単位はもらえそう? けっこう歪《ゆが》んじゃったんじゃない?」わたしは鏡の表面を見せるため、ほんのすこしだけ布を取った。アアディヤの反応はわかっていた。彼女《かのじょ》が口を開くよりも先に。そしてアアディヤは、もちろんわたしが予想していたとおりのことを言った。「信じられない。オリオン、銀にどんな魔法《まほう》かけたわけ？　こんなになめらかにできるなんて天才じゃない？」

　わたしは鏡を部屋に持ちかえり、特にひどい焦《こ》げ跡《あと》が残っている壁《かべ》に掛《か》けることにした。人型の炎《ほのお》に焼かれた跡《あと》だ。鏡を壁《かべ》に掛《か》けようとしていると、くるんでいた布がすべり落ち、もう一度覆《おお》いなおすまもなく、鏡の奥底《おくそこ》が波立ちはじめ、そこから、ぼんやりと青白く発光する顔が浮《う》かびあがってきた。泡立《あわだ》つタールの池から現れたようにも見える。そいつは、薄《うす》気味悪い声でしゃべりはじめた。「ガラドリエルじゃないか。死の運び手！　おまえはいずれ、憤怒《ふんぬ》の種を世界に蒔《ま》き、破滅《はめつ》を手にいれ、魔法《まほう》自治領を滅亡《めつぼう》させ、要塞《ようさい》をなぎ払《はら》い、子どもらをさらい、そして――」

「はいはい、そのとおり。みんな知ってるよ」わたしは鏡に布を掛《か》けなおした。鏡は布の下で一晩じゅうぶつぶつぶつぶつぶやき、時おり不気味な声ですすり泣きながら、赤っぽい紫《むらさき》色やネオンブルー色に光った。それでなくともお腹の傷がずきずき痛むせいで、わたしは朝まで眠《ねむ》れなかった。天井を這《は》いまわる小さな怪物《かいぶつ》をにらみながら、こんなはずじゃなかったのに、と思う。恨《うら》みがましい気持ちはどんどん膨《ふく》れあがっていった。夜が明けるころには怒《いか》りで頭がいっぱいで、イライラしながら歯を磨《みが》き、朝食をすませ、語学クラスをいくつか受け、歴史クラスでオリオンの言ったことに嚙《か》みついたときにようやく、オリオンが**まだ**わたしと一緒《いっしょ》にいることに気付いた。嫌味《いやみ》を吐《は》いていた口をすこしだけつぐみ、横目でオリオンの様子をうかがう。お仲間たちがオリオンに忠告する機会がなかったはずがないし、わたしとは別れろと懇々《こんこん》と言いきかせたはずだ。わたしのとなりでなにをしているんだろう？

「これを聞けば気が楽になるかもしれないから言っとくけど」ランチに向かいながら、わたしは棘《とげ》のある口調で言った。オリオンは授業が終わってもわたしから離《はな》れようとしなかった。「わたしが黒魔術師《くろまじゅつし》になったら、最初にそれを知るのはあんただと思うよ」

「ほんとに黒魔術《くろまじゅつ》を使うつもりがあるなら、きみを助けようとしたときに殺されてただろ」オリオンは嫌味《いやみ》を返した。そのひと言があまりにも的を射ていたせいで、わたしは思わず声をあげて笑った。ちょうどそのとき、クロエとマグナスが反対方向から食堂へ向かって歩いてきた。激しい怒《いか》りのこもった目で、わたしをにらみつける。ふつうは、試験で意地の悪い課題に当たったときにしか見せないような怒《いか》りだ。

「オリオン、ちょうど探してたの」クロエが言った。「集中薬がうまく作れなくて。お昼を食べながらレシピを確認してくれない？」

「いいよ」オリオンは言った。鮮《あざ》やかな手並みだ。これでわたしは、彼女面《かのじょづら》でオリオンを追いかけてクロエたちのテーブルへ行くか、実際にわたしがそうしたように、自分のトレイを持って無人のテーブルにひとりきりですわるか、どちらかを選ぶしかなくなった。オリオンとの会話に気を取られていたせいで、周囲の状況《じょうきょう》に気を配ることも忘れていた。早く着きすぎたせいで、仲間に交ぜてもらえないかと恥《はじ》をしのんで頼《たの》めそうな知りあいも見当たらない。わたしは中央あたりのテーブルにトレイを置き――少なくとも、わりといい席だった――、テーブルとすべての椅子《いす》の裏側を確認し、清掃魔法《せいそうまほう》ですばやくテーブルの上をきれいにした。四年生がランチをこぼしただけかもしれないけれど、いくつか怪《あや》しげな染みがあったからだ。清掃魔法《せいそうまほう》で消えなければ、危険が潜《ひそ》んでいる可能性がある。それから、お香をすこし焚《た》いた。天井でなにかが息を潜《ひそ》めていれば、お香の煙《けむり》で燻《いぶ》しだすことができる。用意が整って席についたころ、ほかの生徒たちも配膳《はいぜん》カウンターからテーブルのほうへもどってきた。どの生徒も、ニューヨーク魔《ま》法《ほう》自治領のグループと一緒《いっしょ》にすわっているオリオンと、ひとりきりですわっているわたしに気付いたはずだった。

わたしはカウンターに並ぶ生徒たちに背を向けてすわっていた。それが――友だちがいないなら――安全なすわり方だからだ。列に沿って動く生徒の群れで背後が守られるし、入り口を見張ることもできる。わたしはラテン語の本を開いてテーブルに置き、肩《かた》をそびやかして昼食を食べはじめた。この数日間、自分とオリオンのテーブルに誘《さそ》っていた知りあいを探したりなんかしなかった。どうしたいかは彼女《かのじょ》たちが自分で決めるだろう。オリオンがわたしと一緒《いっしょ》にすわらなかったのは、かえって都合がよかったのだ。これで、自分の置かれた場所がはっきりするのだから。こうなってよかった。

あとすこしで、本当にそう思えそうだった。あとすこしで。オリオンの助けなんかいらないし、一緒《いっしょ》にすわってもらいたくなんかないし、日和見主義の連中にも一緒《いっしょ》にすわってもらいたくなんかない。そんなもの、全部いらない。でも——わたしは死にたくなかった。血吸虫に飛びかかられるのもいやだし、床《ゆか》を突《つ》きやぶって生えてくる窒息《ちっそく》キノコに襲《おそ》われるのもいやだし、天井を這《は》いまわるなにかが前触《まえぶ》れもなく頭に落ちてくるのもいやだ。だけど、ひとりですわっている生徒には、こうしたことが次々《つぎつぎ》と降りかかってくる。この三年間、ここでの食事の時間を生きのびるために頭をひねり、計画を立て、戦略を練りつづけ、そしてそうしたことのすべてにも、まわりの生徒たちにも、わたしはうんざりしていた。彼《かれ》らは理由もなくわたしを憎《にく》む。わたしはなにもしていないのに。一度だってみんなを傷つけたりしていないのに。だれかを傷つけてしまわないように、いつだって神経をとがらせて、限界まで努力してきた。それは、すごくむずかしい。ここで生きていくのは、いつも、すごくむずかしい。わたしの心からの望みは、日に三回、三十分の食事をとるときにひと息つくことだ。その時間だけは、わたしもふつうの子と同じだという振《ふ》りをすることだ。魔法《まほう》自治領の子みたいな人気者じゃなくて、そこそこ安全なテーブルにすわって、ちゃんとした周縁《しゅうえん》バリアを張って、みんなが——わたしを避《さ》けるために、わざわざ踵《きびす》を返して遠回りをするのではなく——一緒《いっしょ》にすわってくれることだ。

昼食に備えて計画を練らなかったのは、オリオンがわたしと一緒《いっしょ》に食堂まで歩いてきたからだった。だから、少なくともあと食事一回分は、ふつうの子の振《ふ》りができるのだと思いこんだ。なんてバカだったんだろう。自業自得だ。壁際《かべぎわ》で待っていれば、リューかアアディヤかンコヨのテーブルに交ぜてもらえたかもしれない。それとも、あの子たちもほかの連中と同じなんだろうか。わたしが近づいていったら、あぶれている子を適当に呼んできて空いている席にすわらせ、到着《とうちゃく》する前にわたしを締《し》めだしてしまうだろうか。もし、リューたちにそんな仕打ちをされたとしても、それだって自業自得だ。昨日、魔法《まほう》自治領の子たちにケンカを売ったのだから。あの子たちと自分が対等だとでも思っているみたいに。でも、対等じゃない。いまでこそわたしたちは、このクソみたいな場所で一緒《いっしょ》に暮らしているけれど、魔法《まほう》自治領の子たちだけは絶対にここからぶじに出ていく。あの子たちは、優秀《ゆうしゅう》な魔工家《まこうか》が作った武器と最強の魔法《まほう》でしっかり武装して、仲間同士で守りあい、ありあまるマナを分けあうことができる。不運に見舞《みま》われないかぎり、絶対に生きのびる。そして、ここを出ていったあとは、美しい魔法《まほう》自治領へ帰っていく。そこは魔《ま》法《ほう》をかけた塀《へい》にぐるりを囲まれ、おびえた顔の新兵たちが見張りをしている。魔法《まほう》自治領の中に入りさえすれば、眠《ねむ》りにつくときはただ寝室《しんしつ》へ歩いていくだけでいい。夜ごと母親とふたりで、一時間もかけて、なんの仕切りもないユルトのまわりに結界を張り、なにかが侵入《しんにゅう》してきて自分たちをずたずたに引きさかないよう用心する必要はない。

わたしがその〝なにか〟に襲《おそ》われたのは、九歳《さい》になって間もないころだった。怪物《かいぶつ》たちはふつう、母さんみたいな現役の魔法使《まほうつか》いは狙《ねら》わないし、マナの少ない子どもの魔法使《まほうつか》いのこともわざわざ襲《おそ》ったりしない。でも、その週、母さんは具合が悪かった。高熱が出てとうとう意識が混濁《こんだく》してくると、コミューンのだれかが母さんを病院へ連れていき、ユルトにはわたしひとりが残された。わたしはゆうべの冷たい残り物を食べて、ふたり用のベッドにもぐりこんで丸くなり、母さんがいつもうたってくれる子守唄《うた》をたどたどしくうたって、母さんがそこにいるんだという振《ふ》りをしようとした。そのとき、結界をひっかく音が聞こえ、ついで、入り口のすぐ外で、こまかい飛沫《しぶき》のような火花がぱっと散った。ナイフで鋼鉄をこすったときに出る火花みたいだった。わたしは、その秋に母さんが魔法陣《まほうじん》を張るときに身につけていた水晶《すいしょう》をつかんだ。両手で水晶《すいしょう》を握りしめていると、〝なにか〟は入り口からすこしずつユルトの中へ入ってきた。はじめにのぞいた前足からは、果物ナイフの刃《は》に似た指がたくさん突《つ》きだしていた。指は長く、関節がたくさんあって、先端《せんたん》には鉤爪《かぎづめ》が付いていた。

わたしが悲鳴をあげるあいだにも、〝なにか〟の手がするするとユルトに入ってくる。あのころのわたしはまだ、叫《さけ》んでいればだれかが助けにきてくれるだろうと期待していた。鈍感《どんかん》な子どもだったから、だれかのことを好きだと感じたり、それよりもっと頻繁《ひんぱん》に、嫌《きら》いだと感じたりすることはあっても、相手に嫌《きら》われていることにはほとんど気付いていなかった。おまけに、わたしはちっともわかっていなかった。みんなに嫌《きら》われるということは、食堂でいいテーブルを取っておいてもだれも一緒《いっしょ》にすわってくれないということだし、母親が不在のユルトに空腹のまま放っておかれるということだし、夜に全身をナイフの刃《は》に覆《おお》われた〝なにか〟が迫《せま》ってくればどんな子どもだってそうするように大声で叫《さけ》んでも、だれも助けにきてくれない、ということなのだ。もう一度悲鳴をあげても、やっぱりだれも来てくれなかった。〝なにか〟のもう一本の前足が入り口に差しこまれ、ナイフでできた指が結界を引きさいた。ネズミが袋《ふくろ》を食いやぶるときみたいに。コミューンの人たちにはわたしの声が聞こえていた。聞こえているのはわかっていた。なぜなら、入り口からは、すぐとなりの小高い丘《おか》に立ったユルトが見えていて、その前では、まだ起きている人たちが焚《た》き火を囲んでいたからだ。

　ユルトの大人たちが、助けにこようとも、立ちあがろうともしないのがわかって、かえってよかったんだろう。なぜなら、二回目の悲鳴が消え、〝なにか〟とユルトの中でふたりきりになったとき、わたしははっきりと悟《さと》ったのだから。わたしはテーブルにひとりきりですわる運命で、わたしのことを気にかけるやつなんていないんだから、自分を救うのは自分しかいないのだ、と。わたしをないがしろにするなんて、あいつらはバカだ。そして、自分たちがバカだということにさえ気付いていない。わたしが母さんの水晶《すいしょう》を持っていて、あいつらは運がよかった。そうじゃなかったら、あいつらの生命に爪《つめ》を立てて引きずりだしてやった。

〝なにか〟——〈鉤爪蛇《かぎづめへび》〉だ——を殺すのはそこまでむずかしくない。ある程度訓練を積んでいれば、一年生でも仕留めることができるし、そのときに使う初歩的な鈍器呪文《どんきじゅもん》は、入学して二ヶ月目に怪物学《かいぶつがく》のクラスで習う。でも、わたしは九歳《さい》だったし、知っているのは母さんの料理呪文《じゅもん》だけだった。毎日のように耳にするから、その呪文《じゅもん》だけはたまたま覚えていた。野獣科《やじゅう》の怪《かい》物《ぶつ》相手なら料理呪文《じゅもん》でどうにかできたかもしれない。だけど、〈鉤爪蛇《かぎづめへび》〉は食材としては不向きだ。体のほぼ全部が金属でできている。この種の怪物《かいぶつ》は魔工家《まこうか》が作りだしたものだ。目的を持って作られたものにしても、偶然《ぐうぜん》生みだされてしまったものにしても、魔工家《まこうか》が頭脳を与《あた》えると、魔工品《まこうひん》は生きていきたいという願いを持つようになる。やがて魔工品《まこうひん》はこっそり逃《に》げだしてマナを手にいれ、全身を固めるよろいや武器を増やしていく。ふつうの九歳《さい》の魔法使《まほうつか》いがパニックを起こして〈鉤爪蛇《かぎづめへび》〉に料理呪文《じゅもん》をかけていれば、怪物《かいぶつ》はこんがり焼きあがり、ひんやり冷たい刃《やいば》のかわりに、真っ赤に焼けた刃《やいば》でその子を刺《さ》しつらぬいていただろう。だけど、わたしが水晶《すいしょう》のマナを使いつくして料理呪文《じゅもん》をかけると、怪物《かいぶつ》はたちまちどろどろの液状になり、あとには金属のかけらひとつ残らなかった。

母さんは、それからまもなくして帰ってきた。ふつうの体調不良なら、母さんは治癒《ちゆ》呪文《じゅもん》も薬も使わない。体調を崩《くず》すのは生きていることの一部だと考えていて、具合が悪くなったときに必要なのは、休息と、健康的な食事と、体のリズムに注意を払《はら》うことだと考えているのだ。でも、病院に連れていかれた母さんは抗生剤《こうせいざい》の点滴《てんてき》を打たれ、真夜中に目を覚ましたときにようやく、まだぼんやりする頭で、わたしがひとりでユルトに残されていることに気付いた。母さんが大急ぎで帰ってきたとき、わたしはユルトの外に立ち、そのまわりでは、無数の小さな炎《ほのお》がぱちぱち音を立てて燃えていた。ほぼ一瞬《いっしゅん》で液体化した〈鉤爪蛇《かぎづめへび》〉の残骸《ざんがい》は、ユルトの入り口からぶくぶく泡《あわ》を立てながら流れだし、筋を作りながら帯状になって丘《おか》を流れおちていき、遠目に見ると坂道ができたようにも見えた。大きな流れはあちこちで枝分かれして細い流れを作り、流れていく先々《さきざき》で、高温の溶《と》けた金属に触《ふ》れたわらびの茂《しげ》みを燃やした。わたしは、ようやく様子を見にきたコミューンの人々《ひとびと》に向かって叫《さけ》びつづけていた。はやく火を消せ、あっちへ行け、あんたたちが焼け死んだってどうだっていい、みんな死ねばいい、ひとり残らず死ねばいい、わたしに近づいたら火をつけてやる。

　母さんは人波をかきわけ、わたしをユルトの中へ連れていった。そのころにはもう、ふたりの背丈《せたけ》は変わらなかったから、母さんはわたしを引きずるようにしてユルトの中へ連れていかなくちゃいけなかった。母さんは、汗《あせ》ばんだ熱っぽい腕《うで》でわたしを抱《だ》き、長いあいだ泣いていた。わたしは母さんを蹴《け》ったり叩《たた》いたりしてしばらく逃《に》げようとしていたけれど、ようやく抵抗《ていこう》をやめて大声で泣き、しがみつくようにして母さんに抱《だ》きついた。疲《つか》れきったわたしがベッドにもぐりこむと、母さんは自分のためにお茶を淹《い》れてから、わたしが眠《ねむ》るまで歌をうたってくれた。うたいながら忘却魔法《ぼうきゃくまほう》をかけていたから、目が覚めてみると、すべては現実のことじゃなく、夢の中の出来事だったように思えた。

でも、ユルトの外に出てみると、溶《と》けた〈鉤爪蛇《かぎづめへび》〉が作った黒い道が残っていた。その道は現実のものだったし、起こったすべては現実のことだった。それ以来、同じようなことが、繰《く》りかえし繰《く》りかえし起こった。まだ九歳《さい》だったその当時でさえ、腹をすかせた怪物《かいぶつ》にとって、わたしは栄養たっぷりのおやつだったからだ。十四歳《さい》の夏が終わるころには、わたしを狙《ねら》う怪物《かいぶつ》たちが一晩に五匹《ひき》のペースでやってくるようになっていた。心を痛めた母さんは、もうぽっちゃりもしていなければ、薔薇色《ばらいろ》の頬《ほお》もしていなかった。口やかましいコミューンの女たちは、ちゃんと体を休めなくちゃだめじゃないのと母さんに小言を言い、お母さんに苦労をかけないでもっと助けてあげなさい、とわたしを叱《しか》りつけた。でもあの人たちは、わたしがどれほど母さんの重荷になっていたか、本当のところはなにもわかっていなかった。母さんは、スコロマンスに行くのはやめなさい、とわたしに言いつづけていたけれど、それはつまり、わたしが食べられる前に、母さんが怪物《かいぶつ》の餌食《えじき》になるところを目撃《もくげき》しなさい、と言っているようなものだった。

だから、わたしには気の休まる日がない。深呼吸できる日がない。ぶじにここを出ていくことさえできればだいじょうぶだ、と自分に嘘《うそ》をつくことさえできない。わたしはこれからもだいじょうぶじゃないし、わたしと一緒《いっしょ》に暮らしているかぎり、母さんもだいじょうぶじゃない。怪《かい》物《ぶつ》たちはわたしをつけ狙《ねら》い、みんなはわたしのことが嫌《きら》いで、たとえ悲鳴をあげたって助けようとはしてくれないのだから。だから、わたしはわざわざ叫《さけ》んだりしない。でも、まさにいま、この食堂で、わたしはテーブルの上に立って、みんなに向かって叫《さけ》んでやりたかった。九歳《さい》のあのとき、コミューンのクソ野郎《やろう》たちに向かって叫《さけ》んだみたいに。食堂にいる生徒たちみんなに言ってやりたかった。あんたたちのことなんて大嫌《だいきら》いだし、たった五分間心の平穏《へいおん》を得られるなら喜んで全員に火をつけてやる、と。本当にそうしたっていい。だってこいつらは、安全なところから、わたしが火だるまになって苦しんでいるのをただ眺《なが》めているだけなんだから。九歳《さい》のあのときから、その悲鳴はずっとわたしの中にある。悲鳴は母さんの愛の中に包みこまれていて、それだけが悲鳴を封《ふう》じこめるたったひとつのものだった。そして、それだけじゃ足りなかった。母さんだけじゃ足りなかった。母さんひとりじゃわたしを救いだせなかった。母さんでさえ無理だった。そして、いい気になってふつうの子の振《ふ》りをしていたこの数日間だけは、ほかの子たちが――生きのびるために必要な助けが――そばにいた。たった数日で、わたしはそれが現実のことだと勘違《かんちが》いしたのだ。

　わたしはトレイと本の上で体を折りまげ、悲鳴を押《お》しころした。目の端《はし》に、ふたりの友人とすわっているイブラヒムの姿が見える。イブラヒムはこっちをちらっと見て、うれしそうに口の端《はし》を上げた。オリオンがわたしを見捨てたと知って喜んでいるのだ。あざ笑われるのも、自業自得だった。イブラヒムがにやにや笑っているのは、わたしにやり込《こ》められたことを根に持っているからだ。でも、なんにしたって、イブラヒムのことなんかどうでもいい。ロンドン魔法《まほう》自治領のテーブルにいるセアラとアルフィーは、注意深くわたしから目をそらしている。突然《とつぜん》わたしが透《とう》明《めい》になったみたいに。

そのとき、アアディヤがトレイを持って近づいてきて、わたしのむかいにすわった。一瞬《いっしゅん》、思考が停止する。まぬけな顔でアアディヤを見ていると、彼女《かのじょ》が言った。「なにかとミルクを交換《こうかん》してくれない？　下の段がヤバそうだったから、近づけなくて」

すこしのあいだ声が出なかった。古くなったパンを喉《のど》に詰《つ》まらせたみたいに。ようやく、わたしは口を開いた。「いいよ、ふたつ取っておいたから」紙パック入りのミルクをアアディヤに渡《わた》す。

「ありがと」アアディヤは言って、ロールパンをひとつくれた。リューが、創作クラスの友人と一緒《いっしょ》にわたしのとなりにすわった。修理コースの子がふたりと、デリー出身で英語とヒンディー語の両方を話す子が何人かやってきて、アアディヤのとなりにすわり、わざとらしくわたしから目をそらしたりしないで、テーブルのみんなに挨拶《あいさつ》した。挨拶《あいさつ》を返したわたしの声は、自分の耳にも自然に聞こえた。自然な挨拶《あいさつ》がどんなものかはわからないけれど。それから、準負け組みたいな子たちがふたり、こっちに歩いてきた。よくは知らないけれど、先週——そうだ、あれは先週のことだった。あれからまだ一週間しか経っていないなんて信じられない——わたしをテーブルに交ぜてくれた子たちだ。ふたりはわたしたちのテーブルを通りすぎようとして立ちどまり、ためらいがちにもどってきてたずねた。「ここ、空いてる？」長椅子《ながいす》を指差す。わたしが首を縦に振《ふ》ると——わたしのすぐそばには来ないで、すこしあいだを空けてはいたけれど——となりにすわった。ンコヨが「元気？」とわたしに声をかけながら、コーラと友だちふたりと一緒《いっしょ》にそばを通りすぎ、自分たちのテーブルに歩いていった。

必死で平静をよそおうとしても、ロールパンを食べる手が震《ふる》えた。慎重《しんちょう》にパンをちぎり、クリームチーズを薄《うす》く塗《ぬ》って、規則正しく口に運ぶ。呆気《あっけ》に取られていたわけじゃない。まさにこういう状況《じょうきょう》を作ろうとして、リューをオリオンのいるテーブルに誘《さそ》ったり、アアディヤがオリオンと作業できる時間を作ったりしてきたのだから。自分は信用に値するということや、なんであれ幸運なことがあれば、過去にすこしでも親切にしてくれた人にはおすそ分けする、ということを証明するようにしてきた。アアディヤたちは、そのことに気付いていたから、いま、わたしと同じテーブルにすわっている。そして、これからも親切にするつもりでいる、と伝えようとしてくれている。わたしに親切にしようと決めたアアディヤたちは、きっと、いずれは自分たちの判断が正しかったことを喜ぶはずだ。彼女《かのじょ》たちはまだ、わたしが卒業式に向けて着々《ちゃくちゃく》とマナをたくわえていることを知らない。今日のことは奇跡《きせき》じゃない。彼女《かのじょ》たちがわたしのことを好きになったわけでもない。ちゃんとわかっている。それでも、わたしはもう悲鳴をあげたいとは思わなかった。いまは泣きたかった。食事のあいだきめざめと泣いて涙《なみだ》と鼻水で食べ物を濡《ぬ》らし、周囲の子たちから見ない振《ふ》りをされている新入生みたいに。

だけどわたしは、号泣してみんなを呆《あき》れさせるようなことはしなかった。アアディヤに、部屋に寄って鏡をのぞいてみてもいいかと聞かれたので、かまわないけどあの鏡は呪《のろ》われてるみたいだよ、と返した。「まじで?」アアディヤが言う。

「うん、ごめん」わたしは言った。「昨日の夜なんか、なにも聞いてないのに一晩中しゃべりまくってた」魔工品《まこうひん》が勝手なことをしようとしているときは、ほぼ間違《まちが》いなく、作り手の意図とはちがうことをしようと目論んでいる。そのことはアアディヤもよく知っている。当然、気を悪くしているみたいだった。鏡が使えないなら、わたしを手伝って死にかけた見返りはまったくのゼロだ。「〈鐘《かね》つき蜘蛛《ぐも》〉の脚《あし》を取っといたんだ」わたしは言った。こんなこともあろうかと、作業場をあとにする前にすばやく確保しておいた。「なにかに使えそう?」

「うん、助かる」アアディヤは表情をやわらげて言った。〈鐘《かね》つき蜘蛛《ぐも》〉の殻《から》は、魔工品《まこうひん》を作るときにかなり役にたつ。処理の仕方を調べる必要があるけれど、アアディヤの特性を考えれば問題ない。しばらく〈鐘《かね》つき蜘蛛《ぐも》〉の脚《あし》をなにに使うかについて話し、呪文《じゅもん》を唱えるときは手伝うと約束した。これで貸し借りはなしになるはずだ。それからリューと、歴史の学年末レポートのことを話した。わたしたちはどちらも優等生特別クラスに入っている。卒業生総代を目指すような変人じゃないかぎり、特別クラスに入りたがる生徒なんていない。でも、生徒の意思とは関係なく、クラスは学校が勝手に振《ふ》りわける。わたしたちは、ふたりとも古代魔《ま》法《ほう》文明について二十ページのレポートを書かなくちゃいけない。しかも、このレポートには意地の悪い条件がひとつあって、まだ学んでいない言語を使っていた文明を選ぶ必要があった。わたしとリューは話しあって交渉《こうしょう》をまとめた。わたしは古代中国の周王朝にあったふたつの魔《ま》法《ほう》自治領について書き、リューは古代インドにあったサータヴァーハナ朝の魔《ま》法《ほう》自治領について書く。だから、それぞれの一次資料を互《たが》いに翻訳《ほんやく》すればいい。

わたしたちはだれかがひとりでテーブルに取りのこされないように食べるスピードを合わせ、テーブルを片付けるのも一緒《いっしょ》にやった。慣れない状況《じょうきょう》になんとなく戸惑《とまど》いながら、わたしはトレイを片付けに行った。すぐ前に並んでいるのがイブラヒムだと気付いて、わたしは妙《みょう》にほっとした。あのいけすかない笑い方を思いだしながら、後頭部をにらみつける。いまは、馴染《なじ》み深い怒《いか》りを感じたかった。ほんのすこしでいい。ところが、ベルトコンベヤをあとにしながらわたしに気付いたイブラヒムは、にやにや笑うどころか顔をくもらせた。拍子《ひょうし》抜《ぬ》けしてイブラヒムの背中を見送っていると、オリオンがわたしのとなりにいきなり現れ、自分のトレイを金属ラックに押《お》しこんだ。すぐうしろにいたらしい。それから、とがった声で言った。「おい、さっきのあれはなんだよ。クロエとマグナスのことが嫌《きら》いなのか？　それとも、ほかに理由があるのか？」オリオンは、わたしがついてきて自分たちと一緒《いっしょ》にすわると思っていたらしい。

そう思うのも当然なのかもしれない。だれだって、ニューヨーク魔法《まほう》自治領のテーブルに加われる機会があったら、どんなに小さなチャンスでも飛びつく。そんなチャンスをふいにして、だれかが来てくれるのを当てにしながらひとりですわるなんて、どうかしている。「そっか、あんたを追いかけていったほうがよかった？」わたしは鋭《するど》い声で返した。「ごめんごめん、取りまきのひとりに加えてもらってたなんて、全然気付かなかった。てっきり、お仲間に入れてもらうには、ひざまずいてひれ伏《ふ》したりするのかなって思ってたから。取りまきにはバッジかなんか配っといたほうがいいよ。そんなことしたら、バッジを取りあって大騒《おおさわ》ぎになるだろうけど」

意地悪な気分だったし、そうまくしたてた自分の声もすごく意地悪に響《ひび》いた。オリオンは肩《かた》をそびやかせ、わたしをにらみつけた。怒《おこ》っているようにも、困惑《こんわく》しているようにも見える。顔が赤い。紅潮した頰《ほお》には緑がかった無数の染みが点々《てんてん》と散っている。錬金術《れんきんじゅつ》の授業でなにかの飛沫《しぶき》を浴びたらしい。「いい加減にしろ」オリオンは慣れない捨て台詞《ぜりふ》をぎこちなく吐《は》くと、うつむき加減で足早に立ちさった。

わたしたちのいたところから出口のあいだには、同級生たちが四つか五つのグループに分かれて立っていた。その全員が、そばを通りすぎていくオリオンを振《ふ》りかえる。その顔には、すがるような期待と打算が見え隠《かく》れしていた。ここにいる全員が、わたしの頭の中にもある「生存」という名の方程式を、毎日、毎時間、解きつづけている。わたし以外の全員は強情なバカじゃないから、オリオン・レイクにせいいっぱい愛想を振《ふ》りまいて、生きのびるチャンスを増やそうとしている。取りまきのバッジが本当にあるなら、文字どおり取りあいになるはずだった。オリオンはそのことをよくわかっている。でも、わざわざわたしと仲良くなろうと努力しているのだとしたら、そして、わたしが黒魔術《くろまじゅつ》を使うという疑いはもう晴れたのだとしたら、それはつまり、オリオンが望んでいるのは――ひざまずいてひれ伏《ふ》したりしないだれかと友人になることなんじゃないだろうか。

　わたしはその思いつきが気に入らなかった。それが本当だとしたら、オリオンは鼻につくほどいいやつだ。いったいなんの権利があって、バカみたいに高潔な英雄《えいゆう》でいるだけじゃ飽《あ》きたらず、いいやつにまでなりたがるんだろう？　だけど、それ以外に筋の通る説明は思いつかない。人気《ひとけ》が少なくなっていく食堂にぼんやり留まっているのは賢明《けんめい》じゃない。それでも、わたしはたっぷり一分間くらい食堂に立ちつくし、両のこぶしをきつく握《にぎ》ったまま、遠ざかっていくオリオンの背中をにらんでいた。混乱していたからだ。オリオンに怒《おこ》っていた。クロエにも怒《おこ》っていたし、この学校にいる全員に怒《おこ》っていた。アアディヤとリューにさえ怒《おこ》っていた。あの子たちは、恐れい多くも同じテーブルにすわってくれただけで、わたしを危うく泣かせるところだった。

それから、わたしはオリオンを追いかけた。ほかのみんなと同じように階段へ向かっているけれど、ほかのみんなと同じように階段を上がって図書室へ行くかわりに、ひとりだけ階段を下りていく。錬金術《れんきんじゅつ》の実験室でなにか作るつもりだろうか。正気の沙汰《さた》じゃない。それとも、怪物《かいぶつ》たちに攻撃《こうげき》されるほうが、ひっきりなしにおべっかを聞かされるよりマシなんだろうか。わたしは歯ぎしりした。でも、いまさら引きかえしたくもない。最初の階段を半分ほど下りたところで、オリオンに追いついた。「ひとこと言わせてもらうけど、あんたって四日前までわたしのことを連続殺人犯だと決めつけてたよね」わたしは言った。「あんたがわたしと一緒《いっしょ》にランチをしたがってるなんて、わからなくて**当然**でしょ?」

オリオンは目をそらしたまま、片方の肩《かた》の上でリュックを背負いなおした。「好きな席にすわればいいだろ」

「そうするよ。でも、あんたが気を揉《も》まなくてもいいように、前もって伝えとく。わたしは、あんたのニューヨーク仲間とは一緒《いっしょ》にすわりたくない」

オリオンはようやくわたしの顔を見た。いや、にらんだ。「なんでだよ」

「あの子たちは、**まじで**おべっかを期待してるから」

猫背《ねこぜ》気味だったオリオンは、ゆっくり背すじを伸《の》ばしてまっすぐに立った。「みんなが期待してるのはおべっかじゃなくて、**仲良くすること**だろ」最後のひと言を、やり過ぎなくらいゆっくり発音する。「同じテーブルで。椅子《いす》にすわって。ふつうは、たかがランチを冷戦に変えたりしない」

「わたしはふつうじゃない。だいたい、ここの椅子《いす》取り合戦は戦争みたいなもんだし、それに気付いてないなら恥《は》ずかしく思ったほうがいいよ。もしかして、みんながいっつも自分とすわりたがるのは、自分の人格がすばらしいせいだとか思ってた？」

「きみは戦争なんか慣れっこだもんな」

「ムカつく。当たってるけど」わたしは言った。オリオンが、伸《の》びすぎた前髪《まえがみ》の下で、ためらいがちににやっと笑う。もちろん、本当は、わたしだって慣れっこなんかじゃない。

第6章 明らかになったもの

わたしは、ふつうの人たちがどんなふうに友だちと付きあうのか、いまいちわかっていない。友だちがいたことがないから。でも、そう悲観的になることはなかった。オリオンにとってもわたしが初の友人で、友だち付きあいに関する知識の乏《とぼ》しさは二人とも似たりよったりだった。なにしろ正解がわからないので、わたしたちはこれまでどおり、乱暴な言葉で互《たが》いにけなしあった。わたしにとっては平常運転だし、オリオンにとっては、けなされるのもけなすのも、馴染《なじ》みのない新鮮《しんせん》な体験みたいだった。庶民《しょみん》どもには親切にしなさい、と、子どものころから叩《たた》きこまれてきたらしい。「ぼくは気にしないけど、うちの母さんが聞いたら思いっきり眉《まゆ》をひそめるだろうな」翌日の夕食のあと、オリオンはわたしに手を引っ張られて階段を上りながら、非難がましい声で言った。わたしはただ、人目を避《さ》けるために階下の錬金術《れんきんじゅつ》実験室にこもるなんてクソバカやろうのすることだ、と言っただけだ。

「わたしの母さんだってそうだよ。娘《むすめ》には響《ひび》かなかったけど」わたしは言いながら、嫌《いや》がるオリオンの背中を押《お》して、図書室へ続く階段を上りつづけた。「屍食鬼《グール》みたいにひとりで実験室のテーブルにかじりついてるのが好きみたいだけど、わたしには関係ない。ふつうに暮らしてたってしょっちゅう死にそうになるんだから、わざわざ自分から危険を増やしたくないわけ」

魔工品《まこうひん》の課題を抱《かか》えていなければ――あるいは、一緒《いっしょ》に周囲を見張ってくれる友だちがいなければ――、行くべきところは図書室だ。そこは学校で一番安全な場所だった。無数に並ぶ本棚《ほんだな》がどこまでも高くそびえ立ち、てっぺんは、部屋から見えるのと同じ真っ暗な虚空《こくう》に紛《まぎ》れている。だから、怪物《かいぶつ》たちが天井から襲《おそ》ってくる心配はない。配管も、図書室のある階には通っていない。トイレに行きたくなったら、食堂のある階まで下りていかなくちゃいけない。通風孔《つうふうこう》も小さめだ。かびと古い紙のにおいが立ちこめているけれど、それくらい喜んで我慢《がまん》できる。みんな、すこしでも空き時間ができるとここへやってくる。問題は、閲覧室《えつらんしつ》に全員分の席がないことだ。スコロマンスでは、生徒同士が本気でケンカすることはまずないけれど――どう考えてもなんの意味もないから――魔法《まほう》自治領出身の子たちは時どき、図書室のテーブルとか、すわり心地は最悪でも昼寝《ひるね》には十分な大きさのソファがある閲覧室《えつらんしつ》とかを巡《めぐ》って、グループ同士で小競り合いをしている。

中二階には小さめの閲覧室《えつらんしつ》が五つくらいあるけれど、どの部屋も、ふたつとか三つくらいの魔《ま》法《ほう》自治領グループが協力して占領《せんりょう》している。そういう魔法《まほう》自治領は規模が小さめで、一番大きい閲覧室《えつらんしつ》を独占《どくせん》することはできないにしても、勝手に入ってくるよそ者を追いはらうだけの力は十分にある。ンコヨは、ザンジバル魔法《まほう》自治領とかヨハネスブルク魔法《まほう》自治領とかの子たちに誘《さそ》われて、しょっちゅう中二階の閲覧室《えつらんしつ》で過ごしていた。招待を受けていないなら、中二階に行く価値はない。まれに閲覧室《えつらんしつ》が無人のこともあるけれど、いつもそこを使っている生徒のひとりがやってきたら――たいていは、取りまきを少なくとも三人は引きつれて――すぐに追いはらわれてしまう。どれだけスペースがあまっていようと関係ない。珍《めずら》しいことに、追いはらわれるのは**わたし**だけじゃない。基本的には、侵入者《しんにゅうしゃ》がだれであっても追いはらわれる。閲覧室《えつらんしつ》は貴重な命《いの》綱《ち》《づな》だから、厳しく取りしまるのだ。

閲覧室《えつらんしつ》から追いだされたら、残る選択肢《せんたくし》は、奥《おく》まった場所や本棚《ほんだな》のあいだに隠《かく》れている個別閲《えつ》覧《らん》席だ。閲覧《えつらん》席は、絶対に同じ場所に留まっていない。緑色のランプシェードを目印に、本棚《ほんだな》のむこうにある閲覧《えつらん》席を見つけられたとしても、となりの通路へ行ったころには、あったはずの閲《えつ》覧《らん》席は消えている。ぶじにひとつ確保したとしても、勉強に取りかかり、知らず知らずのうちに本を開いたまま居眠《いねむ》りをしてしまったら、目覚めたときにはいつのまにか薄暗《うすぐら》い別の通路に移動していることもある。まわりの本棚《ほんだな》には、見たこともない言語で書かれた、ぼろぼろの古い巻物や本がぎっしり詰《つ》まっている。あたりは真っ暗闇《くらやみ》だ。怪物《かいぶつ》に見つかる前に帰り道を見つけられれば運がいい。図書室は、比較《ひかく》的危険じゃないだけで、絶対に安全なわけじゃない。

　わたしには、一応は自分の居場所と呼べる机があった。机のおばけと呼んでもいいくらい古くて傷だらけで、たぶん、この学校ができたときから図書室に置かれているんだと思う。図書室の隅《すみ》っこに隠《かく》れているから、その机を見つけるには、サンスクリット語の呪文《じゅもん》書が並ぶ通路を一番奥《おく》まで歩いていって、横に折れて、古英語の呪文《じゅもん》書が並んでいる通路まで歩いていく。当然、ここまで歩いてくる生徒はほとんどいない。サンスクリット呪文《じゅもん》の棚《たな》と古英語呪文《じゅもん》の棚《たな》には、朽《く》ちかけた巻物や、古すぎてだれにも読めない祖語が刻まれた石板が並んでいる。そういう棚《たな》のあいだを通りすぎながら、巻物や石板の一部をうっかり見つめてしまったら、その言語を勉強しているのだと学校に決めつけられてしまう。そのあとで学校が送ってくる呪文《じゅもん》を解読できるかどうかは、運次第だ。生徒たちはそんなふうにして、〝呪文《じゅもん》の蟻地獄《ありじごく》〟にはまってしまう。解読も習得もできない呪文《じゅもん》が立てつづけに送られてきてしまい、その難解な魔法《まほう》を完全に自分のものにするまで、新しい魔法《まほう》を手にいれることはかなわない。交渉《こうしょう》で入手することも許されない。そして唐《とう》突《とつ》に、これまでに習得した魔法《まほう》だけが、残る生涯《しょうがい》で使うことができる魔法《まほう》なのだと悟《さと》ってしまう。二年生で学んだ呪文《じゅもん》しか使えないなら、どのみち残る生涯《しょうがい》は短いだろうけど、それに気付いたって明るい気持ちにはなれないだろう。そういう危険な罠《わな》があることに加えて、そのエリアは中二階の閲覧室《えつらんしつ》を結ぶ通路の陰《かげ》になっているから、大半が暗闇《くらやみ》に沈《しず》んでいる。

そして、そのエリアこそ、わたしが自分の机を見つけた場所だ。去年、思いきって近道をしようとしたときに発見した。特別課題に取りくんでいたころだ。サンスクリット語、ヒンディー語、マラーティー語、古英語、中世英語それぞれの拘束魔法《こうそくまほう》と強制魔法《まほう》における共通性を分析《ぶんせき》するという課題だった。そう、いかにも万人受けしそうな課題だ。わたしの特性を完ぺきに活かすことができる課題だったし、それを提出すれば、語学クラスの期末試験は免除《めんじょ》されることになっていた。期末試験を受けることになれば、試験会場の教室から五時間は出られない。教室にはおいしそうな二年生がひしめき、そこで一番危険な席にすわるはめになるのは、どうせわたしに決まっていた。そのテーマを選んだことで、四年生になったら印欧《いんおう》祖語ゼミのメンバーに入れられることがほぼ確実になった。このゼミには例年、最低でも十人はメンバーがいる。語学系のゼミにしては多いほうだ。でも、印欧《いんおう》祖語みたいなテーマの課題で合格点をもらうには、参考図書を何冊か——いや、五十冊以上は挙げる必要がある。各言語に必要な本を集めるだけでも、授業時間の大半を費やすことになるだろう。

集めた本を手元に置いておくことはできない。いや、できないことはない。図書室の隅《すみ》の暗がりに隠《かく》しておいてもいいし、部屋に持ちかえってもいいし、なんなら火をつけて燃やすこともできる。入り口で注意する司書もいなければ、延滞金《えんたい》を課せられることもない。でも、図書室で借りた本にほんのすこしでも傷をつけてしまったら、つぎにその本が必要になったときには、あるはずの棚《たな》から消えている。別の棚《たな》で見つけられたら相当な幸運の持ち主だ。だからわたしは、参考にした本はかならず元あった棚《たな》にもどし、一年生のころから持ちあるいているメモ帳にすべてのタイトルと整理番号を記録し、さらに、どの通路にその本棚《ほんだな》があったのか、通路の奥《おく》から何番目の本棚《ほんだな》だったのか、めあての本は床《ゆか》からいくつめの棚《たな》に並んでいたのか、左右には何冊ずつ本が並んでいたのか、なんというタイトルの本にはさまれていたのか、すべてメモしておいた。本当に役にたった本にいたっては、色鉛筆《いろえんぴつ》を使って背表紙をスケッチすることさえした。その甲斐《かい》あって、これまで読んだことがある本なら、ほぼすべて探しだすことができる。自分の卒業式が迫《せま》ってきたら、語学クラスを取っている下級生にこのメモ帳をゆずり、かわりにマナをすこしもらうつもりだ。なにかをコツコツ続けていれば、報われる日がいずれくる。

この机を見つける以前はどうしていたかというと、レポート課題が出されるたびに昼食を大急ぎで飲みこんで図書室へ駆《か》けこみ、必要な本を集めてまわり、それを抱《かか》えて階下の空き教室に走っていって四十分ほどレポートを書き、本を抱《かか》えて図書室に駆《か》けあがってすべての本を棚《たな》にもどし、そうして夕食のあとにもまったく同じことを繰《く》りかえして、二時間ほどレポートの続きを書いた。たとえ命が危なくても、どこかの閲覧室《えつらんしつ》に入れてもらうことはできなかった。マナを使って明かりを灯さなくちゃいけないような、暗がりの席でさえすわらせてもらえなかった。

専門性の高いレポートを書くのは大変だ。必要な本がたったひとつの通路にしか――たったひとつの棚《たな》ではないにせよ――置いていないからだ。ひたすら歩いてサンスクリット語の通路へ行き、インドの現代語関連の棚《たな》を横目に、きた道を延々《えんえん》歩いてもどり、大規模魔法《まほう》関連の通路へ行き、**それから**古英語関連の棚《たな》へ行く。このレポートを書くたびに毎回これを繰《く》りかえすのだろうかと思うと、その時点ですでにうんざりした。だから、いちかばちか、わざわざ通路をもどることはしないで、通路の奥《おく》から古英語関連の棚《たな》へ回りこんでみることにしたのだ。おかげで、自分専用の机が見つかった。たしかに中二階の陰《かげ》にはなっているけれど、専用の読書灯があって、マナをほんの少し使うだけで明かりをつけることができる。暗いのを別にすれば、その机は申し分なかった。どっしりした木製で、天板もかたむいたりしていない。脚《あし》には細かい彫刻《ちょうこく》がほどこされ、脚《あし》と脚《あし》のあいだは側板で覆《おお》われていなくて開いている。引きだしもないから、怪物《かいぶつ》たちが隠《かく》れる場所はない。ふたりで使っても十分すぎるほど大きい。だれかを誘《さそ》ったことは、これまで一度もなかったけれど。

オリオンは図書室を疫病《えきびょう》のように嫌《きら》っていた。その理由は、ふつうの生徒と正反対だった。どういうことかというと、わたしとオリオンが閲覧室《えつらんしつ》をのぞいた瞬間《しゅんかん》、そこにいた生徒の半数が――入り口のほうを向いてすわっていた子たちが――ぱっと顔を上げ、どうぞと言うように笑顔になるのだ。急いでテーブルを見回しているのは、明らかに、グループ内で一番立場の弱い子をふたり選んで追いだし、わたしたちに席を提供するためだ。オリオンがたちまちうつむいて小さくなる。たしかに、こんなことばかりされていたら、図書室へ来る気もなくなるはずだ。そう思いつつ、わたしは、しっかりしなよとオリオンの背中を強めに小突《こづ》いた。「取って食われるわけじゃあるまいし、おどおどするのはやめなよ。わたしが守ってやるって」最後のひと言は冗談《じょうだん》のつもりだった。でも、書架《しょか》エリアに入っていくと、三人の生徒が別々《べつべつ》の方角から近づいてきて、さりげなくわたしたちのあとをつけはじめた。結局わたしはそいつらを振《ふ》りかえり、ストーキングはやめな、と言ってやらなくちゃいけなかった。オリオンは、自分のせいだというのに黙《だま》っている。

「わたし、あんたの専属用心棒じゃないんだけど」最後のひとりをようやく追いはらうと、わたしは言った。三人目のストーカーは女の子で、いまにもオリオンに向かって、書架《しょか》エリアの暗がりに行くつもりなら、女の子をふたり連れていったほうがもっと楽しめるんじゃない？　と言いだしかねなかった。オリオンがわたしと図書室へきたのは、暗がりでいちゃつきたいからだとでも思っているんだろうか。わたしに追いはらわれていなかったら、その子は誘惑《ゆうわく》の文句を口にしていたに決まってる。「追っかけに嫌《きら》われたくないからって、かっこつけようとしないでよ」

「でも、エルのほうがこういうのはうまいから」オリオンはすぐに言いなおした。「いや、ごめん。ただ……」ためらって、もう一度口を開く。「ぼく、ルイーザに付きあってって言われて、振《ふ》ったんだ。そしたら、その三日後に……」オリオンは言いよどんだ。

「ジャックがルイーザと付きあった」続きはわたしが言った。オリオンがうなずく。「じゃあ、それ以来あんたは道義心に駆《か》られて、だれかに誘《さそ》われたらせいいっぱい応じることにしたってわけ？　忙《いそが》しいのによくやるね」

「そんなんじゃない」オリオンはわたしをにらんだ。「けど、カッとなって、きみと付きあえるわけないってどなったんだ。それからすぐにルイーザはいなくなった。どうしていなくなったのかもわからなかったから、こう思ったんだ。ルイーザは襲《おそ》われたとき、ぼくが助けにくるはずないって決めつけたんじゃないかって。ルイーザなんか死ねばいいってぼくが思ってるんじゃないかって。ぼくがどなったりしたから。バカなことをした」たしかに、バカげてた──まるで見当外れな罪悪感に苦しむなんて。そう思っていることが顔に出ていたらしい。「なんだよ」オリオンはケンカ腰《ごし》で言った。

罪悪感なんか覚えなくていい、と言ってやってもよかった。優しい人ならそうするんだろう。かわりにわたしはこう言った。「ルイーザが死んだのは、あんたに振《ふ》られたあと、かわりに自分を守ってくれそうな彼氏《かれし》候補を探して、ジャックがその誘《さそ》いに飛びついたからだよ」オリオンが顔をこわばらせる。「だって、ジャックがルイーザからマナを吸いとるには、ある種の同意が必要だったはず。だいたいの黒魔術《くろまじゅつ》はそうだから」

　オリオンはみるまに青ざめ、わたしの机にたどり着くまで押《お》しだまっていた。それからはだれかにつきまとわれることもなかったし、いつもよりずっと早く歩くことができた。普段《ふだん》は、棚《たな》を三つ通りすぎるたびに足を止めて本の背表紙を確認し、自分はたしかにめあての場所に向かっているのだと学校を納得させなくちゃいけない。そうしないと、明かりが消えてしまう。これもまた、学校が大好きな仕掛《しか》けのひとつだ。図書室には天井が存在しないから、宙を漂《ただよ》うかすかなマナの明かりが通路を照らしている。明かりは生徒が読もうとしている本の背を不承不承といった感じで照らし、書架《しょか》の上のほうにある本を取るために飛んでいくときにも――巨大《きょだい》な〝パンス〟みたいに宙に浮《う》くためだけにマナを消費したくないなら、よじ登ってもいい――ついてきて、そばでふわふわ浮《う》かんでいる。でも、明かりが必要だと自分から示さないかぎり、明かりはすこしずつ暗くなっていく。ゆっくりと暗くなっていくので、気付いたときにはもう、明かりは消えてしまう寸前だ。そうなれば、前に進むにせよ引きかえすにせよ、あたりは真っ暗になってしまっているから、自分のマナを使って明かりを点けるしかない。でも、オリオンがとなりを歩いていると、明かりはいつまでも煌々《こうこう》とあたりを照らしつづけ、弱まる気配もなかった。時どき本の背に視線を走らせ、目的の場所へ向かっているということを学校に知らせるだけでよかった。

　机に着いてみると、学校はすでにオリオン用の椅子《いす》まで用意していた。オリオンはテーブルを一瞥《いちべつ》しただけで――厳密には二分の一瞥《いちべつ》くらいだ――椅子《いす》にすわり、さっそくかばんから教材を取りだしにかかった。わたしはオリオンの椅子《いす》を蹴飛《けと》ばして手伝いを命じた。背後の本棚《ほんだな》を確認し、周囲の壁《かべ》と机の下をマナの光で照らし、机を引っ張って壁《かべ》から離《はな》し、裏になにも隠《かく》れていないことを確認する。「あのさ、言っとくけど、ここは図書室だぞ」机を壁《かべ》に押《お》しもどすと、オリオンは言った。うんざりした声だ。

「ああ、ごめん。命を守るために必要なことをやってただけだけど、退屈《たいくつ》させちゃった?」わたしは言った。「みんながみんな、無敵の英雄《えいゆう》ってわけじゃないからさ」

「わかってるよ。でも、だからって、妄想《もうそう》の敵まで作りだすことないだろ。まじめな話、怪物《かいぶつ》に襲《おそ》われたことなんて何回あった?」

「先週だけで? あんたのせいで一晩中襲《おそ》われたことがあったけど、あれは数に入れる?」わたしは腕《うで》を組んで言った。

「あれより前のことを聞いてるんだよ。わかるだろ」オリオンは呆《あき》れ顔で言った。「あれの前は、何回くらい怪物《かいぶつ》に襲《おそ》われた? 五回? 六回?」

わたしはまじまじとオリオンの顔を見た。「一週間なら、それくらいかな」

オリオンがわたしを見つめ返す。「え?」

「週に二回くらいだと思う。ちゃんと気をつけてればね」わたしは言った。「気を抜《ぬ》いてると、週に五回くらい。教えといてあげるけど、怪物《かいぶつ》たちにしてみたら、一流店のティラミスみたいなもんなんだよ、わたしって。ひとりぼっちの負け犬だし、せっせとマナをため込《こ》んでるし。わたしほどじゃないにしても、ふつうの子たちだって月に一回は襲《おそ》われてる」

「あり得ない」オリオンはきっぱり言った。

「ほんとだって」

オリオンは袖《そで》をまくって、手首に付けた小さな魔工品《まこうひん》を見せた。メダルのようなものが、革のベルトで手首に巻きつけられている。ひと目見ただけでは腕《うで》時計にしか見えない。それを付けたまま非魔法族《まほうぞく》のひしめく通りを歩いたとしても、驚《おどろ》いて二度見されることはなさそうだ。オリオンがメダルの蓋《ふた》を開けると、それはいよいよ時計のように見えた。ただし、盤面《ばんめん》には小さな窓がいくつかあって、そこから中の構造をのぞくことができる。小窓の中では、極小の歯車が五つか六つほど重なりあっている。歯車はそれぞれちがう金属でできていて、緑や青や紫《むらさき》に光りながら回っていた。「同じ魔法《まほう》自治領の仲間がピンチになったら、これが振動《しんどう》する。スコロマンスには、ぼくやクロエたち三年生のほかにも、ニューヨークからきた子が十一人いるんだ」

「そっかそっか、魔法《まほう》自治領の子たちが月一で襲《おそ》われるなんてあり得ないよね」わたしは言った。「地位と権力を持つ者は特別あつかいされて当然だよ。まあ、ショックだけど。マナ・シェアをするときもそれを使うわけ？」盤面《ばんめん》をのぞきこもうとすると、オリオンは急いで蓋《ふた》を閉めた。蓋《ふた》には精緻《せいち》な模様が刻まれている。星空を背景にした公園の門だ。イタリック体の〝NY〟の字が、蓋《ふた》のぐるりを囲んでいる。

「怪物《かいぶつ》たちが地位や権力を気にするとでも？」オリオンは言った。「あいつらにはそんなものどうでもいい」

「怪物《かいぶつ》たちが狩《か》るのは狙《ねら》いやすい獲物《えもの》だよ。そして、あんたたちはそうじゃない。あんたのお仲間のクロエには、すすんで毒味をしてくれる友だちも、必要な魔法《まほう》材を取ってきてくれる友だちもいる。課題をするときだって、手伝ってって言うだけで優等生の力を借りられて、お返しになにかしてあげる必要もない。どうせ、夜になって部屋にもどるときだって、同級生がふたりくらいクロエを送っていくんでしょ。部屋に帰るまでは、そこの永久予約閲覧室《えつらんしつ》でソファにすわってるんだし」わたしは中二階の閲覧室《えつらんしつ》をあごでしゃくってみせた。「あんたにはマナ・シェアをしてくれる仲間もいるし、それにたぶん――」わたしはだしぬけにオリオンのシャツの裾《すそ》をつかんでめくりあげた。ベルトのバックルは――言うまでもなく――一級品の盾魔法《たてまほう》ホルダーだった。アアディヤが課題のために作っていた魔工品《まこうひん》と同じものだ。ただし、オリオンのものとくらべると、アアディヤの盾魔法《たてまほう》ホルダーは、五歳《さい》児が幼児向け工作番組を観ながら作ったのかと思うほど見劣《みおと》りしてしまう。

オリオンは小さく声をあげてのけぞり、わたしの手をつかんだ。押《お》したおされるとでも思ったんだろうか。わたしはシャツの裾《すそ》から手を離《はな》した。鼻で笑いながら、オリオンのあごの下でぱちんと指を鳴らす。オリオンはまた、軽くのけぞった。「勘違《かんちが》いしないでよ、おぼっちゃん。わたしはあんたの追っかけじゃないんだから」

「へえ、ちがったんだ」オリオンは軽口で返したけれど、顔が赤かった。

わたしは、歴史のレポートと、リューに渡《わた》す予定の資料の翻訳《ほんやく》に取りかかった。いったん勉強をはじめると完全に集中してしまうほうだから、オリオンのことはほとんど気にしていなかった。それでなくとも、机のまわりに張った周縁《しゅうえん》バリアがゆるんでいないか、時どき確認しなくちゃいけない。**オリオンは**、バリアのことなんて気にもかけていない。レポートの導入部と資料の下訳が終わると、わたしは体をほぐすために立ちあがった。すわりっぱなしで体がこわばっていると、怪物《かいぶつ》たちの標的になりやすい。そのときようやく、オリオンが、錬金術《れんきんじゅつ》の教科書の同じ箇所ばかり見つめつづけていることに気付いた。「どうかした？」

「本気で、魔法《まほう》自治領のぼくたちより、ほかの生徒たちのほうが襲《おそ》われやすいと思ってる？」オリオンは唐突《とうとつ》に言った。さっきから、ずっとそのことを考えていたんだろうか。

「あんたって、見た目ほど賢《かしこ》くないんだね」わたしはヨガのダウンドッグのポーズをしながら言った。「そもそも、なんでみんなが魔法《まほう》自治領に入りたがると思ってるわけ？」

「魔法《まほう》自治領は外の話だろ」オリオンは言った。「ぼくたちは全員スコロマンスにいる。チャンスは平等に――」

オリオンはそう言いかけて振《ふ》りかえった。ちょうど、両手とつま先を床《ゆか》について腰《こし》をあげていたわたしは、頭を逆さまにしたままオリオンを見た。勢いをくじかれたオリオンは、自分の主張がどれだけバカみたいに聞こえているか、急に気付いたらしい。顔をくもらせて口をつぐむ。いい気味だ。わたしはとどめを刺《さ》してやるつもりで鼻を鳴らし、一度立ちあがってから、今度はプランクをはじめた。「あんたの言うとおりだとしたら、ルイーザにもクロエと同じだけのチャンスがあったってことになるよね」

「ルイーザはどうしようもなかった！」オリオンは言った。「魔《ま》法界《ほうかい》のことをなにも知らなかったし、準備もまるでできてなかった。だから、ぼくもあんなにルイーザのことを気にかけてたんだ。ルイーザとクロエは全然ちがう」

「そっか。じゃあ、**わたし**とクロエのチャンスは平等だと思う？」

さすがのオリオンも、わたしとクロエの置かれた状況《じょうきょう》が同じだとは思えないみたいだった。痛いところを突《つ》かれてムッとしている。オリオンは目をそらして言った。「きみはチャンスというチャンスを自分で潰《つぶ》してるだろ」

わたしは立ちあがって言いかえした。「うるさい。そう思うなら、わたしにかまうのをやめればいい」なにかを詰《つ》まらせたみたいに喉《のど》が痛い。

オリオンはこちらを見ようともしないで、鼻で笑った。わたしが冗談《じょうだん》を言っているとでも思っているみたいに。「はいはい、ほらな、それだよ。いつも、そうやって殻《から》に閉じこもろうとする。五回も命を救ってやったのに」

「**六回**だよ」わたしは言った。

「同じだろ。こっちは三日前から、知りあい全員に――まじで、全員にだぞ――きみには気をつけろって警告されてるんだ。みんな、きみのことを黒魔術師《くろまじゅつし》だと思ってる。まわりから見てると、ほんとに黒魔術師《くろまじゅつし》っぽいんだよ」

「そんなわけない！」わたしは言った。「黒魔術師《くろまじゅつし》の典型はジャックみたいなやつだよ。黒魔術師《くろまじゅつし》たちは感じがいいんだから」

「たしかに。それに反論するやつはいないだろうな」オリオンはそう言うと、しかめっ面のまま勉強にもどった。わたしにグーで殴《なぐ》られそうになっていたことにも気付いていない。いや、本当にグーで殴《なぐ》ってやろうかと思っていたし、わざわざ黒魔術師《くろまじゅつし》っぽいことをしなくたって、みんなはわたしを黒魔術師《くろまじゅつし》だと決めつけるんだよ、と大声でわめきちらしてやりたかった。むかしからずっとそうだったのだ。例外はオリオンだけだった。オリオンがわたしを黒魔術師《くろまじゅつし》じゃないかと怪《あや》しんだのは、そう考えてもおかしくない状況《じょうきょう》にあったときだけだ。なにより、オリオンはいま、同じテーブルにすわって、対等な人間と話すようにしてわたしと話をしている。この時間を失いたくはない。だからわたしは、オリオンを殴《なぐ》るかわりに太陽礼拝のポーズでヨガをしめくくり、机に向かってレポートの続きを書いた。

消灯を知らせるベルを聞いて教科書を片付けていると、オリオンが遠慮《えんりょ》がちに言った。「明日も朝食のあとここで勉強するだろ?」

「修理当番を外注できない子もいるんだよね」嫌味《いやみ》で返したけれど、怒《いか》りはとっくに収まっていた。「どうせあんたは、だれかに自分の分を押《お》しつけてるんでしょ?」

「ぼくには当番が回ってこないから」オリオンは無邪気《むじゃき》な調子で言い、わたしが眉間《みけん》にしわを寄せると、戸惑《とまど》ったような顔をした。わたしたちには、例外なく、週に一度の修理当番が回ってくる。未来のニューヨーク魔法《まほう》自治領総督《そうとく》の息子にも、もちろん、当番は平等に回ってくる。ただし、特権階級のおぼっちゃんなら、当番を別のだれかに押《お》しつけることができる。魔法《まほう》自治領の子たちはふつう、十人くらいのグループを作って、全員分の修理当番を別の生徒に押《お》しつける。その見返りとして、卒業式のときには、当番を肩代《かたが》わりしてくれた子を自分たちのチームに入れてやる。わたしたちはそのシステムのことを〝修理コース〟と呼んでいる。もちろん、正規のコースなんかじゃない。卒業したあとにどこかの魔法《まほう》自治領に入れてもらうには、修理コースに入るのが一番の近道だ。どの自治領も、危険な仕事をすすんで引きうけてくれる卒業生なら喜んで受けいれるし、修理コースにいた生徒たちなら実用的な技術を身につけているから、スコロマンスと設備が似ている大型魔法《まほう》自治領では即《そく》戦力になる。

だけど、修理コースに入るのは、命を落とす一番の近道でもあった。修理コースにいれば授業の大半をサボることになるから、成績はいつもぎりぎりで、いつ落第してもおかしくない。魔法《まほう》理論や上級魔法《まほう》を学ぶ機会も逃《のが》してしまう。なにより、壁《かべ》に不気味な穴が開いていたり、配管からなにかが漏《も》れていたり、なぜか明かりが消えていたりする教室にも入っていかなくちゃいけない。そういう場所では結界が不安定になっていて、怪物《かいぶつ》たちが侵入《しんにゅう》しやすくなっている。修理コースに登録だけして当番をサボるようなズルも許されない。その週の修理当番を完了《かんりょう》しなかったら、終わるまで食堂に入れないからだ。ほかの生徒の修理当番を引きうけたのにもかかわらずそれをサボると、もともとの当番だった生徒が食堂に入ることができなくなる。だから、魔法《まほう》自治領の子たちは、雇《やと》った生徒たちのことを厳しく監視《かんし》していた。魔法《まほう》自治領のほとんどの子たちは、という意味だけど。

「ニューヨーク魔法《まほう》自治領のお仲間が、あんたにかわって取引をしてくれたんでしょ。当のあんたはそんなことも知らずにいたんだ」わたしは言った。「レイク、それってひどいんじゃない？たまにはそのかわいそうな子にお礼を言ってあげなくちゃ」本当に〝かわいそうな子〟なのは、わたしのほうだ。入学してすぐに、わたしは修理コースへの登録を試みた。怪物《かいぶつ》の標的になることには慣れっこだったからだ。でも、蓋《ふた》を開けてみると競争は思っていた以上に厳しく、二週間が過ぎるころには、見込《みこ》みなしだとあきらめるしかなかった。わたしを雇《やと》ってくれる自治領出身者はひとりもいなかった。それどころか、連中はわたしと口をきこうともしなかったから、媚《こび》を売ろうにも売る機会がなかった。ただし、公平を期するために言っておくと、わたしの場合は機会に恵《めぐ》まれなかったことだけが問題じゃない。

オリオンは顔を赤らめた。「今日の仕事は?」

「錬金術《れんきんじゅつ》実験室の掃除《そうじ》」実験室の掃除《そうじ》もほかの仕事と同じくらい厄介《やっかい》だけれど、壁《かべ》の穴をふさいだり、保護魔法《まほう》を修繕《しゅうぜん》したりするのにくらべれば、まだマシなほうだ。一度、ゼミ教室の通気孔《こう》の結界がほころびかけて、わたしが修理を担当したことがある。作業場に近い教室だった。結界はかなり薄《うす》くなっていて、通気孔《こう》の中では〝スカトゥラー〟の群れが、結界が破れる瞬間をいまかいまかと待ちかまえていた。最前列のスカトゥラーたちは、詰《つ》めかけた背後の仲間たちから、結界の透明《とうめい》な膜《まく》にぎゅうぎゅう押《お》しつけられて、キツネザルのようなぎょろぎょろした目でわたしをにらんでいた。腹をすかせた怪物《かいぶつ》の獰猛《どうもう》な目だった。針のような歯がびっしり生えた口からはよだれが垂れていた。わたしは耐《た》えられなくなり、マナをほんのすこし使ってスカトゥラーたちを吹《ふ》きとばし、通気孔《こう》のはるかむこうへ追いやった。怪物《かいぶつ》たちが視界から消えると、もどってくる前に急いで保護魔法《まほう》をかけ、通気孔《こう》を新しい結界でふさいだ。

そういう作業にくらべれば、実験室に行かなくちゃいけないことを差しひいても、掃除《そうじ》自体はそこまで危険じゃない。酸や接触毒《せっしょくどく》や錬金術《れんきんじゅつ》に使われる正体不明の物質が落ちていることはあるにしても、気をつけていれば心配ない。ほとんどの生徒は、わざわざ自分の手を汚《よご》すようなことはしないで、石鹸《せっけん》水をたっぷり入れたバケツと、魔法《まほう》をかけた雑巾《ぞうきん》とモップを、実験室に放りこむ。あとは、入り口から雑巾《ぞうきん》たちの働きぶりを監督《かんとく》していればいい。でもわたしは、よほどくたびれていなければ、手作業で掃除《そうじ》をする。コミューンでは当番制で掃除《そうじ》をすることになっていて、母さんはそういうときにわたしが魔法《まほう》を使うことを禁止していた。だから、モップとバケツの使い方ならお手のものだ。それに、手作業で掃除《そうじ》をするのはくたびれる。ということは、掃除《そうじ》にマナを使うどころか、逆にマナをためることができるのだ。おまけに、実験室の忘れ物の中には、役にたつ魔法《まほう》材が交じっていることがある。とはいえ、憂鬱《ゆううつ》な時間だということには変わりなかった。

「ぼくも行くよ」オリオンが言った。

「ぼくも、なんだって?」わたしは聞きかえし、オリオンが本気らしいとわかると声をあげて笑った。これじゃ、わたしに恋《こい》をしてると誤解されても仕方がない。「やめといたほうがいいと思うけど」

オリオンが手伝ってくれたおかげで、実験室の掃除《そうじ》は早めに終わった。その週末、わたしたちは図書室にこもって一緒《いっしょ》に勉強をした。正直に白状する。中央閲覧室《えつらんしつ》の一角を陣取《じんど》るニューヨーク組のそばを食堂の行き帰りにオリオンと一緒《いっしょ》に通りすぎ、クロエたちが不安そうにわたしの様子をうかがってくるのを見るたびに、わたしは、控《ひか》えめにいってもしみったれた満足感をたっぷり味わった。本当のわたしはもうすこし賢《かしこ》い。ニューヨークの連中とは仲良くしておいたほうが賢明《けんめい》だということも、頭ではわかっている。オリオンは彼氏《かれし》じゃないけれど、友人であることは間違《まちが》いない。わたしの勝手な思いこみじゃない。いまのわたしにはニューヨーク出身の友人がいる。ニューヨークのグループに加わることができれば、卒業チームに誘《さそ》えそうな相手を探してやきもきする日も終わる。マナ・シェアをするあのメダルを手首につければ、スケートを履《は》いて氷上をすべっていくみたいに、難なくスコロマンスの出口へたどり着き、涼《すず》しい顔で外の世界へ飛びだしていける。たぶん、ニューヨークのやつらにひれ伏《ふ》す必要なんてない。ふつうに礼儀《れいぎ》正しく接するだけで十分なんだろう。

だけど、わたしはそうはしなかった。ニューヨーク魔法《まほう》自治領の子たちがわたしに取りいろうとしても、期待させるような返事はしなかった。そっけない態度を取った。はっきりと拒絶《きょぜつ》した。

土曜日の夜、アアディヤと一緒《いっしょ》に歯を磨《みが》きにシャワー室へ向かっていると、彼女《かのじょ》が言いにくそうに切りだした。「エル、卒業式の計画は進んでる?」

アアディヤがなにを言おうとしているのかはすぐにわかった。でも、わたしは黙《だま》っていた。強情を張るのはやめなよ、とありがたいお説教をされるのはまっぴらだ。わたしが返事をしないでいると、アアディヤは話しはじめた。「やっぱりね。あのさ、わたし、外の学校にいたときはけっこう人気者だったんだ。サッカーが得意で運動神経抜群《ばつぐん》で、友だちが大勢いた。でも、スコロマンスの入学式の一年前、母さんはわたしを椅子《いす》にすわらせて、真面目な顔でこう言ったの。スコロマンスに行ったら、あんたは負け組になるんだからね、って。さすがにこのとおりに言ったわけじゃないけど、負け犬になる覚悟《かくご》をしときなさいってことを伝えようとしてくれた。真実をずばりと言ってくれたわけ」

「アアディヤは負け組じゃないよ」

「負け組だって。だって、ずっと同じことを考えつづけなきゃいけないんだもん。ここから生きて出るにはどうすればいいのか。エル、あと一年しかないんだよ。卒業式がどんなものか知ってるよね。そろそろ魔法《まほう》自治領の子たちが、優秀《ゆうしゅう》な生徒を自分たちのチームに誘《さそ》いはじめる。盾魔《たてま》法《ほう》ホルダーとマナ・シェアのメダルをチームメイト全員に配って、ホールに着いたら、魔法《まほう》で時間を早送りするとか障害物を吹《ふ》きとばすとかして、あっという間に卒業ゲートから飛びだしていく。そして、怪物《かいぶつ》たちの餌食《えじき》になるのはその他大勢の生徒たち。その他大勢になんかなりたくないでしょ？　それはそうと、卒業したらどうするつもり？　ロッキー山脈のほったて小屋に帰るんだっけ？」

「ウェールズのユルトね」わたしはつぶやいた。でも、アアディヤの言うとおりだ。ロンドン魔《ま》法《ほう》自治領に入るという壮大《そうだい》な目標を別にすれば、それがわたしの進路だった。「アアディヤ、魔《ま》法《ほう》自治領の子たちはわたしをほしがってるわけじゃないよ。ほしいのはオリオンだから」

「だから？　手持ちの切り札は利用しなきゃ。あのさ、わざわざこんな話をしてるのは、あんたが色々《いろいろ》してくれたからだし、聞く耳持たないバカじゃないってわかってるから。だから、怒《おこ》らないで聞いて。自分がみんなとのあいだに壁《かべ》を作ってるのはわかってるよね？」

「でも、アアディヤは気にしてないよね」わたしは言った。動揺《どうよう》が声ににじまないように苦心した。本当は動揺《どうよう》していたから。

「わたしだって、なにも気にしてないわけじゃないよ」アアディヤは言った。「でも、母さんに言われてたんだ。輪に入ろうとしない子には礼儀《れいぎ》正しくしなさい、自分からその子たちを遠ざけるなんてもったいないんだから。親切すぎる子には警戒《けいかい》しなさい、与《あた》えるものより多くを奪《うば》おうとしてるんだから、って。母さんの言ったとおりだった。ジャック・ウェスティンはハンニバル・レクターだったわけだし、あんたは超《ちょう》がつくほど律儀《りちぎ》なやつで、ニューヨークとロンドンの連中にそっけなくしてまでわたしと仲良くする。時どき交渉《こうしょう》をしてただけの仲なのに」アアディヤは肩《かた》をすくめた。

そのときにはもうシャワー室に着いていたから、その話はそこでおしまいになった。わたしは、歯を磨《みが》いているあいだも、顔を洗っているあいだも、アアディャのために見張りをしているあいだも、悶々《もんもん》と考えつづけていた。部屋にもどる途中《とちゅう》、わたしは我慢《がまん》できずに口を開いた。「でも――なんで？　なんで、みんなはわたしが壁《かべ》を作ってるって思うわけ？」

アアディャはきっと、おきまりの返事をよこすのだろう。失礼だからだよ、愛想がないからだよ、意地悪だからだよ、怒《おこ》りっぽいからだよ。いつもみんなはそんなふうに言って、わたしだけを責める。でもアアディャはわたしを見つめ、眉《まゆ》をよせてしばらく考えこみ、はっとした顔になって言った。「あんたって、雨の気配っぽいんだよね」

「は？」

アアディャはしきりにうなずきながらしゃべりつづけた。「出かけて二キロくらい歩いたところだとするでしょ。出発したときはいい天気だったから、傘《かさ》なんて持ってきてなかった。そしたら、みるまに空が暗くなって、土砂降りになるのはもう確実で、『うわ、最悪』って思う」アアディャはなおもうなずき、自分の思いついたぴったりな比喩《ひゆ》に満足しているようだ。「あんたに会うと、いつもそういう感じがする」ふと口をつぐんで背後をうかがい、だれにも聞かれていないことを確認する。そして、だしぬけにこんなことを言った。「ねえ、マリアを吸いすぎると、気配が陰気《いんき》になるんだよ。錬金術《れんきんじゅつ》コースの知りあいに、霊浄化《たましいじょうか》の魔法《まほう》を知ってる子がいるから──」

「マリアなんか**吸ってない**」わたしは歯ぎしりしながら言った。「**一度もない**」

アアディャは半信半疑の顔で言った。「ほんとに?」

すごく有益なアドバイスだった。実際、そのとおりだった。アアディャの言い分は百パーセント正論だったし、わたしは彼女《かのじょ》の忠告どおり、オリオンのニセ彼女《かのじょ》だった一週間をできるかぎり利用するべきだったのだ。あの時期なら、こちらから歩みよりさえすれば、少なくとも三つの魔《ま》法《ほう》自治領グループと仲良くなることができたはずだった。このままニセ彼女《かのじょ》を続けていれば、毎週、五つか六つの魔《ま》法《ほう》自治領グループから、うちのチームに入らないかという誘《さそ》いがくるはずだ。そうすべきだった。なぜなら、わたしは**雨の気配っぽい**んだから。

でも、翌朝のわたしの行動は、アアディャがしてくれた助言とは正反対だった。「ごめん、忙《いそが》しいから」セアラに、日曜恒例《こうれい》のウェールズ語勉強会で魔《ま》法《ほう》の交換《こうかん》をしないかと誘《さそ》われたわたしは、けんもほろろにそう言った。勉強会にはイギリスの魔《ま》法《ほう》自治領の出身者のほとんどが参加する。どの子も代々《だいだい》受けつがれてきた呪文《じゅもん》帳を持っていて、そこには、一流かつ安全性抜群《ばつぐん》の呪文《じゅもん》がどっさり載《の》っている。おまけに、呪文《じゅもん》はすべて音声表記で書かれているから、かなり貴重だ。音声表記されていれば、たとえばルルアンフェアプルグウィンギルみたいなフルネームをつかえずに言うことさえできるなら──ちなみに、これはわたしが適当にでっちあげた名前だ──それが何語なのか見当さえつかなくても、ほとんどの呪文《じゅもん》を使うことができる。そうすれば、少数言語の呪文《じゅもん》でも使えるようになり、交渉《こうしょう》相手の数も一気に増える。カーディガン高校《アスゴル・ユークラッド・アペルタイヴィ》で習ったおかげで、わたしはかなり流暢《りゅうちょう》にウェールズ語を話すことができる。でも、授業以外でウェールズ語を使ったことはほとんどない。わたしが店やパブに入っていくと、店員たちは自動的に英語に切りかえたからだ。わたしがウェールズ語で返しても、そのまま英語で話しつづけられることもあった。勉強会の誘《さそ》いをわたしが断ると、セアラは腑《ふ》に落ちないような顔でつぶやいた。「あなたはウェールズで生まれそだったって聞いたんだけど。うん、絶対そうよね」言うまでもなく、勉強会は、朝食のあと、図書室のセアラたちのテーブルで開かれることになっていて、さらに言うまでもなく、**友だちをひとり連れてきてもかまわない**ということだった。

「ぼくは気にしないけど」オリオンは、トレイを持って食堂の席につきながらそう言った。わたしとセアラのやり取りが聞こえていたのだ。

「わたしは気にする」わたしは噛《か》みつくように言った。オリオンがもうひと言でもわたしを守るような言葉を口にしたら、頭にポリッジをかけてやるところだった。だけど、オリオンはそうするかわりに真っ赤になり、トレイに目を落としたまま、泣くのをこらえているときみたいにごくっとつばを飲んだ。その様子は、アアディヤが同じテーブルにすわってくれたときのわたしの反応に似ていた。もしかすると、オリオンにとって、こういうことは珍《めずら》しいのかもしれない——

だれかが自分のことを利用しようとしないのは。オリオンの頭の上でトレイをひっくり返してやりたい気持ちがなくなったわけじゃなかったけれど、わたしはそうするかわりに、歯ぎしりしながら、クリームのつぼをオリオンに回してやった。今朝は、運よく、クリームが半分入ったつぼが見つかったのだ。

そういうわけで、状況《じょうきょう》はなにひとつ変わらなかった。わたしはマズい状況《じょうきょう》に膝《ひざ》までどっぷり浸《つ》かっていた。一週間前にオリオンが部屋に飛びこんできて、勝手に救出劇を繰《く》りひろげたあのときと、おおむね同じ状況《じょうきょう》だ。あのときよりも悪くなっていなければ。この調子でいくと、わたしがオリオンと友人になったことでなにか得をするということはあり得ないし、むしろ、みんなを助けてまわるオリオンは、わたしにとってはただの足手まといになる可能性があった。卒業式の日がきたら、オリオンは卒業ホールの最後の生存者になるまで、同級生たちを助けつづけるに決まっている。そしてわたしはといえば、魔法《まほう》自治領出身の生徒たちの不興をおおいに買い、はぐれ者から嫌《きら》われ者へ、順調な成長を続けている。この分だと、学期末がくるまえに、自治領グループの全員から憎《にく》まれているだろう。アアディャとリューとンコヨは、わたしをあからさまに避《さ》けたりはしないだろうけど、生きるか死ぬかの戦いを生きのびるためのチームにわたしを誘《さそ》うとは思えなかった。来年になれば、卒業チームが本格的に組まれていく。あの三人は早い段階で、どこかの魔法《まほう》自治領チームから誘《さそ》いがかかるはずだ。アアディャは自分を負け犬だと思いたがっているけど、学内の彼女《かのじょ》の評判は上々《じょうじょう》だ。リューもンコヨも、みんなそうだ。わたしの評判だけが、初めからほこりまみれで、いまはバカみたいなプライドのせいで、ぬかるみに沈《しず》みかけている。

　だけど、だとしてもかまわない。命がかかった状況《じょうきょう》にいる時でさえ、プライドが邪魔《じゃま》してごますり共の仲間入りができないのなら、あとは、生まれもった強大な力をみんなに知らしめる方法を探すしかない。そうすれば、みんなもわたしの能力を認めてチームに誘《さそ》うだろうし、そうなればわたしだって、誘《さそ》いという誘《さそ》いを片っぱしからはねつけるような愚《おろ》かなまねはしない。

　ともかく、それがわたしの計画だった。水晶《すいしょう》をいくつか使って、下がった評判を挽回《ばんかい》すること。やるならいまだ。卒業式が終わると、怪物《かいぶつ》たちの数は一気に減る。卒業ホールに集結した怪物《かいぶつ》の大群は脱出《だっしゅつ》する卒業生たちに殺され、そうでなければ、腹をすかせた錯乱《さくらん》状態のなかで共食いをする。生きのこった怪物《かいぶつ》たちは、膨《ふく》れた腹を抱《かか》えて静かな隠《かく》れ場所を探しにいき、そこで赤んぼうをどっさり生む準備に入る。上の階では害獣駆除魔法《がいじゅうくじょまほう》を発動する装置が作動し、わたしたちのまわりに潜《ひそ》む怪物《かいぶつ》たちもほぼ一掃《いっそう》される。スコロマンスを建てた魔工家《まこうか》たちは、怪物《かいぶつ》たちがどうにか抜《ぬ》け道を見つけて校舎の上にまで侵入《しんにゅう》してしまうことを予測していたから、年に二階は大そうじをすることにした。大そうじの時がくると耳をつんざくような警報が鳴りひびき、生徒たちはいっせいに自分の部屋に飛びこんで扉《とびら》を閉め、入り口にできるだけ頑丈《がんじょう》な保護魔法《まほう》をかける。

しばらくすると、壁《かべ》のような死の業火が廊下《ろうか》に現れて校舎を上から下へ楽しそうに駆《か》けずりまわり、必死で逃《に》げまどう怪物《かいぶつ》たちを残らず燃やしてしまう。大掃除《そうじ》がおこなわれるのはちょうど卒業の時期だから、死の業火には、学生寮《りょう》を動かす装置部分を温める役割もあった。怪物《かいぶつ》たちが死の業火に燃やされると、その直後、わたしたちの寮《りょう》はゆっくりと回転しながらひとつ下の階へ移動する。

そんなにすばらしい仕組みがあるなら、卒業ホールにもぜひ導入して、卒業生を放りこむ前に怪物《かいぶつ》たちを一掃《いっそう》するべきだ、と思ったかもしれない。実際、元々はそういう仕組みになっていた。だけど、卒業ホールの装置は、スコロマンスの開校直後に故障した。卒業式の真っ最中に装置を修理しようとした生徒は、もちろんいない。

ともかく、卒業式が終わったあとの夜に入学式がおこなわれるのは、そういう理由だ。一年のうちで一番安全な時期だし、ひと月かふた月くらいは平穏《へいおん》が保たれる。だから、なにかちょうどいい機会をつかまえてわたしの力を見せつけておかないと――たとえば〈霊喰《たまぐ》らい〉をやっつけるとか。べつに、あの一件を根に持っているわけじゃないけど――四年生の前期が終わるころまでチャンスはやってこないだろう。そして、そのころにはもう、卒業チームはあらかた決まってしまっている。

その日の午前中は、ほとんど勉強が進まなかった。三千年前に互《たが》いを亡《ほろ》ぼし合ったという古代周王朝の魔法《まほう》自治領のことに集中しようとしても、自分の力を知ってもらうにはどうすればいいのかという差しせまった問題が、絶えず頭に浮《う》かんでくる。朝食のときにでも食堂でひと騒《さわ》ぎ起こせばいいんだろうか。机を一列分、粉々《こなごな》に破壊《はかい》したっていい。そう考えてすぐ、わたしは顔をしかめた。マナをくだらないことのために浪費《ろうひ》するわけにはいかないし、わけもなくマナをむだ遣《づか》いして机を破壊《はかい》したりすれば、わたしはとんでもない考えなしに見えるはずだ。それに、わたしにはむだ遣《づか》いできるほどのマナがあるんだと誤解されるかもしれない。そんなことができるのは黒魔術師《くろまじゅつし》しかいない。みんな、〝エルは黒魔術師《くろまじゅつし》〟説を喜んで信じるだろう。

わたしはいっこうに進まないレポートをあきらめ、リューに頼《たの》まれた翻訳《ほんやく》に取りかかった。今日見つけたサンスクリット語の辞書は、六キロはあるバカでかい一冊だけだった。だけど、単語をひとつずつ調べるのは退屈《たいくつ》で機械的な作業だし、おかげで差しせまった問題をじっくり考えることができた。来週のうちに、なにか方法を考えることにしよう。なにも思いつかなかったら、作業場でアアディャが見ているときを狙《ねら》って、なにかに襲《おそ》われた振《ふ》りをすればいい――

――考えごとにふけっていたわたしは、ふと現実に引きもどされた。オリオンが背後を振《ふ》りかえっている。これで三度目だ。二度目までは気にならなかった。背後を確かめるのは、ここでは当たり前のことだから。わたしは、五分に一度はうしろを振《ふ》りかえるのが習慣になっている。でも、オリオンはめったにうしろを気にしない。どうかしたのかとたずねるより早く、オリオンは席を立って教科書も荷物も机に残したまま書架《しょか》のあいだに駆《か》けこみ、閲覧室《えつらんしつ》のほうへ走っていった。「レイク、なにしてんの?」わたしは大声で聞いた。オリオンは振《ふ》りかえろうともしない。すぐにあとを追うこともできた。だけど、そんなことをすれば、侵入《しんにゅう》してきたらしい〝なにか〟に向かって全速力で突進《とっしん》していくことになりかねない。間違《まちが》いなく、その〝なにか〟はかなり危険だ。オリオンとの距離《きょり》が離《はな》れてしまったいま、わたしが追いつこうとすれば図書室は罠《わな》をしかけてくるだろう。通路が勝手に長くなり、いつまでたっても追いつけない。そうなれば、真っ暗な書架《しょか》のあいだをたったひとりで走るはめになる。そんなことをするほどわたしはバカじゃなかった。

そのまま机に残っていることだって、やろうと思えばできた。ただし、そうすると、その〝なにか〟の正体はわからずじまいだ。ものすごく危険な怪物《かいぶつ》が図書室に侵入《しんにゅう》しているのかもしれない。そいつがオリオンから逃《に》げまどったあげく、こっちに向かってくる可能性は十分にあった。どのみち、わたしは力を示す機会をずっと探してきた――これ以上のチャンスはない。閲覧室《えつらんしつ》で手ごわい敵を倒《たお》してみせれば、みんなもきっとわたしの力を認めるはずだ。どうか、わたしがたどり着く前にオリオンがそいつを殺してしまいませんように。もしかすると、オリオン**を**助けてやることだってできるかもしれない。

輝かしい結末を頭の中に思いえがきながら、わたしは席を立ってオリオンのあとを追った。慌《あわ》てないことが肝心《かんじん》だ。サンスクリット語関連の書籍《しょせき》が並ぶ通路に入っていったとき、オリオンを否応なしに引きよせるお約束の歌声が――悲鳴が――閲覧室《えつらんしつ》から聞こえてきた。悲鳴の原因がなんなのかはわからない。だけど、悲鳴の数がこれだけ多いということは、間違《まちが》いなく強敵だ。先を急ぐようなミスはしない。わたしがベーダ時代の書物が並ぶ通路にたどり着くのと同時に、オリオンははるか先にある大規模魔法《まほう》の書架《しょか》のあいだに入っていき、すぐにその姿が見えなくなった。オリオンの背後で、明かりがどんどん暗くなっていく。わたしの前には暗い通路が長々《ながなが》とのびていた。

わたしは本の背を読みながら、慎重《しんちょう》なペースを守った。図書室の罠《わな》をくぐり抜《ぬ》けるには、それが最良の方法だ。だけど、歩けば歩くほど、なぜか通路はのびていき、いっこうに前に進めない。目印にしようと、いつも使う本を探す。すると、メモ帳に記録してある本が二冊見つかった。同じ作家がほぼ同じ時期に書いた本なのに、二冊のあいだには、見覚えのない本棚《ほんだな》がひとつはさまっている。わたしはすこしでも前に進もうと、書架《しょか》の一番端《はし》に並んだ本のタイトルを読みあげながら、棚《たな》の端《はし》を叩いて、前進していることを図書室に知らせた。

ものすごく変な感じだった。前に進めないのに、閲覧室《えつらんしつ》から聞こえてくる悲鳴には確実に近づいているのだ。赤や紫《むらさき》の閃光《せんこう》が、通路の一番むこうの端《はし》にちらちら見えている。オリオンの戦《せん》闘魔法《とうまほう》だ。最近、オリオンが魔法《まほう》をかけるリズムがだんだんわかってきた。すぐそこで、明らかに激しい戦いが繰《く》りひろげられている。いつもなら学校は、そんなところに飛びこんでいこうとするまぬけな生徒がいたら、そいつを喜んで戦いの場に放りこもうとする。そう考えて、わたしははっとした。ひょっとすると、騒動《そうどう》の元凶《げんきょう》になっている怪物《かいぶつ》は、オリオンを抹殺《まっさつ》する役目を担っているんじゃないだろうか。わたしはオリオンを助けようという明確な意思を持って閲覧室《えつらんしつ》に行こうとしているわけだし、魔法《まほう》の世界では意志がすべてに作用する。学校がオリオンを排除《はいじょ》しようとするのは、考えてみれば当然のことだった。オリオンが大勢の生徒を救ったせいで、バランスは大きく崩《くず》れ、学校にはマナが圧倒《あっとう》的に足りていない。

そう想像して嫌《いや》な気分になり、そんなことで嫌《いや》な気分になった自分にはもっと嫌気《いやけ》が差した。スコロマンスでは、得にもならないのにだれかに肩入《かたい》れすることは、どうぞこちらへ来てください、と不運に招待状を送るようなものだ。相手が、年がら年中、自分から危険に飛びこんでいくようなまぬけだったら、なおのこと悪い。だけど、もう遅《おそ》かった。この状況《じょうきょう》を悪化させないためには、閲覧室《えつらんしつ》へ向かってやみくもに走っていくようなことだけは避《さ》けなくちゃいけない。わたしは自分を叱《しか》りつけて歩調をゆるめ、棚《たな》に並ぶ本の背を一冊ずつ読みはじめた。本当はそんなことをしている場合じゃない。だけど、図書室に足止めされないためにはこうするのが一番いい。通路が長くなればなるほど、当然ながら同じテーマの本を並べた書架《しょか》の数も増え、その書架《しょか》を埋《う》めるために、図書室はよりたくさんの本を虚空《こくう》から取りよせなくちゃいけない。ゆっくり歩いてすべての本のタイトルを確認していると、ものすごく貴重で珍《めずら》しい呪文《じゅもん》帳が見つかることがある。だから学校は、貴重な呪文《じゅもん》を見つけてしまわないように、生徒を前へ進ませようとする。

だけど、今回にかぎっては、奇妙《きみょう》な表紙の本や写本ばかりが大量に書架《しょか》に並びはじめた。ほとんどの分類番号に見覚えがない。この二年間、サンスクリット語関連の書籍《しょせき》が並んだこの通路には通いつめてきたというのに。なかには分類番号が不自然なほど大きい本もある。かなり初期に分類され、それ以来、一度もラベルが貼《は》りかえられていないからだ。学校は、なにがなんでもこの通路からわたしを出さないつもりらしい。眉《まゆ》を寄せ、前方に目をこらす。書架《しょか》をふたつ通りすぎたとき、三つ目の書架《しょか》に、金色に光る薄《うす》い本が並んでいるのに気付いた。ヤシの葉写本のあいだにはさまれ、もうすこしで見落とすところだった。上のほうの棚《たな》に並んでいる。腕《うで》を思いきり伸ばしてやっと届くあたりだ。分類番号のラベルさえ貼《は》られていない。

ラベルが貼《は》られていないということは、この本が虚空《こくう》から送られてきたばかりで一度も書架《しょか》に並んだことがなく、だから、学校が必死で隠《かく》そうとするほど価値があるということだ。それに、この本がヤシの葉写本のあいだに押《お》しこまれていたということは、写本に刻まれていた呪文《じゅもん》がめちゃくちゃ貴重だから、だれかが数世紀後にわざわざ本にして、おまけに金箔《きんぱく》の表紙までつけたということだった。わたしは書架《しょか》から二歩ほど離《はな》れたところにいた。本から一瞬《いっしゅん》たりとも目を離《はな》さずに書架《しょか》に近づき、片方の手で棚《たな》をつかんでジャンプして、すばやく本を引きぬく。書架《しょか》が大きくぐらりと揺《ゆ》れる。貴重な本を取られて腹をたてているらしい。本を開いてみるような愚《おろ》かなまねはしない。本を閉じた瞬間《しゅんかん》、自動的に返却《へんきゃく》されてしまう恐《おそ》れがある。まっすぐ前を見たまま通路を進み、図書室用のかばんに本を押《お》しこんだ。足をゆるめることさえしなかった。だけど、表紙の感触《かんしょく》からすると、これはかなり上質な本だ。表紙が金箔《きんぱく》で覆《おお》われているばかりか、全体になにかの模様が型押《かたお》しされ、本が勝手に開かないようにカバーがうしろまで折りこまれている。

それからまもなくして、通路がもとの長さにもどりはじめた。一瞬《いっしゅん》、自分はなんて賢《かしこ》いんだろうと悦《えつ》に入った。図書室の裏をかいてやった——貴重な本をわたしに取られたあげく、今度はこれ以上お宝本を見つけられないように、わたしをどんどん先へ行かせようとしている。本当にそうだったのかもしれない。だとしても、わたしは自分で思っているほど賢《かしこ》くなんてなかった。ここでは、代償《だいしょう》をはらわずになにかを手にいれるなんて、まずあり得ない。絶対に。

わたしは、比較《ひかく》的新しい言語の本が並ぶ書架《しょか》のあいだを足早に歩いていった。つぎにオリオンの魔法《まほう》が閃光《せんこう》をはなったときには、図書室はもうわたしの邪魔《じゃま》をすることはできなくなっていて、となりの大規模呪文《じゅもん》の資料が並ぶ通路まであとどれくらいなのか、正確にわかった。わたしは駆《か》け足になった。閃光《せんこう》が消えたあとの暗闇《くらやみ》のなかでも、通路の終わりが見える。机からここへたどり着くまで、オリオンの倍は時間がかかっていた。悲鳴が近づいてくる。そして、別の音も——甲高《かんだか》くけたたましい、どことなく鳥の鳴き声を思わせる音。それから、低いうなり声。うなり声のほうは、大規模呪文《じゅもん》の通路に入ったときに聞こえはじめた。慎重《しんちょう》に二、三歩進んだとき、三つ目の音が聞こえた。それは、冬の初めに聞こえる、枯《か》れ葉のあいだを吹《ふ》きぬけていく風の音に似ていた。

最初のふたつの音は、一匹《ぴき》の生き物が発している可能性もあった。野獣《やじゅう》系や交配種系の怪物《かいぶつ》の中には、とんでもない組み合わせの雑種が交じっていることがある。とびぬけて腕《うで》のいい錬金術《れんきんじゅつ》師《し》が、遊び半分に、常識では考えられないような異種交配を実現させることがあるからだ――みずから生みだした怪物《かいぶつ》に食われてしまう末路を遊びと呼べるなら、だけど。行きすぎた遊びに手を染めた錬金術師《れんきんじゅつし》たちは、ほぼ間違《まちが》いなく、同じ悲惨《ひさん》な最期を遂《と》げる。オオカミとツバメの群れをかけ合わせるなんて、絶対に無理だと思うかもしれない。だけど、実際はそうでもない。三つ目の音は、ふたつの音とは明らかにちがう場所から聞こえていた。どことなくその音は、母さんがバードジー島で安楽死させた霊魂《れいこん》が発していた音に似ていた。あれは夏のことで、母さんは嫌《いや》がるわたしを無理やり引っ張って、ウェールズ中を歩きまわった。巡礼路《じゅんれいろ》をたどる旅だ。あの霊《れい》魂《こん》は、もうすこし鈴《すず》に似た音を立てていたような気がする。だけど、閲覧室《えつらんしつ》が近づいてくるにつれ、ふたつの音が同じだということは疑いようがなくなった。

スコロマンスで霊魂《れいこん》が発生するのだとしたら、図書室はぴったりの場所だ。だけど、霊魂《れいこん》が閲《えつ》覧室《らんしつ》に迷いこんでくるなんて意外だった。真っ暗な閉架《へいか》書庫に隠《かく》れて時どき迷いこんでくる生徒を餌《えさ》にしていれば、十分に食いつなげる。それに、なぜほかの怪物《かいぶつ》と同時に現れたんだろう。いや、ほかの二匹《ひき》の怪物《かいぶつ》たちだ。わたしは頭の中で訂正《ていせい》した。さらに閲覧室《えつらんしつ》に近づいてみると、金切り声とうなり声は、明らかに別々《べつべつ》の場所から聞こえてくることがわかった。双頭《そうとう》の怪物《かいぶつ》にしては、ふたつの頭が離《はな》れすぎている。異常な事態だったし、オリオンがこう叫《さけ》んだのを聞いて、わたしはいよいよ混乱した。「マグナス！　床《ゆか》に盾魔法《たてまほう》をかけろ！」盾魔法《たてまほう》が効くのはスライム系の怪物《かいぶつ》だけだ。あの連中は、ぴしゃぴしゃ音を立てるだけで、鳴き声をあげることはない。ということは、図書室には四匹《ひき》の怪物《かいぶつ》が集まっているということだ。まるで、ここで卒業式の前夜祭が開かれているみたいだった。

そして、マグナスが閲覧室《えつらんしつ》から大急ぎで逃《に》げだすかわりに防護魔法《まほう》をかけて戦っているということは、怪物《かいぶつ》の一匹《ぴき》が、ニューヨーク組がいつも占領《せんりょう》している隅《すみ》に立ちはだかっているせいで、マグナスたちも、それにほかのグループの生徒たちも、逃《に》げるに逃《に》げられなくなっているのだろう。わたしにとっては、リボンのかかった贈《おく》り物のような、またとない機会だった。力を証明できる、これ以上ないほど最高のチャンス。通路までもがわたしを歓迎《かんげい》するかのように煌々《こうこう》と照らされ、空港の滑走路《かっそうろ》みたいに、閲覧室《えつらんしつ》まで光の道が一直線に延びている。

でも、通路を猛《もう》ダッシュして、緊迫《きんぱく》したドラマチックな場面にさっそうと現れる、みたいなまねはしなかった。金ピカの本を手にいれたときは考えるより先に動いてしまったけれど、本当のわたしはもっと慎重《しんちょう》だ。サンスクリット語の通路にいたとき、図書室はわたしを通路から出すまいとした。なのに今度は、閲覧室《えつらんしつ》へ急がせようとしている。ということは、学校はなにも、オリオン救出の邪魔《じゃま》がしたいわけじゃない。学校はただ、**この**通路からわたしを追いだそうとしている。追いだそうと躍起《やっき》になるあまり、わたしがいつもの席で夢想していた絶好の機会を、すすんで差しだそうとさえしている。

だから、わたしはぴたりと足を止めた。通路に静かに立つ。振《ふ》りかえり、背後の闇《やみ》に目をこらす。

図書室の通風孔《つうふうこう》は通路の床《ゆか》にあって、変色した古い真ちゅうの格子が床《ゆか》にはめこまれている。生徒が歩くと、点灯した光がその真ちゅうに反射する。どんなにかすかな光のもとでも、格子はきらきらと輝《かがや》いた。ところが、うしろにあるはずの格子が見当たらない。油に汚《よご》れた古い送風機が立てる耳障りな金属音も聞こえない。書架《しょか》に並んだ本たちが身じろぎする、かさかさというおなじみの音も聞こえない。まるで、本たちが息を潜《ひそ》めているみたいだ。タカが空を旋回《せんかい》しているときのツバメの群れみたいに。あたりが異様に静まりかえっているのは、閲覧室《えつらんしつ》から聞こえてくる戦闘《せんとう》音にすべての音がかき消されているせいではないらしい。わたしは息を止めて耳をすました。そのとき、大勢の人たちが立てる息のような音がかすかに聞こえた。やわらかく、湿《しめ》った、重い息の音。通路の明かりが、ふっと消えた。またオリオンが魔法《まほう》をかけ、閃光《せんこう》が走る。わたしは、迫《せま》りくるなにかに備えて身構えた。真紅の光が通路を照らしだした瞬間《しゅんかん》、こちらを見ている五、六個の人間の目と、目が合った。目は、無数のぶあついひだのあいだに、見えかくれしながら散らばっている。つやのある透明《とうめい》なかたまりが、通気孔《こう》の格子のあいだから床《ゆか》の上へ、のたりと這《は》いだしつつあった。目のあいだにはいくつもの口がぽっかりと開いて呼吸をしている。

怪物学《かいぶつがく》で毎回のように一番前の席にすわるせいで、卒業式の様子を描《えが》いた壁画《へきが》はいつも特等席でながめてきた。壁画《へきが》でひときわ目立っているのは、二匹《ひき》の巨大《きょだい》な〈目玉さらい〉だ。〈目玉さらい〉たちは、卒業ゲートのわきという、一番華《はな》やかな場所を陣取《じんど》っている。ゲートわきの〈目玉さらい〉たちには、怪物《かいぶつ》たちのなかで唯一《ゆいいつ》名前があった。はるかむかし、ニューヨーク魔法《まほう》自治領の生徒たちが、片方を〝忍耐《にんたい》〟、もう片方を〝不屈《ふくつ》〟と名付け、それが定着したらしい。だけど、壁《かべ》に描《えが》かれた〈目玉さらい〉は、ほかの怪物《かいぶつ》たちみたいに、実演のために動きだすことはない。わたしたちは、〈目玉さらい〉のことをなにも学ばない。学んでも意味がないからだ。〈目玉さらい〉に狙《ねら》われたら、身を守る術《すべ》はない。〝忍耐《にんたい》〟と〝不屈《ふくつ》〟から逃《のが》れるには、急いで門のあいだをすり抜《ぬ》けるか、門にたどり着く前に別の怪物《かいぶつ》に殺されるか、ふたつにひとつだ。教科書の指示はそれだけだった。最期の瞬間《しゅんかん》を選べるなら、別の怪物《かいぶつ》に殺されたほうがマシだ、と。〈目玉さらい〉に捕《つか》まったら最後――細い触手《しょくしゅ》が足首にからみついただけでも――、なにをしても逃《に》げられない。自力では、絶対に。

オリオンの魔法《まほう》が放った派手な光は、すでに消えていた。暗闇《くらやみ》を見つめて息をひそめ、次の光を待ちかまえる。爆竹《ばくちく》がはじけたような、緑と青の閃光《せんこう》がひらめいた。〈目玉さらい〉はまだそこにいた。うばわれた目たちがわたしを見つめ、まばたきをする。色も形も様々《さまざま》ないくつもの茶色い目のあいだに、青い目や、緑色の目が交じっている。〈目玉さらい〉の体が格子のあいだをすり抜け《ぬ》、どろりと流れるように床《ゆか》の上へあがってくるあいだ、目たちは別々《べつべつ》の方向を向いたり、同じ方向を見つめたり、怪物《かいぶつ》の体の上でせわしなく視線を移した。怪物《かいぶつ》が動くにつれて、ひだのあいだに埋《う》もれてしまう目もあれば、反対に光のもとにさらされ、まぶしそうに瞳孔《どうこう》を縮ませる目もあった。驚《おどろ》いたように見開かれた目もあれば、せわしなくまばたきをしている目も、どんよりと生気を失った目もあった。二年生のときに読んだ教科書は、半ページほどを割いて、論理的な文章で〈目玉さらい〉のことを説明していた。それによると、この怪物《かいぶつ》に食われた人間たちがどうなるのかは、だれにもわかっていないらしい。ある有名な学派によれば、餌食《えじき》となった人間たちの意識は決して途絶《とだ》えず、彼《かれ》らはただ、絶望のうちに声を発することを放棄《ほうき》するのだという。その他の参考文献《ぶんけん》としては、斬新《ざんしん》な論を打ちたてたコーディン・アバナシーの本と、『怪物学《かいぶつがく》ジャーナル』のリーの論考がある。リーによれば、はるかむかしに〈目玉さらい〉に食われた犠《ぎ》牲者《せいしゃ》にさえ、会話魔法《まほう》を使って話しかけることができるらしい。ただし、犠牲者《ぎせいしゃ》がよこす返事は、意味をなさない悲鳴だけだという。

九歳《さい》のとき、わたしは母さんに頼《たの》んで、父さんが死んだときのことを教えてもらった。母さんは父さんの死のことを話したがらない。わたしが教えてと頼《たの》むたびに、こう言って首を振《ふ》った。

「ごめんね、エル。話せない。そのことは話せない」だけど〈鉤爪蛇《かぎづめへび》〉事件があった翌朝、わたしはベッドにすわって、子どもらしくないごつごつした膝《ひざ》こぞうを両腕《りょううで》で抱《かか》え、闇《やみ》の中からわたしを食いにきた怪物《かいぶつ》が残した鋼の道を見つめながら、母さんに言った。「話せないって言わないで。お願いだから教えて」こうして母さんは、父さんの最期のことを話してくれた。その日、母さんは一日中泣きつづけ、日課の儀式《ぎしき》をするあいだも、片付けをするあいだも、料理をするあいだも、いつものように裸足《はだし》で忙《いそが》しく立ちはたらきながら、苦しげにしゃくりあげていた。母さんの足首には、傷跡《きずあと》が細い跡《あと》になってぐるりと残っている。わたしには見慣れた痣《あざ》だ。むかしは、その痣《あざ》が好きだった。すてきな痣《あざ》だと思っていた。小さいころはしょっちゅう母さんのその痣《あざ》に触《さわ》り、どうしてこんな痣《あざ》ができたのと何度も繰りかえしたずねた。父さんに起こったことを聞くより、痣《あざ》のことを聞くほうがずっと多かったと思う。母さんはこの質問の答えも、いつもはぐらかした。ふたつの質問は同じことを聞いているのだと、当時のわたしは気付いていなかった。

〈目玉さらい〉に対抗《たいこう》する唯一《ゆいいつ》の手段は、消化不良を起こさせることだ。強力な盾魔法《たてまほう》を自分にかけたあと、怪物《かいぶつ》の体の中にみずから飛びこんでいく。そうすれば、〈目玉さらい〉に消化される前に、怪物《かいぶつ》の体の奥深《おくふか》くまでもぐりこむことができるかもしれない。理屈《りくつ》の上では、怪物《かいぶつ》の体の中心部までたどり着きさえすれば、内側から〈目玉さらい〉を爆破《ばくは》することができるらしい。だけど、そこまでたどり着けることはめったにない。〈目玉さらい〉の爆破《ばくは》に成功した例は、知られているかぎりではまだ三件しかなかった。その三件も、複数の魔法使《まほうつか》いが協力しておこなったときに限られる。ひとりで戦う魔法使《まほうつか》いがとるべき現実的かつただひとつの対策は、〈目玉さらい〉の気をそらすことだ。そして、父さんもそうした。〈目玉さらい〉の触手《しょくしゅ》をつかんで母さんの足首から引きはがし、かわりに自分を餌食《えじき》にして、怪物《かいぶつ》のほうへ引きずられていった。父さんは最後の瞬間《しゅんかん》に振《ふ》りかえり、母さんを愛してるということ、そしてわたしを——ふたりがその存在に気付いたばかりの赤んぼうを——愛してるということを言いのこした。次の瞬間《しゅんかん》、怪物《かいぶつ》は父さんの盾魔法《たてまほう》を打ちやぶり、その体を飲みこんだ。

もしかしたら、それはわたしの足元にいる〈目玉さらい〉だったのかもしれない。父さんたちを襲《おそ》ったのは、〝忍耐《にんたい》〟でも〝不屈《ふくつ》〟でもない。あの二匹《ひき》はとびぬけて大きくて、卒業ゲートから離《はな》れることはないし、偶然《ぐうぜん》や事故でもないかぎり生徒を食べることもない。あの二匹《ひき》は卒業式のあいだ、うっかりそばに近づいてきたほかの〈目玉さらい〉と、特別大きな怪物《かいぶつ》だけを餌食《えじき》にする。だけど、目の前にいる〈目玉さらい〉は、明らかに活発だ。これまで、卒業ホール以外の場所に〈目玉さらい〉が迷いこんできたことは一度もなかった。だけどももちろん、わたしが知るかぎり、〈目玉さらい〉に襲《おそ》われた人が生きて帰ることはない。警告があるとするなら、怪物《かいぶつ》に飲みこまれようとしている犠牲者《ぎせいしゃ》たちがのたうちまわる音と、その悲鳴だけ。本当なら、〈目玉さらい〉たちは、はるか下の卒業ホールで年に一度のごちそうを心待ちにしているはずだ。

ふたたび閲覧室《えつらんしつ》から魔法《まほう》の閃光《せんこう》がひらめいたのと同時に、〈目玉さらい〉は通気孔《こう》から完全に這《は》いだしてきた。つかのま、格子のあいだから出てきたままの四角形を保っていた怪物《かいぶつ》は、すぐにもとの球形にもどった。床《ゆか》の上で静止して、無数の口を動かしながら深々《ふかぶか》と息を吸っている。長旅で乱れた呼吸を整え、狩《か》りに備えようとしているかのようだ。わたしは逃《に》げなかった。逃《に》げる必要はない。小型の〈目玉さらい〉でさえ、狩《か》りをするときは一度に複数の獲物《えもの》を飲みこむ。いまわたしを襲《おそ》えば、消化が終わるのを静かに待ち、それが済んでからようやく動きだすことができる。そんなことをすれば、せっかくのほかの獲物《えもの》たちがみんな逃《に》げだしてしまう。図書室があんなにもわたしを閲覧室《えつらんしつ》へ急がせようとしていたのは、こういうわけだったのだ。〈目玉さらい〉に気付かず閲覧室《えつらんしつ》へ行ってしまえば、わたしがみんなに危険を知らせることもない。学校は〈目玉さらい〉に、オリオンばかりか、閲覧室《えつらんしつ》にいる全員を餌食《えじき》にする絶好のチャンスを与《あた》えようとしていたのだろう。もちろん、そうなれば、オリオンが戦っている四匹《ひき》の手ごわい怪物《かいぶつ》たちも、〈目玉さらい〉の餌食《えじき》になる。そもそもあの四匹《ひき》は、〈目玉さらい〉から逃《に》げようとして、図書室に迷いこんできたにちがいなかった。

暗闇《くらやみ》の中、わたしはゆっくりと、おそるおそる、閲覧室《えつらんしつ》のほうへ一歩後ずさった。それから、もう一歩。その直後、オリオンの魔法《まほう》が、ふたたび色とりどりの光であたりを照らしだした。ふと、〈目玉さらい〉はすべての口から深いため息をつき、そして――**後退**しはじめた。わたしは身動きひとつできないまま、見間違《みまちが》いだろうかといぶかしんだ。だけど、オリオンがかけた牢獄《ろうごく》魔法《まほう》のけばけばしいピンクの光は、〈目玉さらい〉のひだになったつややかな姿をはっきりと浮《う》かびあがらせている。間違《まちが》いない。怪物《かいぶつ》はその体を転がしながら、ぎょっとするような速さで遠ざかっていく。目玉や、なにかささやきつづけている口が、ひだのあいだから現れては隠《かく》れた。

〈目玉さらい〉が向かっているのは閲覧室《えつらんしつ》じゃない。閲覧室《えつらんしつ》には背を向け、通路の端にある階段をまっすぐ目指している。図書室から一年生の学生寮《りょう》に続く階段だ。寮《りょう》にいる最年少の生徒たちは、自分たちの部屋に閉じこもっているはずだ。どの魔法《まほう》自治領にも属していなくて、閲覧室《えつらんしつ》の安全なテーブルに招いてもらえないなら、ふたり組やグループになって、自室で課題をやるほかない。〈目玉さらい〉は一年生の学生寮《りょう》の廊下《ろうか》でめいっぱいその体を伸《の》ばし、届くかぎりの扉《とびら》のすき間から触手《しょくしゅ》を差しこんで、殻《から》の中からやわらかい牡蠣《かき》を吸いだすように、一年生たちを引きずりだすのだろう。

そして、それを防ぐためにわたしができることはない。〈目玉さらい〉を避《さ》けて一年生の学生寮《りょう》に行くには、閲覧室《えつらんしつ》の中を走りぬけ、むこうがわの大規模魔法《まほう》の資料が並ぶ通路を端《はし》まで行き、そこにあるもうひとつの階段を使うしかない。そうすれば、〈目玉さらい〉がいる位置とは反対側から、学生寮《りょう》の廊下《ろうか》に行くことができる。だけど、そこにたどり着くころには、わたしの警告にはなんの意味もなくなっている。むこう半分の部屋にいる一年生たちが、すでに大声で悲鳴をあげているだろうから。

だけど、なにかできるとすれば、それしかない。ほかに打つ手はない——ただのひとつも。なぜなら、〈目玉さらい〉を殺すことは不可能だからだ。魔法《まほう》自治領でさえ、〈目玉さらい〉が襲《おそ》ってきたら、防御《ぼうぎょ》に徹《てっ》するしかない。息を潜《ひそ》め、入り口という入り口を閉ざし、〈目玉さらい〉を引きよせそうな怪物《かいぶつ》たちを追いはらう。そうして、〈目玉さらい〉があきらめて別の場所へ狩《か》りにいくのをひたすら待つ。偉大《いだい》な魔法使《まほうつか》いでさえ、〈目玉さらい〉を殺すことはできないし、それを試みることさえしない。あの怪物《かいぶつ》を殺そうとしてしくじれば、あいつに飲みこまれたあと、未来永劫《えいごう》、その体内で食われつづけることになるのだ。〈目玉さらい〉に食われるのは、〈霊喰《たまぐ》らい〉に殺されることより最悪で、〝ハルピュイア〟に捕《つか》まって巣に連れていかれ、そのひなたちに生きたまま体を食われることより最悪で、〝クヴェンリク〟に八つ裂《ざ》きにされることより最悪だ。だから、正気の人間は絶対にそんなことをしない。絶対に。だけど父さんは、ほんの数ヶ月前に付きあいはじめた女の子が殺されそうになっている場に居合わせ、その子のお腹の中では顔も知らない赤んぼうが、まだ人間とも呼べない段階でようやく細胞分裂《さいぼうぶんれつ》をはじめたところだったから、そして父さんは、ふたりのことを愚《おろ》かしいほど愛していたから、何百万年も続く拷問《ごうもん》と引きかえに、彼女《かのじょ》たちのことを救った。

いま、〈目玉さらい〉が襲《おそ》おうとしているのは、わたしが愛している人たちなんかじゃない。一年生には**知りあい**すらいない。あの怪物《かいぶつ》は、一年生を何十人かたいらげたら、しばらくじっとして食事を消化し、長旅の疲《つか》れを癒《い》やすはずだった。もしかすると、そのまま一年生の学生寮《りょう》に棲《す》みついて、学年末がくるたびに寮《りょう》と一緒《いっしょ》に一階ずつ下りていき、やがて卒業ホールにたどり着くのだろうか。お腹が空いたら、廊下《ろうか》を這《は》っていって、逃《に》げ場のない生徒を何人か捕食《ほしょく》すればいい。少なくとも、次の犠牲者《ぎせいしゃ》たちは警告を受けとれる。これから食われるだろう一年生が——あるいは、彼《かれ》らの口が——しばらくのあいだ、逃《のが》してくれと懇願《こんがん》したり、泣いたり、つぶやいたりするのだから。

そのとき、わたしはあることに思いあたった。最悪なことに。**仮に**、どうにかしてわたしが〈目玉さらい〉の虐殺《ぎゃくさつ》を食いとめたとしても、それをほかのみんなが知ることはないのだ。図書室の書架《しょか》エリアには人っ子ひとり見当たらない。閲覧室《えつらんしつ》から魔法《まほう》の爆発《ばくはつ》音と悲鳴がたえまなく聞こえているんだから、それも当然だ。一年生は、廊下《ろうか》で不審《ふしん》な物音がすれば、部屋に閉じこもって出てこないだろう。そろそろ二年生になるころだから、扉《とびら》に防御魔法《ぼうぎょまほう》をかけておくくらいの知恵《ちえ》はついている。〈目玉さらい〉が侵入《しんにゅう》していることに気付いたのはわたししかいないし、わたしがそいつを仕留めたことをみんなに話しても、まず間違《まちが》いなく信じてもらえないだろう。苦労してこつこつためてきたとっておきのマナをいくら消耗《しょうもう》しようと、その犠牲《ぎせい》をだれかが知ることはない。マナを使ってしまえば、力を証明することもできなくなる。この際、はみ出し者のままでいることは仕方がない。問題は、卒業式を生きて乗りきるには、残された一年間で必死にマナをかき集めなくちゃいけないことだ。

こんなこと、気付きたくなかった。自分のこれからを大きく変えてしまうようなことになんか、できれば気付きたくなかった。ここでは、なにかを手にいれれば、その代償《だいしょう》はかならず払《はら》わなくちゃいけない。そしてわたしは、信じがたいほど貴重な本を手にいれてしまい、おまけにすぐこの閲覧室《えつらんしつ》には、ずっと待ちのぞんでいた状況《じょうきょう》が――未来の安全を手にいれるための最高のシチュエーションが――わたしのためにお膳立《ぜんだ》てされている。学校が、親切心からこっちの望むものを差しだすことはない。だというのに、わたしはまさにいま、ほしかったものを手にいれようとしている。二度も賄賂《わいろ》をちらつかされた。賄賂《わいろ》の裏には意図がある。学校がわたしから〈目玉さらい〉を遠ざけようとした理由は、考えられるかぎりひとつだ――わたしには、可能性がある。虐殺《ぎゃくさつ》と荒廃《こうはい》の才能を持って生まれた魔法使《まほうつか》いには、だれにも殺すことのできなかったあの怪物《かいぶつ》を倒《たお》す可能性がある。

うしろを振《ふ》りむいたちょうどそのとき、吹《ふ》きとばされたオリオンが通路と通路のあいだをよぎっていった。一級品の盾魔法《たてまほう》ホルダーが作動すると同時に白い閃光《せんこう》が走り、ついで、オリオンがなにかに激突《げきとつ》したらしい音が聞こえた。怒《いか》りくるった〝リルケ〟の一群がオリオンを追っている。リルケたちが翼《つばさ》をばたつかせると、耳をつんざく鳥の鳴き声のような音が響《ひび》きわたり、その体ひとつひとつから、血が雨のように降りそそいだ。いますぐオリオンのもとに駆《か》けつけ、水晶《すいしょう》ひとつ分のマナを使ってリルケの大群を消しさることだってできた。〈鉤爪蛇《かぎづめへび》〉を倒《たお》したときみたいに。荒《あら》い息をついているオリオンの前に堂々《どうどう》と立ち、ニューヨークの連中にわたしの力を思いしらせてやればいいのだ。みんながあとになって〈目玉さらい〉が侵入《しんにゅう》していたことを知ったとしても、わたしが一年生たちを見殺しにしたと思う人はいない。〈目玉さらい〉なんて見なかったと、いう振《ふ》りをする必要さえない。オリオンたちを救ったあとで、実は〈目玉さらい〉を見かけたんだと白状したって、わたしの評判に影《かげ》が差すことはない。どんな英雄《えいゆう》でも、あの怪物《かいぶつ》にだけは近づこうとしないのだから。

　わたしはもう一度振《ふ》りかえり、〈目玉さらい〉のあとを追いはじめた。怒《いか》りを感じたいのに、恐怖《きょうふ》で気分が悪い。母さんは、わたしの身になにがあったのか永遠にわからないだろう。わたしはだれにも知られずに死ぬ。わたしの悲鳴を扉越《とびらご》しに聞く一年生もいるかもしれない。だけど、それがわたしだとはわからない。どのみち、わたしの悲鳴を聞いた子たちも、遅《おそ》かれ早かれ同じように叫《さけ》ぶはめになる。母さんがわたしの最期について知ることはない。だけど同時に、母さんならきっと、なにがあったのかはっきりと悟《さと》るだろう。わたしがマリアを使えばかならずそれと気付くように。母さんは今ごろ、コミュニティのみんなと一緒《いっしょ》に瞑想《めいそう》をしているはずだ。夏の気持ちのいい夜気を感じながら、森の中で。目をつぶり、きっとわたしのことを考えている。母さんはいつもわたしのことを思っている。そして、わたしの身に起こりつつあることを悟《さと》る。わたしの最期を悟《さと》ってしまう。母さんは、父さんの死と一緒《いっしょ》にわたしの死のことを思いながら、残りの人生を生きていかなくちゃいけない。

わたしは泣いていた。自分に許している唯一《ゆいいつ》の泣き方で——視界がくもらないように目を大きく見開いて何度もまばたきし、涙《なみだ》が頬《ほお》を伝ってあごから滴《したた》るにまかせる。階段の入り口には、煌々《こうこう》と明かりが灯っている。〈目玉さらい〉のつややかな体が、明かりを浴びて虹色《にじいろ》に光りながら、のったりと階段を下りていくのが見えた。あとにはなにも残らない。体液も粘液《ねんえき》も、ほこりさえも残っていない。わたしは、ほこりがきれいにぬぐいとられた跡《あと》をたどるようにして、階段を下りて一年生の寮《りょう》がある階へ行った。そこは図書室よりも明るかった。〈目玉さらい〉の姿がはっきりと見える。すでに、扉《とびら》の前で体を引きのばしている。人のまねをして腕《うで》を伸《の》ばそうとしているようにも見えた。平たくなった姿勢のまま、〈目玉さらい〉は、数十個もの目でわたしを見た。なにかつぶやいている口もあれば、荒《あら》い息をついている口もある。口のひとつが、「ニイェジ」と言った。なにかの単語みたいに。

わたしは水晶《すいしょう》を握《にぎ》り、部屋にある白檀《びゃくだん》の箱の中の水晶《すいしょう》からマナを吸いだす用意を整えた。そして、〈目玉さらい〉に近づいていった。こんな怪物《かいぶつ》に触《ふ》れるなんて絶対に無理だと思っていたけれど、勇気を奮いおこす必要はなかった。すぐそばまで近づくと、〈目玉さらい〉は触手《しょくしゅ》を伸《の》ばしてきてわたしの腰《こし》に巻きつけ、ぐっと引いた。盾魔法《たてまほう》に守られていても、それは鳥肌《とりはだ》が立つような感覚だった。汗《あせ》だくの巨大《きょだい》な男にねとねとした両手で腰《こし》を荒《あら》っぽくつかまれ、その体に押《お》しつけられているような感じだ。湿《しめ》った息を吐《は》く口たちが、わたしの顔のすぐそばで、理解不能な言葉をささやきかけてくる。酒に酔《よ》った巨体《きょたい》の男が、耳元でささやいているかのようだ。両方の耳に。逃《に》げだすわけにはいかない――わたしを**欲し**、わたしの体を押《お》しひらき、中に入ってこようとする怪物《かいぶつ》から、逃《に》げるわけにはいかない。それでも、わたしは逃《に》げようとした。耐《た》えがたかった。逃《に》げる以外の選択肢《せんたくし》は考えられなかった。触手《しょくしゅ》から身を振《ふ》りほどこうとする自分を抑《おさ》えることは不可能だった。身をよじり、怪物《かいぶつ》から逃《のが》れようとする。それでも、触手《しょくしゅ》はびくともしない。わたしはなす術《すべ》もなく、怪物《かいぶつ》にがっちりとつかまれていた。

盾魔法《たてまほう》が役にたたなかったわけじゃない。いまのところ、〈目玉さらい〉はわたしを包むバリアを破れていない。怪物《かいぶつ》が、舌のようにわたしの唇《くちびる》をこじ開けようとしてくる。それでも、唇《くちびる》を引きむすんでおくことも、脚《あし》を開こうとしてくる怪物《かいぶつ》に抗《あらが》うこともできている。だけど、いずれは力つき、怪物《かいぶつ》に屈《くっ》することになるんだろう。この持久戦に勝てる見込《みこ》みはない。永遠に抵抗《ていこう》することはできない。そう悟《さと》ったとたん、恐怖《きょうふ》と怒《いか》りに駆《か》りたてられるように、わたしは逃《に》げるのとは正反対の行動に出た。怪物《かいぶつ》の体をわずかに押《お》したのだ。すると、体の一部がわたしの頭の上にのしかかり、巨漢《きょかん》に抱《だ》きすくめられていたような感覚がやわらいだ。もちろん、不快なことには変わりない。怪物《かいぶつ》は、口や目や触手《しょくしゅ》の集合体というより、腸と内臓のかたまりのようだった。それが、たえまなくわたしの中に入ってこようとする。わたしの体を開き、自分の一部に取りこみ、すりつぶして吸いこもうとする。怪物《かいぶつ》の内部には、永遠に死につづけ、同時に永遠に死ぬことのない人間たちの残骸《ざんがい》がぎっしり詰《つ》まっていた。血に浸《ひた》った腐《くさ》りかけの肉片が、ぶくぶく泡《あわ》を立てている。とうとう、わたしは叫《さけ》んだ。耐《た》えがたかった。

だけど、だれかが助けにきてくれるわけがない。どれだけ叫《さけ》ぼうと意味がない。だから、怪物《かいぶつ》の中へ中へともぐりつづけた。怪物《かいぶつ》の体をつかみ、またつかむ。それはまるで、つかむはしからつぶれて指のあいだから逃《に》げていくロープのようだった。肉の海の中を泳いでいるようだ。それでも、全身を駆《か》けめぐるマナを感じる。激流のようなマナが、盾魔法《たてまほう》をわたしのまわりに張りめぐらし、飢《う》えた怪物《かいぶつ》からわたしを守りつづけている。どれくらいマナを使ったのかも、どれくらい残っているのかも、やみくもに目指しているどこかにたどり着いたときに怪物《かいぶつ》を倒《たお》すだけのマナが残っているのかもわからないまま、わたしはただ叫《さけ》び、すすり泣き、めちゃくちゃに怪物《かいぶつ》の体をつかんで前に進み、いつまでたってもどこにたどり着くこともできなかった。文字通り、これ以上は耐《た》えられなかった。教科書は正しかったのだ。『最期を選べるなら、別の怪物《かいぶつ》に殺されたほうがマシだ』。別の怪物《かいぶつ》、別の死に方。盾魔法《たてまほう》に守られてはいても、このまま進みつづけるくらいなら、いっそ死んだほうがマシだった。

だから、わたしは進むのをやめた。ぴたりと動きを止め、部屋いっぱいの人間を一撃《いちげき》で殺せる十九の魔法《まほう》の中でも最良の呪文《じゅもん》を使うことにした。一番短い呪文《じゅもん》だ——フランス語で、たった三語しかない。破滅《アラ・モール》。この魔法《まほう》は、片手を軽く振《ふ》りながら、力まず無造作にかけなくちゃいけない。たいていの人は、ここでつまずく。魔法《まほう》のかけ方をすこしでも間違《まちが》うと、あべこべに自分を殺してしまう。だから、力まずにいることはかなりむずかしい。だけど、わたしにはどうでもよかった。こんなところで、正しく片手を振《ふ》ったりできるんだろうか。わからない。いや、それもどうでもいい。ただ、最初に頭に浮《う》かんだ魔法《まほう》をかけるだけだ。呪文《じゅもん》は、息をするように口からこぼれ出た。片手を軽く振《ふ》る。あるいは、振《ふ》ったような気がした。わたしを取りかこむおぞましい光景が、さらにおぞましくなる。ぬかるみの腐敗《ふはい》が一段と進んだような気がした。だけど、魔法《まほう》をかけたその一瞬《いっしゅん》、気持ちがすこしだけ楽に、マシになり、正しいことをしているのだという予感がした。だから、わたしはもう一度同じ魔法《まほう》をかけた。もう一度、それからもう一度、またもう一度。すこしでも気を楽にするために。それから、知っているかぎりの殺戮魔法《さつりくまほう》を次から次へとかけていった。どれかひとつがこの怪物《かいぶつ》の息の根を止め、この地獄《じごく》を終わらせてくれるかもしれない。だけど、地獄《じごく》は続いた。腐乱《ふらん》した残骸《ざんがい》はわたしの視界を埋《う》めつくし、ぬかるみの中には臓器が浮《う》き、そこから流れだした眼球がバリアに張りついてわたしを見つめてきた。それでも、殺《さつ》戮魔法《りくまほう》をかけたその一瞬だけは、眼球はくもり、小さく縮みあがった。だからわたしは、殺しの呪文《じゅもん》を、唱えて、唱えて、唱えまくった。その瞬間《しゅんかん》は、唐突《とうとつ》に訪れた。呪文《じゅもん》をかけ、次の呪文《じゅもん》をかけようとしたそのとき、頭上で〈目玉さらい〉が弾《はじ》けとんだのだ。ちぎれた断片がバリアをずるずるとすべり落ち、空《から》の麻袋《あさぶくろ》のようにわたしの足元で小山になる。残った二、三の眼球もすでに息絶えてうつろになり、床《ゆか》の上の屍《しかばね》に沈《しず》んでいった。

怪物《かいぶつ》の体の中でもがきながら何キロも進んできたような気がしていたけれど、実際は、〈目玉さらい〉につかまれた場所からほんの二歩しか移動していなかった。すこしむこうの床《ゆか》に、なにかが落ちている。羽をむしられ骨を抜《ぬ》かれたニワトリみたいな、気味の悪いかたまりだ。よく見ると、それは人の形をしていた。胎児《たいじ》のように体を丸めている。つぎの瞬間《しゅんかん》、胎児《たいじ》のようなにかがぐちゃりとつぶれてへどろになり、血と胆汁《たんじゅう》と、消化されず腐《くさ》りかけた肉片の海が、廊下《ろうか》一面に広がっていった。

へどろは、広がるはしから床《ゆか》の排水《はいすい》口に流れこんでいった。排水《はいすい》口は計算しつくされた場所にあり、床《ゆか》はそこへ向かってわずかに傾斜《けいしゃ》している。学校の廊下《ろうか》は、まさにこんな事態が起こったときのために設計されているのだろう。不運な事件が起こって廊下《ろうか》がめちゃくちゃになってしまったとしても、その痕跡《こんせき》を手早く流してしまうために。排水《はいすい》口は、大量のへどろのせいで徐々《じょじょ》に詰《つ》まりはじめた。配管が逆流してしまうんじゃないかと思ったそのとき、天井に取りつけてある噴霧《ふんむ》器が金属音を響《ひび》かせながら作動し、みるみるうちに、〈目玉さらい〉の殺人の証拠《しょうこ》は水に流されていった。あの怪物《かいぶつ》に囚《とら》われていた人たちを、いったいわたしは何人殺したんだろう。もちろん、あの中にいた人たちは、わたしに感謝しているはずだ。危うく、感謝されるどころか窒《ちっ》息《そく》させられるところだったけれど。

かけたままの盾魔法《たてまほう》を早く解かなくちゃいけなかった。バリアはもう必要ないし、いまとなってはマナを一滴《てき》だって無駄《むだ》にできない。盾魔法《たてまほう》でマナを消費している場合じゃない。でも、どうしてもバリアを解く気になれない。バリアはへどろまみれだ。そして噴霧《ふんむ》器は止まってしまった。悪臭《あくしゅう》をはなつ赤や黄のぬかるみが、靴《くつ》のまわりに溜《た》まっている。バリアのおかげで直接触《ふ》れることはないけれど、ぬかるみをせき止めているバリアと靴《くつ》のあいだはたった五センチしかない。バリアの外にはどうしても出たくなかった。

わたしは、震《ふる》えながら棒立ちになっていた。涙《なみだ》があとからあとからあふれてくる。鼻水が垂れてきて、その生温かく粘《ねば》ついた感触《かんしょく》を意識したとたん、吐《は》きそうになった。胃が痙攣《けいれん》し、ぎゅっと縮む。そのとき、声が聞こえた。「エル！　ガラドリエル！　そこにいるのか？」声は階段を下りてくる。声を聞いたとたん、わたしは我に返った。頭の上のバリアを両手で破って乱暴に押《お》しひらき、一気に足まで引きさげる。魔法《まほう》を雑に解けば、マナを余計に消費する。そんなことくらいわかっていた。バリアにへばりついていたへどろは床《ゆか》を流れ、排水口《はいすい》のまわりにたまった汚《お》物《ぶつ》に紛《まぎ》れていった。

オリオンが階段から廊下《ろうか》に下りてきた。呼吸が荒《あら》く、体のあちこちをやけどしている。片方の髪《かみ》が燃えて短くなっていた。オリオンはわたしを見ると足を止め、大きくため息をついた。帰りの遅《おそ》い友人を心配していたら、それが取り越《こ》し苦労だとわかってムッとしている人みたいに。

「ぶじでなにより」オリオンはとがった声で言った。「ちなみに、全部片付いたよ」

わたしはこらえきれずに泣きだし、両手で顔をおおった。

第7章　ヤバいやつ

オリオンは、わたしを抱《だ》きかかえて部屋へ送っていくはめになった。ずっと抱《かか》えられていたわけじゃない。一年生の学生寮《りょう》から三年生の学生寮《りょう》までわたしを運んでいくのは簡単なことじゃなかったから、オリオンは時どき足を止めてわたしを床《ゆか》に下ろさなくちゃいけなかった。だけど、わたしはすこし歩くと立ちどまっていよいよ激しく泣きはじめ、オリオンはあわててわたしを抱《だ》きかかえることになった。オリオンは部屋に帰るまでのあいだに、わたしになにかあったらしいこと、そしてそれは閲覧室《えつらんしつ》の怪物《かいぶつ》たちとは関係がないらしいことに勘付《かんづ》き、部屋に着くと、なにがあったのか話してほしいと言った。わたしが話せばオリオンは信じるはずだ。そして、ほかの生徒たちにも話すだろう。そうなれば、結局は計画どおりに進んだことになる。だけど、実際は、たぶんそうじゃない。みんなはオリオンがわたしに愚《おろ》かしいほど恋《こい》をしていると思いこんでいるわけだし、本当にその現場を見たのかと聞くだろう。そして、オリオンは見ていない。

どうすればいいかわからなかった。あのことについて話したいとも思えなかった。わたしはなにを聞かれても押《お》しだまっていた。唯一《ゆいいつ》、最後の質問にだけは、「ううん」と返事をした。オリオンが、ひとりになりたいかと聞いてきたからだ。オリオンはためらいがちに、ベッドにすわっているわたしのとなりに腰《こし》かけ、何分か迷ったあげく、もっとためらいがちにわたしの肩《かた》に腕《うで》を回した。そうされていると、気分が落ちついた。オリオンに慰《なぐさ》められて落ちつくなんて、それはそれで最悪だけど。

わたしはいつのまにか眠《ねむ》りこんだ。オリオンはその午後ずっとわたしのそばにいて、ランチに行くことさえせず、夕食の時間が迫《せま》ったころにわたしを起こした。目はぱんぱんに腫《は》れていたし、喉《のど》も痛かった。食堂に着いても、頭がぼんやりしてなにも考えられず、周囲に目を配ることも忘れていた。このときばかりは、オリオンがそばにいることを感謝した。そのとき、テーブルの下の排水口《はいすい》から、カタツムリの目玉のような怪物《かいぶつ》が顔をのぞかせた。最悪な場所にある席だったけれど、ろくに考えずにすわったのだ。緑色のうるんだ大きな目玉はあたりを見回し、オリオンの足首をしばらくにらみ、床《ゆか》の上にあがってくることはしないで、静かに排水《はいすい》口の中へもどっていった。わたしはなにも言わなかった。

アアディヤが言った。「エル、反射した魔法《まほう》を浴びちゃったのかな?」

「わからない」オリオンが言った。不安そうな声だ。「そうじゃないと思うけど」

「図書室で霊魂《れいこん》を殺したんでしょ?」リューが言った。「霊魂《れいこん》って時どき分裂《ぶんれつ》するよね。もしかしたら、散らばった霊魂《れいこん》にマナをすこし吸いとられたんじゃない?」

オリオンは、わたしが首にかけている鎖《くさり》に指をかけ、シャツの下から水晶《すいしょう》を引っ張りだした。水晶《すいしょう》は黒ずんでひびが入り、マナは空っぽになっている。盾魔法《たてまほう》を無理に解いたとき、定められた手順で水晶《すいしょう》を保護しなかったせいだ。ただし、霊魂《れいこん》の攻撃《こうげき》をかわして壊《こわ》れてしまったときも水《すい》晶《しょう》はこんなふうになる。だけど、リューの推測はちがうとオリオンに伝える気にもなれなかった。声を発する気力がない。テーブルで交わされている会話のすべてが、テレビの中の出来事みたいだ。そして、わたしはその番組に興味もなければ、出ているタレントの名前も知らないのだった。

「わかった」オリオンは険しい顔で言った。「エルを見ててくれるか?」そう言うと、マナ・シェアをするためのメダルを作動させ、立ちあがった。

オリオンは、食堂の隅《すみ》に歩いていき、修理当番の子たちが使うモップを一本つかんだ。それから、食堂中を歩きまわりながら、天井のタイルを乱暴につつきはじめた。怪物《かいぶつ》たちが文字どおり雨のように降ってきて、あちこちのテーブルから不満そうな声が上がる。だけど、天井から落ちてきたのは、おこぼれを待っている子どもの怪物《かいぶつ》だけだ。オリオンは格下の怪物《かいぶつ》たちは無視して天井をつつきつづけ、ようやく、隅《すみ》のほうに巣を作っていたフリンガーの群れを見つけた。九匹《ひき》のフリンガーを倒《たお》してマナを吸いとると、オリオンはテーブルにもどってきた。そして、片手をわたしの首元に当て、ふつうの生徒ならためるのに一年はかかりそうな量のマナを、霊魂にマナを吸いとられてなんかいないわたしの体に送りこんだ。

わたしの体はかなりの量のマナをたくわえておくことができる。だけど、さすがのわたしでも、一年分のマナは手にあまる。まともな水晶《すいしょう》も持っていなかったから、体内のマナをすこしずつ水《すい》晶《しょう》に移すこともできなかった。もうすこしまともに頭が働いていれば計画のことを思いだし、オリオンに送りこまれた大量のマナを使って、なにか自分の力を証明できることをしてみせたかもしれない。反対に、もっと頭がまともに働いていなかったら、頭に浮《う》かんだ魔法《まほう》を反射的にかけていた可能性だってある。そのタイミングで頭に浮《う》かびそうな魔法《まほう》は、ついさっき、一年生の寮《りょう》の廊下《ろうか》で何度も繰りかえし使った大量虐殺魔法《ぎゃくさつまほう》だ。さいわい、大量虐殺魔法《ぎゃくさつまほう》なんか使いたくないと思えるくらいには、わたしの頭もそこそこまともに機能していた。だけど、過剰《かじょう》なマナをそのままにしていると、急性マナ中毒になってしまう。そこでわたしは、ありあまるマナを使うために、頭を使う必要もなければ、うっかり人を殺してしまう心配もない魔法《まほう》をかけることにした。ちょっとした瞑想魔法《めいそうまほう》だ。母さんは、毎日朝と夜、かならずわたしにこの瞑想魔法《めいそうまほう》を使わせた。歯磨《はみが》きのすぐあとに。瞑想魔法《めいそうまほう》を教わったのは幼いころだ。母さんは、シェーカー教の賛美歌にのせて、この魔法《まほう》をわたしに覚えさせた。この魔法《まほう》は、呪文《じゅもん》を使う通常の魔法《まほう》によく似ているけれど、呪文《じゅもん》は使わない。言葉さえ使わない。自分を取りもどすことが、この瞑想魔法《めいそうまほう》の目的だ。自分を取りもどす、という言葉の意味は、人によって様々《さまざま》だけど。時どきわたしは、自分はどこか異常なのか、どこかおかしいのか、母さんにたずねることがあった。そのたびに母さんは、あなたにはおかしなところなんてひとつもない、ときっぱり言い、この瞑想魔法《めいそうまほう》を使わせた。魔法《まほう》を使ってしばらくすると、不安定だったわたしの心は落ちつくのだった。信じられないなら、わたしたちのコミューンに来て、母さんと話をしてみるといい。

基本的に、この瞑想魔法《めいそうまほう》はマナを**使わない**。この魔法《まほう》を使おうという意思を持って、腰《こし》をおろすだけでいい。頭にもやがかかっているせいで、魔法《まほう》を使おうという意思をうまく固めることができない。だけど、マナを全身にたたえたまま瞑想魔法《めいそうまほう》をはじめたせいか、気力はたちどころに回復した。いや、もっと正確にいうと、気力がもどったというより、えりくびを乱暴につかまれて力いっぱい揺すぶられ、両頰《りょうほほ》に平手打ちを食らわされたみたいだった。あふれるマナのせいで足が勝手に動き、わたしは弾《はじ》かれたように立ちあがって情けない声をもらした。バランスを取ろうと空中で両腕《りょううで》をばたつかせる。それでも、回復に使われたマナはせいぜいひと月分だったらしい。残る十一ヶ月分のマナがぱんぱんに詰《つ》まった体は、いまにも破裂《はれつ》しそうだ。混乱していたわたしは、考えるよりも先に、体内で暴れまわっている瞑想魔法《めいそうまほう》を追いだした。とたんに、オリオンをのぞくテーブルの全員に魔法《まほう》が直撃《ちょくげき》し、アアディヤたちはわたしと同じように息を飲んで飛びあがった。それでようやく九ヶ月分のマナを使いきったようだ。行き場をなくした瞑想魔法《めいそうまほう》は、そばを通りがかったふたりの生徒に直撃《ちょくげき》し、彼《かれ》らが転んでトレイの食べ物を床《ゆか》にぶちまけたところで、ようやくおとなしくなった。

わたしは、どさっとベンチに腰《こし》をおろした。自分を取りもどすことに成功したのは間違《まちが》いない。猛烈《もうれつ》にイライラしているから。同じテーブルにすわった面々《めんめん》は、戸惑《とまど》っているような喜んでいるような、複雑な顔をしている。さっきより顔色がいいのは確かだ。むかいにすわっているリューだけは、目に見えてわかるほど震《ふる》えながら自分の両手を見下ろしていた。真っ黒になっていた爪《つめ》が、もとの色にもどっている。リューは目を見開いてオリオンを見た。「なにをしたの？」声がかすれ、震《ふる》えている。

「ぼくはなにも！」オリオンは言った。「こんなこと一度もなかったのに」

「**つぎは**」わたしは食いしばった歯のあいだから言った。「**先にひと言断って**」オリオンが心配そうな顔でわたしを見たので、付けくわえた。「わたしは**だいじょうぶだってば**」認めたくなかったけれど、事実だった。だけど、あれだけのことがあったあとでこんなに早く回復してしまうなんて、違和感《いわかん》しかない。すべてをあるがままに受けいれなさい、という母さんの信条に賛成したことなんて一度もないけれど、このときばかりは母さんが正しかったんだと思った。スコロマンスにいるかぎり、すべてをあるがままに受けいれている余裕《よゆう》なんかないけれど。だからわたしは、しぶしぶオリオンに感謝することにした。まあ、それを本人に伝えたりはしない。「保護者面はやめて」小声で毒づくと、オリオンのことは放っておいて、トレイの食べ物に毒が入っていないか確認した。ろくに確かめもしないでカウンターから取ってきたからだ。結局、食べられるものは半分もなかった。ランチも抜《ぬ》いたせいで、飢《う》え死にしそうなくらいお腹が空いている。

　アアディヤはチョコレートプディングを半分わけてくれて、「ひとつ貸し」と言った。コーラもンコヨにつつかれ、不承不承といった感じで、取っておくつもりだったらしいリンゴをゆずってくれた。となりにすわっているオリオンは、気を揉《も》むのをようやくすこしやめたみたいだ。リューは自分の手を見つめたまま固まっている。両頬《りょうほほ》を涙《なみだ》が伝っていた。リューが計画的にマリアを続けているというわたしの予想は間違《まちが》っていなかったらしい。マリアの回数は必要最小限に留めていたにちがいない。そうでもなければ、瞑想魔法《めいそうまほう》くらいで体が回復するわけがない。わたしが思っていた以上に、リューは自分の体に起こった変化を気に病んでいたのかもしれなかった。これで、このままマリアを続ければ体がどうなってしまうか、よくわかったはずだ。ふたたび手を染めてしまうか、いちから戦略を練りなおすかは、リューが決めるだろう。

　オリオンは保護者面をやめなかった。夕食がすむと、わたしを部屋まで送っていき、部屋に入りたそうなそぶりを見せた。中に入れてしまえば、またしてもこのお人好しは、朝までここにいるんだと言いだしかねない。「さっきも言ったけど、**だいじょうぶ**だから」わたしは言った。「どこかに英雄《えいゆう》の助けを必要としてる子がいるかもよ？　そんなに暇《ひま》なら、四年生の学生寮《りょう》でもうろついてきたら？」

少なくとも、オリオンに渋《しぶ》い顔をさせることはできた。「どういたしまして」オリオンが言った。「ほんとに、たいしたことないからさ。これで七回もきみを助けてやったけど――」

「六回」わたしは歯ぎしりしながら言った。

「今朝のぶんは？」オリオンの声がとがる。

今日はあんたなんかに頼《たよ》ったりしてない。もうすこしで、そう言いそうになった。だけど、本当にそうだろうか。どのみち、そんなことで言いあいはしたくなかったから、わたしは冷ややかに踵《きびす》を返して部屋に入り、オリオンの鼻先で扉《とびら》を閉めた。

だいじょうぶなのは本当だったし、頭にかかっていた妙《みょう》に心地の良いもやも晴れてしまったので、わたしは、マナの在庫を調べるという気の重い作業に取りかかることにした。ほかの水晶《すいしょう》からマナを吸いだすための通り道として使った水晶《すいしょう》は、首にかけていたものと同様にひびが入っていた。全部で十九個の水晶《すいしょう》のマナが完全に空っぽになっている。マナが満タンになっている水晶《すいしょう》は、たった八個しか残っていない。だけど、わたしは生きていた。〈目玉さらい〉と戦ったのに、命を落とさなかった。その事実には、たくさんのことを根本から変えてしまうほどの重みがあった。わたしはベッドにすわり、手の上のひび割れたふたつの水晶《すいしょう》を見つめた。自分は圧倒的《あっとうてき》に強力な殺戮魔法《さつりくまほう》を立てつづけにかけることができるのだと**確信**していることと、その確信を強烈《きょうれつ》な体験とともに証明してみせることは、まったくの別物だ。たとえ、証明してみせた相手が自分自身だったとしても。

目撃者《もくげきしゃ》が自分だけでよかったのだと思う。長いあいだ、自分が華々《はなばな》しく同級生を救いだす未来を妄想《もうそう》して――白状すると、最近もっぱら妄想《もうそう》するのは、わたしに助けられ、感謝と尊敬を浮《う》かべた目でわたしをあおぎ見るオリオンの姿だ――、そのときみんなはどんなに驚《おどろ》き、わたしの力を見くびっていたことをどれだけ後悔《こうかい》するだろうと考えては悦《えつ》に入っていた。だけど、**現実のわたし**は、たったひとりで〈目玉さらい〉を殺すことができる。教科書にのっている呪文《じゅもん》の中でもとりわけ強力で破壊《はかい》的な虐殺魔法《ぎゃくさつまほう》を、矢継《やつ》ぎ早にかけることができる。だから、同級生が本当のわたしを知ったら、こんなにいい子ならもっと前から仲良くしておくんだった、と考えを改めるようなことはしない。ちがう。みんなはこう考えるはずだ。こんなにヤバい危険人物なら、もっと前から仲良くしておくんだった、と。きっとみんなはわたしのことを怖《こわ》がる。絶対に、怖《こわ》がる。いま、はっきりとそう悟《さと》った。何年も、惨《みじ》めな妄想《もうそう》を温めつづけてきた自分でさえそう思う。わたしもわたしのことが怖《こわ》い。

わたしは立ちあがり、本棚《ほんだな》の真ん中の段から二年生の怪物学《かいぶつがく》の教科書を取って――その前に、下の段の底と上の段になにかが潜《ひそ》んでいないか確かめ、並んだ教科書の背に手の甲《こう》をすべらせて異常がないことを確認した――、〈目玉さらい〉のページを開いた。教科書には、学術誌の記事が参考資料として挙げられていた。わたしは参考資料のタイトルを確認し、顔を上げて、漆黒《しっこく》の虚空《こくう》に向かって呼びかけた。「汚《よご》れてなくて、ちゃんと読めて、英語で書かれてる、『怪物学《かいぶつがく》ジャーナル』の七一六号がほしい」

学術誌はすぐに飛んできた。この雑誌は、いつでも簡単に手にはいる。『怪物学《かいぶつがく》ジャーナル』なんて聞くと、小むずかしい学術書を想像するかもしれないけれど、実際に読んでみるとちっともむずかしくない。魔法使《まほうつか》いを餌《えさ》にする怪物《かいぶつ》たちの最新情報が載《の》っているから、この学術誌には熱心な読者がたくさんいる。世界中のどの魔法《まほう》自治領も、怪物学《かいぶつがく》研究を支援《しえん》するかわりに、毎月ひと箱分の雑誌を送ってもらっている。自治領に所属していない魔法使《まほうつか》いたちは、そんな余裕《よゆう》があれば定期購読《こうどく》しているけれど、大半は数人で一冊を手に入れて、それを回し読みしている。

この七一六号はそこそこ新しい。二十年も前に刊行された号じゃない。オリオンの母親は、すでにこの号の編集委員に名を連ねていた。**オフィーリア・リース＝レイク、ニューヨーク魔法《まほう》自治領**。発行人欄《らん》に並んだ名前の、上から八番目のところだ。いまは、立場がもっと上になっているはずだった。〈目玉さらい〉に関する記事は、全体の半分近くを占《し》めていた。歴史的考察の項《こう》目《もく》には、〈目玉さらい〉を仕留めた現代の例が、信頼《しんらい》できる裏付けとともに詳細《しょうさい》に記されていた。

それによると、中国の上海《シャンハイ》魔法《まほう》自治領では、文化大革命のときに、十人近い魔法使《まほうつか》いたちが当局によって一斉《いっせい》検挙され、追放されたのだという。魔法使《まほうつか》いだから捕《つか》まったわけじゃない。裕福《ゆうふく》すぎたから目をつけられたのだ。一流の魔法使《まほうつか》いたちがいっせいにいなくなったせいで、その自治領の防御《ぼうぎょ》は次第に脆弱《ぜいじゃく》になっていった。とうとう、一匹《ぴき》の〈目玉さらい〉が、結界の脆《もろ》くなった門から侵入《しんにゅう》し、住民の半分を一日で食いつくした。残りの半分は、当然、自治領から逃《に》げだした。

ここまでは、かなりよくある話だ。魔法《まほう》自治領が亡《ほろ》ぶときは、いつもそんなふうにして亡《ほろ》ぶ。最後のとどめを刺《さ》すのは〈目玉さらい〉だけじゃない。弱体化した魔法《まほう》自治領は、最高危険度の怪物《かいぶつ》たちの恰好《かっこう》の餌食《えじき》になる。ところが、およそ十年後、追放されていた優秀《ゆうしゅう》な魔法使《まほうつか》いたちは全員故郷にもどってきて、生存者とぶじだった子どもたちを集め、〈目玉さらい〉から魔法《まほう》自治領を取りもどそうと決意した。

とても正気とは思えない決断だ。当時はまだ、〈目玉さらい〉を倒《たお》した例はたった一件しかなかったうえに、それさえも事実かどうか定かじゃなかった。だけど、魔法使《まほうつか》いたちは、いちかばちかの賭《か》けに出ることにした。魔法《まほう》自治領を作るというのは簡単なことじゃないし、思いつきで作れるようなものでもない。ましてや、千年の歴史を守り抜《ぬ》いた魔法《まほう》自治領なら、命を賭《か》ける価値は十分にある。

はっきりと書いてあったわけじゃないけれど、どうやら、魔法《まほう》自治領奪還《だっかん》が実行された陰《かげ》には、「のちの上海《シャンハイ》魔法《まほう》自治領の総督《そうとく》であり、本研究の共同執筆者《しっぴつしゃ》でもあるリー・フェン」の存在があったみたいだ。奪還《だっかん》を指揮したのも、リー・フェンだった。フェンたちは、一年かけてマナをたくわえた。たぶん、わたしの水晶《すいしょう》の千個分くらいのマナを。フェンは世界中をまわって、八人の飛びぬけて優秀《ゆうしゅう》な独立系の魔法使《まほうつか》いを探しだし、上海《シャンハイ》魔法《まほう》自治領に連れてきた。奪還《だっかん》が成功したあかつきには魔法《まほう》自治領の高い地位を与《あた》える、と約束して。フェンは、〈目玉さらい〉の中にもぐりこむ役をみずから買って出た。八人の魔法使《まほうつか》いとマナ・シェアをし、八人分の盾魔法《たてまほう》に守られ、一年かけて集めたマナを武器に、フェンは怪物《かいぶつ》の体内に入っていった。とうとう〈目玉さらい〉を倒《たお》したのは、それから三日後のことだった。八人の魔法使《まほうつか》いのうちふたりが途中《とちゅう》で命を落とし、二日後にはもうひとりが死んだ。

安心しようとして学術誌を開いたというのに、この記事はわたしの不安を煽《あお》っただけだった。わたしは十六歳《さい》で、マナを詰《つ》めた水晶《すいしょう》はたった二十九個しかなく、その大半は筋トレでたくわえたものだった。日曜の朝にたまたま出くわした〈目玉さらい〉をわたしが倒《たお》せただなんて、だれが考えてもあり得ない。たぶん、スコロマンスは、わたしにその才能があることを知っていた。そして、それは**使うべきではない**才能だった。わたしは『怪物学《かいぶつがく》ジャーナル』を虚空《こくう》へ投げかえし、ベッドにすわって膝《ひざ》を抱《かか》えた。曾祖母《そうそぼ》の予言のことを考える。もしも、わたしが本当に黒魔《くろま》術師《じゅつし》になったら。もしも、わたしが本当に、タフィーでもつまむみたいにして魔法使《まほうつか》いたちのマナを吸いとり、気まぐれに虐殺魔法《ぎゃくさつまほう》をかけるようになったら。そうなったら、わたしを止めることはできない。たぶん、文字どおり。わたしは、世界中の魔法《まほう》自治領に死と荒廃《こうはい》を雨のように降らせる。ちょうど、〈目玉さらい〉みたいに。見たこともないくらい巨大《きょだい》な〈目玉さらい〉みたいに。仲間の魔法使《まほうつか》いたちを食い物にする。そうするしか、**生きる術《すべ》**がないのだから。

そうなれば、みんなはただ、息を詰《つ》めてわたしが去るのを待つようになるだろう。母さんは別だ。母さんは、ヒトラーのことさえ悪人呼ばわりしようとしない。なにも、ヒトラーのことを、歴史のひずみに生みだされた不幸な人だと思っているわけじゃない。母さんは、人が犯した過ちを、その人自身が選択《せんたく》したことじゃなく、悪意のせいにしてしまうのは短絡《たんらく》的すぎるし、そんなふうに考えることは、悪意ある選択《せんたく》をした人を正当化することになってしまうと考えている。そう考えることで、問題を小さくしてしまうことを心配している。だいじょうぶ、あの人たちだっていいところもあるんだ、本当はいい人なんだ、と。

まあ、その考えにも一理あると思う。でもわたしは、けっこうな数の悪意ある選択《せんたく》をした人がいたら、そいつはやっぱり悪人で、それ以上なにかを選択《せんたく》する権利のないやつなんだと考えるほうが合理的だし、時間もむだにならないんじゃないかと思っている。持っている力が大きいやつほど、過ちを許されるチャンスは減らすべきだ。じゃあ、わたしには何回チャンスがあるんだろう？　何回チャンスを使ってしまったんだろう？　今日、〈目玉さらい〉のあとを追ったことは、褒《ほ》められて加点されるべきことなんだろうか。それとも、強大な力に味をしめたわたしは、このまま恐《おそ》ろしい運命に向かってまっしぐらに進んでいくんだろうか。あまりに明白で、だから、わたしを**愛したかった**人が十年以上も前に予知してしまった運命に向かって。

曾祖母《そうそぼ》の予言は、わたしの頭から片時も離《はな》れない。あれは最初の記憶《きおく》のひとつだ。あの日は暑かった。ウェールズは冬で、寒く、雨ばかり降っていた。その年のウェールズの冬の記憶《きおく》はないのに、ムンバイの夏のことはよく覚えている。中庭には四角い噴水《ふんすい》があり、水飛沫《しぶき》に虹《にじ》がかかっていた。噴水《ふんすい》のまわりでは植木鉢《ばち》に植わった小さな木が、紫《むらさき》がかったピンクの花を咲《さ》かせていた。親族がわたしと母さんを取りかこんでいた。**わたしとよく似た**人たちだった。ウェールズの学校ではよそ者であることをわたしに思いしらせてきた自分の顔が、ここでは明らかに馴染《なじ》んでいた。父さんの母親が床《ゆか》に膝《ひざ》をついてわたしを抱《だ》きしめ、すこし体を離《はな》して、しげしげとわたしの顔をながめた。そして、切なそうに涙《なみだ》を流しながら言った。「ああ、この子、アージュンにそっくりだわ」

曾祖母《そうそぼ》は日陰《ひかげ》に腰《こし》かけていた。わたしは虹《にじ》に触《さわ》ったり噴水《ふんすい》に手を浸《ひた》したりして遊びたいと思っていたけれど、親族たちに曾祖母《そうそぼ》のもとへ連れていかれた。曾祖母《そうそぼ》はほほえんでわたしを見下ろし、両手で、わたしの濡《ぬ》れた手を包みこんだ。わたしが笑顔で見上げた瞬間《しゅんかん》、曾祖母《そうそぼ》はさっと顔色を変えた。眉間《みけん》にはしわが寄り、両目が白くくもった。曾祖母《そうそぼ》はマラーティー語で話しはじめた。マラーティー語を使うのは、週に一度のレッスンのときだけだったから、わたしは曾祖母《そうそぼ》がなにを言っているのかわからなかった。だけど、まわりの親族たちが息を飲み、言いあいをはじめ、声をあげて泣きはじめたのはわかった。母さんはわたしを抱《だ》きあげて中庭の隅《すみ》へ行くと、わたしをきつく抱《だ》きしめて耳元でささやきかけ、歓迎《かんげい》の空気をかき消すおびえたような悲鳴からわたしを守ろうとした。

祖母が走りよってきて、急いでわたしたちを屋敷《やしき》の中へ連れていった。小さな、涼《すず》しい、静かな部屋だった。祖母は、ここにいるようにと母さんに言いおくと、つらそうな顔でわたしをちらっと見て、部屋を出ていった。祖母を見たのはそれが最後だ。だれかが夕食を運んできた。わたしは、混乱も恐怖《きょうふ》もすっかり忘れ、噴水《ふんすい》で遊びたいとせがんだ。母さんは子守唄《うた》をうたってわたしを寝《ね》かしつけた。その夜、わたしを母さんから取りあげようと、祖父と三人の男たちが部屋にやってきた。部屋は真っ暗だった。わたしが予言の内容を知っているのは、祖父が英語に翻訳《ほんやく》して母さんに伝えたからだ。祖父は何度も予言の話を繰《く》りかえし、母さんを説得しようとした。祖父は母さんのことをわかっていなかった。母さんにとっては、どちらが邪悪《じゃあく》でどちらが邪悪《じゃあく》じゃないかなんて、どうだっていいのだ。だから母さんは、邪悪《じゃあく》な力を秘めた娘《むすめ》を家に連れて帰り、育て、愛し、すべての力を注いで守った。そして、わたしはここにいる。定められた未来に向かっていつでも動きだす用意を整えて。

何時間だって、こんなことをくよくよ考えつづけていられた。だけど、気が遠くなるくらいつまらない仕事がわたしを待っている。重い体を引きずるようにしてベッドから下りると、わたしは、水晶《すいしょう》のひとつをマナの通り道として整える作業に取りかかった。そのためには、開いた扉《とびら》のこととか、流れる川のこととかをうたった複雑な歌をうたいつづけながら、糸のように細いマナを水晶《すいしょう》に押《お》しこみ、反対側から引きださなくちゃいけない。うたいつづけて喉《のど》がかれてきたころ、水晶《すいしょう》はようやく通り道として完成した。その水晶《すいしょう》をわきに置き、別の空っぽの水晶《すいしょう》を手にとって、マナをたくわえる作業に移る。だけど、いまだに痛むお腹の傷のおかげで、腹筋もジャンピング・ジャックもできない。覚悟《かくご》を決めて、とうとうかぎ針編みに手をつけるほかなかった。

かぎ針編みへの憎《にく》しみは、とても言葉では言い表せない。かぎ針編みをするくらいなら、喜んで腕立《うでた》て伏《ふ》せを休憩《きゅうけい》なしで千回こなしてみせる。憎《にく》たらしいかぎ針編みを嫌々《いやいや》習ったのは、スコロマンスに入学する生徒たちにとって、かぎ針編みはマナをたくわえるためのむかしながらのやり方だからだ。持ちこむのは、小さな、軽いかぎ針だけでいい。学校で支給される毛布は羊毛製だから、それをほどき、また編みなおすことができる。特別な材料はなにもいらない。でも、わたしはかぎ針編みが大の苦手だ。パターンのどこを編んでいるのかも、ステッチをいくつ編んだのかも、どのステッチを編んでいるのかも、そもそもなにを作ろうとしているのかもわからなくなり、しまいには、自分がまだかぎ針で目を刺《さ》してしまっていないことが不思議になる。頭がゆであがりそうなほどの怒《いか》りを手っ取り早く燃えあがらせたいなら、かぎ針編みほどぴったりな方法はない。最後の百ステッチを九回目にやり直すころには、怒《いか》りでどうにかなりそうになっている。だけど、かぎ針編みを終えるころには、いつもそこそこの量のマナがたまっているのだった。

水晶《すいしょう》がマナを吐《は》きださなくなるまで、ほぼ一時間かかった。じれったくて歯ぎしりしながら、わたしは同時に、いままでにない不安で胸をざわつかせていた。自分が邪悪《じゃあく》な気持ちになっていないか、気になって仕方がない。かぎ針編みのしすぎで自分の暗黒面が目覚めてしまわないか心配なのだ。こう言うと、すごく滑稽《こっけい》に聞こえると思う。とにかくいまは我慢《がまん》して、すこしでもマナをためなくちゃいけない。そうしないと、明日にはまた、この水晶《すいしょう》はマナを受けいれなくなっている。マナを使ってしまった水晶《すいしょう》すべてに、同じ作業をしなくちゃいけない。空《から》になった水晶《すいしょう》をもう一度使えるように修復するか、空《から》になった分はきっぱりあきらめて、取っておいた新しい水晶《すいしょう》にだけマナをためるか、どちらかを選ぶ必要があった。マナを吸いつくした水晶《すいしょう》をそのまま放っておくことはできないのだ。そんなことをすれば水晶《すいしょう》は完全に壊《こわ》れてしまい、二度とマナをためることができなくなる。

オリオンを頼《たよ》ることは何度も考えた。頼《たの》めば、水晶《すいしょう》のいくつかにマナを詰《つ》めてくれるはずだ。だけど、しょっちゅうわたしにマナを分けるようになったら、ニューヨーク魔法《まほう》自治領の子たちは、遅《おそ》かれ早かれオリオンとマナ・シェアをしなくなるはずだった。それも無理はない。オリオンは、マナが足りなくなれば、ニューヨークのお仲間を頼《たよ》ることができる。思いのままにみんなを助けてまわれるのも、マナ・シェアがあるからだ。わたしやほかの負け犬たちみたいに、今日はマナが足りるだろうかと気を揉《も》む必要もない。だけど、その特権にも制約があるのだ。もちろん、わたしがニューヨーク魔法《まほう》自治領のグループに取りいるという手もある。だけど、オリオンが食堂を駆《か》けずりまわってこれみよがしにわたしの保護者面をしたり、図書室の暗がりに——みんなから見ればどう考えてもいちゃつくために——ふたりで引っこんだりして、わたしたちの熱愛ぶりは明らかだ。だから、クロエやマグナスたちが、わたしがニューヨークのシェア・マナを使えないように、すでに手を打っていたとしてもおかしくはない。〈目玉さらい〉を倒《たお》した今日のわたしも、心からそのほうが賢明《けんめい》だと思う。

そういうわけだから、オリオンにマナを分けてくれと頼《たの》むことはしなかった。来月はずっと、魂《たましい》が破滅《はめつ》するほど退屈《たいくつ》なかぎ針編みをひたすら続けて、毛布の全面にすてきな葉っぱと花の模様を編みこむことにしよう。気をつけていないと、ひと針ごとに怒《いか》りをためこんで本当に魂《たましい》を破滅《はめつ》させ、黒魔術師《くろまじゅつし》に身を落としてしまう恐れがあるけれど。まあそうなったとしても、少なくとも魔工《まこう》の授業の単位はもらえるだろう。

消灯を知らせるベルが鳴っても、わたしはかぎ針編みを続けた。長い昼寝《ひるね》をとったおかげで、今日は夜ふかしができる。一時間ほど編みつづけ、とうとう手を止めてかぎ針を片付けた。できることなら、こんなもの、真っ暗な虚空《こくう》に放りなげてしまいたかったけど、そんなことをすれば二度と取りかえせない。かわりに、わたしは歯嚙《はが》みしながら、かぎ針を収納箱のふたの裏にしっかり固定した。それがすむと、自分にごほうびをあげることにした。やっと、ベッドにゆったり腰《こし》かけて、今日手にいれた唯一《ゆいいつ》の戦利品を――図書室のサンスクリット語の棚《たな》で見つけた本を――眺《なが》めることができる。

この本を手にしたときから、特別な一冊にちがいないという確信があった。だけど、かばんから本を取りだしながら、わたしはごくりとつばを飲んだ。今日一日のことを思えば――いや、この一週間、この一年、わたしが生まれてからいままでのことを思えば――、本の中身がくだらない料理本にすり替《か》わっていても、あるいは、水に濡《ぬ》れてページがくっついてしまっていても、虫かなにかにかじられて読めなくなっていても、不思議じゃない。でも、表紙の状態は申し分がなかった。手作業で作られた本のようだ。濃《こ》い緑の革には、繊細《せんさい》な模様が金で型押《かたお》しされている。模様は、本を閉じて守るための長い袖《そで》部分にもほどこされていた。本を膝《ひざ》の上にのせ、ゆっくりと開く。一ページ目は――わたしの感覚では最後のページだ。この本は右開きになっている――アラビア文字で書かれているようだった。その瞬間《しゅんかん》、心臓が大きく跳《は》ねた。

現在流通している、最も古く、最も強力なサンスクリット語の魔法《まほう》の原本は、はるかむかしに失われた。最初の写本は、バグダッド魔法《まほう》自治領で千年ほど前に作られた。この本は、見た目も手触《てざわ》りも、千年も前に作られたとはとても思えないけれど、見た目は当てにならない。魔法《まほう》自治領の中でさえ、呪文帳《じゅもん》はしょっちゅう本棚《ほんだな》から姿を消す。図書目録の管理がとびぬけて行きとどいているとか、優秀《ゆうしゅう》な司書がすべての本の居場所を把握《はあく》しているとか、そういう特殊《とくしゅ》な状況《じょうきょう》じゃないかぎり、それは防ぎようのないことだ。行方をくらませた本たちがどこへ行くのかはだれにもわからない。わたしたちの部屋のむこうに広がる虚空《こくう》のような場所へ行くのかもしれないし、どこか別の場所かもしれない。どこへ行くにせよ、消えた本たちは、ふたたび見つかるまで古びることがない。貴重な本であればあるほど、行方がわからなくなる可能性は高くなる——劣化《れっか》から身を守ろうとする本能があるからだ。見たところ、この本はほとんど新品同然だ。もしかすると、作られてほんの数年後に、バグダッドの図書室から逃《に》げだしたのかもしれない。

わたしは、息を詰《つ》めてページをめくった。一ページ目のサンスクリット語を読む。ページの下には訳注がびっしりついていた。訳注を読むためには、アラビア語を習わなくては。その苦労をする価値は十分にある。なぜなら、その章のタイトルは、「ガンダーラの賢者《けんじゃ》による最高傑作《けっさく》について」だったからだ。タイトルを目にした瞬間《しゅんかん》、わたしは派手な悲鳴をあげ、本に翼《つばさ》が生えて飛んでいくとでも思っているみたいに、薄《うす》い本をぎゅっと胸に押《お》しつけた。

世界最古の魔法《まほう》自治領建築呪文《じゅもん》が載《の》った『黄金石の経典』のことは、魔法使《まほうつか》いならだれでも知っている。『黄金石の経典』が世に出る前、魔法《まほう》自治領は偶然《ぐうぜん》によってしか生まれなかった。魔法使《まほうつか》いたちが同じ場所で一緒《いっしょ》に働きながら生活をともにし、十分に長い時間がたてば——およそ十世代にわたって、その状態が続けば——、その共同体はすこしずつ世界の外側へすべりだしていき、不思議な方法で広がっていく。共同体の出入り口を数カ所に限定していると、そこはやがて魔法《まほう》自治領の門になり、それ以外の部分はすべて世界から遮断《しゃだん》され、かわりに真っ暗な虚空《こくう》に囲まれる。スコロマンスが虚空《こくう》に守られているのと同じように。こうなれば、怪物《かいぶつ》たちはどうにかして侵入《しんにゅう》口を見つけないかぎり、魔法《まほう》自治領に入りこむことはできなくなる。だから、そこでの生活は外にくらべてはるかに安全で、魔法《まほう》をかけるのもずっとたやすくなり、人生は何倍も快適になる。

だけど、こんなふうに魔法《まほう》自治領ができることはあまり多くない。魔法《まほう》自治領が自然にできるには、十世代ものあいだおおむね平和に維持《いじ》されてきた共同体が必要なのだ。わたしたちだって、魔法《まほう》が使えるからといって、つねに危険から守られているわけじゃない。町に火をつけられたり、だれかに剣《けん》で刺《さ》されたりすれば、魔法使《まほうつか》いだって死ぬこともある。というより、魔法《まほう》自治領も永遠に魔法使《まほうつか》いを守ってくれるわけじゃない。自治領の門が爆破《ばくは》されてしまえば、魔法《まほう》自治領の命はそこまでだ。そのとき、中にいる魔法使《まほうつか》いたちも吹《ふ》きとばされてしまうのか、それとも、自治領は彼《かれ》らを中に入れたまま虚空《こくう》に落ちていくのか、本当のところはまだわかっていない。どちらかというと、それは学問的な話になってくる。

それでも、地下に隠《かく》れているよりは、やっぱり魔法《まほう》自治領の内部にいたほうがずっと安全だ。ロンドン魔法《まほう》自治領はドイツ軍による電撃戦《ブリッツ》によってさえ陥落《かんらく》しなかった。街中のいたるところに門を作っていたからだ。どこかの門が爆破《ばくは》されたとしても、かわりとなる門がほかにたくさんあった。そのときにできたたくさんの門は、いま、問題の種になっている。ロンドンの反体制的な独立系魔法使《まほうつか》いたちが、使われなくなった門を探すようになったのだ。彼《かれ》らは門をこじ開け、自治領の外壁《がいへき》と内側の膜《まく》のあいだにもぐりこみ——具体的な構造についてはわからない。その魔《ま》法使《ほうつか》いたちにもよくわかっていないんだと思う。でも、とにかく、もぐりこむことはできるらしい——、そこで作業場を作って生活をはじめた。そのうち、自治領の評議会が侵入者《しんにゅうしゃ》たちの存在に気付いて彼《かれ》らを追いだし、こじ開けられた門をレンガでふさいだ。不届き者たちの何人かには直接会ったことがある。彼《かれ》らは、体の具合が悪くなると、母さんのところにやってくるからだ。調子を崩《くず》す原因は、現実なのか虚構《きょこう》なのかあいまいな場所で共同生活を送り、どこで拾ってきたのかわからない古い水晶《すいしょう》を使って魔法《まほう》自治領のマナを吸いとり、魔法《まほう》で作りだしたものばかり食べているからだ。

母さんは無料で彼《かれ》らの体を治してやる。ただ、治してもらうかわりに、長い瞑想《めいそう》に耐《た》え、魔法《まほう》自治領のまわりにたむろするようなことはしちゃいけないだとか、わたしみたいに森で暮らして霊《たましい》を満たさなくちゃいけないだとか、そういう母さんの持論を聞かされることにも耐《た》えなくちゃいけない。時どきは、母さんの話を真剣《しんけん》に聞いて、そのとおりにする魔法使《まほうつか》いもいた。

だけど、もちろん、ロンドン魔法《まほう》自治領は自然にできた自治領じゃない。大型の魔法《まほう》自治領の例にもれず。大きい自治領は建設によって作られる。現在わかっているかぎりでは、一番最初に魔法《まほう》自治領が建設されたのはだいたい五千年前で、それが〈黄金石の自治領〉だ。十の魔法《まほう》自治領が、一世紀のあいだに、パキスタンから北インドにかけて建設された。そのうち三つはいまだに亡《ほろ》びていない。どの〈黄金石の自治領〉に住む魔法使《まほうつか》いも、自分たちの自治領は『黄金石の経典』の著者によって建設されたのだと主張している。プロチャナという名の魔法使《まほうつか》いで、魔法《まほう》史家によれば、プロチャナはインドの叙事詩《じょじ》マハーバーラタにも登場していて、その中ではガンダーラの王子の側近として描《えが》かれているらしい。中世の書物の中では、よく〝ガンダーラの賢《けん》者《じゃ》〟という異名で出てくる。マハーバーラタの中に描かれるプロチャナは、あまりいいやつじゃない。蠟《ろう》で家を建てて王子の敵を中に誘《さそ》いこみ、生きたまま燃やそうとした。だから、どうしてそんなやつが魔法《まほう》自治領建設者として魔法界《まほうかい》に名を馳《は》せているのか、いまいち釈然《しゃくぜん》としない。だけど、非魔法界《まほうかい》の資料は時どき正確じゃないことがある。もしかするとプロチャナは、燃える家を作ったときに手順を誤って、偶然《ぐうぜん》、魔法《まほう》自治領を作りだしたのかもしれない。

ひとつ確かなのは、〈黄金石の自治領〉のすべてが、プロチャナという男ひとりの力で建てられたわけじゃないことだ。居心地のいい魔法《まほう》自治領を作ったら、ふつうは、そこを出て別の自治領を作ろうなんて気にはならないはずだ。だけど、プロチャナが、一揃《ひとそろ》いの魔法《まほう》を使って自治領を建設したことだけは揺《ゆ》るぎない事実だった。そして、その魔法《まほう》は長いあいだ見つかっていなかった。

もちろん、魔法《まほう》が失われたからといって、魔法《まほう》自治領が作られなくなったわけじゃない。魔法《まほう》自治領は**建設できる**のだということがわかると、魔法使《まほうつか》いたちは自治領建設を大きな目標として掲《かか》げ、尽《つ》きることのない興味を注ぎつづけた。魔工家《まこうか》たちは、より質のいい、より大きな自治領を作るための方法を編みだすようになり、〈黄金石の経典〉を探しだす必要はすこしずつなくなっていった。現代の自治領建設についてはよく知らない。それは厳重に守られた秘密の魔法《まほう》だ。だけど、わたしでも断言できるのは、魔法《まほう》自治領建設の魔法《まほう》は、二センチにも満たない薄《うす》い本に収まるようなものじゃないということだ。注釈《ちゅうしゃく》がふんだんに付いているなら、なおさらあり得ない。丸太小屋を組みたてるだけならまだしも、自治領建設というのは、ドバイのブルジュ・ハリファみたいな超《ちょう》高層ビルを建てるくらいの大仕事なんだから。

だけど、自治領建設魔法《まほう》が五千年間も改良を重ねられてきたとはいえ、〈黄金石の建材魔法《まほう》〉、通称〈物質操作魔法〉は、いまだに世界中で使われている。それだけの価値があるからだ。その魔法《まほう》を使えば物質の元素を操り、そしてなによりも物質の状態を変えることができる。これは想像以上に役にたつ。たとえば、水蒸気を出す必要があるとしよう。鍋《なべ》の中の水に魔法《まほう》で熱を注ぎこめば、水蒸気を作りだすことはできる。だけど、これはマナのむだ遣《づか》いだ。九歳《さい》のわたしが、水晶《すいしょう》ひとつ分のマナを使って〈鉤爪蛇《かぎづめへび》〉を液体にしたときみたいに、使う必要のないマナを大量に消費してしまう。でも、幸運にもプロチャナの〈物質操作魔法《まほう》〉を知っていれば、マナを使って熱を作りだし、水と、鍋《なべ》と、そのまわりの空気を温めるという面倒《めんどう》な行程を踏《ふ》む必要がない。鍋《なべ》に水をくんできて、ほしい量だけ水蒸気に変えることができる。マナの消費も必要最低限ですむ。マナを節約できるというのは、かなり大きい。だから、プロチャナは魔法《まほう》自治領を建設できたんだろう。

　そしていま、わたしの手の中には、まさにその〈物質操作魔法《まほう》〉が載《の》った本があった。呪文《じゅもん》は十六ページに載《の》っていた。震《ふる》える手でページをめくる。途中《とちゅう》でそれ以上読みつづけることができなくなり、わたしは本を胸に抱《だ》きしめた。そうしないと、声をあげて泣いてしまいそうだったのだ。この呪文《じゅもん》があれば、ここから生きて出られるかもしれない。水晶《すいしょう》のマナが半分以上も空《から》になっていたことを知ったときから、生きのびるのはムリなんじゃないかというかすかな恐怖《きょうふ》が、胸の奥《おく》に芽生えていた。これがあれば、物質操作魔法《まほう》を使えるようになるばかりか、魔法《まほう》と引きかえに**大勢の**生徒たちと取引ができるようになる。

　スコロマンスの外で〈黄金石の物質操作魔法《まほう》〉を手にいれるには、大量のマナと同じくらいの価値があるなにかと交換《こうかん》するしかない。大量のマナ。意志の強い二十人の魔法使《まほうつか》いたちが、五年かそれ以上かけてようやくたくわえられる量のマナ。それは、ふつうの人が想像しているよりもはるかにむずかしい。たとえば銀行口座のようなところにマナを五年間あずけ、必要な量がたまったら引きだして近くの本屋さんにめあての魔法《まほう》を買いにいく、みたいなことはできない。貴重な魔法《まほう》を手にいれる唯一《ゆいいつ》の方法は、交換《こうかん》だ。まずは取引をしてくれる魔法《まほう》自治領をさがす。そして、魔法《まほう》をゆずってもらうかわりに、相手が必要としている、入手困難ななにかを提供する約束をする。それを手にいれるには、まず間違《まちが》いなく、不愉快《ふゆかい》な目にあうか、痛い目にあうか、危険な目にあう。つらい五年間を耐《た》えて約束のものを手にいれたら、魔法《まほう》自治領のもとへ届ける。相手が手のひらを返して取引をやめにしたり、さらに条件を増やしたりしないことを祈《いの》りながら。どちらもよく聞く話だった。

〈物質操作魔法《まほう》〉のページを読みおえると、その先を読むのはやめておいた。かわりに、一番きれいなはぎれを水にひたし、表紙にほどこされた型押《かたお》しのみぞにたまったほこりを、ほんの小さなちりも逃《のが》さず拭《ふ》きとった。そのあいだ、わたしは本に声をかけつづけた。この本を見つけることができてどんなにうれしく思っているか、この本がどれだけすばらしいか、みんなに見せるのをわたしがどれほど心待ちにしているか語りかけ、家に帰るときがきたら真っ先に母さんに見せにいって、コミューンの人たちが手作りしている特別な保革油を使って、もっときれいに手入れするつもりだからね、と言った。いたって大真面目に。母さんは、七冊の呪文《じゅもん》帳すべてをこんなふうに世話していたし、そのおかげか、本をなくしたことは一度もない。うちのユルトは自治領みたいに守られていないし、母さんの本はどれもすごく貴重なものばかりなのに。母さんは、蓋《ふた》付きの収納箱に本をしまって、すこしだけすき間を作っておく。これは母さんにだけ起こることだけど、時どき、箱の中に見覚えのない本があるのを見つけると、母さんは、よそへ行きたい本があるのね、と言った。そうして、ユルトの煙出《けむだ》し穴の下に毛布をしいて、そこにすべての本を丸く並べて祝福し、これまで助けてくれたことの感謝を伝え、ここを離《はな》れたい本は自由に行ってもらってかまわない、と伝える。そうすると、収納箱にふたたび本をしまうとき、残った本の数はちゃんと七冊にもどっている。

「あんたを入れておく特別な箱を作ってあげる」わたしは本に約束した。「魔工《まこう》クラスの単位は取ったから授業はサボろうと思ってたんだけど、やっぱり行くことにする。あんたの収納箱を作りたい。完ぺきな箱にしたいから、ちょっと時間がかかるかもね」その晩、わたしは本を腕《うで》に抱《だ》いて眠《ねむ》った。万が一のためだ。

「エル、それはヤバい」翌朝、朝食を知らせるベルが鳴る前に本を見せようとアアディヤの部屋へ行くと、彼女《かのじょ》は開口一番そう言った。「なにをしたわけ?」

この本と引きかえにやったことは、思いだしたくもなかった。「昨日、図書室がわたしを怪物《かいぶつ》たちと一緒《いっしょ》に閉じこめておこうとして必死になってたんだ。わたしは本の背を読みながら通路を歩いてただけなんだけど、学校はうっかり本棚《ほんだな》の上のほうにこの本を置いちゃったみたい。それを運よく見つけたってわけ」

「めちゃくちゃすごいじゃん」アアディャは、うらやましそうに本を眺《なが》めた。「わたし、サンスクリット語は読めないんだ。でも、よかったら、〈物質操作魔法《まほう》〉を競りにかけてあげようか？」

「競り？」わたしは聞きかえした。アアディャには交渉《こうしょう》できる生徒を紹介《しょうかい》してもらうつもりだったからだ。

「そうそう。これはほんとに貴重だから、ふつうの交換《こうかん》はしないほうがいいと思う。わたしが内々《うちうち》に競りを開くから、高い価格をつけた五人にだけこの魔法《まほう》を教えればいいんじゃない？　なにを提供してもらえるかはわからないけど。で、その五人がこの魔法《まほう》で交渉《こうしょう》することは禁止する。複写魔法《まほう》はできる？」

「できない」わたしはきっぱり言った。本当は、複写魔法《まほう》くらいかけられる。ウインクするくらい簡単だし、複写魔法《まほう》はまっとうで安全な魔法《まほう》だ。でも、この本にはどんな魔法《まほう》をかけるつもりもない。

「リューに頼《たの》んでみたら？」

「魔法《まほう》は使わない」わたしは言った。「この本は複写なんてしたくないんだ。ベーダ・サンスクリット語の貴重な大規模魔法《まほう》だよ？　だいたい、この魔法《まほう》の複写を五部作ろうとしたら一週間はかかる」

「その魔法《まほう》、もう習得したの？」アアディヤは怪訝《けげん》そうに言った。「いつのまに？　昨日はボロ雑巾《ぞうきん》みたいだったのに」

「夕食のあとだよ」わたしはムッとして言い、心のなかで付けくわえた――オリオンが余計なことをしてくれたおかげだよ。

　アアディヤはすこし考えて言った。「わかった。じゃあ、実演をやってくれる？　水曜日の魔《ま》工《こう》クラスのときはどう？　二日あれば、みんなに実演のことを伝えられると思う。で、競りは週末にしよう。四年生が目の色変えて食いつくかもね。いまから習得すれば卒業式に間にあうから。そうだ、運がよければ、競りおとすのは全員四年生かも。そしたら、四年生が卒業したあとで、もう一回競りができる」

「いいね」わたしは言った。「助かったよ、アアディヤ。お返しはなにがいい？」

　アアディヤは唇《くちびる》を噛《か》み、わたしを見つめたまま考えこんだ。それから、なにかひらめいたような顔で言った。「競りのあとに決めてもいい？　なにが手にはいるか、どうすればフェアなのか見たいから。分けられるものがたくさんあれば、ひとつしかないものはそっちにゆずるし」

　本を持った両手に思わず力をこめそうになる。「そっちがいいなら、わたしはそれでかまわないけど」アアディャの気遣《きづか》いにふいをつかれたことに気付かれないように、わたしはできるだけ何気ない感じで言った。

第8章 クローラー

わたしとアアディヤはシャワー室へ行って一緒《いっしょ》に身支度を整え、ンコヨとオリオンと合流して朝食を取りに行った。「うそ、すごい」ンコヨは、わたしが本を見せると言った。この本は肌身《はだみ》離《はな》さず持ちはこぶつもりだ。たぶん、死ぬまで。わたしは間にあわせの袋《ふくろ》を作り、それを胸の前にくくりつけておいた。ほかの本と一緒《いっしょ》にかばんにしまっておく気にはなれない。「取引したい？　サンスクリット語をやってるソマリ出身の子をふたり知ってるんだけど」

最高の気分だったから、クロエがわたしたちの声に気付いたのか、濡《ぬ》れた髪《かみ》のままシャワー室から飛びだしてきて、「待って。すぐ追いつくから」と声をかけてきたときも、わたしは文明人らしく「いいよ」と言ってやった。心に余裕《よゆう》がある証拠《しょうこ》だ。歩きながら、クロエにも本を見せてやる。クロエは礼儀《れいぎ》正しく、よかったわねと感想を言った。だけど、わたしの友好的な気持ちは、たったの五秒しか続かなかった。クロエが、ちらっとオリオンのほうを見たからだ。なにを考えているか、手にとるようにわかる。どうせ、この本はオリオンがわたしのために手にいれたと思っているのだ。だけど、あっちへ行けと追いはらうわけにもいかない。クロエだって、わたしとオリオンの距離《きょり》が縮まりはじめたころにも、そんなことはしなかった。ううん、できなかった。どれだけそうしたくても。

わたしは今日の朝食に期待していた。アアディヤと一緒《いっしょ》に配膳《はいぜん》カウンターに並べば、列にいる生徒たちに、わたしが貴重な魔法《まほう》を取引にかけるつもりだということを知らせることができる。話を聞いた生徒たちは、わたしたちのテーブルに立ちよって本を見ていくはずだ。新しく知り合いを作るにはちょうどいい。サンスクリット語を使える生徒と知りあうことができれば、その子たちとは別の取引もできる。ところが、食堂に着いた瞬間《しゅんかん》、この本が今朝の話題をさらうことはなさそうだと悟《さと》った。四年生が、たったひとりですわっていたのだ。中央の、とびきりいい席にひとりきりで。トレイに覆《おお》いかぶさるようにして食事をしている。

四年生はひとりですわったりしない。学校一の嫌《きら》われ者だろうと、ひとりになることはない。四年生のすわっているテーブルが空いていれば、一年生や、ときには二年生までもが、喜んで一緒《いっ・しょ》にすわる。四年生は上級魔法《まほう》を知っているし、卒業間近ともなれば、あふれんばかりのマナをたくわえている。平均的な一年生とはマナの量が比べものにならない。だから、一年生や二年生だけを狙《ねら》うような弱小怪物《かいぶつ》たちは、四年生がいるあたりには近づこうともしないのだ。ひとりぼっちですわっている四年生のテーブルを、ほかの四年生は明らかに避《さ》けていた。まわりのテーブルには、ほかに身を守る術《すべ》を知らないはみ出し者の一年生たちがすわり、うつむいて黙々《もくもく》と朝食を食べている。

その四年生のことは知らなかった。ところが、オリオンとクロエは、こわばった顔でその上級生を見つめている。「あの人……ニューヨーク出身？」アアディヤが低い声でたずねた。クロエは呆然《ぼうぜん》とした顔で言った。「トッドよ。トッド・クウェイル」わたしはいよいよ混乱した。**魔法《まほう》自治領出身の四年生**が仲間外れになるなんて、絶対にあり得ない。トッドは黒魔術師《くろまじゅつし》に身を落とすようなこともしていないはずだ。はためには完全に正常に見える。

一年生のひとりが、トレイをベルトコンベヤにもどし、足早に出口のほうへ向かってきた。オリオンが手を伸《の》ばし、一年生をつかまえる。「あの四年生がなにをやったか知ってる？」そう言って、孤立《こりつ》した四年生のほうをあごでしゃくった。

「〝侵略《しんりゃく》〟です」一年生は、うつむいたまま短く答えた。長過ぎる前髪《まえがみ》の下から不安そうにオリオンとクロエの表情をうかがうと、急いで食堂を出ていった。オリオンは一年生をつかんでいた手をだらりと垂らした。顔が青い。クロエは、信じられないと言いたげに首を振《ふ》った。「あり得ない。絶対にあり得ない」たしかに、この状況《じょうきょう》を説明することができるのは、その言葉だけだった。

スコロマンスに到着《とうちゃく》すると同時に、わたしたちはそれぞれの部屋に放りこまれる。だれかが死んだとしても、部屋が変更《へんこう》されることはない。持ち主のいなくなった部屋は、学年末に寮《りょう》が回転しながら下がっていくときに消去される。部屋が消えれば余分なスペースが生まれるけれど、どの部屋が広くなるかは、学校の気まぐれによって決まる。部屋を変える唯一《ゆいいつ》の手段は、めあての部屋を**奪《うば》う**ことだ。ただし、その部屋の持ち主を殺しても意味がなく、狙《ねら》った部屋に押《お》しいって部屋の主を虚空《こくう》に飛ばさなくちゃいけない。

〝虚空《こくう》に飛ばす〟ということがいったいなにを意味するのか、知っている人はいない。虚空《こくう》は、真空状態でもないし、落ちたら即死《そくし》するような場所でもない。時どき、精神を病んだ生徒が、虚《こ》空《くう》の中へ歩いていくことがある——そう、**歩いて**入っていくことができるのだ。虚空《こくう》になにか物を落としてみても、変化は目に見えない。虚空《こくう》を例えるなら、それはちょうどスライムのような感じだ。指のあいだで握《にぎ》りつぶしたり、手早く丸めて完ぺきな球形を作ったりすることができる。虚空《こくう》の場合は手じゃなくて意思を使うわけだけど、虚空《こくう》もスライムと同じように、こちらの意思に従って形を変える。

だけど、たとえ虚空《こくう》の中へ入っていったとしても、そう遠くへは行けない。たいていはパニックを起こして駆《か》けもどってきてしまう。虚空《こくう》の先で見たもののことを説明できた生徒は、これまでひとりもいなかった。まれに、覚悟《かくご》を決めて全力で虚空《こくう》の中へ走っていく生徒がいる。彼《かれ》らは、勢いにまかせて虚空《こくう》のすこし奥《おく》までたどり着き、そして、やっぱり同じように引きかえしてくる。もどってきたときには、話すことができなくなっている。少なくとも、人間に理解できる言葉は話せない。話しているような音を出すだけで、その言語を知っている者も、理解できる者もいないのだ。その状態になった生徒は遅《おそ》かれ早かれ命を落とす。これまでにふたりだけ、どうにか生きのびてスコロマンスを卒業した生徒がいた。彼《かれ》らはいまも魔法《まほう》を使えるらしい。だけど、彼《かれ》らの呪文《じゅもん》を理解できる魔法使《まほうつか》いはいない。魔工品《まこうひん》を作ったり、錬金術《れんきんじゅつ》を使ったりすることがあるとしても、作りだした物は本人にしか使うことができない。まるで、彼《かれ》らだけが別の次元に移動してしまったみたいに。

　みずから虚空《こくう》へ入りこんだ人たちは、どんな形にせよもどってくる。一方、部屋にいるだれかを――魔法《まほう》で――虚空《こくう》に飛ばしてしまうこともできる。魔法《まほう》を使えば、相手を虚空《こくう》のはるかかなたへ飛ばし、完全に消してしまうことができるのだ。相手がいくら抵抗《ていこう》しようとも。そして、本当に〝侵略《しんりゃく》〟を実行に移せば――消灯後に狙《ねら》った部屋へ押《お》しいり、用済みになった本を投げかえすみたいにして部屋の持ち主を漆黒《しっこく》の闇《やみ》の奥《おく》へ飛ばし、やめてくれ、部屋にもどしてくれと必死に懇願《こんがん》する声にも耳を貸さず、部屋の主を完全に消してしまえば――奪《うば》った部屋で過ごしても、怪物《かいぶつ》たちを引きよせてしまうことはない。なぜなら、その部屋の持ち主はひとりになったからだ。これで、めあての部屋は自分のものになる。

もちろん、そんな悪事に手を染めれば、人望はゼロになる。〃侵略《しんりゃく》〃を隠《かく》しとおすことはできない。翌朝、新しく手にいれた部屋から出てくるところを見られれば、なにをしたのかはすぐに知れわたる。オリオンがいますぐトッドを問いつめに行こうとしているのは明らかだった。わたしはオリオンをつつき、配膳《はいぜん》カウンターの列へ強引に連れていった。「昨日もランチを食べられなかったでしょ。詳《くわ》しく知りたいなら、朝食を取ってからトッドのテーブルにすわればいい。場所はたっぷり空いてるんだから」

「侵略者《しんりゃくしゃ》と一緒《いっしょ》にすわるつもりはない」オリオンは言った。

「じゃ、燃えるような好奇心《こうき》に身を焦《こ》がしとけば?」わたしは言いかえした。「昼休みまで待ってれば、だれかが無慈悲《むじひ》な侵略《しんりゃく》事件の詳細《しょうさい》を教えてくれるだろうし」

「なにかの間違《まちが》いよ」クロエは言った。不安そうなか細い声だ。「トッドが侵略《しんりゃく》をするなんてあり得ない。そんな必要ないんだから! トッドの卒業チームには、アナベルと、リバーと、ジェサミーがいるし、卒業生総代の子まで仲間にできたんだから。侵略《しんりゃく》なんてするはずない」

「トッドのテーブルに行ったって、長話することにはならないでしょ。あと少しで四年生の朝食時間は終わるんだし」アアディヤが冷静に指摘《してき》した。オリオンは両手を固く握《にぎ》りしめ、大急ぎで配膳《はいぜん》カウンターへ向かった。

　わたしは、噂《うわさ》の広まる速さをあなどっていたらしい。トレイを持ってテーブルへ向かうより早く、わたしたちは〝無慈悲《むじひ》な侵略《しんりゃく》事件の詳細《しょうさい》〟のあらかたをつかんでいた。トッドがその手にかけたのは、ミーカという名の少年だった。はみ出し者のひとりで、いまだに、どの卒業チームにも入れてもらっていなかったらしい。はみ出し者の上に黒魔術《くろまじゅつ》も使わないのなら、その子たちが生きてここを出る可能性は限りなく低い。そしてミーカは、黒魔術師《くろまじゅつし》じゃなかった。不器用な負け犬で、人とうまく付きあうことができず、その欠点をおぎなうような能力にも恵《めぐ》まれていなかったから、ほかの負け犬たちにさえ相手にされなかった。だけど、そんなことは殺されるほどの罪じゃない。わたしだって、慎重《しんちょう》に準備を進めておかないと、来年はミーカと同じ立場に追いこまれてしまうだろう。ともかく、ミーカの立場は相当弱かった。ということは、もちろん、恰好《かっこう》の標的だったというわけだ。

　オリオンが、最初に配膳《はいぜん》カウンターを離《はな》れた。一直線にトッドのいるテーブルへ向かい、真ん前の席に自分のトレイを叩《たた》きつけるように置く。席につこうとはしない。「なんでだよ」単刀直入に切りだした。「あんたは卒業チームも決まってるし、盾魔法《たてまほう》ホルダーもあるし、マナ・シェアもできるし、大量のマナもある――前期のうちに精霊《せいれい》の剣《けん》も作ってたじゃないか！　それだけじゃ足りなかったっていうのか？　そのうえ**いい部屋**までほしかったって？」

わたしはオリオンのとなりにトレイを置き、席について、このすきに朝食を食べておくことにした。アアディヤがわたしのとなりにすわり、同じように食事に取りかかる。クロエは結局わたしたちにはついてこなかった。カウンターで噂《うわさ》の詳細《しょうさい》を聞くと、わたしたちから離《はな》れてニューヨークのテーブルへ向かった。ニューヨーク出身の生徒たちは、トッドからできるだけ距離《きょり》を置こうとして、出口近くのテーブルに集まっている。クロエの判断は正しかった。トッドが口を開くかどうかはさておき、返ってくる答えをオリオンが気にいるはずがない。トッドは押《お》しだまっている。トレイの上にかがみ込《こ》むようにして、機械的に食べ物を口に運んでいる。その手は震《ふる》えていた。無理に食べ物を飲みこんでいるようにも見えた。トッドは黒魔術師《くろまじゅつし》じゃないし、人を殺して平然としているような筋金入りのソシオパスでもない。なぜ、〝侵略《しんりゃく》〟なんかに手を染めたんだろう。〝侵略《しんりゃく》〟をしても、マナは得られない。ということは、よほど追いつめられていたということだ。

「トッドの前の部屋ってどこ?」わたしはたずねた。

「階段のそばだよ」オリオンが答えた。答えるあいだも、トッドをにらんでいる。にらんで頭蓋《ずがい》骨《こつ》に穴を開け、そこから答えを引きずりだそうとしているみたいに。階段のそばの部屋はたしかに最悪だ。わたしたちが階段を使って校内を移動するなら、怪物《かいぶつ》たちだって階段を使って移動できる。だから、四年生の寮《りょう》の階段横の部屋は、配膳《はいぜん》カウンターのひとつ目の料理と同じくらい危険だ。

　とはいえ、どちらも打つ手がないわけじゃない。配膳《はいぜん》カウンターの最初の料理が蓋《ふた》で隠《かく》れていたら、そんな危険なものにわざわざ手をのばそうとする生徒はいない。もっと安全なとなりのトレイから料理を取ればいいだけの話だ。トッドにだって、次善の策というものがあったはずだ。自治領出身だし、眠《ねむ》るときにはマナ・シェアをして、毎晩、ベッドの上に頑丈《がんじょう》なバリアを張りめぐらせることもできたに決まっている。ニューヨーク魔法《まほう》自治領の子たちは、バリアのためにシェア・マナを余計に消費されないように、トッドの周辺の部屋に住む生徒たちは卒業チームに誘《さそ》わなければいい。卒業チームとの関係をふいにして、そしてたぶん、これからの人生をふいにしてまで、〝侵略《しんりゃく》〟なんかをする価値なんてあったのだろうか。どの魔法《まほう》自治領も、**表立っては**殺人犯も黒魔術師《くろまじゅつし》も受けいれない。そして、文字どおりこの学校の全員が、トッドのやったことを知っている。

「答えろよ」オリオンが言って、トッドのトレイに手を伸《の》ばした。トレイを引っ張るか、トッドの顔に押《お》しつけてやるかしようとしたんだと思う。ところが、相手のほうが速かった。トッドは自分のトレイでオリオンのトレイを引っくりかえし、上にのっていた食べ物を残らずオリオンに浴びせかけた。間髪《かんはつ》をいれずテーブルの上に身を乗りだし、オリオンを激しく突《つ》きとばす。スコロマンスでは殴《なぐ》り合いのケンカが起こることはめったにない。みんな、そういうのは非魔法族《まほうぞく》のやることだと考えている。でも、ケンカに練習は必要ない。身長が百八十センチ以上もあって、この四年間、ほしい物があればためらうことなく相手から取りあげてきた男の子なら、なおのことだ。しかも、ケンカの相手はちびの三年生だった。オリオンは、ミルクとスクランブルエッグまみれになってうしろによろめき、危うくとなりのテーブルに倒《たお》れこみそうになった。

「だまれ、オリオン」トッドが叫《さけ》んだ。かすれた声が途中《とちゅう》でひっくり返る。甲高《かんだか》い声のせいで、せっかくの脅《おど》し文句が台なしだ。「おれに説教するつもりか？　さすが、学校一の英雄様《えいゆうさま》だな。みんなのために怪物《かいぶつ》たちを殺してまわってるんだもんな。でもな、いいか？　怪物《かいぶつ》たちの根城はなんのダメージも受けてない。ホールじゃ大量の怪物《かいぶつ》たちがうようよしてる。おまえのおかげで、これ以上ないくらい腹を空かせてるよ。おやつが足りてないんだ。だから、今年一番のごちそうが運ばれてくるまで待とうとしない。おれは、この一週間ぶっ続けで、怪物《かいぶつ》たちが階段を上ってこようとする音を聞かされつづけてきた。うるさくて一睡《いっすい》もできない。実際に階段に侵入《しんにゅう》してきたやつらだって何匹《びき》もいた」トッドは握《にぎ》りこぶしをこめかみに押《お》しあてた。むずかる赤んぼうみたいに顔をゆがめたかと思うと、涙《なみだ》をこぼしはじめる。「昨日なんか、部屋のすぐそばの階段で、あの〈目玉さらい〉を見たんだぞ。階段を上っていきやがった。英雄《えいゆう》なら見つけたんじゃないのか？」

近くのテーブルの生徒たちがトッドの言葉を聞きつけ、ささやき声や、おびえたように息を飲む音が、さざなみのように広がっていった。食堂全体に興奮が伝染している。みんな、目の前のドラマに釘付《くぎづ》けになっている。ベンチの上に立ち、ほかの子たちの頭越《あたまご》しにのぞこうとしている生徒までいる。トッドがヒステリックな短い笑い声をあげた。「〈目玉さらい〉はどこに行くんだろうな。みんな、備品室に行くときは注意しとけよ！」トッドは声を張りあげて振《ふ》りかえり、両《りょう》腕《うで》を大きく広げて、中二階の席から身を乗りだしている生徒たちに目配せした。警告しているのか楽しんでいるのかわからない。「なあ、オリオン。おれたち、おまえに守ってもらえるなんて、ほんとラッキーだよ。おまえがいなかったらヤバかった」

　オリオンの英雄《えいゆう》ごっこは危険だというトッドの意見には、わたしもほぼ賛成だ。先週の騒動《そうどう》を考えれば、わたしとトッドの不安が的中していたことは間違《まちが》いない。三年生の寮《りょう》の廊下《ろうか》には〈霊《たま》喰《ぐ》らい〉が現れ、作業場にはミミックと〈鐘《かね》つき蜘蛛《ぐも》〉が侵入《しんにゅう》し、図書室には霊魂《れいこん》と〈目玉さらい〉がいた。トッドの言っていることは正しい。学校のどこかに穴が開いていて、そこから怪物《かいぶつ》たちがどんどん校内に侵入《しんにゅう》してきている。あまりの空腹に耐《た》えかねて、どうにかして抜《ぬ》け道を作ったのだ。

　オリオンはひと言も返さなかった。顔には卵を、髪《かみ》にはポリッジをべったりつけたまま立ちつくし、呆然《ぼうぜん》と青ざめている。まわりの生徒たちは、戸惑《とまど》ったようにちらちらとオリオンを見ていた。わたしは立ちあがり、トッドに向かって言った。「そんなこと言ったって、あんたはどうせここから生きて出ていく。魔法《まほう》自治領出身なんだから。怪物《かいぶつ》に食われるのはあんたじゃなくて、あんたのとなりの部屋の子だろうね。絶対にそう。それでもオリオンを責めたきゃ責めれば？　あ、ごめん、聞きわすれてた。あんたには、オリオンが助けた子たちよりも長生きする権利があるんだっけ？　ミーカよりも？　ミーカ、あんたに闇《やみ》の中に飛ばされたとき、どれくらい悲鳴をあげてた？　あ、もしかして知らない？　耳栓《みみせん》でもして、全部終わるまでうしろを向いてたとか？」

食堂は静まりかえっていたから、血走った目でわたしをにらみつけるトッドの、荒《あら》い息の音がはっきりと聞こえた。みんな、ゴシップの恰好《かっこう》のネタをすこしでも聞きのがすまいと、息を詰《つ》めているみたいだった。わたしは自分のトレイを持ってオリオンを振《ふ》りかえった。オリオンは、まだぼんやりしている。「行くよ。別のテーブルにすわろう」わたしはオリオンにそう言うと、アアディヤのほうを見て無言で合図した。アアディヤはぽかんとした顔でわたしを見つめ、我にかえったようにあわてて立ちあがると、トレイをつかんでわたしの横に並んだ。横目でわたしの様子をうかがっている。オリオンは、すこし遅《おく》れてわたしたちのあとをついてきた。

残っているのは最悪の席ばかりだった。出口のすぐそばにあるテーブルか、通風孔《つうふうこう》の真下のテーブルしか空いていない。修羅場《しゅらば》を見物しようと、ベルが鳴る前に食堂を出た生徒はひとりもいないらしい。あるテーブルを通りかかったとき、イブラヒムが抑《おさ》えた声でわたしに呼びかけた。

「エル、こっちにすわれ」同じテーブルの子たちに、席を空けろと合図する。そのとき、四年生の退出を知らせるベルが鳴った。我にかえった四年生たちが立てる音で、あたりがたちまち騒《さわ》がしくなる。朝食の残りをかきこみ、教科書をつかんで食堂の外へ飛びだしていく。トッドも同級生たちと一緒《いっしょ》に廊下《ろうか》へ出ていった。だけど、どの四年生もあからさまにトッドを遠巻きにしている。彼《かれ》のまわりには、ぐるりと円を描《えが》くようにすき間ができていた。

オリオンはベンチの端《はし》に腰《こし》をおろした。手にはなにも持っていない。オリオンの正面にすわっていたヤーコヴが、自分の紙ナプキンを取り、ためらいがちに差しだそうとしていた。わたしは手を伸《の》ばして紙ナプキンを取ると、オリオンの顔の前に突《つ》きだした。「レイク、あんたすごいことになってるよ」オリオンはナプキンを受けとり、こびりついた卵やポリッジを拭《ふ》きとりはじめた。「食べ物があまってる人いない？」わたしはみんなに声をかけながら、ロールパンをオリオンの前に置いた。すると、テーブルにすわっている全員が、次々《つぎつぎ》と食料をオリオンのほうへ回しはじめた。ミニマフィンを半分とか、オレンジを四分の一とか、半端《はんぱ》な残り物ばかりだったけれど。うしろのテーブルにすわっていた子がわたしの肩《かた》を叩き、オリオンにと言って紙パック入りのミルクをくれた。

はじめのうち、わたしたちのテーブルは静まりかえっていた。オリオンがいるとなると、だれもが話したくてうずうずしていることを話題にするわけにもいかない。気まずい空気を変えてくれたのはアアディヤだった。アアディヤはシリアルのボウルの底に残ったわずかなミルクをなめとり――行儀《ぎょうぎ》が悪いわけじゃなくて、ここではあたりまえのことだ――口元を拭《ふ》いて切りだした。「サンスクリット語ができる子いる？　エルが手にいれた魔法《まほう》を知ったらびっくりするよ。エル、見せてあげなよ」わたしは、専用の袋《ふくろ》まで作った過保護な自分を褒《ほ》めてやりたくなった。この数分間、本の存在を完全に忘れていたからだ。かばんなんかに入れていたら、絶対に行方をくらましていただろう。

「バグダッド魔法《まほう》自治領の本だ！」わたしが本を見せた瞬間《しゅんかん》、イブラヒムと、別のふたりの生徒が叫《さけ》んだ。アラビア語がわかる生徒なら、たとえ三つ先の本棚《ほんだな》にバグダッド魔法《まほう》自治領の本があっても気付くのだ。さっき起こった一番の事件を話題にするわけにはいかなかったので、かわりにわたしの本がテーブルの話題の中心になった。

朝食のあと、わたしは語学クラス、オリオンは錬金術《れんきんじゅつ》クラスがあった。オリオンは、みんなに恵《めぐ》んでもらった朝食のごみをわたしのトレイにまとめ、ベルトコンベヤへ片付けにいった。ふたりで出口に向かっている途中《とちゅう》、オリオンは小さな声で言った。「さっきはありがとう。まあ、本心じゃないとは思うけど」

「本心だって」わたしはとがった声で返した。本心をさらに詳《くわ》しく話すなんて、うんざりする。「ツケを払《はら》わされる生徒がいるのは、もうしょうがない。でも、なんで、人殺しのトッドの命がほかの子の命より優先されなきゃいけないわけ？　あんたのことだって、結局は仲間にツケを払《はら》わせてるわけだし、バカじゃないかって思ってるよ。でも、少なくとも、あんたはトッドとちがって、卑怯《ひきょう》なまねはしてない。いいからさっさと教室に行きなよ。ハグなんてするつもりはないから」オリオンが、階段へ向かう前に感謝のこもった視線なんか向けてきたので、わたしは本気でイライラした。

予想どおり、その朝、語学ホールのブースにすわると、アラビア語のワークシートが机のうえに現れた。英語はただの一文字も載《の》っていないし、辞書もない。アラビア語の文章に添《そ》えられた、漫画《まんが》のようなふざけた挿絵《さしえ》を見て――一番目を引くのは、男の運転する車が、不運な通行人ふたりをひき殺そうとしている絵だ――、これは現代アラビア語じゃないだろうかとわたしはいぶかしんだ。図書室で古典アラビア語の辞書を借りてからここへ来るべきだった。習いはじめるつもりのない言語にうっかり触《ふ》れてしまう恐《おそ》れがあるときは、それを習うつもりはない、と学校に意思表示をしなくちゃいけないのだ。昨日は、そんなことにまで気をまわす余裕《よゆう》がなかった。

これで、現代アラビア語を学ぶという運命からは逃《のが》れられなくなった。ふと、朝食のときにイブラヒムのテーブルにすわっていた女の子が、近くのブースにいるのが見えた。その子が現代アラビア語辞典を貸してくれたので、わたしは、お返しに彼女《かのじょ》が英語で書いた学年末レポートを校正する約束をした。わたしは、アラビア文字のアルファベットをノートに書きうつすと、調べた単語をひとつずつ書きこみながら、遅々《ちち》として進まない解読作業を地道に続けていった。ブースの中を漂《ただよ》う声が、あてつけのように長い物語をささやきかけてくる。ひと言もわからないということは、なんの救いにもならない。声は物語を読みきかせながら、ड़ と ढ़ の発音のちがいを、あからさまに気の進まない調子でわたしに教えこもうとしている。たぶん、とびきり痛快なホラーでも聞かせてくれているんだろう。

その日は、ブースの声ばかりか、まわりの生徒たちまでが、わたしを見かけるとささやき声を交わした。いまさらながら、わたしは自分がしでかしたことの深刻さに気付いた。病的なくらい失礼な鼻つまみ者、というのがこれまでのわたしの立ち位置だったけれど、いまのわたしの立ち位置は、〝アンチ魔法《まほう》自治領〟だ。みんなだって、トッドのやったことを正しいと思っているわけじゃない。それでも、それをおおっぴらに批判する生徒はいない。自治領の子を面と向かって批判すれば、自治領グループの子たちは、批判した生徒を敬遠するようになる。オリオンの名声もこれでかすんでしまったかもしれない。魔法《まほう》自治領の子たちが、トッドの言い分にも一理あると考えたなら、そうなる可能性は十分にある。いずれ、わたしとオリオンは、ふたりで孤立《こりつ》することになるんだろう。本当にそんなことになったら、最高だ。わたしみたいな生粋《きっすい》の嫌《きら》われ者は、オリオン・レイクの人気にまで影《かげ》を落とすんだろうか。

昼食の時間に食堂に行ってみると、わたしの悪い予感は当たっていたようだった。魔法《まほう》自治領出身の子たちは、このところわたしに取りいろうとしていたことなんて忘れたみたいに、ひと言も話しかけてこようとしなかった。セアラも、今日は勉強会に誘《さそ》ってこない。だけど、配膳《はいぜん》カウンターからテーブルのほうへ歩いていると、作業クラスを終えたアアディヤが魔工《まこう》コースの友人三人と食堂に入ってきて、カウンターの列からわたしに手を振《ふ》った。「エル、席を取っといてくれる？」食堂中に聞こえる声で言う。わたしのすこしうしろにいたらしいンコヨと友人たちにも、アアディヤの声が聞こえていたらしい。だからなのかは定かじゃないけれど、ンコヨも背後からわたしに声をかけてきた。「みんなの分の水を持っていくから、テーブルに周縁《しゅうえん》バリアを張っといてくれない？」ジョワニとコーラが、かすかに顔をくもらせて視線を交わすのが見えた。だけど、結局はふたりとも、ンコヨのあとについていった。

テーブルに周縁《しゅうえん》バリアを張ってンコヨたちと席につくと、アアディヤが友人たちを連れてやってきて、お礼だと言って、ケーキをひとつ手渡《てわた》してくれた。テーブルを取っておいた相手には、こんなふうにちょっとしたお礼をすることになっている。とはいえ、わたしからだれかにお礼をあげたことはない。わたしの場合、テーブルを取っておいてくれないかと頼《たの》むたびに、適当な言い訳をつけて断られてきたからだ。リューもやってきて、無言でわたしのとなりにすわった。いまだに瞑想魔法《めいそうまほう》のショックから立ちなおっていないらしい。もとの顔色にもどったことが信じられないのだ。リューの顔色は彩度《さいど》が少なくとも十は上がったように見える。ゾンビみたいに土気色だった顔が、病みあがりの顔色くらいにもどっていた。太陽灯の下にくると、漆黒《しっこく》だった髪《かみ》まですこし明るくなったように見える。「リュー、日光薬を飲んだ？」アアディヤの友人が言った。「すごく元気そう」

「ありがと」リューは小声で礼を言うと、うつむいて食事をはじめた。

実験室帰りのオリオンとイブラヒムが食堂へ来たころ、わたしたちのテーブルはいっぱいになっていた。わたしの両隣《りょうどなり》にすわっていたふたりはなにも言わずに席を詰《つ》め、オリオンの席を作った。わざわざそれを止める気にはなれなかった。オリオンをかばってトッドに猛《もう》反論したあとでは、わたしがオリオンの頭にスープをぶちまけてやったとしても、エルとオリオンが付きあっているという誤解を解くのは無理だろう。たとえオリオンが本物の彼女《かのじょ》を作ったとしても、どうせみんなは、あの三人は三角関係にあるんだと噂《うわさ》するに決まっている。

食堂にはトッドの姿もあった。早くも完全な村八分状態から脱《だっ》しつつあるみたいだ。はみ出し者の一年生たちが、トッドのいるテーブルの端《はし》にすわっている。結局トッドは、卒業式までに、新しい卒業チームを見つけるのだろう。もとのチームがそれを許すのなら。ここを出ることさえできれば、トッドがしでかしたことの始末は大人たちにまかせればいい。それに、トッドが別のチームに移れば、もとのチームは取りかえそうとするはずだ。おそらく、トッドの両親は大きな影響《えいきょう》力を持つ重要人物なんだろう。たぶん、そのおかげで彼《かれ》のチームは、ほかの生徒たちを誘《さそ》うときに交換《こうかん》条件としてニューヨーク魔法《まほう》自治領への招待を出すことができたわけだし、卒業生総代も引きいれることができた。トッドは自治領の大人たちに、〈目玉さらい〉が部屋のそばを通っていったんだと訴《うった》えるにちがいない。それを聞けば、ニューヨークの大人たちは、それなら仕方がなかった、と理解を示すんだろう。トッドだって自分で自分の身を守るしかなかったんだ、結局のところ、なにも**本当に**殺人を犯したわけじゃない、と。ミーカとかいう少年は、どのみち一週間後には死んでいただろう。ミーカのような少年のかわりに自治領の子どもが助かったんならよかったじゃないか、トッドにはすばらしい人生が待っている、トッドには輝《かがや》かしい未来がある、と。考えているうちに、わたしは無性に腹がたってきた。トッドを真っ暗な虚空《こくう》に飛ばしてやりたかった。

自習時間をどう過ごすかは特に決めていなかったけれど、わざわざ約束なんてしなくても、オリオンと一緒《いっしょ》に図書室へ行くんだろうと思っていた。ところが、ふたりでトレイを返しにいく途《と》中《ちゅう》、オリオンはふいに言った。「先に図書室に行ってて。あとで行くから」

「お好きにどうぞ」わたしは短く返した。オリオンが考えていることくらい、天才じゃなくてもわかる。だけど、わたしは黙《だま》っていた。オリオンが学校中探したって〈目玉さらい〉は見つからない。そもそも、そんなことを企《くわだ》てるなんてとんでもないバカだけど。わたしはひとりで図書室へ行った。

いつもの机に向かうつもりが、閲覧室《えつらんしつ》に入ってみると、普段《ふだん》の半分も生徒がいなかった。テーブルにもひとりがけのソファにも焼けこげた跡《あと》がある。部屋中に煙《けむり》のにおいが漂《ただよ》い、そこに、食堂の芽キャベツ料理のようなにおいが混ざっていた。芽キャベツ料理は毒が混ざっている心配のない唯一《ゆいいつ》の料理だ。荒《あ》れ果てていることを差しひいても、閲覧室《えつらんしつ》は見たこともないくらい人気《ひとけ》がなかった。いつもは床《ゆか》にすわっている一年生たちが、ちゃんと椅子《いす》にすわって勉強をしている。しばらく考えて、わたしはその理由に思いいたった。みんなはたぶん――そして、偶然《ぐうぜん》にもその予想は当たっていたわけだけど――、腹を空かせた〈目玉さらい〉が真っ先に狙《ねら》うのは図書室にちがいない、と考えたのだ。よほど切羽詰《せっぱつ》まった用がなければ、トッドの警告どおり、備品室にも近づかないはずだった。

こんな絶好の機会を逃《のが》すわけにはいかない。「どいて」わたしは、一年生のひとりに言った。その下級生は図々《ずうずう》しくも、閲覧室《えつらんしつ》の中でも特に人気のある肘掛《ひじか》け椅子《いす》と机を使っていた。いつもなら、そのあたりはドバイ魔法《まほう》自治領のグループが占領《せんりょう》している。いまはひとりも見当たらない。

一年生は抵抗《ていこう》するそぶりも見せずに席を明けわたした。自分でもやりすぎだと思っていたらしい。「となりにすわってもいい?」一年生がたずねた。こんなことは初めてだ。オリオンがやってくるのを期待しているんだろう。

「べつにいいけど」わたしが言うと、一年生はわたしの席のとなりの床《ゆか》にすわりこんだ。

椅子《いす》の座面は、端《はし》から端《はし》まで対角線上に破れていた。だからこの席を選んだのだ。わたしは、別のソファの下から、半分焦《こ》げかけた毛織のマットを拾ってくると、かぎ針編みに取りかかった。自習時間のほとんどを使い、奥歯《おくば》が欠けそうなくらい歯を食いしばって集中したおかげで、わたしはマットの端《はし》をほどくことに成功した。マットを、椅子《いす》の詰《つ》め物にちょうどいいくらいの大きさに丸め、ほどいた端《はし》の毛糸を使って椅子《いす》の裂《さ》け目にくくりつける。それから、マットと、たくわえておいたマナを使って修繕《しゅうぜん》魔法《まほう》をかけ、びりびりに破れていた椅子《いす》の座面を元どおりに直した。座面に〝エル〟と名前を入れておくことも忘れなかった。スコロマンスには暗黙《あんもく》のルールがあって、壊《こわ》れた学校の備品を直したら、学期末までそれを自分専用にすることができる。スクールカースト上位の生徒はそんなルールをしょっちゅう無視するけれど、さすがに自治領出身者だって、オリオン・レイクの彼女《かのじょ》の物を横取りすることはないはずだ。その彼女《かのじょ》というのはアンチ魔法《まほう》自治領の変人だし、当のオリオンはとんでもないまぬけで、負け犬たちを救ってはもっと大きな危機に放りこんでまわっているけれど。

椅子《いす》の修繕《しゅうぜん》が終わると、わたしは『黄金石の経典』を取りだし、愛情をこめて表紙をすこしなでた。それから古典アラビア語辞典を取ってきて、自習時間が終わるまで最初の数ページを翻訳《ほんやく》した。訳してみると、冒頭《ぼうとう》はただのまえがきで、重要なパトロンたちへの――この本の場合は、自治領の上級魔法使《まほうつか》いたちだ――謝辞とか、正確なアラビア語版を作るのは非常に大変だったとか、そういうことが書いてあるだけだった。大きな収穫《しゅうかく》とはいえないけれど、アラビア語を読む練習ができたのは確かだし、わたしには絶対にそれが必要だった。学年末の語学の試験には、アラビア語の問題が四分の一くらい出るはずだ。

オリオンは図書室に来なかった。午後の錬金術《れんきんじゅつ》のクラスもサボった。ようやくオリオンを見つけたのは夕食時の食堂だった。ひとりでテーブルにつき、料理を大盛りにしたトレイから、オオカミみたいにがつがつ貪《むさぼ》っている。配膳《はいぜん》カウンターの列に最初に並んでいたらしい。たっぷり食べたいときにはそうするのが一番だし、怪物《かいぶつ》たちに食べられたいときにもそうするのが一番だ。英雄《えいゆう》オリオンはそんなことなんか気にしない。

わたしは、どこにいたのとわざわざ聞いたりしなかった。というか、聞く必要がなかった。イブラヒムはわたしたちと錬金術《れんきんじゅつ》クラスがちがうのに、オリオンが授業に来なかったという噂《うわさ》をいち早く聞きつけていたらしい。席につくより先に、どうしてサボったのかとオリオンにたずねた。「あいつ、いなかった」オリオンは、低い声でぽつりと言った。テーブルのみんながぎょっとして声をあげ、それが静まると、オリオンは、〈目玉さらい〉を倒《たお》しにいっていたのだと認めた。英雄《えいゆう》だろうとそうじゃなかろうと、どう考えても正気の沙汰《さた》じゃない。オリオンは、みんなの反応を無視して続けた。「備品室も作業場も見たし、図書室も隅《すみ》から隅《すみ》まで――」

わたしは黙々《もくもく》と食事を続け、確認した場所をひとつずつ挙げていくオリオンには目もくれなかった。そのとき、わたしのとなりで機械的に食べ物を口に運んでいたリューが、トレイからゆっくりと顔を上げた。オリオンが悔《くや》しそうな顔で話を終えると、リューは口を開いた。なんとなく、以前の彼女《かのじょ》にもどったような口調だった。「〈目玉さらい〉は見つからないと思う」オリオンがリューを見る。「あの怪物《かいぶつ》は隠《かく》れたりしない。校内にいるなら、絶対に生徒を襲《おそ》おうとする。それなら、とっくに居場所がわかってるはず。だから、〈目玉さらい〉は結局侵入《しんにゅう》なんてしてないんじゃないかな。トッドのでっちあげか幻覚《げんかく》かも」

みんなはもちろん、リューの仮説にとびついた。「ずっと眠《ねむ》れてなかったらしいし」ンコヨの友人も言った。夕食が終わるころになると、食堂にいたみんなはすっかり安心した顔になって、〈目玉さらい〉なんか本当はいなかったんだし、トッドはすこしのあいだ気がふれていただけなんだと口々《くちぐち》に言いあった。

安心したのはわたしも同じだった。これで〈目玉さらい〉が話題の中心になることはない。〈目玉さらい〉の一件がぶじ片付いて、ようやく、わたしの見つけた本がみんなの注目を集めるときがきたのだ。予想どおり、夕食のあいだだけでも十四人の生徒が——八人はサンスクリット語を勉強している四年生だった——経典を見にやってきた。彼《かれ》らがあんまり大騒《おおさわ》ぎしたせいか、サンスクリット語を読めない四年生まで何人かやってきて、関心のありそうなそぶりをみせた。経典に興味がある生徒のほとんどは、リューの一家と同じようにそこそこ裕福《ゆうふく》な一族の出身だった。ただ、リュー家よりもうすこし大きな力を持っているようだった。たぶん、魔法《まほう》自治領建設を目指して、必要なものを集めにかかっているところなんだろう。いまのうちにそこそこ安価に〈物質操作魔法《まほう》〉を手にいれておけるなら、相当な量のマナと労力を節約できることになる。

夕食のあと、わたしは図書室へもどった。競りがうまくいきそうで気をよくしていた。とはいえ、いまは大量のアラビア語の翻訳《ほんやく》に集中しなくちゃいけない。イブラヒムは翻訳《ほんやく》を手伝おうかと申しでてきて、かわりに英語の質問をさせてくれと言った。イブラヒムの英語はほぼ完ぺきだ。たぶん、これまで嫌味《いやみ》な態度を取りつづけたことの埋め合わせをしようとしているんだろう。わたしはちょっとためらったあと、謝罪を受けいれることにした。どのみち、昨日だってイブラヒムのテーブルにすわったのだ。

夕食がすむと、わたしはイブラヒムと、語学クラスでアラビア語辞典を貸してくれたナディアと一緒《いっしょ》に図書室へ行った。閲覧室《えつらんしつ》は元どおり混みあっていた。ドバイ自治領の子たちは、わたしが「悪いけどそれわたしの椅子《いす》だから」と言って、修繕《しゅうぜん》した椅子《いす》にすわっていた子を追いはらうと、当然ながら不満そうな顔になった。オリオンはともかく、わたしの人気は順調に落ちつづけている。だけど、思ったとおり、ドバイの子たちはわたしの椅子《いす》を取りかえそうとはしなかった。しかし、イブラヒムとナディアが椅子《いす》のまわりのスペースに陣取《じんど》っても文句は言わなかった。彼《かれ》らはただ、すこし離《はな》れたところに集まり、椅子《いす》を奪《うば》われた子は自分より格下の子の椅子《いす》を奪《うば》い、あてつけがましくわたしたちに背を向けた。わたしは気にならなかった。ドバイの子たちはアラビア語で盛んにしゃべっている。まだ聞きとることはできないけれど、言葉のリズムに慣れておけば学習の助けになるし、たくさんの生徒たちが好き勝手にしゃべっているのに耳をかたむけるほうが、語学クラスのブースで不気味な声に耳元でささやきかけられるより断然マシだ。

わたしは、アラビア語のワークシートを苦労して進め、文法用のカードに学んだことをメモして整理した。それから、〈物質操作魔法《まほう》〉の訳注の翻訳《ほんやく》に取りかかった。注にはできればなにか役にたつことが書いてあってほしい。たとえば、魔法《まほう》をかけるときのコツを説明してくれていたら最高だ。魔法《まほう》が古いものであればあるほど、無意識の思いこみによって姿勢や抑揚《よくよう》を間違《まちが》えやすいし、魔法《まほう》が強力であればあるほど、間違いを犯した代償《だいしょう》は大きくなる。ところが、訳注には役にたたないたわごとが書きつらねてあるだけだった。〈物質操作魔法《まほう》〉は念のためこの本に収録しただけで、新たに作りだされたアラビア語の魔法《まほう》のほうが明らかに優秀《ゆうしゅう》だ、みたいなことだ。あり得ない。わたしの知るかぎり、プロチャナの操作魔法《まほう》の半分でも役にたつ〈物質操作魔法《まほう》〉は、いまだに生みだされていない。だからこそ、死語も同然のサンスクリット語で書かれているにもかかわらず、プロチャナの魔法《まほう》はいまだに人気があるのだ。きっと、このアラビア語版は、バグダッド魔法《まほう》自治領の上級魔法使《まほうつか》いによって書かれ、翻訳家《ほんやくか》はその魔法使《まほうつか》いのご機嫌《きげん》取りがしたかったにちがいない。

わたしは翻訳家《ほんやくか》のおべっかを一言一句訳しながら、どうかすこしくらいは役にたつことが書かれていますようにと祈《いの》った。だけど、有益な情報はゼロだった。せめてもの救いは、内容を丹念《たんねん》に読んだおかげで、本を落ちつかせることができたことだ。わたしは表紙をなでながら、訳した文章を一文ずつ声に出して読みあげた。作業が終わるころには、本が手の中にしっくりおさまっているような感じがあった。偶然《ぐうぜん》見つけたお宝ではなく、ちゃんとわたしのものになったみたいに。

そのとき、オリオンが図書室に現れた。錬金術《れんきんじゅつ》の実験室で課題の遅《おく》れを取りもどしていたらしい。ドバイの子たちは、気後れしたようにオリオンを見ると、仲間同士でちらちら視線を交わした。なにを考えているのか、手にとるようにわかる。長い目で見れば——短い目で見ても——ドバイの子たちにしてみると、自分たちと同じように自治領出身のオリオンは、なにかと競いあうことの多い相手だ。それでも、オリオンに自分たちと一緒《いっしょ》にすわってほしいと望んでいる。このあいだみたいに、怪物《かいぶつ》たちが図書室に押《お》しよせてこないとも限らないからだ。すぐに、四年生のひとりが、二年生のほうを向いてあごをしゃくった。二年生は席を立ち、愛想よくオリオンに声をかけた。「わたし、もう部屋にもどるんです。よかったら、この席どうぞ。みんな、おやすみ」

二年生はそう言うと図書室を出ていった。

残ったドバイの子たちは慌《あわ》ててアラビア語から英語に切りかえ、図書室に侵入《しんにゅう》してきた怪物《かいぶつ》たちから自分たちを守ってくれたことに対するお礼を、例によってくどくどと述べはじめた。見かねたわたしは割ってはいった。「そのくらいにしとけば？　子どもじゃないんだから、おだてる必要なんかないでしょ。レイク、今日はろくに勉強してないんじゃない？　スコロマンスで留年した最初の生徒になるつもり？」

オリオンはうんざりしたように天井をあおぎ、どさっと椅子《いす》にすわった。褒《ほ》めそやされることになんの違和《いわ》感もないらしい。こいつにとってはただの日常なんだろう。「ご心配どうも。ぼくなら問題ない。今日は実験室でだれかさんに顔を燃やされることもなかったし」

聞き耳を立てていた周囲の生徒たちは――イブラヒムとナディアも――非難しているような驚《おどろ》いているような顔でわたしを見た。ドバイの女の子ふたりがアラビア語でなにかささやき交わした。翻訳《ほんやく》しなくたって、なにを言っているかはだいたいわかる。こんな女と付きあうオリオンは、とんだマゾヒストだと思っているにちがいない。ぐっとこらえていないと、わたしたちは付きあってなんかいないし、だからオリオンはラッキーなんだとわめいてしまいそうだ。

わたしはそれから一時間ほど図書室に居残った。ほとんど腹いせのためだった。今日の分のアラビア語の勉強は終わっていた。それ以上詰《つ》めこんでもどうせ吸収できない。ほかの作業をするには部屋にある物が必要だったし、言うまでもなく、空き時間にはすこしでもマナを作らなくちゃいけない。だけど、わたしは席についたまま美しい本を眺《なが》め、オリオンとちくちくやり合った。部屋にもどって勉強の続きをしなかったのは、なにも意志が弱いからじゃない。いつものわたしは、やるべきことがあるなら、どんなに億劫《おっくう》でも自分を奮いたたせることができる。ただ、一度つまらない怒《いか》りにとらわれると、その強い意志もどこかに行ってしまう。わたしは、ドバイの子たちがさらに何人か帰って十分な数の椅子《いす》が空くまで、図書室に居すわるつもりだった。そうすれば、あいつらにこの椅子《いす》を使わせずにすむ。

恥《はじ》をしのんで白状すると、わたしは、快適な場で悦《えつ》に入ってくつろいでいる自分の姿が、閲覧《えつらん》室《しつ》の反対側の端《はし》にいるニューヨークの連中からどう見えているのか、ほんのすこしも考えていなかった。ニューヨーク自治領の子たちは、このところ殺到《さっとう》していた自治領からの誘《さそ》いのひとつにわたしがとうとう応じたらしいと考えたのだ。そして、オリオンもエルに続いたにちがいない、だから、あのふたりはドバイのグループのところにいるんだ、残りのふたりの負け犬たちもエルにくっついてきたにちがいない、と推測した。

わたしがドバイ魔法《まほう》自治領を選ぶというのは、それほどあり得ない話でもなかった。ドバイ自治領は比較《ひかく》的新しいし、国際的な交流もさかんだ。英語とヒンディー語の魔法《まほう》の輸入量は飛びぬけて多いという評判があるし、大勢の魔工家《まこうか》と錬金術師《れんきんじゅつし》を雇《やと》っている。イブラヒムがわたしとオリオンをドバイ自治領に紹介《しょうかい》したと考えれば、完ぺきに筋が通る。イブラヒムの義理の兄はすでにアラブ首長国連邦《れんぽう》のどこかで暮らし、ドバイ魔法《まほう》自治領と仕事をしている。イブラヒムが、ドバイ自治領にオリオンを誘《さそ》うのに一役買えば、義理の兄と一緒《いっしょ》にドバイ魔法《まほう》自治領に入れてもらえるかもしれない。だから、ニューヨークのグループが、エルはドバイを選んだのだと結論づけたのも当然だった。もし、そのことに気付いていれば、ニューヨークの連中がどんな反撃《はんげき》に出るのか予測できていただろう。だけど、わたしは気付かなかった。パブの酔《よ》っ払《ぱら》いみたいに仲間とすわり、マグナスがそばを歩いていって、近くの錬金術《れんきんじゅつ》関連の書架《しょか》のむこうに姿を消したときも、不審《ふしん》にすら感じなかった。だけど、すこし考えればわかったはずだ。マグナスは、必要な本があれば、五、六人はいる取りまきのひとりに命令すればいいんだから。

マグナスがあんな計画をひとりで考えついたとは思えない。グループのみんなで作戦を練ったはずだ――邪魔者《じゃまもの》ガラドリエルをどう片付ける？　と。おそらくトッドも計画に一枚噛《か》んでいる。ニューヨークの子たちにとっては、自分たちが進んでトッドを仲間外れにすることと、かつての仲間がわたしみたいな負け犬に公共の場所でやりこめられることとは、別の問題らしい。しかもその負け犬は、同じ日にオリオンをドバイ自治領のグループに引きいれてしまい、オリオンにマナ・シェアまでしてもらい、おまけに――クロエの想像によれば――すばらしく役にたつ呪文帳《じゅもん》まで手にいれてもらったのだ。

マグナスのことは、優秀《ゆうしゅう》だと認めてやらないわけにはいかない。あのクローラーはかなりよくできていた。わたしも危うくやられるところだった。危機一髪《いっぱつ》だったことは、その場に居合わせただれの目にも明らかだった。マグナスのクローラーは紙製で、くしゃくしゃの紙を細長くひねったような形をしていた。物に命を吹《ふ》きこむ生命呪文《じゅもん》が、全体にびっしり書かれていたけれど、遠目には数学の方程式のようにしか見えなかった。運がいいと、図書室には、メモ用紙に使える紙が大量に落ちていることがある。なんといっても、昨日は怪物《かいぶつ》たちの襲撃《しゅうげき》があった。何十冊もの本から破けたページや生徒たちのレポートがいたるところに散乱し、散らばった紙の多くはひとりでに動きまわっていた。わたしは、こちらへ向かってきているなにかの存在を視界の隅《すみ》にとらえ、そして忘れた。机に周縁《しゅうえん》バリアをかけることさえしなかった。ここは安全な図書室の閲覧《えつらん》室《しつ》だし、あたりの様子はよく見える。人の目もたくさんある。よほどのことがないかぎり、貴重なマナをむだにしたくない。もし、ふつうの椅子《いす》にすわっているか、足を床《ゆか》につけて課題に集中しているかしていたら、クローラーはわたしのむきだしの足首に飛びついて、らせん状に繰《く》りだす魔法《まほう》の繊維《せんい》を深々《ふかぶか》と突《つ》きさしていただろう。そうなれば、わたしはなす術《すべ》もなくクローラーに命を吸いだされていたはずだ。

　だけど、わたしは足を両方とも椅子《いす》の上にあげ、これみよがしに、ふかふかの肘掛《ひじか》け椅子《いす》の中に居心地よくおさまっていた。だから、クローラーは椅子《いす》の脚《あし》をよじ登り、肘掛《ひじか》けを乗りこえてこなくちゃいけなかった。繊維《せんい》を吐《は》きだす寸前のクローラーにたまたま気付いたオリオンが、わたしの腕《うで》をつかんで椅子《いす》から乱暴に引きずり下ろした。わたしは床《ゆか》に転げおち、ドバイのグループの目の前でみっともなく大の字になった。オリオンはすかさず分解魔法《まほう》をかけ、クローラーを粉々《こなごな》にした。ついでに言っておくと、わたしがせっかく修繕《しゅうぜん》したすわり心地のいい椅子《いす》も、四分の一を残して粉々《こなごな》になった。

なにがあったのか、わたしはすぐに気付いた。マグナスは、ニューヨークのグループのもとにもどって、ちょうど腰《こし》を下ろそうとしている。閲覧室《えつらんしつ》にいる全員がわたしとオリオンを見ていた。なにかがいきなり爆発《ばくはつ》したときみたいに、驚《おどろ》いて反射的に振《ふ》りかえったのだ。だけど、マグナスとほかのニューヨークの生徒たちは、それより**すこしだけ遅《おく》れて**こちらを見た。そして、わたしが無傷なのを見てとり、あきらかに顔をくもらせた。もちろん、ニューヨークの連中がクローラーをけしかけたという証拠《しょうこ》はない。すぐそこでは、オリオンがこれみよがしな笑みを浮《う》かべ、誇《ほこ》らしげにわたしを見下ろしている。「これで八回だな。そうだろ?」今回の一件はノーカウントだ。これは、オリオンのろくでなしのお仲間たちが、わたしを殺そうとしてやったことなんだから。

「どうも」わたしは食いしばった歯のあいだから言った。「ちょうどいいし、もう部屋にもどる」経典を胸の前で抱《かか》え――経典を持ったまま床《ゆか》に転がりおちたのは運がよかった――図書室用のかばんを肩《かた》にかける。かばんの紐《ひも》は、オリオンの分解魔法《まほう》のせいで一本だけになっていた。それから、肩《かた》を怒《いか》らせて閲覧室《えつらんしつ》を出た。

オリオンを置いて先に帰ったのは、ひねくれた形で感謝を伝えたわけでも、八つ当たりをしたわけでもない。ただ、図書室をあとにする必要があった。バカなまねをしたせいでまたしてもあいつに命を救われた自分に腹がたっていたし、オリオンのことを、変な女に引っかかった変わり者のまぬけだと思っているだろうドバイの子たちにも腹をたてていた。だけど、なにより腹がたってしかたがないのは、マグナスと、トッドと、ニューヨーク魔法《まほう》自治領の連中のやったことだ。これで、あいつらはわたしに理由を与《あた》えた。これ以上ないくらいわかりやすい理由を。わたしはこれで、あいつらに仕返しをすることができる。スコロマンスの校則に従うなら、殺されそうになったわたしはあいつらに仕返しをする**権利**を手にいれた。そして、もしわたしが仕返しをしなかったら、ニューヨークの連中は、わたしが自分たちを恐《おそ》れているのだと決めつける。あいつらがわたしのことをそう思っているように、あっさり始末されても仕方のないクズだと自分でも認めているのだと考える。わたしのことを、ニューヨーク魔《ま》法《ほう》自治領の生徒とはちがう、劣《おと》った人間なのだと決めつける。

階段を下りはじめた瞬間《しゅんかん》、悔《くや》し涙《なみだ》があふれ出した。運よく、寮《りょう》へ帰っていく生徒がほかにも何人かいる。視界が涙《なみだ》でぼやけていたけれど、すこし前を行く生徒から目を離《はな》さずに歩きつづけ、なんとか襲《おそ》われることなく部屋までたどり着いた。わたしは中に入り、乱暴に扉《とびら》を閉めた。経典を胸にしっかりと抱《だ》いたまま、部屋の中を歩きはじめる。たったの五歩で部屋の端《はし》まで行き、振《ふ》りかえってまた五歩歩く。何度も何度も部屋を往復する。瞑想《めいそう》なんかする気になれなかったし、勉強もする気になれなかった。いまペンと紙を手にしたら、なにが起こるかはわかっている。呪《じゅ》文《もん》を作りだしてしまうのだ。超巨大《ちょうきょだい》火山なみに危険なやつを。

母さんみたいな母親がいるせいで、残念ながら、わたしは怒《いか》りの鎮《しず》め方を知っている。母さんには、怒《いか》りをコントロールする方法をいくつも教えこまれてきたし、それがすごくよく効くこともわかっている。だけど、さすがの母さんも、怒《いか》りを鎮《しず》めたいと思いたくなる方法までは教えてくれなかった。だからわたしは、一度腹をたてると、いつまでも怒《いか》りと憎《にく》しみをたぎらせ、それでいて、それが自分のせいなのだということもちゃんとわかっていた。そう願いさえすれば、怒《いか》りは鎮《しず》められるのだから。

今回の怒《いか》りは、いつもに輪をかけて始末が悪かった。どう考えても、マグナスたちのやったことを大目にみるわけにはいかないからだ。スコロマンスに入ってからというもの、だれかに利己的な目的で利用されたり、押《お》しのけられたり、危険な席を押《お》しつけられたりするのなんてしょっちゅうだったけど、少なくとも、その連中のことは大目にみてやることができた。あいつらは、ここにいるだれもがやることをやっただけなんだ、と自分を納得させることができた。みんな、生きようとしている。ここを脱出《だっしゅつ》するために、生きて出ていくために、必死になっている。そのためにみんながどれだけ意地悪くなろうと、計算高くなろうと、仕方がないんだと思うことができた。自分だって人のことは言えない。わたしだって、一年生から椅子《いす》を取りあげ、マナを使って修繕《しゅうぜん》した椅子《いす》を独りじめし、わたしのことを好きでもない子たちと一緒《いっしょ》にすわって悦《えつ》に入っていた。ドバイの子たちに偉《えら》そうな態度を取って、そのせいでニューヨークのグループを警戒《けいかい》させてしまった。ニューヨークの子たちには、オリオンが必要なのだ。マズいことになったら、手首のメダルの振動《しんどう》で気付いて助けにきてくれるオリオンが。マナ・シェアだって、オリオンが抜《ぬ》ければ、たくわえは乏《とぼ》しくなるにちがいない。じゃあ、オリオンの力をあいつらから取りあげているわたしは、いったい何様なんだろう？　八回も、取りあげた。たぶん、これからも。自分の命にはあいつらの命より価値があるとでも？

でも、わたしにはその問いの答えがわかっていた——わたしは、ナイフをお腹に突《つ》きたてられたときでさえマリアをしなかった。〈目玉さらい〉を見かけたら、逃《に》げだすかわりに追いかけて、一年生の半分の命を救った。だけどマグナスは、オリオンと付き合っているという理由だけで、わたしをあっさり殺そうとした。そしてトッドは、もとの部屋にいるのがこわくなったという理由だけで、ミーカを真っ暗な虚空《こくう》のむこうへ飛ばした。それが、答えだった。だからわたしは、どうしても、自分の命にはあいつらの命より価値があるんだと思わずにはいられなかった。生きる資格がない連中にだって生きる権利があることくらい、わたしにもわかってる。資格と権利はちがうんだから。ただ、ひとつたしかなことがある。間違《まちが》いなく、わたしはマグナスやトッドよりもマシな人間だ。だからって、ご褒美《ほうび》かなにかがもらえるわけでもないけれど。それに、そんなことがわかったって意味がない。いまのわたしになにより必要なのは、あいつらの存在をこの世から抹消《まっしょう》してはいけないんだと本気で思える理由だ。

それから一時間くらい、部屋の中をひたすら歩きまわった。お腹の傷が痛かったし、時間と気力をむだにしていることもわかっていた。本当なら課題もやらなくちゃいけないし、マナもたくわえなくちゃいけないのに。なのに、わたしはひたすら妄想《もうそう》をたくましくしていた。妄想《もうそう》の中で、マグナスはわたしの許しを請《こ》いねがい、全校生徒の前ですすり泣きながら、お願いだから生きたまま皮をはぐなんてやめてくれ、と頼《たの》みこむ。なぜなら、ためしに、二ヶ所くらいの皮をはいでやったあとだから。オリオンは険しい顔に失望の色を浮《う》かべ、腕組《うでぐ》みをしてそばに立っている。マグナスを助けたりしないし、友人もニューヨークも捨てて、わたしの味方をする。部屋をぐるぐる歩いているうちに気分が悪くなり、声に出して自分に言いきかせた。「あと三回往復したら、もう瞑想《めいそう》をはじめるから」そのときは、本当にやめるつもりでいる。だけど、二往復したあたりで、わたしはまたはじめから妄想《もうそう》をなぞりはじめ、細かいところを頭の中で修正するのだった。台詞《せりふ》をいくつか、息を弾《はず》ませながらつぶやくことさえした。

わたしはバカじゃない。これがどれだけ危険なことか、ちゃんとわかっていた。わたしはいま、魔法《まほう》をかけてしまうぎりぎりのところにいる。魔法《まほう》をかけるというのは、結局はそういうことなのだ。まず、意思と標的を明確にする。つぎに、マナを集める。最後に、マナを標的に向けて発射する。コツは、できるだけ正確にマナを標的まで誘導《ゆうどう》すること。言葉を使っても、粘液《ねんえき》や金属を使ってもいい。誘導《ゆうどう》がうまくいけばいくほど、標的までの通り道がなだらかであればあるほど、魔法《まほう》はうまくかかる。だから、魔法使《まほうつか》いが勝手に呪文《じゅもん》や薬の調合法を作りだしたって、望んでいるとおりの魔法《まほう》をかけられるわけじゃない。でも、わたしは標的を誤ったことが一度もないし、白檀《びゃくだん》の箱の中には、マナでいっぱいの水晶《すいしょう》がまだ九つ残っている。手元のマナを全部使いつくしてなにが悪い？　マナなら奪《うば》ってくればいい。マグナスに生きる資格がないのなら、あいつのマナを奪《うば》いとって、もっと役にたつことに使えばいい。

いますぐ、妄想《もうそう》にふけるのをやめなくちゃいけなかった。怒《いか》りを手放さないとマズいことになる。マグナスとトッドとジャックが束になってもかなわないほど危険な人間になってしまう。なにをしたって、ご褒美《ほうび》は永遠に手にはいらない。ちゃんとわかっている。だけどわたしたちは、クッキーを一度にたくさん食べればお腹をこわすとわかっていながら、六つ目に手を伸《の》ばす。後悔《かい》するのは目に見えているし、そもそも、たいしておいしいクッキーでさえない。なのに、食べるのをやめられない。

アアディャのノックにこたえて扉《とびら》を開けたのは、そういう状態だったからだ。今回は、扉《とびら》のむこうにいるのはアアディャだと確かめ、入り口からも十分に距離《きょり》を置いた。同じ罠《わな》に二回もハマるつもりはない。人と話したい気分じゃなかったのに、わたしはアアディヤを中に入れた。彼女《かのじょ》がここにいるあいだだけは、復讐《ふくしゅう》という名のクッキーをひたすら口の中に詰《つ》めこむことをやめられるだろう。「どうかした？」わたしはせいいっぱいの自制心を発揮して、なるべくふつうの口調で短くたずねた。

アアディヤが中に入り、わたしは扉《とびら》を閉めた。だけど、アアディヤはわたしの質問に答えないで黙《だま》っている。いつもと様子がちがう。いつもの彼女《かのじょ》は、言いたいことがあれば迷うことなく口にする。アアディヤは部屋を見回した。彼女《かのじょ》がわたしの部屋に入ったのは初めてだ。というか、ジャックとオリオン以外のだれかが部屋に入ってきたこと自体が初めてだった。だれかが交換《こうかん》をしに訪ねてきたことは何度かあったけれど、そのときだって、相手は扉《とびら》が完全に閉まるほど中に入ってくることはしなかった。この部屋はかなり殺風景だ。一年生のとき、部屋にあった戸棚《とだな》を壁掛《かべか》け棚《だな》に変えた。そのほうが、引きだしがついていたり、下に薄暗《うすぐら》いすき間があったりする戸《と》棚《だな》より、ずっと安全だったからだ。一年生の魔工《まこう》クラスの単位はその作業で取ることができた。机の引きだしも危険だから、全部はずしてほかの子が持っていた金属と交換《こうかん》し、机の脚《あし》と天板にめっきをほどこした。人型の炎《ほのお》が襲《おそ》ってきたときにも机がぶじだったのは、金属に守られていたからだ。机の上には、ぐらつく錆《さ》びた金属ラックがあって、レポートはそこにしまっておく。これも、簡単に手にはいる金属を使って自分で作った。ほかにある家具といえば、ベッドと、ベッドの下の収納箱くらいだ。収納箱には特別大事なものを入れておく。貴重なものをその辺に放っておくと、いつのまにか消えてしまうことがあった。ほかの子たちは、写真を飾《かざ》ったりカードを貼《は》ったりしているし、新年を迎《むか》えるときには陶器《とうき》やスケッチを贈《おく》りあったりもしている。わたしは贈《おく》り物をもらったことなんかないし、そんなものを作って時間をむだにするつもりもない。

殺風景な部屋だけど、わたしにはちょうどいい。生まれ育ったユルトだって部屋はひとつしかなかったし、家具らしい家具といえば、ふたり用のベッドと、ベッドの下にしまってあるいくつかの箱と、丸い窓のそばにある母さんの作業台くらいだった。ただし、少なくともあのテントは豊かな緑に囲まれていた。スコロマンスでは、簡素な部屋は仲間がいない証拠《しょうこ》みたいなものだ。ちょうど、ミーカみたいに。頼《たよ》る相手がいないから、引きだしひとつにも神経をとがらせなくちゃいけない。他人の目を通して自分の状況《じょうきょう》を見てみると、怒《いか》りが新たに燃えあがってくる。たぶんマグナスは、キルトを持っているだろうし、ふたつ目の枕《まくら》だって持っているはずだ。三十年かそれくらい前にここにいたニューヨーク出身の生徒が、そういうちょっとした贅沢品《ぜいたくひん》を作り、卒業するときに同じ自治領の下級生にゆずり、それが脈々《みゃくみゃく》とマグナスまで受けつがれてきたにちがいない。そしてたぶん、マグナスの部屋の壁《かべ》には、あいつのためにみんなが作ってやったきれいなカードや絵が貼《は》ってある。望みさえすれば本物の壁紙《かべがみ》だって手にはいるだろう。家具はどれもつやつやした温かみのある木製で、引きだしにも棚《たな》にも保護魔法《まほう》をかけた錠《じょう》がかけてある。もしかすると、食料を新鮮《しんせん》に保存しておく箱まであるかもしれない。ちゃんとしたデスクランプがあるのは間違《まちが》いない。あいつの部屋では、ペンが行方不明になることさえない。

実際にマグナスの部屋に行って確かめてもよかった。この時間なら部屋にいるはずだ。消灯時間が近い。あいつの部屋に押《お》しいり、あんたがわたしを殺そうとしたのはわかってると言ってやり、真っ暗な虚空《こくう》に突《つ》きとばしてやったっていい。トッドがミーカにしたみたいに完全に消しさるようなことはしない。ただ、その気になればできるってことを思いしらせてやる。わたしがその気になりさえすれば、好きなときにあいつを虚空《こくう》へ飛ばし、あいつの居心地のいい豪華《ごうか》な部屋を奪《うば》ってやれるんだってことをわからせてやる。あいつもニューヨークの連中も、平気な顔で、自分と同じ人間にそんな仕打ちができるんだから。

わたしはいつのまにか両手を握《にぎ》りしめ、アアディヤがそばにいることをほとんど忘れかけていた。唐突《とうとつ》に、アアディヤが言った。「あのさ——エル、〈目玉さらい〉を仕留めたのって、あんたじゃない？」

バケツいっぱいの氷水を頭から浴びせかけられたような衝撃《しょうげき》が走った。視界がぼやけ、目の前が暗くなる。一瞬《いっしゅん》、〈目玉さらい〉の体内にもどり、脈打つ肉の中に飲みこまれていくような感覚に襲《おそ》われた。わたしは部屋の真ん中に駆《か》けていき、床《ゆか》に作られた排水口《はいすいこう》に吐《は》いた。消化しきれていない夕食と、喉《のど》を焼く胃酸が口からこぼれていく。吐《は》いたものの感触《かんしょく》で気持ちが悪くなり、また吐《は》いた。吐《は》くあいまにうめき声がもれる。胃が空っぽになるまで吐《は》き、空っぽになったあとも吐《は》いた。アアディヤが、ほどけたわたしの髪《かみ》が汚《よご》れないように持ってくれているのが、おぼろげにわかった。ようやく落ちつくと、アアディヤが水の入ったグラスを渡《わた》してくれた。何度も何度も口をゆすぐ。やがて、アアディヤが言った。「これが最後の一杯《ぱい》だよ」わたしはゆすぐのをやめて水をひと口飲み、喉《のど》に残った苦い胆汁《たんじゅう》の味を流した。

這《は》うように排水口《はいすい》から離《はな》れ、壁《かべ》にもたれて両膝《りょうひざ》を抱《かか》える。自分の息のにおいをかいでしまわないように、口で呼吸をした。

「ごめん」アアディヤが言った。わたしは顔を上げて彼女《かのじょ》を見た。わたしからすこし離《はな》れたところにすわって壁《かべ》によりかかり、あぐらをかいて両手に水差しを持っている。もうパジャマに着替《きが》えていた。パジャマとして通用するのは、たぶんスコロマンスだけだろうけど。着古したそろいの上下で、短パンは短すぎるし、長袖《ながそで》のTシャツは、適当な修繕魔法《しゅうぜんまほう》で無理やり袖《そで》を伸《の》ばしてある。寝《ね》る支度をすませたあと、ベッドに入るのをやめてわたしの部屋に来ることにしたんだろうか。質問をするために。「やったの、あんたでしょ」アアディヤは言った。

頭がぼんやりしていて、どう答えるのが正解なのかも、本当のことを話せばどうなるのかもわからなかった。わたしはただ、うなずいた。わたしたちはしばらく、黙《だま》ってすわっていた。長い時間がたったような気がしたけれど、消灯を知らせるベルは鳴らなかったから、実際はそうでもなかったらしい。まだ、頭が働かない。わたしは、ただそこにすわっていた。

とうとう、アアディヤが口を開いた。「四年生の前期にそなえて、予言の鏡を作る予習をはじめたんだ。それで、オリオンにコツを聞いてみた。あのとき、銀の注入がやけにうまくいったから。そしたらオリオン、特別なことはなにもしてないって言ったんだよね。ていうか、オリオンってべつに錬金術《れんきんじゅつ》が特別うまいってわけじゃないし。専攻《せんこう》だからやってるだけっていうか。で、そのときに、オリオンが銀を流しこんだあと、あんたがなにか呪文《じゅもん》を唱えてたのを思いだした。だから、それを探してみた。だけど、見つかったのは、魔工《まこう》コースの金属学の手引書に載《の》ってた説明だけ。それには、銀をなめらかにのばす魔法《まほう》は存在するけど、それを使うのは正気の沙汰《さた》じゃないって書いてあった。物質の性質を無視してねじ伏《ふ》せるような魔法《まほう》だから。相当な力の持ち主じゃないかぎり、そんな魔法《まほう》は使えないらしい。だから、挑戦《ちょうせん》するのは時間のむだなんだって。ていうか、そもそも意味がわからないわけ。あんたは呪文専攻《じゅもんせんこう》の三年生なのに、どうして予言の鏡の課題を出されたりしたの？　ふつうだったらあり得ないよね」

わたしは笑おうとしたけれど、鼻をすすったみたいな音が出ただけだった。そう、**ふつうだったら**、あり得ない。

アアディヤは話しつづけた。だんだん早口になってきている。怒《おこ》っているようにも聞こえる口調だった。「あの〈物質操作魔法《まほう》〉だって、夕食のあとのたった数時間でやり方を覚えたって言ってたよね。でも、入札を考えてる四年生たちは、卒業式までに習得できるかどうかわからないって言ってた。それに、あの本はすごすぎる。偶然《ぐうぜん》見つけるような本じゃない。学校があの本をあんたに渡《わた》したってことは、あんたがめちゃくちゃ骨の折れる仕事をやったか、めちゃくちゃすごいことをやってのけたか、どっちかだと思う。それに、日曜日のあんたはいまにも死にそうだった——トッドが幻覚《げんかく》なんか見るわけない。あり得ない。あいつがあんなにおびえてたのは、〈目玉さらい〉を本当に見たからに決まってる。ほかの怪物《かいぶつ》を見ただけだったら、**絶対に**〝侵略《しんりゃく》〟なんかやろうとしなかったはず」一拍《ぱく》置いて、アアディャは続けた。「そんなに大量のマナ、どうやって手にいれたの？」

口をきく気力が湧《わ》かなかった。喉《のど》が痛くてたまらない。小さな白檀《びゃくだん》の箱に手を伸《の》ばし、蓋《ふた》を開けてなかの水晶《すいしょう》をアアディャに見せる。ひび割れた水晶《すいしょう》がふたつ。マナを使いつくして空っぽになった水晶《すいしょう》がいくつか。マナがすこしたまった水晶《すいしょう》がいくつか。そして、マナが満杯《まんぱい》になった水《すい》晶《しょう》が九つ。「腕立《うでた》て伏《ふ》せで」短く言って蓋《ふた》を閉め、箱を元あった場所にしまう。

「腕立《うでた》て伏《ふ》せ」アアディャはおうむ返しに言った。「そっか。なるほど。腕立《うでた》て伏《ふ》せね」大きな笑い声をひとつあげ、わたしから視線をそらして前を向いた。「なんで、みんなに言わないの？世界中の魔法《まほう》自治領がよだれを垂らしてあんたをほしがると思うよ」

その言葉にふくまれたかすかなトゲを感じとって、わたしは怒《おこ》りたいような泣きたいような気分になった。立ちあがり、棚《たな》の上からはちみつが半分くらい入った小瓶《こびん》を取る。週末になるたびに小瓶《こびん》を食堂へ持っていき、そのなかにはちみつをためることにしている。はちみつはなかなか手に入らないから、非常事態にしか使わないようにしていた。いまは非常事態だ。小さなスプーンにはちみつをすくい、母さん直伝の鎮痛呪文《ちんつうじゅもん》を小声でつぶやくと、グラスに残っていたなまぬるい水で流しこんだ。アアディヤに向きなおり、芝居《しばい》がかった仕草で片手を差しだす。

「はじめまして、エルです。わたし、山を動かすことができるんです。嘘《うそ》じゃありません。いきなりわたしにそう言われたら、あんたは信じる？」

アアディヤは立ちあがった。「実演してみればいいんだよ。一年生のときにやっとくべきだったと思うけど。魔法《まほう》自治領の子たちにあんたの実力がどれだけすごいか見せつけてやればいい。そしたら、みんながあんたをチームに入れようとして戦争に――」

「自治領のチームになんか入りたくない！」とうとう、わたしはかすれた声で叫《さけ》んだ。「そんなのこっちからお断りだよ！」

第9章 未知の生物

わたしは、眠《ねむ》るまぎわに、思いっきり暗い考え事にふけるのが大好きだ。最高に落ちつく。消灯のベルが鳴って一時間がたつというのに、わたしはまだ、扉《とびら》の横でちらちら燃える青いガス燈《とう》をにらんでいた。五分おきに、いいからこぶしを握《にぎ》りしめるのはやめてさっさと寝《ね》なよと自分を叱《しか》りつけてみたけれど、効果はない。起きあがって水を飲み――アアディヤはわたしを動揺《どうよう》させたことに罪悪感を覚えたのか、水差しに水をくむためにシャワー室までついてきてくれた――、もしかしたらと思って数学の課題をすこしやってみたりもしたけれど、やっぱり眠《ねむ》れない。

わたしはずっと、どうして魔法《まほう》自治領に入らないんだと、母さんを責めつづけてきた。日本ほど遠い魔法《まほう》自治領から、わざわざ魔法使《まほうつか》いたちがうちのユルトまで母さんの忠告を聞きにくるなら、自治領が母さんを専属の治療師《ちりょうし》として雇《やと》ってくれてもおかしくないんじゃないかと思っていたからだ。実を言うと、わたしが〈鉤爪蛇《かぎづめへび》〉に襲《おそ》われたあと、母さんは魔法《まほう》自治領のひとつを訪ねていった。初めからロンドン自治領は選択肢《せんたくし》から外していて、かわりに、心霊治療《しんれいちりょう》で有名なブルターニュの古い自治領に雇《やと》ってほしいとかけあった。その日の午後、わたしを学校に迎《むか》えにきた母さんは言った。「ごめんね、ダーリン。無理みたい」わたしがいくら理由を聞いても、黙《だま》って首を振《ふ》るだけだった。わたしは母さんにきっぱり宣言した。わたしを受けいれてくれる魔法《まほう》自治領があったら、スコロマンスを卒業したあとは絶対にそこに行くから、と。母さんは悲しそうな顔のまま、ただこう言った。「もちろん、あなたに合ってることなら、なんだってするといいわ」十二歳《さい》のとき——いまだに、そのときのことを思いだすと嫌《いや》な気分になる——泣きながら、大声で母さんを責めたことがある。母さんが本当にわたしを愛してるなら、魔法《まほう》自治領に連れていってくれるに決まってる。母さんは、わたしが怪物《かいぶつ》に食べられたほうがいいんだ。そうすれば、だれも母さんを責めないし、人気者の座は守ったままでわたしを厄介払《やっかいばら》いできるもんね、と。三匹《びき》の怪物《かいぶつ》がわたしを襲《おそ》いにきた直後のことだ。

母さんは、わたしの前では完ぺきに動揺《どうよう》を隠《かく》していた。それからひとりで森へ行き、わたしに隠《かく》れて具合が悪くなるほど泣いた。わたしは、もっとわめいてやろうと、せっかく隠《かく》れていた母さんをわざわざ探しにいき、泣いている母さんを見つけるとユルトにもどって、自分もわんわん泣きながらベッドに体を投げだした。そして、つぎに怪物《かいぶつ》がやってきたら、抵抗《ていこう》しないで食われてやる、と固く心に誓《ちか》った。うんざりするくらいひねくれた子どもだったからだ。だけど、誓《ちか》ったただけだった。わたしは生きたかった。

いまも、生きたいと思っている。母さんにも生きていてほしい。だけど、スコロマンスでの生活をひとりで生きぬくことはできない。だから、自分の能力を証明して、わたしの価値を自治領の生徒たちに売りこまなくちゃいけない。わたしは高値で競りおとされるべき特別な賞品で、怪《かい》物《ぶつ》たちを——ライバルの魔法《まほう》自治領だって——倒《たお》せる核《かく》兵器で、わたしという武器さえあれば魔《ま》法《ほう》自治領はさらに強力になる、わたしがいれば自治領はもっと安全な場所になる、と。

安全こそ、トッドが望んでいるものだ。マグナスの望んでいるものだ。彼《かれ》らは安全をなにより望む。だいそれた望みなんかじゃないように思えるかもしれない。だけど、ここには安全がない。安全を手にいれ、安全を手放さないために、あいつらはほかの生徒を虚空《こくう》に突《つ》きとばす。魔法《まほう》自治領だって、安全のためなら別の自治領を犠牲《ぎせい》にする。そして、自治領の連中は結局のところ、安全を手にいれるだけじゃ満足しない。快適さをほしがり、贅沢《ぜいたく》をほしがり、ありあまる富をほしがり、次々《つぎつぎ》とほしいものを増やしながら、そのあいだもやっぱり安全をほしがり、自分たちをより魅力《みりょく》的な標的にしていく。標的でいながら身を守るには、敵を撃退《げきたい》する力を付けるしかない。魔法《まほう》自治領がスコロマンスを開校した当初、自治領に住んでいない子どもは入学できなかった。

しばらくすると、自治領の連中はまるで慈悲《じひ》深い施《ほどこ》しでもするみたいに、いきなり方針を変えて自治領外の子どもたちの受けいれをはじめたけれど、もちろん、連中の本当の狙《ねら》いは別のところにあった。結局、わたしたちみたいな独立系の魔法使《まほうつか》いは、前線で使いすてられる兵士で、人間の盾《たて》で、便利な臓器提供者で、使いっぱしりで、雑用係で、メイドだ。負け犬たちが、卒業チームと魔法《まほう》自治領に入れてもらうために懸命《けんめい》に働くおかげで、自治領出身の生徒たちは、ぐっすり眠《ねむ》り、たっぷり食べ、なにかと世話を焼いてもらうことができる。自治領の生徒しかいなかったときよりも、ずっと快適に暮らすことができる。わたしたち負け犬は、幻想《げんそう》でしかないチャンスが現実になる日を夢見る。だけど、あいつらがわたしたちに与《あた》えるのは、自治領出身者たちに都合よく利用されるチャンスだけ。

だけど、魔法《まほう》自治領が自分たちのことだけを考えているからって、それのなにが悪い？　自治領の連中に、わたしたちよそ者のことを気にかけてやる義理はない。わたしたちはあいつらの子どもじゃない。独立系の生徒と自治領の生徒はそれぞれ別のガゼルの群れで、ここではどちらの群れも、ライオンの群れから逃《に》げようと必死になっている。わたしたちが自治領の子どもたちよりも速く走れたり、強かったりすれば、自治領が送りだした大事な子どもたちはライオンに食われてしまう。スコロマンスにいるあいだは立場をわきまえていたとしても、ここを出たあとは、自治領が大切にしまいこんである富を自分たちもすこし手にいれたいと欲を出してくるかもしれない。わたしたちが力を持ちすぎれば、自治領の脅威《きょうい》にだってなりかねない。だから、あいつらはわたしたちのことなんか気にかけちゃいけないのだ。わたしたちが服従を誓《ちか》うまでは。それが唯一《ゆいいつ》の賢《かしこ》いやり方だ。わが子の安全を願っているからといって、その親を責めることはできない。ちゃんとわかってる。これ以上ないくらい。

わたしは魔法《まほう》自治領に入りたい。いつかは娘《むすめ》を産みたいし、その子に生きのびてほしい。真夜中、襲《おそ》ってきた怪物《かいぶつ》たちを見て悲鳴をあげたりしてほしくない。わたしだって、ひとりで夜を過ごしたくない。安全なところにいたいし、ちょっとくらいは快適さもほしい。時どきでいいから贅沢《ぜいたく》もしたい。わたしが生まれてからずっと求めつづけてきたのは、それだけだ。ささやかな望みだ。きっと叶《かな》う――そう思えたらどんなにいいだろう。オリオンが、ぼくたちはみんな平等だ、と言ってのけたみたいに。

でも、わたしはそれが嘘《うそ》だと知っている。子どものときから、それは嘘《うそ》だと思いしらされてきた。だから、本当は魔法《まほう》自治領になんか入りたくない。安全や、快適さや、贅沢《ぜいたく》が、ここで死んでいく生徒たちの犠牲《ぎせい》とひきかえに手にはいるのなら、そんなものはほしくない。もちろん、厳密に言えば、問題はそう単純じゃない。簡単明瞭《めいりょう》な方程式みたいに、わたしが魔法《まほう》自治領に入ったことが、ここで死ぬ子どもたちの数を増やすわけでもない。どっちにしても、スコロマンスでは子どもたちが死につづける。わたしが魔法《まほう》自治領に入ろうが入るまいが、その事実は変わらない。だけど、階数が四十六もある難解な微分《びぶん》方程式だって、方程式自体が間違《まちが》っていればそれとわかるはずだ。

たぶん、わたしは自分の本当の気持ちにずっと前から気付いていたんだと思う。スコロマンスに入学するよりも前から。そうでなければ、アアディヤの言ったとおり、一年生のうちに扉《とびら》を何枚か吹《ふ》きとばすかなにかして、とっくに自分の力を証明していたはずだ。なのに、わたしは三年間もそれを先延ばしにし、ドラマチックなどんでん返しの計画を頭の中でこねくり回してきた。おまけに、ようやく自治領に入るチャンスをつかんだと思ったら、視界に入ってくる魔法《まほう》自治領の生徒たちを片っ端《ぱし》から邪険《じゃけん》にあつかいはじめた。オリオンを追いはらおうとしたときだって、かなりがんばったと思う。あいつが、冷たくあしらわれるのを喜ぶ規格外の変人じゃなかったら、首尾《しゅび》よく追いはらえたはずだ。そして今度は、アアディヤに、まるで秘密を守る約束でもしているみたいに「このことは黙《だま》っとくから」と言われると、わたしは「助かる」と返した。「ちがう、ちがう、むしろみんなに言ってほしい」と頼《たの》むべきだったのに。

だけど、魔法《まほう》自治領に申しこむつもりがないのなら、〈目玉さらい〉の一件はたしかにだれにも知られないほうがいい。わたしがあの怪物《かいぶつ》を倒《たお》したことが知れわたれば、何人かは、あの『怪《かい》物学《ぶつがく》ジャーナル』の論文で〈目玉さらい〉のことを調べ、わたしがどんな魔法使《まほうつか》いで、どんな力を秘めているのか知るだろう。そうなればわたしも、マグナスに対する怒《いか》りにかかずらっている暇《ひま》はなくなるはずだ。マグナスばかりか自治領出身者の半分が、わたしの息の根を止めようとしてくるだろうから。それより先に曾祖母《そうそぼ》の予言の内容がどこかから漏《も》れれば、命を狙《ねら》われるのは間違《まちが》いない。だけど、わたしは生きたい。

こういう心躍る、穏やかな考えごとで頭がいっぱいだったから、その晩はのんびりくつろいで、だいたい三時間くらいしか眠《ねむ》れなかった。うとうとしかけたかと思うと、〈目玉さらい〉の体内に引きずりもどされる最低の悪夢を見て目が覚め、目が覚めると不安に苛《さいな》まれ、ここを生きて出られる確率はどれくらいだろう、とひたすら考えつづけた。このまま卒業チームにも入れず、九つの水晶《すいしょう》のマナだけを武器に戦うことになってしまったら、卒業ホールにひしめく怪物《かいぶつ》たちに抵《てい》抗《こう》できるんだろうか。空腹にも悩《なや》まされた。今日食べたものをほとんど吐《は》いてしまったからだ。朝になっても喉《のど》の痛みはいっこうに治まっていなくて、顔はむくんでいた。

このところアアディヤは、毎朝のようにわたしを誘《さそ》ってシャワー室へ行く。今日は来ないかもしれないと思っていたのに、アアディヤはいつものようにやってきて、その声を聞きつけたリューも部屋から顔を出して言った。「ちょっとだけ待っててくれる?」わたしたちは、リューが歯ブラシとタオルとくしを取ってくるあいだ、彼女《かのじょ》の部屋の前で待った。だから、話したくないことが話題にのぼるんじゃないかと心配する必要はなかった。シャワー室に向かうあいだ、わたしはリューと歴史のレポートのことを話した。シャワー室に着くと、アアディヤとわたしが最初の見張り番になり、リューは腰《こし》まである髪《かみ》のあちこちにできた謎《なぞ》のもつれを険しい顔でほどきにかかった。この三年間、彼女《かのじょ》の髪《かみ》は最高にきれいだった。そのツケを、いま一気に返しているのだ。マリアをすると、使っているあいだ、その魔法使《まほうつか》いは美しくなる。マリアをやめるその瞬《しゅん》間《かん》まで。

「もう、全部切っちゃおうかな」リューは歯ぎしりしながら言った。賢明《けんめい》な判断だ。髪《かみ》の手入れに余計な時間をかけなくてよくなるし、なにより、怪物《かいぶつ》たちがつかむのにぴったりな持ち手をわざわざ伸《の》ばしておく必要はない。ここにいる生徒たちは、だいたい似たりよったりな髪型《かみがた》をしている。運よく手に入れた安全なハサミかバリカンで手早く短く切った髪《かみ》が、すこし伸《の》びかけたような感じだ。安全なハサミを使えることはめったにないけれど、呪《のろ》いのかかったハサミを、目や喉《のど》みたいに命に関わる場所のそばで使うのはやめておいたほうがいい。ハサミが呪《のろ》われているかどうかを見分ける方法はだれにもわからない。そんなものがあるなら教えてほしいくらいだ。四年生に、スーダン出身のオコトという男の子がいる。修理コースのひとりだ。オコトは入学のときの制限重量をぎりぎりまで使って、充電《じゅうでん》式の電気カミソリと、手回し式の発電機を持ちこんだ。オコトは電気カミソリを貸しだして大もうけし、今年のはじめには一年生の五人組に、自分が卒業したらカミソリはゆずると約束した。五人組は、卒業式までオコトのためにマナをためつづけている。オコトはヨハネスブルク魔法《まほう》自治領出身の三人と卒業チームを組むことにも成功した。

丸坊主《ぼうず》も人気の髪型《かみがた》だ。しょっちゅうカミソリを使えるような、余裕《よゆう》のある生徒に限られるけれど。髪《かみ》をぼさぼさのまま放っておくのはあまりおすすめじゃない。ヘッドヒルの心配があるからだ。ヘッドヒルがどんな怪物《かいぶつ》なのかは想像できると思うけど、よくわからない人のためにここで説明しておく。ヘッドヒルの成虫は細長い形をしていて、真夜中、寝《ね》ている魔法使《まほうつか》いの頭に静かに忍《しの》びよってくると、からまった髪《かみ》の中に産卵管を差しこんで卵を生みつけ、また音もなく去っていく。しばらくすると、居心地のいい巣の中で卵がかえり、生まれた幼虫は魔法使《まほうつか》いの頭皮に張りつく。張りつかれた当人は、まず気付かない。幼虫はすこしずつ魔法使《まほうつか》いの血とマナを吸いとりながら、頭皮を食いやぶり、さらにその下へもぐりこんでいく。一週間か二週間のうちにヘッドヒルを見つけて駆除《くじょ》しなければ、ほとんどの場合、幼虫は頭蓋骨《ずがいこつ》の中にまで侵入《しんにゅう》してしまう。そこから体が動かなくなるまでは、ほんの二、三日だ。まあ、動けなくなってしまえば、別の怪物《かいぶつ》にさっさと息の根を止めてもらえるわけだけど。

だから、髪《かみ》が一番長い子でも、たいていは肩《かた》につくくらいの長さしかない。わたしの髪《かみ》は、それよりもさらに二センチほど長い。安全なハサミを使わせてくれる友だちがいないからだ。魔法《まほう》自治領の子たちでさえ、髪《かみ》を伸《の》ばしている子は少ない。リューの髪《かみ》は、一種のアピールだ。長い髪《かみ》は余裕《よゆう》のある証だから、リューの一族が力をつけつつあることを、ほかの魔法使《まほうつか》いたちにほのめかすことができる。だけど、マリアをやめたいまでは手入れが大変そうだ。

アアディャは、わたしが周囲を見張っていることをすばやく確かめ、リューを振《ふ》りかえった。

静かなシャワー室に響《ひび》く声で言う。「切るって、本気で？」

「かなり本気！」リューはぜえぜえ言いながら、一休みしようと両腕《りょううで》を下ろした。

「じゃあ、わたしが買いとろうかな」アアディャは言った。「お返しに、四年生の前期のあいだになにか好きな魔工品《まこうひん》を作ってあげる」

「ほんとに？」

「うん。それだけ長かったら、いま作ってる〈鐘《かね》つき蜘蛛《ぐも》〉のリュートに弦《げん》を張れそう」

「ちょっと考えてみる」リューはそう言うと、さっきよりも気合いを入れて髪《かみ》をすきはじめた。

アアディャは見張りにもどった。アアディャに、いますぐリューと交渉《こうしょう》をまとめる権利はない。シャワー室に一緒《いっしょ》に行ったり、食堂で同じテーブルにすわったりする関係性だって重要だけど、それと卒業チームの関係性は別物だ。アアディャがリューの髪《かみ》の毛をほしがるなら、ほかにも狙《ねら》っている生徒がいるだろう。魔工専攻《まこうせんこう》の魔法《まほう》自治領の子たちは、卒業に向けて、最高品質の武器を作っている。その子たちの中には、かなりいい条件でリューの髪《かみ》を買いとろうとする子もいるはずだ。卒業チームへの招待だってあり得る。

リューのつぎにシャワーを浴びながら、わたしの頭は卒業チームのことでいっぱいだった。ここに来ていよいよ、アアディャがチームメイト候補になる可能性が高くなってきた。わたしの力に気付いた唯一《ゆいいつ》の同級生だし、少なくともシャワー室に一緒《いっしょ》に行く仲ではある。だけど、掘《ほ》り出し物の人材だと思ってもらうにはほど遠いはずだ。アアディヤの立場だったら、わたしだって自分を選ばない。もし、四年生の前期が終わる前に〈鐘《かね》つき蜘蛛《ぐも》〉のリュートを完成させたら、アアディヤのもとには、魔法《まほう》自治領の生徒たちからの誘《さそ》いが、十以上は舞《ま》いこむはずだ。スコロマンスに、〈鐘《かね》つき蜘蛛《ぐも》〉を倒《たお》す武器を持っている子はいない。まず、大きすぎて卒業ホールに持ちこむことができない。小さな横笛なら持ちこめるかもしれないけれど、管楽器は卒業式にむいていない。呪文《じゅもん》をかけ、走りまわり、その必要に迫《せま》られれば叫《さけ》び、酸素を余分に使う余裕《よゆう》なんてないからだ。リュートがあれば、魔法《まほう》自治領からの保証付き招待だって手にいれられるかもしれない。トッドたちも、自治領への招待を餌《えさ》に卒業生総代の生徒を手にいれた。魔法《まほう》自治領の評議会は、自分たちの自治領の子どもと同じチームにいた生徒から申込《もうしこ》みがあると、優先的に受けいれる。もちろん、絶対じゃないけれど。

わたしはというと、自治領グループから卒業チームに誘《さそ》われる可能性はほぼ消えていた。たとえ誘《さそ》われたとしても、自治領のチームに入るつもりはない。本当は、少数精鋭《せいえい》のチームを作ろう、とアアディヤに持ちかけたかった。自治領グループの中でも力のない生徒たちは、不安に駆《か》られて別のチームを吸収することがある。アアディヤにわたしとチームメイトになることを本気で検討してもらいたいなら、新年がくるまでにできるだけいい印象を与《あた》えなくては。

だから、身支度を整えて待ちあわせ場所へ行き、一緒《いっしょ》に朝食を取りにいくほかのふたりを待っているあいだに、わたしは何気ないふうをよそおって言った。「リュー、ちょっと考えてたんだけど。〈物質操作魔法《まほう》〉には興味ある？」

アアディヤとリューは同時にわたしを見た。リューがためらいがちに言う。「うちの一族はほしがると思うけど、でも……」でも、リューに入札するほどの余裕《よゆう》はない。わたしとアアディヤと同じように、彼女《かのじょ》にも、スコロマンスでの生活を支えてくれるような知り合いはほぼいない。六年前にここを卒業した従姉妹《いとこ》が、お下がりの入った箱を残していってくれたらしいけど、それだけだ。その箱は、わたしたちと入れかわりに卒業していった別の生徒からリューに手渡《てわた》された。その子は、リューが入学してくるまで箱の中のものを使うことを条件に、橋渡《はしわた》し役を引きうけたらしい。

「その髪《かみ》で入札してくれればいいよ」わたしは言った。「アアディヤが、わたしのために競りを開いてくれるんだ。だから、アアディヤは取り分としてリューの髪《かみ》をもらえばいい」

リューが入札すれば、実際の入札者は四人に減る。おまけに、これでアアディヤは、自治領グループにとってより有力なチームメイト候補になるはずだ。魔法使《まほうつか》いの髪《かみ》で弦《げん》を張ったリュートは、ものすごく強力な武器だ。だけど、目の前のチャンスをむだにすることはできなかった。これでアアディヤはわたしにひとつ借りができる。だから――

「それか、入札するんじゃなくて、ふつうにわたしにくれてもいいけど」ふいに、アアディヤが口をはさんだ。「で、エルはリューに魔法《まほう》をあげる。そうすれば、卒業式で一緒《いっしょ》にリュートを使えるし。リュー、なにか歌呪文《じゅもん》を書いてよ。エルが卒業式でうたえるように」

わたしは、なにも言えず、ただまじまじとアアディヤの顔を見た。リューの顔にもありありと動揺《どうよう》の色が浮《う》かんでいる。それもそのはずだ。アアディヤはいま、三人で卒業チームを組もうと言ったのだ。いまのはチームへの招待だ。スコロマンスでは、ほかの生徒に物をあげたりしない。たとえば授業中にだれかにペンを貸したとする。ペンを使えばインクが減る。インクがなくなれば備品室へ行って替えを取ってこなくちゃいけない。だから、借りた相手は、なんらかの方法で借りを返さなくちゃいけない。だから、だれかと貸し借りなしの関係を作ることができたら、それは相手と付きあっているという証拠《しょうこ》だ。ただし、付きあっている相手とは別れることができるけれど、チームメイトと別れるのはご法度だ。例外は、トッドのときみたいに、相手が許しがたいほどひどいことをしたときと、全員が合意のもとに解散を決めたときだけ。たとえ、チームメイトがみんなに嫌《きら》われている変わり者の負け犬だろうと、その子をあっさり見捨てるようなことをすれば、それ以降どこからも誘《さそ》いはかからない。忠誠心の怪《あや》しい相手が卒業ホールで自分を守ってくれるとは思えないからだ。

リューがわたしを見た。その顔には、『わたしもチームに誘《さそ》われてる？』と書いてある。わたしは、うなずいていいのかわからなかった。また泣いてしまいそうだ。いや、吐《は》きそうだ。まさにそのとき、すぐそばでけたたましい悲鳴があがり、一瞬《いっしゅん》、右耳が聞こえなくなった。わたしに噛《か》みつこうとしていたらしい怪物《かいぶつ》の焦《こ》げてねじれた残骸《ざんがい》が、美しいカーブを描《えが》いて真横をかすめていく。怪物《かいぶつ》の死体は、石炭と灰のかたまりのようになって、どさりと床《ゆか》に落ちた。

「まわりに注意を払《はら》わないのって、もしかしてわざとか？」うしろから近づいてきたオリオンが言った。黙《だま》れというかわりに、わたしはオリオンの顔の前で右手を――右耳を守りそこねたほうの手を――振《ふ》った。

　卒業チームの話の続きができないまま、わたしたちは朝食へ行くしかなかった。ほかのみんながいる前でチームの話をするわけにはいかない。それはちょうど、カップルが食堂のテーブルで臆面《おくめん》もなくいちゃつくような感じだ。平気な人もいるけれど、わたしは気が進まない。それでも、頭の中はアアディヤの言葉でいっぱいだった。リューも同じことを考えているのは明らかだったから、なおさらだった。リューは〈物質操作魔法《まほう》〉の本を見にくる生徒たちを、これまでとはちがう目で眺《なが》めているように見えた。ただの好奇《こうき》心から彼《かれ》らを見ているわけじゃない。本の市場価格を推しはかろうとしているのでもない。彼《かれ》らが呪文《じゅもん》と引きかえに差しだす物が、自分にとってどれくらい価値があるのかを検討しようとしている。わたしとチームを組んだら、どんなものが使えるようになるのか。アアディヤが、競りをはじめるタイミングで卒業チームの話を持ちだしたのは賢《かしこ》い。わたしたちがチームを組んだことが知れわたれば、入札者たちは、リューとアアディヤが使えそうなものを提供してくれるかもしれない。わたしひとりが使えるものじゃなくて、チームみんなで使えそうなものを。

アアディヤはたしかに賢《かしこ》いけれど、卒業チームの話は本気だろうか。彼女《かのじょ》の真意はいまいちわからない。だけど、アアディヤが考えを変えたような様子もない。朝食をたっぷり食べ、本を見にくる生徒たちとおしゃべりをし――わたしよりもずっと上手に――、魔工《まこう》クラスで自分用と交《こう》渉《しょう》用に盾魔法《たてまほう》ホルダーをいくつか作った話をしている。リューは、盾魔法《たてまほう》ホルダーの話になると、ますます熱心に耳をかたむけた。

リューが誘《さそ》いを受けるのかどうかもわからなかった。アアディヤは、明らかに三人組のチームを作ろうと考えている。もし、リューが誘《さそ》いを断ったら――わたしは、朝食の真っ最中に、突然《とつぜん》決心した――アアディヤにたずねてみよう。そうなったら、三人目のチームメイトを探すつもりなのか、それとも、具体的な約束事は決めず、とりあえずはわたしたちふたりでチームを組むつもりなのか。これで、チームの主導権をアアディヤに渡《わた》すことになる。だけど、わたしに選択肢《せんたくし》が多くないことは、どうせアアディヤも知っている。だから、細かいことは気にしない。

自分がそんなふうに考えるようになったなんて、おかしな気分だった。自分の考えじゃないみたいだ。プライドを守ることは、わたしにとってすごく大事なことだった。プライドなんて、ベッドの下に怪物《かいぶつ》が潜《ひそ》んでいるようなところではなんの役にもたたないけれど、それでもわたしは、友だちよりも自分のプライドを優先してきた。友だちを作るのは、入学してひと月であきらめた。わたしがだれをなにに誘《さそ》っても、相手がよほど追いつめられてでもいないかぎり、イエスと言ってもらえることはほとんどなかった。わたしを誘《さそ》ってくれる人もいなかった。どの学校へ行っても、わたしはかならずと言っていいほど同じ目にあってきた。どのクラブに、どの教室に、どのイベントに行こうとも。

スコロマンスに入る前は、あそこへ行けばこんな状況《じょうきょう》も変わるかもしれない、とすこしだけ期待していた。自分と同じ魔法使《まほうつか》いが相手なら、仲間外れにあうこともないんじゃないか、と。だけど、そんなはずはなかったのだ。魔法使《まほうつか》いが非魔法界《まほうかい》の学校に通うことは珍《めずら》しくないのだから。魔法自治領《まほう》に住んでいないなら、非魔法界《まほうかい》のできるだけ大きな学校に通うのが一番いい。怪物《かいぶつ》たちは人間に寄りつかないからだ。人間のほうが怪物《かいぶつ》たちより強いというわけじゃない。相手がマナを持っていようといまいと、〈鉤爪蛇《かぎづめへび》〉は獲物《えもの》のお腹を、一メートルもある鉤爪《かぎづめ》で貫《つらぬ》くことができる。だけど、人間たちには、めったに破られない鉄壁《てっぺき》の守りがある——魔法《まほう》が存在することを知らないのだ。

たしかに、たくさんの人たちが、メドゥーサだとか、神学的に検討の余地がある天使だとか星占《ほしうらな》いだとか、そういった嘘《うそ》っぱちのことは、本当に存在するのだと信じている。だけど、世界一だまされやすい人たちに囲まれて人格形成期を過ごしたわたしに言わせれば、そこには大きなちがいがある。魔法使《まほうつか》いは、魔法《まほう》の存在を信じているわけじゃない。わたしたちは、魔法《まほう》が存在していることを**知っている。**それはちょうど、非魔法界《まほうかい》の人間たちが、車が存在することを知っているのと同じだ。焚《た》き火を囲んで語りあっているときに、車は本当に存在するのかなんて議論をはじめる人はまずいないと思う。まあ、いつもより多めにドラッグをキメていれば別だけど。ちなみに、当然ながら、ドラッグでハイになっているときは、人間が怪物《かいぶつ》と遭遇《そうぐう》する確率はぐっと上がる。

魔法《まほう》が存在することを知らない人の前で魔法《まほう》をかけるのは、ものすごくむずかしい。相手があまりにも強固に魔法《まほう》の存在もマナの存在も否定していると、最悪の場合、そのときに魔法《まほう》がかけられないだけじゃなく、つぎに魔法《まほう》をかけたときにもうまくいかないことがある。その人間がそばにいようがいまいが関係ない。いっこうにかからない魔法《まほう》をどうにかしてかけようと奮闘《ふんとう》しているうちに、いつのまにか、魔法《まほう》を使う力は永遠に失われている。非魔法界《まほうかい》には、自覚のない魔《ま》法使《ほうつか》いが大勢いるはずだ。たとえばルイーザみたいに、魔法《まほう》をかけられるだけのマナをたくわえられる人はたくさんいる。だけど、その人たちが非魔法界《まほうかい》で育てば、魔法《まほう》をかけることはできない。魔法《まほう》をかけられることを**知らなければ**、魔法《まほう》はかけられない。怪物《かいぶつ》はそもそも魔法《まほう》によって存在しているのだから、怪物《かいぶつ》たちは、自分たちは間違《まちが》いなく存在しているのだと人間たちを納得させ、むこうの思いこみを正してからじゃないと、人間を食べることはできない。中学校を卒業するすこし前のことだった。勇猛果敢《ゆうもうかかん》な〝ヤーンボグル〟が学校に忍《しの》びこんできて、体育の授業のときにわたしに襲《おそ》いかかろうとした。体育教師はヤーンボグルに気付いて、一点の疑いもなくネズミが出たのだと思ったらしい。クリケットのバットをつかむと、勇ましくヤーンボグル退治に取りかかった。やがて、ヤーンボグルだったものの残骸《ざんがい》は、ぺしゃんこになったネズミと見分けがつかなくなった。だけど、わたしがクリケットのバットで一日中殴《なぐ》りつづけたとしても、ヤーンボグルを倒《たお》すことはできない。怪物《かいぶつ》たちにしてみれば、味も香りも栄養もない人間を狙《ねら》う気にはなれないし、リスクの割に得るものも少なすぎるから、わざわざ非魔法界《まほうかい》には近づこうとしない。非魔法族《まほうぞく》の学校に通う魔法使《まほうつか》いの子どもが少なくないのは、こういう理由からだった。

だけど、母さんとわたしは、魔法使《まほうつか》いの観点からするととんでもない僻地《へきち》に——どの魔法《まほう》自治領からも遠く、自治領まで出かけて仕事をしたり交渉《こうしょう》をしたりすることもできない——住んでいたから、わたしは非魔法界《まほうかい》の学校にいる唯一《ゆいいつ》の魔法使《まほうつか》いだった。だから、当時は、きっとみんなはマナの気配を感じとるかなにかして、それでなんとなくわたしのことを嫌《きら》っているんだと自分に言いきかせていた。だけど、そうじゃなかった。魔法界《まほうかい》だろうと非魔法界《まほうかい》だろうと、子どもは子どもだ。魔法使《まほうつか》いの子どもたちも、やっぱりわたしのことを嫌《きら》った。

この五日間はたしかにオリオンがそばにいたけれど、あいつは変人だから数に入れないでおこう。わたしにだって分別があるから、それが唯一《ゆいいつ》経験に裏打ちされたやり方だからといって、オリオンといるときみたいに乱暴な物言いでケンカを売ったりしていれば、ふつうの人とは友だちになれないことくらいわかっている。もしかすると、アアディヤとリューのことは、友だちとして数に入れてもいいのかもしれない。自信はないし、友だちができたらなにがどう変わるのかもわからない。ようやく友人を作れたんだという達成感に胸が温かくなることもない。ずっと、友だちができたら感動して胸が熱くなるんだろうかと想像していたのに。たぶんわたしは、だれかが友情の証の安っぽいブレスレットをくれるのを、いまだに待っているのだ。ガールスカウトでもらいそこねたブレスレットを。そしていま、わたしは卒業チームに誘《さそ》われた。わたしが危険な目にあわないように見張り、命を守ろうとしてくれる人たちが現れた。それは、友情を育むより、もっと特別なことだ。知らないうちに、わたしのことをそんなふうに思ってくれる人たちがそばにいた。

ンコヨのことは友だちと呼べるんだろうか。ンコヨと彼女《かのじょ》の友人たちと一緒《いっしょ》に語学ホールへ行きながら、わたしは考えた。コーラとジョワニについてははっきりしている。このふたりは、これまで同様わたしのことを毛嫌《けぎら》いしている。だけど、わたしに対するンコヨの態度は、彼女《かのじょ》たちとは明らかにちがっていた。ンコヨは、少なくとも友好的に接してくれる。友人とまでは呼べないにしても。わたしは思いきってンコヨに探りを入れてみることにした。たいした質問じゃないみたいに、さりげない感じをせいいっぱいよそおう。「ラテン語の期末試験にむけて勉強会を開いてる子たちっている？」

「うん」ンコヨは、自然な口調であっさり答えた。質問されたから答えた、という感じだ。「木曜日の自習時間に、何人かで語学ホールに集まってるよ。参加費は、便利な呪文《じゅもん》の複写を二枚」

「それって、ンコヨと交換《こうかん》した炎《ほのお》の壁《かべ》の呪文《じゅもん》でもいい？」わたしは、ンコヨの気軽な調子を必死でまねして言った。参加費さえ払《はら》えば仲間に入れてもらえると、信じて疑わない振《ふ》りをしながら。

「あんなにいい呪文《じゅもん》じゃなくてもだいじょうぶ。もっと普段《ふだん》使いの魔法《まほう》でいいよ。わたしはパピルス修復呪文《じゅもん》を持っていくつもり」

「じゃあ、中世の皮なめし魔法《まほう》を持っていこうかな」わたしは言った。皮なめし魔法《まほう》は、黒魔術《くろまじゅつ》の手引書を製本するときに使う大規模魔法《まほう》の一部だ。その手引書は、中に書かれた魔法《まほう》をだれかが使うたびに、その魔法使《まほうつか》いからマナをすこし吸いとってしまう。だれにも気付かれずにマナを盗《ぬす》むことができる仕掛《しか》けになっているのだ。だけど、皮なめし魔法《まほう》だけを使うこともできる。

ンコヨは、かまわないよと言うかわりに、肩《かた》をすくめた。ちょうど、語学ホールの前に到着《とうちゃく》した。わたしたちは順番に、昨日の課題を採点ポストにすべりこませた。扉《とびら》の横の金属の壁《かべ》に、郵便ポストのような細長いすき間が開いている。提出のタイミングはちょうどよかった。ポストの前が生徒たちでごった返しているような時間帯は避《さ》けたほうがいい。ポストからなにかが飛びだしてきたとしても、人混みに阻《はば》まれて逃《に》げようがない。だからといって、みんなよりずっと前にここへくるのもマズい。時間帯が早すぎると、ポストから〝なにかが飛びだして〟くる確率はぐっと高くなる。かといって、提出が始業ベルよりほんの十秒でも遅《おく》れたら減点されてしまう。

語学クラスの課題で減点されると、補習として、提出したばかりの課題とまったく同じものをやるはめになる。補習は何日も、時には何週間も続く。たいして厳しい罰《ばつ》じゃないと思うかもしれないけれど、呪文《じゅもん》を手にいれるために語学を学んでいるわたしたちにしてみれば、これは最悪の罰《ばつ》だった。補習を与《あた》えられたあとで学校に新しい魔法《まほう》を頼《たの》んでみると、送られてくる魔法《まほう》の手順には、理論上は手にいれられることにはなっているけれど、現実的には絶対に手にはいらない材料が含《ふく》まれている。なんの役にもたたない補習を終えて次の課題を出してもらうまで、新しい魔法《まほう》を送ってもらうことはできない。

アラビア語のワークシートを採点ポストに入れ、ブースに入って机に現れたファイルを開くと、そこには逃《のが》れようのない悲運が待ちかまえていた。ファイルに、**三枚の**アラビア語のワークシートと、古典サンスクリット語の難問が並ぶ小テストが入っている。小テストには所要時間二十分と書かれていたけれど、実際には百二十分の授業時間をめいっぱい使わなくちゃいけなかった。どうにか合格点をもらえそうな数の答えを書きおえたのは、終了間近《しゅうりょう》であることを知らせるベルが鳴ったときだった。わたしは大急ぎでテスト用紙に名前を書き、荷物を適当にかばんに突《つ》っこみ、バスケットでも抱《かか》えるようにして片手で危なっかしくかばんを抱《かか》え、列の最後尾《さいこうび》に駆《か》けこんで小テストを採点ポストにすべりこませた。まさにその瞬間《しゅんかん》、終了《しゅうりょう》を知らせるベルが鳴った。三枚の課題は今夜仕上げるしかない。おかげでまた、マナをたくわえる時間が削《けず》られてしまう。

〈目玉さらい〉騒動《そうどう》の日から、マナをためるためのまとまった時間を一度も作れていない。

だけど、そんなことくらいで、わたしの明るい気分はしぼんだりしなかった。このところ、明るい気持ちになったりどん底に突《つ》きおとされたりの繰《く》りかえしで、気分がおもちゃのヨーヨーみたいに落ちつかない。以前のわたしは、世界を呪《のろ》う惨《みじ》めな気分でいるのが通常運転で、いつもうつむいて時間をやり過ごしていた。明るい気分でいるのは、激しい怒《いか》りを抱《かか》えているのと同じくらいくたびれる。だからといって、創作クラスの教室に着いて、リューが人待ち顔であたりを見回しているのに気付いたとき、差しだされた友情をはねつけたいとはこれっぽっちも思わなかった――リューは、となりの席を**わたしのために**取っておいてくれたのだ。わたしは気持ちを落ちつかせると、ふたりの席のあいだに自分のかばんを置いた。となりの席がリューなら、授業中にかばんの中を整理しても文句を言われる心配はない。

わたしは席につき、取組中の課題をかばんから取りだした。できの悪い十九行二韻詩《ヴィラネル》で、うっかり〝疫病《えきびょう》〟という言葉を使ってしまわないように細心の注意をはらっている。気を抜《ぬ》くと、すべての連にその単語が忍《しの》びこんでこようとするからだ。実際に〝疫病《えきびょう》〟という言葉を使ってしまったら、新しい疫病《えきびょう》を蔓延《まんえん》させる呪文《じゅもん》が誕生してしまうかもしれない。創作課題が本当の呪文《じゅもん》になってしまわないか気を揉《も》むなんて、わたしくらいだと思う。

五分間くらい課題に取りくんでから、ようやく、友だちなんだからリューとおしゃべりでもしたほうがいいのかもしれないと思いついた。「なに書いてるの?」わたしは彼女《かのじょ》に聞いた。退屈《たいくつ》な質問だけど、少なくとも、明快な答えがあるという利点がある。

リューは横目でちらっとわたしを見て答えた。「おばあちゃんに教えてもらった歌呪文《じゅもん》。英語の歌詞を書こうと思って」

基本的に、呪文《じゅもん》は翻訳《ほんやく》できない。たとえば、ヒンディー語の呪文《じゅもん》を同じインド語派のウルドゥー語に翻訳《ほんやく》したとしても、その呪文《じゅもん》の安全性には不安が残る。四回に三回は成功するけれど、そのうち一回は命の危険にさらされる。歌呪文《じゅもん》だけは唯一《ゆいいつ》の例外だけど、厳密には歌詞を翻訳《ほんやく》するわけじゃない。どちらかというと、それは同じ曲と同じテーマを使って別の言語で別の呪文《じゅもん》を書くようなものだし、たいていはゼロから新しい呪文《じゅもん》を書くよりむずかしく、めったに成功しない。だいたいの創作魔法《まほう》がうまくいかないのと同じだ。うまくいったとしても、もとの呪文《じゅもん》の貧弱な偽造《ぎぞう》品みたいな呪文《じゅもん》になるのが関の山だ。だけど、ちゃんとした呪文《じゅもん》ができることだってたまにあるし、そうしてできあがった呪文《じゅもん》はもとの呪文《じゅもん》よりも効果が倍近くに高まっている。新しい呪文《じゅもん》は、それ自体の効果に加えて、もとの呪文《じゅもん》の効果のほとんどを引きつぐからだ。結果的に、かなり強力な呪文《じゅもん》ができあがる。

だけど、肝心《かんじん》なのはそんなことじゃない。リューは、アアディヤが今朝、卒業チームの話をほのめかしながら提案したことに取りかかっているのだ。「聞いてみる？」リューがそう言って、小さなプレーヤーを差しだした。スクリーンの付いてない旧式のプレーヤーだけど、一度充電《じゅうでん》すれば何百時間でも使うことができる。スコロマンスでなにかを充電《じゅうでん》するには手回し充電《じゅうでん》器を使うしかない。電気を作る作業でマナをたくわえることができるから、プレーヤーをだれかに貸してもマナをむだにすることにはならない。わたしはイヤホンを耳に押《お》しこんで、歌呪文《じゅもん》を聞いた。まだ歌詞ができていなかったのは好都合だった。いま中国語を新しくはじめる余裕《よゆう》はない。曲に合わせて小さくハミングし、指先で太ももを叩《たた》きながらリズムを取る。歌の感じを頭に刻みこんでおきたかった。歌詞がなくても、その曲からは魔法《まほう》の気配を感じとることができた。ささやかだけど、魔力《まりょく》が高まっていく感じがあった。ふつうの曲とはちがって、歌呪文《じゅもん》を説明するのはむずかしい。無理やり言葉にするなら、それは、曲を聞いているあいだ、華奢《きゃしゃ》なティーカップを——壊《こわ》れやすいものを——手のひらの上にのせているような感じだ。ティーカップの中にはマナを注ぎいれることができるし、その量は曲によってまちまちだ。この曲は豊かなマナをたたえることができそうだった。ティーカップよりも、もっとずっと深い。コインか小石を落としてみれば、こだまが返ってくるまでにしばらくかかるだろう。わたしはイヤホンを外してリューにたずねた。「これ、マナ増幅呪文《ぞうふくじゅもん》?」

リューは、曲を聞いているわたしの表情をじっとうかがっていたけれど、わたしの質問を聞いてはっとした顔になった。「この呪文《じゅもん》のことはだれも知らないはずだけど」つまり、これは一族だけに伝わる魔法《まほう》で、まだどの魔法使《まほうつか》いとも取引をしていないということだ。たぶん、魔法《まほう》自治領の建設に必要なものと交換《こうかん》するまで、取っておくつもりなのだろう。

「知らないよ」わたしは言った。「ただ、そんな感じがしただけ」

リューは小さくうなずき、考えこむような顔になった。

創作クラスが終わると、わたしたちは一緒《いっしょ》に歴史クラスまで歩いていき、すわり心地の悪い椅《い》子《す》に並んですわった。歴史クラスの教室はいくつかあって、すべて食堂と同じ階にある。比較《ひかく》的高い階にあるから、まあまあ安全だ。ただし、指定の教科書は信じがたいほどつまらないし、語学ホールみたいにブースがあるわけじゃないから、ほかの生徒たちが立てる物音にひたすら耐《た》えなくちゃいけない。ひそひそ声、咳《せき》、おなら、永遠にやむことのないテーブルと椅子《いす》がきしむ音。正面の壁《かべ》には画質の悪い映像が流れ、眠気《ねむけ》をさそう声が講義を続けていて、生徒たちはいやでもこの講義を聞かなくちゃいけない。九割はなんの役にもたたないし、成績にも関係しない。だけど、小テストには適当に選ばれた講義の一部が出るうえに、それぞれの配点がかなり高い。昼食の前の歴史クラスを受けて空腹に悩《なや》まされるか、昼食のあとに受けて眠気《ねむけ》に悩《なや》まされるか、どちらかを選ぶことができる。わたしはいつも昼食前のクラスに出る。こっちのほうがまだ安全だからだ。苦痛なことに変わりはないけれど。

それでも、となりの席にだれかがいてくれるばかりか、そのだれかがわたしと一緒《いっしょ》にすわっていてくれると、いつもの退屈《たいくつ》な授業も百倍くらいマシだった。わたしたちは、講義を聞いてノートを取る役目を十五分ごとに交代し、講義を聞いていないほうは期末レポートを進めることにした。レポート用の参考資料は、どちらもすでに翻訳《ほんやく》して交換《こうかん》している。リューはわたしが訳した参考資料を使っていた。ちゃんと役にたったということだ。リューのくれた翻訳《ほんやく》もレポートの助けになっていた。だから、本当はリューに不満があるのに、自分と一緒《いっしょ》にいてくれるだけでも感謝しなくちゃ、と自分に言いきかせる必要もなかった。

英語でおこなわれる歴史クラスをリューが取っているのは、歴史の単位と第二外国語の単位を一度に取り、履修《りしゅう》スケジュールを自由に組めるようにするためだ。だから、これまでも歴史クラスで顔を合わせることはよくあったけれど、となり同士の席になったことはほとんどない。リューが自分からわたしのとなりにすわったことも一度か二度はある。備品室に寄ってすこし遅《おく》れたせいで、残っている席がわたしのとなりか、体調を崩《くず》して咳《せき》こんでいる別の生徒のとなりか、授業のあいだずっとズボンの中に片手を突《つ》っこんでいる男の子——一度だけ、そいつがわたしのとなりにすわろうとしたことがある。ありったけの殺意をこめてにらみつけると、そいつは凍《こお》りつき、ズボンの中から手を出した——のとなりしか残っていないようなときには、リューはわたしのとなりを選んだ。だけど、たいていは、前のクラスで一緒《いっしょ》だった子と同じテーブルにつくことがほとんどだった。英語の歴史クラスを取っている中国語話者の生徒は十人以上いる。その子たちは、リューからかすかにマリアのにおいが漂《ただよ》ってきても、あまり気にしていないようだった。

今日のリューからマリアのにおいはしない。あれ以来、マリアはきっぱりやめたのだ。顔色も健康的なままで、瞳《ひとみ》には輝《かがや》きがある。変化は外見だけに留まっていなかった。以前よりも穏《おだ》やかでおとなしくなったみたいだ。殻《から》からめったに顔を出さないカタツムリみたいに。マリアの後遺症《しょう》なのか、もとの彼女《かのじょ》自身にもどったのかはわからない。たぶん、もとのリューにもどったのだと思う。母さんの瞑想魔法《めいそうまほう》は、自分を取りもどすためのものだから、マリアとは正反対の効果があるのだ。ひょっとするとリューは、マリアをしなさい、と家族から勧《すす》められていたのかもしれない——マリアをするのは、理論上は賢《かしこ》い作戦なのだから。だけど、もし、マリア用のいけにえを学校に持ちこむために制限重量を全部使ってしまったのなら、リューはマリアを使う以外の作戦をもっていないはずだ。

これからどうするつもりなのか、なにか考えはあるのか、リューにたずねるわけにもいかなかった。リューは自分がマリアをしていることを隠《かく》そうとしていたし、わたしたちはまだ正式なチームメイトでさえない。だから、急にそんな質問をすれば警戒《けいかい》されるだろう。わたしは人気者のオリオンの彼女《かのじょ》ということになっているんだから、なおさらだった。マリアを完全にやめるつもりなら、卒業が一年後に迫《せま》ったいまになって、リューは厳しい状況《じょうきょう》に追いこまれたことになる。これからもいけにえを使ってマリアをするつもりだったのなら、マナのたくわえもないだろう。

もしそうなら、リューは理想的なチームメイト候補じゃない。だけど、そんなことはあまり気にならなかった。わたしはリューとチームになりたかった。アアディヤとチームを組みたい。ほかに候補がいないからじゃない。わたしたちが分かちあっているものを大事にしたい。午前中に一緒《いっしょ》に勉強し、そのあと、一緒《いっしょ》に昼食を取りにいく。そういうときに感じる、わたしたちは友だちなんだというささやかな胸のぬくもりを、なくしたくない。ふたりの力を借りて生きのびたいし、わたしの力を貸してふたりに生きのびてほしい。「わたしは賛成」食堂へ向かいながら、わたしはだしぬけに言った。「リューがいいなら」なんの話をしているのか説明する必要はない。リューも同じことを考えているのはわかっていた。

リューはすこしのあいだ黙《だま》っていた。それから、静かに言った。「あたし、マナがほとんどないの」

わたしの予想は当たっていた。リューはマリアを完全にやめる決心をしたのだ。そのせいでマズい状況《じょうきょう》に陥《おちい》っている。だけど、リューは正直にそのことを打ち明けた。わたしたちとチームを組むために、自分の力を実際より多めに見積もったりしなかった。「わたしだってそうだよ。でも、リューの呪文《じゅもん》と〈物質操作呪文《じゅもん》〉があれば、マナはそんなに必要ないと思う。アアディヤが気にしないならわたしは気にしない」

「あたし、あのマナ増幅呪文《ぞうふくじゅもん》もまだかけられないんだ」リューは言った。「あれはおばあちゃんが……その、ママとパパはいろんな魔法《まほう》自治領に働きにいって、いつも忙《いそが》しくしてたから、わたしはおばあちゃんに育ててもらったの。この呪文《じゅもん》をくれたのもおばあちゃん。ほんとは、そんなことをしちゃだめだったらしいんだけどね。上級魔法《まほう》だし、これを使えるのはうちの一族の中でも特別に強い魔法使《まほうつか》いだけだし。でも……翻訳《ほんやく》に成功すれば、わたしでもかけられるかもしれない」

「四年生の前期が終わるまでに翻訳《ほんやく》が完成しなかったら、いま勉強してる言語をいくつかあきらめて中国語を習うことにするよ」わたしは言った。

リューはわたしの目をまっすぐに見て言った。「エルは歌呪文《じゅもん》を使えるんだよね。でも、これはすごくむずかしいと思うよ」

「たぶん、だいじょうぶ」わたしは確信を持って言った。わたしの得意な虐殺呪文《ぎゃくさつじゅもん》には、ほぼすべてにマナ増幅魔法《ぞうふくまほう》が含《ふく》まれている。この手の大規模魔法《まほう》はマナを大量に消費するうえに、増幅《ぞうふく》魔法《まほう》まで使うのだ。世界を地獄《じごく》に変える虐殺魔法《ぎゃくさつまほう》からマナ増幅魔法《ぞうふくまほう》だけを取りだす呪文《じゅもん》はまだ手にいれていないけれど、虐殺魔法《ぎゃくさつまほう》の途中《とちゅう》で増幅魔法《ぞうふくまほう》をかける必要があるのなら、わたしにできないはずがない。

リューは深呼吸をひとつして、うなずいた。「じゃあ……あたしも、アアディヤがかまわないなら……」

リューは最後まで言わなかった。だけど、わたしはうなずいた。わたしたちはすこしのあいだ顔を見合わせたまま、並んで廊下《ろうか》を歩いた。リューがほほえんだ。口の端《はし》をわずかに持ちあげた、ためらいがちな笑みだ。わたしもリューに笑みをかえした。慣れないことをしたせいで頬《ほお》が痛い。

「昼休みのあと、歴史のレポートをやらない？」わたしは言った。「図書室の語学エリアに、いい個別閲覧席《えつらん》があるんだ」

「うん、いいね。でも、オリオンもいるんじゃない？」リューがそんな質問をしたのは、オリオンと一緒《いっしょ》に勉強できるかどうかを知りたいからじゃない。ただ、ひとつのテーブルに三人もすわれるんだろうかと気にしているのだ。

「すごく広いテーブルなんだ。だから平気。途中《とちゅう》で椅子《いす》を探していこう」だけど、昼食のあとでそのことを聞いたオリオンは、話す時間も惜《お》しいような早口でこう言った。「下に行かなくちゃいけないんだ。やることがあって」

「ほんとにやることがあるの？　それとも、人として最低限必要な交流にも耐《た》えられないから下で隠《かく》れていたいわけ？」わたしは言った。「リューはそのへんのまぬけみたいにあんたにへつらったりしないって」リューとの約束を破ってまでオリオンについていくつもりはない。彼女《かのじょ》じゃないんだから。

「いや、リューはいい子だよ」オリオンは言った。「ぼくも好きだし、いい子だよね。ただ、ちょっとやることがある」

奥歯《おくば》にものがはさまったような言い方だったけれど、それ以上は追求しないことにした。オリオンにだって秘密くらいあるだろう。わたしは肩《かた》をすくめた。「うっかり硫酸《りゅうさん》をかぶって自分を溶《と》かしたりしないでよ」

リューとわたしは図書室で充実《じゅうじつ》した時間を過ごした。歴史のレポートも半分ほど終わらせた。「夕食のあとは語学ホールでグループプロジェクトをする予定なんだ。でも、明日、またここで勉強しよう」図書室からの帰り道、リューは言った。わたしはうなずいた。楽しい気持ちで、夕食がすんだらアアディヤを誘《さそ》ってここに来ようか、それともンコヨに声をかけようかと考えた。わたしには、声をかけられる相手がいる。しかも、それはひとりだけじゃない。図書室に行こうと誘《さそ》える相手がいる。たとえ断られても、それは拒絶《きょぜつ》じゃない。ただ、本当に都合が悪いからだ。だから、昼食のときにアアディヤに誘《さそ》いを断られると、わたしはなぜか幸せな気持ちになった。夜は自分の部屋で魔工《まこう》コースの課題をするつもりなのだというアアディヤの言葉を、素直に信じることができたからだ。

「でも、寝《ね》る前に部屋に遊びにきて」アアディヤは言った。「売店におやつを買いにいこう。トークンは足りてるよね？」リューとわたしはうなずいた。あれから、チームのことを考える時間は十分にあった。三人で話しあうときが来たのだ。一緒《いっしょ》に先へ進むのかどうかを決めるときが。

午後の授業を受けるあいだ、わたしは卒業チームのことを、大事な秘密みたいに胸の中にしまっておいた。その特別な気分は、マグナスとクロエが食堂の外でオリオンと話しているのを見ても消えなかった。ふたりは、一緒《いっしょ》に図書室へ行こうとオリオンを誘《さそ》っているらしい。「エルを連れてきてよ」クロエはそんなことまで言いだした。まるで、わたしといういけにえを、銀の皿にのせてうやうやしく差しだすみたい。

「ムリなんだ。その――実験室に行くから」オリオンは言った。

「実験室？　へえ」マグナスが言う。「部屋にこもるんじゃなくて？」

オリオンの口調は、たしかに嘘《うそ》くさく聞こえた。マグナスが鋭《するど》い視線をわたしに向ける。なにを考えているのか丸わかりだ。オリオンはマグナスの嫌味《いやみ》に気付いていない。「え？　ううん、部屋じゃない」さっきと同じくらい嘘《うそ》くさい調子で言う。

「へえ、そうか」マグナスが言う。「実験室には**ガラドリエル**と行くんだろ？」

「ちがうと思うけど」わたしは低い声で言った。先にわたしの名前を出したのはあっちなんだから、会話に割りこむ権利はある。「わたしはレポートがあるし」

「エル、わたしたちと一緒《いっしょ》に勉強しない？」クロエが間髪《かんはつ》をいれずに言った。よほど追いつめられているらしい。魔法《まほう》自治領の子たちがよそ者を仲間に入れようとするなんて、まずあり得ない。せいぜい、こっちのグループに遊びにきてもらってもいいのよ、と恩着せがましい社交辞令を言うくらいだ。マグナスは、わたしなんかに頼《たよ》らなくちゃいけないことに激しく苛立《いらだ》っているみたいだった。

「やめとく」わたしはそっけなく言うと、さっさと食堂に入っていった。オリオンもふたりに背を向け、わたしと一緒《いっしょ》に列へ向かう。

「まさかだけど、クロエがきみに取りいろうとしてるなんて、思ってないよな」オリオンが言った。

「まさか。純粋《じゅんすい》な気持ちから誘《さそ》ってくれたんだと思うよ」わたしは言った。「わたしの息の根を止めるために。ゆうべのクローラーがわたしを襲《おそ》ったのは偶然《ぐうぜん》じゃないし」

「へえ――なるほどね。親切にされたら命を狙《ねら》われてるって思うんだ。きみを狙《ねら》う理由なんてないのに」オリオンのくせに、嫌味《いやみ》ったらしい口調だ。「正気か？　ぼくも一緒《いっしょ》に図書室に行って、クロエ・ラスムセンの悪の計画から守れって？」

「ううん、そこのマッシュポテトに頭を突《つ》っこんでくれるだけでいい」わたしはそう言うと、蒸し器の中に二本だけ残っていたソーセージを、あてつけがましく両方とも自分の皿に盛った。でも、ソーセージはテーブルについてから一本分けてやった。特権階級の殺人鬼の巣窟《そうくつ》で育ったからって、オリオンに罪はない。

夕食を終えて図書室へ向かうと、信じがたいことに、クロエが性懲《しょうこ》りもなく近づいてきて、閲《えつ》覧室《らんしつ》から書架《しょか》の通路に入ろうとしていたわたしをつかまえた。「だから、あんたたちのテーブルには行かないってば」わたしはぞんざいに言った。

「ちがうの、エル。聞いて」そう言うクロエを無視して、わたしは呪文帳《じゅもん》の書架《しょか》のあいだに入っていった。クロエがあとを追いかけてきてわたしの腕《うで》をつかむ。「ねえ、五秒でいいから普通《ふつう》に会話できない？」クロエは鋭《するど》い声で言った。彼女《かのじょ》が感情をあらわにするなんて、めったにないことだ。クロエは続けた。「ただ――いいから、いつもの席には行かないで」

わたしはぴたりと足を止め、クロエの顔を見た。クロエは目を合わせようとしない。追いつめられているような、どこかばつの悪そうな顔をして、肩《かた》ごしに閲覧室《えつらんしつ》のほうをちらちらうかがっている。暗がりにいるとはいえ、ニューヨークのグループがいる一角からは、わたしたちの姿がすこし見えているはずだ。こっちからも、長椅子《ながいす》のひとつにすわっているマグナスが見える。

「お願い――わたしたちと一緒《いっしょ》にすわって。ね？」クロエはなおも言った。「部屋にもどってもいい。とにかくあの席はだめ」

「てことは、わたしの部屋はまだ安全なんだね。賢《かしこ》いマグナスのことだから、今度はそこを狙《ねら》うんでしょ？」頭の中には、ニューヨークの席へつかつか歩いていき、鼻が顔にめり込《こ》むくらいの強烈《きょうれつ》なパンチをマグナスに浴びせる自分の姿が、ありありと浮《う》かんでいた。すわっているマグナスを上から狙《ねら》えば、わたしのパンチだってなかなかの威力《いりょく》があるはずだ。鼻の骨が折れる感触《かんしょく》を想像するだけで胸がすっとする。「待って、ちがうかもね。そんなことしたらオリオンまで巻きこむかもしれないし。そうなったら、めちゃくちゃ笑えるけど。わたしがオリオンを虚空《こくう》に突《つ》きとばしたりしないように一生懸命《けんめい》だったのに、自分たちでオリオンを殺しちゃうなんて」

クロエは顔をこわばらせた。「ドバイ自治領の招待を受けたの？」

「そもそも招待されてないから！　わたしはただ、アラビア語のリスニングができるように、あのへんの椅子《いす》を修復してすわってただけ。それに、わたしがドバイ自治領に入ったとしても、クローラーを使ってわたしを殺してもいいことにはならないよね」最後のひと言は、歯ぎしりしながら付けくわえた。わたしの返事にクロエがほっとしたような表情になったのが、気に食わなかった。

「クローラー？　ちがうわよ！　わたしたちがそんなこと——」クロエはそう言いかけ、いまさら否定しても手遅《ておく》れだと気付いたらしい。開きなおったように説明をはじめた。「聞いて。マグナスが、あなたは黒魔術師《くろまじゅつし》だって言ってるの。あのクローラーには、マリアを吸いとる呪文《じゅもん》しかかけてなかった。エルが筋金入りの黒魔術使《くろまじゅつ》いじゃないかぎり、ちょっと吐《は》き気がするくらいですんだはずよ」

クロエは、いけしゃあしゃあとそんな言い訳をしてみせた。わたしはクロエの目をまっすぐに見て言った。「わたしはマナ原理主義だよ」それを聞いたクロエは、息を飲んでぽかんと口を開けた。そんな可能性は思いつきもしなかった、とでも言いたそうな顔だ。実際、思いつきもしなかったんだろう。あのクローラーは、あとすこしで、呪文《じゅもん》のかかったただの紙から本物の怪物《かいぶつ》へ進化していたはずだ。みずからの意志でマリアやマナを吸いとる能力をクローラーに与《あた》えると、怪物《かいぶつ》に生まれかわってしまうことがある。たとえ、勝手なことをするんじゃないぞとクローラーに言いきかせていたとしても、五十パーセントの確率で、めあての獲物《えもの》からマナやマリアを奪《うば》えなかったクローラーは怪物《かいぶつ》になってしまう。マグナスは、そう言いきかせるどころか、邪悪《じゃあく》なガラドリエルからマリアを吸いつくしてやれと念をこめていたのだから、あのクローラーが怪物《かいぶつ》に変わる確率はそれよりもずっと高かった。つまり、あのときわたしは、怪物《かいぶつ》に変わったクローラーに殺されていてもおかしくなかった。

クロエも、その点に関してはわたしと同じ意見らしい。目に見えて青ざめている。だからって、わたしにひどいことをしたと反省しているわけじゃない。マリアを吸いそこねたクローラーが凶《きょう》暴《ぼう》化すると、まっさきに襲《おそ》いかかるのは、自分を作った張本人と、それに手を貸した可能性がある周囲の魔法使《まほうつか》いだ。しかも、自分たちが作ったクローラーに対する防御力《ぼうぎょりょく》は格段に下がるから、怪物《かいぶつ》がマグナスたちのマナを吸いつくしていた可能性はかなり高かった。だからって、クロエのことを気の毒になんて思わない。「わたしの席にどんなプレゼントが置いてあるわけ？　騒音《そうおん》ダニがぎっしり詰《つ》まった箱？」このままクロエを逃《のが》すつもりはない。

クロエはごくりと喉《のど》を鳴らし、かすかに震《ふる》える声で言った。「ううん、その——解除不能の熟《じゅく》睡呪文《すいじゅもん》。マグナスとジェニファーが、あなたが眠《ねむ》ったあとで催眠呪文《さいみんじゅもん》をかけて質問するんだって言いだして……」

「ふたりが到着《とうちゃく》するまで、怪物《かいぶつ》たちが眠《ねむ》ってるわたしを食べずに待ってるとでも？」

クロエにも、恥《は》じて赤面するくらいの品位はあるらしい。「本当にごめんなさい。本当に反省してる。わたしたち、この一週間ずっとこの話をしてたの——ほとんどの子たちは反対だったし、みんな、ただ、不安でたまらないだけ……でも——エルがマナ原理主義なら——ほんとによかった。うん、それって**最高**」クロエは興奮気味にまくしたてた。たしかに最高だ。彼女《かのじょ》とお仲間たちは、もうすこしでわたしを殺すところだったんだから。クロエはしゃべりつづけている。「ほんとはね、エルがマナ原理主義だなんて知らなかったけど、ニューヨークの子たちのほとんどは、あなたを卒業チームに誘《さそ》いたがってるの。わたし、あなたがマナ原理主義だってことをみんなに伝える。そしたら、五人全員が迷わずあなたをチームに入れたがるはず。オリオンも入れたら全部で七人のチームになる。それだけいれば、十分すぎるくらいでしょ？　それに、ニューヨーク魔法《まほう》自治領の保証付き招待だってあげられるし――」

「それはどうもありがとう」わたしは皮肉をたっぷりこめて言った。「二回も襲《おそ》おうとしたくせに、よく言うよ」

クロエは口をつぐんで唇《くちびる》を噛《か》んだ。「マグナスも、きっとエルに謝ると思う。約束する」すこし考えて、クロエはそう言った。わたしと交渉《こうしょう》をしているとでも思っているんだろうか。まるで――。

そうだ、まるで、わたしがニューヨーク魔法《まほう》自治領の保証付き招待をほしがっているとでも思っているみたいだ。たしかに、以前のわたしは喉《のど》から手が出るほどニューヨークからの招待がほしいと思っていたし、この六年間はそれを手にいれるための計画で頭がいっぱいだった。そしていま、クロエはなんの条件もつけずに、わたしが望んでいたものを目の前に差しだしている。

それなのに、わたしが感じたのは――なぜなら、わたしは相変わらずわたしだったから――猛《もう》烈《れつ》な苛立《いらだ》ちだった。クロエに対してじゃない。母さんに対する苛立《いらだ》ちだ。母さんがもしここにいたら、わたしが母さんを心の底から喜ばせたときにだけ見せる、あの、輝《かがや》くような温かい笑みを満面に浮《う》かべていたはずだ。あのときもそうだった。わたしは十二歳《さい》で、母さんとマリアのことで大ゲンカをした。わたしにはさっぱり理解できなかった。どうして、森の中で死にかけていた小鳥から、最後に残ったわずかな命をもらっちゃいけないのか。わたしはユルトを飛びだし、一時間後に最悪の気分で帰ってきて、もっと最悪の気分になりながら、森の中で小鳥が息を引きとるまで見守って、それから埋《う》めてやったことを母さんに伝えた。母さんにそんなことを伝えなきゃいけないなんて我慢《がまん》がならなかったし、母さんの例の笑顔を見て喜んでいる自分にも我慢《がまん》がならなかった。それは降伏《こうふく》に似ていた。そしてわたしは、降伏《こうふく》にはなによりも我慢《がまん》がならなかった。

ここにはいない母さんの笑顔を簡単に想像できてしまうことにも、我慢《がまん》がならなかった。クロエの誘《さそ》いを断れば、母さんは絶対に大喜びする。絶対に勝ちとるとあれだけ固く心に誓《ちか》った、貴重な招待なのに。だけど、わたしはこの招待を受けない。リューが、静かな口調で「あたし、マナがほとんどないの」と告白してくれたあとでは、クロエの誘《さそ》いなんてゴミ同然だ。リューとアアディヤはわたし自身をチームメイトに望んでくれた。クロエはオリオンをつかまえておくことにしか興味がない。それに、アアディヤとリューを選ぶという選択《せんたく》は、シンプルに賢《かしこ》い。アアディヤたちはすべてを賭《か》ける覚悟《かくご》でわたしをチームに誘《さそ》い、わたしが自分たちのためにすべてを賭《か》けることも望んでいる。だけどクロエは、賭《か》けるものをなにひとつ持っていない。

「謝罪なんかいらない」わたしは怒《いか》りをこめて言った。「ニューヨークに行くつもりはないから」

クロエは青くなった。「じゃあ――もしかして、ロンドンに行くつもり?」声が震《ふる》えている。

「ねえ――ねえ、トッドのことが原因？　トッドはどうせニューヨーク自治領から追放されるのよ。ニューヨークの人たちはだれも――」

「トッドは関係ない！」わたしはますます苛立《いらだ》って声を荒《あら》げた。クロエの質問に答えてやる義理なんてこれっぽっちもない。なのにクロエは、わたしにめった刺《ざ》しにされてでもいるみたいに、おびえた顔で言い訳をつづけている。「どの自治領にも行くつもりはないから」

クロエは狐《きつね》につままれたような顔になった。「だって――エルとオリオンは――」続く言葉も見つからないくらい混乱しているらしい。

「**わたしたちは**なにもたくらんでない。あんたたちが一体なにをそんなに大騒《おおさわ》ぎしてるのか見当もつかない。わざわざ教えてやる義理もないけど、わたしはオリオンと付きあってなんかない。それに、もし付きあってたとしても、二週間前まであいつはわたしの名前も知らなかった。なのに、わたしに保証付き招待を出すつもり？　一ヶ月後に、オリオンがベルリンかどっかから来た子に乗りかえたらどうする気？」

これでわたしには興味をなくすだろうと思ったのに、クロエは相変わらず顔をくもらせている。うろたえたような、曖昧《あいまい》な表情を浮《う》かべている。そして、唐突《とうとつ》に言った。「オリオンがだれかと仲良くするなんて、あなたが初めてなの」

「そっか、そうだよね。あんたたちみたいな特権階級の連中って、ほんとは下々《しもじも》の者と仲良くしちゃいけないんだっけ」

「そうじゃなくて！」クロエは言った。「オリオンは、わたしたちとも仲良くしようとしないから」ずいぶんおかしな言い草だった。この三年間、オリオンはクロエたちとつるんできたはずだ。思っていることが顔に出ていたらしい。クロエは首を振《ふ》って続けた。「オリオンとわたしたちは長い付きあいだし、オリオンはお母様から、わたしたちのことを守るように言いつけられてるだけ。でも、オリオンは——自分からわたしたちに話しかけたりしないの。食堂と教室ではどこかにすわるしかないから、わたしたちとすわってる。でも、わたしたちがなにか質問しないかぎり、ひと言もしゃべらない。用事がなければ、だれとも一緒《いっしょ》にいようとしない。本当に、だれともどこにも行かないし、わたしたちの部屋にも来ようとしない。自習時間のときだって！　例外はあなただけ」

わたしはクロエをにらんだまま言った。「ルイーザはどうなるわけ？」

「ルイーザは一緒《いっしょ》にいてほしいってオリオンにつきまとってただけ。かわいそうに思って拒否《きょひ》しなかっただけよ。それでも、できるだけルイーザを避《さ》けようとしてたけど。わたしたち、生まれたときからの知りあいだけど、オリオンがわたしの名前を知ってるのは、小学校二年生のときに、彼《かれ》のお母様がフラッシュカードを使って無理やり暗記させたから。そんなに小さいときから、オリオンが興味を持つのは怪物《かいぶつ》退治だけだったのよ」

「そりゃそうでしょ。ボードゲームより怪物《かいぶつ》退治のほうが刺激《しげき》的なんだし」

「わたしがふざけてると思ってる？　幼稚園《ようちえん》にいたとき、〝サッカーワーム〟が教室に侵入《しんにゅう》してきたことがあったの。先生が教室の隅《すみ》で楽しそうに笑ってるオリオンに気付いて、なにがそんなにおかしいのって聞いたら、両手につかんでたサッカーワームを持ちあげてみせたの。怪物《かいぶつ》は牙《きば》をむいて、オリオンに噛《か》みつこうと手の中でのたうちまわってた。わたしたちがいっせいに悲鳴をあげたから、オリオンはびっくりして飛びあがって、はずみでサッカーワームを真っ二つに引きさいちゃったの。飛びちった内臓が教室中の子たちにかかったんだから」わたしは思わず顔をしかめた――キモい。クロエも眉《まゆ》を寄せている。「十歳《さい》になるころには、門の見張り番をするようになってた。そうしろって言われたわけじゃないのよ。楽しいからって自分からやるようになったの。物心がついたころから、お母様のリース判事は、一人息子のオリオンをしょっちゅうわたしたちの遊び場まで引っ張ってきてた。息子に友だちを作ろうとしてたの。でもオリオンは、そのあいだもずっと心ここにあらずって感じで、どうにかして抜《ぬ》けだしては門のところに行っちゃうの。怪物《かいぶつ》が入ってきたらまっさきにやっつけてやろうとして。オリオンは――ふつうじゃないのよ」

わたしは我慢《がまん》できずに声をあげて笑った。笑うか、クロエに平手打ちを食らわせるか、ふたつにひとつしかなかったから。「オリオンは闇《やみ》の霊《たましい》の持ち主だって言いたいわけ？」

「そうじゃない！」クロエはこわばった顔で言った。「わたしたちがオリオンのことを嫌《きら》ってるとでも思ってる？　わたしがいま生きてるのはオリオンのおかげなのに？　九歳《さい》の夏のことだったけど、自治領に〝ライフライ〟の大群が押《お》しよせてきたの。たいしたことじゃない。そうでしょ？」クロエは自虐《じぎゃく》的に付けくわえた。そんなに些細《ささい》なことで大騒《おおさわ》ぎするつもりはないのだと、言い訳をしているみたいに。「年長の子たちは、評議会が対策を考えるまで家から出ないように言いつけられてた。でも、ライフライは十一歳《さい》以下の子どもをわざわざ襲《おそ》ったりしない。だからわたしは、自治領から道路を一本はさんだ公園で遊んでた。だけど、そのとき、マナがこぼれちゃったの」

マナがこぼれる現象のことは、母さんに無理やり読まされた『マナと子どもの成長』という退《たい》屈《くつ》なパンフレットにも書いてあったけれど、わたしは一度も経験したことがない。ふつう、魔法《まほう》使《つか》いがマナをたくわえておける容量は、成長過程でいきなり増える。かといって、仮に大量のマナを作ってしまったとしても、それが容量を超《こ》えてあふれてしまうことはめったにない。だけど、クロエの場合はそうじゃなかったらしい。

「わたし――」クロエは緊張《きんちょう》しているのか、口元で軽く両手を合わせた。「――すべり台の下で遊んでたの。友だちふたりと一緒《いっしょ》だった。非魔法族《まほうぞく》はひとりもいなかった。そこに、ライフライの大群が飛んできたの。まっすぐわたしを狙《ねら》ってた。ライフライたちは、ママがかけてくれたバリアに食らいついてきた。ほんとに、ものすごくたくさんいて——」クロエは言葉を切って、ごくりとつばを飲んだ。「友だちは悲鳴をあげて逃《に》げていった。わたしはどうしようもなかった。マナが、鼻から、口から、耳からこぼれていくのを感じたけど、どうすることもできなくて。まだ、呪文《じゅもん》をひとつも覚えてなかったから。いまでも時どき、そのときのことを夢に見るわ」クロエは言った。それが嘘《うそ》じゃないことはわたしにもわかった。話している途中《とちゅう》で、クロエは——たぶん無意識に——両腕《りょううで》で自分の体を抱《だ》きしめ、背中を丸めた。「オリオンは小石を蹴《け》りながら公園のまわりを歩いてた。だれとも遊ぼうとしなかった。でも、なにが起こっているのかに気付くと、まっすぐ走ってきて、ライフライの大群を一瞬《いっしゅん》にして燃やしてくれたの。オリオンみたいにすばらしい人は、世界中探したって見つからないわ」

クロエに対する怒《いか》りを燃やしつづけるには、必死で自分を奮いたたせなくちゃいけなかった。だけど、それはむずかしかった。クロエに同情するつもりはない。ライフライの群れがうちのコミューンを襲《おそ》ったとき、わたしはまだ小さくて、母さんはわたしを膝《ひざ》の上にしっかり抱《だ》いたまま、保護魔法《まほう》の歌を一昼夜うたいつづけた。ライフライがあきらめてどこかへ行ってしまうまで、一秒も休まずに。もし、母さんの声がかれてしまっていたら、ふたりとも死んでいたはずだ。だけど、クロエには守ってくれる自治領があって、自治領の潤沢《じゅんたく》なマナに支えられたバリアに全身を守られていて、たとえオリオンがいなかったとしても、そのうち保育担当の魔法使《まほうつか》いのひとりが駆《か》けつけていたはずだ。たしかにそれは、クロエの身に降りかかったひとつの災難だ。でもそれは、わたしとちがって、その後の人生で無数に降りかかってくる災難のひとつ目じゃなかった。だとしても――わたしは、そのときのクロエの恐怖《きょうふ》を想像せずにはいられなかった。たった九歳《さい》で、マナが体中からこぼれていて、ライフライの大群に全身を覆《おお》われ、バリアを食いやぶられる感触《かんしょく》を皮ふのすぐそばに感じている――その姿はどうしても、体をぎゅっと丸め、〈鉤爪蛇《かぎづめへび》〉がユルトのバリアを引っかく音をひとりで聞いていた、八歳《さい》の自分の姿に重なった。

だけど、クロエがすぐにこう続けたので、せっかくの怒《いか》りが消えてしまう心配はなかった。

「そのことがあってから何ヶ月も、わたしはオリオンのあとを追いまわして一緒《いっしょ》に遊ぼうとした。だけど、オリオンが相手をしてくれたのは、彼《かれ》のお母さまがそうしなさいって言いつけたときだけ。でも、だからって、オリオンがわたしを嫌《きら》ってたわけじゃないの。だって、オリオンと仲良くしようと一生懸命《けんめい》になってたのはわたしだけじゃなかったもの。親たちだってそうだった。それに、わたしたちが彼《かれ》と友だちになりたかったのは、親に言われたからでも、未来の自治領総督《そうとく》に媚《こび》を売ろうとしたからでもない。全部、オリオンのためだった。オリオンは特別な子だって知ってたから、感謝を伝えたかった。でも、どんなにがんばってもむだだった。オリオンは、お高くとまってるわけじゃないし、意地悪でも失礼でもない。ただ、わたしに――関心がないってだけ。オリオンは、これまでだれにも興味がなかったの」

クロエは大げさな身振《みぶ》りでわたしを指し、当惑《とうわく》しきったような声で続けた。「なのに、オリオンはたった一度エルと話しただけで、なにかと理由を見つけてはあなたを追いかけるようになった。あるときは、扉《とびら》の修理を手伝うため。あるときは、あなたのことを黒魔術師《くろまじゅつし》だと思いこんだから。あるときはあなたがケガをしたから。お昼だってあなたと一緒《いっしょ》に食べるし、図書室にだってあなたが誘《さそ》えばついてくる。わたしが、いったい何回オリオンを図書室に誘《さそ》ったと思う？　彼《かれ》がついてきたのは、たった二回よ。一年生の最初の週だった。あれ以来、一度も図書室には来なかったはず。噂《うわさ》に聞いたんだけど、あなたの修理当番にまで付きあったらしいじゃない！　ええ、そう。だから、わたしたちはみんな大騒《おおさわ》ぎしてる。わたしたち、あなたに自治領への保証付き招待を出すかどうかってことは、べつに悩《なや》んでないの。オリオンが好きになった人なら、一も二もなく賛成だもの。ニューヨーク自治領のみんなが賛成するに決まってる。わたしたちはただ、あなたがもしかしたら黒魔術師《くろまじゅつし》で、オリオンに**なにか**してるんじゃないかって悩《なや》んでたの」

クロエは長ったらしい演説をそう言ってしめくくると、挑《いど》むような表情で口をつぐんだ。わたしがどなり散らすとでも思っているんだろうか。わたしはただ黙《だま》っていた。いつものように、相手の期待になんか答えてやらなかった。口をきく気にもなれないこの感情を、どう表現すればいいのだろう。この感情は、間違《まちが》いなく怒《いか》りとはちがう。マグナスがオリオンを自分たちで独占《どくせん》するために戦略を練り、吐《は》き気がするほど残酷《ざんこく》で利己的な理由からわたしを殺そうとしたときは、たしかに怒《いか》りを感じた。正当な怒《いか》りの、新鮮《しんせん》で香ばしい味わいを、わたしは楽しんでさえいた。わたしのお気に入りのドラッグ。ありとあらゆる迷いを振《ふ》りすてて、マグナスを危《あや》うく殺してしまうところだった。だけど、この感情は、へどろのように濁《にご》っていた。べったりと心に張りついて、わたしを消耗《しょうもう》させた。

わたしにはもう、ちゃんとわかっている。オリオンは、自分のことを輝《かがや》ける王子みたいにあつかわないだれかを必要としていただけだ。わたしがわかっていなかったのは、オリオンがなぜそう思うようになったのかということだ。いま、その理由がはっきりとわかった。わかりすぎて胃が痛いくらいだった。クロエもマグナスも、ニューヨーク魔法《まほう》自治領の連中はみんなして、オリオンは人間ばなれした怪物《かいぶつ》退治の英雄《えいゆう》なのだという話を作りあげた。あいつは昼も夜も人の命を救ってまわるのがなにより好きなんだと決めつけ、オリオンにとって本当はなにが幸せなのか、一度も考えようとはしなかった。クロエたちがそんな嘘《うそ》をでっちあげたのは、もちろん、オリオンにはどうしても英雄《えいゆう》でいてもらう必要があったからだ。そして、オリオンをおだて、褒《ほ》めそやし、救ってもらうかわりに最良のものを渡《わた》そうとしてきた——あげるものならいくらでもあるし、なにを渡《わた》してもあいつらには痛くも痒《かゆ》くもない。わたしにさえ、だれもがほしがるニューヨーク自治領への招待をあっさり渡《わた》そうとした。オリオンがすこしでも笑顔を向ける相手なら、どこの馬の骨だろうと関係ないのだ。ルイーザにだって招待を出したにちがいない。オリオンが哀《あわ》れみをかけたという理由だけで。オリオンを手元に置いておけるなら、それくらいどうってことない。

オリオンを独占《どくせん》しようとしているクロエたちと、わたしを追いだそうとしているコミューンの人たちは、よく似ている。オリオンもわたしも最悪な物語を生きている。一見すると、まったく正反対の物語に見えるけれど。オリオンは、みんなのほしがるものを与《あた》えようと戦い、みんなが作りだした見栄えのいい嘘《うそ》の自分を演じ、みんなの気分を害さないように、母親の作ったフラッシュカードを素直に暗記した。だけど、もちろん、そのみんなと友人になることはできなかった。オリオンには、みんなが友だちになりたがっているのは嘘《うそ》の自分だということが、はっきりわかっているにちがいない。それなのに、クロエは大きな瞳《ひとみ》でわたしに訴《うった》えようとしている。オリオンがどれだけ**すばらしい**か。彼女《かのじょ》たちが彼《かれ》と友だちになろうと、どれだけがんばってきたか。

だけど、クロエに対する怒《いか》りは感じなかった。もちろん、わめき散らしてやりたかったし、ニューヨーク魔法《まほう》自治領には火を放ってやりたかったけど、わたしにとってそういう感情は条件反射みたいなものだ。わたしが本当に望んでいたのは――飢《う》えた人間の貪欲《どんよく》さで望んでいたのは――オリオンに対するクロエの考えを変えることだった。わたしに対するみんなの考えを変えてやりたいと望んできたように。クロエの体をつかんでゆすり、たった五秒でいいから、オリオンは――わたしは――彼女《かのじょ》と同じひとりの人間なのだと気付かせてやりたかった。だけど、そうはならないことを、わたしは知っている。なぜなら、そうなれば、クロエは損をするからだ。オリオンがひとりの人間なら、彼《かれ》にはもう、あの便利な警報器を手首につける理由がなくなってしまう。ひとりの人間なんだから、クロエや彼女《かのじょ》の本当の友人たちが危険な目にあっているからって、見返りもないのに駆《か》けつける義理はない。オリオンがひとりの人間なら、彼《かれ》にだってクロエと同じように他人を見下したり、わがままに振《ふ》るまったりする権利があるわけだし、彼女《かのじょ》はこれまでオリオンに作った借りをすべて返さなくちゃいけない。そうなるとわかっていて、クロエがわざわざ自分の考えを変えるはずがない。**オリオンが**危険な目にあったとしても、クロエは助けに駆《か》けつけたりしない。彼《かれ》に背を向けて逃《に》げていく。

　挑戦《ちょうせん》的な目つきでこちらをみていたクロエは、わたしの沈黙《ちんもく》が続くうちに、だんだん戸惑《とまど》ったような顔になった。遠くから聞こえる不穏《ふおん》な雷鳴《らいめい》に気付いたのかもしれない。「なるほどね」わたしは絞《しぼ》りだすような声で言った。「じゃあ、やっぱりわたしは黒魔術師《くろまじゅつし》なんじゃないかな。じゃなきゃ、オリオンが、あんたたちみたいな筋金入りのまぬけじゃなくて、わたしと仲良くしたがる理由がわからないもんね」クロエの顔がこわばった。「ニューヨーク自治領には、本当に入りたがってるだれかを招待してあげるといいよ。でもまあ、あんたのおかげで、お仲間に催眠《さいみん》術をかけられて根掘《ねほ》り葉掘《はほ》り聞かれる目にはあわずにすんだ。おかえしに、友だちづきあいのちょっとしたコツを教えてあげる。わたしはただ、オリオンをふつうの人間としてあつかってるだけ。あんたたちも試しにやってみたら？　また命を狙《ねら》われたら迷惑《めいわく》だから」

第10章　グログラー

どこか別の席を探して勉強をする気にはなれなかった。このままじゃ、どんな課題にも集中できない。クロエを押《お》しのけて図書室を出ていき、三年生の寮《りょう》へ続く階段を駆《か》けおりる。軽率な振《ふ》るまいだということはわかっていた。この週末、卒業式に向けた準備が一気にはじまった。中心部の巨大《きょだい》な歯車には油がさされ、装置全体が振動《しんどう》して歯車を動かす準備をはじめている。それと同時に階段も動きつつあった。氷河なみにのろいエスカレーターみたいだけど、いつ方向を変えるかも予測できない。おまけに、わたしはぼんやりしていて、踊《おど》り場のすこし上の段に、悪臭《あくしゅう》をはなつ薄《うす》い虹色《にじいろ》の粘液《ねんえき》がべったりこびりついていたことにも気付かなかった。そこでだれかが怪《かい》物《ぶつ》の一匹《ぴき》を仕留めたらしい。わたしは粘液《ねんえき》をまともに踏《ふ》んでしまい、足をすべらせた。急いで体をぎゅっと丸め、頭から床《ゆか》に突《つ》っこまないように、宙返りをするようにして踊《おど》り場に体を投げだす。

足を引きずりながら廊下《ろうか》を歩き、アアディャの部屋の前を通りすぎたところで、ふたりと約束していたことを思いだした。立ちどまり、すこし迷ったあとで、そっと扉《とびら》をノックする。「エルだよ」アアディャが扉《とびら》を細く開ける。すぐに、わたしが血を流していることに気付いた。

「なにがあったの？」アアディャは言った。「ガーゼかなにかいる？」

クロエとの一件が尾《お》を引いていて、うまく声が出ない。階段から落ちたのはむしろ好都合だった。クロエの考えを変えようだなんて、そんな話にアアディャが興味を持つはずがない。「ううん、そこまでじゃない。ただのかすり傷」わたしは答えた。「バカやっちゃって、階段から落ちたんだ。一緒《いっしょ》にシャワー室に行ってくれない？」

「もちろん」アアディャはそう言うとシャワー室までついてきて、わたしが、流血したひじと、もっと派手に流血した膝《ひざ》から血を洗いながしているあいだ、周囲を見張っていてくれた。また、お腹の傷が痛みだしている。だけど、気にしても痛みがやわらぐわけじゃない。

アアディャの部屋にもどってすこしすると、リューもやってきた。わたしたちは階段を上り——さっきより、もっと慎重《しんちょう》に——食堂へ向かった。配膳《はいぜん》カウンターとテーブルは可動式の壁《かべ》のむこうに隠《かく》れている。壁《かべ》のむこうから、死の業火《よごう》が汚れたトレイを洗っているにおいが漂《ただよ》ってくる——大型オーヴンの洗浄《せんじょう》機能だって、死の業火のすさまじい洗浄《せんじょう》力には太刀打ちできないはずだ。食堂には二十人くらいの生徒たちがいて、売店の順番を待っていた。売店といっても本当に店があるわけじゃなくて、トークンを入れて使う自動販売機《はんばいき》がいくつか並んでいるだけだ。生徒は一週間にトークンを三枚もらえる。わたしのトークンはもう二十枚もたまっていた。体重を増やすためだけに、ひとりで食堂にくるような危険を冒《おか》す気にはなれなかったからだ。何日も不運が続いてまともな食事にありつけず、頭がふらついたり、体がだるくなったりしてきたら、覚《かく》悟《ご》を決めるしかないけれど。

もちろん、自動販売機《はんばいき》から出てくるものは選べない。スナック類は包装されているから、毒が混じっていることはほとんどないけれど、消費期限を大幅《おおはば》に過ぎていることは珍《めずら》しくなかった。時どき、古すぎてとても食べられないものまで交じっていた。一度なんて、第二次世界大戦の軍用食が出てきたことがある。わざわざ売店まで来た理由は**頭がふらついていた**からで、空腹に耐《た》えかねたわたしは軍用食の包みを開けてみた。だけど、そのときでさえ、口に入れる気になったのはビスケットだけだった。ビスケットといっても、一年間の船旅にゆられて運ばれてきた堅《かた》パンのことだけど。今日は、メーカーのわからないポテトチップスを一袋《ふくろ》に、粉々《こなごな》になってほぼ原型を留めていないピーナッツバターのクラッカーに、消費期限がたった三年しか過ぎていないマーズバー——これは大当たり——を手にいれた。リューのときは、塩味のリコリスが一袋《ふくろ》——

言葉にできないほどマズいけど、北欧《ほくおう》出身の子ならどんなものとでも交換《こうかん》してくれる――とわたしと同じポテトチップスが一袋《ふくろ》、それから、ちょっと怪《あや》しげな箱入りの塩漬《しおづ》け肉が出てきた。アアディャは、ハルヴァ（訳注：中東などで食べられる、練りごまとナッツやドライフルーツなどで作った菓子《かし》）の小さな包みと、今朝作られたばかりのとびきり新鮮《しんせん》なサーモンのオニギリ――これは奇《き》跡《せき》だ――と、栗《くり》のバターひと瓶《びん》を手にいれた。栗《くり》のバターの瓶《びん》はすごく大きくて、自動販売機《はんばいき》から転がりだしてくるときに騒々《そうぞう》しい音を立てた。

「もう一回やらせて。これじゃ太れない」わたしは二枚目のトークンを自動販売機《はんばいき》に入れた。しばらく取っておいたトークンを使うと、出てくるスナックは大当たりか大ハズレのどちらかになる。今回は大当たりのほうで、非魔法界《まほうかい》でも人気があるホブノブ・クッキーの、まばゆいオレンジに輝《かがや》く包みが手にはいった。

わたしたちは、小さな紙コップにポットの生ぬるい紅茶とコーヒーをつぐと、アアディャの部屋にもどって戦利品を分けあった。アアディャは部屋のガス燈《とう》に線を取りつけてガスを引き、実験用のガスバーナーにつないでいた。わたしたちはそれを使って、錬金術《れんきんじゅつ》用のビーカーに移した塩漬《しおづ》け肉を温めた。そのあいだ、まずはサーモンのオニギリを貪《むさぼ》るように食べ、それから、ホブノブ・クッキーに栗《くり》のバターを厚く塗《ぬ》り、ハルヴァと砕《くだ》けたピーナッツバターのクラッカーをのせて食べた。塩漬《しおづ》け肉に十分に火が通ると、ポテトチップスと一緒《いっしょ》に肉を食べ、最後は、小さく切ったマーズバーでパーティーを華《はな》やかにしめくくった。食べながら、アアディヤは机に向かってリュートの丸くふくらんだボディ部分を作り、リューとわたしはベッドの上でレポートを書いた。

　卒業チームの話はすぐにすんだ。三人とも長話をしている余裕《よゆう》はない。だけど、必要なことはちゃんと話したし、最後には握手《あくしゅ》も交わした。塩漬《しおづ》け肉を煮《に》ているあいだに、わたしは部屋にもどって水晶《すいしょう》をふたつ取ってくると、アアディヤとリューにひとつずつ渡《わた》した。食べるものもなくなって勉強にもすこしあきてくると、わたしはかぎ針編みをしてマナをため、リューは床《ゆか》にすわってヨガをした。アアディヤは数独をしていた。消灯を予告するベルが鳴ると、一緒《いっしょ》にシャワー室へ行った。歯磨《はみが》きがすむと、女子用シャワー室と男子用シャワー室のあいだの壁《かべ》に行き、三人の名前を並べて書いた。リューはわたしたちの名前を中国語で書き、わたしはヒンディー語と英語の両方で書いた。名前を書いたのはわたしたちが一番目じゃなかったけれど、それでも最初のほうだ。壁《かべ》にあるほかの卒業チームはまだ三組だけで、わたしの知らない名前ばかりだった。それからわたしたちは部屋にもどった。リューはわたしが部屋に着くまで扉《とびら》の前で周囲を見張り、わたしとリューはアアディヤが部屋に着くまで一緒《いっしょ》にまわりを見張った。それからわたしたちは手を振《ふ》りあい、部屋に入って眠《ねむ》った。

　その晩、わたしはぐっすり眠《ねむ》った。いつもは夢を見ても朝には忘れている。もろもろのことを考えれば、忘れてしまうほうがいいんだろう。だけど、その日の朝は起床《きしょう》のベルが鳴るすこし前に目が覚め、ベッドの中でもう一度うとうとするうちに、森の中にすわる母さんの姿を夢に見た。母さんは心配そうな顔をしていた。わたしは声に出して言った。「だいじょうぶ。母さん、心配しないで。魔法《まほう》自治領には入らないから。母さんはやっぱり正しかった」はっきりと負けを認めることになってもかまわなかった。母さんに安心してほしかった。だけど、母さんは顔をくもらせたままわたしのほうへ手を伸《の》ばし、口を動かした。声は聞こえないけれど、なにかを伝えようとしているみたいだ。「母さん、わたし、友だちだってできたんだよ。アアディヤと、リューと、オリオン。友だちがいるんだ」だんだん目の前が白くなり、わたしは笑顔になった。目が覚めてもほほえんだままだった。どんな方法を使っても、外部の者はスコロマンスの中にいる生徒と連《れん》絡《らく》が取れない。通信呪文《じゅもん》を学内に飛ばすことができるのなら、同じ原理で中に侵入《しんにゅう》できる怪物《かいぶつ》がいるかもしれないからだ。だから、本当に母さんを見たのかはわからない。だけど、そうだといいと思う。母さんに、わたしは順調だと知ってほしい。

とはいえ、わたしがいきなり世界のすべてに愛を感じるようになったかというと、そうでもなかった。朝のシャワーをすませて部屋にもどる途中《とちゅう》、部屋から出てくるクロエを見たわたしは、ゆうべ感じた怒《いか》りをつとめて呼びもどした。オリオンは待ちあわせ場所に来なかった。イブラヒムによると、男子用シャワー室でも見かけなかったらしい。オリオンを待ってやるつもりなんかなかったのに、クロエへの怒《いか》りでふたたび攻撃《こうげき》的な気分になっていたわたしは、アアディヤとリューに言った。「席をふたつ取っといてくれる?」それからオリオンの部屋へつかつか歩いていき、扉《とびら》を力まかせに叩《たた》いた。もう一度叩《たた》くと、部屋の中から物音がして、オリオンがなんの警《けい》戒《かい》もせずにいきなり扉《とびら》を開けた。上にはなにも着ていないし、髪《かみ》はあちこちつんつん立っている。やつれた生気のない顔で、わたしをぼんやり見る。

「食堂に行くよ、レイク。朝食は嚙《か》みついたりしないって」オリオンは、なにか要領を得ないことをもごもごつぶやくと、部屋の中にもどって運動靴《ぐつ》に足を突《つ》っこみ、床《ゆか》に落ちていたTシャツを拾いあげてまた落とし——お腹のところに大きな青い染みがついていた——別のTシャツをつかんで頭からかぶり、よろよろと男子用シャワー室へ向かっていった。

「ゆうべ、ドラッグかなにかやった?」ようやく食堂へ向かう階段を上りながら、わたしは好奇《こうき》心に駆《か》られて聞いた。食堂にたどり着くまで、オリオンは錬金術《れんきんじゅつ》の実験室がある階へ行こうとしたり、二年生の学生寮《りょう》へふらふら歩いていこうとしたりして、そのたびにつかまえて階段に押《お》しもどさなくちゃいけなかった。

ちょっとハイになれるものを調合する遊びくらい、錬金術《れんきんじゅつ》コースの生徒ならほぼだれでもやっている。だけど、オリオンは心外そうに否定した。「ちがうよ!」侮辱《ぶじょく》されたとでも思っているみたいだ。「よく眠《ねむ》れなかったんだ」自分の言葉を証明するみたいに、あくびをひとつする。あごが外れそうなくらい大きなあくびだ。

「へえ」わたしは半信半疑で言った。一年生が終わるころには、だれにとっても慢性《まんせい》的な睡眠《すいみん》不足は日常の一部になっている。というより、それに慣れることができなかった生徒は、一年生が終わる前に脱落《だつらく》している。「世界を救うのもたいがいにしといたら？　アアディヤとリューのいるテーブルに行って。朝食を取ってきてあげるから」

今朝はあまりお腹が空いていなかった。ゆうべのお菓子《かし》パーティーのおかげだ。自分用にはポリッジだけを取り、運よく手にはいった卵とベーコンのサンドイッチはオリオンに渡《わた》した。オリオンは、わたしに突《つつ》かれてようやくサンドイッチに手をつけ、食べているあいだも目がまともに開いていなかった。イブラヒムがなにかたずねても返事をしない。飲みこむようにサンドイッチを食べおわると、オリオンは力つきてテーブルにつっぷした。

わたしはアアディヤと、今日の作業クラスですることになっている実演について話していた。アアディヤはふと口をつぐみ、オリオンをちらっと見た。「もしかしてハイになってる？」オリオンは返事をしない。

わたしは肩《かた》をすくめた。「ちがうらしい。寝《ね》てないんだって」

さいわい、オリオンも一時間目は語学クラスだったので、わたしはオリオンを語学ホールまで引っ張っていき、自分のとなりのブースに押《お》しこむことができた。オリオンはすぐさま机につっぷし、うたうようなフランス語が語る無残な死の話を子守唄《うた》にして、眠《ねむ》りに落ちた。オリオンのファイルにはワークシートが一枚しか入っていない。しかも、ものすごく簡単だ。わたしはかわりに答えを書きこんでおいた。クラスが終わって揺《ゆ》すりおこすと、オリオンはすこし顔色がもどっていた。「ええと、ありがとう?」できあがったワークシートを狐《きつね》につままれたような顔で見る。それでも自分とわたしのワークシートをつかんで列にならび、指を食いちぎられることなく採点ポストにすべりこませた。

「どういたしまして」わたしは言った。「ちゃんとつぎのクラスに行ける?」

「え? うん、まあね」オリオンは言った。さっきよりも困惑《こんわく》している。

「一緒《いっしょ》についていこうか?」わたしは彼《かれ》の様子を観察しながらたずねた。

「いや、だいじょうぶ——あのさ、どうかした?」オリオンはこらえかねたように言った。

「どうかって?」

「なんでそんなに優しいんだよ。なにか怒《おこ》ってる?」

「怒《おこ》ってるわけないでしょ!」わたしだってまっとうな人間なんだから、だれかに親切にすることくらいよくあるし——まあ、時どきはあるし——、べつに怒《おこ》ってるわけじゃない。そう言ってやろうかと思ったそのとき、わたしはふと気付いた。オリオンの言うとおり、わたしは怒《おこ》っている。役立たずのニューヨーク自治領の連中に対して怒《おこ》っている。オリオンに感じるのは、怒《いか》りじゃなくて同情だ。自分がそんなふうに感じていることにも腹がたった。我慢《がまん》ならないほどに。「たまに機嫌《きげん》がよくなったってべつにいいでしょ？　それとも、気がふれましたってイギリス当局に報告したほうがいいの？」わたしは噛《か》みついた。「さっさと行きなよ。ごみ捨てシュートに転がりおちても知らないよ。わたしは作業場に行くんだから」オリオンは、わたしが捨て台詞《ぜりふ》を吐《は》くと、ほっとしたような顔になった。

卒業式も目前に迫《せま》ると、作業場はいつにも増して不愉快《ふゆかい》な場所になる。今日も例外じゃなかった。床《ゆか》はだいたい十五分おきに震《ふる》え、部屋全体がむっと暑くなる。Tシャツを脱《ぬ》いでいる男の子も何人かいた。このころにはほとんどの生徒が学年末の課題を完成させ、クラスに出席する必要はなくなっているから、ふだんの作業場は閑散《かんさん》としている。だけど、今日はそこそこの人数の生徒が、わたしの実演を見ようと集まっていた。アアディャは全員がよく見えるようにみんなの場所を調整しながら、さりげなく四年生を一番いい位置へ連れていった。できれば五人の四年生に呪文《じゅもん》を競りおとしてもらい、彼《かれ》らが卒業したあとでもう一度競りを開きたいのだ。

そのあいだ、わたしはきつめのストレッチをしてマナをすこしたくわえておいた。軽い痛みを伴《ともな》えば、ストレッチでもマナはたまる。それから、これから使う予定の木の板を手にとった。役にたたないものを作る気にはなれなかったから、この機会に、『黄金石の経典』に約束した専用の収納箱を作るつもりだ。本がちょうど入るサイズの箱を作るつもりだった。そうすれば、専用の箱を作るほど大切にしているのだと経典に伝えることができる。それに、来年はそれを持ったまま卒業ホールから脱出《だっしゅつ》することを考えると、箱はできるだけ軽くしておくほうがいい。デザインはアアディヤと相談して、経典をかたどった形にすることに決めた。木でできた本のような箱にするのだ。アアディヤは、背の部分に使うといいと言って、ちょうどいい大きさのバイオレットウッドの木片をゆずってくれた。

「これから、〈物質操作呪文《じゅもん》〉を使って、この板の木質素を液状化します。そうすると、木材を簡単に折りまげることができます」わたしはみんなに説明し、板を全員に回して、それが偽物《にせもの》ではなく、見た目どおりの、なめらかで硬《かた》い一センチほどの厚みの板だということを確かめてもらった。板がもどってくると、それを両手に持ち、完成品を頭の中に思いえがきながら呪文《じゅもん》を唱えた。アアディヤは、木の硬《かた》さの原因となる木質素は、木材の細胞壁《さいぼうへき》の中にわずかしかないのだと教えてくれた。ということは、液状化しなきゃいけない物質の量はほんのすこしだ。実際、魔《ま》法《ほう》に使ったマナの量は、予想をさらに大きく下回って少なかった。ストレッチで作ったマナはまだ半分以上も残っているのに、手の中の板はぐにゃりとやわらかくなっている。太い鋼の針金で作った芯《しん》にやわらかい木材を張りつけ、アアディヤと一緒《いっしょ》に形を整えながら、必要な箇所《かしょ》を留め金で固定していく。それから呪文《じゅもん》を唱え、木質素をもとの硬《かた》さにもどした。留め金を外しても箱の形は崩《くず》れない。経典を入れてみると、本の背と箱の背の部分がぴったりと合った。完成までにかかった時間はわずか数分だった。

完成した箱をみんなに回すと、驚《おどろ》いたようなざわめきや歓声《かんせい》があがった。二度目の実演で、アアディャは彫刻刀《ちょうこくとう》を使って箱の背の部分に模様を彫《ほ》りこんだ。それから、小さなじょうごの中にとっておきの銀のかけらを入れ、わたしが銀を液状にすると、模様の中に銀を注入していった。今度は、すこし実験をしてみる余裕《よゆう》さえあった。アアディャが銀を流しこむはしから、わたしが固体にもどしていく。銀が模様の溝《みぞ》に触《ふ》れた瞬間《しゅんかん》に固めてしまえば、外にはみ出してしまうこともない。この実験は最高にうまくいった。

みんなは、もっとほかにも見せてほしいと口々《くちぐち》に頼《たの》み、わたしにも断る理由はなかった。マナはまだ残っている。アアディャとなにをするか相談していると、錬金術《れんきんじゅつ》コースの四年生の女子が、空気中の窒素《ちっそ》を液体に変えるというアイデアを思いついた。実現できればかなり役にたつけれど、液体化した窒素《ちっそ》がどうなるのかは予想もできない。すぐに蒸発してしまうんだろうか。だけど、みんなはすでに、そのアイデアに夢中になっていた。四年生の男の子がふたり、ベンチに上がって、壁際《かべぎわ》の背の高い棚《たな》から蓋《ふた》つきの金属の缶《かん》をひとつ取ってこようかと申しでた。かわりに、実験でできたものをゆずってほしいと言う。わたしは、それでかまわないと言った。公平な取引だ。天井に近づくのは危険だし、そもそも、見返りになにかが手にはいる保証もない。

ひとり目がベンチに上がったそのとき、また床《ゆか》が震《ふる》えはじめた。ところが、今回はいっこうに止む気配がない。揺《ゆ》れは静まるどころかますます激しくなった。卒業式当日と変わらないほどの揺《ゆ》れだ。壁《かべ》からも棚《たな》からも物が落ち、スツールまでもが倒《たお》れはじめた。ベンチの上の四年生は、床《ゆか》に下りようとしたときにバランスを崩《くず》し、転ぶ寸前で友人の手をつかんだ。ふたりとも、倒《たお》れないように床《ゆか》の上でしゃがみこむ。そのとき、棚《たな》の上の缶《かん》が三つ落ちてきて、派手な音とともにテーブルにぶつかった。衝撃《しょうげき》で缶《かん》のひとつが開き、中に隠《かく》れていた〝コッパーノア〟の幼獣《ようじゅう》の大群が出てきて、床《ゆか》の上でうごめきはじめる。闇賭博《やみとばく》のありがた迷惑《めいわく》な賞品みたいだ。

　そのころには全員が出口へ向かって走っていた。運よくわたしは、経典をくるんだ胸の吊《つ》り紐《ひも》をくくりつけたままだった。模様を入れたばかりの箱の背をつかみ、自分も出口へ向かう。アアディヤとわたしは、逃《に》げていく一団の真ん中あたりを走りながら廊下《ろうか》へ出た。みんなと一緒《いっしょ》に階段へ急ぐ。階下で騒《さわ》ぎが起こっているなら、できるだけ上の階へ逃《に》げるのが一番だ。そして、そんなときに階段を猛然《もうぜん》と駆《か》けおりていくオリオンを見つけても、いまのわたしは驚《おどろ》きもしなかった。作業場より下の階には四年生の寮《りょう》しかない。そこから下の階段は卒業ホールの入り口に続いているけれど、いまはまだ開いていないはずだ。

「レイク、バカじゃないの？　上に行かなきゃ！」大声でどなったときには、すでにオリオンの姿は見えなくなっていた。足をゆるめることさえしない。わたしは歯ぎしりしながらアアディヤを振《ふ》りかえった。アアディヤが無言で見つめかえしてくる。わたしはうんざりしながら言った。

「これ、持っといて」経典を入れた吊《つ》り紐《ひも》を外す。

「オリオンなら平気だって！」アアディヤは言いながら、それでも吊《つ》り紐《ひも》を受けとった。わたしが差しだすより先に作ったばかりの木の箱もつかみ取る。

「平気じゃない。ほんと、レンガで頭を殴《なぐ》りつけてやろうかな」そのとき、階段の踊《おど》り場にたどり着いた。わたしは上へ向かって走っていく集団に必死で逆行しながら、オリオンのあとを追った。人波から出たとたん、なにかが擦《こす》れあうような音が聞こえはじめた。階段の壁《かべ》が激しく振動《しんどう》し、低い鼻歌のような音を響《ひび》かせている。「オリオン！」わたしはどなった。だけど、オリオンの姿は見えない。この騒音《そうおん》では、どうせわたしの声も聞こえていないだろう。

わたしは無限のマナを持つ気高い英雄《えいゆう》でもなければ、おんぼろのデッキチェア程度の分別しか持ちあわせていないわけでもないから、まわりに目を配りながらゆっくり階段を下りていった。階段を上がってくる生徒はひとりもいない。平日の午後だし、卒業式を目前に控《ひか》えたこの時期、四年生が部屋にもどるのは消灯時間になってからだ。なにかがギシギシきしむような音は、四年生の寮《りょう》の入り口を通りすぎたあたりでますます大きくなった。明らかに階段の一番下から聞こえてくる。最悪だ。オリオンはそこにいるに決まっている。

つぎの曲がり角に差しかかったとき、いきなり、オリオンが宙を飛んできた。文字どおり、飛んできたのだ。オリオンは壁《かべ》に激突《げきとつ》し、わたしのちょうど足元に崩《くず》れおちて苦しげな息をついた。

面食らったようにわたしを見上げたそのとき、巨大《きょだい》なクラゲを思わせる透明《とうめい》な触手《しょくしゅ》が、獲物《えもの》を探して階段の角から伸《の》びてきた。オリオンははっとして上体を起こし、手に持っていた細い金属の棒のようなもので触手《しょくしゅ》に切りつけた。それがどれだけ劇的な場面だったのか具体的に想像してみたかったら、まずは、大きなボウルにたっぷり入ったゼリーを用意して、ゼリーの表面をつまようじでほんのすこし刺《さ》し、それから抜《ぬ》いてみてほしい。ようじを刺《さ》したへこみが一秒でも長く残ったら、オリオンよりも劇的な場面を生みだせたということだ。

オリオンは不可解そうな面持ちで金属の棒を見つめた。ただの棒ではなく、魔工品《まこうひん》だ。作動させるのを忘れていたらしい。そのとき、触手《しょくしゅ》がまっすぐにオリオンの腕《うで》に向かって伸《の》びてきた。わたしは仕方なく触手《しょくしゅ》にふれ——左の小指の先だけで——ンコヨとの交渉《こうしょう》で手にいれた電気呪文《じゅもん》で触手《しょくしゅ》に電流を流した。触手《しょくしゅ》が縮みあがったその瞬間《しゅんかん》を逃《のが》さず、オリオンの腕《うで》をつかんで助けおこし、引きずるようにして階段を上がっていった。ところが、数段上ったところで、オリオンがわたしを引っ張りかえした。「だめだ、あいつを——」

「壁《かべ》にぶつかったときに脳みそを落とした？」わたしは叫《さけ》び、オリオンの頭をつかんでぐっと押《お》しさげた。触手《しょくしゅ》がわたしたちの頭をなぎ払《はら》おうとしたからだ。

「**炎よ！**《アリユメ》」オリオンが呪文《じゅもん》を唱えた瞬間《しゅんかん》、わたしのそばで掲《かか》げていた金属の棒から、激しい白い炎《ほのお》が燃えあがった。まつげを燃やされそうになったわたしは、思わずよろめいて尻《しり》もちをつき、つぎの曲がり角まで階段の上をすべっていった。その瞬間《しゅんかん》、最高に美しい光景が視界に飛びこんできた。階段の一番下で、数えきれないほど大量の半透明《はんとうめい》の触手《しょくしゅ》がのたうちまわっている。触手《しょくしゅ》は、手すりにまとわりつき、通風孔《つうふうこう》の中に入りこみ、届くかぎりすべてのものにからみついていた。その正体不明の怪物《かいぶつ》は、階段の隅《すみ》に開いていたらしいゴキブリサイズのすき間から侵入《しんにゅう》し、すき間のむこうでつかえている自分の体をどうにかこちらに引っ張りこもうと必死になっていた。階段の壁《かべ》に大穴を開けようとしているのだ。設計図上で階段の壁《かべ》のむこうがどうなっていたのか、いまは思いだせない。だけど、いまこの瞬間《しゅんかん》にかぎっていえば、階段の壁《かべ》のむこうには、卒業式でしかお目にかかれないような怪物《かいぶつ》の半身がつかえている。つまり、怪物《かいぶつ》たちが卒業ホールからここまで上がってくることのできる抜《ぬ》け道があるのだ。抜《ぬ》け道にかかっているはずの結界もバリアも役にはたたなかったということだ。この階段の壁《かべ》が、わたしたちにとっての最後の砦《とりで》だった。この触手《しょくしゅ》の怪物《かいぶつ》が穴を通りぬけてしまえば、こいつのお仲間たちも続々《ぞくぞく》とあとに続いてくるはずだ。卒業式が早めにはじまることになる。四年生の寮《りょう》はまだ学校のほかの部分から切りはなされていないから、ホールにひしめいている怪物《かいぶつ》たちの標的はわたしたち**全員**だ。

　脳内でひとしきり頭をかきむしったあと、階段の下に、しぼんだ触手《しょくしゅ》の残骸《ざんがい》が散らばっているのに気付き、わたしは大声で叫《さけ》んだ。「待って、だめ！」だけど、手遅《ておく》れだった。すでにオリオンは、頭に殴《なぐ》りかかってこようとした触手《しょくしゅ》を切りおとしてしまっていた。触手《しょくしゅ》の巨大《きょだい》な先端《せんたん》がぼとりと落ち、強火で焼かれているような音を立てる。切断された触手《しょくしゅ》の残った部分は、美しい弧《こ》を描《えが》きながらしゅるしゅると引きこまれ、根元に飲みこまれていったかと思うと、ただちにそこから**四本**の触手《しょくしゅ》が生えてきた。どの触手《しょくしゅ》も、みるみるうちに、もとの触手《しょくしゅ》と同じ太さに膨《ふく》らんでいく。四本の触手《しょくしゅ》は、さっそく周囲のものにからみつきはじめた。

オリオンが階段を駆《か》けおりてきてわたしを助けおこした。「はやく上に逃《に》げろ！」そう言うなり、ふたたび触手《しょくしゅ》に突進《とっしん》していこうとする。わたしは仕方なくオリオンの髪《かみ》をつかんで乱暴に引っ張った。「いて！」オリオンは声をあげ、燃える剣《けん》でわたしの腕《うで》を切りおとしそうになった。

「なにする——」

「あれは〝グログラー〟だって！　ちょっとは頭使いなよ！」わたしはオリオンをどなりつけた。

「ちがう、あれはヒュード——ちがう、ヤバい、グログラーだ」オリオンは、一瞬《いっしゅん》、呆然《ぼうぜん》と立ちつくした。だけど、貴重な一瞬《いっしゅん》をむだにしている場合じゃない。グログラーはふいにわたしたちに興味をなくし、階段の穴を押《お》しひろげる作業に集中しはじめた。それはちょうど、おやつの大《おお》袋《ぶくろ》を開けているようなものなのだろう。袋《ふくろ》が開けば、グログラーも、卒業ホールにひしめく怪物《かいぶつ》たちも、おいしいおやつにたっぷりありつけるのだ。

「あんたがまだ生きてるなんて信じられない」わたしは低い声で言った。オリオンの名誉《めいよ》のために言っておくと——こいつの名誉《めいよ》なんてどうでもいいけど——このグログラーはあまりにも巨大《きょだい》で、触手《しょくしゅ》の真ん中を走るピンクの血管や、中心にある赤いかたまりといった特徴《とくちょう》がまったく見えなかった。あたりのものを手当たり次第に殴《なぐ》ってはみずから触手《しょくしゅ》を切りおとし、何十倍にも巨大《きょだい》化していったにちがいない。オリオンがやってきたときには、すでに手遅《ておく》れだったのだ。グログラーにはふつう、忍耐《にんたい》力も長期的な戦略を練る頭もない。このグログラーは、激しい空腹に駆《か》りたてられているのだろう。「それでどうするつもり？」

「その……」オリオンは言った。「いま考えてる」

「なにを？　凍《こお》らせればいいだけの話でしょ！」

「凍結呪文《とうけつじゅもん》は知らないんだよ！」

「どういうこと？　凍結呪文《とうけつじゅもん》を知らないわけないでしょ？」わたしはオリオンをにらみつけた。「**ニューヨーク魔法《まほう》自治領**出身のくせに」

オリオンは気まずそうな顔でつぶやいた。「凍《こお》らせた怪物《かいぶつ》からはマナを吸いとれないから」

階段は揺《ゆ》れつづけている。

「どうだっていいでしょ！　つぎに倒《たお》した怪物《かいぶつ》から取ればいい！」

「だから、凍結呪文《とうけつじゅもん》は使ったことがないんだよ！」オリオンがどなり返した。

「ほんと、いいかげんにしてよ《フォー・ザ・ラヴ・オブ・ゴッド》」わたしは決まり文句にありったけの憎《にく》しみをこめた。神の愛《ラヴ・オブ・ゴッド》なんて言葉は大嫌《だいきら》いだ。それから首にかけた水晶《すいしょう》をつかみ、頭の中でイメージを組みたてながら、残り少ないマナのたくわえを吸いだす用意を整えた。作業場にいた四年生の女子は、窒素《ちっそ》は空気の成分の半分以上を占《し》めるのだと話していた。だから、液体窒素《ちっそ》が凝縮《ぎょうしゅく》し、グログラーの皮ふを硬《かた》い殻《から》のように覆《おお》うところを想像する。厚さは数ミリで十分なはずだ。

「なにしてるんだ?」オリオンの声は無視した。階段から落ちたときに悪化したお腹の傷は、頭がおかしくなりそうなほど痛い。擦《す》りむいたひじも、血まみれになった膝《ひざ》もずきずきする。その状態で魔法《まほう》に集中するのは至難のわざだった。オリオンはわたしの返事をあきらめたのか、階段を駆《か》けおりていった。触手《しょくしゅ》を次々《つぎつぎ》につかんでは壁《かべ》や手すりから引きはがし、結束呪文《じゅもん》をかけている。触手《しょくしゅ》をまとめてひとつの球体にする作戦らしい。そのあいだにも、グログラーの体はいびつな形に膨《ふく》れあがっていく。怒《いか》れる巨大《きょだい》なアメーバみたいだ。

「準備できた」わたしはかすれた声で言った。

「なにか言った?」触手《しょくしゅ》を持ちあげようと格闘《かくとう》していたオリオンは、歯を食いしばりながら言った。

「そいつから離《はな》れて!」わたしはうんざりしながらどなった。オリオンがちらっとわたしを振《ふ》りかえる。結束呪文《じゅもん》がゆるんだそのすきに触手《しょくしゅ》はオリオンを殴《なぐ》りつけ、階段の中ほどまではじき飛ばした。これで邪魔者《じゃまもの》は消えた。それに、いい気味だ。わたしは〈物質操作呪文《じゅもん》〉を唱え、窒素《ちっそ》が液体に変わるイメージに意識を集中させていった。

手ごたえはあった。マナを消耗《しょうもう》したのは間違《まちが》いない。苦労して半分ほどためた水晶《すいしょう》のマナが、一気になくなった。液体になった窒素《ちっそ》はすぐに蒸発したらしい。目に見えてわかるような変化はない。たしかに、気温がぐっと下がったような感じはある。だけど、それだけだ。いや、ちょっとした変化ならもうひとつあった——グログラーの皮ふがたちまち霜《しも》に覆《おお》われたようになり、細かいひびが全身に走っている。池の氷が、春の訪れとともにひび割れるみたいに。グログラーの体が崩《くず》れていき、中からあふれ出したどろどろの内臓が大きな水たまりを作っていく。内臓は階段の下にある排水口《はいすいこう》に流れこんで小さな渦《うず》を作り、最後に、ゴボゴボという派手な音を立てて消えていった。あとには、ちっぽけな触手《しょくしゅ》が一本だけ残された。この触手《しょくしゅ》が、階段の隅《すみ》のすき間からこちら側へ侵入《しんにゅう》しようともがいているうちに、オリヅルランのように分裂《ぶんれつ》していったのだろう。それは、一年生の教科書の第三章に出てくる古めかしい図が示していたとおりの姿をしていた。虹色《にじいろ》に光るゼリー状の体の真ん中に、蛍光《けいこう》ピンクの血管が通っている。触手《しょくしゅ》は自分が押《お》しひろげた穴にもぐりこみ、口の中へ吸いこまれていくスパゲッティのようにむこうへ姿を消した。

オリオンが階段の上で起きあがった。「やった!」しゃがれ声で歓声《かんせい》をあげる。自分の手柄《てがら》みたいに。そして、上の段にいるわたしを勝ちほこったような顔でみあげた。

「レイク、ほんと、あんたって言葉にできないくらい憎《にく》たらしい」わたしは心から言った。階段にすわって壁《かべ》にもたれ、痛むお腹を両腕《りょううで》で抱《かか》えるようにして押《お》さえる。オリオンはきまり悪そうな顔で立ちあがると階段を下りていき、ポケットからパテを出して穴をふさぎ、修繕魔法《しゅうぜんまほう》を手早くかけた。階段をもどってきて、わたしを抱《だ》きかかえようとするそぶりをみせる。殺意をこめてにらみつけるとオリオンはたじろぎ、かわりに、立ちあがろうとするわたしに手を貸した。

これだけのことがあったというのに、オリオンは、四年生の寮《りょう》の前にさしかかる前にあくびをはじめた。アドレナリンを分泌《ぶんぴつ》するシステムが壊《こわ》れているんだろうか。わたしは相変わらず全身が痛み、オリオンの十倍は気が張っているというのに。足を引きずって歩きながら、オリオンをじろじろ観察する。「なんでそんなに眠《ねむ》いわけ？　信じられないくらいひどい悪夢ばっかり見てるとか？　それとも――」オリオンがばつの悪そうな顔でちらっとこっちを見た瞬間《しゅんかん》、わたしは真相に気付いた。「バカじゃないの？　毎晩、校舎の見回りをしてたわけ？　あの負け犬の殺人鬼《き》があんな泣き言をいったから？」

オリオンはわたしと目を合わせようとしなかった。「トッドの言ってたとおりだった」低い声でぽつりという。

「なにが？」

「卒業ホールの怪物《かいぶつ》たちだよ。あのグログラーだけじゃない。怪物《かいぶつ》たちが、結界に大きな穴を開けたんだと思う。それで、どうにかして校内に押《お》しいろうとしてる。夜になると侵入者《しんにゅうしゃ》の数は一気に増えるんだ。あの壁《かべ》、もう七回は修繕《しゅうぜん》したのに――」

「で、五十五時間もぶっ続けで起きてるってわけか。十分間もグログラーの触手《しょくしゅ》を叩《たた》ききってたのになんでおかしいって気付けなかったのか、やっとわかった」

「あいつはふつうのグログラーの二倍はあっただろ！」オリオンは弁解がましく言った。「てっきりヒュードラ科の怪物《かいぶつ》かと思ったんだよ！」

「その言い訳が通用するのは、一本目の触手《しょくしゅ》を切りおとした直後だけ。あんた、何本切りおとした？ 七本？ なのに、わたしが着いてからもまだ続けようとしてたでしょ。あいつがほんとに壁《かべ》を破壊《はかい》してたら、さすがのあんたでも気付いたかもね」オリオンは唇《くちびる》を引きむすんで黙《だま》りこんだ。肩《かた》を怒《いか》らせ、いまにもこの場から立ちさっていきそうだ。たぶん、できることならそうしていたと思う。だけど、この体勢のままそんなことをしたら、肩《かた》を支えているわたしを一緒《いっしょ》に引きずっていくしかない。「なんのために、そんなことでわざわざ体力をむだにしようとするわけ？ 輝《かがや》かしい英雄《えいゆう》として死にたいのかもしれないけど、ひとりで怪物《かいぶつ》の大群に出くわしたらそんな夢もかなわないよ」

「うるさいな。英雄《えいゆう》なんてどうだっていいんだよ。ただ――こうなったのはぼくのせいだ。自分だっていってたじゃないか。ぼくが釣《つ》り合いの原理に反したから――」

「へえ、ようやく現実を受けいれる覚悟《かくご》ができたんだ。でも、そのへんでやめときなよ、レイク。ここにはただで手にはいるものなんかないってことくらい、だれだってわかってる。あんたが命を救ってやったとき、文句を言うやつなんかいなかったでしょ？」

「きみ以外は」オリオンは真顔で言った。

「じゃ、ホールの怪物《かいぶつ》たちに食われそうになったら、自分だけは特別だったってことを思いだして悦《えつ》に入ることにするよ。あんたはこの三年間、英雄《えいゆう》としてみんなを助けようとがんばってきた。崩《くず》れたバランスを元にもどそうとして、たかだか一週間がんばったからって、なにかが変わるわけないじゃない。これも、釣《つ》り合いの原理だよ」

「たしかに、きみの言うとおりかもな。じゃ、英雄《えいゆう》は休業して昼寝《ひるね》でもするよ。バランスをもどすにはそれが一番だろ」オリオンは皮肉をたっぷりこめて言った。

わたしはオリオンをにらんだ。「そうそう、グログラーを手伝って学校に大穴を開けるよりずっとマシ」オリオンはわたしをにらみ返した。それから、あくびをひとつした。

第11章 四年生

階段からもどると、昼休みはすでに終わりに近かった。さっきの騒動《そうどう》なんてなかったかのように、食堂の様子はいつもと変わらない。わたしたちは、めったなことでは食事にありつくチャンスをふいにしたりしないのだ。どのみち、なにかがきしむような不穏《ふおん》な音も震動《しんどう》も、とっくに止んでいる。アアディヤとリューは席を取っておいてくれたばかりか、自分たちのトレイに食べ物をすこし残しておいてくれた。ふたりは、ほぼ無人のテーブルに、わたしたちが到着《とうちゃく》するまですわりつづけていたのだ。配膳《はいぜん》カウンターが閉まってもまだやってこない仲間のために席をふたつも取っておくというのは、かなり危険な行為《こうい》だった。階下で騒動《そうどう》が起こっているときならなおさらだ。わたしはしぶしぶ、イブラヒムの思いやりにも感謝してやることにした。イブラヒムは、友人たちが言い訳をして別のテーブルへ移ってしまったあとも、辛抱《しんぼう》強くアアディヤたちと一緒《いっしょ》にわたしたちを待ちつづけていた。だけど、わたしの感謝の気持ちを、イブラヒムはさっそくかき消した。

「そいつ、きっとふつうのグログラーじゃなかったんだよ」わたしたちが事の次第を話しおえると、イブラヒムは自信満々《まんまん》に言いきった。「変異種かなにかだったんじゃないかな」そう考えないことには、敬愛するオリオンがまぬけな勘違《かんちが》いをしたことになってしまうし、偉大《いだい》なオリオンは勘違《かんちが》いなんかするはずがないのだ。食べ物と肺の中の酸素が余分にあれば、トレイを投げつけてのしってやるところだった。だけど、体中が痛くてそれどころじゃない。

さいわい、ほかの仲間は、イブラヒムより賢《かしこ》かった。「階段の穴だけど、どうやってふさいだの？」アアディヤがたずねた。「修繕魔法《しゅうぜんまほう》だけ？」

「うん」オリオンは疲《つか》れた声で答えた。「父さんがパテの作り方を教えてくれたんだ」残り物をかきこむ手を止め、ポケットからパテのかたまりを取りだしてアアディヤに見せる。

アアディヤはパテをすこしつまみ取ると、四角く形を整えて明かりにかざし、テーブルの上で平たく延ばして何度か折りたたみ、もう一度こね、転がして棒状にしてとぐろを作り、それからオリオンに返した。「悪く取らないでね。これ、質はいいけど、とびぬけてすごいってわけじゃない。それに、壁《かべ》のいろんなところを修繕《しゅうぜん》したんだよね」アアディヤは首を振《ふ》った。「じゃあ、学年末の寮《りょう》の回転期間がはじまったら、壁《かべ》が持ちこたえられるとは思えない。正直言って、日曜日に一段目の歯車が動きはじめたら、また穴だらけになるんじゃないかな」

「日曜日までだって持ちこたえられないかもよ。怪物《かいぶつ》たちがむこうからがんがん壁《かべ》を叩《たた》いてるんだし」わたしは、口いっぱいにほおばったマッシュポテトのすき間から、もごもご言った。アイスクリームみたいに皿からマッシュポテトをなめとろうかと、なかば本気で考える。きちんとすわってスプーンを持ち、皿から口まで食べ物を運ぶには、どうしても筋肉を動かさなくちゃいけない。「しばらくは応急処置でしのいで、そのあいだにちゃんと修理しないと。それに、あそこを修繕《しゅうぜん》するのに必要なマナをためるなら、協力者を大勢集めなくちゃね」

「錬金術《れんきんじゅつ》の実験室を修繕《しゅうぜん》したときのこと、覚えてる?」イブラヒムが、わたしの頭の上から興奮気味にオリオンに言った。「みんなにこの計画を知らせようよ。穴をふさぐために必要なマナを寄付してくれって、声をかけて回るんだ」

わたしは、声を抑《おさ》えることもせず、皿に目を落としたまま言った。「イブラヒム、黙《だま》らないとあんたの寝《ね》てるあいだに臓器を摘出《てきしゅつ》するよ」テーブルの上に置かれたイブラヒムの両手が、びくっと痙攣《けいれん》する。

「でも、そんなの無理」リューが言った。わたしはようやく重い頭をあげた。リューが意見を言うのは珍《めずら》しい。「そんなことしたら、四年生に穴のことを知られちゃう」

「え？」オリオンがきょとんとした顔でそう言った横で、わたしはテーブルに両ひじをついて顔をおおった。リューの言うとおりなのだ。四年生がわたしたちの計画に賛成するはずがない。上級生の寮《りょう》が閉鎖《へいさ》される前に卒業ホールへ続く壁《かべ》に穴が開けば、四年生は怪物《かいぶつ》たちにとって年に一度のごちそうではなく、メニューの中で一番固くてまずい料理になる。結界がもろくなっていることに気付いてしまえば、四年生はむしろ喜んで階段の下へ行き、壁《かべ》を壊《こわ》そうとするはずだ。下級生をオオカミの餌《えさ》にしてなにが悪い？　彼《かれ》らはきっと、トッドと同じ言い訳をするだろう――仕方がなかったんだ。ほかに方法がなかった。こうなったのもオリオンのせいだ、と。それに、手を汚《よご》すのは一部の四年生でいい。壁《かべ》を壊《こわ》すのに足りる人数だけでいいのだ。

そのことには、すでにテーブルの全員が気付いていた。疲《つか》れて頭がまともに働いていなかったオリオンも、すこし考えたあとにようやく理解し、食事の手を止めてうつむいた。それからの十分間、わたしたちは押《お》しだまっていた。やがて、四年生の退出を知らせるベルが鳴った。四年生が全員食堂を出ていくと、わたしは言った。「どうする？　一部の生徒にだけ壁《かべ》の穴のことを伝えるには、どうすればいい？　それに、たったそれだけの人数でどうやって壁《かべ》を修繕《しゅうぜん》できる？」

話し合いの結果、階段の鉄の壁《かべ》をその場で鋼に変えるのが一番だ、と全員の意見が一致《いっち》した。

「このアイデアはかなり危険だとは思うけど、まあ、とりあえず聞いて」アアディャは、元気のない、出る前置きとともに、自分の考えを話しはじめた。「小型のるつぼと炭素を一袋《ふくろ》持って階段の下へ行くの。るつぼを熱してから、エルが〈物質操作呪文《じゅもん》〉で壁《かべ》の鉄をすこし溶《と》かしてるつぼに流しこむ。二十五セント硬貨《こうか》くらいの量だけ。あんまりたくさん溶《と》かして穴が大きくなりすぎると、ヤバい怪物《かいぶつ》が入ってくるかもしれないから。わたしは炭素を鉄に混ぜる呪文《じゅもん》を知ってるから、それを使えば鉄を鋼に変えられる。るつぼの中の液状の鉄に炭素を混ぜて鋼にしたら、壁《かべ》にもどしてエルが固体にする。この作業を連続してやるの。実演で彫刻《ちょうこく》に銀を流しこんだときも、似たようなことをやったわけだし」アアディヤは最後のひと言をわたしに向かって言った。「作業をしてるあいだに、溶《と》かした壁《かべ》の穴から怪物《かいぶつ》が侵入《しんにゅう》してきたら、オリオンに仕留めてもらえばいい」

それは相当大がかりな計画だった。だけど、わたしたちが思いついたほかの選択肢《せんたくし》といえば、作業場で新しい壁《かべ》を一枚ずつ作り、それを背負って階段を下りていき、怪物《かいぶつ》たちに、壁《かべ》を交換《こうかん》するあいだちょっとうしろに下がっててていただけませんか、と感じよく頼《たの》むことくらいだった。四年生にも、これから三日間は作業場に入らないでいただけますか、と感じよく頼《たの》まなくちゃいけない。第一、その計画を実行に移すには、魔工《まこう》コースの生徒を十人くらい集めて手伝ってもらう必要がある。

「マナはどれくらいいる?」イブラヒムが言った。

「死ぬほどたくさん」わたしは答えた。「〈物質操作呪文《じゅもん》〉は、びっくりするくらい少ないマナで色々《いろいろ》なことができるけど、だからって、まったく使わないわけじゃない。それに、鉄の壁《かべ》を丸ごと溶《と》かすのは、銀のかけらを溶《と》かしたり、木片の中の化合物を一種類だけ変化させたりするのとはわけがちがうし。まあ、でも、解決法はあるよね」わたしはオリオンに向きなおった。

オリオンはふいを突《つ》かれたような顔でわたしを見た。「怪物《かいぶつ》が大勢襲《おそ》ってくればイケるけど、そうじゃなきゃ、作業が終わるまでエルたちにマナを送りつづける自信はないよ」

「魔法《まほう》自治領のシェア・マナから借りればいいでしょ」わたしは言った。「あんたはこれまでマナをどっさりあげてきたんだから、ちょっとくらいもらったって文句を言われる筋合いはないはずだよ」

「じゃあ——マグナスに聞いてみる——」

「待って。なんで？」わたしは言った。「なんでお仲間の許可がいるわけ？」

オリオンは気まずそうに言いよどみ、ごくりと喉《のど》を鳴らして口を開いた。「その……ついうっかりってことが多くて……シェア・マナに自由にアクセスできると、あるだけ使っちゃうんだ。だから、ニューヨーク魔法《まほう》自治領から、マナを使えないようにブロックされてる」何気ない口調をよそおいながら、わたしと目を合わせようとはしない。

しばらく沈黙《ちんもく》が流れた。イブラヒムは呆然《ぼうぜん》としている。憧《あこが》れの英雄《えいゆう》のまぬけな一面を知ってしまって、ショックを受けているのだろう。マナを浪費《ろうひ》しないだけの自制心がないばかりに、自分の魔法《まほう》自治領のシェア・マナからブロックされるなんて。おもらしをしてしまうからおむつを着けているんだ、と白状しているようなものだ。

だけど、オリオンが、おむつを着けなくちゃいけないくらい頻繁《ひんぱん》に粗相《そそう》をしてきたからこそ、**ニューヨーク自治領のお仲間たちは**オリオンが稼《かせ》いだマナをたっぷり使うことができている。欲深い、自分のことしか考えていないあの連中は、オリオンが怪物《かいぶつ》を倒《たお》すたびに、彼《かれ》のマナをかすめ取っていく。オリオンの手首からメダルをもぎ取って、クロエの頭に力いっぱい投げつけてやりたかった。オリオンにはあんたたちのことなんか気にかけてやる義理はないんだ、わたしたちは自治領の世話になんかならないと啖呵《たんか》を切り、卒業したあとはオリオンを母さんのユルトへ連れていってやりたい。あいつらは自分で自分の首を絞《し》めていたことを知って、泣きながら悔《く》やむだろう。

わたしは怒《いか》りで口がきけなかった。そして腹立たしいことに、わたしはイブラヒムのことをまたしても見くびっていたらしい。沈黙《ちんもく》を破ったのは彼《かれ》だった。「だけど——噂《うわさ》で聞いたんだけど、きみは——きみは、倒《たお》した怪物《かいぶつ》からマナを吸いとれるって——」

オリオンはだれとも目を合わせずに小さく肩《かた》をすくめた。「ほかのみんなだって、シェア・マナにマナを入れてる。だから、たいしたことじゃないよ。必要なときはすこしもらえるし」

「でも」イブラヒムはなおも言おうとした。

「あとにして」わたしが横から言うと、イブラヒムはちらっとこっちを見た。そして、わたしの表情から、言わんとしていること――「最悪な死が数日後に迫《せま》ってるかもしれないってときに、あんたのくだらないたわごとなんか五秒だって聞くつもりはないから」――を、正確に読みとったらしい。イブラヒムが言葉の続きを飲みこむと、わたしはオリオンに言った。「マグナスはやめて。クロエに聞いてみよう」

わたしたちの計画を聞いたクロエは、天啓《てんけい》のようなひと言を返した。「ちょっと待って。じゃあ、修繕《しゅうぜん》リクエストを出せばいいんじゃない？」

クロエの口調は、こんなに合理的でわかりやすい解決法なんてないじゃない、とでも言いたげだった。オリオンは顔をごしごしこすり、気まずそうにわたしを見た。そんな選択肢《せんたくし》は頭に浮《う》かびもしなかった、と顔に書いてある。絶対にすこし眠《ねむ》ったほうがいい。わたしたちはしばらく顔を見合わせ、しっかりしろよ、あんたこそしっかりしなよ、と無言でひとしきりやり合った。わたしは口を開いて言った。「リクエストどおりに修繕《しゅうぜん》されたことなんてある？」

「どういう意味？」クロエは言った。「もちろん修繕《しゅうぜん》してもらえるわよ。わたし、しょっちゅうリクエストを出してるもの」

わたしは聞いたことを後悔《こうかい》した。修繕《しゅうぜん》リクエスト用紙には——一年生の後期が終わるころには、リクエストを出してもいっこうに対応してもらえないことを悟《さと》り、わたしはそれっきり使っていない——名前を書く欄《らん》がある。てっきり、リクエスト用紙はそのままゴミ箱に送りこまれ、修理当番は悪意と偶然《ぐうぜん》によって割りふられているものだとばかり思っていた。だけど、クロエの言葉でようやく気付いた。もちろん、用紙はゴミ箱ではなく、別の箱に集められているのだ。箱は、修理コースの生徒たちだけが使える秘密の用務室のような場所にあるにちがいない。彼《かれ》らは、ニューヨークみたいな力のある魔法《まほう》自治領の生徒が出した用紙だけを箱の中から探しだし、対応するのだろう。すこし考えてみれば、そういう仕組みになっていたとしても不思議じゃない。だから、わたしはさっさと次の質問に進んだ。「そっか。卒業式の時期にリクエストを出したことはある?」

「まさか!」クロエは侮辱《ぶじょく》されたとでも言いたげに声をあげた。「中間試験と期末試験の時期は、緊急《きんきゅう》じゃないリクエストは出さないことになってるでしょ。でも、今回は仕方ないわ。みんなの命が危険にさらされてるんだから!」

「そう、そのとおり」わたしは言った。「階段の下へ行って壁《かべ》を直すなんて、だれが行ったって命が危ない。だから、そんな作業を修理コースの子にやらせるわけにはいかないわけ。ラスムセン、あの子たちが三十分時間を作って、あんたのために机のランプを修理するのはかまわないと思うよ。だけど、いくら愛想よく頼《たの》むからって、修理コースの子を卒業式の怪物《かいぶつ》たちと戦わせるなんてことはできないよね。そもそも、修繕《しゅうぜん》リクエストを管理してるのはたぶん四年生だよ。あらためて聞くけど、わたしたちを手伝う？　手伝わない？」

結局、クロエは考えを変えた。たぶん、ニューヨーク魔法《まほう》自治領のシェア・マナがオリオンのおかげで潤《うるお》っていることを、わたしが皮肉をたっぷりこめて冷ややかに指摘《してき》したからだ。言葉のはしばしから、わたしがオリオンのメダルを力のかぎりクロエの頭に投げつけてやりたいと思っていることが伝わったのかもしれない。手伝うことに同意したばかりか、クロエは賢明《けんめい》な提案までした。「一度、計画を試してみたほうがいいんじゃない？」わたしたちが本当に計画を実行に移せるのか、いまいち信用できないのかもしれない。

クロエは、ニューヨーク魔法《まほう》自治領の仲間を何人か計画に誘《さそ》いたがっていた。マグナスも候補のひとりだ。だけど、ニューヨークの子たちには、四年生に親しい友人が何人もいる。予行演習をすることにわたしたちが賛成すると、クロエは、じゃあ、それが終わるまでみんなに話すのはやめておく、と言った。予行演習は失敗するだろうし、最後には自分の望みどおりになるはずだと踏《ふ》んだらしい。クロエの思惑《おもわく》がなんであれ、彼女《かのじょ》がマナを出すなら、わたしも予行演習には大賛成だった。

翌日の自習時間、わたしたちは作業場に集まった。クロエがわたしとアアディヤに、マナ・

シェアのメダルをひとつずつ渡《わた》した。手首に取りつけ、試しにマナを軽くたぐり寄せてみる。その瞬間《しゅんかん》、豊かなマナの気配を感じた。大西洋から直接ホースで海水を引いたら、こんなふうに感じるのかもしれない。自治領の子たちがありあまるマナを自由に使えることも、それが独立系の魔法使《まほうつか》いの子たちが使えるマナの量とは比べものにならないことも、知識としては知っていたつもりだ。だけど、その量がこれほど桁違《けたちが》いだとは夢にも思っていなかった。これだけのマナがあれば、街をひとつかふたつ破壊《はかい》し、くぼみひとつ残さず、完ぺきな更地《さらち》にしてしまうことができる。マナを夢中で吸いとってしまわないように我慢《がまん》するのはひと苦労だった。オリオンみたいに自制心をなくしそうになる。どうしても、こう考えずにはいられない。これだけのマナがあれば、わたしが持っているすべての水晶《すいしょう》をあっという間に満杯《まんぱい》にできる。何度も。

オリオンは作業場を駆《か》けまわり、材料箱を次々《つぎつぎ》と開けて、必要なものをすべて集めてきた。いつものように、ためらったり警戒したりする様子はまるでない。今朝のオリオンは、昨日にくらべれば回復していた。ゆうべは早めにオリオンを部屋に押《お》しこみ、今夜怪物《かいぶつ》に食われるような生徒は、日曜日に全校生徒が怪物《かいぶつ》たちに襲《おそ》われるときにどうせ食われるだろうし、それが嫌《いや》なら、わたしとアアディヤが作業をしているあいだ怪物《かいぶつ》たちを仕留める体力を温存しとくべきだと説得し、ベッドへ向かわせることに成功した。

「やっぱり、もっと人を連れてきたほうがよかったと思うけど」クロエが不安そうに作業場を見《み》渡《わた》して言った。作業場にはわたしたちしかいない。昨日の騒動《そうどう》があったあとでは、よほど大事な用事がないかぎり、わざわざここへやってくる生徒はいないはずだ。そもそもクロエは、十人以下のグループでここへ来たことさえないんだろう。イブラヒムとリューも演習を見物しようと作業場までついてきている。いや、黙《だま》って見ているのはリューだけで、イブラヒムはおしゃべりをしようとオリオンを追いまわしていた。作業場にいるのはそれで全員だった。

「いい?」クロエのことは無視して、わたしはアアディヤに声をかけた。それから、〈物質操作呪文《じゅもん》〉をつぶやき、錬鉄《れんてつ》の棒の――失敗した課題の残り物だと思う――左端《ひだりはし》から数センチを液状化した。鉄のすぐ下では、アアディヤが熱したるつぼを持って待ちかまえている。溶《と》けた鉄がるつぼに流れこむと、空いているほうの手で炭素を振《ふ》りかけた。なめらかな手つきだ。眉間《みけん》にしわを寄せて集中し、鉄と炭素を混ぜあわせる。アアディヤはわたしに軽くうなずき、るつぼをかたむけて、液状の鋼を錬鉄《れんてつ》の棒の左端《ひだりはし》めがけて落としはじめた。その瞬間《しゅんかん》を狙《ねら》ってわたしは呪文《じゅもん》を唱え、液状の鋼を固体にもどした。

鋼はたしかに硬《かた》くなった。ただし、ほんのすこしだけ。鋼のかたまりはぼとりとベンチに落ち、ジュウッという大きな音とともに表面に大きな穴を開けたかと思うと、座面の下の収納棚《だな》に積まれたガラス板を一気に突《つ》きやぶり、かかっていた防水布に火をつけた。鋼は、さらに棚《たな》の下の段にも穴を開け、そのまま**床《ゆか》をも**溶《と》かしてしまい、ぽっかりと開いた穴の闇《やみ》に紛《まぎ》れて見えなくなった。

悲鳴がひとしきりあがったあと――その中にはわたしの叫《さけ》び声も入っていた――、アアディヤは、オリオンにあらかじめ持ってきてもらっていた火消し粉の袋《ふくろ》を四つともつかみ、勢いよく燃えひろがる炎《ほのお》めがけて一気にぶちまけた。火が消えると、わたしたちは穴のまわりで顔を寄せ、おそるおそる中をのぞきこんだ。鋼は床《ゆか》を完全に突《つ》きやぶってしまっている。そもそも、床《ゆか》は不安になるほど薄《うす》かった。慎重《しんちょう》に距離《きょり》を取りながら暗闇《くらやみ》に目をこらしてみると、ぼろぼろに錆《さ》びた配管が一本見えた。配管の上には、円形に並んだ五つの古い小瓶《こびん》が取りつけられている。博物館でしかお目にかかれないような魔工品《まこうひん》で、規則的に回転しては、パイプの側面に作られた開口部から、錬金術《れんきんじゅつ》で作られた溶液《ようえき》を数滴《てき》ずつ流しこむのだ。

「ここから怪物《かいぶつ》たちが侵入《しんにゅう》してきたりするかな」イブラヒムが言った。

「そうなる前に、階段の穴をふさごう」アアディヤは言った。「オリオン、もうすこし――」そのときようやく、オリオンがそばにいないことに気付いた。いつのまにかわたしたちのそばを離《はな》れていて、入り口でちょうど〝スリップスライダー〟を倒《たお》したところだ。スリップスライダーはわたしたちの悲鳴を聞きつけ、胸に――少なくとも消化器官に――希望を抱《いだ》いて忍《しの》びよってきていたのだ。

「呼んだ?」オリオンはこちらへもどってきながら言った。息もほとんど切れていない。入り口に背を向ける前に、スリップスライダーの残骸《ざんがい》を廊下《ろうか》に放った。怪物《かいぶつ》は一度、脱皮《だっぴ》して逃《に》げだそうとしたみたいだけど、オリオンは脱皮途中《だっぴとちゅう》の皮をつかんで怪物《かいぶつ》の頭の上にかぶせ、端《はし》を結んでスリップスライダーが窒息死《ちっそくし》するまでつかんでおいたらしい。正しい仕留め方ではないにせよ、確かにうまくいった。

予行演習をしておいたのは好都合だった。溶《と》けた鋼を固体にもどすやり方も、もとの形にもどすやり方も、何度かやるまでコツがつかめなかった。コツをある程度つかんだあとでさえ、仕上がりにはまだ満足がいかなかった。さすがに、床《ゆか》に穴を開けることはなくなったけれど、できあがるのはいびつな形の金属のかたまりばかりだ。作業台の表面を覆《おお》っているなめらかな鋼とは似ても似つかない。

ふと、クロエが言った。「ねえ、鋼って、折りたたまなくちゃいけないんじゃなかった?」

クロエの父親も魔工家《まこうか》だったらしい。オリオンと家族ぐるみの付きあいがあるのはそのせいだろう。アアディヤは持ってきた冶金《やきん》学の教科書をめくり、クロエの言うとおりだとうなずいた。

「ほんとだ。なるほどね。じゃあ、薄《うす》い金属の層が、最後にぱたぱた折りたたまれていくところを想像しなきゃ。パイ生地《きじ》みたいに。ただのかたまりを想像しちゃだめ」

言われたイメージを頭の中に思いえがくと、たしかに鋼は、ほぼ理想に近い硬《かた》さと形になった。だけど、そのイメージを保ったままでは、アアディヤと呼吸を合わせ、鉄を鋼に変えていく作業を切れ目なく続けるのはむずかしい。鉄の棒が半分ほどなくなったころ、作業台には、二センチから五センチくらいの鋼のかけらがいくつも散らばっていた。

ところが、アアディャとの呼吸がぴたりと合う瞬間《しゅんかん》が、ふいに訪れた。わたしたちはそれぞれの役割を規則正しく交代しながら、気付けば十五センチ分の鉄を一気に鋼に変えていた。いきなり、コツを完全につかめたのだ。板を箱に変えたときや銀を彫刻《ちょうこく》に流しこんだときのように、作業を難なくこなせるようになった。アアディャが声をあげて笑った。「ヤバい、最高！」歓声《かんせい》をあげて、完成した金属の棒を手にとる。半分は銀色に輝《かがや》く真新しい鋼で、波のような模様が入っている。ごつごつした境目のとなりは古い鉄のままで、鋼とは対象的に黒ずんでいる。「見てよ。まじですごい」

わたしも思わず頰《ほお》がゆるんだ。クロエでさえ、回ってきた棒を手にすると、感心したような表情を浮《う》かべた。「じゃ、明日の自習時間に壁《かべ》の修繕《しゅうぜん》をしよう」わたしは言った。それから、炭素の大袋《おおぶくろ》の口を縛《しば》り――炭素が不足することはまずない――階段へ向かった。

ところが、階段を上りはじめたとたん、下から話し声が聞こえてきた。昨日あんな騒《さわ》ぎがあったというのに、こんな真昼間に作業場より下の階に生徒がいるなんて、どう考えても不自然だ。オリオンは聞き耳を立て、足音を忍《しの》ばせて階段を下りはじめた。わたしたちもあとに続く。クロエも一番うしろからついてきた。助けを求めるような視線をちらりと階段の上へ投げはしたけれど、ひとりだけ引きかえそうとはしない。

四年生の寮《りょう》の階が近づいてきたころ、わたしたちのほうへ向かってくる足音は、すぐ下に迫《せま》っていた。わたしはオリオンの腕《うで》をつかみ、階段から寮《りょう》の廊下《ろうか》へ引っ張っていった。ほかの四人もあとに続く。寮《りょう》の暗い廊下《ろうか》にしゃがみこんだとき、三人の四年生が、すぐそこの階段を上がっていくのが見えた。名前も知らない四年生たちは、声を抑《おさ》えて話している。「……修理されてた跡《あと》があったけど、思いきり殴《なぐ》ってやれば……」漂《ただよ》ってきた会話の一部は、こんなふうに聞こえた。それ以上はもう、聞く必要がない。

「そうだ、ねえ、ちょっと思いついたんだけど、いまから壁《かべ》を修理しにいってもいいんじゃない？」アアディャは、足音が聞こえなくなるのを待ちかねたように言った。

「そうだ、いまやるのがいい」イブラヒムも抑《おさ》えた声で言った。全員がうなずく。「いましかない」

「サボったぶんの授業の遅《おく》れを取りもどさなきゃいけなくなるわよね。その分のマナも、わたしたちのシェア・マナからすこし分けてあげる」クロエは自分から申しでた。

わたしたちは階段の一番下へ行き、作業に取りかかった。あの四年生がオリオンのパテをいじった跡《あと》がある。どのくらいの強度なのか確かめたんだろう。どこがもろくなっているのかわざわざ教えてもらわなくても、壁《かべ》は目に見えて歪《ゆが》み、あちこちがでこぼこしていた。壁《かべ》のむこうから、なにかがたえまなく殴《なぐ》りつづけていたみたいに。

アアディヤがるつぼを熱し、片手に炭素をひとつかみ取った。わたしは早速、端《はし》の壁《かべ》から取りかかった。壁《かべ》の鉄をすこし溶《と》かしてるつぼに流しこみ、鋼に変えて、壁《かべ》の溶《と》けた穴に注入する。作業のリズムは体が覚えていた。作業場で練習していたときと同じように、わたしたちは切れ目なく役割を交代した。わたしは無心に作業を続けた。全体の半分ほどを鋼に変えたころ、アアディヤがふいに言った。「ごめん、ちょっと休憩《きゅうけい》」振《ふ》りかえると、いまにも倒《たお》れそうになっている。アアディヤは、るつぼと炭素の袋《ふくろ》を床《ゆか》に置き、真っ黒になった両手から炭素をはらった。下からふたつ目の段にへたりこむように腰《こし》をおろし、大きく息を吐《は》く。

「賛成」わたしもアアディヤのとなりにすわったけれど、疲《つか》れは感じていなかった。喉《のど》だけがやたらと乾《かわ》いた。もし許されるなら、リューが渡してくれたボトルの水をひとりで飲みほしていたかもしれない。お腹の傷もほとんど痛まない。そのとき、ふと気付いた。昨日すこし無理をしたことが、かえって傷の回復を助けたのかもしれない。母さんの治癒魔法《ちゆまほう》は、魔法《まほう》をかけた体と相互《そうご》作用して効果を発揮することが多い。だから、体を動かして、全身に白血球が行きわたったり、筋肉が鍛《きた》えられたりすると、魔法《まほう》の効力もぐっと強くなる。あの事件からまだ一週間とすこししか経っていない。だから、母さんの亜麻布《あまぬの》パッチの効果は間違《まちが》いなく続いている。

新しい壁《かべ》と古い壁《かべ》のちがいは一目瞭然《りょうぜん》だった。新しいほうの壁《かべ》はかすかに光り、全体に波のような模様が入っている。きれいな壁《かべ》だった。イブラヒムと並んで階段にすわっているクロエは、壁《かべ》を眺《なが》めながら、なぜか怪訝《けげん》そうな表情を浮《う》かべている。オリオンは忙《せわ》しなく歩きまわっていた。階段を上ったり下りたりしては、でこぼこした古い壁《かべ》に手のひらをすべらせ、壁板《かべいた》の継《つ》ぎ目に目をこらす。クロエがオリオンをちらっと見た。それからわたしとアアディヤに視線を移し、困惑《こんわく》したような顔になった。なにか言いたいことでもあるんだろうか——そう思った瞬間《しゅんかん》、クロエはぱっと階段の上を振《ふ》りかえり、張りつめた声で言った。「ねえ、四年生たちがもどってきたみたい」

わたしたちはいっせいに立ちあがった。上から聞こえてくる足音の主たちが、ふと歩みをゆるめた。むこうも、下に人の気配がすることに気付いたらしい。しばらくして階段の角から姿を表した四年生たちは、すでに戦闘《せんとう》態勢を取っていた——一番うしろには背の高い男子がふたり並び、両手をかかげて呪文《じゅもん》を唱える準備をしている。一番前に並んだ女子と男子は、かすかに腰《こし》を落として構え、手首の外側に盾魔法《たてまほう》ホルダーをつけている。一番安全な真ん中の位置には女子がもうひとりいて、炎《ほのお》の鞭《むち》の柄《え》を握っていた。炎《ほのお》の鞭《むち》には数えきれないくらいたくさんの使い方がある。鞭《むち》の機能と炎《ほのお》の威力《いりょく》の両方をそなえた武器だ。優秀《ゆうしゅう》な使い手なら、鞭《むち》で敵を縛《しば》りあげ、そのまま燃やしてしまうことさえできた。左右に激しく振《ふ》れば、行く手を阻《はば》む怪物《かいぶつ》たちを——人間も——なぎ払《はら》うことができる。選りすぐりの生徒を集め、しっかりと計画を練ってきたことがひと目でわかる卒業チームだった。何ヶ月も訓練を続けてきたのだろう。食堂でひしめき合い、夢中で食べ物をかき込《こ》んでいるときには、四年生もほかの生徒もたいして変わらないように見える。だけど、こうして実際のチームと対面してみると、一年という時間がどれだけ大きな差を生むのか、嫌《いや》というほど思いしらされた。

オリオンだけは、ひるんだ様子も見せずにわたしたちの前に立ちはだかった。やせっぽっちのオリオンが卒業チームに立ちむかおうとする姿は、すこし滑稽《こっけい》に見えた。だけど、オリオンがこぶしを握《にぎ》りしめて「なにか探し物でもあるのか？」と聞くと、四年生たちがかすかにたじろいだのがわかった。四年生が答えずに押《お》しだまっていると、オリオンはうなずいた。「上にもどったほうがいい。いますぐ」

「鋼に変わってる！」だしぬけに、前列にいた女子が声をあげた。オリオンから壁《かべ》に視線を移している。「この子たち、壁板《かべいた》を交換《こうかん》してるんだよ！」

「あなた、シアトル魔《ま》法《ほう》自治領のヴィクトリアよね？　わたし、ニューヨーク魔《ま》法《ほう》自治領のクロエ」クロエは、いきなり真ん中にいる四年生の女子に声をかけた。気軽な感じを出そうとしているけれど、残念ながら、その声は緊張《きんちょう》に震《ふる》えていた。「ここの壁《かべ》に穴が開いちゃって、卒業ホールの怪物《かいぶつ》たちが侵入《しんにゅう》してきてたみたいなの。トッド・クウェイルがあんなに参っちゃったのはそのせいだったのよ。わたしたち、穴を修理してるだけ。オリオンが、怪物《かいぶつ》たちが入ってきてケガ人が出たら大変だって言うの」

　シアトル自治領のヴィクトリアはだまされなかった。「そりゃそうでしょ。オリオンは怪物《かいぶつ》たちを卒業ホールに閉じこめておきたいんだから。ケガをするのはどうせわたしたちなんだし。ねえオリオン、今年は卒業ホールまでついてきて、あんたが餓《う》え死に寸前まで追いつめた怪物《かいぶつ》の群れからわたしたちを守ってくれない？　噂《うわさ》で聞いたんだけど、昨日あんたが仕留めたグログラーはトラックくらいでかかったんだってね。今年の四年生は、怪物《かいぶつ》がひしめく卒業ホールで身動きひとつできないかも」

「あんたたちなんかより、これから入ってくる新入生のほうがずっと危険だよ。だって、あんたたちの計画が成功すれば、学校中の結界がずたずたに引きさかれて、怪物《かいぶつ》たちがなだれこんでくるんだから」わたしは言った。「そうなったら、この学校はおしまい。怪物《かいぶつ》たちは寮《りょう》の廊下《ろうか》に巣を作って、害虫駆除魔法《くじょまほう》を作動させる装置だって、卒業ホールの装置みたいに壊《こわ》れるに決まってる。生徒の死亡率は二倍以上にはねあがるだろうね。いつかはあんたたちの子どもがここに入学するかもしれないのに、それで平気なわけ？」

「ご心配どうも。そもそも、子どもを産むまで生きのびられるかどうかが心配だから」ヴィクトリアは言った。「さっさと上にもどって、逃《に》げ場所を決めてきなよ。そろそろ壁《かべ》に穴を開けるから」

「そんなことはさせない」オリオンが言った。

「邪魔《じゃま》するつもり？」ヴィクトリアはその言葉を言いおわるより早く、炎《ほのお》の鞭《むち》をひと振《ふ》りした。

一瞬《いっしゅん》のうちに、燃えあがった鞭《むち》がオリオンを壁《かべ》に叩《たた》きつけたかと思うと、あっという間にその体を足首から首までぐるぐる巻きに縛《しば》りあげた。「こいつはわたしがつかまえとく。みんなは壁《かべ》を殴《なぐ》って。なにを使ってもいいから叩《たた》きわるの」そう言いながら、かすかに歯を食いしばる――オリオンは鞭《むち》から逃《のが》れようと気でもふれたみたいに体をばたつかせ、ヴィクトリアは両手で鞭《むち》の柄《え》をつかんだ。それでも、鞭《むち》はまったくゆるまない。「レヴ、フック魔法《まほう》の準備をしといてよ」

ヴィクトリアは仲間に言った。そのとき、四年生たちが同じベルトをつけ、そこに小さなフックの模様が刻まれていることに気付いた。数階上のどこかに、フックを設定してきたのだろう。壁《かべ》に穴を開けた瞬間《しゅんかん》にフック魔法《まほう》を発動させれば、四年生たちは安全な場所までまっすぐに引っ張りあげられ、なだれ込《こ》んでくる怪物《かいぶつ》たちに襲《おそ》われることはない。

「ああ、わかってる」前列のレヴと呼ばれた男子が言った。その瞬間《しゅんかん》、クロエが悲鳴をあげてしゃがみこんだ。後列の男子たちが、古き良き時代から使われてきた火の玉魔法《まほう》をかけ、修繕《しゅうぜん》中の壁《かべ》めがけて炎《ほのお》のかたまりを弓なりに放ったからだ。炎《ほのお》は壁《かべ》に当たって弾《はじ》け、火花がわたしたちの上へ雨のように降りそそいできた。

「オリオン！」イブラヒムは叫《さけ》び、オリオンのもとに駆《か》けつけた。両手に保護魔法《まほう》をかけ、鞭《むち》をほどきにかかる。だけど、炎《ほのお》の鞭《むち》は強力だった。鞭《むち》がゆるむより先に、両手のバリアのほうが燃えつきてしまいそうだ。

リューが中国語で呪文《じゅもん》を唱え、わたしとアアディャの上に盾魔法《たてまほう》を張った。火の玉がぶつかるとやわらかくしなり、その表面を火花が小さな流れを作ってすべっていく。だけど、壁《かべ》を覆《おお》うほどの大きさはない。わたしたち三人を守るのが限界だ。「壁《かべ》を守らなきゃ！」リューが叫《さけ》んだ。「あいつらが攻撃《こうげき》してる壁《かべ》を鋼に変えられる？　じゃないと、穴が開いちゃう！」

アアディャがわたしを見た。千もの呪文《じゅもん》が喉《のど》まで出かかっていた――たったひと言呪文《じゅもん》を唱えれば、あの四年生を五人とも殺すことができるのだ。もうすこしひねりを効かせたければ、あいつらの心を支配して哀《あわ》れな奴隷《どれい》にすることだってできる。マリアをする必要さえない。自分でかけた保護魔法《まほう》の陰《かげ》にしゃがんでいるクロエは、マナ・シェアからまだわたしたちをブロックしていない。豊かな川のように流れるマナを好きなだけ使うことができる。あいつらを奴隷《どれい》にしてわたしたちのかわりに壁《かべ》を修理させ、そのあと床掃除《ゆかそうじ》までやらせたっていい。もし、すべてが終わったあと、胸にべったり張りついた罪悪感をきれいにこすり落とすことができるのなら。

「残りの壁《かべ》は一気に鋼にしよう」わたしは仕方なくアアディャに言った。「るつぼをもっと大きくできる？」

アアディャが目を丸くする。「壁《かべ》を一気に溶《と》かしたりしたら、**あいつら**が入ってくるよ！」

「だとしても、すてきな四年生のお友だちはフック魔法《まほう》で逃《に》げられるだろうし、わたしたちにはオリオンがいる」わたしは言った。「炭素を混ぜるところって、もっと早くできそう?」

アアディャはごくりとつばを飲み、うなずいた。「いけるとは思う。あの行程には省略——うん、だいじょうぶ」反射的にはじめかけた説明を切りあげ、アアディャは言った。るつぼをつかんで端《はし》をはじき、もとの巨大《きょだい》な大きさにもどす。「こっちはいいよ」アアディャの言葉を合図に、わたしは立ちあがって壁《かべ》を指さし、残る四枚の壁板《かべいた》の鉄を一気に液体にした。

これまでのところ、怪物《かいぶつ》の気配はまったく感じていなかった。その理由は、残った壁板《かべいた》を取りはらった瞬間《しゅんかん》に恐《おそ》ろしいほどはっきりした。四年生が放った火の玉が、突然《とつぜん》消えた壁板《かべいた》のむこうへ飛んでいったかと思うと、〝アルゴネット〟の頭を覆《おお》う頑丈《がんじょう》でなめらかな外皮に当たってきらきらと弾《はじ》けたのだ。アルゴネットの頭部は、壁《かべ》のむこうにあった修繕《しゅうぜん》作業用の縦長の空間を完全に占領《せんりょう》するほど巨大《きょだい》だ。目をつぶり、壁《かべ》をぶち破る作業を再開する前に、つかの間の昼寝《ひるね》を楽しんでいるらしい。小さなかぎ爪《づめ》——ざっと一メートルはある——を、はしごの上に置いている。ここにもぐりこむのはさぞ窮屈《きゅうくつ》だったはずだ。頭の両わきには、見覚えのある虹色《にじいろ》の粘液《ねんえき》がべったりついていた——あのグログラーを潤滑《じゅんかつ》油として使ったにちがいない。

「うそでしょ」クロエが消え入りそうな声でつぶやく。アルゴネットは目をひとつ開け、六つの目を開け、残る三つの目を開け、早めの夕食が届いたことに気付くと、のそりと頭を起こして、こちらへ身を乗りだしてきた。

「レヴ！」四年生の男子が叫《さけ》んだ次の瞬間《しゅんかん》、ぽん！　という音があたりに鳴りひびいた。レヴがフック魔法《まほう》を作動させたのだ。五人の四年生たちの体が、一気に階段の上へ引きあげられていく——ヴィクトリアは、もちろん炎《ほのお》の鞭《むち》の柄《え》をつかんでいた。炎《ほのお》の鞭《むち》は、一瞬《いっしゅん》、彼女《かのじょ》とオリオンのあいだで、ぴんと張りつめた。ヴィクトリアは魔法《まほう》を解くのを忘れているにちがいない。鞭《むち》は切れるどころか、縛《しば》りあげられたオリオンの体にフック魔法《まほう》を伝導させ、そのまま四年生たちと一緒《いっしょ》に上階へ引っ張りあげていった。鞭《むち》をつかんでほどこうとしていたイブラヒムまで、巻きぞえになって引きずられていく。数秒後、上のほうからイブラヒムの悲鳴がかすかに聞こえてきた。鞭《むち》から手を離《はな》したせいで、フック魔法《まほう》が解けてしまったらしい。

クロエが金切り声で叫《さけ》んだ。「壁《かべ》をもどして！　壁《かべ》をもどさなきゃ！」次の瞬間《しゅんかん》、クロエはくるりと踵《きびす》を返し、階段を駆《か》けあがって逃《に》げていった。アアディヤは、袋《ふくろ》いっぱいの炭素をるつぼに入れて必死で混ぜあわせている。だけど、鋼ができるまでしばらくかかりそうだ。アルゴネットはかぎ爪《づめ》の生えた手を窮屈《きゅうくつ》そうに持ちあげ、壁《かべ》と壁《かべ》のあいだから差しこんで、ひじがつかえるのもおかまいなしに、アアディヤをつかもうとしている。

運よく、クロエはまだシェア・マナからわたしたちをブロックしていない。わたしは片手を上げてアルゴネットに狙《ねら》いを定め、四十九もの音節からなる長い長い呪文《じゅもん》を唱えた。この魔法《まほう》は、四千年前のインドのカーングラで、聖なる寺院を守っていた竜《りゅう》の体を分解するのに使われた。黒《くろ》魔術師《まじゅつし》の一団が、その寺院だけが持っていた不老不死の粉を奪《うば》おうとしたのだ。ところが、蓋《ふた》を開けてみると、不老不死の粉の正体は、竜《りゅう》のうろこを砕《くだ》いて作られていたことがわかった。僧侶《そうりょ》たちも、そんな悲劇を招くとわかっていたら、粉の正体を秘密になんてしなかっただろう。

アルゴネットは、自分のかぎ爪《づめ》がぼろぼろと崩《くず》れはじめるのを当惑《とうわく》顔で眺《なが》めていた。自分が分解されていることを理解できず、壁《かべ》の開口部からこちらに侵入《しんにゅう》してこようとしている。さいわい、わたしの呪文《じゅもん》のかかる速度のほうが、アルゴネットが狭《せま》い空間の中でぎこちなく動く速度よりもずっと速かった。だから、アルゴネットが、消えた腕《うで》のかわりに頭を壁《かべ》のあいだに押《お》しこもうと思いついたころには、すでにその頭も半分ほど消えていた。わたしは思いきって、怪物《かいぶつ》の口に手をつっこむと、ぐらぐらしはじめていたこぶし大の牙《きば》を一本引きぬいた。その直後、残っていたあごもぼろぼろと崩《くず》れていった。

アアディヤとリューは開口部のふちに来て、消えていく怪物《かいぶつ》をわたしと一緒《いっしょ》に見下ろした。ぽかんと口を開けている。アアディヤは片手にかきまぜ棒の長い柄《え》をつかんでいる。アルゴネットの体は崩《くず》れつづけ、縦長の空間を占領《せんりょう》していた胴体《どうたい》の部分が分解されはじめると、内臓の様子が――だれも知りたくないと思うけど――はっきりと見えるようになった。リューがはっとしたように叫《さけ》んだ。「急いで！　いまのうち！」わたしは我にかえった。コルク栓《せん》がわりに空間をふさいでいたアルゴネットがいなくなれば、すぐにでも怪物《かいぶつ》の大群が押《お》しよせてくる。

アアディヤは急いでるつぼにもどり、鉄を炭化させる作業を再開した。リューは開口部の端《はし》へ行くと、緊張《きんちょう》した面持ちで、縦長の空間の上部に蓋《ふた》をするように保護魔法《まほう》を張った。数秒後、リューはおびえた悲鳴をあげた――〝シュライク〟の小さな群れが、アルゴネットの体が分解されるのを待ちかねて、怪物《かいぶつ》の**体の中**を食いやぶってきたのだ。アルゴネットの体内から飛びだしてきたシュライクたちは、リューの保護魔法《まほう》に次々《つぎつぎ》と激突《げきとつ》し――ツバメが、誤って透明《とうめい》な窓ガラスに突《つ》っこんだときみたいだ――、虹色《にじいろ》に光るくちばしで狂《くる》ったようにバリアをつつきはじめた。

わたしたちにできるのは、作業をできるだけ急ぐことだけだった。そのとき、アアディヤが大声で言った。「できた！」るつぼを浮揚魔法《ふようまほう》で開口部の一番上まで浮《う》かびあがらせ、かたむける。液状の鋼が流れだすのと同時に、わたしは〈物質操作呪文《じゅもん》〉を唱えた。液体だった鋼が一枚の巨《きょ》大《だい》な壁《かべ》になっていく。左右の壁《かべ》のあいだにぽっかりと開いていた穴が、なめらかな鋼に覆《おお》われていく。

そのとき、一匹《ぴき》のシュライクがリューの張ったバリアをとうとう突《つ》きやぶり、身をよじるようにして開いた穴を通りぬけると、鋼の壁《かべ》が完成する直前にすき間から飛びこんできた。はさまった尾羽《おばね》がちぎれてしまったのもおかまいなしだ。アアディヤが荒《あら》い息をつきながら盾魔法《たてまほう》を張る。だけど、そんなことをしてもとっくに手遅《ておく》れだったから、三人のうちだれかがシュライクに突《つっ》きまわされ、体の一部を五百グラムくらい失っていてもおかしくなかった。ところが、シュライクはわたしたちのそばを勢いよく飛んでいき、わざわざもどってくるようなまねもしなかった。階段をまっすぐ飛んでいけば、よりどりみどりのごちそうが待っているからだ。はしゃいだシュライクの耳障りなさえずりが聞こえてくる。

ところが、怪物《かいぶつ》の判断は間違《まちが》っていたらしい――シュライクの姿が見えなくなって数秒後、わたしたちが全身を駆《か》けめぐるアドレナリンに体を震《ふる》わせながら立ちつくしていると、遠ざかりつつあったさえずりが突然《とつぜん》けたたましい鳴き声に変わり、ぱたりと止んだ。シュライクの鳴き声のかわりに、今度は、なにかが擦《こす》れあうような不快な音と、がたがたいう騒音《そうおん》が聞こえてきた。音はだんだん近づいてくる。わたしたちが我に返るより早く、階段の角からオリオンが勢いよく現れた。蒸気ボードに乗って階段をすべり下りてくる、と思った瞬間《しゅんかん》、階段の一番下まですべってきたオリオンは、勢いあまってわたしたちをボウリングのピンみたいになぎ倒《たお》した。

いいことも、あったといえばあった。真新しい鋼の壁《かべ》は、四人分の体重にのしかかられてもびくともしないということがわかったからだ。どことなく石鹸《せっけん》の表面にも似た感触《かんしょく》がするのは、保護魔法《まほう》のかかった魔工品《まこうひん》の特徴《とくちょう》だ――わたしたちの修繕魔法《しゅうぜんまほう》は、学校全体にかけられている保護魔法《まほう》と相互《そうご》に作用して、怪物《かいぶつ》たちが開けた結界の穴をふさいだようだった。はっきりそう断言してもいい。なぜなら、片耳が鋼の壁《かべ》に押《お》しつけられていたおかげで、甲高《かんだか》い鳴き声やうめき声が次第に遠ざかっていくのが聞こえたからだ。壁《かべ》のむこうに潜《ひそ》んでいた怪物《かいぶつ》たちが、卒業ホールへ追いかえされているのだ。ゴウンゴウンという低い音は、保護魔法《まほう》を作動させている装置の音だろう。

「痛い」となりのリューが言った。

「ほんと」アアディヤもうめき、疲《つか》れた体を億劫《おっくう》そうにわたしたちの上から起こした。わたしとリューの上に倒《たお》れこむしかなかったのだ。そうでもしなければ、真っ赤に燃えた巨大《きょだい》なるつぼの中に転がりこみ、こんがり焼きあがっていただろう。床《ゆか》にすわりなおしたアアディヤは、呆然《ぼうぜん》とした顔でるつぼを見つめた――右端《みぎはし》が壁《かべ》にぶつかり、ぺしゃんこに押《お》しつぶされている。

「うわ、ごめん」そばに立っていたオリオンが言った。片手にはシュライクの死体をつかみ、右手にはひしゃげた蒸気ボードを持っている。蒸気ボードで着地したのは、アアディヤのるつぼの上だったのだ。「できるだけ急いで来ようと思って」

「レイク、最近、ほんとにあんたを殺したくなる」わたしは、壁《かべ》に押《お》しつけられた口の端《はし》から言った。

「じゃあ」四人で疲《つか》れた足を引きずるようにして階段を上っていると、リューがわたしのほうを見て、おずおずと口を開いた。オリオンはわたしたちのうしろを歩き、巨大《きょだい》なるつぼを引っ張って運びながら――ひしゃげてしまったせいで、小さく縮めることができなくなった――、何度もアアディャに謝っている。アアディャは、この機会を最大限にいかす方法を考えつくだろう。るつぼを修理してもらうくらいで満足するはずがない。ついでに言っておくと、オリオンはシュライクの死体をアアディャにあげていた。怪物《かいぶつ》のくちばしは、〈鐘《かね》つき蜘蛛《ぐも》〉のリュートの一部になるはずだ。わたしのあげたアルゴネットの牙《きば》は、調律用のねじに使われるだろう。ぶじに完成すれば、アアディャのリュートは、恐《おそ》ろしいほど強力な武器になるはずだった。「エルの特性って――」

「わたしの特性は、いまリューが考えてる特性の『愛し絶望する』バージョンだって考えといて」わたしは言った。

「え？」

「『すべての者は、わたしを愛し、そして絶望するだろう』」リューは戸惑《とまど》ったようにわたしを見つめている。「ガラドリエルだよ。知らない？『指輪物語』に出てくるガラドリエル」

「ホビットが出てくる映画だっけ？　あたし、それ観たことないの。エルの名前ってあの映画から取ってるの？」

「リュー、あんたが友だちでよかった」そう言ったのは、いまなら、そんな言葉を口にしても安全だと思ったからだ。たとえ、リューがわたしを友だちだと思っていなくても、いまなら、ただの冗談《じょうだん》だということにしてしまえる。わたしの言葉は偽《いつわ》りのない本心だったけれど。わたしも

『指輪物語』の映画は観たことがない。母さんは、わたしが生まれてからというもの、年に一度はあの本をはじめから終わりまで読んできかせた。だけど、映画の暴力的な脚色《きゃくしょく》にはがっかりして、わたしには絶対に観せようとしなかった。ただし、コミューンの人たちはひとり残らずあの映画を観ていたから、本と映画のちがいについての鋭《するど》い考察《こうさつ》ならたっぷり聞かされた。

リューは意外にも、はにかんだような笑みをちらっとのぞかせた。「あたしも」そして続けた。「でも……マリアは使わないよね」それは質問じゃなかった。

「うん」わたしは、深いため息をついて言った。「マリアは使わない。絶対に。マリアは……やらない。なにがあっても」言いたいことが伝わりますようにと願いながら、わたしはリューを見つめた。

一瞬《いっしゅん》リューは目を見開き、うつむいて自分の体を抱《だ》きしめ、腕《うで》をさすった。「やっちゃだめだよね」低い声で言う。「本当は」

途中《とちゅう》で、階段を下りてくるクロエに会った。クロエは錬金術《れんきんじゅつ》の実験室のある階まで走ってマグナスとニューヨークの生徒ふたりをつかまえたあと、実験室にいた生徒全員に声をかけ、わたしたちを助けにこようとしていたらしい。ひょっとすると、このすきに卒業ゲートから脱出《だっしゅつ》しようと目論み、それなら大人数でいたほうが安全だと思ったのかもしれないけれど。クロエはわたしたちを見るなり、ぎょっとしたように叫《さけ》んだ。「うそ！　生きてたの？」その声にうれしそうな調子が混じっていなかったら、ただの嫌味《いやみ》にしか聞こえなかったと思う。

クロエは大勢引きつれてきたうえに、その全員が、なにが起こったのか知りたがってうずうずしていたから、しばらく、わたしたちの話はひと言も伝わらなかった。わたしたちがいくら説明しても、まったく同じ質問を繰《く》りかえすみんなの声にかき消されてしまう。とうとうわたしは、両手をメガホンみたいに口に当て、大声でどなった。「階段は**ふさいだ！**　怪物《かいぶつ》たちはもう侵入《しんにゅう》してこない！」一番知りたかった答えがわかると、クロエたちはようやく安心して静かになった。

「アルゴネットはどうなったの？」みんなで階段を上りはじめると、クロエがわたしにたずねた。いまから授業にもどろうとする生徒はいなかった。それに、そろそろ夕食の時間だ。クロエはごくっと喉《のど》を鳴らし、早口で続けた。「ごめんね――その、助けを呼んできたほうがいいと思って――」気まずそうにわたしから目をそらしている。

「リューが保護魔法《まほう》を張って、アアディヤとわたしがぎりぎりで壁《かべ》をふさいだ」気にしないでいいよ、なんて優しい言葉はかけてやらない。クロエは、そう言ってほしそうだったけれど。クロエはやっぱり、わたしが思っていたとおりの子だ。助けあいになんか興味がない。ほかの魔法《まほう》自治領の子たちと、なにも変わらない。悪いことが起こったらさっさと逃《に》げ、後始末は取りまきの連中に押《お》しつける。取りまきを連れているのはそのためだし、彼《かれ》らに媚《こび》を売る子たちは、卒業式をどうにかして生きぬくために、そんな役割に甘んじる。魔法《まほう》自治領のチームに入れてもらうには、それしか方法がないからだ。だから、取りまきたちは自治領の子たちを守りつづけ、卒業式まで生きのこることができたら、なかでも特に献身《けんしん》的だった子たちだけが、自治領チームの下《した》っ端《ぱ》として入れてもらうことができる。そんなやり方は正しくないし、クロエにだって、それが正しくないことくらいわかっているはずだ。

クロエは、わたしから慰《なぐさ》めの言葉を引きだそうと、言い訳を重ねるようなことはしなかった。静かにこう言っただけだった。「あなたがぶじで、ほんとによかった」そして、うしろを歩いているマグナスのところへもどっていった。

第12章　卒業式の怪《かい》物《ぶつ》たち

夕食を知らせるベルはまだ鳴っていなかった。配膳《はいぜん》カウンターも開いていない。だけど、わたしたちは大勢だったから、ビクビクする必要もなかった。ふつうは、授業時間が終わる前にひとりで食堂に入るような危険なまねはしない。わたしたちはとなりあった六つのテーブルを選び、周縁《しゅうえん》バリアを張って周辺を確認し、配膳《はいぜん》カウンターに食べ物が並ぶまで噂《うわさ》話をして時間をつぶすことにした。

「四年生のお友だちはどうなったの？」わたしはオリオンに聞いた。

「図書室に隠《かく》れてると思う」オリオンが言った。「ぼくは、この階の踊《おど》り場でどうにかフック魔《ま》法《ほう》を解いたけど、四年生はもっと上に行ってたから」

「そいつらどうせ、夕食が終わって十分もしないうちに階段を駆《か》けおりていって、おまえ《ユー》が修理した壁《かべ》を叩《たた》きこわそうとするんじゃないか？」マグナスが言った。クロエと一緒《いっしょ》にわたしたちと同じテーブルにいるけれど、わたしのことは完全に無視している。英語の代名詞は時どき、単数形なのか複数形なのかわかりにくい。だけど、この場合の「おまえ《ユー》が修理した壁《かべ》」のyouは、まず間違《まちが》いなく、オリオンひとりを指している。「あいつら、裁判にかけようぜ」

国語の先生たちはたいてい『蠅《はえ》の王』がお気に入りで、この作品は、わたしの名前の由来になった物語と同じくらい見事に現実を映しだしているのだと主張したがる。だけど、スコロマンスの生徒たちはあの物語の男の子たちみたいに暴走したりしない。みんな、ケンカなんかしたってなんの意味もないことを知っている。わたしたちだって、カッとなることくらいしょっちゅうある。だけど、怒《いか》りを燃やしつづけていると、腹を空かせたなにかが怒《いか》りのにおいに誘《さそ》われてやってくるのだ。もし、だれかが〝死の手先〟事件みたいにものすごく危険なことを計画しているとして、ほかの生徒たちがそのことを嗅《か》ぎつけたとする。そして、自分たちの力だけではその計画を食いとめることができないとわかったとき、彼《かれ》らは裁判を開く。裁判といっても、食事の時間に食堂のテーブルの上に立ち、もったいぶった言葉で、トムだかディックだかカイロだかがよからぬことを考えているぞと叫《さけ》び、悪人をやっつける手伝いをみんなに頼《たの》むだけだ。

ただし、裁判といったって、正義のためじゃない。ここでは、処刑人《しょけいにん》がどこからともなく現れて、お行儀《ぎょうぎ》の悪かった子のお尻《しり》を見せしめに引っぱたいてくれることもない。トッドはいまもふつうに生活をしているし、授業にも行けば食事もしているし、夜だってふつうに眠《ねむ》っているんだろう。願わくば悪夢にうなされていてほしいけど。スコロマンスのルールでは、だれかにひどい目にあわされたとしても、悪いのは、うかうかしていてそんな目にあわされた自分のほうだ。自分がだれかをひどい目にあわせたとしても、やっぱり悪いのは、ひどい目にあわされたほうだ。なにか事件が起こっても、かかわらずにすむなら、わざわざ自分から面倒事《めんどうごと》に首を突《つ》っこもうとする生徒はいない。自分の問題で手一杯《ていっぱい》なのだから。裁判を開いて得をするのは、被告人《ひこくにん》が全校生徒の命を脅《おびや》かしていることが、満場一致《いっち》で認められるときだけだ。

だけど、今回はそうじゃない。「四年生は全員あいつらの側につくと思うよ」アアディャはマグナスの盲点《もうてん》を鋭《するど》く指摘《してき》した。

マグナスは明らかにムッとしている。たぶん、**自分の**命が危険にさらされるようなことがあればすぐに裁判を開くことができるし、ほかの生徒たちは一も二もなく自分に賛成するはずだと思いこんでいたんだろう。クロエが修繕《しゅうぜん》リクエストを出せばすぐに対応してもらってきたように。「四年生だけで残りの生徒全員に対抗《たいこう》するのはムリだろ」マグナスはケンカ腰《ごし》で言った。「それに、卒業式まで一週間しかないんだから、四年生の連中には争ってる暇《ひま》もない」

「三年生だってそうだよ」わたしは言った。「だいたい、裁判なんかしてなんの意味があるわけ？

四年生は一週間後に卒業するんだよ。もしかして、ほかの生徒を犠牲《ぎせい》にして生きのびようとしたから、あの五人を罰《ばっ》するつもり？　わたしたちの学年にだって、同じことをしてる生徒は何人もいるけど？」マグナスは、返す言葉を失って、無言でわたしを見返した。遠回しな皮肉に気付いたらしい。

オリオンはわたしたちのやり取りには入ってこようとしないで、黙《だま》って椅子《いす》から立ちあがった。配膳《はいぜん》カウンターはすこし前に開いていた。わたしたちは、全校生徒のために一仕事やりとげたごほうびを――山盛りの温かい料理を――取りに、ぞろぞろとカウンターへ向かった。オリオンが列の先頭を行って料理をひとつずつ確認し、その途中《とちゅう》で怪物《かいぶつ》を二匹《ひき》仕留めた。わたしたちは、それぞれのトレイに料理をたっぷり盛ってテーブルにもどった。食事が終わるまで、だれひとりしゃべろうとしなかった。その日の夕食は、この一年で――この三年で、とは言わないまでも――一番おいしかった。魔法《まほう》自治領の生徒でさえ、そう思っているようだった。

まわりのテーブルも、あとからやってきた生徒たちで埋《う》まりつつあった。夕食の時間が半分ほど過ぎたころ、使命感に燃えた五人の四年生が、険しい顔で図書室からもどってきた。悲鳴も殺戮《さつりく》の騒音《そうおん》もいっこうに聞こえてこないから、待ちくたびれて下りてきたらしい。五人は入り口でわたしたちの姿に気付き、すこし話しあったあと、配膳《はいぜん》カウンターへ向かった。テーブルのそばを通りすぎていく五人に、ほかの生徒たちからの非難がましい視線が降りそそぐ。彼《かれ》らが目論んでいたことはすでに食堂中に知れわたっていた。だけど、アアディヤの予想は完全に正しかった。五人に敵意を向けている四年生はひとりもいない。それどころか、四年生はカウンターからもどってきた五人のために一番いいテーブルを用意して、彼《かれ》らが安心して食事ができるように、食べおわるまで周囲を見張っていた。そんな気遣《きづか》いは、命を助けようとしてくれた相手にしか見せないはずだ。

「あいつら、まだあきらめてないぞ」マグナスが横目でわたしをにらみながら言った。「新しい壁《かべ》が壊《こわ》せないと知ったら、別の階段の壁《かべ》を狙《ねら》うだろうな。おれたちがそれを止めたって、四年生が総出であいつらに加勢するに決まってる」

「そんなことはさせない」オリオンが静かに言った。テーブルに両手を置き、立ちあがろうとする――それくらい、わたしはとっくに見越《みこ》していた。膝《ひざ》の裏を蹴《け》りつけてやると、オリオンは大きく息を飲み、蹴《け》られたところをつかんで椅子《いす》にへたりこんだ。あえぎながら情けない声をあげる。「エル！　めちゃくちゃ痛かったぞ」

「そう？　蒸気ボードで鋼の壁《かべ》に激突《げきとつ》するよりはマシだったんじゃない？」わたしは歯ぎしりしながら言った。「レイク、スポットライトが恋《こい》しいんだろうけど、今回は我慢《がまん》しなよ。あんただけ早めに卒業するなんて許さないから」

同じテーブルについていた生徒の半分は責めるような視線をわたしに向けていたけれど、それを聞くと、テーブルの全員がはっとしてオリオンを見た。当のオリオンは、図星を突《つ》かれて真っ赤になっている。たしかに、希望するなら、四年生になる前に卒業することはできる。閉鎖《へいさ》される前に四年生の寮《りょう》に忍《しの》びこんでいればいい。授業をひとつ残らずサボろうとするのと同じくらい危険な賭《か》けだけど、賭《か》けに出るか出ないかは生徒の自由だ。

オリオンは口をとがらせて言った。「四年生をあんなに追いつめたのはぼくだし──」

「あんたが卒業ホールの怪物《かいぶつ》から獲物《えもの》を取りあげたら、来年はわたしたちが追いつめられるんだよ。そっちのほうがいいわけ？　あんたが殺されないって保証だってないんだよ」

「考えてみなよ。四年生が階段の壁《かべ》を壊《こわ》さなかったとしても、いずれは、絶対にどこかの壁《かべ》から怪物《かいぶつ》たちが侵入《しんにゅう》してくる。いまはだいじょうぶでも、次の学期は？　たぶん、前期が半分も終わらないうちに、どこかの壁《かべ》がきっと壊《こわ》される。結界を破ろうとするくらい腹を空かせてるんだから、このままおとなしくなるはずがない。ぼくだって、なにも四年生全員を引きつれて卒業ゲートから出ていこうなんて考えてないよ。ホールの怪物《かいぶつ》を何匹《びき》か間引くだけだって」

「ゲートが開いてるのは長くて三十分だよ。〈忍耐《にんたい》〉と〈不屈《ふくつ》〉につかまらなかったとしても、たったそれだけの時間じゃ、怪物《かいぶつ》を何匹《びき》も倒《たお》すなんて無理。怪物《かいぶつ》たちの子育てスペースを作ってやるくらいならできるかもね」わたしは言った。「それとも、卒業ホールに住みつくつもり？　あそこで暮らすなんて、めちゃくちゃお腹が空くんじゃない？　怪物《かいぶつ》たちのマナを吸いとるどころか、あいつらを食べなきゃいけなくなったりして。あんたを記念した石像が作られるのを楽しみにしてるんだろうけど、だからって、そのへんの石ころなみの知恵《ちえ》しかないのはヤバいって」

「もっとマシな考えがあるなら聞かせてくれよ」オリオンがやり返した。

「マシな考えなんかなくても、あんたの考えてることがヤバいってことだけはわかる」わたしは言った。

「マシな考えなら**わたしに**ある」声の主は、同じテーブルにすわっている生徒じゃなかった。クラリータ・アセヴェド＝クルスが、いつのまにかわたしたちのテーブルのわきに立っている。彼《かの》女《じょ》と話したことは一度もないけれど、クラリータを知らない生徒はいない。彼女《かのじょ》こそ、今年の卒業生総代だ。

むかしのスコロマンスは、節目のたびに全校生徒の成績を張りだした。いまも、食堂の壁《かべ》には金で縁取《ふちど》りがされた大きな厚紙が四枚貼《は》ってある。厚紙は一学年に一枚割りあてられていて、紙の一番上には、それぞれの学年が卒業する年が、きらきらした塗料《とりょう》で書かれてある。以前は、学期の終わりがくると、その厚紙の上に、全学年すべての生徒の名前が成績順に浮《う》きあがったらしい。ところが、その慣行のせいで、生徒の素行の悪さが目立つようになった。自分より成績のいい同級生を殺そうとする生徒が現れたのだ。だから、いまでは四年生の最終順位だけが十二月三十一日に発表される。ほかの三枚の厚紙は空白のままだ。そして、卒業生総代を狙《ねら》う生徒たちは——周到《しゅうとう》に狙《ねら》わないと、その栄冠《えいかん》は手にはいらない——自分の成績をひた隠《かく》しに隠《かく》す。同級生が課題にかける意気込みの程度で、だれが総代を狙《ねら》っているのかはだいたい予測がつく。だけど、どれくらい上位にいるのかを正確に知ることはかなりむずかしい。総代になれる可能性がすこしでもあるような生徒は、巨大《きょだい》なエゴ《ご》と、どんなレースにも優勝するサラブレッドなみの気力を兼《か》ねそなえていなくちゃいけない。だから、人並み外れた天才じゃないなら、天才との差を埋《う》めるために、血のにじむような努力をする必要がある。

クラリータは、卒業生総代の栄光をつかんだばかりか、手の内を完ぺきに隠《かく》していたから、だれも、まさか彼女《かのじょ》が総代候補だったなんて夢にも思わなかった。それどころか、クラリータは、修理コースの生徒たちが人手を必要としていると、時どき修理当番を代わってあげることさえあった。だから、たいていの人たちは、クラリータは修理コースにいるのだと思っていた。クラリータに続く上位十九人の生徒たちも、もちろんそう思いこんでいた。彼《かれ》らは、殺気だって学校生活を送り、時どきはその殺気をライバルにも向け、競争相手たちの試験の結果を知ろうと画策し、彼《かれ》らの課題に妨害《ぼうがい》工作をしてきたような子たちばかりだ。成績発表の日、厚紙に四年生の名前が最下位から順に現れていき、一番トップにクラリータの名前が浮《う》かびあがると、それから数日のあいだ、学校はその噂で持ちきりになった。噂《うわさ》話は、いつも同じ言葉ではじまった。「あの○○出身の地味な女の子が——」空白の中には、スペイン語圏《けん》の国の名前が適当に入れられた。

実際は、クラリータはアルゼンチンの出身で、母親はサルタ魔法《まほう》自治領で時どき修繕《しゅうぜん》の仕事をしているらしい。だけど、この情報がみんなのもとへ行きわたるまで、ほぼ二週間かかった。クラリータのことをすこしでも知っている生徒はほとんどいなかったからだ。そのときまで、彼女《かのじょ》に注目する生徒なんてひとりもいなかった。クラリータは小柄《こがら》でやせていて、いつ見ても気むずかしそうな顔をしていて、毎日——いま思えば、これも計画の内だったんだと思う——ベージュや灰色みたいなくすんだ色の服ばかり着ていた。

すばらしい戦略だった。仮にクラリータが十位以内に入っていただけだとしても、突然《とつぜん》上位に躍《おど》りでた彼女《かのじょ》の存在は、明らかにトップを狙《ねら》ってしのぎを削《けず》っていたほかの成績上位者よりも注目を集めたはずだ。三年半ものあいだ自分の能力を隠《かく》しつづけ、課題に加えて時どき余分な修理当番も引きうけ、それでいて課題や試験の成績のことを一度も自慢《じまん》しないなんて、クラリータの我慢《がまん》強さは、並のティーンエイジャーのそれとは比べものにならない。ここでは、成績だけがたったひとつの関心事なのだから。生きのびることを別にすれば。

クラリータの我慢《がまん》強さは、ニューヨーク魔法《まほう》自治領からの保証付き招待という形で報われた。大規模秘術魔法《まほう》を立てつづけに六つも使えるような生徒なら、どれだけ地味だろうと問題ない。クラリータは、実際に四年生のゼミの最終課題で、大規模秘術魔法《まほう》を立てつづけに六つ使ってみせた。そのことは全校生徒が知っている。成績が発表されると、クラリータは部屋の扉《とびら》の横にファイルを取りつけ、そこに、この三年半で獲得《かくとく》してきたすべての成績をはさんでおいたからだ。だから、だれでも彼女《かのじょ》の部屋の前にいけば、卒業生総代の成績を事細かく見ることができる。たぶんクラリータは、これまで我慢《がまん》してきたぶんを取りかえすように、ようやく自分の成績を自慢《じまん》しはじめたんだと思う。

だけど、気の毒なことに、クラリータはいま、トッドというお荷物を背負わされている。同じ卒業チームだからだ。オリオンはあまり話したがらないけれど、トッドの父親はニューヨーク自治領評議会の中でも特に重要な人物のようだった。クロエはあの日、図書室で、ニューヨーク自治領はトッドを追放するはずだと話していたけれど、トッドのチームの四年生たちは、どうみても権力者の愛息子を見捨てることに前向きじゃない。それに、十分ありそうなことだけど、卒業式で使う防御《ぼうぎょ》用の魔工品《まこうひん》のひとつかふたつは、トッドにしか使えないものなんだろう。クラリータもトッドの件については沈黙《ちんもく》していた。自治領の生徒たちに意見するなら、自分が卒業チームから追放される覚悟《かくご》をするしかない。そうなれば、ニューヨーク魔法《まほう》自治領への保証付き招待も取りけされてしまう。卒業式が目前に迫《せま》ったいま、その危険を冒《おか》すわけにはいかないのだ。

だけど、同じチームにトッドという面汚《つらよご》しがいるのは、彼女《かのじょ》の責任じゃない。それに、卒業生総代の話なら、なんであれ真剣《しんけん》に聞く価値がある。周囲のテーブルの生徒たちも、しばらくささやき声を交わすと、クラリータが話しはじめるのを静かに待った。「計算をしてみたの」クラリータはオリオンに言った。「図書室には、入学した生徒の数と卒業した生徒の数の記録がある。それによれば、あなたは、入学してから六百人の生徒の命を救ってきたことになる」離《はな》れたテーブルにいた生徒たちもだんだん静かになり、それから、ささやき声が波紋《はもん》のように広がりはじめた。わたしたちの近くの席にいる生徒たちが、聞きとれなかった生徒のために、クラリータの言葉を伝えているのだ。オリオンが見境なく生徒の命を救いつづけていることは知っていたけれど、まさかそこまで大勢だとは思わなかった。「今年だけでも三百人以上救ってきたみたいね。**わたしたちまで**空腹なのはそのせいよ。飢《う》えているのは怪物《かいぶつ》たちだけじゃない。いままでは、配膳《はいぜん》カウンターが閉まる前にここへ来ていれば、料理の皿が空《から》になることなんてなかった」

オリオンは立ちあがり、こわばった顔でクラリータと向きあった。「ぼくは後悔《こうかい》なんてしてない」

「わたしだって」クラリータは言った。「後悔《こうかい》するのは負け犬だけ。とにかく、学校に返済しないといけないマナが、それだけたまっているということ。今年の四年生は、いまのところ約九百人生きのこってる。例年なら、ぶじに卒業ゲートから出ていけるのはその半分。でも、あなたが今年救った生徒たちの分のマナをわたしたちだけで返済しなければいけないのなら、生きて出られるのは百人にも満たない。わたしたちだけがその負担を強いられるなんて、公平とは言えない」

「だから、怪物《かいぶつ》たちを学校に入れるべきだって言うの？」クロエが言った。「そんなことしたら、四年生が全員脱出《だっしゅつ》するかわりに、一年生は全滅《ぜんめつ》しちゃうわ。そのまま在校生は死につづけて、学校は完全に機能しなくなる。そうなれば、怪物《かいぶつ》は生徒を食べ放題よ。そのころには、生徒なんてひとりも残ってないかもしれないけど。それのどこが公平なの？」

「もちろん、公平なんかじゃない」クラリータは冷ややかに言った。「あなたたちの屍《しかばね》を乗りこえてここから脱出《だっしゅつ》するようなまねはしない。そんなのはマリアと変わらないんだから。たとえ、直接手を下さなくても。**ふつうの人間は**、そんな残酷《ざんこく》なまねをできるわけがない」クラリータは、わざわざ食堂の端《はし》にいるトッドをにらみつけるようなことはしなかった。だけど、彼女《かのじょ》が〝ふつうの人間は〟というところで語気を強めたことには全員が気付いていた。わたしだって、クラリータの立場だったらトッドに激怒《げきど》していたと思う。三年半ものあいだこつこつ努力を続けてようやくトップの座をつかんだというのに、その結果がこれだ。卒業式でトッドに捨て駒《ごま》あつかいされることを心配しなくちゃいけないうえに、これからのクラリータの評判にはどうしてもトッドの悪評がついてまわる。世間の人たちは彼女《かのじょ》のことを、〝侵略者《しんりゃくしゃ》〟を仲間として選んだ卒業生総代として、色眼鏡で見るようになるだろう。そういう人たちは、彼女《かのじょ》に選択肢《せんたくし》がほとんどなかったことなんて考えもしない。

「**わたしは**そんなのいや」クラリータは続けた。「でも、あなたたちがわたしたちの屍《しかばね》を乗りこえて生きのびることも許せない——それが、四年生の意見よ。だから、みんなで学校に大きな穴を開けてしまって、三年生もわたしたちと一緒《いっしょ》に卒業すればいい。オリオンが一番たくさんの命を救ってきたのは三年生でしょう?」クロエはさっと顔色を変え、同じテーブルの子たちも顔をこわばらせた。「どう? みんなにその気はある? 一年早く卒業して、かわいそうな新入生たちを守りたくはない? いやだというなら、もうこれ以上」クラリータは、三流ドラマの女優みたいに、片手を大げさにくるくると回してみせた。「わたしたちのことを悪しざまに言うのはやめてちょうだい。わたしたちはただ死にたくないだけなんだから。いがみ合ったってだれも助からない。わたしたちは、マナを返すためにだれかを犠牲《ぎせい》にするのが嫌《いや》だから、こういう提案をしているの。マナを返すには頭を使えばいい」

クラリータがオリオンに向きなおった。「この学校には、いま四千人以上の生徒がいる。スコロマンスを建てた魔法使《まほうつか》いの十倍の人数よ。卒業まで、あと一週間とすこしある。四年生は全員、できるかぎりのマナを必死にたくわえてきた。あなたが卒業ホールへ下りていって、わたしたちのマナを使って駆除魔法《くじょまほう》の装置を修理するというのはどう? あの装置が動けば、わたしたちが卒業するまでにホールの怪物《かいぶつ》たちは駆逐《くちく》される。一掃《いっそう》とまではいかないにしても、四年生が全滅《ぜんめつ》するようなことはないはず。そうすれば、一緒《いっしょ》にマナを返したことになるでしょう?」食堂中の生徒が騒《さわ》ぎはじめ、クラリータは、だんだん声を張りあげた。

たしかに、クラリータの計画は悪くないように思える。ホールの駆除《くじょ》装置にそもそも**たどり着ける**のかという問題に目をつぶれば、装置の修理自体はむずかしくない。新たに発明しなくちゃいけないものはなにもない。学校全体の詳《くわ》しい見取り図はいたるところに貼《は》られていて、そこには、駆除《くじょ》用の業火を発生させる装置の設計図も載《の》っている。優秀《ゆうしゅう》な魔工《まこう》コースの生徒なら替《か》えの部品を作ることくらい簡単だろうし、修理コースの生徒たちなら部品の交換《こうかん》くらいわけもないことだ。

食堂のざわめきは、明らかにこれまでとちがう調子を帯びていた。みんな、クラリータの計画に**色めきたって**いる。あの装置をふたたび動かすことができれば、助かるのは今年の卒業生だけじゃない。校内に侵入《しんにゅう》してくる怪物《かいぶつ》たちの数は減り、もしかすると、わたしたちの代が卒業するときにも、そして二年生が卒業するときにも、装置は正常に作動するかもしれない。

ただし、残念ながら、ホールの駆除《くじょ》装置にそもそも**たどり着ける**のかという問題に、目をつぶるわけにはいかなかった。あの装置が最初に壊《こわ》れたのは一八八六年のことだ。そのときの修理チームは——当時、各地の魔法《まほう》自治領の偉《えら》い人たちは、学校を管理するには、大人の魔法使《まほうつか》いを何人か雇《やと》って時どき卒業ゲートからスコロマンスの中へ送りこみ、下の階から上の階へ向かって不具合を修理させればいいと考えていたのだ。信じがたいことに——とにかく、その修理チームは、とうとうゲートから出てこなかったし、修理されたものはひとつもなかった。人数を増やして二度目に送りこまれたチームは、駆除《くじょ》装置の修理にはどうにか成功したけれど、生きてもどったふたりは、自治領の人々《ひとびと》に身の毛もよだつような話をして聞かせた。二度目のチームが入っていったころには、すでに卒業ホールは数匹《ひき》の〈目玉さらい〉と数百匹《ひき》の獰猛《どうもう》な怪物《かいぶつ》たちに占拠《せんきょ》されていた——その賢《かしこ》い連中は、ゲートから中へもぐりこみ、ホールでごろごろしながら年に一度の祝宴《しゅくえん》を待っていれば、おいしい魔法使《まほうつか》いのひよっこたちを好きなだけ食べられると気付いたのだ。やがて、一八八八年にふたたび駆除《くじょ》装置が壊《こわ》れた。装置には保護魔法《まほう》がかけられていたけれど、怪物《かいぶつ》たちはどうにかしてそのバリアを破ってしまった。たぶん、一年中やることもなく、暇《ひま》に飽《あ》かして目についたものを攻撃《こうげき》していたんだろう。

そのころには、世界中の魔法《まほう》自治領から非難の声があがっていた。そこで、サー・アルフレッドは勇敢《ゆうかん》な志願者を募《つの》って大きなチームを作り、みずから陣頭《じんとう》に立つと、サーがこれさえあれば装置は永遠に壊《こわ》れないと太鼓判《たいこばん》を押《お》した部品を持って、学校へ向かった。サー・アルフレッドはマンチェスター魔法《まほう》自治領の総督《そうとく》で——スコロマンス建設の功績を認められてその地位を獲得《かくとく》した——当時は、世界最強の魔法使《まほうつか》いとまで言われていた。サーが生きている姿を最後に目撃《もくげき》されたのは、〈忍耐《にんたい》〉か〈不屈《ふくつ》〉の——目撃《もくげき》者が、問題の〈目玉さらい〉がゲートのどちらにいたと思っているかによって、証言は変わった——体内へ絶叫《ぜっきょう》しながら引きずりこまれていくところだった。チームの半分も同じ最期を迎《むか》えた。サーが「永遠に壊《こわ》れない」とうけあった装置は、三年後、ふたたび壊《こわ》れた。

それから何度か、卒業を間近にひかえた生徒の親たちが、追いつめられて修理に挑《いど》んだこともあった。彼《かれ》らは死に、装置は修理されなかった。マンチェスター魔《ま》法《ほう》自治領は総《そう》督《とく》と評議員の数人を失って混乱状態になり、世界中の魔《ま》法《ほう》自治領はマンチェスターを糾《きゅう》弾《だん》しつづけた。スコロマンスを完全に閉《へい》鎖《さ》してしまう案もあがったけれど、そうしたところで、半分以上の子どもたちが怪《かい》物《ぶつ》に食われて死んでしまうという、悪夢のような過去がもどってくるだけだった。魔《ま》法《ほう》界《かい》が不安に揺《ゆ》れるなか、ロンドン魔《ま》法《ほう》自治領がクーデターめいたことを起こしてスコロマンスの運営権をマンチェスターから奪《うば》いとり、生徒数を二倍に増やすと——寮《りょう》の部屋が一気に狭《せま》くなったのはこのときだ——独立系の魔《ま》法《ほう》使《つか》いの子どもたちの受けいれを開始した。三年生を道連れにして一《いっ》緒《しょ》に卒業しようとしている四年生と、思考回路はおおむね同じだ。

ロンドン魔《ま》法《ほう》自治領の見通しは、すばらしく正しかった。それからというもの、魔《ま》法《ほう》自治領の生徒たちは、ほとんどが生きて帰ってくるようになった——毎年の生存率は八十パーセント前後だという。自治領にいたとしても四十パーセントの子どもしか生きのびられないことを考えれば、これは大《おお》幅《はば》な改善だった。自治領の子たちは、もっと弱くて無防備な魔《ま》法《ほう》使《つか》いたちに囲まれて生活するようになった。たとえ卒業ホールのような狭《せま》い場所でも、怪《かい》物《ぶつ》たちは上流へ帰っていこうとする鮭《さけ》を**すべては**捕《つか》まえられない。それが、世界最高と謳《うた》われた強大な力を持つ魔《ま》法《ほう》使《つか》いたちが、百年以上もかけてひねり出した唯一《ゆいいつ》の解決法だった。それ以来、駆除《くじょ》装置を修理しようとする魔法使《まほうつか》いはひとりも現れていない。

そしていま、食堂の生徒たちは興奮と喜びに顔を輝《かがや》かせ、天才的な計画を思いついたクラリータに尊敬のまなざしを向けている。そんな計画を実行に移せばオリオンが危ないというのに、ただの一秒だってそのことに疑問を感じないみたいだ。オリオン本人でさえ、最初の驚《おどろ》きが去ると、クラリータに向かってうなずきそうなそぶりを見せた。

わたしは、わざと椅子《いす》を引きずって不快な音を立てながら立ちあがり、先手を打った。「いつ、丁寧《ていねい》に頼《たの》むつもり?」わたしは大声で言った。クラリータとオリオンが、はっとして振《ふ》りかえる。「ごめん、ただ、**『お願いします』**ってひと言はいつ聞けるのかなって思って。だって、あんたの計画って、オリオンを犠牲《ぎせい》にすることで成りたってるよね。オリオンはこれまで六百人の命を救ってきた。で、それを詫《わ》びるために、もっと救えって?　助けてもらったお礼にオリオンになにかしてあげたって人がいたら、ひとりでいいから教えてくれない?」わたしは激しい怒《いか》りをこめて食堂をさっと見回した。何人かの生徒がうっかりわたしと目を合わせてしまい、びくっとしてうつむいた。「オリオンは一度だってわたしに見返りを求めなかった。だけど、わたしはもう十一回もこいつに助けてもらってる。でも、そうだね。オリオンなら、卒業ホールにひとりで下りていって、駆除《くじょ》装置を修理できるかもね。片手で修理をして、もう片方の手で怪物《かいぶつ》たちを追いはらうわけ？　それってやりにくそうだけど。ていうか、なんでオリオンがその役割を引きうけなくちゃいけないわけ？　魔工《まこう》コースでもないし、修理当番だって一度も回ってきたことがないのに？」

「ゴーレムを作ってあげるから――」クラリータが言いかけた。

「へえ、ゴーレム」わたしは吐《は》きすてた。「むかしのお偉《えら》いさんたちが、それくらい思いつかなかったとでも？　そこのでかいハムスターは黙《だま》ってて」わたしはオリオンにぴしゃりと言った。オリオンはムッとした顔で、まさに開きかけていた口を閉じた。「ひとりで卒業ホールに行けば、だれだって生きては帰れない。英雄《えいゆう》のあんたでもさすがにそれはムリ。ゴーレムが装置を修理し終えるころ、あんたはとっくに怪物《かいぶつ》たちの下敷《したじ》きになってる。そんなのは勇敢《ゆうかん》な行為《こうい》なんかじゃなくて、ただの自殺行為《こうい》。あんたが死んだら、わたしたちはいまと同じような話しあいをすることになる――あんたを厄介払《やっかいばら》いできれば、四年生は三年生を思いどおりに動かせるようになるだろうね」わたしがそう言うと、食堂には低いざわめきが広がりはじめた。

クラリータは、ただでさえ薄《うす》い唇《くちびる》をきつく結んでいる。わたしが言ったようなことは、はじめから彼女《かのじょ》の頭の中にあったのかもしれない。本当の計画を暴かれて腹をたてているようにも見える。「あなたの言うとおりかもね。手伝いが必要なら、オリオンに命を助けてもらったみんなでくじ引きをして、一緒《いっしょ》に行く子を決めたらいいじゃない。ほら、**あなたが**行ったっていいのよ。

十一回も助けてもらったんでしょう?」

「ぼくひとりで行けるって」オリオンが余計なひと言をはさんだ。「ゴーレムから怪物《かいぶつ》たちを遠ざけておくことくらい簡単だよ」

「あんたがホールを半分も行かないうちに、ゴーレムはずたずたにされてる。そうだね、クラリータ、あんたの言うとおり。**わたしもついて行く**」卒業生総代は眉《まゆ》をひそめた。どうせ、わたしが怖気《おじけ》づいておとなしくなるとでも思っていたんだろう。「でも、ふたりで下へ行って、無駄《むだ》骨《ぼね》を折ったあげくにあっさり食われるなんて絶対にいや。くじ引きもするつもりはない。本当にこの計画を成功させるつもりなら、四年生が行かないと意味がない。それも、修理が得意な四年生をよこして。修理のあいだはオリオンが装置から怪物《かいぶつ》たちを遠ざける。それから、全校生徒のマナをわたしたちに送りこんで。あの装置を修理するなら、それくらいしないと絶対にムリ」

クラリータに、あわよくばオリオンを抹殺《まっさつ》したいという下心がなかったのか、本当のところはわからない。だけど、希望はいつだって強い酒になる。だれかに奢《おご》ってもらえるなら、なおさらその酒はおいしくなる。ベルリン魔法《まほう》自治領の四年生たちはなにか早口でささやき交わして、わたしの話が終わると、そのうちのひとりがベンチの上に立って、英語でどなった。「ベルリン魔《ま》法《ほう》自治領は、オリオンと一緒《いっしょ》にホールへ行く生徒に保証付き招待を出す!」それから、となりのエディンバラ魔法《まほう》自治領とリスボン魔法《まほう》自治領のテーブルを見ながら続けた。「同じ約束をしてくれる自治領はほかにないか？」

　その言葉は、数十カ国の言語に翻訳《ほんやく》されながら、食堂中の生徒に伝えられていった。どの自治領の四年生も急いで話しあいをはじめている。やがて、ほぼすべての魔法《まほう》自治領の四年生が、ひとりまたひとりとベンチの上に立ち、ベルリン自治領と同じ宣言をした。こうなってくると、話は一気に変わってくる。成績上位の生徒たちは、スコロマンスで過ごすすべての時間を費やして自治領からの招待を手にいれようとしてきた。命がけで怪物《かいぶつ》を追いはらうかわりに、卒業ゲートを出たあとの住まいを確保する。彼《かれ》らのほとんどは、必死で努力してきたにもかかわらず、**いまだに**保証付き招待をもらえていない。上から三番目までの成績優秀者《ゆうしゅうしゃ》はその権利を手にいれた。だけど、その他大勢の生徒たちは、自治領の卒業チームに入れてもらい、もしかしたらという希望を抱《いだ》くだけで満足するしかない。もちろん、もっと小規模な自治領の保証付き招待を狙《ねら》うこともできる。それでも、小さめの自治領に入ることができるのだって、せいぜい上位十位以内の生徒たちだけだ。卒業生総代をめぐる競争があれほど熾烈《しれつ》なのは、そのせいだ。

　いっぽう、修理コースの生徒たちは、成績優秀者《ゆうしゅうしゃ》たちとはまたちがう形で取引をしてきた。彼《かれ》らのほとんどが、卒業したあとは魔法《まほう》自治領で暮らすことができる。ただし、そのためにスコロマンスにいるあいだは退屈《たいくつ》な仕事を山のようにこなし、自治領に行ったあとも死ぬまで修繕《しゅうぜん》の仕事をしていくしかない。魔法《まほう》自治領の正式な住民になるのは彼《かれ》らの子どもたちの代からで、彼《かれ》らじゃない。だけど、いま目の前に差しだされている招待は、彼《かれ》ら自身のためのものだ。一年生のときにあきらめた、自分たちへの招待だ。
視線の先を追えば、どの四年生がホールへ行くことを検討し、その見返りとしてどの自治領を選ぼうとしているのか簡単にわかった。招待を受けようと考えている四年生は大勢いた。クラリータのほうをふと見ると、彼女《かのじょ》の鋭《するど》い視線の先にあるのは、ニューヨーク魔法《まほう》自治領じゃなかった。ニューヨークのテーブルでも、少し前に四年生の女の子がベンチの上に立ち、招待を出すという宣言を叫《さけ》んでいた。クラリータがにらんでいるのは、端《はし》のほうにあるテーブルだった。そこでは、トッドが負け犬の一年生たちに囲まれてすわっていた。

卒業するかどうかにかかわらず、学年最後の一週間——ここでは**地獄《じごく》の一週間**という言葉が、非魔法界《まほうかい》とはちがう意味で使われる——に、生徒たちは入念な計画を練ってのぞむ。学年末試験、学年末レポート、学年末課題、だんだん興奮し、どの時期よりも凶暴《きょうぼう》になっている怪物《かいぶつ》たち。こうしたことすべてをうまく切りぬける必要があるうえに、学年末は取引が一番活発になる。四年生は、卒業ホールを脱出《だっしゅつ》するために使う予定のない物は、ひとつ残らず売りはらう。それ以外の生徒たちも、必要のない物は売り、卒業生たちがもっといい物を持っていればそれと交換《こうかん》する。

この時期のために物やマナをためておく余裕《よゆう》があった生徒たちは、校内を駆《か》けずりまわり、できるだけたくさんの生徒たちと取引をする。そうじゃない生徒たちも校内を駆《か》けずりまわり、すこしでも取引のチャンスが残っていないか、必死で探す。

わたしはというと、今年ははじめてマシな取引ができた。アアディヤが開いてくれる予定の競りとは別に、錬金術《れんきんじゅつ》コースの二年生といい交渉《こうしょう》ができた。水銀と引き換《か》えに、半分燃えた毛布を手にいれたのだ。その二年生は四年生と取引をして、生命力を上げる魔法《まほう》薬が三滴《てき》入った小さな薬瓶《くすりびん》と引きかえに、お下がりの毛布をもらいうけていた。毛布をほどけば、いよいよ必要になってきた新しいシャツをかぎ針編みで編み、ついでにマナをたくわえることもできる。

よりによってこんなときにシャツのことを気にするなんて、変だと思うかもしれない。この時期には、一時間おきに怪物《かいぶつ》がどこからか飛びだしてくる。〝飛びだしてくる〟というのはただの比喩《ひゆ》じゃない。文字どおり、金曜日の朝には、女子用シャワー室の洗面台のすべてから、血の凍《こお》るような悲鳴をあげる〝シュリーカー・ブルーム〟がいっせいに飛びだしてきた。一年のどの時期でも、新しいシャツを手にいれようと思ったら、売店のトークンを六枚は払《はら》わなくちゃいけないし、そもそもだれかにゆずってもらえるという保証もない。トークンを払《はら》う余裕《よゆう》がなければ、かわりに自分の毛布を半分くらいほどいてシャツを作るしかなくなり、眠《ねむ》るときには半端《はんぱ》な長さの毛布で体を半分だけ覆《おお》うことになる。だけど、そんなことをすれば、たとえ運がよくても、水銀と毛布を交換《こうかん》したあの運の悪い――いや、運のいい――二年生みたいに、〝エッキニ〟に体の一部をめちゃくちゃに嚙《か》まれるような憂《う》き目にあうのは間違《まちが》いない。あの二年生は、靴下《くつした》の上のあたりが傷だらけで、ぼろぼろにほつれた靴下《くつした》には血の染みがついていた。もっと運が悪いと、〝しびれサソリ〟に刺《さ》されて生きたまま食べられてしまう。つまり、学年末恒例《こうれい》の取引で必要なものを手にいれられないということは、ゆっくりと蟻地獄《ありじごく》に落ちていくようなものなのだ。

もちろん、いまのわたしは、卒業ホールという名の特大の蟻地獄《ありじごく》の中へ、すすんで飛びこんでいこうとしている。明るい面に――明るい面と言っても、蛍《ほたる》の光程度の明るさしかないけれど――目を向ければ、これで、学年末課題のことで頭を悩《なや》ませる必要がなくなった。魔工《まこう》クラスの課題は終えているし、リューはわたしのかわりに歴史のレポートを仕上げると申しでてくれた。クロエは、錬金術《れんきんじゅつ》コースの生徒たちを十人くらい集めて、わたしとオリオンの最終課題を終わらせてあげて、と頼《たの》みこんだ。いつもは邪魔《じゃま》しかしないマグナスも人を集め、わたしとオリオンのかわりに数学と語学の試験を受けろ、と命令した。学校は、課題を提出しない生徒にはやたらと厳しいくせに、不正行為《こうい》についてはなんの罰《ばつ》も与《あた》えない。金曜日は三年生の最終日だったけれど、わたしは授業を全部サボった。ただし、怪物学《かいぶつがく》のクラスだけは、歪《ゆが》んだ好奇《こうき》心のようなものに駆《か》られてのぞきに行き、卒業ホールの大きな壁画《へきが》を眺《なが》めた。そして、すこしほっとした。少なくとも、今回は〈目玉さらい〉のそばへ行く必要はない。駆除《くじょ》装置は、卒業ゲートとは反対の端《はし》にある。

　その日はいくつかの段取りを決めて過ごした。「絶対にあんた専用の箱を仕上げるからね。約束する。バカみたいな任務が終わったら、すぐだから。あんたにくらべたら、そんなの全然大事なことじゃないんだけど」わたしは経典をアアディャに託《たく》す前に、表紙をなでながらそう言って謝った。アアディャはわたしのかわりに〝ブックシッター〟をしてくれる予定だ。「わたしはただ、全校生徒の命を救わなきゃいけないだけ。それだけなんだ」言い訳としてはちょっと大げさだったかもしれない。でも、あとで後悔《こうかい》するよりはいい。この本は、魔法使《まほうつか》いと触《ふ》れあうことなく、千年以上もの時間を過ごしてきた。何十人もの自治領の図書司書や、数百人もの独立系の魔《ま》法使《ほうつか》いたちが、この本に収められた魔法《まほう》を探しもとめてきたというのに。この本を自分が手にいれたなんて、いまだに信じられない。手にいれたばかりか、いまでは〈物質操作呪文《じゅもん》〉を操ることさえできる。早く残りの翻訳《ほんやく》を進めたくてうずうずする。「あんたのことは、アアディャがちゃんと面倒《めんどう》見てくれるからね。約束する」

「まかせて」アアディャは両手でそっと経典を受けとりながら言った。「あんたが下にいるあいだ、この本はわたしが守りぬくから。箱の背の部分の作業をすこし進めとくよ。やすりをかけて、本がぴったり収まるようにしとく」アアディャは折りたたんだ絹の布を儀式《ぎしき》めいた手つきで取ると、その上に経典を置き、そこに彫刻《ちょうこく》をほどこした箱を重ね、全体を布でくるんだ。それから、わたしが経典を持ってくるのに使ったかばんに包みをしまってから、枕《まくら》の下に入れた。アアディヤは、枕《まくら》に片手を置き、わたしから目をそらしたまま言った。「エル、オリオンについていきたいって希望してる四年生が大勢いるのは知ってるよね。だから、自治領の生徒たちは、保証付き招待の数を増やそうとしてるんだって」

それは遠回しな申し出でもあり、頼《たの》みごとでもあった。わたしはもう、これまでみたいにひとりぼっちのエルじゃない。わたしは、アアディヤとリューとチームを組んだエルだ。シャワー室の壁《かべ》には、わたしたちの名前が並び、すぐ上のガス燈《とう》に照らされている。それは重要な約束で、彼女《かのじょ》たちにとってのすべてで、わたしにとってのすべてだった。だから、アアディヤにははっきりと主張する権利がある。あんたはそんな危険な冒険《ぼうけん》なんてするべきじゃない——ひとりでは、するべきじゃない。自分とリューも連れていくべきだ、と。

わたしが卒業ホールに下りていくのは、ただの興味本位なんかじゃない。わざわざ危険に飛びこんでいき、全校生徒の命を救おうとしている。そのわたしとチームを組むということは、わたしの選択《せんたく》を支持しなくちゃいけないということで、だから、アアディヤたちがついてこようとするのはちゃんと筋が通っている。卒業式では、ホールに足を踏《ふ》みいれてからゲートを出るまで、長くても十五分程度しかかけられないらしい。だから、たとえば卒業ホールの混乱の最中にチームメイトが「左に行って!」と叫《さけ》んだとき、その言葉を信頼《しんらい》できないような相手とは組むべきじゃない。だから、アアディヤのひと言には重みがある。アアディヤはいま、わたしが彼女《かのじょ》とリューに、ふたりもオリオンと一緒《いっしょ》に行こうと誘《さそ》うように、水を向けている。

わたしはベッドの上で両膝《りょうひざ》を抱《かか》えこんだ。アアディヤの申し出に甘えたいのは本当だ。そうすれば身を守ることができるのだ。もうひとりの利己的な自分が、友人がほのめかしてくれた申し出を受けいれてしまえ、と哀《あわ》れっぽく泣いている。もちろん、アアディヤとリューについてきてもらって、背後を見張っていてもらいたい。名前も知らない四年生たちなんか信頼《しんらい》できないし、どうせあの連中は、マズい事態になればもっともらしい理由をつけてわたしを切りすてる。それでも、わたしはふたりをこんなことに引きずりこみたくなかった。自分は、たぶん生きては帰れないだろう。この計画を生きのびる生徒はひとりもいない。十人か十五人の生徒が卒業ホールへ飛びこんでいって駆除《くじょ》装置を修理するなんて、とても正気とは思えない。生きて帰れる確率は、せいぜい一パーセント。こんなことなら、ウェールズに残っていたほうがずっとマシだった。

だから、わたしはアアディヤに言った。「わたし、飢《う》えたピラニアみたいな四年生のところでオリオンをひとりにさせたくないんだ。せめてわたしくらいは、あいつの背後を見張っといてやらないと。あいつら、危険な仕事は全部オリオンに押《お》しつけて、それから、あいつにかけたフック魔法《まほう》も解いてしまうかもしれない。オリオンを無理やり自分たちと一緒《いっしょ》に卒業させるために。オリオンって、目の前に怪物《かいぶつ》がいるとほかのことが見えなくなるし」

あの四年生たちなら、それくらいのことはやりかねない。とはいえ、わたしはそこまで本気で心配しているわけでもなかった。ぶじに装置が直りさえすれば、四年生たちはオリオンを大げさに褒《ほ》めたたえるだろう。そして、死の業火に一掃《いっそう》された卒業ホールの中を通って外へ出ていき、約束された魔法《まほう》自治領の地へ向かう。だけど、四年生を悪者にしておけば、言い訳としては一応筋が通っているような気がした。わたしはオリオンのために仕方なくホールに行く。だけど、アアディヤとリューまで一緒《いっしょ》に行く必要はない。

そして、わたしは行かなくちゃいけない。なぜならオリオンは絶対にホールへ行くからで、それを止めるすべはないからだ。たとえゴーレムがなくても、オリオンはたったひとりで行こうとしただろう。どうしようもない大バカだから。わたしがオリオンのためにできる唯一《ゆいいつ》のことは――クラリータがわざわざ教えてくれたように――ホールから生きてもどるためのわずかな望みを与《あた》えることだけ。そしていま、オリオンにはその望みがある。十人以上の四年生がわたしたちについていくと手をあげた。その中には成績上位者も何人か交ざっている。装置の修理は四年生に任せればいい。そして、それだけの数の四年生が集まったのは、わたしが最初に手をあげたからだ。

わたしはオリオンみたいな輝《かがや》ける英雄《えいゆう》じゃない。みんなは、わたしがオリオンと付きあっていると思っているけれど、わたしがあいつを愛しているとは思っていない。ガラドリエルはオリオンを利用しているだけだと決めつけ、なんて悪知恵《わるぢえ》が働くやつなんだ、と思っている。みんなはわたしの一番悪い面だけを見ようとし、良い面には目を向けようともしない。わたしは、オリオンと一緒《いっしょ》に行くと宣言したとき、ヤケを起こしていると見られないように気をつけた。だからみんなは、わたしがホールへ行くと言いだしたのは、抜《ぬ》け目なく計算したうえで、それが悪くない賭《か》けだと判断したからにちがいない、と考えた。オリオンを失えば魔法《まほう》自治領に入る見込《みこ》みが完全になくなる負け犬が、また抜《ぬ》け道を見つけたんだろう、と。

　ここではだれもが命を懸《か》けてギャンブルをしなくちゃいけないし、それを避《さ》けるすべはない。勝負の分け目は、賭《か》けるタイミングを正確に見極められるかどうかにかかっている。わたしたちはつねに周囲の動きをうかがって、合図や情報を手にいれようとしている。**みんなは**あのテーブルにすわるべきだと思ってる？　**みんなは**あの授業を取ったほうがいいと思ってる？　だれもがすこしでも得をしようと目を光らせている。だから、オリオンについていく、とわたしが言ったとき、みんなは、損得勘定《かんじょう》で動くガラドリエルが、卒業ホールから生きてもどる可能性は高いと見込《みこ》んだのだと考えた。その直後、魔法《まほう》自治領の生徒たちが、魅力《みりょく》的な報酬《ほうしゅう》を差しだした。必要な数以上に志願者たちが集まっているのは、そういうわけだった。みんなには、わたしがリスクと見返りを天秤《てんびん》にかけ、見返りのほうが重いと判断したように見えたのだ。

　わたしがいまになって抜《ぬ》けたら、何人の四年生が二の足を踏《ふ》むだろう。もともと別の策略があったんじゃないか、と疑われるかもしれない。ガラドリエルは、成績上位の四年生をまとめて片付け、残りの四年生が階段に大穴を開けるにせよ、三年生を卒業ホールに引きずりこむにせよ、ちがう作戦を立てるまでに時間がかかるだろうと考えたんじゃないか。あらためて考えてみると、それもなかなかいいアイデアだ。そして、ホールへ行くことになっている秀才揃《ぞろ》いの四年生は、とっくにその可能性を思いついていたらしい。彼《かれ》らがわたしを見る目には、警戒《けいかい》の色が浮《う》かんでいる。こいつはぎりぎりで裏切るんじゃないかと疑っている。

卒業ホールにはクラリータも行くことになった。デイヴィッド・ピレシュも行く。デイヴィッドはいまだにクラリータを恨《うら》んでいた。副総代だか、副首席だか、とにかく〝卒業生総代じゃないほう〟以外の呼び方ならなんでもいいけれど、デイヴィッドは学年二位の四年生だ。わたしは実のところ、デイヴィッドのことを〝卒業生総代じゃないほう〟と呼んでやりたくてうずうずしていた。デイヴィッドも呪文専攻《じゅもんせんこう》の生徒だけど、クラリータとは対照的に、入学したときから、自分がいかに優秀《ゆうしゅう》なのか吹聴《ふいちょう》しつづけてきた。だれかと三十秒でも会話が続けば、相手かまわず、自分は絶対に卒業生総代になるんだという話を無理やり聞かせ、すべての成績をトロフィーみたいに見せびらかしてまわった。**わたしにまで**デイヴィッドは偉《えら》そうだった。一年生のころ、デイヴィッドが閲覧室《えつらんしつ》の机にうず高く積み上げていた本の山を、うっかり倒《たお》してしまったことがある。デイヴィッドは激怒《げきど》して、ぼくをだれだと思っているんだ！　とわたしにどなりつけた。そのころは彼《かれ》がだれだか知らなかったし、それからも特に気にしていない。デイヴィッドがホールへ行くのは、聞いた話によると、すでに受けているシドニー魔法《まほう》自治領からの保証付き招待に満足していないからららしい。いくつも招待をもらって、その中から自分で選びたいのだ。卒業生総代の地位に近づくにはたしかにエゴが必要だけど、デイヴィッドのエゴはステロイド剤《ざい》で肥大している。

志願者がある程度集まると、ベルリン魔法《まほう》自治領の少年が、もっと規模の大きい自治領出身の四年生をふたり連れてきた。全校生徒の中でも、特に大きな権力を持っている生徒たちだ。ホールへ行くことになっている生徒は図書室に集まり――オリオンはもちろん望まれて出席していたけれど、わたしの存在は黙認《もくにん》されているだけだった――、クラリータとデイヴィッドと、もうひとりの卒業生総代候補だったウー・ウェンを中心にして、計画について話しあった。ウェンの最終順位は十五位だったし、唯一《ゆいいつ》英語がひと言も話せない彼《かれ》が加わったせいで、通訳に時間を取られることになった。ウェンは、自分の母語は標準中国語だと言いはり、第二外国語には本当の母語である上海《シャンハイ》語を選ぶことに成功した。にもかかわらず、上海《シャンハイ》語の授業は落第寸前だったらしい。というより、魔工《まこう》と数学をのぞけば、ウェンの成績はつねに合格点すれすれだった。

上位二十位の四年生たちはほぼすべてのクラスで満点を取り、単位を余分に取ってまでライバルを下《くだ》そうとしていた。それを考えれば、ウェンの提出した魔工《まこう》コースの課題が恐《おそ》ろしいほどの高得点を獲得《かくとく》したことは明らかだ。ウェンはバンコク魔法《まほう》自治領からすでに招待を受けていたけれど、上海《シャンハイ》魔法《まほう》自治領が追加の招待を出すと宣言すると、すぐにオリオンについていくことを決めた。

　話しあいの場におけるわたしの役目は特になかった。唯一《ゆいいつ》果たした役割は、ホールへ行くのは卒業式当日の朝まで待ったほうがいいと言って、自治領出身の四年生たちをイラつかせたことくらいだ。「バカ言うな」ジャイプール魔法《まほう》自治領の男の子がとがった声で言った。「部屋を出ていいのは朝のベルが鳴ったあとだ。卒業式がはじまるのはそれから二時間後だぞ。もっと時間の余《よ》裕《ゆう》がいる。万一、計画にもれがあったらどうする？」

「計画にもれがあったら、わたしたちはホールで全滅《ぜんめつ》。校舎に残されたみんなは、マナが返済されるまでの数年間をいまよりもっとひどい地獄《じごく》の中で過ごすことになる。レイク、だまって」わたしは、口を開きかけていたオリオンに言った。ぼくは今夜行ってもいいけど、とかなんとか、役にたたないたわごとを聞く気にはなれなかった。「そういうわけだから、残念だけど、計画が失敗したときのために三年生虐殺《ぎゃくさつ》計画を立てても、意味ないと思うよ」

　このひと言で言いあいがはじまってもおかしくなかった。だけど、クラリータもデイヴィッドもウェンも、魔法《まほう》自治領の肩《かた》を持とうとはしなかった――予備の計画なんか立てたって、最初の計画が失敗すれば、彼女《かのじょ》たちにはなんの意味もない。ウェンも、駆除《くじょ》装置の部品を作る時間と交《こう》換《かん》の予行演習をする時間がほしいから、出発はできるだけ遅《おく》らせたほうがいいと言った。

最初に揉《も》めたことを別にすると、残りの計画はすんなり決まった。まずは、部品の作成と修理を担当する、魔工《まこう》コースの生徒と修理コースの生徒のグループを作る必要がある。それから、装置を修理している彼《かれ》らを盾魔法《たてまほう》で守るために、呪文《じゅもん》コースの生徒のグループも必要だ。オリオンは狙撃手《そげきしゅ》として、怪物《かいぶつ》が近づいてくるたびに盾魔法《たてまほう》の外へ走りでていく。オリオンができるだけたくさんの怪物《かいぶつ》を倒《たお》してくれれば、それだけ盾魔法《たてまほう》は長持ちし、装置の修理に使える時間も長くなる。錬金術《れんきんじゅつ》コースの生徒たちは残念ながら今回は必要なかった。残念なのかどうかは議論の余地がありそうだけど。今回は、学校の色々《いろいろ》なところで使われているふつうの潤滑《じゅんかつ》油が一リットルあればいい。それなら、修理コースの生徒たちが大樽《おおだる》何杯《ばい》分も作っている。

「わたし、みんなで使える盾魔法《たてまほう》をひとつ持ってるの」クラリータが、どことなく悔《くや》しそうな顔で言った。呪文《じゅもん》を書きつけた紙を出し、わたしとデイヴィッドに渡《わた》す。ひと目見て、クラリータが渋《しぶ》い顔になった気持ちがわかった。それは創作呪文《じゅもん》だった。似たような呪文《じゅもん》さえ見たことがない。円陣《えんじん》を組めば強化できる盾呪文《たてじゅもん》ならいくらでもある。だけど、その場合はだれかひとりにマナを集める必要があるし、その魔法使《まほうつか》いが倒《たお》れれば盾魔法《たてまほう》も消えてしまう。クラリータの盾魔法《たてまほう》は、集団全体を守るために、基本的には複数の魔法使《まほうつか》いでかけることになっていた。英語とスペイン語が交互《こうご》に用いられ、歌のようでもあるし、呪文《じゅもん》使いたちがそれぞれの役を演じる劇のようでもある。韻律《いんりつ》のある呪文《じゅもん》とない呪文《じゅもん》が交じりあい、それらをひとりで、あるいは複数で、鎖《くさり》を編むように唱えてつないでいく。そのおかげで、交代で休憩《きゅうけい》を取ることもできる。おまけに呪文《じゅもん》の言葉は厳密に決まっていない。基本のリズムと意味から離《はな》れさえしなければ、即興《そっきょう》で変えることもできる。これは、正しい形容詞を思いだしている余裕《よゆう》のない戦闘《せんとう》中には、大きな強みになる。

よほどの覚悟《かくご》がなければ、こんなに貴重な呪文《じゅもん》をただで渡《わた》すことなんてできないはずだった。ほかになにも持っていなかったとしても、この強力な呪文《じゅもん》がひとつあれば、どの卒業チームにだって迎《むか》えいれてもらえる。わたしが持っている盾呪文《たてじゅもん》も一級品だけど、これは個人にしか使えない。それに、この呪文《じゅもん》はだれでも知っている。母さんが作ったからだ。母さんは、ほしい人がいれば、だれにでもただで自分の創作呪文《じゅもん》を配ってしまうのだ。ある魔法使《まほうつか》いの男は、年に一度コミューンを訪ねてきて、母さんの新作魔法《まほう》をひとつ残らず聞きだし、世界中にいる購読者《こうどくしゃ》にコピーを配る。そして、**その男は**、彼《かれ》らから料金を取るのだ。一度、どうしてあんなやつに呪文《じゅもん》をあげてしまうのか、母さんを責めたこともある。だけど母さんは、あのひとはサービスを提供してるだけだし、それでお金を取りたいなら好きにすればいいじゃないの、と言った。

「呪文《じゅもん》使いは四人？」デイヴィッドが呪文《じゅもん》を読みおえ、目をすがめてクラリータを見た。わたしはまだ四分の一も読みおえていなかった。

「五人」クラリータが無表情でちらっとわたしを見る。呪文《じゅもん》使いをひとり増やせば、盾魔法《たてまほう》の効果はむしろ弱まるはずだ。盾《たて》の範囲《はんい》が広くなればそれだけマナを余計に消費するし、盾《たて》を破ろうと襲《おそ》ってくる怪物《かいぶつ》たちの数も増えて、オリオンの負担が大きくなる。だけど、わたしは黙《だま》っていた。鋭《するど》いところを見せてクラリータたちを感心させたいとは思わない。

クラリータのつぎに優秀《ゆうしゅう》な呪文《じゅもん》使いは学年五位の生徒だった。ところが、その男子生徒はサクラメント魔法《まほう》自治領から招待を受けていたうえに、デイヴィッドみたいな変わり者でもなかったから、今回は名乗りをあげていなかった。いっぽう、学年七位のマヤ・ウランダリは、英語とスペイン語ができるカナダ出身の呪文《じゅもん》コースの女子で、切望しているトロント魔法《まほう》自治領にまだ合格できていなかった。トロントは人道的な慣例のある数少ない自治領で、新たに加入する魔法使《まほうつか》いが家族を全員連れてくることを許可していた。マヤの場合は、弟と妹を連れていくことができる。

ただし、この種類の魔法《まほう》自治領は、ほかとくらべると審査《しんさ》が厳しい。マヤが学年三位に入っていれば、トロント魔法《まほう》自治領の生徒たちは保証付き招待を出すことができた。だけど、十位以内のマヤに出すことができたのは卒業チームへの招待だけで、自治領への招待については、真剣《しんけん》に検討するという約束しかできなかった。マヤなら、ほかの魔法《まほう》自治領から保証付き招待をもらうこともできたはずだ。ところが彼女《かのじょ》は賭《か》けに出た。卒業したあとでトロント評議会にかけあい、自分と自分のきょうだいは絶対に自治領の役にたつはずだと説得することにしたのだ。そしていま、マヤは新たな賭《か》けに出ようとしていた。トロント自治領の生徒たちに保証付き招待のことを相談すると、彼《かれ》らは、仮にマヤが今回のミッション――卒業ホールへ下りていく計画は、こんな大げさな名称《めいしょう》で呼ばれるようになっていた――で命を落とすようなことがあったとしても、彼女《かのじょ》に出す保証付き招待を取りけすことはしないで、マヤのかわりに彼女《かのじょ》の弟と妹をトロント自治領に招待する、と約束した。

マヤのつぎに優秀《ゆうしゅう》な呪文使《じゅもんつか》いもミッションに手をあげていた。スペイン語と英語ができるアンヘル・トーレスだ。学年順位はラッキー・ナンバーの十三位だった。アンヘルも、四年近くのあいだライバルたちとしのぎを削《けず》ってきたというのに、いまだにどこからも保証付き招待をもらっていない。彼《かれ》は目標のためなら身を粉にして努力をするタイプの生徒だった。夜は五時間しか眠《ねむ》らず、一週間に五つの呪文《じゅもん》をノートに書きとめ、すべてのクラスで追加課題をこなし、単位を多めに稼《かせ》いできた。

これで呪文使《じゅもんつか》いは五人になった。ウェンが志願者リストを確認し、そこから魔工《まこう》コースの生徒を五人と、修理コースの生徒を十人選んでいく。学年順位は全然気にしていないみたいだ。自治領出身の四年生たちは、何気ないふうをよそおってウェンの肩《かた》ごしにリストをのぞきこみ、だれの名前を飛ばし、だれの名前をすばやく書きとめているのか盗《ぬす》み見ようとしていた。魔工《まこう》コースと修理コースの優秀《ゆうしゅう》な卒業生に関する貴重な情報は、手にいれるのがむずかしい。スコロマンスの中ではその情報に特別な価値はないけれど、新しく人を雇《やと》いたがっている自治領にとっては重要だ。ウェンは標準中国語を話す生徒だけを選んでいたから、わたしが知っている生徒はゼン・ヤンだけだった。修理コースの生徒で、スコロマンスへ来る前から中国語と英語の両方を使うことができた。だから、リューと同じように、数学と創作と歴史のクラスを英語で受けることで第二外国語の単位を稼《かせ》ぎ、空いた時間で修理コースの仕事をしている。

どの生徒も、地獄《じごく》の一週間を例年どおり慌《あわ》ただしく過ごし、それに加えて、ミッションのためにシェア・マナもたくわえていた。マナを作る作業は、一日に三回、食事のあとにおこなわれた。規模の大きな魔法《まほう》自治領のグループは、校内に大きなマナの貯蔵庫を持っている。代々《だいだい》受けつがれてきたもので、自治領の生徒たちはそこからマナを引きだしている。貯蔵庫は上階の教室か図書室のどこかに隠《かく》され、各自治領の四年生だけがその場所を知っていた。十の大規模自治領が、ミッションの参加者たちにマナ・シェアをするためのメダルを貸しだすことになり――クロエは、壁《かべ》の修理のときに使ったニューヨーク自治領のメダルをもう一度わたしに渡《わた》した――、全校生徒は作りだしたマナをそれぞれの貯蔵庫に送りこんだ。食事がすむたびに、生徒たちは食堂の空いたスペースで腕立《うでた》て伏《ふ》せをするようになった。それはまるで、軍事訓練の最中に罰《ばつ》を受けているような光景だった。

いっぽう、ミッションに参加するわたしたちは、食事がすむと作業場へ行き、同じように慌《あわ》ただしく過ごした。一番追いつめられていたのは、もちろん魔工《まこう》コースの生徒たちだった。作業の大半を卒業式の前に完了《かんりょう》させておかなくちゃいけない。それ以外の生徒たちは、彼《かれ》らのために食事や材料を運び、日に五回は襲《おそ》いかかってくるようになった怪物《かいぶつ》たちから彼《かれ》らの身を守った。ホールでの本番に備えた予行演習をしているみたいなものだった。クラリータは、水曜日の練習のときに、呪文《じゅもん》使いたちが彼女《かのじょ》の盾魔法《たてまほう》をぶじに成功させると、わたしに対するトゲトゲしい態度をすこしやわらげた。水曜日になってようやく練習をはじめるなんて、遅《おそ》すぎると思われるかもしれない。卒業式は日曜日だ。実際、遅《おそ》すぎた。だけど、練習にかける日数をぎりぎりまで減らすことができた、という見方もできる。複数人でひとつの呪文《じゅもん》をかけるというのは、自分のペースでいいんですよと励《はげ》ましてくれるインストラクターからヨガのレッスンを受けるのとは、まるでわけがちがう。どちらかというと、ほぼ初対面の四人と一緒《いっしょ》に創作ダンスを練習するようなものだ。すこしでも足並みが崩《くず》れると、ピリピリした振《ふ》り付け師から怒声《どせい》が飛んでくる。

完成した盾魔法《たてまほう》をわたしたちがほれぼれと眺《なが》めていたそのとき、頭上の大きな通風孔《つうふうこう》が爆発《ばくはつ》でもしたかのように勢いよく開き、巨木《きょぼく》のような〝ヒッシンゲール〟が身をよじりながら下りてきた。蛇《へび》のように体をくねらせて、あっという間にわたしたち五人を取りまき、ぎりぎりと締《し》めあげようとする。それでも盾魔法《たてまほう》はびくともしなかった。わたしは思わず悲鳴をあげてしまい、すぐに後悔《こうかい》した。四年生たちは、たじろぐ気配さえみせなかったからだ。彼《かれ》らはこの半年というもの、ジムで障害物競走の訓練を続けてきた。もし、眠《ねむ》っているところに忍《しの》びよってきて耳のそばで風船を破裂《はれつ》させるような不届き者がいたら、目を開けるより先に殺してしまうはずだ。

デイヴィッド・ピレシュは、「おれが行く」と短く言うと、盾魔法《たてまほう》をわたしたちにまかせて外へ踏《ふ》みだした。大きく息を吸い、それから、あっと驚《おどろ》くような魔法《まほう》をかけようとしたんだと思う。だけど、それがどんな魔法《まほう》だったのかわかるより前に、いつのまにか近づいていたオリオンが、ヒッシンゲールを両手でつかんで真っ二つに引きさいてしまった。舞台《ぶたい》の幕をびりびりに引きさくみたいにして。それから、ぐにゃりとした死体を引きずって、どこかへ運んでいった。

金曜日が来るころには、五人の盾魔法《たてまほう》は階段の鋼の壁《かべ》のように頑丈《がんじょう》になっていた。わたしたちが練習の成果を喜んでいるそばで、修繕《しゅうぜん》チームがいきなり歓声《かんせい》をあげた。ぴょんぴょん飛びはねては抱《だ》きあっている。なにがあったのかと繰《く》りかえし大声でたずねても、興奮しすぎて聞こえていない。しばらくすると、ようやく、ヤンともうひとりの英語を話す生徒が――テキサス出身のエレン・チャンだ――、ウェンがすべての部品を折りたたみ式の三つの部品にまとめる方法を思いついたのだと説明した。部品をあらかじめここで組みたてておけば、ものの五分で壊《こわ》れたものと交換《こうかん》できるらしい。

ミッションに参加する四年生たちは、ふいに、この調子でいけば、賭《か》けに勝つ確率は**そう悪くない**んじゃないかと希望を持ちはじめたようだった。この賭《か》けに勝ちさえすれば、輝《かがや》ける英雄《えいゆう》としてスコロマンスを卒業し、希望の魔法《まほう》自治領に歓迎《かんげい》してもらえるのだ。卒業式前日、修理コースの生徒たちは、だれよりも速く部品を組みたてようと、火花を散らして競いあっていた。盾魔《たてま》法《ほう》の強度をなるべく上げるため、ミッションにはその中から四人だけ参加することになっていた。実際に作業をするのがふたり、彼《かれ》らに万一のことがあったときのための控《ひか》えがふたり。呪文《じゅもん》使いたちがすべての怪物《かいぶつ》たちから彼《かれ》らを守りきれる保証はない。魔工《まこう》コースからはウェン、エレン、カイト・ナカムラの三人が行くことになった。予想外の部品が必要になったときのためだ。

直前ですこしは明るい見通しが立ったのは好都合だった。そうでもなければ、少なくとも半数の生徒たちは、いよいよ危険が現実のものとなって迫《せま》ってきたときに――たとえば、卒業ホールへ下りていく直前に――怖気《おじけ》づいていたにちがいない。

学校の設計の要《かなめ》は、わたしたちのいる空間を、卒業ゲートとつながっている空間から完全に隔《かく》離《り》することだ。ゲートへ簡単にたどり着くことができてしまえば、怪物《かいぶつ》たちも簡単に侵入《しんにゅう》できてしまう。修繕《しゅうぜん》した壁《かべ》のむこうにあった管理用の立て坑《あな》――アルゴネットが巨体《きょたい》を押《お》しこんでいたところだ――は、見取り図にさえ載《の》っていなかった。修理コースの四年生たちでさえ、その立て坑《あな》がどこへ続いているのか知らなかった。怪物《かいぶつ》たちを締《し》めだすために張られている結界がどんなものであれ、**わたしたちが**その中を通りぬけても問題はないんだろうか。四年生たちは、**たぶん**だいじょうぶだろうと考えていた。あの立て坑《あな》は、おそらく専門の修繕《しゅうぜん》チームのために作られたもののはずだ。本当は、彼《かれ》らがその坑《あな》を通ってスコロマンスの内部へ入り、壊《こわ》れたものを修繕《しゅうぜん》することになっていたのだろう。だけど、四年生たちが修繕用《しゅうぜんよう》のマニュアルを探しても、立て坑《あな》の安全性についてはひと言も書かれていなかった。古いマニュアルにさえ説明がなかった。たぶん、それも計画の内なのだ。生徒たちが立て坑《あな》のことを忘れ、壁《かべ》のむこうにそんなものがあるとさえ思わずにいれば、たいていの場合、立て坑《あな》は次第に消えていく。そうすれば、怪物《かいぶつ》たちの侵入口《しゅんにゅう》を不用意に開けておくようなことをせずにすむ。立て坑《あな》をもう一度存在させたのは、卒業ホールの怪物《かいぶつ》たちだろう。ホールにひしめく怪物《かいぶつ》たちの、どうにかしてわたしたちのもとへ行こうとする執念《しゅうねん》が、消えかけていた立て坑《あな》を復活させた。怪物《かいぶつ》たちのところへ行くには、あの立て坑《あな》を下りていくしかない。なにが待ちかまえているかもわからずに、暗闇《くらやみ》の中を下りていくのだ。

卒業式の日、朝のベルが鳴ると、オリオンが部屋までわたしを迎《むか》えにきた。ふたりで四年生の寮《りょう》へ下りていき、入り口のところで残りのチームと合流する。ウェンが、フックの模様が刻まれているベルトを全員に配った。首尾《しゅび》よくいけば、フック魔法《まほう》がわたしたちをホールからぶじに連れだしてくれる。フック魔法《まほう》のゴールは、トッドのむかしの部屋の排水口《はいすい》に設定してあった。階段の踊《おど》り場の真向かいにある部屋だ。ベルトが全員にいきわたると、とうとう十三人のミッションチームは、階段を下りていった。一番下に着くと、修繕《しゅうぜん》グループをひきいるヴィン・トランが修繕《しゅうぜん》作業に使う特殊《とくしゅ》なハッチを取りだした。それを、わたしが完ぺきに仕上げた鋼の壁《かべ》の上に広げ、ヘラを使って平らに延ばしはじめる。一見すると、金属の落とし戸を撮《と》った大きな写真のようにも見える。ところが、ヴィンがハッチをなめらかに延ばしながら小声で呪文《じゅもん》を唱えるうちに、写真のようにしか見えていなかったハッチが、だんだん壁《かべ》の一部に見えはじめた。ヴィンはポケットから太い真ちゅうの取っ手を取りだすと、ハッチの片方の端《はし》にある黒い円形の小さなくぼみにはめこみ、勢いよく引っ張った。ハッチが開くのと同時に、片手で盾魔法《たてまほう》をかける準備をしながら飛びすさる。

だけど、その必要はなかった。ハッチから飛びこんでくる怪物《かいぶつ》はいない。オリオンが片方の手から小さな炎《ほのお》を出しながら進みでて、ハッチのむこうをのぞきこみ――見ていたわたしたちは文字どおり縮みあがった――「なにもいないよ」と言うと、頭を一度引っこめ、今度は足から先にハッチの中へもぐりこんだ。

勇ましい英雄《えいゆう》が先陣《せんじん》を切ったとはいえ、喜んであとに続き、**二番目**に坑《あな》を下りていこうとする四年生はいなかった。四年生たちは無言でちらちら視線を交わし、予想どおり、最終的にその視線はわたしに集まった。ハッチのむこうへ押《お》しだされるのを待っているつもりはない。「じゃ、さっさと行こう。レイクの姿を見失うかもしれないし」わたしは何気ないふうをよそおって言った。果てしなく続く不気味な地下牢《ちかろう》を下りていくなんて、なんでもないことみたいに。

この学校がやたらにだだっ広いことはみんなが知っている。朝から晩まで、教室移動のために長い距離《きょり》を歩かなくちゃいけない。だけど、食堂へ向かう長い階段をとぼとぼ上っていきながら、なんでこの学校はこんなに広いんだろうと思うのと、どこまでも続くはしごを下りていきながら同じことを思うのとは全然ちがう。おまけに、立て坑《あな》はすごく狭《せま》くて、背中は絶えずうしろの壁《かべ》にこすられ、ひじもしょっちゅう壁《かべ》にぶつかった。人間とアルゴネットが同じ大きさのはずがないから、あれからこの立て坑《あな》は縮み、また消えようとしていたのだろう。坑《あな》の中は息が詰《つ》まりそうなほど暑くて、周囲の壁《かべ》は、回りつづけている歯車の振動《しんどう》を伝えて震《ふる》えている。壁《かべ》のむこうを流れる液体のゴボゴボという音は、高まったり低まったりを繰りかえし、いつまでも耳に慣れない。唯一《ゆいいつ》の明かりは、オリオンの手のひらが発しているぼんやりとした炎《ほのお》だけだ。

壁《かべ》を修繕《しゅうぜん》したあとに聞こえていた、ゴウンゴウンという低い音は止んでいた。はしごを千キロも下りてきたように感じながら、わたしはひと息入れようとうしろの壁《かべ》にもたれ、乱れた呼吸を整えて両腕《りょううで》を休めた。肩《かた》で息をしながら、ほんのすこし──数秒もたっていなかった──その場に留まっていると、あの低い音が聞こえてきた。遠くから聞こえてくる。と思った瞬間《しゅんかん》、首くらいの高さのところにある壁《かべ》の一部が、ゆっくりと上下に開きはじめた。

わたしもバカじゃない。そのままそこに留まっているような危険は冒《おか》さなかった。急いでもう一度はしごを下りはじめると、壁《かべ》は元どおりに閉まっていった。だから、あのすき間からなにが飛びだしてこようとしていたのかはわからない。だけど、あれは魔工家《まこうか》が立て坑《あな》への侵入者《しんにゅうしゃ》を駆《く》除《じょ》するために作った仕掛《しか》けにちがいなかった。仕掛《しか》けといっても、侵入者《しんにゅうしゃ》とみれば見境なくなぎ払《はら》う巨大《きょだい》な刃物《はもの》の振《ふ》り子みたいに単純な作りじゃなくて、立て坑《あな》の侵入者《しんにゅうしゃ》の中でも特に危険な外敵を選んで追いはらうように設計されているはずだ。非魔法界《まほうかい》の仕掛《しか》けと魔工家の仕掛《しか》けのちがいはそこにある。**そして**、わたしたちが通りぬけられているということは、あの魔工品《まこうひん》は、人間と怪物《かいぶつ》を区別するように作られているはずだった。わたしはあまり気を落とさないようにした。わたしが怪物《かいぶつ》なのか人間なのか、魔工品《まこうひん》が判別できずに迷ったのだとしても。

それからは、一度も休まなかった。一世紀近くも下りつづけたように感じはじめたころ、ふいに、下のほうがぼんやりと明るくなり、わたしは大きなため息をひとつついた。すでにオリオンは、明かりが漏《も》れてくるほうへ姿を消している。吠《ほ》え声も歯ぎしりも聞こえてこないということは、その空間もホールから隔離《かくり》されているらしい。上のほうからも、同じようなため息がいくつか聞こえてきた。

立て坑《あな》の底は、狭《せま》い小部屋へ続いていた。壁《かべ》も床《ゆか》も、一センチはありそうな厚い煤《すす》に覆《おお》われ、最近なにかが燃えたばかりのような、煙《けむり》の濃《こ》いにおいが漂《ただよ》っている。もしかするとこの煤《すす》は、怪《かい》物《ぶつ》たちの成れの果てなんじゃないだろうか。怪物《かいぶつ》たちは、アルゴネットのあとから希望を胸に立て坑《あな》を上っていき、修復された結界に焼きつくされたのだ。わたしはこの学校を世界のどこよりも憎《にく》んでいるけれど、こんなときは、憎《にく》しみがより一層強くなる。この学校が、我が子を守ろうとする天才たちによって作られたことや、そのおかげで守られている自分は言葉で言いあらわせないほど幸運だということを思い知らされるからだ。たとえ、便利な歯車のひとつにするために入学を許されたのだとしても。

そう、わたしの役目は歯車だ。わたしも、このミッションに参加したほかの四年生たちも。魔《ま》法《ほう》自治領の連中が我《わ》が子を守るために卒業ホールへ送りこんだ、第四の修繕《しゅうぜん》チーム。学校一の英《えい》雄《ゆう》だけは、もちろんちがう。いま、オリオンは戦闘《せんとう》モードに入り、熱を帯びた目つきで壁《かべ》のそばに立っている。発光する片方の手が、銀髪《ぎんぱつ》と青白い肌《はだ》を照らしていた。手足や顔のあちこちに、煤《すす》が点々《てんてん》と飛んでいる。煤《すす》をこすり取るようにして、壁《かべ》の上のなにかを探しているせいだ。たぶん、ハッチがないか探しているのだろう。そもそもどうしてそこにハッチがあると思っているのか理解できない。過去にここへ来ただれかは、ヴィンと同じハッチを使ったはずだし、そんなものを放置していくなんて危ないにもほどがある。ハッチを見つけるどころか、オリオンの立てる物音は怪物《かいぶつ》たちの注意をこちらへ引きつけてしまうかもしれない。もちろん、オリオンはそんなことを気にするようなやつじゃない——抜《ぬ》け道を探すことで頭がいっぱいで、わたしが肩《かた》をつつくと上《うわ》の空で払《はら》いのけた。かわりに耳を弾《はじ》いてやると、ようやく我にかえってわたしをにらみつけた。わたしもにらみかえし、ほかのみんなが下りてこようとしている立て坑《あな》を無言で指さした。

オリオンは気まずそうな顔になり、壁《かべ》を探しまわるのはやめて、わたしと一緒《いっしょ》に四年生の到着《とうちゃく》を待った。

その部屋は、奇妙《きみょう》な形をしていた。細長く、両わきの壁《かべ》がかすかに湾曲《わんきょく》している。すこし考えて、自分たちは学校の外壁《がいへき》の中にいるのだと思いあたった。この数年間で見かけた修繕《しゅうぜん》用の出入り口は、どれもこういう半端《はんぱ》な空間の中にあり、見取り図には載《の》っていなかった。修理コースの生徒たちは、わたしが図書室の本の場所を記憶《きおく》しているように、こうした出入り口の場所を把握《はあく》しているのだろう。

三番目に下りてきたのはヴィンだった。ヴィンは、迷うことなく立て坑《あな》の真向かいの壁《かべ》へ行った。壁《かべ》の中ほどの位置に小さな銀のカップをそっと当て、むこう側の音を聞く。位置を変えては同じことを何度か繰《く》りかえした。四年生が全員下りてきたころには、ヴィンは正しい位置を探りあてていた。煤《すす》をざっと払《はら》い、布とスポイト付きの小瓶《こびん》を取りだす。布に小瓶《こびん》の液体を三滴《てき》落とすと、小さな円を描《えが》くように壁《かべ》の表面をこすりはじめた。壁《かべ》の金属がかすかに光りはじめたかと思うと、その部分だけがくもったマジックミラーのようになった。わたしたちは代わるがわる腰《こし》をかがめて小窓をのぞきこみ、自分たちが飛びこんでいく場所の様子をうかがった。

子どものころ、わたしはなにかというとラグビーの試合に連れていかれた。あのあたりに住む人たちは、ラグビーに情熱をかたむけないやつは本物のウェールズ人じゃないと思っている。だから、わたしはなおのことラグビーなんか絶対に観たくなかった。でも、母さんは無料で試合に招待されることがしょっちゅうあったから、そのたびに、これも人生経験よと言ってわたしを引っ張っていった。一度、カーディフの国立スタジアムに無理矢理連れていかれたことがある。世界でも指折りの競技場だ。七万人の観衆がウェールズ国歌をうたい、「我が父祖の地！　我が父祖の地！」と大声を張りあげていた。あの競技場と、小窓のむこうに広がる卒業ホールは、だいたい同じくらいの大きさだった。競技場へ入っていく選手はわたしたちだし、入っていったとたん、飢《う》えた観衆が襲《おそ》いかかってくるけれど。

中心にある巨大《きょだい》な円柱は、校舎を回転させる心棒だ。だだっ広いホールの真ん中にあると、実際よりも小さく見える。以前は全体を覆《おお》っていたらしいなめらかな大理石は、怪物《かいぶつ》や誤ってぶつかった魔法《まほう》に大部分を削《けず》られてしまい、油っぽい黒い金属が露出《ろしゅつ》している。壁《かべ》のぐるりに並んだ細い青銅の円柱はそのまま平行になって天井を覆《おお》い、巨大《きょだい》な自転車の車輪のようにも見えた。そのすき間から、崩《くず》れた天井の大理石のかけらが落ちて床《ゆか》に散らばっている。大理石の下の金属があらわになっているばかりか、一ケ所には巨大《きょだい》な穴がぽっかりと開いていた。考えたくもないけれど、あれだけの大穴が開いているということは、なにか深刻な不具合が起きているはずだ。青銅の柱のあいだにも、中心の円柱の上のほうにも下のほうにも、きらきら光るべとついた網《あみ》のようなものがへばりついている。だれかが万国旗でホールを飾《かざ》りつけ、それが朽《く》ちはててしまったようにも見えた。だけど、あれは間違《まちが》いなく〈鐘《かね》つき蜘蛛《ぐも》〉の巣だ。どこかに潜《ひそ》んでいて、飛びかかるすきをうかがっているんだろう。

それでも、わたしたちは運がよかった。怪物《かいぶつ》たちは、立て坑《あな》を這《は》いのぼることはとっくにあきらめていた。いまは、すこしでもいい位置につこうと互《たが》いに争いながら、両わきにある可動式の壁《かべ》の前でひしめきあっている。四年生の寮《りょう》が下りてきたら、あの壁《かべ》が左右に開くことになっている。わたしたちのいる細長い小部屋の外に、怪物《かいぶつ》たちは一匹《ぴき》もいない。ヴィンがみんなに合図して、壁際《かべぎわ》にある一対の円柱のような形の大きな装置を指さした。頑丈《がんじょう》そうな金属で作られ、全体をパイプや配線が覆《おお》っている。円柱の真ん中にはガラス製の部品が集まっている。あれが、わたしたちの目的地だ。装置までは、怪物のいない空間がまっすぐに続いている。

装置は——当然といえば当然だけど——ホールの中でも怪物《かいぶつ》が集まりにくい場所に作られていた。卒業ゲートのちょうど真向かいだ。公式の卒業案内書は、一時的に避難《ひなん》するにせよ、複雑な呪文《じゅもん》をかけるあいだ退避《たいひ》するにせよ、絶対に装置のあるエリアへ逃《に》げこんではいけないと強く警告している。見るからに安全そうで、つい引きよせられてしまいそうになるけれど、怪物《かいぶつ》たちはその場所にあえて近づこうとしない。だからこそ、装置エリアへ逃《に》げこむことは、逃《に》げる同級生の集団からはぐれてしまうのと同じくらい危ない。もし、北極から氷点下の冷たい光を召喚《しょうかん》する魔法《まほう》を使い、行く手を阻《はば》む怪物《かいぶつ》たちをその場で凍《こお》らせ、敵が溶《と》ける前に一気にゲートから脱出《だっしゅつ》するようなことができるなら、装置エリアで一時的に避難《ひなん》してもかまわない。だけど、それだけの能力があるなら、もっと別の魔法《まほう》を使ったほうがいい。北極魔法《まほう》は七分もかかるし、そのあいだ怪物《かいぶつ》たちがおとなしく待っていてくれるはずがない。集団から取りのこされた生徒は、ほかの卒業生たちがいなくなったあとでデザートにされるのがオチだ。ほかの生徒がみんな消えてしまえば、当然ながら、装置エリアに残った生徒たちが部屋中の怪物《かいぶつ》たちの注目を集めるのだから。

そして、わたしたちがしようとしているのは、まさにそういうことだった。最高だ。行く手にはいないというだけで、ホールの怪物《かいぶつ》は**大群**だった。互《たが》いの体に爪《つめ》を立てて折りかさなり、すこしでも上へ行こうと争っている。激しい空腹で、いつにも増して凶暴《きょうぼう》になっているのだ。ごった返してうごめく怪物《かいぶつ》の群れを見ていると、吐《は》き気がこみあげてきた。それはちょうど、森の中を歩いているときに、蟻《あり》やコガネムシや野ネズミや鳥がアナグマの死体に群がっているところに出くわしてしまったときのような気分だ。シアトル出身のヴィクトリアが言っていたとおり、これだけの怪物《かいぶつ》に襲《おそ》いかかられたら、身動きひとつ取ることすらかなわないはずだった。四年生があの大群の中に放りこまれたら、熱狂《ねっきょう》した怪物《かいぶつ》たちに四方八方から引きさかれてしまうだろう。小窓をのぞいた四年生は、ひとり残らず暗い顔になった。

少なくともこれで、なにがあっても計画を遂行《すいこう》しなくちゃいけないことははっきりした。それ以上の話しあいは必要なかった。わたしたちはオリオンを先頭にして一列に並んだ。ヴィンがハッチを作り、取っ手部分に注意深くフック魔法《まほう》をかける。こうしておけば、一度閉めたハッチはフック魔法《まほう》を作動させると同時に開き、わたしたちはそこを通りぬけてトッドの部屋へ一気にもどることができる。

実際に卒業ホールへ入っていったときの感じは、うまく表現できない。強いていうなら、〈目玉さらい〉の体内へ入っていったときよりはマシ、という感じだ。そして、わたしたちのしていることがあまりにも常軌《じょうき》を逸《いっ》していたせいで、怪物《かいぶつ》たちもすぐにはこっちの存在に気付かなかった。壁際《かべぎわ》にいる大型の怪物《かいぶつ》たちは小競りあいに気を取られているし、小型の怪物《かいぶつ》たちは隅《すみ》の暗がりに隠《かく》れ、食事にありつくチャンスがめぐってくるのを用心深く待っている。〈不屈《ふくつ》〉と〈忍耐《にんたい》〉は卒業ゲートに一頭ずつ陣取《じんど》り、でたらめな歌を口ずさんだり、眠《ねむ》くてむずかる赤んぼうみたいな声をもらしたりしている。体中にある目のほとんどを閉じ、ほかの怪物《かいぶつ》たちが寄りつかないせいでぽっかりと空いた周囲の床《ゆか》を、無数の触手《しょくしゅ》でぼんやりとなでている。

もともとの計画は、寄ってくる怪物《かいぶつ》たちをオリオンが追いはらうすきに装置まで一気に走り、装置までたどり着いてから盾魔法《たてまほう》をかける、というものだった。ところが、怪物《かいぶつ》たちがすぐに襲《おそ》ってくる様子がないので、クラリータは走るかわりに歩きはじめた。背すじをまっすぐ伸《の》ばし、ゆっくりと規則正しく足を動かす。わたしたちも彼女《かのじょ》に続いた。壁際《かべぎわ》の怪物《かいぶつ》たちが頭を起こし、わたしたちのいるほうを振《ふ》りかえる。前代未聞の事態を前に、いったいなにが起こっているのか理解できていないみたいだ。ところが、残念ながら怪物《かいぶつ》たちのなかには、なにかを理解できるような頭をそもそも持ちあわせていないかわりに、おいしいマナのにおいを嗅《か》ぎつける鼻だけは利くやつらもいた。五、六匹《ぴき》の小型の怪物《かいぶつ》たちが、爪《つめ》が床《ゆか》を引っかく耳障りな音を立てながら、わたしたちのほうへ走りよってくる。

その音は、やせこけた〝チャイエナ〟たちの注意を引くには十分だった。群れになって眠《ねむ》っていたチャイエナたちの数頭が目を覚まし、鋭《するど》い目つきでわたしたちのほうを見た。紫色《むらさきいろ》のよだれを口の端《はし》からぽたぽたと垂らしながら、こちらへ向かって歩きはじめる。わたしたちは歩調を速めた。と、その瞬間《しゅんかん》、天井に開いた巨大《きょだい》な穴がいきなり動いた。穴だと思ったものは〝ナイトフライヤー〟だったのだ。天井から飛びたったかと思うと、わたしたちめがけてまっすぐに宙をすべりおりてくる。とうとう、オリオンは言った。「オーケー、行こう」片手に握《にぎ》った剣《けん》から真っ白な炎《ほのお》が燃えあがる。わたしたちはそれを合図に全力で走りはじめた。

チャイエナたちは、すぐにわたしたちのあとを追いはじめた。チャイエナも、常識はずれのかけ合わせによって生みだされた交配種だ。チーターとハイエナをかけ合わせ、そこに水牛とサイ、さらに見ただけではわからないほかの生き物が数種類交ぜあわされている。植民地支配が全盛だったころ、ケニアに魔法《まほう》自治領を建てたバカな連中が、チャイエナを作った。猟犬《りょうけん》のかわりにでもしようと思ったんだろう。ところが、現地の非魔法族《まほうぞく》たちと暮らしていた独立系の錬金術師《れんきんじゅつし》が、その愚行《ぐこう》を知って腹をたてた。彼女《かのじょ》はケニア自治領の仕事を受けおっていたから、自由に内部に入ることができた。錬金術師《れんきんじゅつし》は、ひそかにチャイエナたちを凶暴化《きょうぼう》させ、噛《か》みついた獲物《えもの》を麻痺《まひ》させるすてきな能力を与《あた》えたあとで、猛獣《もうじゅう》たちを自治領のなかに放った。これが、ケニア魔《ま》法《ほう》自治領が地獄《じごく》のような亡《ほろ》び方をした理由だ。だけど、チャイエナたちは生きのび、番犬のかわりをさせるためにいまでも交配されることがある。チャイエナは、厳密には怪物《かいぶつ》とはちがう。うまくしつければ、たとえ腹を空かせていても、マナを狙《ねら》って魔法使《まほうつか》いを襲《おそ》うようなこともしない。だけど、チャイエナをうまくしつけることはむずかしい。たとえ番犬として侵入者《しんにゅうしゃ》に食らいついたとしても、それはやっぱりマナを貪《むさぼ》るためだ。母さんは、チャイエナたちの虐待《ぎゃくたい》問題に昔から怒《いか》っている。

だけど、いまはチャイエナたちに同情している場合じゃない。お腹の傷もほぼ治りかけていたから、体の調子は悪くなかった。だけど、この半年間はジムでの走りこみができていない。わたしはグループの最後尾《さいこうび》にいた。手首のメダルを使えば大陸ひとつ分のチャイエナを殺すことだってできるし、相手が腹を空かせてやせこけた三頭のチャイエナだけなら、言うまでもなく楽勝だ。だけど、呪文《じゅもん》をかけるためにうしろを向けば、グループから完全にはぐれてチャイエナたちに取りかこまれてしまう。どうにか切りぬけてみんなと合流するころには、シェア・マナを大量に消費してしまっているだろう。マナは、修繕《しゅうぜん》のためにできるだけ残しておかなくちゃいけない。

先頭のチャイエナは、すでにわたしのバリアを前足で引っかいている。ぐずぐずしていればバリアを食いやぶられてしまう。わたしは、振《ふ》りかえる地点を決めた。あそこの大理石と骨の小山を通りすぎたら、覚悟《かくご》を決めて猛獣《もうじゅう》たちに向きなおる。そう思った瞬間《しゅんかん》、すぐ前を走っていたエレンが割れたタイルにつまずいて転び、わたしとの距離《きょり》が二歩に縮まった。わたしは走ってきた勢いのまま彼女《かのじょ》のそばを通りすぎ、そして、振《ふ》りかえらなかった――振《ふ》りかえる意味はなかった。すでにエレンの悲鳴は、死んでいく者のしわがれ声に変わっている。いまは、振《ふ》りかえることで彼女《かのじょ》の死を現実のものにしちゃいけない。この目で見てしまわないかぎり、エレンは生きているのだと思いこむことができる。彼女《かのじょ》について――二日前、わたしにほほえみかけ、きっとうまくいくわね、と言っていたエレンについて――なにかを感じずにすむ。いまのわたしに、なにかを感じている余裕《よゆう》はない。

わたしは装置にたどり着き、デイヴィッドのとなりに並んだ。壁際《かべぎわ》の怪物《かいぶつ》の大群が、とうとうわたしたちのほうへ向かいつつある。それはまるで、いびつな形の巨大《きょだい》な怪物《かいぶつ》がのそりと動き、床《ゆか》の上をじわじわと這《は》いだしてくるようにも見えた。これまで群れのうしろにいた怪物《かいぶつ》たちは、むきが変わったことで最前列に踊《おど》りだし、このチャンスを逃《のが》すまいと全速力で走っている。いっぽう、前列から最後尾《さいこうび》へ下がってしまった怪物《かいぶつ》たちは、遅《おく》れを取りもどそうと必死になっていた。クラリータは、すでに盾呪文《たてじゅもん》を唱えはじめている。わたしも割りあてられた詩の一部を唱え、ほかの呪文《じゅもん》使いたちと一緒《いっしょ》に盾魔法《たてまほう》を完成させていった。同時に、修繕《しゅうぜん》グループが、装置を守っているつややかな真ちゅうの板を取りはずした——ここまでは、すべてが計画どおりに進んでいた。そして、すべてが順調だと思った瞬間《しゅんかん》にウェンが中国語でなにかつぶやき、残念ながらわたしにでさえ、それはマズいことが起こったときに使う悪態なのだろうということがはっきりとわかったのは、まさにその瞬間《しゅんかん》だった。

言い訳をさせてもらうと、わたしが四年生の能力をいまいち信頼《しんらい》しきれなかったのは仕方がなかったと思う。出発を卒業式当日の朝にまで引きのばし、準備にできるだけ時間をかけたことは、結果的に正しい判断だった。仮に昨日の夜のうちに出発してホールでの時間を多めに確保していたとしても、四年生がプランBを確実に実行できたとは思えない。たしかに、なにか起こったときのことを考慮《こうりょ》して、もうすこし時間の余裕《よゆう》を見ておいてもよかったのかもしれない。それでもわたしは、問題が起これぱプランBに移るまもなく死ぬだろうと確信していた。

わたしの考えはそこまで的外れじゃなかったと思う。ふつうの状況なら、わたしたちは死んでいてもおかしくなかった。卒業ホールの大型の怪物《かいぶつ》たちが、一頭残らず、まっすぐにわたしたちのほうへ向かってきている。たしかに、わたしたちには全校生徒から集めたマナがあった。だから、二十分かそれくらいなら、クラリータの盾魔法《たてまほう》で怪物《かいぶつ》たちの猛攻撃《もうこうげき》を跳《は》ねかえすことができる。だとしても、そのマナが尽《つ》きれば盾魔法《たてまほう》も消え、怪物《かいぶつ》たちはわたしたちを貪《むさぼ》り食うだろう。

だけど、わたしたちの状況《じょうきょう》はふつうじゃなかった。わたしたちには、オリオンがいた。

耐《た》えがたいほどつらい時間がはじまった。その場に突《つ》ったって盾魔法《たてまほう》をかけ、背後で必死になって仕掛《しか》けを修理しているウェンたちの立てる金属音をなすすべもなく聞き、どんな問題が起こっているのかも、修理まであとどれくらいかかるのかもまったくわからないのだ。盾魔法《たてまほう》グループのだれにもわからなかった。英語を話すことができたエレンはいなくなり、ゼンは修理グループの競争で五位になったのでホールには来ていない。説明を得るには、なにが起こっているのかヴィンにフランス語で教えてもらうしかない。だけど、ヴィンは目下のところ装置の中に上半身を突《つ》っこんだまま、明らかに切羽《せっぱ》詰《つ》まった様子でなにか叫《さけ》んでいる。装置のそばにいるウェンとカイトは、ヴィンの低いくぐもった声を聞きながら、作業場であれだけ時間をかけて組みたてた部品の一部を必死で分解していた。わたしは、中国語を勉強する時間を取らなかったことを激しく後悔《こうかい》した。

そのあいだ、オリオンは英雄《えいゆう》の呼び声にふさわしく、一瞬《いっしゅん》も休むことなく戦いつづけていた。怪物《かいぶつ》たちを切りすてるたびに、新鮮《しんせん》なマナがわたしたちへ送りこまれてくる。もともとの計画ではオリオンも盾魔法《たてまほう》のうしろに留まり、特に危険な怪物《かいぶつ》が迫《せま》ってくるか、盾魔法《たてまほう》が破られる危険があるかしたときにだけ、外へ走りでていって戦う予定だった。だけど、オリオンは、水を飲むためにもどってくることさえしなかった。なににも守られず、たったひとりで、怪物《かいぶつ》たちを倒《たお》しつづけた。わたしはといえば、でくのぼうみたいに立ちつくし、盾魔法《たてまほう》の呪文《じゅもん》を唱えているだけだった。魔法《まほう》をかけていると言っても、ほとんどなんの労力もいらない。オリオンのわきをすりぬけられる怪物《かいぶつ》たちは一頭もいなかったからだ。それはまるで、テレビの中で戦うオリオンの姿を、安全な分厚いガラスを通して見物しているような感じだった。

しばらくすると、怪物《かいぶつ》たちは、文字どおり**後退**しはじめた。オリオンはどれくらいの時間戦いつづけていたのだろう。十分かもしれないし、百年かもしれない。百年にも思える長い時間だった。オリオンは肩《かた》で息をしている。髪《かみ》からは汗《あせ》がしたたり、シャツの背中には大きな汗《あせ》の染みが広がっている。オリオンの前には、つぶされ、刺《さ》され、焼かれ、切りきざまれ、切りすてられた怪物《かいぶつ》たちの死体が、三十センチほどの幅《はば》の半円を描《えが》いて転がっている。半円のむこう側には、怪《かい》物《ぶつ》たちが壁《かべ》のようにひしめき合い、目を光らせ、口からよだれを垂らし、金属のような皮ふをぎらつかせている。動いているのは、残り物をあさる小型の怪物《かいぶつ》たちだけだった。五、六匹《ぴき》で這《は》いよってくると、残骸《ざんがい》をくわえてうれしそうに逃《に》げていく。ほかの怪物《かいぶつ》たちは、たっぷり一分ほども動かなかった。とうとう、そのうちの一頭が動きだした。だけど、**オリオンを**襲《おそ》うことはしない。オリオンを回りこみ、わたしたちのほうへ向かってこようとしている。

最初の一頭がオリオンのそばをすり抜《ぬ》けると、そちらに気をとられたオリオンのすきを突《つ》いて十頭以上の怪物《かいぶつ》たちがあとに続いた。だけど、わたしたちには頑丈《がんじょう》な盾魔法《たてまほう》がある。攻撃《こうげき》を受けるはずがない。少なくともわたしはそうだった――ところが、となりのデイヴィッド・ピレシュが、なんの前触《まえぶ》れもなく、いきなり膝《ひざ》からくずおれた。視界の端《はし》に、生気をなくして土気色になったデイヴィッドの顔が映る。盾《たて》を突《つ》きやぶるようにしてがっくりと前に倒《たお》れこんだとき、デイヴィッドはすでに息絶えていたようだった。せめて、そうであってほしい。四頭の怪物《かいぶつ》たちがあっという間にデイヴィッドに飛びかかり、別の十頭も折りかさなるようにして獲物《えもの》に群がりはじめた。オリオンが全力でデイヴィッドのほうへ走る。だけど、駆《か》けつけたオリオンが怪物《かいぶつ》たちを追いはらったときには、文字どおりあとにはなにひとつ残されていなかった。血の染みさえ残っていない。その場で蒸発でもしたみたいに。

うしろで様子をうかがっていた百頭もの怪物《かいぶつ》たちは、オリオンがわきへ移動した絶好のチャンスをつかまえ、いっせいにわたしたちのほうへ突進《とっしん》してきた。さすがのオリオンにも、すべての怪物《かいぶつ》を一度に倒《たお》すようなまねはできない。運悪く、怪物《かいぶつ》たちが盾魔法《たてまほう》に体当たりしてきたのと、魔法《まほう》の防御力《ぼうぎょりょく》が弱まったのは同時だった。複数人でかける魔法《まほう》の多くは、そのうちのひとりが抜《ぬ》けた瞬間《しゅんかん》に解けてしまう。だけど、クラリータの盾魔法《たてまほう》は緊急時《きんきゅうじ》に合わせて切りかえられるようになっていた。ちょうどそれは、みんなでおしゃべりをしている途中《とちゅう》でだれかが部屋から出ていっても、残った人たちで会話を続けるようなことに似ている。だれかが抜《ぬ》けた場合を想定して、残った人数だけで盾魔法《たてまほう》をかけつづける練習はしていた。だけど、少ない人数で盾魔法《たてまほう》をかけながら、執拗《しつよう》な攻撃《こうげき》を百年にも思えるほど長い時間受けつづけることまでは想定していなかった。

そのとき、デイヴィッドと位置を代わっていたマヤが、首を絞《し》められているかのように、苦しげにあえぎはじめた。つぎに呪文《じゅもん》を唱えるのは彼女《かのじょ》の番だ。ところが、マヤはわたしとつないでいた手を離《はな》し、よろよろと後ずさって床《ゆか》の上にくずれ落ちた。両手で苦しげに胸を押《お》さえている。

クラリータは、デイヴィッドの呪文《じゅもん》を叫《さけ》んでいる。張りつめた声だ。わたしはマヤにかわって彼女《かのじょ》の呪文《じゅもん》を唱え、呪文《じゅもん》が終わる前にクラリータの手をつかんだ。残った呪文《じゅもん》使いは、クラリータのむこうにいるアンヘル・トーレスをふくめて、たった三人になっていた。一瞬《いっしゅん》、盾魔法《たてまほう》が、真夏の道路に立つもやのように、ゆらりと不安定に揺《ゆ》れた。と、そのとき、まさにトラックと同じくらいの長さがある巨大《きょだい》なサッカーワームが怪物《かいぶつ》の群れの中から飛びあがり、まっすぐにわたしたちのほうへ向かってきた。ヤツメウナギそっくりの口が、わたしの顔の真正面の盾《たて》にびたりと貼《は》りつく。丸い口の中には、蛍光《けいこう》ピンクに光る歯がびっしり生えている。サッカーワームはその歯を盾《たて》に食いこませ、ドリルの要領で穴を開けようと、長い体を勢いよくひねりはじめた。

盾魔法《たてまほう》は会話と同じだ。だから、わたしは過去の記憶《きおく》を呼びさました。みんなから、あんたはわたしたちの仲間じゃない、とあからさまに態度で示されたときのこと——冷ややかな無視、わたしを見るなりわざとらしく潜《ひそ》める声。心の中で、デイヴィッドとマヤも、本当は盾魔法《たてまほう》に加わっているのだと想像する。ふたりはただ、すこしのあいだ顔をそむけているだけ。サッカーワームにわたしたちの会話を聞かれないように。サッカーワームなんか会話に入れたくない。仲間じゃない。さっさと追いかえさなくては。過去の痛みを思いだすと、それだけ魔法《まほう》に集中することができる。わたしは歯を食いしばってデイヴィッドの呪文《じゅもん》を唱え、湧《わ》きあがる怒《いか》りの勢いを借りながら盾魔法《たてまほう》に大量のマナを注ぎこんだ。とうとう、サッカーワームは盾《たて》の抵抗力《ていこうりょく》にそれ以上耐《た》えられなくなり、口を離《はな》すと、ずるずると盾《たて》の表面をすべって床《ゆか》に落ちた。すぐに小型の怪《かい》物《ぶつ》たちが七匹《ひき》ほど走りよってきて、弱ったサッカーワームの背中に飛びかかり、あっという間に引きさいてしまった。

クラリータは意外そうな顔でわたしを見た。ちょうどそのとき、背後のヴィンが勝ちほこったような雄叫《おたけ》びをあげながら、装置のなかから這《は》いだしてきた。うしろを振《ふ》りかえることはできない。それでも、修繕《しゅうぜん》チームが唱える仕上げの呪文《じゅもん》が聞こえてくる。予行演習と同じ行程は、最後のこの部分だけだった。彼《かれ》らの体から装置へ流れこんでいくマナは激流のようで、その気配は背中でも感じられるほど強かった。静電気のようなパチパチという音がしばらく続く。ヴィンとジェイン・ゴーが、がちゃん、という大きな音とともに、装置の真ちゅうの覆《おお》いをはめ直した。修理チームがこちらに向きなおり、わたしたちの肩《かた》をつかむ。修理が完了《かんりょう》したという合図だ。「撤収《アロン》、撤収《アロン》だ！」ヴィンがフランス語でどなる。言われるまでもなく、やるべきことはわかっていた。床《ゆか》にうずくまっているマヤをカイトが助けおこしているのを横目に見ながら、わたしは気がふれたように叫《さけ》んだ。「オリオン、もどってきて！　オリオン！　オリオン・レイク、あんたのことだってば！　そこの生焼けのプディング！　撤収《てっしゅう》するよ！　オリオン！」だれだって、それだけ叫《さけ》べば十分だと思うだろう。オリオンはわたしの五十センチ前にいるのだ。わたしももちろんそう思った。だけど、実際はそうじゃなかった。激しい戦闘《せんとう》の最中だったから聞こえなかった、という言い訳も使えない。なぜなら、オリオンの前には新たに襲《おそ》ってきた怪物《かいぶつ》たちの死《し》骸《がい》がふたつ目の半円を作り、オリオン本人はというと、床《ゆか》に片膝《かたひざ》をついて次の敵を**待って**いたからだ。

　ありがたいことに、わたしのまわりにはまともな仲間がいた。アンヘルが床《ゆか》にかがみ、空いているほうの手で大理石の小さなかけらを拾うと、オリオンめがけて放った。四歳《さい》児なみのコントロール力しかなかったアンヘルの投げた石が、かろうじてオリオンの靴《くつ》をかすめる。だけど、オリオンにはそれで十分だった。すばやく振《ふ》りかえり、**アンヘルに**切りつけ——運よく盾魔法《たてまほう》は解いていなかった——、自分のしでかしたことに気付いて一瞬《いっしゅん》目を見開き、驚《おどろ》きから覚めるまもなくそのまま回転しながら、背中に飛びかかろうとしていた怪物《かいぶつ》を二頭仕留めた。「レイク、あんた本物のバカなの!?」わたしは怒《いか》りにまかせてわめいた。さいわい、オリオンの頭にはまだ脳みそが入っていた。二頭を倒《たお》しながら一回転し終えると、そのままわたしたちのほうへ走ってきて、アンヘルの差しだした手をつかんだ。その瞬間《しゅんかん》、ウェンがベルトのフック魔法《まほう》を発動した。

フック魔法《まほう》をかけられるのは生まれてはじめてだった。世界一高い崖《がけ》の上からバンジー・ジャンプをするところを想像して、めちゃくちゃ楽しそうだと思えるなら、フック魔法《まほう》も最高に楽しめると思う。個人的には、どちらもまったく楽しいと思えない。わたしははじめから終わりまで叫《さけ》びつづけていた。フック魔法《まほう》に引きずられて怪物《かいぶつ》たちの群れの中を猛《もう》スピードですり抜《ぬ》けていくあいだも――盾魔法《たてまほう》の名残が怪物《かいぶつ》たちをボウリングのピンのように弾《はじ》きとばした――、狭苦《せまくる》しい修繕《しゅうぜん》用の立て坑《あな》の中を頭をぶつけながら引っ張りあげられていくあいだも、金切り声で叫《さけ》びつづけた。悲鳴がひときわ大きくなったのは、四年生の寮《りょう》がある階段からトッドの部屋の中に引っ張りこまれ、勢いあまって**部屋のふちから虚空《こくう》へ飛びだした**ときだ。わたしたちの半数がしばらく虚空《こくう》で宙吊《ちゅうづ》りになり、足の下には――いや、どっちを向いても――果てしない漆黒《しっこく》の闇《やみ》だけがあった。恐怖《きょうふ》の悲鳴を新たにあげそうになったとき、体をぐっと引かれる感覚とともにトッドの部屋の中へ引きあげられ、かと思えば、またしても勢いあまって四年生の寮《りょう》の廊下《ろうか》に放りだされた。

仮に、いつのまにか脳が書きかえられて口がきけなくなっていたのだとしても、本当にそうなのか、ショックで声が出ないだけなのか、しばらくは区別がつかなかったと思う。わたしは床《ゆか》に両膝《りょうひざ》をついたままがたがた震《ふる》え、両腕《りょううで》でお腹を抱《だ》きしめていた。顔がビニールになって、ところどころが溶《と》けてはがれ落ちてしまったような感じがする。廊下《ろうか》の扉《とびら》が騒々《そうぞう》しい音とともに次々《つぎつぎ》に開き、四年生たちがチーム別に固まりながら、わたしたちのそばを走りすぎていった。何人かは驚《おどろ》いたようにわたしたちを見やり、それでも立ちどまることはしない。わたしには、なにが起こりつつあるのか考える余裕《よゆう》さえなかった。

「卒業式《グラドゥアシオン》よ！」クラリータがスペイン語で叫《さけ》び、アンヘルとマヤが別々《べつべつ》の方向へ歩いていった。マヤは青ざめた顔にじっとりと汗《あせ》をかき、足元もおぼつかない。それでも、どうにか歩きつづけ、四年生の人波に紛《まぎ》れていった。修繕《しゅうぜん》グループも走りだし、卒業チームと合流している。

オリオンにいきなり肩《かた》をつかまれ、わたしはぎょっとして悲鳴をあげた。無数のピンや針に全身を打ちぬかれたような感じがしたのだ。「卒業のベルが鳴ったんだ！」オリオンが、まわりの騒音《そうおん》に負けじと声を張りあげる。

わたしはうなずき、震《ふる》える足で立ちあがると、オリオンについて四年生たちのあいだを縫《ぬ》うように歩いていった。オリオンが一足先に階段にたどり着いたとき、だれかの呼ぶ声がした。「エル！　オリオン！」振《ふ》りかえると、クラリータが部屋の入り口に立っている。その姿は廊下《ろうか》のカーブに半分隠《かく》れていた。クラリータは手招きをしながら言った。「もどる途中《とちゅう》で大掃除《そうじ》がはじまるわよ！　バカなことしないで！」

わたしはためらった。だけど、すでにオリオンは階段を一段とばしに上がりはじめ、いまにも視界から消えてしまいそうだ。わたしは首を横に振《ふ》り、オリオンのあとを追った。賢《かしこ》い判断だったとは言えない。オリオンはあっという間に見えなくなった。わたしはすこし上っただけで呼吸が苦しくなり、震動《しんどう》する手すりをきつくつかんで立ちどまった。階段は、嵐《あらし》の海に揺《ゆ》られるボートのように、前へうしろへ激しく揺《ゆ》れている。内臓まで揺《ゆ》れているような気がした。自分を奮いたたせてもう一度歩きはじめたとき、オリオンがいきなり目の前に現れ、わたしの腕《うで》を引っ張るようにして階段を上りはじめた。嫌味《いやみ》を言ってやる気力は残っていなかった。わたしは、もう片方の腕《うで》で痛みを押《お》しつぶすようにしてお腹を抱《かか》え、おとなしくオリオンに支えられながら、おぼつかない足取りで階段を上りつづけた。

　作業場のある階へ近づいたころ、なにかが床《ゆか》を引っかくような音が次第に大きくなっていった。踊《おど》り場が見えてきたとき、甲高《かんだか》い声で鳴く小型の怪物《かいぶつ》の群れが、這《は》ったり跳《は》ねたりしながら、大あわてでわたしたちのほうへ走ってきた。完全にパニックを起こしていて、襲《おそ》ってくるそぶりさえ見せずに逃《に》げていく。すぐに、別の一団が階段を走りすぎていった。上へ行き、下へ行き、ばらばらの方向へ逃《に》げまどい、ぶつかって互いを弾《はじ》きとばしたかと思うともつれ合う。わたしは、作業場へ続く踊《おど》り場までの数段をうめきながら上り、荒《あら》い息をついた。そのとき、怪物《かいぶつ》たちの立てる騒音《そうおん》をかき消す、ゴオッという別の音が聞こえはじめた。焚《た》き火を拡声器にくくりつけたら、こんな音が聞こえるのかもしれない。音は上からも下からも聞こえ、階段に落ちている影《かげ》は強い光の中で一段と濃《こ》くなっていった。オリオンはわたしの腕《うで》をつかんだまま、しばらく凍《こお》りついたように立ちつくし、それからわたしを廊下《ろうか》へ引っ張っていった。だけど、逃《に》げられるような場所はどこにもない。目の前では、青白い死の業火の壁《かべ》が、床《ゆか》から天井まで埋《う》めつくしている。パチパチと音を立てて揺《ゆ》れるカーテンのようだ。カーテンには、炎《ほのお》の滝《たき》に捕《つか》まって焼きつくされる怪《かい》物《ぶつ》や、死の苦しみに激しくもだえる怪物《かいぶつ》や、マナを吸いだされて弾《はじ》けとぶ小型の怪物《かいぶつ》の影《かげ》が、映っては消えた。死の業火からあふれ出した怪物《かいぶつ》たちのマナが、無数の蜘蛛《くも》の足のように壁板《かべいた》や床《ゆか》のタイルを伝い、暗闇《くらやみ》の中の静電気のようにぱちぱちと弾《はじ》けている。炎《ほのお》は着実にわたしたちに近づいていた。

オリオンの呼吸が、だんだん浅く短くなっている。卒業ホールにいたときは、いつものように平然としていた。だけど、死の業火は怪物《かいぶつ》じゃない。炎《ほのお》は怪物《かいぶつ》たちを飲みこみ、マナやマリアを持っている生き物を片っ端《ぱし》から焼きつくす。死の業火の前では、戦闘魔法《せんとうまほう》はなんの役にもたたない——死の業火と**戦う**ことはできない。念のために言っておくと、オリオンは、うろたえてはいなかった。本物の恐怖《きょうふ》を感じる唯一《ゆいいつ》のものが迫《せま》りつつあっても。オリオンはただ、呆気《あっけ》にとられたように炎《ほのお》を見つめて立ちつくしているだけだった。こんなことが自分の身に起こっているなんて、にわかには信じられないみたいに。

わたしは背すじを伸《の》ばして立った。目を閉じて呪文《じゅもん》をかける体勢を取り、オリオンを押《お》しのけようとした——オリオンはわたしの手をしっかりと握《にぎ》って離《はな》そうとしない。だけど、わたしにはその手がいますぐに必要なのだ。「なにしてんの？」わたしは手を引きぬこうとしながら言った。オリオンはバカみたいに頑固《がんこ》だ。なぜそんなことをしているのか、わたしには誓《ちか》って見当もつかなかった——オリオンはいったいなにをしているんだろう？　死が目前に迫《せま》っていると思いこんでいるのは確かだけど、そんなときに、どうしてわたしの手をしっかりと握《にぎ》っているんだろう？　それだけ考えれば十分だった。一度わかってしまうと、その答えはあまりにも明らかで、わたしは自分のにぶさに呆《あき》れかえった。「あんた、もしかして、わたしのこと彼女《かのじょ》だと思ってる？」怒《いか》りをこめて鋭《するど》く言う。その瞬間《しゅんかん》、オリオンはなにかを決意したような青ざめた顔でこっちに向きなおり、わたしの顔を両手でつかんで**キスをした**。

わたしは、ピンチを脱出《だっしゅつ》するために必要な力をありったけこめて、オリオンに膝蹴《ひざげ》りを食らわせた。魔法《まほう》をかけるには、手だけじゃなくて、口も使うのだ。オリオンを床《ゆか》に突《つ》きとばし、いまや目前に迫《せま》った炎《ほのお》のカーテンに向きなおる。間一髪《かんいっぱつ》で自分も死の業火を召喚《しょうかん》すると、それを使って自分たちのまわりに炎《ほのお》の防火帯を張りめぐらせた。

第13章 死の業火

急ごしらえの防火帯の中は耐《た》えがたいほど暑かったけれど、そう長く我慢《がまん》する必要はなかった。わたしたちを取りかこんだ死の業火は一分もしないで通りすぎ、旺盛《おうせい》な食欲で怪物《かいぶつ》たちを飲みこみながら廊下《ろうか》を遠ざかっていった。自分で召喚《しょうかん》した死の業火を消し――業火はなんの収穫《しゅうかく》もないまま消されてしまうことを渋《しぶ》ったけれど、力ずくで追いはらった――、焼きつくされた廊下《ろうか》で立ちつくす。燃やされた怪物《かいぶつ》たちの、キノコを焦《こ》がしたようなにおいが、あちこちの通風孔《つうふうこう》から廊《ろう》下《か》へ流れこんでくる。

わたしは背すじを伸《の》ばしたまま、まるで炎《ほのお》の壁《かべ》がもどってくることを警戒《けいかい》しているみたいに、遠ざかっていく死の業火をにらんでいた。だけど、炎《ほのお》がもどってこないことは、わたしにもわかっている。学年末の大掃除《そうじ》は、手早く、徹底《てってい》的におこなわれる。大掃除《そうじ》がはじまると、最上階の廊下《ろうか》の真ん中に一対の炎《ほのお》の壁《かべ》が現れ、それぞれ反対の方向へ進みながら下の廊下《ろうか》へ移動していく。怪物《かいぶつ》たちを絶対に逃《のが》さないように、炎《ほのお》が届く範囲《はんい》もタイミングもすべてが計算されている。死の業火がわたしたちのそばを通りすぎていったのと同時に、上の階と下の階からの炎《ほのお》の壁《かべ》が階段で合流し、ぶつかって消えていた。わたしたちが防火帯で切りぬけたあの炎《ほのお》の壁《かべ》も、廊下《ろうか》のすこし先で消えるだろう。だけど、わたしはこのまま、もどってくるはずのない死の業火を見張っている振《ふ》りをつづけていたかった。床《ゆか》にすわっているオリオンのほうを見たくない。下を向けばオリオンの表情を見ないわけにはいかないし、なにか声をかけないわけにもいかない。

次の瞬間《しゅんかん》、わたしは危うく倒《たお》れそうになった。足元の床《ゆか》が大きくうねるように波うちはじめたのだ。防火帯に囲まれていた小さな丸い空間をのぞけば、周囲の壁《かべ》も床《ゆか》もまだ焼けるように熱い。わたしはその小さな円の中で、オリオンと一緒《いっしょ》に身を縮めていなくちゃいけなかった。片腕《かたうで》を互《たが》いの体に回し、もう片方の手でバランスを取り、まるで双頭《そうとう》のサーファーみたいだ。円の外へ転がりでてしまえば、熱い壁《かべ》に皮ふを焼かれるのは間違《まちが》いない。少なくとも、オリオンがわたしになにか伝えようとしていたとしても、騒音《そうおん》のせいで聞かずにすんだ。歯車の回る音は、部屋に閉じこもっているときより、百倍も大きく聞こえた。廊下《ろうか》のむこうでは、階段が激しくきしみながら、エスカレーターみたいに下へと動いていく。三年生の寮《りょう》の踊《おど》り場がゆっくりと下りてきて、そのまま、さらに下へと消えていった。踊《おど》り場が見えなくなってすこしすると、ガチャン！　という大きな音が聞こえてきた。階段があるべき場所に収まった音だ。それを機に、歯車の回転する音は静かになっていった。

そのとき、天井のすべての噴霧器《ふんむき》がいっせいに作動し、濃《こ》い霧《きり》がたちまち廊下《ろうか》を覆《おお》いつくした。全身がじっとりと濡《ぬ》れ、厚い霧《きり》のせいで、まともに見ることも息をすることもできない。すこしすると、霧《きり》は床《ゆか》や壁《かべ》の熱で蒸発していき、余分な水分は廊下《ろうか》を流れ、ゴボゴボという音とともに排水口《はいすい》の中へ吸いこまれていった。あとに残されたのは、ぴかぴかに掃除《そうじ》された廊下《ろうか》の真ん中であえいでいる、濡《ぬ》れねずみみたいなわたしたちだけだった。学年末を知らせるベルが鳴り、階段でかすかにこだました。こだまが完全に消えるより早く、階下の寮《りょう》の扉《とびら》が次々《つぎつぎ》と開く音が聞こえてくる。

足元の床《ゆか》からは、まだ歯車の動く振動《しんどう》がかすかに伝わってきた。四年生の寮《りょう》が、回転しながら最下部へ下りていっているのだ。駆除《くじょ》装置が本当に作動したのなら、クラリータやウェンたちは、ほとんど空っぽになった卒業ホールに下りていくことになる。ホールは、大掃除《そうじ》に使われるものよりはるかに大きな死の業火に、隅《すみ》から隅《すみ》まで焼きつくされているはずだ。小型の怪物《かいぶつ》たちは、大型の怪物《かいぶつ》の死体やがれきの陰《かげ》で火を免《まぬが》れるかもしれない。〈鐘《かね》つき蜘蛛《ぐも》〉も、数匹《ひき》はその金属の外皮のおかげで生きのびる可能性がある。〈不屈《ふくつ》〉と〈忍耐《にんたい》〉も、死ぬことはないだろう。あの二匹《ひき》を殺すには、死の業火を一週間はぶっ続けで燃やしつづけるしかない。それでも、細い触《しょく》手《しゅ》と表面の目玉は焼きつくされてしまうだろう。そうなれば、四年生はひとり残らず、ゲートへ向かってまっすぐに歩いていける。

あるいは、結局、駆除《くじょ》装置は動かず、四年生たちは飢《う》えた怪物《かいぶつ》の群れに放りこまれたのかもしれない。怪物《かいぶつ》たちは、興奮したスズメバチの群れのように凶暴《きょうぼう》になり、口を開けて彼《かれ》らを待ちかまえている。どちらの結末が四年生を待ちうけているのかはわからない。来年になるまでは。わたしたちの番が来るまでは。とにかく、わたしたちは四年生になった。二分の一の勝率だと言われている戦いを勝ちのこった。オリオンがその勝率を大きく引きあげ、戦いのルールを新入生の代にいたるまで変えてしまったのだとしても。そのとき、オリオンがわたしの肩《かた》に手を置いた。わたしも、それを振《ふ》りはらおうとはしなかった。

「エルがぼくの命を救ってくれたんだよな」オリオンは、戸惑《とまど》ったような声で言った。わたしは歯ぎしりしながらオリオンを振《ふ》りかえった。時どき人の役にたつのはあんたの専売特許じゃないんだけど。そう言ってやるつもりだった。だけどそのとき、こちらを見つめるオリオンの顔に、見間違《みまちが》えようのないあの表情が浮《う》かんでいるのに気付いた。これまで、数えきれないほど見たことのある表情。男の人たちが、なにかにつけて母さんに向けるあの表情。といっても、ふつうの人が想像するような表情とはちがう。男性が母さんに下心を抱《いだ》いて色目を使うことはない。それは、どちらかというと、女神を見ているような顔だ。その顔には、自分の価値を――わたしにもよくわからないけれど――証明することさえできれば、この女神は自分に向かってほほえんでくれるんじゃないかという期待が浮《う》かんでいる。多かれ少なかれあれと似た表情が、まさか自分に向けられるなんて予想もしていなかった。

どうすればいいのかさっぱりわからなかった。もう一度、さっきより強めに膝蹴《ひざげ》りを食らわせて逃《に》げだせばいいんだろうか。考えれば考えるほど、そうするのが一番いいような気がしてくる。だけど、そのチャンスはやってこなかった。なぜなら、**オリオンがわたしの**肩《かた》をぐっとつかんで無理やり床《ゆか》に――氷のように冷たい部分とマグマのように熱い部分が交じりあう、びしょぬれの床《ゆか》に――しゃがませ、わたしの頭ごしに火の玉を五、六発ほど放ったからだ。火の玉はゴーガーの小さな群れに命中した。怪物《かいぶつ》たちは、わたしが作りだした安全圏《けん》の天井裏で死の業火を免《まぬが》れ、勝利のごちそうを貪《むさぼ》ろうと、わたしたちに襲《おそ》いかかろうとしていたらしい。

十人ほどの生徒が踊《おど》り場に現れたのは、その瞬間《しゅんかん》だった。まさにそのとき、わたしは床《ゆか》にしゃがみ、オリオンは両手から輝《かがや》く煙《けむり》を立ちのぼらせながら、わたしをかばうように勇ましく立ち、落ちてきたゴーガーたちの焼けこげた死体はわたしのまわりにきれいな円を描《えが》き、最後の一匹《ぴき》がぽとりと床《ゆか》に落ちてきたのだった。

だから、わたしは逃《に》げだした。

むずかしいことじゃなかった。みんなが話したがっているのはオリオンだ。どんなふうに生きのびたのか、どんなふうに怪物《かいぶつ》の群れを虐殺《ぎゃくさつ》し、装置を修理し、四年生たちを救ったのか。間違《まちが》いなく、今日が終わるころには、ミッションにはほかに十二人も参加していたことを覚えている生徒はひとりもいないだろう。ましてや、わたしがその中のひとりだったことは、きれいさっぱり忘れられているにちがいない。そのままオリオンのとなりに留まろうとするなら、両腕《りょううで》をあいつの腰《こし》にからませ、頑固《がんこ》なツタ植物みたいにしがみついているしかなかった。わたしは抵抗《ていこう》ひとつせず、追っかけたちにあっさり押《お》しのけられてやった。

押《お》しのけられるついでに、わたしはある場所へ向かうことにした。賢《かしこ》い生徒が学年末にやることは決まっている。作業場へ行くのだ。作業場の中へ入ってみると、たっぷり二分間はこの場所をひとり占《じ》めできそうだった。金属片が入っている箱は、学年末に中身が完全に入れかえられる。だから、中に怪物《かいぶつ》が潜《ひそ》んでいるんじゃないかと心配する必要もない。大きなかなまどのそばには鍛《たん》造《ぞう》のときに使うエプロンが五着かかっていた。ずっしりと重い不燃性の生地《きじ》でできたエプロンだ。わたしは、アアディヤのサイズに一番近い一着を選ぶと、それを作業台の上に広げ、やるべきことに取りかかった。

手始めに、本のための木箱を作る材料を集めることにした。作りたいものが頭の中で具体的に浮《う》かんでいて、しかも、新しい材料が補充《ほじゅう》されたばかりの作業場へ一番にやってくるような貴重な機会に恵《めぐ》まれたときには、必要なものが見つかりやすい。すぐに、バイオレットウッドの板を四枚と、象嵌《ぞうがん》模様に使う銀の棒が二本と、頑丈《がんじょう》そうな鋼の蝶番《ちょうつがい》が一対と、チタン製の針金がひと巻き見つかった。これがあれば、魔法《まほう》で仕《し》掛《か》け針金を作り、箱の蓋《ふた》を好きな位置で開いたまま固定することができる。短いLEDのテープライトまで見つかった。呪文帳《じゅもん》は電気製品に目がない——箱を開けたときにライトが光るような仕掛《しか》けにしておけば、よほどぞんざいな扱《あつか》い方をしないかぎり、その本をなくす心配はほぼないと言っていい。

戦利品をエプロンで包みおえたとき、ほかの生徒が何人か作業場に入ってきた。それでも、本格的に混みあうまでにはまだ何分かかかりそうだったので、わたしは細々《こまごま》したものをさらにいくつか手にいれた。それ以上粘《ねば》れば、取りあいがはじまりそうだった。新たにやってきた生徒たちは、チタンの棒とかダイヤモンドの削《けず》り屑《くず》を一袋《ふくろ》とか、交渉《こうしょう》に使える貴重な材料を必死で探している。わたしはその競争には加わらず、アアディャのリュートに使えそうなものを探すことにして、新しい針金を一袋《ふくろ》と、紙やすりを一束と、透明《とうめい》な樹脂《じゅし》が入った大きな瓶《びん》を二本手にいれた。荷物をすべてエプロンに包むと、それを抱《かか》えて作業場を出る。わたしが出ていくのと入れかわりに、大勢の生徒が本格的に作業場へなだれこんでいった。

来たときとは反対の方向へ廊下《ろうか》を歩き、もういっぽうの踊《おど》り場へ向かう。道をふさぐオリオンの取りまきたちをかき分けていくなんて、まっぴらだ。それに、寮《りょう》が回転したということは、わたしの部屋がもうひとつの踊《おど》り場の近くに移動してきたかもしれない。そんなふうにして、わたしはオリオンに会わずにすむ言い訳を次々《つぎつぎ》と考えだしていった。学年末のこの時期、階段は生徒たちでごった返している。だれもが新しい材料を手にいれようと、学校中を駆《か》けまわっているからだ。いまなら、元四年生の寮《りょう》に下りていくのも悪くないかもしれない。そこにはもう、だれも残っていないのだから。

新四年生の学生寮《りょう》はにぎやかだった。寮《りょう》に残っているということは、一番いい材料を手にいれる機会をみすみす逃《のが》したということで、つまり、彼《かれ》らのほとんどは、材料集めにあくせくする必要のない魔法《まほう》自治領の生徒だった。普段《ふだん》よりは安全なシャワー室で熱いシャワーを楽しんだり、掃除《そうじ》がすんだばかりの廊下《ろうか》で友人たちとおしゃべりをしたりしている。なかには、わたしに気付くと軽くうなずいてみせる同級生もいた。ダブリン出身の女の子は、わざわざ声をかけてきた。

「鍛造《たんぞう》用のエプロンなんてあったの？　ラッキーだったね！　なにかと交換《こうかん》する？」

「これはアアディヤにあげるんだ。黄色のガス燈《とう》から九番目の部屋の子だよ」わたしは言った。

「その子に言えば、喜んで貸してくれると思う」

「そっか。シャワー室の壁《かべ》に書いてあった名前、わたしも見たよ。がんばってね」本当に励《はげ》ましてくれているみたいに聞こえた。わたしのことを自分と同じ人間だと思っているみたいに。

わたしは戦利品を抱《かか》えて部屋にもどり、警戒《けいかい》しながら中へ入った。大掃除《そうじ》のあいだ扉《とびら》にバリアを張っていなかったから、死の業火に追われた怪物《かいぶつ》たちが逃《に》げこんでいるかもしれない。手首につけたメダルからは、いまも豊かなマナの気配をはっきりと感じる。わたしはシェア・マナをすこし拝借して、〈啓示《けいじ》の光〉魔法《まほう》をかけた。マナを勝手に借りることにためらいは感じなかった。光で照らしながら部屋を隅《すみ》から隅《すみ》まで確認する。ベッドの下をのぞき、持ちあげて横向きに倒《たお》す。思ったとおりだ――錆《さ》びたスプリングのひとつに怪《あや》しげな繭《まゆ》がくっついている。嫌《いや》な予感しかしない。わたしは、机の上の釘《くぎ》やネジを入れていた瓶《びん》を空っぽにすると、その中に繭《まゆ》を入れた。アアディヤならなにか使いみちを思いつくだろうし、錬金術《れんきんじゅつ》コースのだれかに売ってもいい。

棚《たな》の教科書のあいだには害獣《がいじゅう》科の怪物《かいぶつ》が五、六匹《ぴき》隠《かく》れていたし、そいつらを仕留めおえる前に、小さめの〝スカトゥラー〟がレポートの束のあいだから這《は》いだしてきて床《ゆか》に飛びおりた。獲物《えもの》を探していたわけではないのか、わたしには目もくれず、そのまま床《ゆか》の真ん中の排水口《はいすい》へ逃《に》げていく。仕留めようとしたけれど、スカトゥラーはすばしこかった。排水口《はいすい》の中に頭を突《つ》っこみ、わたしが、床《ゆか》の大半を溶《と》かしたり、部屋の前を通りかかっただれかをうっかり殺したりすることのない魔法《まほう》を思いつくより先に、ぎらぎら光る毒針が突《つ》き出したお尻《しり》を必死によじりながら逃《に》げていった。やれやれだ。こんなふうにして、前期が終わるころにはもう、学校中に怪物《かいぶつ》たちがはびこっている。わたしたちにできることはほとんどない。

気力を振《ふ》りしぼって、横向きに倒《たお》していたベッドをつかみ、がちゃん、という音とともに元にもどす。その直後、だれかが部屋の扉《とびら》を叩く音がした。わたしは急いで〈啓示《けいじ》の光〉を消した。居留守を使おうかと考える。月の上にでもいる振《ふ》りをすればいい。だけど、光は扉《とびら》のすき間から漏《も》れていたにちがいないし、ベッドをもどしたときの騒々《そうぞう》しい音も聞こえていたはずだ。わたしは自分を奮いたたせて入り口へ向かい、こんなときにふさわしい言葉をいくつも頭の中に浮《う》かべながら扉《とびら》を細く開けた。だけど、せっかく考えた言葉は、どれも役にたたなかった。そこにいたのはクロエだった。「急にごめんね」クロエは言った。「明かりが見えたから。あなたとオリオンがぶじに帰ってきたって聞いて、様子を見てきたほうがいいかなって思ったの。だいじょうぶ？」

「まあ、ぎりぎりってとこかな。でも、わたしが生きて帰ってくるなんてだれも思ってなかっただろうし、それを考えれば、生きてるだけでもだいじょうぶって言っていいんじゃない？」わたしは大きく深呼吸をした。勝手に拝借したシェア・マナが息に混ざらないように気をつけながら。手首のメダルを外し、クロエに差しだす。

クロエはためらいがちに言った。「あの——もし、あれから気が変わって、うちの魔《ま》法《ほう》自治領に興味があるなら、メダルは持ってても――」

「これ、助かった」わたしはメダルを差しだしたまま、そっけなく言った。クロエはすこし迷ったあと、メダルを受けとった。

てっきり、これでクロエの用事はすんだものだと思っていた。というか、そう願っていた。クロエはシャワーを浴びてきたばかりなのか、濡《ぬ》れた茶色っぽいブロンドの髪《かみ》をかきあげ、二本の細い銀のヘアピンで留めている。その髪《かみ》はきれいなボブに整えたばかりらしい。肩紐《かたひも》付きの青いサマードレスはスカート部分がプリーツになっていて、それに華奢《きゃしゃ》なサンダルをあわせている。こんな危険な恰好《かっこう》ができるのは、魔法《まほう》自治領の生徒でも学年がはじまって最初のひと月までだ。ドレスには染みひとつついていないし、丈《たけ》は膝《ひざ》がようやく見えるくらいの長さだ。手にいれたころには大きすぎて、四年生になってようやく着られるようになったんだろう。

いっぽうのわたしはといえば、二枚しかないTシャツのうち、よりボロいほうを着ていた。さっきの冒険《ぼうけん》のせいで、Tシャツのボロさに磨《みが》きがかかっている。つぎはぎだらけの薄汚《うすぎたな》いカーゴパンツは、ぶかぶかのウエストを太いベルトで締《し》めあげ、短くなった裾《すそ》はほぎれを縫《ぬ》いつけてごまかしてある。六歳《さい》児用かと見紛《みまが》うほど小さなテープ式のサンダルは、二年生の途中でほかの生徒から買った。最初に持ちこんだサンダルは、もっと小さくなっていた。サイズに十分余裕《よゆう》を見て買ったはずなのに、いまではつま先もかかとも盛大にはみ出している。そして、ホールへ下りていく前に一本に編んだ髪《かみ》は、ほとんどほどけてぼさぼさになっていた。言うまでもなく、シャワーは四日前に浴びたきりだ。廊下《ろうか》の噴霧器《ふんむき》でずぶ濡《ぬ》れになったのを数に入れなければ。もともと身なりにはかまわないほうだし、学校の中にいようと外にいようと、おしゃれには興味がない。だけど、小ぎれいなクロエを目の前にすると、生け垣《がき》の迷路の中をうしろ向きに引きずられてきたみたいな自分のひどい恰好《かっこう》を意識せずにはいられなかった。

ところが、クロエはいつまでたっても帰ろうとしない。わたしの部屋の入り口で、ぐずぐずとメダルをいじっている。ベッドへ倒《たお》れこんで十二時間ぶっ続けで眠《ねむ》るために、じゃあそろそろ、と言おうとしたそのとき、クロエは意を決したような早口で言った。「エル、ごめんね」わたしは黙《だま》っていた。なにに対して謝られているのかわからなかったからだ。クロエは、すこし間を置いて続けた。「エルって――ほら、いろんなことに慣れちゃうんでしょう？　いちいち、これって良いのかな、悪いのかなって考えたりしないのよね。わざわざ、良いか悪いかなんて考えたくないのかもしれないし。というか、だれだってそうかも」

「それに、良し悪しを考えたって、あなたたちにはどうすることもできない」クロエはそう続けながら、ちらっとわたしの顔を見た。目のぱっちりした、子どもっぽい顔をくもらせている。わたしは黙《だま》って肩《かた》をすくめた。「考えたってどうすることもできない仕組みになってるんだから」

クロエはしばらく沈黙《ちんもく》し、また口を開いた。「わたしにもどうすればいいのかわからないの。

でも、仕組みを悪用しちゃいけないと思う。それに、わたし――」クロエは急にばつが悪くなったのか、ふいに目をそらし、落ちつきをなくしてそわそわと唇《くちびる》をなめた。「わたし、嘘《うそ》をついた。図書室で。わたしたち……わたしたち、ほんとにエルのことを黒魔術師《くろまじゅつし》だって思ってたわけじゃないの。そう思いたかっただけ。あなたのことが嫌《きら》いだったから。わたしたち、ずっと文句を言ってた。あなたはほんとに感じが悪くて失礼だとか、オリオンがあなたを利用してみんなの中心になろうとしてるとか。ほんとは、その正反対だったのに。オリオンを利用してニューヨークの子たちに紹介《しょうかい》したとき、わたし、話してあげてもいいわよって合図を送れば、あなたのほうから友だちになろうとしてくるだろうって思いこんでた。自分は、すごく特別な存在なんだって思ってた。でも、そうじゃない。わたしは運がよかっただけ。特別なのは**オリオン**だけ」短く笑って吐《は》いた息は、ため息のようにも聞こえた。「オリオンがあなたと友だちになりたがったのは、あなたがそんなことを気にしないからよね。オリオンがどんなに特別な存在でも、あなたにはどうでもいい。わたしがどんなに運がよくても、あなたにはどうでもいい。わたしがニューヨーク出身だからって、それだけで友だちになろうとはしない」

「ていうか、わたしはだれとも友だちになろうとしないだけ」わたしは訂正《ていせい》した。クロエのひとり語りを聞かされて、居心地が悪い。本気の謝罪なんて荷が重い。

「あなたが友だちになろうとするのは、あなたと友だちになろうとする人だけ。偽善者《ぎぜんしゃ》と友だちになろうとはしない。わたし、偽善者《ぎぜんしゃ》になんかなりたくない。だから――謝りたいの。それで――あなたと仲良くできたらなって。嫌《いや》じゃなければだけど」

　まあ、嫌《いや》ではない。自治領出身のリッチな女の子と仲良くなれば、ひとりではとても手にいれられないような贅沢品《ぜいたく》をしょっちゅう使えるようになる。わたしがクロエたちの立場ならもっといい物を手にいれられるだろうけど。とにかく、悪い話じゃない。それに、クロエ・ラスムセンが本当にまともで誠実な友人になれるなら、わたしが持っていない特権と、わたしが大事にしている主義は、両立するということになるんだと思う。そのふたつが両立するというのは、思っているよりそう悪くないことなのかもしれない。でも、本当のところはわからなかった。ひとつだけ確かなことがあった。ここで〝ムリ。いいからさっさと帰って〟と言ってしまえば、それこそわたしは、失礼で、取りすましたやつになってしまう。本当のわたしはそこまで野蛮《やばん》じゃないのに。

「まあ、いいけど」そう口にすると、ますます居心地が悪くなった。だけど、ばつの悪さを我慢《がまん》した甲斐《かい》もすこしはあった。クロエはすこし恥《は》ずかしそうににこっと笑うと、あなた疲《つか》れてるみたい、もう休んだほうがいいかもねと言って、ようやくわたしを解放してくれたからだ。わたしは扉《とびら》を閉めてベッドに倒《たお》れこみ、死んだように眠《ねむ》った。本当に死んでいないなんて、奇跡《きせき》だ。

　すこしすると、二回目のノックの音がして、リューの声が聞こえた。「エル、起きてる？」

ぐっすり眠《ねむ》っていたけれど、部屋の外で音がすればすぐに目が覚める。立ちあがって扉《とびら》を開けると、リューとアアディヤがいた。食堂からわたしの分の昼食を取ってきてくれたのだ。わたしはアアディヤに、鍛造《たんぞう》用のエプロンとリュートに使えそうな材料を渡《わた》した。ふたりも、わたしほどではないにせよ、そこそこ満足できる戦利品を作業場から勝ちとってきたらしい。リューは、備品室へ行ったついでに、きれいなノートと新しいペンをわたしにもすこし取ってきてくれていた。

「卒業ホールでのこと、話したい？」わたしが昼食を貪《むさぼ》るように食べ、ベッドの上で大の字に寝《ね》転《ころ》ぶと、リューがたずねた。

「装置が予想外の壊《こわ》れ方をしてて、修理に一時間以上かかったんだ」わたしは天井を向いたまま言った。「ホールに入ってから魔工《まこう》コースの子がひとり脱落《だつらく》して、デイヴィッド・ピレシュも盾《たて》魔《ま》法《ほう》をかけてる途中《とちゅう》でやられた。もどるのが遅《おそ》くなっちゃったから、作業場の階まで上がってきたときに大掃除《そうじ》がはじまっちゃって、オリオンがわたしにキスした」最後の出来事を言うつもりはなかった。無意識に口をついて出たのだ。リューは興奮して悲鳴のような声をあげ、あわてて両手で口を押《お》さえた。

「で、どうやって炎《ほのお》から逃《に》げだしたわけ？」アアディヤが真面目くさった顔を作り、わざとずれた質問をする。リューが彼女《かのじょ》の膝《ひざ》を叩《たた》いた。「ちょっと黙《だま》って！　ねえ、どうだった？　オリオンって、キスするのうまい？」自分で聞いておきながら真っ赤になり、くすくす笑いだして両手で顔を覆《おお》う。

　こんなに疲《つか》れていなかったら、わたしもリューと同じくらい真っ赤になっていたと思う。「覚えてないってば！」

「絶対うそ！」アアディヤが言う。

「ほんとだよ！　だって――」わたしはうめき声をあげてベッドの上に起きあがり、両膝《りょうひざ》に顔をうずめてもごもごとつづけた。「あいつに膝蹴《ひざげ》りして床《ゆか》に押《お》したおして、まわりに防火帯を作らなくちゃいけなかったから」それを聞いたアアディヤは大声で笑いだし、笑いすぎてベッドから落ちてしまい、リューはというと、信じられないと言いたげな顔でわたしを見ている。わたしだって、こんなことになったなんて信じたくない。

「『わたし、オリオンとは付きあってなんかいないんだ。ただの友だちだよ』」アアディヤは床《ゆか》に転がってぜえぜえあえぎながら、わたしがふたりに言ったことをそっくりそのまま繰《く》りかえしてみせた。あれは、卒業チームを組むために集まった夜のことだ。そんなことをわざわざ言ったのは、ふたりに、エルはオリオンの彼女《かのじょ》だという誤解を持ったままチームメイトになってほしくなかったからだ。「あんた、恋愛《れんあい》が下手すぎ！」

「励《はげ》ましをどうも。おかげで元気が出てきたよ」わたしは言った。「それに、あのとき言ったことは嘘《うそ》じゃないから！　**わたしは**オリオンと付きあってるつもりなんてなかったんだよ」

「まあ、それはそうかもね」アアディャが言う。「二週間も女の子と付きあっておきながらその話はひと言もしないなんて、ほんと男子って感じ」

わたしたちはひとしきりくすくす笑い、しばらくして最初の興奮が収まると、リューがためらいがちに言った。「エルは**付きあいたい**？」真剣《しんけん》な顔だ。「うちのお母さんは、男の子と付きあうのは絶対にやめといたほうがいいって言ってた」

「**わたしの**ママは、男の子は全員パンツの中に秘密の怪物《かいぶつ》を飼ってて、ふたりきりになったとたんにそれを出してくるんだって言ってた」アアディャの言葉にわたしもリューも悲鳴をあげて笑いころげ、当の本人も大声で笑いはじめた。「ウケるよね。でも、ママはけっこう本気だったみたい。ここを出るまでは、本当にそうなんだって信じる振《ふ》りをしてなさいよって言ってた。だって、妊娠《にんしん》なんてさせられたら、まじでそのとおりだもん」

リューはぶるっと震《ふる》え、両膝《りょうひざ》を抱《かか》えこんだ。「あたしのお母さんは、ここへ来る前に避妊《ひにん》リングをくれたよ」

「わたしも使ったことある。でも、生理痛がひどくなるんだよね」アアディャが憂鬱《ゆううつ》そうに言う。

わたしはごくっとつばを飲んだ。そんなこと、考えたこともなかった――ずっと、そんなことよりもっと大事なことがあると思ってきた。「母さんは、卒業式の三ヶ月前にわたしを身ごもったんだ」

「うそ」アアディャが声をあげる。「めちゃくちゃ焦《あせ》ったんじゃない？」

「父さんは、母さんを卒業ホールから逃《に》がそうとして死んだんだ」わたしは静かに言った。リューがそっと手を伸《の》ばし、わたしの手を握《にぎ》る。喉《のど》が締《し》めつけられているみたいに苦しかった。だれかにこの話をするのは初めてだ。

わたしたちはしばらく黙《だま》っていた。アアディャが沈黙《ちんもく》を破って言った。「じゃあ、あんたは二回も卒業する史上初の魔法使《まほうつか》いになるかもね」わたしたちはまた、声をあげて笑った。いまだけは、ぶじに卒業するのが当然だという振《ふ》りをしても大丈夫なような気がした。いつもなら、楽天的な話をすればするほど、真逆の結末を招きよせているような気分になるけれど。

わたしは夕食の時間まで横になることにして、うとうとと眠《ねむ》りかけながら、前期の計画や、三人でたくわえられるマナの量のことをアアディャたちと話しあった。リューがだいたいのマナの目安を紙にメモしているあいだ、わたしは未練がましくシェア・マナのことを思いだしていた。さっきまでメダルを付けていた手首をさする。クロエたちに嫉妬《しっと》してしまいそうだ。あのメダルを付けているあいだは、シェア・マナの気配を絶えず指先に感じることができた。いつ尽《つ》きるとも知れない豊かなマナだった。それでいて、それだけ大量のマナをたくわえるためにしたはずの苦労の気配は感じられなかった。あのマナは、空気みたいだった。たった数時間使っただけなのに、もうあれが恋《こい》しくなっていた。

わたしは何度も眠《ねむ》りそうになり、そのたびにはっと目を覚ました。なぜだろう――アアディヤもリューもわたしが疲《つか》れていることを知っているし、眠《ねむ》っているあいだは見張っていてくれるだろうし、夕食の時間になれば起こしてくれるに決まっている。「ほかに使えるものがないかとか、チームに誘《さそ》いたい子がいないかとか、あれこれ考えなきゃね」アアディヤが言った。「リュートが早めに仕上がったら、前期のうちにもうすこし色々《いろいろ》作れるかも。呪文《じゅもん》リストも一度確認しよう」

「あたし、もうひとつ持ってるものがあるんだ」リューは小さな声で言うと、ベッドから下りて、部屋を出ていった。ふいに、わたしはあることに気付いて猛烈《もうれつ》に腹がたった。眠《ねむ》りかけるたびに目を覚ましていたのは、ノックの音が聞こえないか**待って**いるからだ。わたしは扉《とびら》をにらんだ。すこしするとノックの音が聞こえたけれど、リューが小箱を持ってもどってきただけだった。リューは床《ゆか》の上であぐらをかき、もものあいだに箱を置いて蓋《ふた》を開け、中から小さな白いネズミを一匹《ぴき》すくいあげた。ネズミは鼻をくんくんさせながら、リューの手のひらの上を慎重《しんちょう》に歩きまわった。だけど、逃《に》げだそうとはしない。

「リューって使い魔《ま》持ってたんだ!」アアディヤが言った。「うそ、めちゃくちゃかわいい」

「使い魔《ま》じゃないんだ」リューは言った。「まあ、いまのところ。最近、ちょっと考えなおしたんだけど……とにかく、ネズミはあと九匹《ひき》いるよ」わたしたちから目をそらしている。いまの言葉は、非公式の〝黒魔術《くろまじゅつ》コース〟に進もうとしていたことを、おおっぴらに認めたようなものだった。黒魔術《くろまじゅつ》に手を染めるつもりがなかったら、ネズミを十匹《ぴき》も持ちこんで貴重な食料を分けあたえるはずがない。「あたしの特性は、動物を操る魔法なの」

だからこそ、リューの両親は娘《むすめ》にマリアをさせたのかもしれない。わたしは、このとき初めて思いあたった。娘《むすめ》なら動物を殺すことなくマリアができると知っていたんだろう。そして、動物と親和性があるなら、リューがマリアに強い抵抗《ていこう》を感じていたのも当然だ。三年も続けたあとできっぱり足を洗うなんて、並大抵《なみたいてい》のことじゃない。

「じゃあ、その子を使い魔《ま》にしようとしてるんだ」わたしは言った。本当にうまくいくのかはわからない。母さんには野生の使い魔《ま》しかいなかった。時どき、動物たちが助けを求めてわたしたちのユルトにやってくることがある。母さんが世話をしてやるうちに、動物たちは近くに住みついてしばらく母さんの魔法《まほう》を手伝い、しばらくすると、ふつうの動物にもどってふらりといなくなる。母さんは、絶対に動物を自分の所有物にしようとしなかった。

リューはうなずき、指先でネズミの頭をなでた。「ふたりにも、一匹《ぴき》ずつ訓練してあげようか。夜行性だから眠《ねむ》ってるあいだは見張りをしてくれるし、毒の入った食べ物を見つけるのもすごく上手だし。そうそう、この子なんて二日前に、魔法《まほう》のかかったサンゴのビーズ紐《ひも》を見つけて持ってきてくれたんだ。名前はシャオ・シンっていうの」リューはシャオ・シンを触《さわ》らせてくれた。

触《ふ》れると、小さな体の中をマナがめぐっているのがわかる。目の表面はすでにかすかに青く光っているし、斜《なな》めから目をこらすと、毛先も薄《うす》く青みがかかってみえる。シャオ・シンは、こわがる様子もなく、しきりにわたしたちの手のにおいをかいだ。わたしとアアディャにひとしきりなでさせてから、リューはシャオ・シンを床《ゆか》におろして部屋を自由に歩かせた。ネズミは部屋をちょこちょこ走りまわり、においをかいだり、すき間に頭を突《つ》っこんだりした。机の上によじ登ってスカトゥラーが隠《かく》れていた場所の近くまで来ると、とたんに不安げな様子になった。急いで机から下りて、リューのところへ駆《か》けもどってくる。リューは机の上を確認し、なにも潜《ひそ》んでいないことをシャオ・シンに見せた。それから、軽く体を叩《たた》いて褒《ほ》め、腰《こし》につけた袋《ふくろ》からドライフルーツを出してすこし与《あた》えた。シャオ・シンは、リューのシャツを這《は》いのぼって胸ポケットの中に収まると、うれしそうにドライフルーツをかじりはじめた。

「ほかの子たちにも、残りのネズミを訓練してあげたら?」わたしはそう提案しながら、シャオ・シンから目が離《はな》せなかった。すっかり虜《とりこ》になっていた。「かなりいい交渉《こうしょう》ができるだろうし」

これまで、生き物と触《ふ》れあう機会はあまり多くなかった。母さんには、生き物を解剖《かいぼう》するなんていけないことよと教えこまれていたし、コミューンで飼われている犬たちには、興味もなければ興味を持たれもしなかった。かわいい猫《ねこ》の動画もべつに好きじゃない。だけど、生きて、動いていて、自分を殺そうとしてこないなにかと触《ふ》れあうことに、いつのまにかわたしは飢《う》えていたらしい。スコロマンスでは、使い魔《ま》を持つことはふつうじゃない。制限重量の大半を使ってしまうし、世話をするのもむずかしい。自分か猫《ねこ》のどちらかしか食べられないとなれば、ふつうは自分が食べるほうを優先する。そうしないと、つぎに出くわした怪物《かいぶつ》に猫《ねこ》もろとも食われてしまうからだ。とはいえ、ネズミなら食べる量もたかが知れているから、世話をするのはそこまで大変じゃない。自分が使い魔《ま》を持ちたいと思うようになるなんて、考えもしなかった。

「そうだね。でも、まずはふたりのために、この子のいとこを二匹《ひき》訓練しようかな」リューは言った。「今夜、残りのネズミたちをここに連れてくるよ」

その言葉を聞いて、わたしは改めてはっとした。わかってはいたけど信じがたいことを思いだして、不意をつかれたのだ――わたしたちは、四年生だ。スコロマンスで過ごす最後の一年がはじまった。今夜は入学式がある。

「いま選びにいってもいい？」アアディヤが言った。わたしに負けないくらいシャオ・シンに心を奪《うば》われたらしい。「なにか必要なものはある？　ケージとか？」

リューは立ちあがりながらうなずいた。「しっかりした箱みたいなものを用意しておいて。そうすれば、あたしたちが部屋にいないときとか、この子たちが眠《ねむ》るときとかに隠《かく》れておけるから。いま選びにきてもいいよ。でも、自分の部屋に連れていくのは、これから一ヶ月以上、選んだ子と一日一時間は遊んでからにしてね。使い魔《ま》にマナをあげるやり方も教えてあげる。おやつにマナを入れておくんだけど」わたしも勢いよくベッドから下りて靴《くつ》をはいた。リューが扉《とびら》を開け、その瞬間《しゅんかん》、わたしたちはぎょっとして飛びすさった。扉《とびら》のすぐむこうに、オリオンが立っていたのだ。ヤバいストーカーみたいに。オリオンもびくっとして飛びあがった。ということは、わたしに奇襲《きしゅう》をかけようとしていたわけではないらしい。なにをしていたのかは想像するしかないけれど、たぶん、扉《とびら》をノックする勇気が出るまで待っていたんだろう。

「リュー、わたしはあんたの部屋に行こうかな」アアディヤは不自然に大きな声で言った。「ぴったりな箱を設計しておかなきゃだし」アアディヤはリューを——また真っ赤になって、うつむいている——廊下《ろうか》へ押《お》しだし、オリオンの横をすり抜《ぬ》けてうしろへ回りこむと、大げさな仕草で学校の英雄《えいゆう》を指さしながら、声は出さずに口を大きく動かした。なにを言っているのかはすぐにわかる。**〝秘密の怪物《かいぶつ》〟**だ。枕《まくら》に顔をうずめて大笑いしたい衝動《しょうどう》を必死に抑《おさ》える。やがて、ふたりは廊下《ろうか》のカーブを曲がって見えなくなった。

オリオンはできれば逃《に》げだしたいと思っているみたいだった。その気持ちはよくわかる。少なくともオリオンは**逃《に》げだせる**。自分の部屋にいるわけじゃないんだから。オリオンはシャワーを浴びて服を着替《きが》え、髪《かみ》を切って、**ヒゲまで剃《そ》っていた**。わたしは、嫌《いや》な予感を覚えながら、剃《そ》りたてのあごをじろじろ見た。この学校でだれかと付きあうつもりなんて、わたしにはこれっぽっちもない。妊娠《にんしん》なんて問題外だし、心の平穏《へいおん》を奪《うば》ってくるようなことには極力近づきたくない。

実際、オリオンはそこにいるだけで、必要以上に心の平穏《へいおん》を奪《うば》ってくる。キスをされるかもしれないと気を揉《も》む必要がないときでさえ。

「あのさ、レイク」わたしが口を開いたのと、オリオンが早口で話しはじめたのは同時だった。

「エル、あのさ」

わたしはほっとして大きく息をついた。「わかってる。わたしにキスしたのは、死ぬ前に人生のやることリストのひとつを片付けときたかったんだよね」

「ちがう！」

「ほんとにわたしと付きあいたいわけじゃないでしょ？」

「ぼくは――」追いつめられたような顔で言いよどみ、しばらくかかって言葉を続ける。「もしエルが――なんていうか――その、それはエル次第だ」

わたしはまじまじとオリオンを見つめた。「うん、だよね。わたしの気持ちはわたしが決める。でも、あんたの気持ちはあんたが決めなよ。それとも、まさかあんた、本気で負け犬同士の友情を恋愛《れんあい》に発展させようとしてる？　相手の意見を確かめる時間を一秒も作らずに？　こっちには、そんなつもり全然ないんだけど」

「頼《たの》むから――」オリオンはなにか言いかけ、苛立《いらだ》たしげにうめいて両手で髪《かみ》の毛をつかんだ。髪《かみ》を切ってぼさぼさ頭がすこしはマシになる前だったら、アインシュタインの爆発《ばくはつ》した頭みたいに収拾がつかなくなっていただろう。それからオリオンは、目をそらしたまま、気が抜《ぬ》けたような声で言った。「ぼくは、エルの人生から追いだされたくないんだよ」わたしは、はっとした。いままで気付かなかったなんてどうかしている。いまのわたしにはアアディヤとリューがいる。オリオンだけじゃない。あのふたりとの友情を手にいれたときの感覚は、豊かなシェア・マナを手にしたときの感覚にどこか近かった。かけがえのないものだから、あっという間にその存在に慣れてしまい、それがなかったときにはどんなふうに生きていたのかさえ思いだせなくなる。失ってはじめて、その存在の大きさに気付く。でも、オリオンはちがう。オリオンにはわたししかいない。わたしと同じように、友だちがいたことなんてなかった。わたしという友だちができたオリオンは、その友情を失うことを望んでいない。わたしが、たとえニューヨーク自治領に招待してあげると言われたって、オリオンとアアディヤとリューとの友情を犠牲《ぎせい》にすることだけは決して望まないように。

　だけど、オリオンの不安は救いがたいほど的外れだ。「レイク、**万が一**わたしがあんたと付きあいたいと思ってたとしても、仲間に入れてやるかわりに彼女《かのじょ》にしろ、とか言うわけないでしょ」

「わざと鈍感《どんかん》な振《ふ》りしてる？」オリオンはわたしをにらんだ。わたしも怒《いか》りをこめてにらみ返す。オリオンは、頭のにぶい子馬に言いきかせるような口調でつづけた。「ぼくは付きあいたい。エルが付きあいたいなら付きあいたい。でも、エルが付きあいたくないなら、もしそうなら――ぼくも付きあいたくない」

「まあ、世の中はふつうそういう感じで回ってるよね」わたしは言いながら、また不安になってきた。いまのオリオンの言い方だと、本当にわたしと付きあいたいと思っているみたいだ。「じゃなきゃ、ただのストーカーだし。それって、付きあおうって言ってる？　ていうか、わたしは、あんたを自分の人生から追いだしたりしないって！」そう付けくわえてはみたけれど、本当に付きあおうと言われたら、自分はいったいどう返事をするんだろう。「作業場の廊下《ろうか》であんたを突《つ》きとばしたのは、あんただってキスより命のほうが大事だと思ったからだよ。大きなお世話だったみたいだけど。念のため言っとくけど、これで借りは返したからね」

「ぼくの記憶《きおく》じゃ、いまのところ貸しは十三ある。まだまだ、先は長そうだな」偉《えら》そうに胸の前で腕組みしてみせているけれど、たいして威厳《いげん》はない――ほっとしているのが顔に出ている。

「細かい数字はどうでもいいでしょ」わたしも負けじと偉《えら》そうに言った。

「へえ。**こっちは**どうでもよくないけどな」いつもの調子を取りもどしたオリオンを見て、わたしはてっきり安全地帯にもどってこられたらしいとばかり思っていた。ところがオリオンは、組んでいた腕《うで》をほどき、かすかに青ざめた真剣《しんけん》な顔になった。頬骨《ほおぼね》の上のあたりだけが、青白い頬《ほお》の上でくっきり紅潮している。「エル、その――ぼくはエルと付きあいたい。でも――いまじゃない。ぼくたちが――もしぼくたちがふたりとも――」

「そこでストップ。あんたと婚約《こんやく》するつもりなんかないから」わたしは、またしても危険地帯へ引きずりこまれる前に、わざとぞんざいにオリオンをさえぎった。「いま告白するつもりがないなら、今日はそこまでで十分！　生きてここを脱出《だっしゅつ》して、そのあとであんたがまた告白しにきたら、わたしはそのときに、自分がどうしたいか考えることにする。それまでは、ディズニー映画みたいな妄想《もうそう》は自分の胸にしまっといて」**それと、あんたの秘密の怪物《かいぶつ》も。**頭の中で余計なひと言が聞こえる。

「わかった。もう、わかったよ！」オリオンは言った。一割の苛立《いらだ》ちと九割の安堵《あんど》が混じったみたいな声だ。いっぽうわたしは、オリオンから顔をそむけ、にやつく口元を必死で隠《かく》そうとしていた。気を抜《ぬ》くと吹《ふ》きだしてしまいそうだ――アアディヤ、ほんとにありがとう。あんたのお母さんは天才だよ。「じゃあ、一時間後の夕食でまた会えるよな？」

「だから、ちがうってば」わたしは言った。ついさっきまで自分も忘れていたことは内緒《ないしょ》だ。

「今日は入学式だから。夕食まで、せいぜいあと三十分しかない」オリオンがたちまち気まずそうな顔になる。だけど、忘れてしまうのも無理はなかった。今日は、いままでで一番おかしな卒業式の日だったのだ。わたしは顔をしかめて自分の恰好《かっこう》を見下ろした。「シャワーを浴びて、マシなほうのTシャツに着替《きが》えないと」

「替《か》えのTシャツならあげようか？」オリオンがためらいがちに言った。「予備が何枚かあるから」

これまでのやり取りを考えると、オリオンに気をもたせるようなまねは、やめておくに越《こ》したことはない。心の中で、やめておけと警告する自分と、どうしてもTシャツがほしい自分とが争っている。でも、オリオンの部屋の中を一度のぞいただけのわたしでも、自信を持ってこう断言できる。オリオンは、だれかがもらってやったほうがいいくらい大量のTシャツを持っているのだ。「じゃ、お願い」わたしは内心ため息をつきながら言った。どのみち、わたしたちが付きあっているというデマは、すでに学校中の生徒が信じているのだ。

気をもたせるようなまねはやめておいたほうがいいというわたしの勘《かん》は、完《かん》ぺきに正しかった。オリオンが持ってきたTシャツには銀色のラメでマンハッタンの高層ビル群が描《えが》かれ、島の中ほどのところに、渦状《うずじょう》の虹色《にじいろ》のラメでしるしが付けてあった。そこが、ニューヨーク魔法《まほう》自治領がある場所なのだろう——これだけ意味深なTシャツを着ていれば、彼女面《かのじょづら》をしていると思われても言い訳はできない。シャツでオリオンの頭を引っぱたいてやりたかった。少なくともTシャツは清潔で、かすかに洗剤《せんざい》のにおいがした。オリオンは、四年生になったらこれを着るつもりで、引きだしのどこかにしまっておいたにちがいなかった。Tシャツを受けとると、わたしはオリオンをその場に残してシャワー室へ急ぎ、新しいシャツに着替《きが》えた。シャワーを浴びたばかりの肌《はだ》に、清潔なTシャツ――最高だ。

オリオンはシャワー室の外でわたしを待っていた。ふたりで、アアディャたちを呼びにリューの部屋へ行く。リューの部屋をのぞくと、ネズミたちを飼っている大きな水槽《すいそう》が見えた。アアディャはすでに、自分のネズミに蛍光《けいこう》ピンクのマーカーでしるしを付けてあった。「エルも、今夜選びにきていいよ」リューが言った。

階段を上りはじめると、揺《ゆ》れていないことがかえって不思議な感じがした。長いあいだ船に揺《ゆ》られたあとで陸に上がったときみたいだ。すべての歯車があるべき場所に収まり、いまは、小さな装置だけがかちかちとかすかな音を立てていた。時計のような役割を持つ装置で、次の学年末まで時を刻みつづける。全校生徒がいっせいに階段を上っていたので、食堂へ行き、先に到着《とうちゃく》していた生徒たちと合流するまで、あまり長い時間はかからなかった。

配膳《はいぜん》カウンターはまだ開いていなかった。テーブルの約半分は壁際《かべぎわ》に積みかさねられ、中央に広々《ひろびろ》とした空間ができている。テーブルのあいだには通路が作られ、両方の入り口からその中央の空間まで、まっすぐ歩けるようになっていた。この階の学生寮《りょう》エリアには、ほかとほぼ同じ造りの真新しい学生寮《りょう》ができていて、おびえた新入生の到着を待ちかまえているはずだった。

わたしたちがぎりぎりで食堂にすべりこんだ直後、入学式がはじまった。気圧が変わったせいで、耳がキーンと痛くなる。大勢の新入生たちが、別の空間からスコロマンスの空間へ移行してきたせいだ。ひとりまたひとりと新しい寮《りょう》の部屋に飛びこんでいく。耳の痛みが治まるのとほぼ同時に、一年生の寮《りょう》から、扉《とびら》が次々に開けられるバタンとかギイとかいう音が聞こえてきた。ルイーザのように救いがたいほど運が悪くなければ、新入生たちはここへ来る前に、到着《とうちゃく》したらすぐにやるべきことをうんざりするほど言いふくめられている——吐《は》いていようと呆然《ぼうぜん》としていようと関係ない。とにかく、着いたらすぐに部屋を飛びだして、食堂までまっすぐに走っていきなさい。新入生たちは、教えられたとおり、食堂の四つの入り口から走りこんできた。何人かは、ふらつく足で歩きながら、紙袋《かみぶくろ》のなかにげえげえ吐《は》いている。入学式はフック魔法《まほう》に負けないくらいスリルに満ちていて、しかもあの魔法《まほう》よりも時間がかかるのだ。

十分ほどすると、すべての新入生が、震《ふる》えながら中央の空間に勢揃《せいぞろ》いした。やけに小さく見える。ここに来たときのわたしは、まだ特別背が高いほうではなかったけれど、そのときでさえ自分がこんなに小さかったとは思えない。わたしたちは新入生を囲み、天井や排水《はいすい》口を見張りながら水を注いでやった。どんなに底意地の悪い生徒でも、新入生のことは守ろうとする。特別な理由がないなら大方は自分のためだけど。一年生たちは、落ちつきを取りもどして水をすこし飲むと、次々《つぎつぎ》に上級生の名前を呼びはじめた。外界からの手紙を預かってきているのだ。魔法《まほう》自治領の子なら、ほぼ例外なくそうだった。

自分宛《あて》の手紙がないことはわかっている。うちは、魔法使《まほうつか》いの子どもがいる家族との付きあいがない。小さいころ母さんが、同い年の子どもたちと、遊びの約束を取りつけてくれたことが二回だけあったけれど、どちらもびっくりするくらいの大失敗に終わった。それに母さんには、新入生の制限重量の一部を買いとってわたしに手紙を送るだけの余裕《よゆう》はない。母さんが持っているものの中で制限重量一グラムでも価値があるのは、治癒魔法《ちゆまほう》だけだ。そして、治癒魔法《ちゆまほう》をするとき、母さんは絶対に見返りを求めない。母さんからは、なにも送ってあげられないかもしれないわと聞かされていたし、わたしも、気にしないでいいよと言っていた。

自分には手紙がないとわかっていても、毎年わたしは入学式に参加した。今年は、自分も手紙をもらったみたいに楽しかった。アアディヤは、黒人の女の子から手紙を渡《わた》された。その子の髪《かみ》は細かいブレイズになっていて、細い毛束のすべての先に、保護魔法《まほう》をかけたビーズが付いていた。最高のアイデアだ。リューは、ふたりの従兄弟《いとこ》を紹介《しょうかい》してくれた。瓜《うり》ふたつの男の子たちで、髪《かみ》はお椀《わん》のように丸く切りそろえられている。ふたりはすごく丁寧《ていねい》なお辞儀《じぎ》をした。大人にするみたいなお辞儀《じぎ》だった。実際、ふたりにとってみれば、わたしは大人みたいなものなんだろう。身長だって頭ひとつ分以上ちがうし、ふたりはわたしとちがって、ふっくらしてやわらかそうな頬《ほお》をしている。この子たちの両親は、ガチョウに餌《えさ》を詰《つ》めこむみたいにして、息子たちにできるだけたくさんのごはんを食べさせて送りだしたにちがいない。

　そのとき、声変わりもまだすんでいない男の子が、ためらいがちに叫《さけ》んだ。「グウェン・ヒギンズからのお手紙を預かってます」初めのうち、わたしはその声に気付かなかった。やがて、グウェン・ヒギンズという名を聞きつけた生徒たちが、すこしずつ静かになっていった。男の子が、また同じ言葉を繰《く》りかえす。

　アアディァヤは、手紙を持ってきてくれた黒人の女の子を連れて、わたしとリューのところへもどってきていた。女の子はニューアークの出身で、パミラという名前だ。貴重な制限重量を上級生の手紙のために使いなさい、と保護者たちが子どもたちに忠告するのは、そうすれば、スコロマンスに着いてすぐ、自然な流れで上級生の友人を作ることができるからでもあった。「ほんとに、**あの**グウェン・ヒギンズ？　ここにあの人の子どもがいるの？」パミラが期待のこもった声でアアディァヤに言った。

　アアディァヤは、さあねと言いたげな表情を作っただけで黙《だま》っている。リューは首を横に振《ふ》りながら言った。「だとしても、あたしがグウェン・ヒギンズの子どもなら黙《だま》ってる。治癒魔法《ちゆまほう》を教えてくれって押《お》しかけられたらたまったもんじゃないし」

　そのとき、男の子が続けて言った。「グウェン・ヒギンズから、ガラドリエル宛《あて》の手紙なんです」その瞬間《しゅんかん》、アアディァヤとリューは――男の子の呼びかけに興味を引かれていたほかの同級生たちと一緒《いっしょ》に——ぎょっとしてわたしを振《ふ》りかえった。アアディヤがこわい顔になってわたしの肩《かた》を小突《こづ》く。何人かの生徒たちは、ひそかに食堂を見回している。ほかにもガラドリエルという名前の生徒がいるんじゃないかと疑っているのだ。わたしは歯ぎしりしながら前に進みでた。手紙を持っている一年生でさえ、いぶかしそうにわたしを見る。

「ガラドリエルはわたしだよ」そっけなく言って、わたしは片手を突《つ》きだした。男の子は、殻付《から》きのヘーゼルナッツのようにも見える、小さな丸いものをわたしの手のひらの上にのせた。一グラムにも満たないはずだ。「名前は?」

「アアロン……」新入生は、自分の名前にさえ自信が持てないような口調で言った。「マンチェスターから……」

「そう。じゃ、おいで」わたしはアアディヤたちのほうへあごをしゃくって言うと、こっちをまじまじと見つめてくる生徒たちのあいだを通って元の場所へもどった。とはいえ、問いただすような視線から逃《のが》れられたわけじゃない。アアディヤとリューも、なにか言いたげな顔で見つめてくる。アアディヤの眉間《みけん》に寄ったしわを見て、食堂を出たら小一時間は聞かされるだろう文句を覚悟《かくご》した。わたしはアアディヤたちにアアロンを適当に紹介《しょうかい》した。すぐにアアロンは、リューとアアディヤが連れてきた三人の新入生とおしゃべりをはじめた。リューの従兄弟《いとこ》たちの英語は完ぺきで、アアロンとパミラにも負けないくらい流暢《りゅうちょう》だ。アアディヤは、手紙に入っていた小さな金箔《きんぱく》をわたしたちに見せ、ニヤッとして言った。「アルゴネットの牙《きば》でリュートの調律ねじを作ったら、この金箔《きんぱく》を貼《は》ろうかな」

リューの手紙には、切手サイズの小さな缶《かん》が同封《どうふう》されていて、その中には香りのいい軟膏《なんこう》が入っていた。わたしたちは、リューに言われるがまま、小指の先に軟膏《なんこう》をほんのすこし付けて下唇《した》の内側に塗《ぬ》りこんだ。「これ、おばあちゃんの作った毒調べの薬なの。歯磨《はみが》きをするときに気をつけてれば、一ヶ月は効果がつづくよ。食べ物が触《ふ》れたときに唇《くちびる》がぴりぴりしたら、危ないから食べちゃだめ」

これが、みんなにとっての入学式だった。希望と、愛と、思いやりを、点滴《てんてき》みたいにすこし補給する。そうして、スコロマンスの外にはここととはちがう暮らしがあること、外に出れば広い世界が自分を待っているのだということを思いだす。家族が送ってくれたものを友人たちと分かちあう。これまで、わたしにとっての入学式は、ずっとそうじゃなかった。分かちあいの輪の中に入れてもらったのは、これが初めてだった。涙《なみだ》がにじんでくるのがわかった。下唇《したくちびる》を嚙《か》んでしまわないようにするのは一苦労だった。

オリオンも、自分の手紙を受けとってわたしたちと合流した。分厚い封筒《ふうとう》と、小さな包みをひとつ持っている。オリオンは愉快《ゆかい》そうな声で、そっとわたしに耳打ちした。「バレたな」片腕《かたうで》をわたしの首に回し、にやっと笑う。わたしはしかめっ面で見返したけれど、オリオンの腕《うで》から逃《のが》れて手紙を慎重《しんちょう》に開けながら、自分も思わず頬《ほお》をゆるめた。開いてみると、手紙は玉ねぎの皮に書かれていることがわかった。むこうが透《す》けそうなほど薄《うす》い。それを母さんは、パミラがブレイズに付けているビーズよりも小さく丸めていたのだ。手紙には、一センチ幅《はば》の折り目が薄《うす》く付いている。手紙としての役割が終われば、その線で破って食べることができる。手紙を鼻先に近づけて思いきり息を吸うと、はちみつとニワトコの花の香りがした。母さんお手製の、魂《たましい》の疲《つか》れを癒《い》やす呪文《じゅもん》がかけてある。香りを吸いこむだけでも、効果は十分にあった。幸せな気持ちをごくんと飲みこむと、胃のあたりがじんわりと温かくなった。手紙を持った手を下ろし、書かれてある文字に目をこらす。母さんの文字は小さくて薄《うす》く、しばらくかかってようやく、わたしはその短い手紙を判読した。

最愛のガラドリエルへ。愛してる。あなたならだいじょうぶ。母さんは、そう書いていた。**それから、オリオン・レイクに近づいてはだめ。**

訳者あとがき

ナオミ・ノヴィクはこれまで、「テメレア戦記」シリーズ（The Temeraire）、ネビュラ賞受賞作『ドラゴンの塔』(Uprooted)、ローカス賞受賞作『銀をつむぐ者』（Spinning Silver）など、数々のベストセラーを生みだしてきた。「テメレア戦記」では、高い知性を持つドラゴンの子どもと反骨精神旺盛な若き軍人ローレンスが深い友情を結び、大英帝国、フランス、中国、アフリカ、オーストラリアを舞台に、十九世紀のナポレオン戦争時代を駆けぬけていく。緻密かつダイナミックな物語に史実や実在する人物名が織りこまれた、圧倒的なスケールのファンタジーだ。

いっぽう『ドラゴンの塔』では、十七歳のアグニシュカが、村のむかしからの風習に従って〝ドラゴン〟という名の老練な魔法使いのもとへ送りこまれ、厳しい魔法修行をする。村の東端には、生き物のように人間たちを攻撃するおそろしい〈森〉があり、〝ドラゴン〟はその攻撃を長らく阻止してきた。自由奔放で遠慮をしらないアグニシュカだが、皮肉屋な魔法使いのもとで、魔女としてすこしずつ成長していく。『銀をつむぐ者』も、アグニシュカとおなじようにしっかりと自分の意志を持った、ミリエム、イリーナ、ワンダという三人の少女が主人公として登場する。

貧困、暴力的な父親、望まない結婚、それぞれに深刻な家族の悩みを抱えた彼女たちの行く先は、いつしか複雑にからみあい、三人はやがて、助けあいながらそれぞれの困難に立ちむかっていく。史実や民話、ときには時空までもが複雑にからみあう壮大な世界を紡ぎ出してきたノヴィクだが、本作『闇の魔法学校』（原題：A Deadly Education）は、そういった作品とはややカラーがちがう。舞台は現代の〈スコロマンス〉という名の魔法学校で、物語はすべて、この学校のなかだけで進んでいく。

とはいえ、この魔法学校には一癖も二癖もあり、たとえば「ハリー・ポッター」シリーズのホグワーツ魔法魔術学校とはなにもかもがちがっている。魔法使いを養成することを一番の目的としたホグワーツとはちがい、スコロマンスの目的は、魔法使いの生命力《マナ》をねらってやってくる、大小様々な怪物たちから、十代の魔法使いを守ることだ。おとなになれば怪物に狙われないというわけではないが、新鮮でおいしいマナをたくわえているうえに、魔法をまだ完全には身につけていない魔法使いたちは、怪物たちのかっこうの餌食になってしまう。

広大なスコロマンスは、巨大な円柱のような形をしていて、円柱の外側には一年生から四年生までの学生寮があり、中心部には、無数の教室、食堂、図書室などが集まっている。学校といっても、ここには教師や管理人といったおとなはいない。いるのは、十四歳から十七歳までの生徒だけだ。スコロマンスは魔法によって管理され、外からの怪物の侵入をふせぐために、すき間や通風孔には結界やバリアが張られ、食堂では食事がどこからともなく現れ、授業も魔法によって進行される。必要な魔法や教科書も、魔法によって届けられる。学校は、時どき生徒の能力を試したり伸ばしたりするかのように、意地悪な仕掛けを仕組むこともあるが、基本的には、スコロマンスにいれば生徒たちは安全だ——いや、安全なはずだった。

じつは、わが子を守るために学校を建てた魔法使いたちの思惑を大きくうらぎり、この学校にいても安心はできない。たしかに、二十人にひとりしか思春期を生きぬくことができない外の世界にくらべれば、スコロマンスははるかに安全だ。だが、ここでさえ、ぶじに卒業して外の世界へもどることができるのは四人にひとりしかいない。

なぜ、スコロマンスのなかでさえ完ぺきに安全ではないかというと、怪物たちの執念がそれだけすさまじいからだ。スコロマンスの一番下の階には〝卒業ホール〟があり、四年生まで生きのびた生徒たちは、このホールから〝卒業ゲート〟を通って、晴れてもとの世界へもどっていく。怪物がもっとも侵入しやすいこのホールには、もともと怪物駆除装置が設置してあったが、押しよせた怪物の大群によって、開校まもなく故障した。このせいで、怪物たちは〝卒業ホール〟にひしめきあい、そのなかの一部は、結界を食いやぶったり、抜け穴を押しひろげたりして、どうにかして校内に入りこんでしまう。だから生徒たちは、怪物に食われないように戦々恐々として暮らし、最後にして最大の難関である卒業式にむけて、ほかの生徒とチームを組み、文字どおり死にものぐるいで魔法を習得する。

こうした厳しいサバイバルのなかでは、仲間との協力が絶対に欠かせない。ところが、本作のヒロインであるガラドリエルは、アンチヒロインを地でいくような女の子だ。口が悪く、皮肉屋で、だれとも打ち解けようとしない。三年生もあと二週間ほどで終わるというのに、友だちはまだひとりもできていない。そんなとき、オリオンという少年が、なぜかガラドリエルに興味を持って、なにかと近づいてくるようになる。オリオンは、一年生のころから、危険もかえりみずに学校中の生徒を怪物から助けてまわり、英雄とあがめられている少年だ。

また、ガラドリエルたちの生きる魔法世界では、魔法使いは大きくふたつにわけられる。魔法自治領出身か、それ以外の独立系の魔法使いか。怪物たちが跋扈《ばっこ》するこの世界では、もちろん、スコロマンスの外でも魔法使いたちは常に危険にさらされている。そのなかで、力のある魔法使いたちが集まってつくったのが、魔法自治領だ。魔法自治領は世界中にあり、なかでもロンドン魔法自治領とニューヨーク魔法自治領は、規模が大きく、とびぬけて安全でゆたかな自治領だとされている。スコロマンスにいる独立系の魔法使いたちにとっては、卒業後にこの魔法自治領に入ることが一番の目標だ。

オリオンは、学校の人気者である上に、このニューヨーク魔法自治領の次期総督とうたわれている母親のひとり息子だ。いっぽうガラドリエルは、ヒッピーたちがくらすイギリスの片田舎のコミューンで、腕はいいが度がつくほどのお人好しで損ばかりしている治療師の母親に育てられた。通常は、魔法自治領出身のセレブが独立系の庶民と仲良くすることはない。ガラドリエルは、人気者のオリオンが近づいてくることを不審に思い、お得意の毒舌と攻撃的な態度ではねつけようとする。ところが、みんなにちやほやされることに慣れているはずのオリオンは、なぜか、なにかとガラドリエルと行動をともにしようとするのだった。

本作には、あまりにも過酷な世界を必死で生きぬこうとする十代の子どもたちのサバイバルだけでなく、彼らの友情やライバル心も丁寧に描かれている。極限状態におかれているからこそこぼれてしまう本音、本音をもらしてしまったことを悔やんで悶々《もんもん》としてしまう時間、損得勘定をわすれれば死につながる世界で、互いにみせるちょっとした気遣い、そうした彼らのドラマも、本作の読みどころだ。なにより、不器用すぎるガラドリエルと、おなじくらい不器用なオリオンの関係性がどう変わっていくのかも、ぜひゆっくりと見守ってほしい。

最後になりましたが、アドバイスと励ましの言葉をかけてくださった編集の小宮山民人さん、訳者の細かい質問ひとつひとつに長い回答をくださった著者のナオミ・ノヴィクさんに、心から感謝を申しあげます。

二〇二一年七月

井上　里

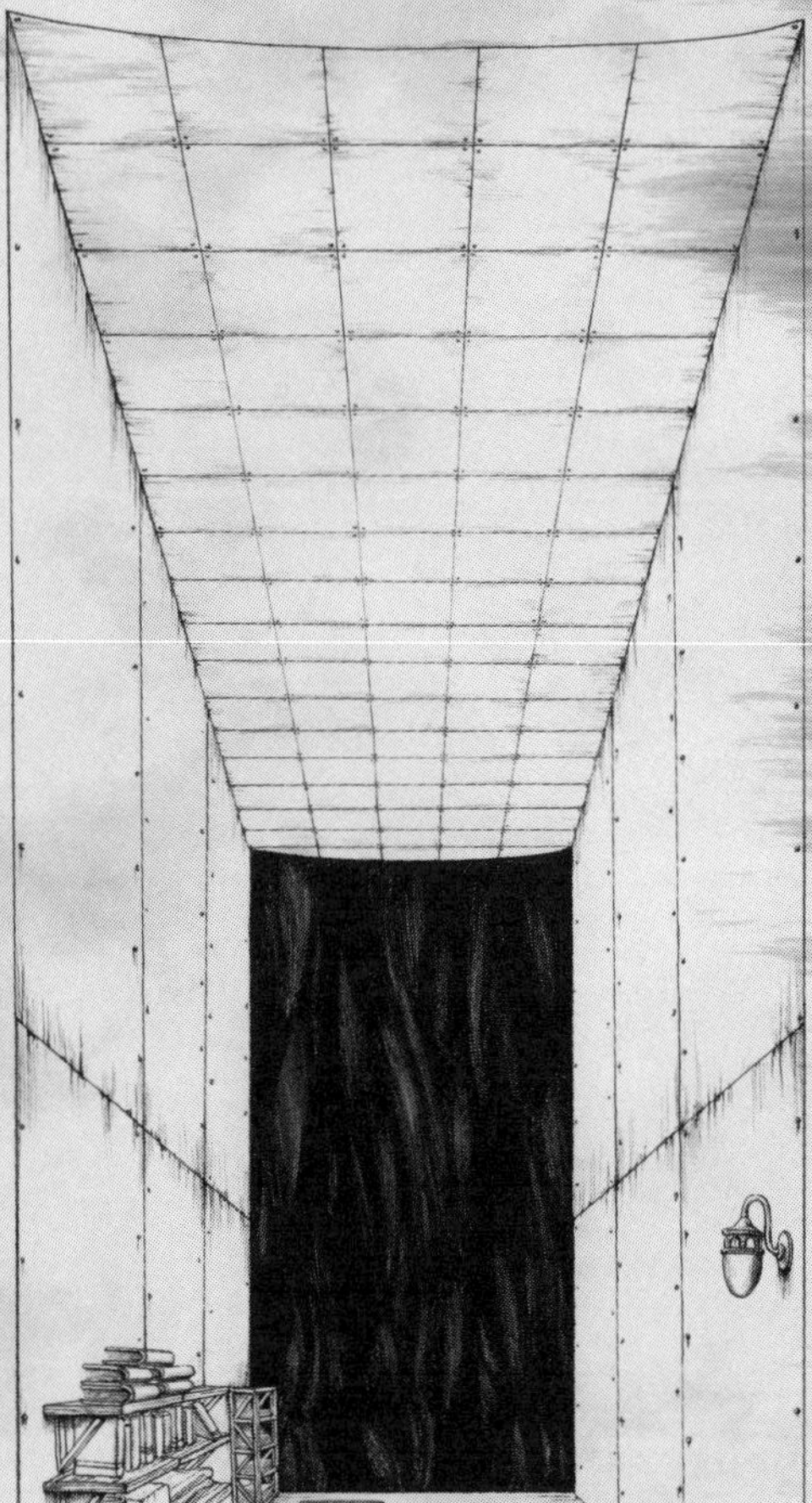

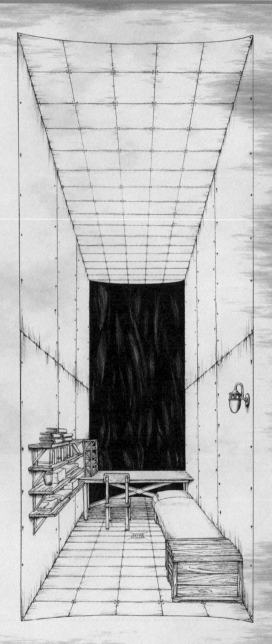

Galadriel's
Dormitory
Room

ガラドリエルの部屋

Chloe's Dormitory Room

クロエの部屋

【著者】

ナオミ・ノヴィク

1973年ニューヨーク生まれ。2006年「テメレア戦記」シリーズが刊行開始され、もっとも優秀なSFファンタジーの新人作家に贈られるジョン・W・キャンベル賞や、コンプトン・クルック新人賞を授賞。人気シリーズとして巻を重ね、2016年全9巻で完結した。また、2016年に長編ファンタジー小説『ドラゴンの塔』が、投票によってその年最高のSFファンタジー小説に贈られるネビュラ賞を授賞した。他に『銀をつむぐ者』などの作品がある。Organization for Transformative Works 、Archive of Our Own の創設者。現在は、家族と6台のコンピュータとともにニューヨークに暮らす。

【訳者】

井上　里(いのうえ・さと)

1986年生まれ。早稲田大学第一文学部卒業。翻訳家。主な訳書に『消失の惑星』(早川書房)、『ピクニック・アット・ハンギングロック』(東京創元社)、『サリンジャーと過ごした日々』(柏書房)、『わたしはイザベル』(岩波書店)、『フォックスクラフト』(静山社)などがある。

死のエデュケーション　Lesson1
闇の魔法学校

著者　ナオミ・ノヴィク
訳者　井上里

2021年8月10日　第1刷発行

発行者　松岡佑子
発行所　株式会社静山社
〒102-0073　東京都千代田区九段北1-15-15
電話・営業　03-5210-7221
https://www.sayzansha.com

ブックデザイン　藤田知子
組版・本文デザイン　アジュール
印刷・製本　中央精版印刷株式会社

Published by Say-zan-sha Publications, Ltd.
ISBN978-4-86389-622-2 Printed in Japan

ナオミ・ノヴィク作品
那波かおり 訳

ドラゴンの塔　上　魔女の娘

東欧のとある谷間の村には、奇妙な風習があった。10年に一度、17歳の少女を一人〈ドラゴンの塔〉に差し出すこと。平凡でなんの取り柄もないアグニシュカは、まさか自分が選ばれることはないと思っていた…。

ドラゴンの塔　下　森の秘密

穢れの〈森〉に入ったものは、二度とまともな姿で出てこられない。アグニシュカは、〈森〉に囚われていた王妃を奪還したが、人形のように何も反応しない。果たして〈森〉の進撃を食い止めることはできるのか…。

銀をつむぐ者　上

氷の王国と魔法の銀

中世東欧の小さな皇国。金貸しの娘ミリエムは、商才を発揮し「銀を金に変える娘」と評判が広がる。ある日、氷の異界スターリクの王が訪ねてきて、革袋の中の銀貨を「すべて黄金に変えよ」と無理難題を押し付けてきた…。

銀をつむぐ者　下

スターリクの王妃

公爵令嬢イリーナは、器量好しではなかったが、異界の銀を身につけると、神秘的な美しさを放つ。皇帝のもとに嫁いだが、その皇帝には魔物が取り憑いていた。苦境に立つ娘たちが、手を結び、難局に立ち向かっていく…。

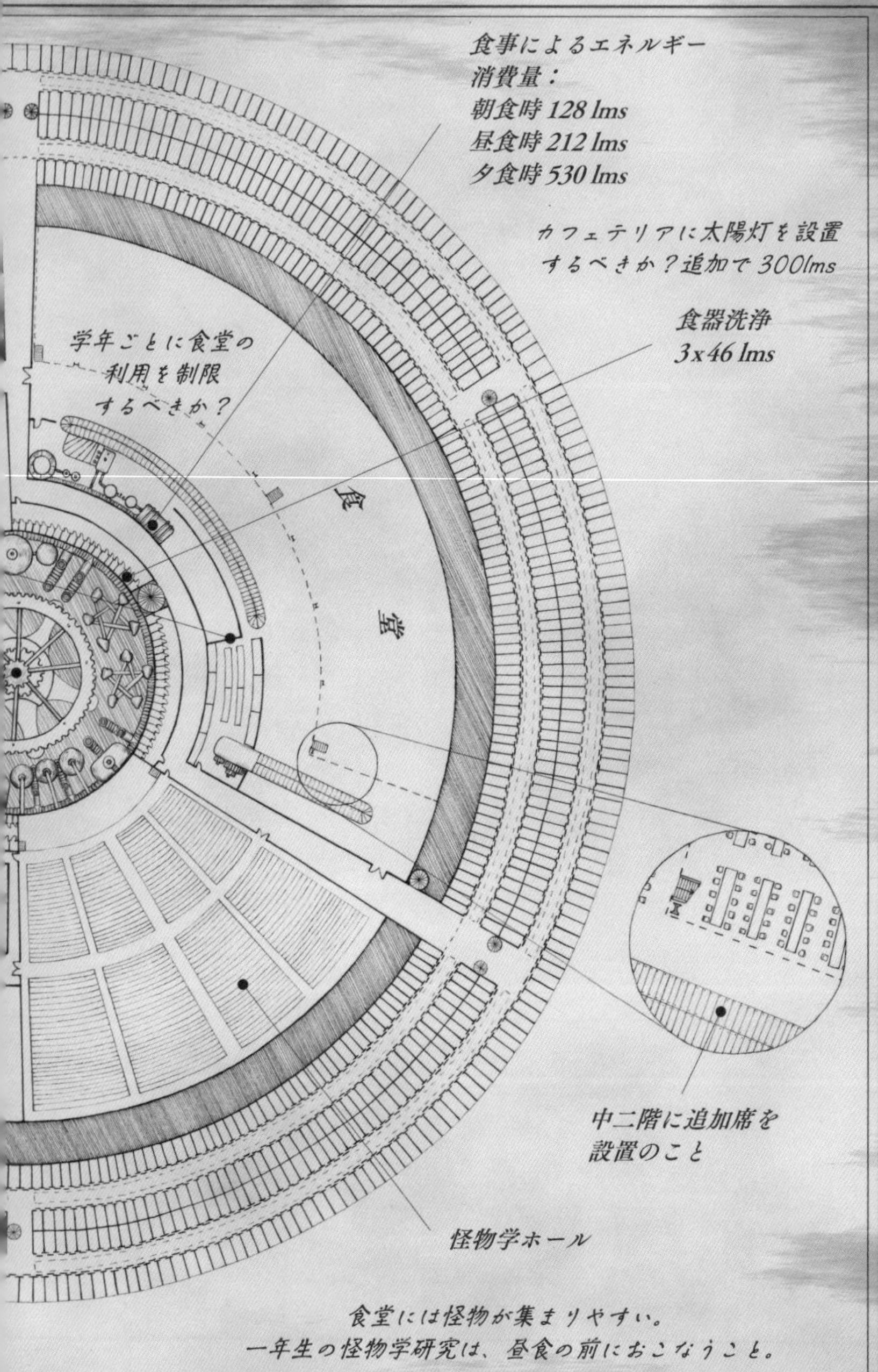
食事によるエネルギー
消費量：
朝食時 128 lms
昼食時 212 lms
夕食時 530 lms
カフェテリアに太陽灯を設置
するべきか？追加で 300lms
食器洗浄
3x46 lms
学年ごとに食堂の
利用を制限
するべきか？
食
堂
中二階に追加席を
設置のこと
怪物学ホール
食堂には怪物が集まりやすい。
一年生の怪物学研究は、昼食の前におこなうこと。